TEMPO DE MATAR

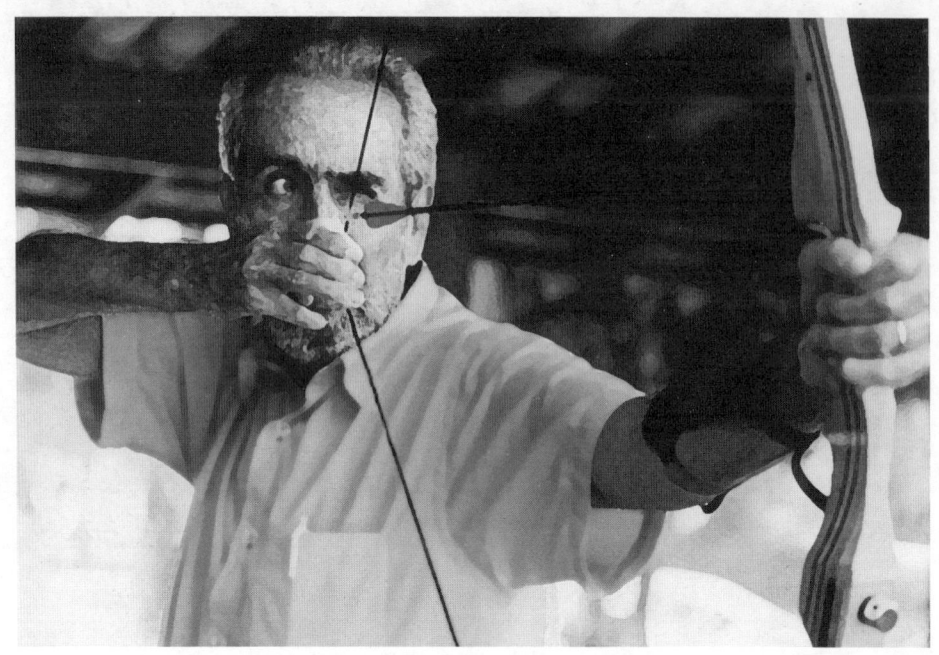

O Arqueiro

GERALDO JORDÃO PEREIRA (1938-2008) começou sua carreira aos 17 anos, quando foi trabalhar com seu pai, o célebre editor José Olympio, publicando obras marcantes como *O menino do dedo verde*, de Maurice Druon, e *Minha vida*, de Charles Chaplin.

Em 1976, fundou a Editora Salamandra com o propósito de formar uma nova geração de leitores e acabou criando um dos catálogos infantis mais premiados do Brasil. Em 1992, fugindo de sua linha editorial, lançou *Muitas vidas, muitos mestres*, de Brian Weiss, livro que deu origem à Editora Sextante.

Fã de histórias de suspense, Geraldo descobriu *O Código Da Vinci* antes mesmo de ele ser lançado nos Estados Unidos. A aposta em ficção, que não era o foco da Sextante, foi certeira: o título se transformou em um dos maiores fenômenos editoriais de todos os tempos.

Mas não foi só aos livros que se dedicou. Com seu desejo de ajudar o próximo, Geraldo desenvolveu diversos projetos sociais que se tornaram sua grande paixão.

Com a missão de publicar histórias empolgantes, tornar os livros cada vez mais acessíveis e despertar o amor pela leitura, a Editora Arqueiro é uma homenagem a esta figura extraordinária, capaz de enxergar mais além, mirar nas coisas verdadeiramente importantes e não perder o idealismo e a esperança diante dos desafios e contratempos da vida.

John Grisham

TEMPO DE MATAR

Título original: *A Time to Kill*

Copyright © 1989 por John Grisham
Copyright da tradução © 2021 por Editora Arqueiro Ltda.

Todos os direitos reservados. Nenhuma parte deste livro pode ser utilizada ou reproduzida sob quaisquer meios existentes sem autorização por escrito dos editores.

Esta é uma obra de ficção. Nomes, personagens, lugares e acontecimentos são fruto da imaginação do autor ou foram usados de forma fictícia. Qualquer semelhança com pessoas reais, vivas ou mortas, eventos ou localidades é mera coincidência.

tradução: Bruno Fiuza e Roberta Clapp
preparo de originais: Cristiane Pacanowski | Pipa Conteúdos Editoriais
revisão: Ana Grillo, Guilherme Bernardo e Luíza Côrtes
diagramação: Valéria Teixeira
capa: Raul Fernandes
imagem de capa: Jill Ferry | Trevillion Images
impressão e acabamento: Associação Religiosa Imprensa da Fé

CIP-BRASIL. CATALOGAÇÃO NA PUBLICAÇÃO
SINDICATO NACIONAL DOS EDITORES DE LIVROS, RJ

G887t

Grisham, John, 1955-
    Tempo de matar / John Grisham ; [tradução Bruno Fiuza, Roberta Clapp]. - 1. ed. - São Paulo : Arqueiro, 2021.
    544 p. ; 23 cm.

    Tradução de : A time to kill
    ISBN 978-65-5565-162-1

    1. Ficção americana. I. Fiuza, Bruno. II. Clapp, Roberta. III. Título.

21-71632   CDD: 813
                         CDU: 82-3(73)

Leandra Felix da Cruz Candido - Bibliotecária - CRB-7/6135

Todos os direitos reservados, no Brasil, por
Editora Arqueiro Ltda.
Rua Funchal, 538 – conjuntos 52 e 54 – Vila Olímpia
04551-060 – São Paulo – SP
Tel.: (11) 3868-4492 – Fax: (11) 3862-5818
E-mail: atendimento@editoraarqueiro.com.br
www.editoraarqueiro.com.br

PARA RENÉE,

Uma mulher de beleza incomum,
Uma amiga extremamente leal,
Uma crítica benevolente,
Uma mãe amorosa,
Uma esposa perfeita.

1

Billy Ray Cobb era o mais jovem e o mais baixo dos dois homens. Aos 23 anos, já era um veterano do presídio de Parchman, com três anos de cadeia nas costas. Posse de drogas, com intenção de venda. Um delinquente franzino, branquelo e durão que havia sobrevivido à prisão porque sempre dava um jeito de reabastecer o estoque, vendendo e às vezes dando drogas para outros presos, em sua maioria negros, e também para os guardas, em troca de proteção. Ao longo do ano seguinte à sua saída da cadeia, ele continuou a prosperar, e seu pequeno tráfico de drogas o alçou à posição de um dos caipiras mais ricos do condado de Ford. Tornou-se um empresário, com tudo a que tinha direito – funcionários, compromissos, negociações –, exceto impostos. Lá para as bandas de Ford, em Clanton, ficou conhecido como o último homem na história recente a comprar uma picape nova em dinheiro vivo. Dezesseis mil dólares por uma picape de luxo customizada amarelo-canário da Ford, com tração nas quatro rodas. As sofisticadas rodas cromadas e os pneus off-road vieram como pagamento por uma transação. A bandeira confederada presa ao vidro traseiro havia sido roubada por Cobb de um estudante de fraternidade bêbado durante um jogo de futebol americano da Ole Miss. A picape era o bem mais valioso de Billy Ray. Ele estava sentado na beirada da caçamba, com a porta aberta, tomando cerveja e fumando um baseado, enquanto via seu amigo Willard aproveitar a sua vez com a menina negra.

Willard era quatro anos mais velho e uns dez mais lento. Em regra, ele era um tipo inofensivo que nunca se envolvera em problemas sérios e nunca tivera um emprego de verdade. Talvez tenha se metido numa briga ou outra, com direito a uma noite na prisão, mas nada muito grave. Ele se autodenominava "madeireiro especializado em celulose", mas uma dor nas costas geralmente o mantinha afastado da floresta. Machucara a coluna trabalhando em uma plataforma offshore no meio do Golfo, e a companhia de petróleo lhe ofereceu um acordo vantajoso, mas ele perdeu tudo porque a ex-mulher o deixou sem nada. Sua principal vocação era a de funcionário de meio período de Billy Ray Cobb, que não pagava muito mas era mão-aberta com as drogas. Pela primeira vez em anos, Willard sempre tinha algum dinheiro. E ele sempre precisava de algo. Era assim que vivia desde que machucara as costas.

Ela tinha 10 anos e era pequena para a idade. Estava deitada sobre os cotovelos imobilizados, amarrados com uma corda de náilon amarela. Suas pernas estavam abertas de forma grotesca, com o pé direito firmemente atado a um carvalho ainda jovem e o esquerdo à estaca de uma cerca de madeira apodrecida já meio caída e há muito abandonada. A corda de náilon havia cortado seus tornozelos e o sangue escorria pelas pernas. Seu rosto estava todo ferido e ensanguentado, com um olho inchado e fechado, e o outro entreaberto, de modo que conseguia ver o homem branco sentado na caminhonete. Ela não olhava para o que estava em cima dela. Ele respirava com dificuldade, suando e xingando. Ele a estava machucando.

Assim que terminou, ele deu um tapa nela e riu, e o outro homem riu de volta, depois eles riram ainda mais e rolaram pela grama ao lado da picape como loucos, gritando e gargalhando. Ela virou o rosto para o outro lado e chorou baixinho, tomando cuidado para não fazer barulho. Já havia apanhado antes por chorar e gritar. Eles juraram que a matariam se ela não ficasse quieta.

Quando se cansaram de tanto rir, subiram na caçamba, onde Willard se limpou com a blusa da menina, que já estava encharcada de sangue e suor. Cobb tirou uma cerveja gelada do cooler e entregou a ele, e fez um comentário sobre como o dia estava úmido. Eles a observaram enquanto ela soluçava e fazia ruídos estranhos e silenciosos, e depois ficou imóvel. A cerveja de Cobb estava pela metade e quente. Ele a arremessou na menina. A lata a atingiu na barriga, espirrando a espuma branca, e depois caiu no chão, perto das outras latas, todas saídas do mesmo cooler. Eles já tinham tomado uma dúzia de cervejas e todas as latas tinham sido atiradas nela ainda pela metade, em meio a gargalhadas. Willard havia tido problemas em acertar o alvo, mas Cobb era muito bom de pontaria. Eles não eram do tipo que desperdiçava cerveja, mas as latas mais pesadas machucavam mais, e era muito divertido ver a espuma espirrando por todo lado.

A cerveja quente se misturou ao sangue vermelho-escuro e escorreu pelo rosto e pelo pescoço dela, formando uma poça atrás da cabeça. Ela não se mexeu.

Willard perguntou a Cobb se ele achava que ela estava morta. Cobb abriu outra lata e explicou que ela não estava morta porque negros geralmente não morriam apenas por conta de chutes, socos e estupros. Era necessário muito mais, algo como uma faca, um revólver ou uma corda, para se livrar de um negro. Embora nunca tivesse participado de um assassinato desse tipo, ele havia convivido com negros na prisão e sabia tudo sobre eles. Estavam sempre matando uns aos outros e com frequência usavam algum tipo de arma. Aqueles que eram só espancados e estuprados nunca morriam. Alguns dos brancos eram espancados e estuprados, e alguns deles morriam. Mas isso nunca acontecia com os negros. A cabeça deles era mais dura. Willard pareceu concordar.

Perguntou então o que Cobb planejava fazer agora que eles haviam terminado com a menina. Cobb tragou seu baseado, deu um gole na cerveja e disse que ainda não tinha terminado. Levantou da caçamba num pulo e saiu cambaleando pela pequena clareira até onde ela estava amarrada. Ele a xingou e gritou para que acordasse, depois derramou cerveja gelada no rosto dela, rindo fora de si.

Ela o acompanhou com os olhos enquanto ele contornava a árvore do lado direito dela e o encarou quando ele olhou para o meio de suas pernas. Quando ele abaixou as calças, ela virou o rosto para o lado esquerdo e fechou os olhos. Ele a estava machucando de novo.

A menina olhou para a floresta e viu algo – um homem correndo desenfreadamente em meio às trepadeiras e aos arbustos. Era seu pai, gritando e apontando para ela, chegando desesperado para salvá-la. Ela gritou chamando por ele, e ele desapareceu. Depois, ela desmaiou.

QUANDO RECOBROU A consciência, um dos homens estava deitado sob a porta da caçamba e o outro debaixo de uma árvore. Eles estavam dormindo.

Seus braços e suas pernas estavam dormentes. O sangue, a cerveja e a urina haviam se misturado com a terra embaixo dela, formando uma pasta pegajosa que grudou seu pequenino corpo ao chão e estalou quando ela se moveu. "Fuja", pensou ela, mas mesmo fazendo o máximo de esforço possível ela só conseguiu se mexer alguns centímetros para a direita. Seus pés estavam amarrados tão no alto que seu quadril mal tocava o chão. Suas pernas e seus braços estavam tão fracos que se recusavam a se mexer.

Ela procurou o pai na floresta e silenciosamente o chamou. Esperou um pouco e voltou a dormir.

Quando acordou pela segunda vez, eles estavam despertos, andando de um lado para outro. O mais alto cambaleou até ela segurando uma pequena faca. Agarrou seu tornozelo esquerdo e serrou vorazmente a corda até ela ceder. Depois soltou sua perna direita, e ela se enrolou em posição fetal de costas para eles.

Cobb arremessou uma corda de náilon por cima de um galho, fez uma alça na extremidade e amarrou a ponta em um nó corredio. Agarrou a menina e passou o laço em volta do pescoço dela, depois cruzou a clareira segurando a outra ponta da corda e se sentou na porta traseira da caçamba, onde Willard fumava um baseado recém-apertado e sorria pelo que Cobb estava prestes a fazer. Ele puxou a corda com força, depois deu um puxão violento, fazendo com que o corpo nu da menina quicasse no chão e parando-o com precisão sob o galho. Ela se engasgou e tossiu, então ele gentilmente afrouxou a corda para lhe dar mais alguns minutos. Amarrou a corda no para-choque e abriu outra cerveja.

Eles se sentaram na porta da caçamba, bebendo, fumando e olhando para ela. Haviam passado a maior parte do dia no lago, onde um amigo de Cobb tinha um barco e algumas garotas que eles acreditaram que seriam fáceis, mas acabaram se mostrando intocáveis. Cobb fora generoso, oferecendo drogas e cerveja, mas as garotas não retribuíram. Frustrados, eles foram embora do lago e estavam dirigindo sem rumo quando encontraram a menina. Ela caminhava por uma estradinha com uma sacola de compras quando Willard a acertou na nuca com uma lata de cerveja.

– Você vai fazer? – perguntou Willard com os olhos vermelhos e vidrados.
Cobb hesitou.

– Não, vou deixar pra você. A ideia foi sua.

Willard deu um trago no baseado, cuspiu e disse:

– A ideia não foi minha. Você que é especialista em matar negros. Faz você.

Cobb desamarrou a corda do para-choque e puxou com força. Isso fez com que a casca do galho se soltasse, espalhando pedacinhos de madeira sobre a menina, que agora os observava com atenção. Ela tossiu.

De repente, ela ouviu alguma coisa, que parecia o ruído alto do escapamento de um carro. Os dois homens se viraram depressa para a estrada de terra que dava na rodovia ao longe. Eles praguejaram e se levantaram, e um deles fechou a porta da caçamba. O outro saiu correndo na direção da menina, tropeçou e caiu diante dela. Eles praguejaram de novo, agarraram-na, depois tiraram a corda do seu pescoço, a arrastaram para a picape e a jogaram na caçamba por cima da porta. Cobb lhe deu um tapa e ameaçou matá-la se ela se mexesse ou fizesse qualquer barulho. Ele disse que a levaria para casa se ela ficasse abaixada e obedecesse; caso contrário, eles a matariam. Entraram na picape, bateram as portas e saíram em disparada em direção à estrada de terra. Ela estava indo para casa. Desmaiou.

Cobb e Willard acenaram para o Firebird com escapamento esportivo ao cruzarem com ele na estreita estrada de terra. Willard olhou para trás para checar se a menina continuava deitada. Cobb entrou na rodovia e pisou ainda mais fundo no acelerador.

– E agora? – perguntou Willard, nervoso.

– Sei lá – respondeu Cobb no mesmo tom. – Mas a gente tem que fazer alguma coisa rápido, antes que ela espalhe sangue na picape inteira. Dá só uma olhada, tem sangue pra tudo que é lado.

Willard ficou pensativo por um instante, enquanto terminava uma cerveja.

– Vamos jogar ela de uma ponte – disse ele, orgulhoso da sugestão.

– Boa ideia. Porra, boa ideia. – Cobb pisou fundo no freio. – Me dá uma cerveja – ordenou a Willard, que saiu cambaleando da caminhonete e pegou duas latas na caçamba.

– Tem sangue até no cooler – avisou ele enquanto saíam novamente em disparada.

GWEN HAILEY TEVE um pressentimento horrível. Normalmente ela teria mandado um dos três garotos até a mercearia, mas o pai os havia colocado de castigo e por isso eles estavam arrancando ervas daninhas na horta. Tonya já fora à mercearia sozinha antes – ficava a pouco mais de um quilômetro de distância apenas – e se mostrava confiável. Mas, depois de duas horas, Gwen pediu aos meninos que saíssem em busca da irmã mais nova. Eles achavam que ela estaria na casa dos Pounders brincando com seus inúmeros filhos, ou que talvez tivesse passado da mercearia para visitar sua melhor amiga, Bessie Pierson.

O dono da mercearia, o Sr. Bates, disse que a menina tinha saído de lá uma hora antes. Jarvis, o irmão do meio, encontrou uma sacola de compras no acostamento da estrada.

Gwen ligou para o marido na fábrica de papel, depois colocou Carl Lee Jr. no carro e saiu dirigindo pelas estradas de terra próximas da mercearia. Seguiram até a Graham Plantation, um assentamento de antigas casas de madeira, para ver se ela estava com uma das tias. Pararam no mercado da rua principal, a um quilômetro e meio da mercearia Bates, e um grupo de negros idosos disse que não a tinha visto por lá. Passaram por diversas estradas não asfaltadas, de cascalho e de terra, cobrindo um raio de oito quilômetros em torno da casa.

COBB NÃO CONSEGUIA encontrar uma ponte em que não houvesse negros pescando. Em cada uma de que se aproximavam havia quatro ou cinco homens sentados no parapeito com seus grandes chapéus de palha e varas de bambu, e abaixo deles, nas margens do rio, havia sempre outro grupo sentado em baldes, usando os mesmos chapéus de palha e as mesmas varas de bambu, completamente imóvel, exceto por um tapa ocasional em uma mosca ou mosquito.

Ele estava com medo. Willard havia apagado e em nada ajudaria, e Cobb estava sozinho na missão de se livrar da menina de um modo que ela jamais pudesse denunciá-los. Willard roncava enquanto ele dirigia freneticamente pelas estradas secundárias e também pelas municipais, em busca de uma ponte ou de um deque em algum rio onde pudesse parar e jogá-la sem ser visto por meia dúzia de negros usando chapéus de palha. Ele olhou pelo retrovisor e a viu tentando se levantar. Pisou fundo no freio, e ela bateu contra a frente da caçamba, bem abaixo da janela da cabine. Willard deu um solavanco em direção ao painel e caiu no chão da picape, onde continuou roncando. Cobb xingou os dois.

O lago Chatulla era nada mais do que uma imensa e rasa cratera artificial, com um fundo lamacento e uma barragem coberta de grama de um quilômetro e meio numa das margens. Ficava no extremo sudoeste do condado de Ford, com uma porção avançando pelo condado de Van Buren. Durante a primavera, tinha o mérito de ser o maior corpo-d'água do Mississippi. Mas no final do verão as chuvas já haviam passado e o sol fazia evaporar a pouca água até o lago secar. Suas margens antes imponentes desapareciam, se aproximando e criando uma bacia ainda mais rasa de água barrenta. Ele era alimentado por todas as direções por inúmeros córregos, riachos e pântanos, e por alguns cursos de água com tamanho suficiente para serem chamados de rios. A existência de todos esses afluentes acabou resultando num número razoável de pontes próximas ao lago.

Foi sobre essas pontes que a picape amarela passou voando, num esforço final em encontrar um local adequado para descarregar uma passageira indesejada. Cobb estava desesperado. Ele conhecia outra ponte, uma estreita de madeira sobre o riacho Foggy. Ao se aproximar, viu homens negros com suas varas de bambu, então pegou uma estrada secundária e parou a picape. Abriu a porta da caçamba, arrastou a garota para fora e a jogou em um pequeno barranco coberto de vegetação.

CARL LEE HAILEY não correu para casa. Gwen ficava nervosa com facilidade e já tinha telefonado para a fábrica várias vezes, achando que as crianças haviam sido sequestradas. Ele bateu o ponto no fim do expediente e fez o trajeto de volta para casa nos habituais trinta minutos. A ansiedade tomou conta dele quando pegou a entrada de cascalho até sua residência e avistou a viatura estacionada próximo à varanda. Outros carros, de familiares de Gwen, estavam espalhados ao longo do caminho e na frente da casa. Havia um carro que ele não sabia de quem era, com varas de pesca despontando das janelas e pelo menos sete chapéus de palha dentro.

Onde estavam Tonya e os meninos?

Ao abrir a porta, ouviu Gwen chorando. À sua direita, na pequena sala de estar, encontrou uma multidão amontoada em cima de uma figura compacta deitada no sofá. A criança estava coberta com toalhas molhadas e rodeada de parentes em prantos. Quando ele se aproximou do sofá, o choro parou e a multidão recuou. Apenas Gwen continuou com a menina. Ela acariciava seu cabelo com a maior delicadeza. Ele se ajoelhou ao lado do sofá e tocou o ombro da filha. Falou com a menina e ela tentou sorrir. Seu rosto era uma massa ensanguentada coberta de nódulos e lacerações. Suas pálpebras não abriam de tão inchadas, e ainda sangravam. Os olhos dele se encheram de lágrimas ao observar o corpinho dela, completamente embrulhado em toalhas e sangrando da cabeça aos pés.

Carl Lee perguntou a Gwen o que tinha acontecido. Ela começou a tremer e a chorar e foi levada pelo irmão até a cozinha. Carl Lee se levantou, virou para a multidão e exigiu que alguém lhe explicasse o que havia acontecido.

Silêncio.

Ele perguntou pela terceira vez. Willie Hastings, um dos primos de Gwen e assistente do xerife, deu um passo à frente e disse a Carl Lee que algumas pessoas estavam pescando perto do riacho Foggy quando viram Tonya caída no meio da estrada. A menina lhes disse o nome de seu pai, e ela foi levada para casa.

Hastings se calou e desviou o olhar.

Carl Lee continuou olhando para ele e aguardando. Os demais presentes mal respiravam e mantinham os olhos para baixo.

– O que aconteceu, Willie? – gritou Carl Lee sem tirar os olhos dele.

Hastings falou devagar e, enquanto fitava a janela, repetiu o que Tonya havia contado à mãe sobre os homens brancos e a picape deles, sobre a corda e as árvores, e sobre como a machucaram quando estavam em cima dela. Hastings parou de falar ao ouvir a sirene da ambulância.

A multidão saiu solenemente pela porta e aguardou na varanda, de onde assistiu à equipe descarregar uma maca e se dirigir para a casa.

Os paramédicos pararam no quintal quando a porta da frente se abriu e Carl Lee saiu abraçado com a filha, sussurrando algo baixinho para ela enquanto copiosas lágrimas pingavam do seu queixo. Ele se dirigiu até a parte de trás da ambulância e entrou. Os paramédicos fecharam a porta e cuidadosamente a tiraram de seus braços.

2

Ozzie Walls era o único xerife negro em todo o Mississippi. Tinha havido alguns outros na história recente do estado, mas naquele momento ele era o único. Walls se orgulhava muito disso, já que 74 por cento da população do condado de Ford era branca, e os outros xerifes negros eram de condados com uma parcela muito maior de negros. Desde a Reconstrução dos Estados Unidos, nenhum xerife negro havia sido eleito em um condado majoritariamente branco do Mississippi.

Walls nascera e fora criado no condado de Ford e tinha algum grau de parentesco com a maioria dos negros e alguns dos brancos. Com o término da segregação no fim dos anos 1960, ele foi membro da primeira turma mista de graduação na escola secundária de Clanton. Queria jogar futebol americano na Ole Miss, uma universidade próxima dali, mas já havia dois negros no time. Em vez disso, estreou na equipe da Alcorn State, e jogava na linha de defesa do Los Angeles Rams quando uma lesão no joelho o despachou de volta para Clanton. Sentia falta do futebol americano, mas gostava de ocupar o cargo de xerife, sobretudo em época de eleição, quando recebia mais votos de brancos do que seus oponentes brancos. As crianças brancas o amavam porque ele era um herói, uma estrela do futebol que havia jogado na TV e teve sua foto publicada em revistas. Os pais delas o respeitavam e votavam nele porque ele era um policial durão que não fazia distinção entre bandidos negros e brancos. Os políticos brancos o apoiavam porque, desde que ele se tornou o xerife, o Departamento de Justiça não precisava se envolver com o condado de Ford. Os negros o veneravam porque ele era Ozzie, um dos seus.

Seu gabinete ficava no presídio. Ozzie não jantou, ficou aguardando que Hastings voltasse da casa dos Haileys com informações. Ele tinha um suspeito. Billy Ray Cobb era conhecido no gabinete do xerife. Ozzie sabia que Billy vendia drogas – só não tinha conseguido pegá-lo ainda. Sabia também que Cobb tinha uma péssima índole.

O operador de rádio convocou os assistentes e, conforme eles chegavam ao presídio, Ozzie lhes dava instruções para localizar (mas não prender) Billy Ray Cobb. Ao todo eram doze assistentes – nove brancos e três negros. Eles varreram o condado em busca de uma picape Ford amarela com uma bandeira confederada no vidro de trás.

Quando Hastings chegou, ele e o xerife partiram para o hospital do condado de Ford. Como de costume, Hastings dirigia e Ozzie dava ordens pelo rádio. Na sala de espera do segundo andar, encontraram a família Hailey. Tias, tios, avós, amigos e desconhecidos lotavam a pequena sala enquanto alguns esperavam no corredor estreito. Era possível ouvir as pessoas sussurrando e chorando baixinho. Tonya estava sendo operada.

Carl Lee estava sentado em um sofá de plástico vagabundo em um canto escuro, ao lado de Gwen e dos meninos. Ele olhava para o chão e nem percebia a multidão ao redor. Gwen chorava com a cabeça apoiada no ombro dele. Os meninos tinham uma postura rígida e as mãos nos joelhos, vez ou outra olhando para o pai como se esperassem palavras de conforto.

Ozzie abriu caminho em meio à multidão, silenciosamente dando apertos de mão e tapinhas nas costas, falando baixinho que pegaria os responsáveis. Ele se ajoelhou diante de Carl Lee e Gwen.

– Como tá a menina? – perguntou.

Carl Lee não o via. Gwen chorou ainda mais alto e os meninos fungavam e enxugavam as lágrimas. Ele deu um tapinha no joelho de Gwen e se levantou. Um dos irmãos dela levou Ozzie e Hastings para fora da sala até o corredor, longe da família. Ele apertou a mão de Ozzie e lhe agradeceu por ter vindo.

– Como ela tá? – perguntou Ozzie.

– Não muito bem. Ela tá sendo operada e provavelmente vai ficar lá dentro por um bom tempo. Teve várias fraturas e uma concussão grave. Ela tá muito machucada. Tem queimaduras de corda no pescoço, como se tivessem tentado enforcar ela.

– Ela foi estuprada? – perguntou ele, certo da resposta.

– Foi. Ela contou pra mãe que eles se revezavam e machucaram muito ela. Os médicos já confirmaram.

– Como o Carl Lee e a Gwen estão?

– Completamente destruídos. Acho que estão em choque. O Carl Lee não disse uma palavra desde que chegou aqui.

Ozzie garantiu que eles encontrariam os dois homens, que isso não demoraria muito e que, quando eles fossem pegos, seriam trancados em um lugar seguro. O irmão de Gwen sugeriu que Ozzie os escondesse em outro presídio, para a segurança deles próprios.

A CINCO QUILÔMETROS de Clanton, Ozzie apontou para uma estrada de terra.

– Entra ali – disse ele a Hastings, que saiu da rodovia e dirigiu até um trailer em ruínas. Já era quase noite.

Ozzie pegou seu cassetete e bateu violentamente na porta da frente.

– Bumpous, abre a porta!

O trailer balançou e Bumpous correu até o banheiro para jogar o baseado que tinha acabado de apertar no vaso sanitário e dar a descarga.

– Abre, Bumpous! – ordenou Ozzie. – Eu sei que você tá aí. Abre ou eu vou chutar essa porta.

Bumpous abriu a porta e Ozzie entrou.

– Sabe, Bumpous, sempre que eu visito você sinto um cheiro estranho e ouço o barulho da descarga. Coloca uma roupa aí. Eu tenho um serviço pra você.

– Qual?

– Vou te explicar lá fora, onde eu consigo respirar. Coloca uma roupa e vem logo.

– E se eu não quiser?

– Tudo bem. Amanhã mesmo eu vou até o teu oficial de condicional.

– Já tô saindo.

Ozzie sorriu e voltou para a viatura. Bobby Bumpous era um de seus favoritos. Desde que saíra em liberdade condicional, dois anos antes, levava uma vida razoavelmente regrada, às vezes sucumbindo à tentação de ganhar um dinheirinho fácil vendendo drogas. Ozzie o vigiava como um falcão e tinha conhecimento dessas transações, e Bumpous sabia que Ozzie estava por dentro de tudo. Por isso, Bumpous ficava sempre ansioso para ajudar seu amigo, o xerife Walls. O plano original era usar Bumpous para prender Billy Ray Cobb por tráfico, mas isso seria adiado por enquanto.

Depois de alguns minutos ele saiu do trailer, ainda colocando a camisa para dentro da calça e fechando o zíper.

– Quem você tá procurando? – questionou ele.

– Billy Ray Cobb.

– Isso é fácil. Você não precisa de mim pra encontrar ele.

– Cala a boca e me escuta. A gente desconfia que o Cobb esteve envolvido em um estupro hoje à tarde. Uma garota negra foi estuprada por dois homens brancos, e eu acho que Cobb era um deles.

– O Cobb não se mete em estupros, xerife. O lance dele é droga, esqueceu?

– Fica quieto e me escuta. Você encontra o Cobb e passa um tempo com ele. Uns cinco minutos atrás a caminhonete dele foi vista no Huey's. Paga uma cerveja pra ele. Joga uma sinuca, dados, o que for. Descobre o que ele fez hoje, com quem estava, aonde foi. Você sabe que ele gosta de falar, né?

– Sei.

– Liga pra central de rádio quando você encontrar com ele. Eles vão me ligar. Eu vou estar por perto. Entendeu?

– Claro, xerife. Sem problema.

– Alguma pergunta?

– Sim. Tô sem grana. Quem vai bancar isso tudo?

Ozzie deu a ele uma nota de vinte dólares e saiu. Hastings foi na direção do Huey's, próximo ao lago.

– Tem certeza que a gente pode confiar nele? – perguntou Hastings.

– Em quem?

– Nesse tal de Bumpous.

– É claro que sim. Ele se provou muito confiável desde que saiu em condicional. É um bom garoto, tenta agir certo na maior parte do tempo. Ele me apoia e faria qualquer coisa que eu pedisse.

– Por quê?

– Porque há um ano eu peguei ele com quase trezentos gramas de maconha. Ele estava fora havia mais ou menos um ano quando peguei o irmão dele com trinta gramas e avisei que ele podia pegar trinta anos por causa disso. O tal irmão abriu o berreiro, chorou a noite toda na cela. No dia seguinte de manhã, estava pronto pra falar. Disse que o fornecedor era o seu irmão, Bobby. Então, soltei ele e fui atrás do Bobby. Bati na porta e ouvi a descarga do vaso sanitário. Ele não quis abrir, então chutei a porta e entrei. Encontrei ele de cueca no banheiro tentando desentupir a privada. Tinha maconha pra tudo que era lado. Não sei de quanto ele tentou se livrar, mas a maior parte tinha voltado pelo encanamento. Deixei o sujeito tão apavorado que ele se mijou todo.

– Tá de sacanagem.

– Não tô, não. O garoto se mijou inteiro. Uma cena ridícula, a cueca toda molhada, com um desentupidor numa das mãos, maconha na outra e o trailer enchendo d'água.

– O que você fez?

– Falei que ia matar ele.

– O que ele fez?

– Começou a chorar. Chorou feito um bebê. Lamentou pela mãe, pela prisão, essas coisas. Prometeu que nunca mais ia fazer merda.

– Você prendeu ele?

– Não, eu não ia conseguir. Toquei o terror no Bobby, ameacei mais um pouco. Coloquei ele em liberdade condicional ali mesmo no banheiro. Tem sido divertido trabalhar com ele desde então.

Eles passaram pelo Huey's e viram a picape de Cobb no estacionamento junto com uma dezena de outras picapes e caminhonetes com tração nas quatro rodas. Estacionaram atrás de uma igreja frequentada pela comunidade negra em uma ladeira que dava na rodovia onde fica o Huey's, de onde tinham uma boa visão do bar de música country, ou *tonk*, como era carinhosamente chamado pelos clientes. Outra viatura se escondeu atrás de algumas árvores na outra extremidade da rodovia. Momentos depois, Bumpous entrou voando no estacionamento. Puxou o freio de mão, espalhando cascalho e poeira, depois deu ré e parou ao lado da picape de Cobb. Olhou em volta e casualmente entrou no Huey's. Trinta minutos depois, o operador de rádio avisou a Ozzie que o informante havia encontrado o sujeito, um homem branco, no Huey's, um estabelecimento na rodovia 305 próximo ao lago. Minutos depois, mais duas viaturas estavam escondidas na área. Eles esperaram.

– Por que você tem tanta certeza que foi o Cobb? – perguntou Hastings.

– Eu não tenho certeza. É só um palpite. A menina disse que era uma picape com rodas cromadas e pneus grandes.

– Isso reduz o número de suspeitos pra dois mil.

– Ela também disse que era amarela, parecia nova e tinha uma bandeira grande pendurada no vidro de trás.

– Isso reduz pra duzentos.

– Talvez menos que isso. Quantos deles são tão cruéis quanto Billy Ray Cobb?

– E se não for ele?

– Foi ele.

– Se não for?

– Vamos saber já, já. Ele fala demais, principalmente quando bebe.

Eles aguardaram por duas horas, observando as picapes chegando e saindo do local. Caminhoneiros, madeireiros, operários e lavradores paravam suas picapes e seus jipes no estacionamento de cascalho e entravam, cheios de si, para beber, jogar sinuca, ouvir a banda, mas sobretudo para procurar mulheres. Alguns saíam e iam até o Ann's Lounge, onde passavam alguns minutos, e voltavam para o Huey's. O Ann's Lounge era mais escuro por dentro e por fora, e não contava com as placas coloridas de cerveja e a música ao vivo que tornavam o Huey's um sucesso entre os moradores da região. O Ann's era conhecido pelo tráfico de drogas, enquanto o Huey's tinha de tudo – música, mulheres, happy hour, caça-níqueis, dados, pista de dança e muita briga. Uma briga extrapolou a porta e foi parar no estacionamento, onde um grupo de caipiras fora de si se engalfinhou até ficar sem fôlego e voltar para a mesa de dados.

– Espero que isso não seja coisa do Bumpous – apontou o xerife.

Os banheiros do lado de dentro eram pequenos e imundos, e a maioria dos clientes achava melhor fazer as suas necessidades entre as picapes no estacionamento. Isso acontecia sobretudo às segundas-feiras, quando a noite da cerveja a dez centavos atraía caipiras de quatro condados e cada picape parada no estacionamento recebia pelo menos três jatos. Cerca de uma vez por semana, um motorista desavisado que passava ficava chocado com algo que via no estacionamento, e Ozzie era forçado a levar alguém preso. Mas normalmente ele não se envolvia com o que acontecia no local.

Os dois estabelecimentos violavam diversas leis. Havia apostas, drogas, uísque contrabandeado, menores de idade, atividade além do horário permitido, etc. Pouco depois de ser eleito, Ozzie cometeu o equívoco, um pouco em razão de uma promessa de campanha precipitada, de fechar todos os bares daquele tipo do condado. Foi um erro terrível. A taxa de criminalidade disparou. A prisão ficou lotada. O número de audiências no tribunal se multiplicou. Os caipiras se uniram e dirigiram em caravanas até Clanton e estacionaram ao redor da praça onde fica o fórum. Centenas deles. Toda noite eles invadiam a praça, bebendo, brigando, tocando música alta e gritando obscenidades para os moradores da cidade, que ficavam horrorizados. Todo dia a praça amanhecia parecendo um lixão, com latas e garrafas espalhadas por toda parte. Ozzie também fechou bares como aqueles frequentados pelos negros, e as invasões, os roubos e os esfaqueamentos triplicaram em apenas um mês. Houve dois assassinatos em uma única semana.

Por fim, com a cidade sitiada, um grupo de reverendos da região se reuniu em sigilo com Ozzie e lhe implorou que pegasse mais leve com os bares. O xerife educadamente os lembrou de que, ao longo da campanha, eles mesmos haviam insistido no fechamento. Admitiram que estavam errados e imploraram que Ozzie aliviasse um pouco a pressão. Sim, eles o apoiariam na eleição seguinte. O xerife cedeu e a vida voltou ao normal no condado de Ford.

Ozzie não gostava nada do sucesso que esses estabelecimentos faziam em seu condado, mas estava convencido de que seus eleitores, ao menos aqueles que respeitavam a lei, ficavam muito mais seguros quando os bares estavam abertos.

Às dez e meia, o operador comunicou pelo rádio que o informante estava ao telefone e queria falar com o xerife. Ozzie deu sua localização e um minuto depois eles viram Bumpous aparecer do nada e cambalear até sua picape. Ele saiu em alta velocidade, cantando pneu e espalhando cascalho, em direção à igreja.

– Ele tá bêbado – disse Hastings.

Bumpous passou pelo estacionamento da igreja e parou bruscamente a poucos metros da viatura.

– E aí, xerife! – gritou ele.

Ozzie foi até a picape.

– Por que a demora?

– Achei que não precisava ter pressa.

– Faz duas horas que você se encontrou com ele.

– É verdade, xerife, mas já tentou gastar vinte dólares em cerveja quando a lata custa cinquenta centavos?

– Você tá bêbado?
– Não, tô só me divertindo. Pode me arrumar mais vinte?
– O que você descobriu?
– Sobre o quê?
– Sobre o Cobb!
– Ué, ele tá lá dentro.
– Eu sei que ele tá lá dentro! O que mais?
Bumpous parou de sorrir e olhou para o bar à distância.
– Ele tá rindo disso tudo, xerife. É a piada do dia. Disse que finalmente achou uma negra virgem. Alguém perguntou quantos anos ela tinha, e o Cobb disse 8 ou 9. Todo mundo riu.
Hastings fechou os olhos e baixou a cabeça. Ozzie cerrou os dentes e desviou o olhar.
– O que mais ele disse?
– Ele tá completamente bêbado. Não vai se lembrar de nada amanhã de manhã. Disse que ela era uma gracinha.
– Quem estava junto com ele?
– Pete Willard.
– Ele tá lá dentro?
– Sim, os dois estão lá, rindo da história.
– Onde eles estão exatamente?
– Do lado esquerdo, perto das máquinas de pinball.
Ozzie sorriu.
– Tá bem, Bumpous. Bom trabalho. Agora some daqui.
Hastings ligou para a central de rádio e passou os dois nomes. O operador retransmitiu a mensagem ao assistente Looney, que estava estacionado na rua em frente à casa de Percy Bullard, juiz do condado. Looney tocou a campainha e entregou ao juiz duas declarações juramentadas e dois mandados de prisão. Bullard rubricou os mandados e os devolveu a Looney, que agradeceu ao juiz e foi embora. Vinte minutos depois, Looney entregou os mandados a Ozzie atrás da igreja.
Exatamente às onze, a banda parou de tocar, os dados desapareceram, as pessoas na pista de dança congelaram, as bolas pararam de rolar nas mesas de sinuca e alguém acendeu as luzes. Todos os olhares seguiram o xerife enquanto ele e seus homens avançavam sem pressa até uma mesa perto das máquinas de pinball. Cobb, Willard e dois outros homens estavam sentados

ao redor de uma mesa cheia de latas de cerveja vazias. Ozzie foi até lá e sorriu para Cobb.

– Sinto muito, senhor, mas não permitimos negros aqui – disparou Cobb, e os quatro caíram na gargalhada.

Ozzie continuou sorrindo. Quando as risadas pararam, ele disse:

– Estão se divertindo, Billy Ray?

– Estávamos.

– Parece que sim. Eu detesto atrapalhar, mas você e o Sr. Willard precisam vir comigo.

– Pra onde? – perguntou Willard.

– Dar uma volta.

– Eu não vou sair daqui – declarou Cobb.

Em seguida, os outros dois se levantaram da mesa e se juntaram aos espectadores.

– Vocês dois vão presos – disse Ozzie.

– Você tem mandado? – perguntou Cobb.

Hastings mostrou a ele os mandados e Ozzie os arremessou entre as latas de cerveja.

– Sim, nós temos mandado. Agora levanta.

Desesperado, Willard olhava para Cobb, que deu um gole na cerveja e disse:

– Eu não vou a lugar nenhum.

Looney entregou a Ozzie o cassetete mais comprido já usado no condado de Ford. Willard entrou em pânico. Ozzie o ergueu e em seguida atingiu o centro da mesa, fazendo voarem latas, cerveja e espuma para todo lado. Willard deu um pulo, juntou os punhos e os esticou para Looney, que aguardava com as algemas. Ele foi arrastado para fora e jogado em uma viatura.

Ozzie bateu com o cassetete na palma da mão esquerda e sorriu para Cobb.

– Você tem o direito de permanecer calado. Tudo o que disser será usado contra você no tribunal. Você tem direito a um advogado. Se não puder pagar, o Estado lhe providenciará um. Alguma pergunta?

– Sim, que horas são?

– Hora de ir pra cadeia, rapaz.

– Vai pro inferno, seu preto!

Ozzie o agarrou pelos cabelos, erguendo-o da cadeira, e em seguida o jogou de cara no chão. Ele ajoelhou nas costas de Cobb, passou o cassetete por baixo do pescoço dele, puxando para cima enquanto enfiava o joelho mais fundo em suas costas. Cobb gritou até o cassetete começar a esmagar sua laringe.

Ele foi algemado e Ozzie o arrastou pelos cabelos pela pista de dança, para fora do bar e pelo estacionamento de cascalho, até jogá-lo no banco de trás da viatura junto com Willard.

A NOTÍCIA DO estupro se espalhou depressa. Mais amigos e parentes lotavam a sala de espera e os corredores próximos. A cirurgia de Tonya havia terminado e seu estado era considerado crítico. Ozzie conversou com o irmão de Gwen no corredor e contou sobre as prisões. Sim, eram eles, ele tinha certeza.

3

Jake Brigance rolou por cima da esposa e foi cambaleando até o pequeno banheiro a poucos metros de sua cama, onde tateou no escuro em busca do despertador, que se esgoelava. Estava exatamente onde o havia deixado e o silenciou com um tapa rápido e violento. Eram cinco e meia da manhã de quarta-feira, 15 de maio.

Ele ficou de pé no escuro por um momento, sem fôlego, apavorado, o coração batendo acelerado, olhando para os números fluorescentes brilhando no mostrador do relógio, um relógio que ele odiava. Seu grito agudo podia ser ouvido do final da rua. Toda manhã Jake chegava muito próximo de um ataque cardíaco, quando, àquela hora, o alarme explodia. De vez em quando, cerca de duas vezes por ano, ele acabava jogando Carla no chão, e ela às vezes desligava o despertador antes de voltar para a cama. Na maioria das vezes, no entanto, ela não era tão solidária. Achava que ele era louco por acordar àquela hora.

O relógio ficava na janela do banheiro, para que Jake fosse obrigado a se levantar para desligar o alarme. Uma vez de pé, Jake se obrigava a não se arrastar de volta para debaixo das cobertas. Era uma de suas regras. Houve um tempo em que o despertador ficava na mesa de cabeceira e o volume era mais baixo. Geralmente, Carla esticava a mão e desligava o alarme antes que Jake pudesse escutar qualquer coisa. Ele então dormia até as sete ou oito da manhã, e seu dia inteiro ficava comprometido. Ele não conseguia chegar ao escritório às sete, que era outra regra. O alarme passou a ficar no banheiro e assim servir ao seu propósito.

Jake foi até a pia e jogou água fria no rosto e no cabelo. Acendeu a luz e deu um suspiro de aversão diante do que viu no espelho. Seu cabelo castanho e liso apontava para todos os lados, e as entradas pareciam ter recuado pelo menos cinco centímetros durante a noite. Ou isso, ou sua testa havia crescido. Seus olhos estavam inchados e grudentos, cheios de remela acumulada nos cantos. Uma das costuras do cobertor tinha deixado uma marca vermelha e chamativa no lado esquerdo de seu rosto. Ele a tocou, depois esfregou e se perguntou se em algum momento ela sairia. Com a mão direita, puxou o cabelo para trás e inspecionou as entradas. Aos 32 anos, ele não tinha cabelos grisalhos. Cabelo grisalho não era o problema. O problema era a calvície, que Jake havia herdado abundantemente de ambos os lados da família. Seu sonho era ter cabelos fartos, que nascessem poucos centímetros acima das sobrancelhas. Ele ainda tinha bastante cabelo, Carla lhe dizia. Mas não durariam muito, no ritmo em que estavam desaparecendo. Ela também garantia que ele estava bonito como sempre, e ele acreditava nela. A esposa explicara que as entradas davam a ele uma aparência madura, essencial para um jovem advogado. Ele também achava isso.

Mas e quanto aos advogados carecas e velhos, ou mesmo advogados carecas de meia-idade? Por que o cabelo não podia simplesmente voltar depois que surgissem as rugas e os fios grisalhos nas laterais que dão o tal toque de maturidade?

Jake ficou pensando sobre isso no chuveiro. Ele tomava um banho rápido, fazia a barba e se vestia depressa. Tinha que estar no Coffee Shop às seis – outra regra. Acendia as luzes e batia gavetas e portas de armários em um esforço para acordar Carla. Esse era o ritual matinal durante o verão, quando ela não estava dando aula na escola. Ele alegava que fazia questão de passar aqueles primeiros instantes do dia com a esposa, sob o argumento de que ela tinha o dia todo para recuperar o sono perdido. Ela dava um gemido e se aninhava ainda mais debaixo das cobertas. Uma vez vestido, Jake pulava em cima dela na cama, apoiado nas mãos e nos joelhos, e a beijava na orelha, no pescoço e no rosto inteiro, até que ela por fim ia pra cima dele. Então ele arrancava as cobertas da cama e ria enquanto ela se enrolava, tremia e implorava pelo cobertor. Ele o segurava enquanto admirava suas pernas bronzeadas, praticamente perfeitas. O camisolão pesado não cobria nada abaixo da cintura, o que o incitava a uma centena de pensamentos libidinosos.

Cerca de uma vez por mês, aquele ritual saía do controle. Ela não se queixava e os cobertores eram removidos por ambos. Em manhãs como essa, Jake se despia ainda mais rápido e quebrava pelo menos três de suas regras. Foi assim que Hanna foi concebida.

Mas não naquela manhã. Ele cobriu a esposa, a beijou delicadamente e apagou as luzes. Ela respirou tranquila e adormeceu de volta.

No fim do corredor, ele abriu a porta do quarto de Hanna com todo o cuidado e se ajoelhou ao lado da menina. Ela tinha 4 anos, era filha única, e não haveria outras. Estava deitada na cama, rodeada de bonecas e bichinhos de pelúcia. Ele a beijou de leve na bochecha. Ela era tão bonita quanto a mãe, e as duas eram idênticas tanto na aparência quanto no jeito. Tinham grandes olhos cinza-azulados capazes de chorar num piscar de olhos, se necessário. Usavam os cabelos escuros da mesma maneira, os cortavam sempre com a mesma pessoa, na mesma ocasião. Até se vestiam igual.

Jake amava as duas mulheres da sua vida. Despediu-se da segunda com um beijo e foi até a cozinha passar o café para Carla. Ao sair de casa, soltou Max, a vira-lata, no quintal, onde ela ao mesmo tempo se aliviou e latiu para o gato da vizinha, a Sra. Pickle.

Poucas pessoas acordavam àquela hora como Jake Brigance. Ele desceu a passos largos a entrada da garagem para buscar o jornal para Carla. O céu estava escuro e sem nuvens, e o tempo, fresco – sinais de um verão que não tardaria a chegar.

Olhou para os dois lados da Adams Street observando a escuridão, depois se virou e admirou a própria casa. Duas casas no condado de Ford constavam no Registro Nacional do Patrimônio Histórico, e Jake Brigance era dono de uma delas. Orgulhava-se disso, ainda que o imóvel estivesse hipotecado. Era uma casa do século XIX, de arquitetura vitoriana, construída por um ferroviário aposentado que morrera na primeira noite de Natal que passou na nova residência. A fachada exibia um imenso gablete no meio e um telhado de quatro águas, que cobria uma ampla varanda frontal. Abaixo do gablete, um pequeno pórtico com uma guarnição de madeira pendia suavemente sobre a varanda. Os cinco pilares de sustentação eram redondos e pintados de branco e azul ardósia. Todas as colunas tinham entalhes florais feitos à mão, cada um com uma flor diferente – narcisos, íris e girassóis. O gradil entre os pilares era luxuosamente rendado. No andar de cima, três janelas salientes se abriam para uma pequena sacada, e à esquerda da sacada uma torre octogonal com vitrais se projetava e se erguia acima do gablete até atingir o topo com um remate de ferro. Abaixo da torre e à esquerda da varanda da frente, um amplo e gracioso alpendre cercado por um gradil com acabamento ornamental se estendia pela casa e servia como garagem. Os painéis frontais eram ecléticos, com detalhes vitorianos, placas de cedro, padrões de concha e de escamas de peixe, gabletes finamente ornamentados e fusos em miniatura.

Carla havia descoberto um consultor de pintura em Nova Orleans, que escolheu seis cores originais – predominando tons de azul, verde-azulado, pêssego e branco. A pintura levou dois meses e custou 5 mil dólares a Jake, sem falar nas incontáveis horas que ele e Carla passaram pendurados em escadas raspando cornijas. E, embora não gostasse de algumas das cores, nunca tinha ousado sugerir uma nova pintura.

Como qualquer construção vitoriana, a casa era absolutamente singular. Tinha uma personalidade arrojada, provocante e envolvente, derivada de uma atitude ingênua, alegre, quase infantil. Carla a queria desde antes de se casarem, e quando o dono, que vivia em Memphis, enfim morreu e a propriedade foi fechada, eles a compraram por uma mixaria, porque ninguém mais a queria. Estava abandonada havia vinte anos. Eles fizeram empréstimos altos em dois dos três bancos de Clanton e passaram os três anos seguintes dedicando muito tempo e amor à casa. Agora as pessoas passavam de carro e paravam para tirar fotos dela.

O terceiro banco local era o detentor da hipoteca do carro de Jake, o único Saab no condado de Ford. Um Saab vermelho, ainda por cima. Ele secou o orvalho do para-brisa e destrancou a porta. Max ainda estava latindo e havia despertado o exército de gaios-azuis que vivia no bordo do quintal da Sra. Pickle. Eles cantaram para Jake e se despediram enquanto ele sorria e assobiava em resposta. Ele virou as costas para a Adams Street. Dois quarteirões a leste ele pegava a Jefferson, na direção sul, e dois quarteirões depois terminava na Washington Street. Jake sempre se perguntava por que todas as cidades pequenas do Sul do país tinham sempre uma Adams, uma Jefferson e uma Washington Street, mas nenhuma Lincoln ou Grant Street. A Washington Street ia de leste a oeste, no lado norte da Clanton Square.

Clanton era a sede do condado e por isso tinha uma praça, e na praça, naturalmente, havia um fórum bem no meio. O general Clanton planejara a cidade com muito cuidado, e a praça era comprida e larga, e no gramado em frente ao tribunal havia enormes carvalhos, todos alinhados e espaçados de forma impecável. O tribunal do condado de Ford, com mais de dois séculos de existência, fora construído depois que os ianques incendiaram o anterior. A entrada do edifício dava para o sul, em uma postura desafiadora, como se desse as costas aos cidadãos do Norte. Era antigo e imponente, com colunas brancas ao longo de toda a fachada e venezianas pretas na frente de cada uma das dezenas de janelas. O tijolo vermelho original havia muito tinha sido pintado de branco, e a cada quatro anos os escoteiros adicionavam uma espessa camada de verniz brilhante durante suas tradicionais atividades de verão. As inúmeras fianças pagas ao longo dos anos permitiram a realização de reformas e ampliações no edifício. O gramado ao redor do fórum estava limpo e bem aparado. Uma equipe da prisão cortava a grama duas vezes por semana.

Clanton tinha três cafeterias – duas para os moradores brancos e uma para os negros, e todas as três ficavam na praça. Não era ilegal ou incomum que brancos comessem no Claude's, o restaurante frequentado pelos negros no lado oeste do condado. E era seguro para os negros entrar no Tea Shoppe, no lado sul, ou no Coffee Shop, na Washington Street. Mesmo assim eles não entravam, porque era exatamente isso que falavam para eles lá na década de 1970. Jake comia churrasco toda sexta-feira no Claude's, assim como a maioria dos liberais brancos em Clanton. No entanto, seis manhãs por semana ele frequentava o Coffee Shop.

Ele estacionou o Saab em frente ao seu escritório, na Washington Street, e passou por três outros prédios até chegar ao Coffee Shop. Fazia uma hora que estava aberto, e aquele era o horário de pico. Garçonetes passavam apressadas servindo o café e os pratos, o tempo todo conversando com os clientes de sempre, fazendeiros, mecânicos e delegados. Aquela não era uma cafeteria para engravatados. Os engravatados se reuniriam naquela manhã, um pouco mais tarde, do outro lado da praça, no Tea Shoppe, e discutiriam política nacional, tênis, golfe e o mercado de ações. No Coffee Shop, eles falavam sobre política local, futebol e pesca de robalo. Jake era um dos poucos engravatados autorizados a frequentar o Coffee Shop. Ele era muito querido e bem-recebido pelos trabalhadores de uniforme, muitos dos quais em algum momento tinham ido parar no escritório dele por conta de algum testamento, processo, divórcio ou qualquer um entre milhares de outros problemas. Eles mexiam com Jake e contavam piadas sobre advogados corruptos, mas ele não se ofendia fácil. Pediam que ele explicasse as decisões da Suprema Corte e outras curiosidades do mundo jurídico durante o café da manhã, e ele prestava muitas consultorias jurídicas gratuitas no Coffee Shop. Jake era excelente em ser direto em qualquer assunto. Eles gostavam disso. Nem sempre concordavam com ele, mas com muita frequência obtinham respostas francas. Às vezes discutiam, mas nunca havia ressentimentos.

Jake entrou na cafeteria às seis e levou cinco minutos para cumprimentar todo mundo, entre apertos de mãos, tapinhas nas costas e gracinhas para as atendentes. No momento em que ele se sentava à mesa de sempre, sua garçonete favorita, Dell, já tinha em mãos uma xícara de café e o pedido típico: torrada, geleia e mingau de milho. Ela dava um tapinha na mão dele e o chamava de "querido" e "meu amor", e estava sempre cheia de paparicos. Era sempre ríspida e chamava a atenção dos outros, mas com Jake agia diferente.

Ele comeu junto com Tim Nunley, um mecânico da Chevrolet, e dois irmãos, Bill e Bert West, que trabalhavam na fábrica de calçados na zona norte da cidade. Jake pingou três gotas de Tabasco no mingau e misturou com destreza, adicionando uma fatia de manteiga. Cobriu a torrada com uma camada grossa de geleia caseira de morango. Assim que arrumou tudo, deu um gole no café e começou a comer. Eles comeram em silêncio e depois falaram sobre como a temporada de pesca estava boa.

Em uma mesa perto da janela, a poucos metros da de Jake, três assistentes do xerife conversavam. O grandão, Marshall Prather, virou-se para Jake e perguntou em voz alta:

– Fala aí, Jake, você não defendeu o Billy Ray Cobb uns anos atrás?

A cafeteria ficou em silêncio de imediato enquanto todos olhavam para o advogado. Surpreendido não pela pergunta, mas pela reação que ela provocara, Jake engoliu o mingau e tentou puxar o nome na memória.

– Billy Ray Cobb – repetiu ele em voz alta. – Que caso foi esse?

– Tráfico – disse Prather. – Eu peguei ele vendendo drogas uns quatro anos atrás. Ele passou um tempo em Parchman e saiu no ano passado.

Jake se lembrou.

– Não, eu não representava ele, não. Acho que ele tinha um advogado de Memphis.

Prather pareceu satisfeito e voltou para suas panquecas.

Jake esperou. Por fim perguntou:

– Por quê? O que foi que ele fez agora?

– Foi pego ontem à noite por estupro.

– Estupro?!

– Sim, ele e o Pete Willard.

– Quem eles estupraram?

– Você se lembra do garoto negro que você conseguiu soltar naquele caso de homicídio uns anos atrás?

– Lester Hailey. É claro que lembro.

– Você conhece o irmão dele, Carl Lee?

– Claro. Sei quem é. Eu conheço todos os Haileys. Já representei a maior parte deles.

– Então, a filha dele.

– Você tá de sacanagem?

– Não.

– Quantos anos ela tem?

– Dez.

A cafeteria foi voltando ao normal, mas Jake perdeu completamente o apetite. Ficou um tempo brincando com o café na xícara e ouviu a conversa mudar da pescaria para os carros japoneses e depois voltar para a pescaria. Quando os irmãos West foram embora, ele foi se sentar à mesa dos assistentes.

– Como ela tá? – perguntou ele.

– Quem?

– A menina.

– Bem mal – disse Prather. – Ela tá internada.

– O que aconteceu?

– A gente não sabe de tudo. Ela não consegue falar muito. A mãe tinha pedido pra ela ir ao mercado. Eles moram na Craft Road, atrás da mercearia Bates.

– Eu sei onde eles moram.

– Sei lá como eles colocaram ela na picape do Cobb, levaram pra algum lugar na floresta e estupraram ela.

– Os dois?

– Sim, várias vezes. Chutaram ela, deram uma surra feia. Teve gente da família que nem conseguiu reconhecer, ela tava muito machucada.

Jake balançou a cabeça.

– Que loucura.

– Sim. A pior coisa que eu já vi na vida. Eles tentaram matar a menina. Deixaram ela lá pra morrer.

– Quem achou ela?

– Um pessoal pescando no riacho Foggy. Viram ela caindo no meio da estrada, com as mãos amarradas pra atrás. A menina ainda conseguia falar um pouco, disse pra eles quem era o pai dela e eles levaram ela pra casa.

– Como vocês souberam que foi o Billy Ray Cobb?

– Ela disse pra mãe que era uma picape amarela com uma bandeira confederada pendurada no vidro de trás. O Ozzie não precisou de mais nada. Ele já sabia que era o Billy desde que a menina chegou no hospital.

Prather teve o cuidado de não falar muito. Ele gostava de Jake, mas era advogado e lidava com muitos casos criminais.

– Quem é esse Pete Willard?

– Um amigo do Cobb.

– Onde vocês encontraram eles?

– No Huey's.

– Faz sentido – disse Jake, tomando seu café e pensando em Hanna.

– Muito, muito, muito bizarro – murmurou Looney.

– Como o Carl Lee tá?

Prather limpou o bigode com o guardanapo.

– Eu mesmo não conheço ele, mas nunca ouvi nada de ruim sobre ele também. Eles ainda estão no hospital. Acho que o Ozzie passou a noite inteira lá. Ele conhece a família muito bem, é claro, conhece todo mundo muito bem. O Hastings é parente da menina em algum grau.

– Quando é a audiência preliminar?

– O Bullard marcou pra hoje à uma da tarde. Não foi isso, Looney?

Looney meneou a cabeça, concordando.

– Teve fiança?

– Ainda não foi definida. O Bullard vai esperar até a audiência. Se ela morrer, vai ser um caso de homicídio qualificado, né?

Jake fez que sim com a cabeça.

– Eles não podem sair com fiança se for homicídio qualificado, podem, Jake? – perguntou Looney.

– Podem, mas eu nunca vi. Eu sei que o Bullard não vai conceder fiança por homicídio qualificado e, se ele fizer isso, eles não vão conseguir pagar.

– Quanto tempo eles pegam de cadeia se ela não morrer? – perguntou Nesbit, o terceiro assistente.

Outras pessoas ouviam enquanto Jake explicava:

– Eles podem pegar prisão perpétua pelo estupro. Imagino que também vão ser acusados de sequestro e lesão corporal.

– Já foram, na verdade.

– Então eles podem pegar vinte anos pelo sequestro e mais vinte pela lesão corporal.

– Sim, mas por quanto tempo eles vão ficar presos de fato? – quis saber Looney.

Jake pensou por um segundo.

– Eles poderiam conseguir liberdade condicional em treze anos. Sete pelo estupro, três pelo sequestro e três pela lesão corporal. Isso presumindo que sejam condenados em todas as acusações e recebam a pena máxima em cada uma.

– E o Cobb? Ele tem antecedente.

– Sim, mas ele só é considerado reincidente se tiver duas condenações anteriores.

– Treze anos – repetiu Looney, balançando a cabeça.

Jake olhou pela janela. A praça estava ganhando vida com picapes cheias de frutas e legumes estacionadas ao longo da calçada em torno do gramado na frente do fórum, e os velhos fazendeiros em seus macacões desbotados organizavam as pequenas cestas de tomates, pepinos e abóboras nas caçambas e nos capôs. Melancias gigantes eram colocadas ao lado dos pneus empoeirados, e os fazendeiros se encaminhavam para uma reuniãozinha logo de manhã cedo sob o monumento em homenagem à Guerra do Vietnã, onde se sentavam nos bancos da praça e mascavam tabaco e talhavam pedaços de madeira enquanto se atualizavam das fofocas. "Provavelmente estão falando sobre o estupro", pensou Jake. Já tinha amanhecido e era hora de ir para o escritório. Os assistentes terminaram de comer e ele pediu licença. Deu um abraço em Dell, pagou a conta e, por um segundo, pensou em dirigir de volta para casa para ver como estava Hanna.

Faltando três minutos para as sete, ele destrancou a porta do escritório e acendeu as luzes.

CARL LEE TEVE dificuldade para dormir no sofá da sala de espera. A condição de Tonya era grave, mas estável. Eles a viram à meia-noite; o médico tinha avisado que ela estava bem mal, e de fato estava. Gwen havia beijado o rostinho enfaixado da filha enquanto Carl Lee ficou parado ao pé da cama, calado, imóvel, incapaz de fazer qualquer coisa a não ser olhar fixamente para a pequena figura cercada por máquinas, tubos e enfermeiras. Mais tarde, Gwen foi sedada e levada para a casa de sua mãe em Clanton. Os meninos foram para casa com o irmão de Gwen.

A multidão se dispersou por volta de uma da manhã, deixando Carl Lee sozinho no sofá. Ozzie chegou às duas, levando café e donuts, e contou a Carl Lee tudo o que sabia sobre Cobb e Willard.

O ESCRITÓRIO DE Jake era um prédio de dois andares em uma fileira de prédios de dois andares com vista para o fórum no lado norte da praça, logo depois do Coffee Shop. O prédio havia sido construído pela família Wilbanks na década de 1890, quando eram proprietários do condado de Ford. Desde o dia em que o prédio foi construído até 1979, o ano da cassação, sempre houve um Wilbanks praticando advocacia no prédio. Ao lado, na direção leste, trabalhava um agente de seguros que Jake havia processado por prestar um serviço malfeito em um processo de sinistro apresentado em nome de Tim Nunley, mecânico da Chevrolet. A oeste ficava o banco onde fizera a hipoteca do Saab. Todos os prédios ao redor da praça tinham dois andares e eram feitos de tijolos, exceto os bancos. O que ficava ao lado do escritório de Jake também havia sido construído pelos Wilbanks e tinha apenas dois andares, mas o que ficava no canto sudeste da praça tinha três, e o mais novo, no canto sudoeste, quatro.

Jake trabalhava sozinho, e o fazia desde 1979, ano da cassação. Era melhor assim, sobretudo porque não havia nenhum outro advogado em Clanton competente o suficiente para trabalhar com ele. A cidade contava com vários bons advogados, mas a maioria trabalhava no escritório Sullivan, localizado no prédio do banco, aquele com quatro andares. Jake detestava o Sullivan. Todos os advogados detestavam o Sullivan, exceto os que trabalhavam lá. Eram oito ao todo, oito dos idiotas mais pomposos e arrogantes que Jake já conhecera. Dois tinham se formado em Harvard. Entre os clientes deles estavam grandes fazendeiros, bancos, seguradoras, ferrovias, qualquer um que tivesse dinheiro. Os outros catorze advogados do condado recolhiam as sobras e representavam pessoas – as de corpo e alma, humanas, vivas, a maioria das quais tinha muito pouco dinheiro. Esses eram os "advogados do povo" – aqueles que ficavam nas trincheiras ajudando pessoas com problemas. Jake tinha orgulho de ser desse tipo.

O escritório dele era enorme. Ele usava apenas cinco dos dez cômodos do edifício. No térreo havia uma recepção, uma sala de reuniões grande, uma cozinha, um depósito pequeno cheio de tralhas. No segundo andar ficavam a imensa sala de Jake e outra menor, que ele chamava de sala de guerra. Não tinha janelas, telefones nem qualquer distração. Havia três salas vazias no andar de cima e duas no andar de baixo. No passado, elas haviam sido ocupadas pelo respeitado escritório Wilbanks, muito antes da cassação. A sala de Jake no andar de cima era uma "senhora" sala: oitenta metros quadrados, com um pé-direito de três metros, teto e piso de madeira, uma lareira enorme e três mesas – sua mesa de trabalho, uma pequena mesa de reuniões em um canto e uma escrivaninha antiga em outro canto, sob um retrato de William Faulkner. Os móveis antigos de carvalho já estavam lá havia quase um século, assim como os livros e as prateleiras que cobriam uma das paredes. A vista da praça e do fórum era impressionante e ficava ainda mais bonita quando se abriam as portas de vidro e se caminhava até uma pequena varanda acima da calçada próximo à Washington Street. Sem sombra de dúvida, Jake tinha o melhor escritório de Clanton. Até mesmo seus maiores inimigos do escritório Sullivan admitiriam isso.

Apesar de toda a opulência e da imensa área, Jake pagava a módica quantia de quatrocentos dólares por mês ao seu senhorio e ex-chefe, Lucien Wilbanks, cuja licença havia sido cassada em 1979.

Por décadas, a família Wilbanks estivera no comando do condado de Ford. Eram pessoas ricas e vaidosas, conhecidas na agricultura, no setor bancário, na política e, em especial, no Direito. Todos os homens da família Wilbanks eram advogados e estudaram em universidades da Ivy League. Fundaram bancos, igrejas, escolas, e vários tiveram cargos públicos. Por muitos anos, o escritório Wilbanks & Wilbanks fora o mais poderoso e respeitado do norte do Mississippi.

Foi então que veio Lucien. Ele era o único homem na família Wilbanks naquela geração. Tinha uma irmã e algumas sobrinhas, mas o que se esperava delas era que conseguissem um bom marido. Coisas grandiosas eram esperadas de Lucien quando ele era criança, mas mais ou menos no terceiro ano já estava claro que ele seria um Wilbanks diferente. Herdou o escritório de advocacia em 1965, quando o pai e o tio morreram em um acidente de avião. Embora tivesse 40 anos, fora apenas recentemente, alguns meses antes do acidente, que Lucien havia concluído seus estudos de Direito por meio de cursos por correspondência. Sabe-se lá como, foi aprovado no exame da Ordem. Assumiu o controle do escritório e os clientes começaram a desaparecer. Grandes clientes, como seguradoras, bancos e fazendeiros, todos saíram e foram para o escritório Sullivan, recém-criado. Sullivan tinha sido advogado júnior no escritório dos Wilbanks até Lucien despedi-lo e expulsá-lo de lá; ele não só levou junto outros advogados juniores como a maioria dos clientes. Em seguida, Lucien demitiu todo mundo – advogados, secretárias, funcionários –, todos, exceto Ethel Twitty, a secretária favorita de seu falecido pai.

Ethel e John Wilbanks foram muito próximos ao longo dos anos. Na verdade, ela tinha um filho mais novo que se parecia muito com Lucien. O coitado passou a maior parte da vida entrando e saindo de inúmeras clínicas psiquiátricas. Lucien se referia a ele, em tom de piada, como seu irmão retardado. Após o acidente de avião, o jovem apareceu em Clanton e começou a dizer às pessoas que era filho ilegítimo de John Wilbanks. Ethel se sentiu humilhada, mas não conseguiu contê-lo. A cidade de Clanton ficou escandalizada. O escritório Sullivan deu entrada em um processo representando o filho de Ethel, que pleiteava sua parte do espólio. Lucien ficou furioso. O caso foi a julgamento, e Lucien defendeu com vigor sua honra, sua dignidade e o nome de sua família. Defendeu com a mesma garra o patrimônio de seu pai, que havia sido deixado para Lucien e sua irmã. No julgamento, o júri notou a impressionante semelhança entre Lucien e o filho de Ethel, que era muitos anos mais jovem. O rapaz tinha estrategicamente se sentado o mais próximo possível de Lucien. Os advogados do Sullivan o instruíram a andar, falar, sentar e fazer tudo igual a Lucien. Inclusive o vestiram como Lucien. Ethel e o marido negaram que o menino fosse parente dos Wilbanks, mas o júri decidiu o contrário. Ele foi considerado herdeiro de John Wilbanks e recebeu um terço dos bens. Lucien xingou o júri, deu um tapa no pobre garoto e foi arrastado para fora da sala de audiências aos gritos e levado para a prisão. A apelação foi indeferida e a decisão do júri, revogada, mas Lucien temia ser processado de novo se Ethel algum dia mudasse sua versão da história. Assim, Ethel Twitty permaneceu no escritório dos Wilbanks.

Lucien ficou feliz quando o escritório se desfez. Nunca tivera a intenção de exercer a advocacia como seus antepassados. Ele queria ser advogado criminal, e a clientela do antigo escritório havia se tornado estritamente corporativa. Sonhava com casos de estupro, homicídio, abuso infantil, aqueles casos terríveis que ninguém mais queria. Desejava ser um advogado de direitos civis, lutar por liberdades. Mas, acima de tudo, Lucien queria ser um radical, um advogado inflamado com casos e causas malquistas e muita atenção para si.

Deixou a barba crescer, se divorciou da esposa, abandonou a igreja, vendeu sua parte do country club, ingressou na NAACP, a Associação Nacional pelo Progresso das Pessoas de Cor, e também na ACLU, a União Americana pelas Liberdades Civis; renunciou ao conselho do banco e, de modo geral, se tornou a desgraça de Clanton. Processou as escolas por conta da segregação, o governador por causa da prisão, a cidade porque se recusava a pavimentar as ruas do bairro habitado pelos negros, o banco porque não contratava caixas negros, o estado em razão da pena de morte e as fábricas porque não aceitavam trabalhadores sindicalizados. Lutou e venceu muitos processos criminais, e não apenas no condado de Ford. Sua reputação se espalhou e ele ganhou um grande número de seguidores entre negros, brancos pobres e os poucos sindicatos no norte do Mississippi.

Teve a oportunidade de pegar alguns casos bastante lucrativos de indenizações por danos morais e por condenações injustas. Conseguiu chegar a acordos muito bons. O escritório, ele e Ethel, estava dando mais lucro do que nunca, mas Lucien não precisava do dinheiro. Ele tinha nascido rico e nunca pensava sobre isso. Ethel cuidava da contabilidade.

O Direito se tornou a vida dele. Sem família, ele ficou obcecado. Quinze horas por dia, sete dias por semana, Lucien exercia a advocacia com paixão. Não tinha nenhum outro interesse, exceto o álcool. No fim dos anos 1960, ele notou uma afinidade com Jack Daniel's. No início dos anos 1970 já era um beberrão, e quando contratou Jake, em 1978, era alcoólatra de fato. Mas Lucien nunca deixou que a bebida interferisse em seu trabalho; ele aprendeu a beber e a trabalhar ao mesmo tempo. Estava sempre meio bêbado e se tornava um advogado perigoso nessas condições. Audacioso e rude por natureza, ficava absolutamente assustador quando bebia. Durante uma sessão de julgamento, era capaz de constranger os advogados adversários, insultar o juiz, destratar as testemunhas e depois se desculpar com o júri. Ele não respeitava ninguém e ninguém conseguia intimidá-lo. Era temido por ser capaz de dizer e fazer qualquer coisa. As pessoas pisavam em ovos perto dele. Lucien sabia disso, e amava quando acontecia. Começou a se tornar cada vez mais excêntrico. Quanto mais bebia, mais bizarramente se comportava, daí mais as pessoas falavam dele, e ele bebia ainda mais.

Entre 1966 e 1978, Lucien contratou e dispensou onze advogados. Contratou negros, judeus, hispânicos, mulheres, e ninguém conseguiu manter o ritmo que ele exigia. Ele era um tirano no escritório, sempre xingando e repreendendo os jovens advogados. Alguns desistiram no primeiro mês. Um durou dois anos. Era difícil aceitar o comportamento insano de Lucien. Ele tinha dinheiro suficiente para ser excêntrico – seus advogados, não.

Ele contratou Jake em 1978, recém-saído da faculdade. Jake era de Karaway, uma pequena cidade de 2.500 habitantes, quase trinta quilômetros a oeste de Clanton. Tinha boa aparência, era conservador, presbiteriano devoto, com uma bela esposa que queria ter filhos. Lucien o contratou para ver se seria capaz de corrompê-lo. Jake estava bastante hesitante, mas aceitou o emprego, já que não havia recebido outras propostas perto de casa.

Um ano depois, a licença de Lucien foi cassada. Foi uma verdadeira tragédia para os poucos que gostavam dele. O pequeno sindicato da fábrica de sapatos ao norte da cidade tinha convocado uma greve. Era um sindicato que Lucien havia organizado e representava. A fábrica começou a contratar novos trabalhadores para substituir os grevistas, e teve início o motim. Lucien foi até lá e se juntou a eles na linha de frente. Ele estava mais bêbado do que o normal. Um grupo de fura-greves tentou cruzar a linha e uma briga começou. Lucien liderou o ataque, foi detido e preso. Condenado no tribunal municipal por lesão corporal e perturbação da ordem, ele apelou e perdeu, recorreu novamente e perdeu.

A Ordem dos Advogados Estadual vinha se cansando de Lucien Wilbanks ao longo dos anos. Nenhum outro advogado do estado tinha recebido tantas representações quanto ele. Admoestações privadas, admoestações públicas, suspensões, todas foram utilizadas e nenhuma obteve sucesso. O Tribunal de Representações e o Comitê Disciplinar agiram rápido. Ele foi expulso por conduta desonrosa, imprópria para um membro da Ordem. Ele apelou e perdeu, recorreu novamente e perdeu.

Ficou arrasado. Jake estava na sala de Lucien, a sala grande do segundo andar, quando chegou a notícia de que a Suprema Corte, em Jackson, havia mantido a decisão pela cassação da licença de Wilbanks. Lucien desligou o telefone e caminhou até as portas da varanda que davam para a praça. Jake o observou com atenção, à espera de uma bronca, mas Lucien não disse nada. Desceu devagar as escadas, parou e olhou para Ethel, que estava chorando, depois para Jake. Abriu a porta e disse: "Cuide bem desse lugar. Nos vemos em breve."

Eles correram para a janela da frente e o viram deixar a praça em alta velocidade em seu Porsche velho e detonado. Por vários meses, ninguém soube dele. Jake trabalhou diligentemente nos casos de Lucien enquanto Ethel mantinha o escritório em ordem. Alguns dos casos foram a julgamento, alguns foram para outros advogados, outros se concluíram com acordos.

Seis meses depois, Jake tinha voltado para o escritório após um longo dia no tribunal e encontrou Lucien dormindo no tapete persa da imensa sala do segundo andar.

– Lucien! Você está bem? – perguntou ele.

Lucien deu um pulo e se sentou na grande cadeira de couro atrás da mesa. Ele estava sóbrio, bronzeado, tranquilo.

– Jake, meu garoto, como você está? – perguntou calorosamente.

– Eu tô bem, tá tudo bem. Por onde você andou?

– Ilhas Cayman.

– Fazendo o quê?

– Bebendo rum, pegando sol na praia, flertando com as locais.

– Parece divertido. Por que voltou?

– Ficou chato.

Jake se sentou do outro lado da mesa.

– Bom te ver, Lucien.

– Bom te ver também, Jake. Como estão as coisas aqui?

– Agitadas. Mas tudo bem, eu acho.

– Você conseguiu um acordo no caso Medley?

– Sim. Eles pagaram 80 mil.

– Que ótimo. Ele ficou feliz?

– Sim, acho que sim.

– O Cruger foi a julgamento?

Jake olhou para o chão.

– Não, ele contratou o Fredrix. Acho que o julgamento tá marcado pro mês que vem.

– Eu devia ter falado com ele antes de ir embora.

– Ele é culpado, né?

– Sim, muito. Não importa quem representa ele. A maioria dos réus é culpada. Vê se não esquece isso. – Lucien caminhou até a porta da varanda e olhou para o fórum. – Quais são os seus planos, Jake?

– Eu gostaria de ficar aqui. Quais são os seus?

– Você é um cara bom, Jake, e eu quero que você fique aqui. Já eu, não sei. Pensei em me mudar pro Caribe, mas não. É um bom lugar pra visitar, mas cansa. Eu não tenho planos, pra falar a verdade. Talvez eu viaje, gaste algum dinheiro. Eu tenho muito dinheiro, né?

Jake concordou. Lucien se virou e abriu os braços, apontando para toda a sala:

– Eu quero que você fique com tudo isso aqui, Jake. Quero que fique aqui passando a aparência de um escritório em atividade. Muda pra essa sala; usa essa mesa que o meu avô trouxe da Virgínia depois da Guerra Civil. Fica com os arquivos, os casos, os clientes, os livros, tudo.

– É muito generoso da sua parte, Lucien.

– A maioria dos clientes vai sumir. Não tem nada a ver com você; um dia você vai ser um grande advogado. Mas a maioria dos meus clientes está comigo há anos.

Jake não queria a maioria dos clientes dele.

– Que tal você alugar pra mim?

– Me paga o que você puder. Vai ser apertado no começo, mas você vai conseguir. Eu não preciso de dinheiro. Você, sim.

– Você tá sendo muito gentil.

– Eu sou um cara muito legal.

Os dois riram sem jeito. Jake parou de sorrir.

– E a Ethel?

– Você que sabe. Ela é uma boa secretária, que já esqueceu mais leis do que você imagina. Eu sei que você não gosta dela, mas ela é uma pessoa difícil de substituir. Se quiser, pode mandar ela embora. Eu não me importo.

Lucien se dirigiu para a porta.

– Me liga se precisar. Vou estar por aqui. Quero que você mude pra essa sala. Ela foi do meu pai e do meu avô. Coloca minhas tralhas numas caixas que eu venho buscar depois.

COBB E WILLARD acordaram com a cabeça latejando e os olhos vermelhos e inchados. Ozzie gritava com eles. Os dois estavam sozinhos em uma pequena cela. À direita ficava uma cela onde eram mantidos os prisioneiros que aguardavam a transferência para o Parchman. Uma dúzia de homens negros se inclinou na direção das barras e olhou para os dois branquelos enquanto eles se esforçavam para enxergar direito. À esquerda havia uma cela menor, também cheia de homens negros. "Acordem", gritou Ozzie, "e fiquem quietos" – caso contrário ele colocaria brancos e negros juntos na mesma cela.

JAKE TINHA UM período de silêncio que ia das sete até Ethel chegar, às oito e meia. Ele prezava muito esse período. Trancava a porta da frente, ignorava o telefone e se recusava a marcar compromissos. Planejava meticulosamente seu dia. Às oito e meia, já tinha trabalho o suficiente para manter Ethel ocupada e quieta até o meio-dia. Às nove, ele ia para o fórum ou fazia reuniões com os clientes. Não atendia ligações até as onze, quando metodicamente retornava os recados da manhã – todos eles. Nunca demorava para retornar uma ligação – outra regra. Jake trabalhava de maneira sistemática e eficiente, desperdiçando muito pouco tempo. Esses hábitos ele não tinha adquirido com Lucien.

Às oito e meia, Ethel fez sua habitual entrada barulhenta no térreo. Passou um café e abriu a correspondência como havia feito todos os dias nos últimos 41 anos. Tinha 64 anos e aparentava 50. Era gordinha, se cuidava, mas não era uma mulher atraente. Ela comeu um sanduíche gorduroso de linguiça que havia trazido de casa enquanto lia a correspondência de Jake.

Jake escutou vozes. Ethel estava conversando com uma outra mulher.

Ele checou sua agenda: nenhum compromisso até as dez.

– Bom dia, Dr. Brigance – anunciou Ethel pelo interfone.

– Bom dia, Ethel.

Ela preferia ser chamada de Sra. Twitty. Lucien e todos os outros a chamavam assim. Mas Jake passou a chamá-la de Ethel desde que a dispensou por um breve período, logo após a cassação.

– Tem uma senhora aqui que gostaria de falar com o senhor.

– Ela não tem hora marcada.

– Sim, doutor, eu sei.

– Marca com ela pra amanhã de manhã depois das dez e meia. Eu estou ocupado agora.

– Sim, doutor. Mas ela disse que é urgente.

– Quem é? – perguntou ele, impaciente.

Era sempre alguma coisa urgente quando apareciam sem avisar, como se lá fosse uma funerária ou uma lavanderia. Provavelmente alguma pergunta urgente sobre o testamento de um tio qualquer ou um julgamento marcado para dali a três meses.

– Uma tal de Sra. Willard – respondeu Ethel.

– Nome completo?

– Earnestine Willard. O doutor não conhece ela, mas o filho está preso.

Jake era pontual em seus compromissos, mas aparições inesperadas eram outra coisa. Ethel as mandava embora ou marcava um horário para o dia seguinte ou depois. "O Dr. Brigance está muito ocupado", explicava, "mas ele pode falar com você depois de amanhã". Isso impressionava as pessoas.

– Fala pra ela que não estou interessado no caso.

– Mas ela está dizendo que precisa muito encontrar um advogado. O filho dela tem uma audiência hoje à uma da tarde.

– Diz pra ela falar com Drew Jack Tyndale, o defensor público. Ele é bom e está desocupado.

Ethel transmitiu a mensagem.

– Mas, Dr. Brigance, ela quer contratar o senhor. Alguém falou pra ela que o doutor é o melhor advogado criminal do condado.

Dava para perceber que Ethel estava se divertindo.

– Diz pra ela que é verdade, mas que eu não estou interessado no caso dela.

OZZIE ALGEMOU WILLARD e o conduziu pelo corredor até o seu gabinete, que ficava na parte da frente do presídio do condado de Ford. Removeu as algemas dele e o sentou em uma cadeira de madeira no meio da sala apertada. Ozzie sentou na cadeira grande do outro lado da mesa e olhou para o acusado.

– Sr. Willard, este aqui é o tenente Griffin, da Polícia Rodoviária do Mississippi. Aquele ali é o investigador Rady, do meu departamento, e estes aqui são os assistentes Looney e Prather, que você conheceu ontem à noite, mas duvido que se lembre deles. Eu sou o xerife Walls.

Willard balançou a cabeça, com medo de olhar para cada um. Ele estava cercado. A porta estava fechada. Dois gravadores estavam lado a lado na borda da mesa do xerife.

– Nós gostaríamos de fazer algumas perguntas, tudo bem?
– Eu não sei.
– Antes de começar, eu quero ter certeza que o senhor sabe quais são os seus direitos. Em primeiro lugar, o senhor tem o direito de permanecer calado. O senhor compreende isso?
– Aham.
– O senhor não tem que falar se não quiser, mas, se falar, qualquer coisa que disser pode e vai ser usada contra o senhor no tribunal. Compreende isso?
– Aham.
– O senhor sabe ler e escrever?
– Sim.
– Ótimo, então leia isto aqui e assine. Isto diz que o senhor foi informado dos seus direitos.

Willard assinou. Ozzie apertou o botão vermelho de um dos gravadores.
– O senhor entende que esse gravador está ligado?
– Aham.
– E que hoje é quarta-feira, 15 de maio, 8h43 da manhã?
– Se o senhor diz.
– Qual o seu nome completo?
– James Louis Willard.
– Apelido?
– Pete. Pete Willard.
– Endereço?
– Rota 6, número 14, Lake Village, Mississippi.
– Como se chega lá?
– Pela Bethel Road.
– Com quem você mora?
– Com a minha mãe, Earnestine Willard. Eu sou divorciado.
– O senhor conhece Billy Ray Cobb?

Willard hesitou e, de repente, reparou nos próprios pés. Suas botas tinham ficado na cela. As meias brancas estavam sujas e furadas em ambos os dedões. "Pergunta óbvia", ele pensou.

– Sim, eu conheço ele.
– O senhor estava com ele ontem?
– Aham.
– Onde vocês estavam?
– Perto do lago.
– A que horas vocês saíram de lá?
– Umas três.
– Que carro o senhor estava dirigindo?
– Eu não tava dirigindo.
– Em que carro o senhor estava?

Hesitação. Ele analisou os dedos dos pés.

– Eu acho que eu não quero falar mais.

Ozzie apertou outro botão e o gravador parou. Ele respirou fundo olhando para Willard.

Você já esteve no Parchman?

Willard fez que não com a cabeça.

– Você sabe quantos negros tem no Parchman?

Willard fez que não com a cabeça.

– Uns 5 mil. Você sabe quantos garotos brancos iguais a você tem lá?
– Não.
– Uns mil.

Willard colou o queixo no peito. Ozzie o deixou pensar por um minuto, então piscou para o tenente Griffin.

– Você tem ideia do que os negros de lá vão fazer com um garoto branco que estuprou uma menina negra?

Nenhuma resposta.

– Tenente Griffin, conta pro Sr. Willard como os meninos brancos são tratados no Parchman.

Griffin foi até a mesa de Ozzie e se sentou na beirada. Ele olhou para Willard.

– Uns cinco anos atrás, um garoto branco do condado de Helena, na região do Delta, estuprou uma menina negra. Ela tinha 12 anos. Estavam esperando por ele quando ele chegou no Parchman. Sabiam que ele estava indo. Na primeira noite, mais ou menos uns trinta negros amarraram ele num galão de duzentos litros e montaram nele. Os guardas assistiam e riam. Ninguém tem pena de estuprador. Eles pegaram o cara toda noite durante três meses e então mataram ele. Foi encontrado castrado, enfiado no galão.

Willard se encolheu, jogou a cabeça para trás e respirou profundamente em direção ao teto.

– Olha só, Pete – disse Ozzie –, a gente não tá atrás de você. A gente quer o Cobb. Eu tô atrás desse garoto desde que ele saiu do Parchman. Quero muito pegar ele. Você ajuda a gente a pegar o Cobb e eu ajudo você o máximo que eu puder. Não tô prometendo nada, mas eu e o promotor trabalhamos juntos. Você me ajuda a pegar o Cobb e eu te ajudo com o promotor. Conta pra gente o que aconteceu.

– Eu quero um advogado – disse Willard.

Ozzie baixou a cabeça e suspirou.

– O que um advogado vai fazer, Pete? Tirar os negros de cima de você? Eu tô tentando te ajudar e você tá querendo dar uma de esperto.

– Você precisa ouvir o xerife, filho. Ele tá tentando salvar a sua vida – disse Griffin num tom prestativo.

– Existe uma boa chance de você se safar pegando só alguns anos aqui nessa cadeia mesmo – comentou Rady.

– É muito mais seguro do que o Parchman – disse Prather.

– A escolha é sua, Pete – arrematou Ozzie. – Você pode morrer no Parchman ou ficar aqui. Posso até considerar tornar você um encarregado, um preso de confiança, se você se comportar.

Willard baixou a cabeça e esfregou as têmporas.

– Tá bem, tá bem.

Ozzie apertou o botão vermelho.

– Onde vocês acharam a menina?

– Numa estradinha de terra.

– Qual estradinha?

– Não sei. Eu tava bêbado.

– Pra onde vocês levaram ela?

– Não sei.

– Só você e o Cobb?

– Sim.

– Quem estuprou ela?

– Nós dois. O Billy Ray foi primeiro.
– Quantas vezes?
– Não me lembro. Eu tava bebendo e fumando maconha.
– Vocês dois estupraram ela?
– Sim.
– Onde vocês largaram ela?
– Não me lembro. Juro que não me lembro.
Ozzie apertou outro botão.
– Vamos datilografar isso aqui e pedir pra você assinar.
Willard assentiu com a cabeça.
– Só não fala nada pro Billy Ray.
– Não vamos falar – prometeu o xerife.

4

Percy Bullard estava inquieto na cadeira de couro atrás da enorme e desgastada mesa de carvalho em seu gabinete, localizado atrás da sala de audiências, onde uma multidão havia se aglomerado para acompanhar o caso de estupro. Na salinha ao lado, os advogados estavam reunidos junto à máquina de café e conversavam sobre o caso.

A pequena toga de Bullard estava pendurada em um canto próximo à janela que dava para o lado norte da Washington Street. Seus pés tamanho 36 estavam calçados com tênis de corrida e mal tocavam o chão. Ele era um sujeito baixinho e nervoso que se preocupava com as audiências preliminares e todas as outras de rotina. Mesmo depois de treze anos na tribuna, ainda não sabia o que fazer para relaxar. Felizmente, seu trabalho não exigia que ele lidasse com casos importantes; esses ficavam para o juiz federal, do Tribunal do Circuito. Bullard era um mero juiz da comarca do condado e já havia chegado ao topo de sua carreira.

O assistente do juiz, Sr. Pate, um funcionário antigo daquele tribunal, bateu à porta.

– Entra! – disse Bullard.

– Boa tarde, Excelência.

– Quantos negros tem aí fora? – perguntou Bullard de súbito.

– Metade da sala.

– Isso são cem pessoas! Nenhum tribunal do júri atrai tanta gente assim. O que eles querem?

O Sr. Pate balançou a cabeça.

– Eles devem estar pensando que os garotos vão ser julgados hoje.

– Acho que eles só estão preocupados – disse Pate baixinho.

– Preocupados com o quê? Eu não vou soltar eles. É só uma audiência preliminar. – Ele se calou e olhou na direção da janela. – A família tá aí?

– Acho que sim. Vi alguns deles, mas não conheço os pais dela.

– Como tá a segurança?

– O xerife trouxe todos os assistentes e os suplentes pra sala de audiência. Revistamos todo mundo na porta.

– Encontraram alguma coisa?

– Não, senhor.

– Onde estão os garotos?

– Com o xerife. Vão chegar aqui em breve.

O juiz pareceu satisfeito. O Sr. Pate colocou um bilhete manuscrito sobre a mesa.

– O que é isso?

O Sr. Pate respirou fundo.

– Uma equipe de TV de Memphis pediu pra filmar a audiência.

– O quê?! – O rosto de Bullard ficou vermelho e ele jogou violentamente o corpo para trás na cadeira giratória. – Câmeras, no meu tribunal?! – gritou. Ele rasgou o papel e jogou os pedaços na direção da lata de lixo. – Onde eles estão?

– No saguão.

– Tira eles daqui.

O Sr. Pate saiu apressado.

Carl Lee Hailey estava sentado na fileira de bancos nos fundos da sala de audiências. Havia dezenas de parentes e amigos ao seu redor, sentados nos bancos acolchoados do lado direito. Os bancos do lado esquerdo estavam vazios. Os policiais circulavam, armados, apreensivos, vigiando atentamente os presentes e, em especial, Carl Lee. Ele tinha o corpo curvado, os cotovelos apoiados sobre os joelhos, e olhava fixamente para o chão.

Jake olhou pela janela, de onde se podia ver os fundos do tribunal do outro lado da praça. Era uma da tarde. Ele não havia almoçado, como de costume, e não tinha nada específico para fazer no fórum, mas precisava de um pouco de ar fresco. Não havia saído do escritório o dia todo e, embora não tivesse nenhum interesse em ouvir os detalhes do estupro, não queria perder a audiência. Provavelmente tinha uma multidão lá dentro, porque havia carros em todas as vagas ao redor da praça. Alguns repórteres e fotógrafos aguardavam ansiosos nos fundos do tribunal, perto das portas de madeira por onde Cobb e Willard entrariam.

O presídio ficava dois quarteirões ao sul da praça, já na rodovia. Ozzie dirigia o veículo com Cobb e Willard no banco de trás. Com uma viatura à frente e outra atrás, a comitiva veio pela Washington Street e passou pela estreita entrada para carros que levava à porta do tribunal. Seis policiais escoltaram os acusados, passando pelos repórteres, cruzando as portas e subindo as escadas até uma salinha anexa à sala de audiências.

Jake pegou seu casaco, ignorou Ethel e saiu correndo pela rua. Subiu apressado as escadas da entrada dos fundos, cruzou um pequeno saguão junto à porta da sala do júri e entrou na sala de audiências por uma passagem lateral no momento em que o Sr. Pate conduzia o juiz à tribuna.

– Todos de pé – bradou Pate.

Todo mundo se levantou. Bullard foi até a tribuna e se sentou.

– Podem se sentar – autorizou ele. – Onde estão os acusados? Pode trazê-los até aqui.

Cobb e Willard foram conduzidos, algemados, até a sala de audiências, diretamente da salinha de espera. Estavam com a barba por fazer, a roupa amarrotada, sujos, e pareciam confusos. Willard olhou para o grande grupo de negros enquanto Cobb virou as costas. Looney removeu as algemas e os sentou ao lado de Drew Jack Tyndale, o defensor público, na comprida mesa reservada à defesa. Ao lado, havia outra mesa, igualmente longa, onde o promotor do condado, Rocky Childers, estava sentado fazendo anotações, com ar de importante.

Willard virou a cabeça por cima do ombro e deu uma segunda olhada para as pessoas negras presentes. Na primeira fila, logo atrás dele, estavam sua mãe e a mãe de Cobb, cada uma sendo protegida por um policial. Willard se sentia seguro com todos aqueles policiais presentes. Cobb se recusou a se virar.

Nos fundos da sala, a quase 25 metros de distância, Carl Lee levantou a cabeça e olhou para as costas dos dois homens que haviam estuprado sua filha. Eles eram dois estranhos barbudos, mal apresentados e de aparência suja. Carl Lee cobriu o rosto e se curvou novamente. Os policiais estavam atrás dele, encostados contra a parede, observando cada movimento.

– Atenção, por favor – disse Bullard em voz alta. – Essa é apenas uma audiência preliminar, não uma sessão de julgamento. O objetivo de uma audiência preliminar é determinar se há evidências suficientes de que um crime foi cometido e assim submeter os acusados ao grande júri. Os acusados podem inclusive abrir mão dessa audiência se quiserem.

Tyndale se levantou.

– Não, Excelência, nós queremos prosseguir com a audiência.

– Muito bem. Eu tenho aqui a cópia do relatório assinado pelo xerife Walls indiciando os acusados por estupro de vulnerável, sequestro e lesão corporal grave, contra uma menina de 10 anos. Dr. Childers, pode chamar sua primeira testemunha.

– Excelência, o Ministério Público convoca o xerife Ozzie Walls.

Jake estava sentado na bancada do júri junto com vários outros advogados, todos fingindo estar ocupados lendo papéis importantes. Ozzie fez o juramento e se sentou no banco das testemunhas, que ficava à esquerda de Bullard e a poucos metros da bancada.

– Pode dizer seu nome? – perguntou o promotor.

– Xerife Ozzie Walls.

– O senhor é o xerife do condado de Ford? – indagou Childers.

– Sim.

– Eu sei quem ele é – murmurou Bullard enquanto folheava os autos.

– Xerife, ontem à tarde o seu gabinete recebeu uma ligação a respeito de uma criança desaparecida?

– Sim, por volta das quatro e meia.

– E que providências foram tomadas?

– O assistente Willie Hastings foi enviado até a residência de Gwen e Carl Lee Hailey, os pais da menina.

– Onde fica o local?

– Na Craft Road, atrás da mercearia Bates.

– O que aconteceu depois que ele chegou lá?

– Ele encontrou a mãe da menina, que tinha feito a ligação. Depois, saiu em busca da criança.

– Ele encontrou a menina?

– Não. Quando ele voltou pra casa da família, a menina estava lá. Ela tinha sido encontrada por um grupo de pescadores, que levou ela pra casa.

– Em que condições a menina estava?

– Ela tinha sido estuprada e espancada.
– Ela estava consciente?
– Sim. Ela conseguia falar... balbuciar um pouco, na verdade.
– O que ela disse?
Tyndale se levantou num salto.
– Excelência, por favor, eu sei que boatos são admissíveis em uma audiência como essa, mas nesse caso são três boatos.
– Negado. Cale-se. Sente-se. Continue, Dr. Childers.
– O que ela disse?
– Ela disse pra mãe que tinham sido dois homens brancos em uma picape amarela com uma bandeira confederada no vidro de trás. E só. Ela não conseguiu falar muito mais que isso. O rosto dela estava todo machucado, a mandíbula quebrada dos dois lados.
– O que aconteceu depois disso?
– O assistente chamou uma ambulância e ela foi levada pro hospital.
– Como ela está?
– Os médicos dizem que o estado dela é grave.
– O que aconteceu depois?
– Com base no que eu sabia naquele momento, eu tinha um suspeito em mente.
– E o que o senhor fez?
– Entrei em contato com um informante, um informante de confiança, e pedi que ele fosse até um bar próximo ao lago.

Childers não costumava se ater muito a detalhes, sobretudo diante de Bullard. Jake sabia disso, assim como Tyndale. Bullard mandava todos os casos ao grande júri, então todas as audiências preliminares eram mera formalidade. Independentemente do caso, dos fatos, das provas, independentemente de qualquer coisa, Bullard sempre submetia os acusados ao grande júri. Se não houvesse provas suficientes, então que o grande júri os libertasse, não ele. Bullard precisava ser reeleito, o grande júri não. Os eleitores ficavam incomodados quando os criminosos eram soltos. A maioria dos advogados do condado abria mão das audiências preliminares no tribunal de Bullard. Jake, não. Ele via aquelas audiências como a melhor e mais rápida maneira de saber o que a promotoria tinha em mãos. Tyndale raramente abdicava de uma audiência preliminar.

– Qual bar?

– Huey's.

– O que ele descobriu?

– Ele disse que ouviu o Cobb e o Willard, os acusados sentados ali, se gabando de terem estuprado uma menina negra.

Cobb e Willard se entreolharam. Quem era o informante? Eles se lembravam muito pouco do que tinha acontecido no Huey's.

– O que aconteceu no Huey's depois que o senhor chegou lá?

– Nós prendemos o Cobb e o Willard, e depois revistamos uma picape registrada em nome de Billy Ray Cobb.

– O que o senhor encontrou?

– Nós rebocamos a picape e examinamos hoje de manhã. Tem várias manchas de sangue.

– E o que mais?

– Encontramos uma camiseta coberta de sangue.

– De quem era a camiseta?

– De Tonya Hailey, a menina que foi estuprada. O pai dela, Carl Lee Hailey, a identificou hoje de manhã.

Carl Lee ouviu seu nome e se endireitou no banco. Ozzie olhou diretamente para ele. Jake virou o rosto e viu Carl Lee pela primeira vez.

– Descreva a picape, por favor.

– Uma picape Ford amarela, recém-comprada. Rodas grandes cromadas e pneus off-road. Bandeira confederada no vidro de trás.

– De propriedade de quem?

Ozzie apontou para os acusados.

– Billy Ray Cobb.

– Corresponde à descrição dada pela menina?

– Sim.

Childers fez uma pausa e releu suas anotações.

– Bom, xerife, que outras provas o senhor tem contra os acusados?

– Nós falamos com Pete Willard hoje de manhã no presídio. Ele assinou uma confissão.

– Você fez o quê?! – disse Cobb sem pensar.

Willard se encolheu e olhou ao redor em busca de ajuda.

– Ordem! Ordem! – gritou Bullard enquanto batia com o martelo.

Tyndale apartou seus clientes.

– O Sr. Willard foi informado acerca dos direitos dele?

– Sim.

– Ele entendeu o que eles significam?

– Sim.

– Ele assinou uma declaração?

– Sim.

– Quem estava presente quando o Sr. Willard prestou seu depoimento?

– Eu, dois assistentes, meu investigador, Rady, e o tenente Griffin, da Polícia Rodoviária.

– O senhor tem a confissão aí?

– Sim.

– Pode ler, por favor?

Todos na sala de audiências ficaram imóveis e em absoluto silêncio enquanto Ozzie lia o breve depoimento. Carl Lee olhava fixamente para os dois acusados. Cobb fazia uma cara feia para Willard, que mantinha os olhos em suas botas.

– Obrigado, xerife – disse Childers quando Ozzie terminou. – O Sr. Willard assinou a confissão?

– Sim, diante de três testemunhas.

– O Ministério Público não tem mais perguntas, Excelência.

– O senhor tem o direito de interrogar o xerife, Dr. Tyndale.

– Sem perguntas no momento, Excelência.

"Boa jogada", pensou Jake. Estrategicamente, para a defesa, era melhor ficar calado durante audiências preliminares. Apenas ouça, faça anotações e deixe o taquígrafo registrar o depoimento. O grande júri avaliaria o caso, de qualquer maneira, então por que se dar ao trabalho? E nunca permita que os acusados se manifestem. O depoimento não serviria para nada e ainda poderia trazer problemas durante o julgamento. Jake sabia que eles não fariam isso porque conhecia Tyndale.

– Pode chamar a próxima testemunha – ordenou o juiz ao promotor.

– Não temos mais nenhuma, Excelência.

– Ótimo. Sente-se. Dr. Tyndale, o senhor tem alguma testemunha?

– Não, Excelência.

– Ótimo. Este juízo considera que há evidências suficientes de que vários crimes foram cometidos pelos acusados e determina que o Sr. Cobb e o Sr. Willard sejam detidos para audiência perante o grande júri do condado de Ford, que irá se reunir na segunda-feira, dia 27 de maio. Alguma dúvida?

Tyndale se levantou com cautela.

– Sim, Excelência, solicitamos que seja fixada uma fiança justa para os dois acus...

– Nem pense nisso – retrucou Bullard. – A partir de agora não será concedida fiança sob nenhuma hipótese. Até onde eu sei, a menina está em estado grave. Se ela morrer, sem dúvida haverá outras acusações.

– Bem, Excelência, nesse caso, gostaria de solicitar o agendamento de uma audiência para a fixação da fiança dentro de alguns dias, na esperança de que o estado dela melhore.

Bullard analisou Tyndale cuidadosamente. "Boa ideia", pensou ele.

– Concedido. A audiência para fixação da fiança fica marcada para a próxima segunda-feira, dia 20 de maio, neste tribunal. Até lá, os acusados permanecerão sob custódia do xerife do condado de Ford. A sessão está encerrada.

Bullard bateu o martelo e desapareceu. Os assistentes do xerife cercaram os acusados, os algemaram e também desapareceram da sala de audiências, cruzaram a sala de espera, desceram as escadas dos fundos, passaram pelos repórteres e entraram na viatura.

Aquela foi uma audiência típica de Bullard – menos de vinte minutos. A justiça podia ser bastante célere no tribunal dele.

Jake conversou com os outros advogados e observou a multidão cruzar silenciosamente as imensas portas de madeira nos fundos da sala de audiências. Carl Lee não tinha pressa em sair e fez um gesto para que Jake o seguisse. Eles se encontraram no saguão.

Carl Lee queria conversar com ele, então pediu desculpas aos presentes e prometeu que os encontraria no hospital. Ele e Jake desceram a escada em espiral até o térreo.

– Eu sinto muito mesmo, Carl Lee – disse Jake.

– Sim, eu também.

– Como ela tá?

– Ela vai sair dessa.

– Como tá a Gwen?

– Tá bem, eu acho.

– E você?

Eles desceram lentamente o corredor em direção aos fundos do fórum.

– Ainda não caiu a ficha. Quer dizer, 24 horas atrás tava tudo bem. Agora olha só pra isso. Minha menina tá deitada numa cama de hospital com tubo pra todo lado. A minha mulher tá desesperada e os meus filhos estão morrendo de medo, e eu só consigo pensar em pegar esses desgraçados.

– Eu queria poder fazer alguma coisa, Carl Lee.
– Tudo o que você pode fazer é rezar por ela, rezar pela gente.
– Eu sei que dói.
– Você tem uma filha, não tem, Jake?
– Sim.

Carl Lee não disse mais nada enquanto caminharam em silêncio. Jake mudou de assunto.

– Cadê o Lester?
– Em Chicago.
– O que ele anda fazendo por lá?
– Trabalhando numa metalúrgica. Emprego bom. Casou.
– Você tá brincando? O Lester casou?
– Aham, casou com uma garota branca.
– Com uma garota branca?! O que ele quer com uma garota branca?
– Ah, você conhece o Lester. Sempre arrogante. Ele tá vindo pra cá. Chega hoje bem tarde.
– Pra quê?

Eles pararam na porta dos fundos do edifício. Jake insistiu na pergunta:
– Por que o Lester tá vindo pra cá?
– Assunto de família.
– Vocês estão planejando alguma coisa?
– Não. Ele só quer ver a sobrinha.
– Vê lá o que vocês vão fazer.
– Pra você é fácil falar, Jake.
– Eu sei.
– O que você faria, Jake?
– Como assim?
– Você tem uma filha. Imagina que ela tá agora no hospital, depois de ser espancada e estuprada. O que você faria?

Jake olhou pelo vidro da porta e não conseguiu dizer nada. Carl Lee ficou aguardando a resposta.

– Não vai fazer besteira, Carl Lee.
– Responde a minha pergunta. O que você faria?

– Não sei. Eu não sei o que eu faria.

– Deixa eu te fazer mais uma pergunta. Se fosse a sua filha e se fossem dois caras negros, e você pudesse pegar eles, o que você faria?

– Eu matava eles.

Carl Lee abriu um sorriso, depois deu uma gargalhada.

– Claro que você matava eles, Jake, é claro. Depois você ia contratar algum advogado fodão pra dizer que você é maluco, como você fez no julgamento do Lester.

– A gente não disse que o Lester era maluco. A gente só disse que o Bowie precisava ser morto.

– Você conseguiu soltar ele, não foi?

– Foi.

Carl Lee foi até a escada e olhou para cima.

– É por aqui que eles chegam na sala de audiências? – perguntou ele sem olhar para Jake.

– Quem?

– Aqueles caras.

– Sim. Na maioria das vezes, eles sobem por essa escada. É mais rápido e mais seguro. Os policiais podem estacionar a viatura do lado de fora e subir correndo com eles.

Carl Lee foi até a porta e olhou pela janela para a entrada do fórum.

– Quantos casos de homicídio você teve, Jake?

– Três. O do Lester e mais dois.

– Quantos eram negros?

– Todos os três.

– Quantos você ganhou?

– Todos os três.

– Você é muito bom em defender negros, né?

– Acho que sim.

– Tá pronto pra outro?

– Não faz isso, Carl Lee. Não vale a pena. E se você for condenado e pegar a câmara de gás? E as crianças? Quem vai criar teus filhos? Esses marginais não valem a pena.

– Você acabou de me dizer que faria isso.

Jake caminhou até a porta e parou ao lado de Carl Lee.

– É diferente. Eu provavelmente ia conseguir me safar.

– Como?

– Eu sou branco, e este é um condado de brancos. Com um pouco de sorte, eu conseguiria um júri cem por cento branco, que naturalmente seria solidário à causa. Aqui não é Nova York nem a Califórnia. Um homem deve proteger sua família. Um júri com certeza ia engolir essa história.

– E eu?

– Como eu disse, a gente não tá em Nova York nem na Califórnia. Alguns brancos iam sentir admiração por você, mas a maioria ia querer te ver enforcado. Seria muito mais difícil conseguir te absolver.

– Mas você ia conseguir convencer eles, né, Jake?

– Não faz isso, Carl Lee.

– Eu não tenho escolha, Jake. Não vou conseguir dormir em paz até que esses desgraçados estejam mortos. Eu devo isso à minha filha, devo isso a mim mesmo e devo isso à minha comunidade. Vai acontecer.

Eles abriram as portas, atravessaram a imensa varanda aberta no alto da escada, desceram os degraus e caminharam até a calçada da Washington Street, em frente ao escritório de Jake. Deram um aperto de mão. Jake prometeu passar no hospital no dia seguinte para ver Gwen e a família.

– Outra coisa, Jake. Você vai me ver na prisão quando eles me prenderem?

Num reflexo, Jake assentiu. Carl Lee sorriu e desceu a rua até sua caminhonete.

5

Lester Hailey casou com uma garota sueca de Wisconsin, e, embora ela ainda jurasse amor por ele, Lester suspeitava que a novidade contida na cor de sua pele estava começando a esvanecer. Ela morria de medo do Mississippi e se recusava terminantemente a viajar para o Sul com Lester, apesar de ele lhe garantir que ela estaria segura. Ela nunca conheceu a família dele. Não que eles estivessem ansiosos para conhecê-la – não estavam. Não era raro que negros do Sul se mudassem para o Norte e se casassem com garotas brancas, mas nenhum Hailey jamais tinha feito isso. Havia muitos Haileys em Chicago; a maioria era parente, e todos casados com pessoas negras. A família não se admirava com o fato de Lester ter uma esposa loura. Ele foi até Clanton em seu novo Eldorado, sozinho.

Era quarta-feira à noite quando ele chegou ao hospital e encontrou alguns primos lendo revistas na sala de espera do segundo andar. Ele abraçou Carl Lee. Os dois não se viam desde as festas de fim de ano, quando metade dos negros que moravam em Chicago visitava os familiares no Mississippi e no Alabama.

Eles foram até o corredor, longe dos parentes.

– Como ela tá? – perguntou Lester.

– Melhor. Muito melhor. Talvez vá pra casa esse fim de semana.

Lester ficou aliviado. Quando saiu de Chicago, onze horas antes, de acordo com um primo que havia ligado e o tirado da cama assustado, a sobrinha estava à beira da morte. Ele acendeu um cigarro mentolado sob a placa PROIBIDO FUMAR e olhou para o irmão mais velho.

– Você tá bem?

Carl Lee fez que sim com a cabeça e olhou em direção ao final do corredor.

– Como tá a Gwen?

– Mais nervosa do que o normal. Ela tá com a mãe. Você veio sozinho?

– Sim – respondeu Lester na defensiva.

– Ótimo.

– Não começa. Eu não dirigi o dia inteiro pra ouvir merda sobre a minha mulher.

– Tá bem, tá bem. Você ainda tem problema com gases?

Lester abriu um sorriso e depois deu uma risadinha. Ele vinha sofrendo de gases desde o dia em que casara com a sueca. Ela preparava pratos cujos nomes ele não conseguia pronunciar e seu aparelho digestivo passou a ter um comportamento agressivo. Ele morria de saudade de comer couve, ervilha, quiabo, frango frito, porco assado e toucinho.

Encontraram uma pequena sala de espera no terceiro andar com uma mesa e cadeiras dobráveis. Lester comprou duas xícaras de um café espesso e rançoso em uma máquina e mexeu o creme em pó com o dedo. Ouviu atentamente enquanto Carl Lee detalhava o estupro, as prisões e a audiência. Lester encontrou alguns guardanapos e fez um esboço da planta do tribunal e da prisão. Fazia quatro anos desde que tinha sido julgado por homicídio, e ele teve dificuldade com os desenhos. Tinha passado apenas uma semana na prisão antes de pagar a fiança e não havia visitado o local desde que fora absolvido. Na verdade, ele se mudara para Chicago logo após o julgamento. A vítima tinha parentes.

Eles ficaram fazendo e refazendo planos noite adentro, até bem depois da meia-noite.

AO MEIO-DIA DE quinta-feira, Tonya foi transferida da UTI para um quarto privado. O quadro dela era considerado estável. Os médicos relaxaram, e a família levou doces, brinquedos e flores para a menina. Com duas mandíbulas quebradas e a boca cheia de arames, ela não podia fazer nada com os doces a não ser olhar. Seus irmãos comeram a maior parte. Eles se penduravam à cama e seguravam a mão dela, como se para protegê-la e tranquilizá-la. O quarto ficou repleto de amigos e desconhecidos, todos acariciando-a gentilmente e dizendo quão meiga ela era, todos tratando-a como alguém especial, alguém que havia passado por aquela situação terrível. A multidão se alternava, do corredor para o quarto dela e de volta para o corredor, de onde as enfermeiras observavam atentas.

Os machucados doíam e às vezes ela chorava. De hora em hora, as enfermeiras abriam caminho entre os visitantes e ministravam uma dose de analgésico na paciente.

Naquela noite, em seu quarto, a multidão fez silêncio no momento em que o canal de Memphis falou sobre o estupro. A televisão mostrou imagens dos dois homens brancos, mas ela não conseguiu ver muito bem.

O TRIBUNAL DO condado de Ford abria às oito da manhã e fechava às cinco da tarde todos os dias, exceto às sextas-feiras, quando fechava às quatro e meia. Às quatro e meia de sexta-feira, Carl Lee estava escondido em um banheiro do térreo quando trancaram o tribunal. Ele se sentou em um vaso sanitário e permaneceu em silêncio por uma hora. Nenhum faxineiro. Ninguém. Silêncio. Atravessou o amplo corredor praticamente escuro até a entrada dos fundos e espiou pela janela. Ninguém à vista. Ficou de ouvido atento por um tempo. O fórum estava deserto. Ele se virou e olhou para o longo corredor, que cruzava o saguão até chegar às portas da frente, a sessenta metros de distância.

Analisou o edifício. Os dois conjuntos de portas que davam para os fundos se abriam para dentro de um grande saguão de entrada retangular. No canto direito havia uma escada, e à esquerda, outra idêntica. O saguão se estreitava e levava ao corredor. Carl Lee fingiu estar sendo julgado. Juntou as mãos atrás do corpo e apoiou as costas na porta. Caminhou nove metros para a direita até a escada; subiu as escadas, dez degraus, chegou a um pequeno patamar, depois uma virada de noventa graus para a esquerda, exatamente como Lester disse; então, mais dez passos até a sala de espera. Era uma sala pequena, vinte metros quadrados, sem nada além de uma janela e duas portas. Ao abrir uma das portas, se viu na imensa sala de audiências, em frente às fileiras de bancos acolchoados. Caminhou pelo corredor e se sentou na primeira fila. Examinando a sala, percebeu à sua frente a grade que separava o público da área onde ficavam o juiz, o júri, as testemunhas, os advogados, os réus e os escrivães.

Ele voltou pelo corredor até a porta de entrada nos fundos e examinou a sala de audiências com cuidado. Parecia muito diferente do que tinha visto na quarta-feira. Passou novamente pelo corredor, retornou à sala de espera e tentou a outra porta, que levava à área do outro lado da grade, onde ocorria a sessão. Ele se sentou à longa mesa que Lester, Cobb e Willard tinham ocupado. À direita havia outra mesa comprida, onde ficava o promotor. Atrás das mesas havia uma fileira de cadeiras de madeira, depois a grade com portas de vaivém em ambas as extremidades. O juiz se sentava na tribuna, um posto mais alto e nobre, de costas para a parede sob o retrato desbotado de Jefferson Davis, olhando carrancudo para todos na sala. A bancada do júri ficava encostada na parede à direita de Carl Lee, à esquerda do juiz, sob os retratos amarelos de outros heróis confederados já esquecidos. O banco das testemunhas ficava ao lado da tribuna, mas mais para baixo, é claro, e na frente do júri. À esquerda de Carl Lee, diante do júri, havia uma longa bancada cercada, coberta com pesados livros de capa vermelha, onde eram registrados os detalhes de cada um dos casos julgados naquele tribunal. Escrivães e advogados costumavam se espremer dentro desse espaço durante um julgamento. Atrás da bancada, do outro lado da parede, ficava a sala de espera.

Carl Lee ficou parado como se estivesse algemado, cruzou lentamente a pequena porta de vaivém na grade e foi até a primeira porta da sala de espera; depois desceu os degraus, dez deles, por uma escada estreita e sombria; então parou. Do patamar localizado no meio da escada ele podia ver as portas de entrada dos fundos do tribunal e a maior parte do saguão de entrada entre as portas e o corredor. Ao pé da escada, à direita, havia uma porta, que ele abriu, e encontrou um almoxarifado lotado, cheio de coisas inúteis. Fechou a porta e explorou a pequena sala. Ela fazia uma curva e se estendia por debaixo da escada. O lugar era escuro, empoeirado, cheio de vassouras e baldes e raramente usado. Ele abriu um pouco a porta e olhou para as escadas.

Ficou vagando pelo tribunal por mais uma hora. A outra escada levava a uma segunda sala de espera, logo atrás da bancada do júri. Uma porta dava na sala de audiências, a outra na sala do júri. A escada continuava até o terceiro andar, onde ele encontrou a biblioteca jurídica do condado e duas salas onde ficavam as testemunhas, bem como Lester dissera.

Carl Lee subiu e desceu inúmeras vezes, repetindo o trajeto que seria feito pelos homens que estupraram sua filha.

Ele sentou na cadeira do juiz e examinou seu território. Depois foi até a bancada do júri e se balançou em uma das confortáveis cadeiras. Em seguida, sentou no banco das testemunhas e soprou no microfone. Por fim anoiteceu, e eram sete da noite quando Carl Lee abriu a janela do banheiro ao lado do almoxarifado e se esgueirou pelos arbustos em meio à escuridão.

– PRA QUEM VOCÊ precisa comunicar? – perguntou Carla enquanto fechava a caixa de pizza tamanho família e servia mais limonada.

Jake se balançou de leve na cadeira de vime da varanda da frente e observou Hanna pulando corda na calçada.

– Tá aí? – perguntou ela.

– Não.

– Pra quem você precisa comunicar?

– Eu não pretendo comunicar nada a ninguém – disse ele.

– Eu acho que você devia.

– Eu acho que não.

– Por que não?

Ele começou a se balançar mais rápido na cadeira e deu um gole na limonada. Então disse lentamente:

– Em primeiro lugar, não tenho certeza se ele tá planejando cometer um crime. Ele disse coisas que qualquer pai diria, e tenho certeza que está pensando o que qualquer pai pensaria. Mas daí a estar de fato planejando cometer um crime, eu não sei. Em segundo, o que ele me disse foi em sigilo, como se ele fosse um cliente. Na verdade, ele provavelmente me considera advogado dele.

– Mas mesmo você sendo o advogado dele, se você sabe que ele tá planejando um crime, você precisa comunicar, né?

– Sim. Se eu tiver certeza dos planos dele. Mas eu não tenho.

Ela não estava convencida.

– Eu acho que você devia comunicar.

Jake não respondeu. Não importava. Ele comeu o último pedaço da borda da pizza e tentou ignorá-la.

– Você quer que o Carl Lee faça isso, né?

– Fazer o quê?

– Matar aqueles caras.

– Não, não quero. – Ele não foi convincente. – Mas, se isso acontecesse, eu não julgaria ele, porque eu faria a mesma coisa.

– Não começa com isso de novo.

– Eu tô falando sério e você sabe. Eu faria a mesma coisa.

– Jake, você não mataria uma pessoa.

– Tá. Deixa pra lá. Eu não vou discutir. Já tivemos essa conversa antes.

Carla gritou o nome de Hanna, pedindo que ela se afastasse da rua. Sentou ao lado dele na cadeira de vime e sacudiu os cubos de gelo no copo.

– Você representaria ele?
– Acredito que sim.
– O júri condenaria ele?
– Você condenaria ele?
– Não sei.
– Bom, pensa na Hanna. Só dá uma olhada naquela criança meiga e inocente pulando corda. Você é mãe. Agora pensa na filha dos Haileys, deitada lá, espancada, ensanguentada, implorando pela mãe e pelo pai...
– Cala a boca, Jake!
Ele sorriu.
– Responde à pergunta. Você é jurada. Você votaria a favor da condenação desse pai?
Ela colocou o copo no parapeito da janela e de repente pareceu interessada por suas cutículas. Jake sentiu o cheiro da vitória.
– Vamos lá. Você é jurada do caso. Culpado ou inocente?
– Eu sou sempre jurada por aqui. Ou então estou sendo interrogada.
– Culpado ou inocente?
Ela olhou para ele.
– Seria difícil condenar ele.
Ele sorriu e deu o caso por encerrado.
– Mas eu não entendo como ele poderia matar esses caras se eles estão na prisão.
– Fácil. Eles não estão o tempo todo na prisão. Eles vão ao fórum; são transportados do presídio pra lá, e depois de volta. Lembra como o Jack Ruby matou o Oswald? Além disso, eles vão sair se conseguirem a fiança.
– Quando que isso vai ser decidido?
– A audiência pra fixar a fiança vai ser na segunda-feira. Se eles conseguirem pagar, serão liberados.
– E se eles não conseguirem?
– Continuam presos até o julgamento.
– Quando é o julgamento?
– Lá pra setembro, provavelmente.
– Eu acho que você devia comunicar.
Jake deu um pulo da cadeira e foi brincar com Hanna.

6

K. T. Bruster, ou Cat Bruster, como o chamavam, era, até onde se sabia, o único milionário em Memphis que era negro e com um olho só. Ele possuía uma rede de bares de striptease na cidade, todas operadas legalmente e voltadas para o público negro. Era dono de diversos apartamentos para locação, operados legalmente, e de duas igrejas no sul de Memphis, também com tudo dentro da lei. Havia sido benfeitor de inúmeras causas da comunidade negra, que o considerava um herói, e era amigo dos políticos.

Para Cat era importante ser popular na comunidade, porque mais uma vez ele seria denunciado e submetido a julgamento, e muito provavelmente seria absolvido de novo por seus companheiros, metade dos quais eram negros. As autoridades haviam descoberto que era impossível condenar Cat por assassinar pessoas e negociar mulheres, cocaína, bens roubados, cartões de crédito, vales-alimentação, bebidas não tributadas, armas e artilharia leve.

Ele ainda tinha um olho. O outro tinha ficado para trás em um campo de arroz no Vietnã. O ano era 1971, no mesmo dia em que seu amigo Carl Lee Hailey havia sido atingido na perna. Carl Lee o carregou por duas horas até encontrar ajuda. Ao fim da guerra ele retornou a Memphis, levando consigo um quilo de haxixe. O dinheiro da venda foi usado para comprar um pequeno bar em South Main, e ele quase morreu de fome, até que conseguiu ganhar uma prostituta numa partida de pôquer contra um cafetão. Ele prometeu à mulher que ela poderia parar de se prostituir caso aceitasse tirar a roupa e dançar em cima das mesas de seu bar. De um dia para outro ele passou a ter mais clientes do que o bar comportava, então comprou outro e arrumou mais dançarinas. Descobriu seu nicho de mercado e, dois anos depois, havia se tornado muito rico.

Seu escritório ficava no segundo andar de um de seus clubes, localizado bem próximo a South Main, entre a Vance Avenue e a Beale Street, na região mais violenta de Memphis. O letreiro na fachada do clube fazia propaganda de cervejas e mulheres nuas, mas havia muito mais coisas à venda ali, atrás daqueles vidros escuros.

Carl Lee e Lester chegaram ao local – chamado Brown Sugar – por volta do meio-dia de sábado. Eles se sentaram no bar, pediram uma Budweiser e ficaram assistindo às dançarinas.

– O Cat tá aí? – perguntou Carl Lee ao barman quando este passou por trás deles.

O funcionário resmungou e voltou para a pia, onde continuou a lavar canecas de cerveja. Carl Lee ficou observando-o entre um gole de cerveja e os números de dança.

– Mais uma! – pediu Lester em voz alta, sem tirar os olhos das dançarinas.

– O Cat Bruster tá aqui? – perguntou Carl Lee com firmeza quando o barman trouxe a cerveja.

– Quem quer saber?

– Eu quero.

– E...

– E daí que eu e o Cat somos amigos. Lutamos juntos no Vietnã.

– Seu nome?

– Hailey. Carl Lee Hailey. Do Mississippi.

O barman saiu e, um minuto depois, ressurgiu por entre dois espelhos detrás das garrafas de bebida. Ele acenou para os irmãos Haileys, que o seguiram por uma pequena passagem, cruzaram os banheiros, subiram um lance de escadas até chegarem numa porta que estava trancada. O escritório era cafona e mal iluminado. O revestimento do piso era dourado, o das paredes, vermelho, e o do teto, verde. Um teto verde acarpetado. Finas barras de aço protegiam duas janelas pintadas de preto e, por garantia, uma cortina borgonha pesada e empoeirada descia do teto até o chão, para capturar e abafar qualquer raio de sol que tivesse força suficiente para atravessar o vidro. Um pequeno e quase inútil lustre de aço cromado decorado com espelhos girava lentamente no centro da sala, um pouco acima da altura da cabeça.

Dois gigantescos guarda-costas vestindo terno e colete pretos dispensaram o barman, acompanharam Lester e Carl Lee até as cadeiras e se postaram atrás deles.

Os irmãos ficaram admirando a decoração.

– Bacana, hein? – disse Lester.

B.B. King chorava baixinho em um aparelho de som escondido em algum lugar.

Sem aviso, Cat surgiu por uma porta secreta atrás da mesa de mármore e vidro. Ele se jogou em cima de Carl Lee.

– Meu camarada! Meu camarada! Carl Lee Hailey! – gritou Cat ao mesmo tempo que agarrava Carl Lee. – Que bom te ver, Carl Lee! Que bom te ver! – Carl Lee se levantou, e eles deram um abraço apertado. – Como você tá, meu camarada?

– Tudo certo, Cat, tudo certo. E você?

– Tudo ótimo! Tudo ótimo! Quem é esse aqui? – perguntou Cat virando-se para Lester e lhe oferecendo um aperto de mão.

Lester retribuiu efusivamente.

– Esse aqui é o meu irmão, Lester – respondeu Carl Lee. – Ele é de Chicago.

– É um prazer enorme, Lester. Eu e esse garotão aqui somos unha e carne. Unha e carne.

– Ele me contou tudo sobre você – disse Lester.

– Deus do céu, Carl Lee! – exclamou Cat ao analisar o amigo. – Você tá ótimo. Como vai essa perna?

– Vai bem, Cat. Às vezes dói um pouco quando chove, mas vai bem.

– A gente é unha e carne, não é, não?

Carl Lee concordou com a cabeça e deu um sorriso. Cat o soltou.

– Querem beber alguma coisa, meus caros?

– Eu tô bem, obrigado – disse Carl Lee.

– Eu aceito uma cerveja – disse Lester.

Cat estalou o dedo e um guarda-costas saiu para providenciar. Carl Lee se acomodou na cadeira enquanto Cat se apoiou na beirada da mesa, balançando os pés feito um garoto sentado na beira do cais. Ele sorriu para Carl Lee, que se retraiu diante de tanta admiração.

– Por que você não se muda aqui pra Memphis e vem trabalhar pra mim? – perguntou Cat.

Carl Lee sabia que isso ia acontecer. Cat havia passado uma década lhe oferecendo emprego.

– Obrigado, Cat. Mas eu tô bem.

– E eu fico feliz por você estar bem. O que é que você manda?

Carl Lee abriu a boca, hesitou, cruzou as pernas e franziu a testa. Depois balançou a cabeça e disse:

– Eu preciso de um favor, Cat. Um favorzinho só.

Cat abriu os braços.

– O que você quiser, garotão, o que você quiser.

– Lembra daqueles M-16 que a gente usava no Vietnã? Eu preciso de um. O mais rápido possível.

Cat recolheu os braços e os cruzou sobre o peito. Analisou o amigo.

– Esse não é um fuzil qualquer. Que tipo de esquilo você anda caçando por aí?

– Não é pra matar esquilo.

Cat observou os dois irmãos. Ele era esperto o suficiente para não fazer muitas perguntas. Se não fosse sério, Carl Lee não estaria ali.

– Semiautomático?

– Não. Um de verdade mesmo.

– Estamos falando de uma grana razoável.

– Quanto?

– Isso é ilegal pra caralho, você sabe, né?

– Se desse pra comprar numa loja de departamentos eu não estaria aqui.

Cat deu um sorriso.

– Pra quando você precisa?

– Hoje.

A cerveja de Lester chegou. Cat passou para trás de sua mesa e se sentou em sua cadeira capitão de estofado vinil laranja.

– Mil pratas.

– Fechado.

Cat ficou um pouco surpreso, mas disfarçou. De onde aquele homem simples, saído de uma cidadezinha do Mississippi, tinha tirado mil dólares assim? Devia ter pegado emprestado do irmão.

– Mil se fosse pra outra pessoa, mas não pra você, garotão.

– Quanto, então?

– Nada, Carl Lee. Nada. Eu te devo uma coisa que vale muito mais do que dinheiro.

– Mas eu quero pagar.

– Não. Não quero nem saber disso. O fuzil é seu.

– É muita generosidade sua, Cat.

– Eu te arrumaria cinquenta fuzis desse.

– Só preciso de um. Quando eu posso buscar?

– Deixa eu ver.

Cat fez uma ligação e murmurou umas frases no telefone. Dadas as ordens, ele desligou e explicou que levaria mais ou menos uma hora.

– A gente espera – disse Carl Lee.

Cat tirou o tapa-olho do olho esquerdo e enxugou a órbita vazia com um lenço.

– Tenho uma ideia melhor. – Ele se virou para os guarda-costas e gritou: – Vão pegar meu carro! A gente vai até lá buscar.

Eles seguiram Cat por uma porta secreta que dava num corredor.

– Eu moro aqui, sabe? – apontou. – Depois daquela porta ali fica a minha casa. Gosto de ter sempre umas mulheres por perto.

– Eu não me importaria em ir lá conferir – se ofereceu Lester.

– Por mim tudo bem – disse Carl Lee.

Mais adiante, Cat apontou para uma porta de ferro preta, pesada e brilhante ao final de um corredor estreito. Ele parou para admirá-la.

– É onde eu guardo o meu dinheiro. Tem sempre um homem de guarda ali.

– Quanto? – perguntou Lester dando um gole na cerveja.

Cat olhou para ele e continuou a andar. Carl Lee franziu a testa para o irmão e balançou a cabeça. No fim do corredor havia uma escada estreita que levava ao quarto andar. Estava ainda mais escuro ali e, em meio à escuridão, Cat apertou um botão na parede. Eles esperaram em silêncio por alguns segundos até que a parede se abriu e revelou um elevador reluzente, com um tapete vermelho e um aviso de PROIBIDO FUMAR. Cat apertou outro botão.

– Primeiro tem que subir, pra depois pegar o elevador que desce – disse ele achando graça. – Medida de segurança.

Os irmãos acenaram em sinal de aprovação e admiração.

As portas se abriram no porão. Um dos guarda-costas esperava diante da porta aberta de uma limusine muito branca, e Cat convidou os irmãos para dar uma volta. Eles passaram lentamente por uma fileira de Cadillacs, outras tantas limusines, um Rolls-Royce e uma variedade de modelos de luxo europeus.

– Tudo meu – disse ele com orgulho.

O motorista buzinou e uma porta pesada se abriu, revelando uma rua pouco movimentada de mão única.

– Vai devagar! – gritou Cat para o motorista e o guarda-costas que ia na frente. – Quero mostrar um pouco dos arredores pra vocês.

Carl Lee havia feito aquele mesmo passeio alguns anos antes, durante sua última visita a Cat. Havia uma sequência de barracos surrados e sem pintura aos quais ele se referia como os seus "imóveis para locação". Havia antigos armazéns de tijolinho vermelho com janelas sujas ou então tábuas no lugar delas, sem nenhum indício do que estava sendo guardado dentro deles. Havia uma igreja, próspera até, e, mais alguns quarteirões adiante, outra igreja. Ele era dono dos pastores também, disse Cat. Havia dezenas de bares de esquina com as portas abertas e grupos de jovens negros sentados em bancos junto à calçada, bebendo cerveja Stag em grandes garrafas. Ele apontou para um prédio incendiado perto da Beale Street e contou orgulhoso a história de um sujeito que tentara entrar no mercado de bares de striptease. Ele não tinha concorrentes, dizia. E, a seguir, vinham os bares, com nomes como Angels & Cat's House ou Black Paradise, lugares onde um homem podia encontrar boa bebida, boa comida, boa música, mulheres nuas e, quem sabe, algo mais, segundo ele. Os bares fizeram dele um homem muito rico. Eram oito, no total.

Cat mostrou todos oito aos irmãos, bem como o que parecia ser a maior parte dos imóveis da região sul de Memphis. No final de uma rua sem nome já quase chegando no rio Mississippi, o motorista virou bruscamente entre dois dos armazéns de tijolinho vermelho e dirigiu por um beco bem estreito, até que um portão se abriu à direita. A seguir se abriu uma porta junto a uma doca de carga e descarga e a limusine desapareceu armazém adentro. O motorista parou o veículo e o guarda-costas desceu.

– Vai ser rápido – disse Cat.

O porta-malas abriu, depois fechou. Menos de um minuto depois a limusine estava novamente cruzando as ruas de Memphis.

– Que tal uma parada pro almoço? – perguntou Cat. Antes que eles pudessem responder, ele gritou para o motorista: – Black Paradise! Liga pra lá e avisa que eu tô indo pra almoçar. Eu sirvo a melhor costela de Memphis num dos meus bares. Mas claro que isso não sai no jornal de domingo. Os críticos detonaram o lugar. Vocês acreditam nisso?

– Tem cara de racismo – disse Lester.

– Sim, não tenho dúvida. Mas só uso essa carta no tribunal.

– Não tenho lido nada sobre você ultimamente, Cat – comentou Carl Lee.

– Já faz três anos desde o meu último julgamento. Sonegação. O FBI passou três semanas apresentando provas, e o júri precisou de apenas 27 minutos pra voltar com a palavra mais valiosa do vocabulário afro-americano: "Inocente."

– Eu já ouvi ela também – disse Lester.

Um porteiro esperava sob o toldo diante da entrada, e um novo grupo de guarda-costas escoltou o patrão e seus convidados até uma cabine privada, distante da pista de dança. Bebidas e comidas eram servidas por um esquadrão de garçons. Lester passou para o uísque, e já estava bêbado quando a costela chegou. Carl Lee bebeu chá gelado e ficou relembrando com Cat histórias dos tempos da guerra.

Quando acabaram de comer, um guarda-costas se aproximou e falou algo no ouvido de Cat. Ele sorriu e olhou para Carl Lee.

– O carro de vocês é um Eldorado vermelho com placa de Illinois?

– É. Mas a gente deixou ele lá no outro bar.

– Tá estacionado lá fora... Não esquece do porta-malas.

– O quê?! – exclamou Lester. – Como que vocês...

Cat gargalhou e deu um tapinha nas costas dele.

– Melhor não saber, meu camarada, melhor não saber. Tá tudo resolvido. Não tem nada que o Cat aqui não possa fazer.

COMO DE COSTUME, Jake foi trabalhar na manhã de sábado, depois de tomar café no Coffee Shop. Desfrutou de toda a tranquilidade que aquele dia podia oferecer – nada de ligações, nada de Ethel. Ele se trancou no escritório, ignorou o telefone e fugiu dos clientes. Organizou arquivos, leu decisões recentes da Suprema Corte e planejou as estratégias caso um julgamento viesse a acontecer. Seus melhores pensamentos e ideias surgiam no silêncio das manhãs de sábado.

Às onze, ele ligou para o presídio.

– O xerife está? – perguntou ele.

– Deixa eu dar uma olhada – foi a resposta.

Passaram-se alguns minutos até o xerife atender.
- Xerife Walls - anunciou.
- Ozzie, é o Jake Brigance. Tudo bem por aí?
- Tudo certo, Jake. E você?
- Bem. Você vai ficar aí ainda por algum tempo?
- Umas duas horas, talvez. O que houve?
- Nada de mais. Preciso falar com você um minutinho. Chego aí em meia hora.
- Te aguardo.

Jake e o xerife tinham afeição e respeito um pelo outro. Jake havia engrossado com ele algumas vezes ao interrogá-lo em julgamentos, mas Ozzie entendia que aquilo era trabalho e não levava para o lado pessoal. Jake fez campanha para Ozzie, enquanto Lucien as financiou, de modo que Ozzie não ligava de ouvir uma ou outra pergunta sarcástica e incisiva durante um julgamento. Ele gostava de ver Jake no tribunal. E gostava de implicar com ele sobre uma histórica partida de futebol americano. Em 1969, quando Jake era apenas um jovem *quarterback* da equipe da cidade de Karaway, Ozzie já era um *tackle* experiente da equipe de Clanton, que atuava também pela seleção estadual nas competições nacionais. As duas equipes, ambas invictas, se enfrentaram na final do campeonato regional em Clanton. Ao longo de quatro intermináveis períodos, Ozzie aterrorizou o time de Karaway, composto por garotos muito menores e liderado por um corajoso *quarterback* do segundo ano, mas que já estava cansado. Ao final do quarto período, quando Clanton vencia por 44 a 0, Ozzie quebrou a perna de Jake em uma blitz.

Havia anos que ele brincava que ia quebrar a outra. Dizia sempre que achava que Jake estava mancando e perguntava sobre a perna.
- O que é que você me conta, meu caro? - perguntou Ozzie enquanto eles se sentavam em seu apertado gabinete.
- O Carl Lee. Eu tô um pouco preocupado com ele.
- Preocupado como?
- Olha, Ozzie, tudo o que a gente falar aqui é confidencial. Eu não quero que ninguém saiba que essa conversa aconteceu.
- Tá parecendo sério, Jake.
- É sério. Eu falei com o Carl Lee na quarta-feira, depois da audiência. Ele tá fora de si, e eu consigo entender. Eu também estaria. Ele estava falando sobre matar os dois caras, e não parecia brincadeira. Achei que você devia ficar ciente.
- Eles estão seguros, Jake. Mesmo que ele quisesse não teria como chegar

até eles. A gente recebeu alguns telefonemas, anônimos, é claro, com várias ameaças. A comunidade negra tá muito abalada. Mas eles estão em segurança. Estão só eles dois numa cela, sozinhos, e estamos tomando todo o cuidado.

– Bom saber. O Carl Lee não me contratou nem nada, mas eu já representei a família Hailey toda, e tenho certeza que ele me considera o advogado dele, seja pro que for. Me sinto na obrigação de te informar.

– Isso não me preocupa, Jake.

– Que bom. Deixa eu te fazer uma pergunta. Eu tenho uma filha, e você tem uma filha também, né?

– Tenho duas.

– O que passa pela cabeça do Carl Lee? Digo, enquanto pai, e enquanto um homem negro?

– O mesmo que passaria pela sua.

– Que vem a ser...?

Ozzie se recostou na cadeira e cruzou os braços. Ficou refletindo por um instante.

– Ele tá se perguntando se ela tá bem, quero dizer, fisicamente. Será que ela vai sobreviver, e, se sobreviver, quais vão ser as consequências disso? Será que ela um dia vai poder ter filhos? Além disso, ele tá se perguntando se ela tá bem mentalmente, emocionalmente, de que maneira isso vai afetá-la pelo resto da vida. E, por último, ele tá querendo matar esses desgraçados.

– Você estaria?

– É fácil responder que sim, mas não tem como saber. Acho que as minhas filhas precisam muito mais de mim em casa do que dentro de uma cela. O que estaria passando pela sua cabeça, Jake?

– Mais ou menos o que você disse, eu acho. Não sei o que eu faria. Estaria enlouquecido, provavelmente. – Ele fez uma pausa e baixou os olhos para a mesa. – Mas com certeza ia planejar matar quem tivesse feito uma coisa dessas. Ia ser muito difícil botar a cabeça no travesseiro sabendo que um cara desses tá vivo.

– O que um júri faria?

– Depende de quem tá no júri. Você escolhe o júri certo e sai pela porta da frente. Se o promotor consegue escolher o júri certo, você vai pra câmara de gás. Depende exclusivamente do júri, e aqui no condado dá pra escolher as pessoas certas. Ninguém mais aguenta ver estupro, roubo, assassinato. Os brancos estão de saco cheio disso.

– Todo mundo tá.

– Mas o que eu quero dizer é que haveria uma enorme comoção por um pai que fez justiça com as próprias mãos. As pessoas não confiam no sistema judicial. Acho que daria pra, pelo menos, provocar um impasse entre os jurados. Bastaria convencer um ou dois deles que o desgraçado merecia mesmo morrer.

– Que nem o Monroe Bowie.

– Exato. Que nem o Monroe Bowie. Ele não tinha jeito, merecia mesmo morrer, e o Lester conseguiu se livrar. Por falar nisso, Ozzie, você tem alguma ideia de por que o Lester saiu de Chicago e veio pra cá?

– Ele é muito próximo do irmão. A gente tá de olho nele também.

A conversa mudou de rumo, e Ozzie por fim perguntou sobre a perna de Jake. Eles trocaram um aperto de mão e Jake foi embora. Rumou direto para casa, onde Carla o aguardava com a lista dela. Ela não se importava que ele fosse para o escritório aos sábados, desde que estivesse de volta ao meio-dia e obedecesse às ordens dela a partir dali.

NO DOMINGO À tarde, uma multidão se reuniu no hospital e seguiu a cadeira de rodas onde estava a pequena Hailey conforme seu pai a conduzia pelo corredor, cruzava a porta de saída e seguia para o estacionamento, onde ele a pegou cuidadosamente no colo e a sentou no banco da frente. Ela ficou ali, com o pai de um lado e a mãe do outro, os três irmãos no banco de trás, e o carro partiu, seguido por uma procissão de amigos, parentes e desconhecidos. A caravana se movia deliberadamente devagar, para longe da cidade, rumo ao interior.

Ela ficou sentada ali no banco da frente como uma mocinha. O pai permaneceu em silêncio, a mãe estava chorosa, e os irmãos estavam mudos, nem se mexiam.

Outra multidão esperava junto à casa e correu até a varanda conforme os carros avançavam pelo caminho de entrada e estacionavam no gramado do extenso jardim. O grupo fez silêncio enquanto ele subiu os degraus, passou pela porta e a colocou no sofá. Ela estava feliz por estar em casa, mas cansada de tanta plateia. Sua mãe segurava seus pés enquanto primos, tios, tias, vizinhos e todo mundo passava por ela e a tocava, e sorria, às vezes em meio a lágrimas, sem dizer nada. O pai dela saiu e ficou conversando com seu tio Lester e mais outros homens. Os irmãos ficaram na cozinha, junto com a multidão que devorava uma montanha de comida.

7

Rocky Childers era promotor de justiça do condado de Ford há mais tempo do que desejava. O trabalho pagava 15 mil dólares por ano e tomava a maior parte do seu tempo. Também acabara com qualquer esperança que ele tinha de advogar. Aos 42 anos, ele estava num beco sem saída, fadado a ser reeleito promotor de quatro em quatro anos pelo resto da vida, um trabalho de meio período que na verdade era de tempo integral. Por sorte sua esposa tinha um bom emprego, então eles podiam dirigir Buicks novos, pagar as mensalidades do country club e, de modo geral, encenar o papel exigido dos brancos bem instruídos do condado. Quando era mais jovem ele tinha vontade de entrar para a política, mas os eleitores o fizeram mudar de ideia, e ele não aguentava mais gastar seu tempo processando bêbados, ladrõezinhos e delinquentes juvenis nem sofrendo abusos do juiz Bullard, a quem desprezava. Uma vez ou outra, quando gente como Cobb e Willard faziam merda, a animação voltava, e, de acordo com o protocolo, era Rocky quem conduzia as audiências preliminares e as seguintes, antes de os casos serem encaminhados para o grande júri e, em seguida, para o Tribunal do Circuito, e depois para o verdadeiro promotor, o grande promotor público, o promotor do distrito, o Dr. Rufus Buckley, do condado de Polk. Foi Buckley que acabou com as ambições de Rocky de entrar para a política.

Normalmente, uma audiência de fiança não era grande coisa para Childers, mas naquele caso as coisas eram um pouco diferentes. Desde quarta-feira ele havia recebido dezenas de telefonemas da comunidade negra, eleitores registrados ou que afirmavam sê-lo, e que estavam muito preocupados com a perspectiva de que Cobb e Willard deixassem a prisão. Eles queriam que os caras continuassem presos, assim como os negros que se metiam em confusão e que não tinham direito a fiança antes do julgamento. Childers prometeu dar o melhor de si, mas explicou que o direito a fiança seria decidido pelo juiz do condado, Percy Bullard, cujo número também estava na lista telefônica. E morava na Bennington Street. Eles asseguraram que estariam no tribunal na segunda-feira, para ficar de olho nele e no juiz Bullard.

Ao meio-dia e meia de segunda-feira, Childers foi chamado ao gabinete do juiz, onde Bullard e o xerife aguardavam por ele. O juiz estava tão nervoso que não conseguia se sentar.

– Quanto você quer de fiança? – perguntou ele bruscamente a Childers.

– Não sei, Excelência. Ainda não pensei nisso.

– Você não acha que já passou da hora de pensar nisso?

Ele andava de um lado para outro atrás de sua mesa, depois em direção à janela, e de volta para a mesa. Ozzie estava quieto, mas achando tudo muito divertido.

– Na verdade, não – respondeu Childers sem se exaltar. – A decisão é sua. O juiz é você.

– Muito obrigado! Muito obrigado mesmo! Quanto que você vai pedir?

– Eu sempre peço mais do que espero conseguir – respondeu Childers em tom seco, desfrutando cada minuto do desespero do juiz.

– E quanto é isso?

– Não sei. Ainda não pensei muito sobre o assunto.

O pescoço de Bullard ficou vermelho e ele se virou para Ozzie.

– O que o senhor acha, xerife?

– Bem – Ozzie começou a responder bem devagar –, eu sugiro uma fiança bem alta. Esses caras precisam continuar presos pela própria segurança deles. Os negros estão agitados lá fora. Se eles saírem, podem acabar se dando mal. Melhor pedir alto.

– Esses caras têm dinheiro?

– O Willard é duro. O Cobb eu não sei. Dinheiro de tráfico é difícil de rastrear. É capaz que ele consiga juntar 20, 30 mil. Ouvi dizer que ele contratou um figurão de Memphis como advogado. Parece que vai estar aqui hoje. Algum dinheiro ele deve ter.

– Porra, por que é que eu não fico sabendo dessas coisas? Quem é esse advogado?

– Bernard. Peter K. Bernard – respondeu Childers. – Ele ligou pra mim hoje de manhã.

– Nunca ouvi falar – retrucou Bullard com ar de superioridade, como se tivesse na cabeça uma espécie de ficha corrida de cada advogado que existia.

Enquanto Bullard analisava as árvores pela janela, o xerife e o promotor trocaram uma piscadela. A fiança seria exorbitante, como de costume. Os corretores de empréstimo amavam Bullard pelas cifras descomunais que ele pedia. Eles assistiam em êxtase a famílias desesperadas raspando suas economias e hipotecando suas casas para conseguir juntar os dez por cento de garantia que eles cobravam para pagar as fianças. Bullard pedia alto, e não estava nem aí. Era politicamente mais seguro estabelecer fianças altas e assim manter os criminosos presos. Os negros iam gostar, e isso era importante, ainda que a população do condado fosse composta por 74 por cento de brancos. Ele devia alguns favores à comunidade negra.

– Vamos de 100 mil no Willard e 200 mil no Cobb. Acho que isso vai deixar eles satisfeitos.

– Eles quem? – perguntou Ozzie.

– Eh, hã, as pessoas, as pessoas lá fora. Parece bom pra vocês?

– Por mim tudo bem – disse Childers. – Mas e a audiência? – perguntou com um sorriso.

– Vamos fazer uma audiência, uma audiência justa, e aí eu estabeleço as fianças em cem e duzentos.

– Imagino então que você queira que eu peça trezentos pra cada um, pra você parecer ponderado? – perguntou Childers.

– Eu não tô nem aí pro que você vai pedir! – gritou o juiz.

– Pra mim parece justo – disse Ozzie enquanto se dirigia à porta. – Você vai me arrolar como testemunha? – perguntou ele a Childers.

– Não, não precisa. Acho que o Ministério Público não vai arrolar nenhuma testemunha, já que vamos ter uma audiência justa desse jeito.

Eles deixaram o gabinete e Bullard ficou ali, boquiaberto. O juiz trancou a porta depois que eles saíram, sacou uma garrafinha de vodca de sua pasta e bebeu com fúria. O Sr. Pate o aguardava do lado de fora. Cinco minutos depois, Bullard irrompeu pela sala de audiência lotada.

– Todos de pé! – gritou o Sr. Pate.

– Podem ficar sentados! – gritou o juiz antes que qualquer um pudesse se levantar. – Onde estão os acusados? Onde?

Cobb e Willard entraram na sala de audiências escoltados e se sentaram à mesa da defesa. O novo advogado de Cobb sorriu para seu cliente quando as algemas foram retiradas. O advogado de Willard, Tyndale, o defensor público, o ignorou.

A mesma multidão de negros da quarta-feira estava de volta, e havia levado mais alguns amigos. Eles acompanharam de perto os movimentos dos dois brancos. Foi a primeira vez que Lester os viu. Carl Lee não estava na sala. Da tribuna, Bullard contou o número de policiais presentes – nove ao todo.

Aquilo devia ser um recorde. A seguir ele contou os negros – centenas deles, amontoados, todos encarando os dois estupradores, sentados à mesma mesa, com um advogado em cada uma das pontas. A vodca tinha caído bem. Estava disfarçada de água gelada em um copo descartável de isopor. Ele deu um gole e um leve sorriso. O líquido queimou lentamente ao descer, e suas bochechas coraram. O que ele deveria fazer mesmo era dar uma ordem para que os policiais saíssem da sala e atirassem Cobb e Willard para os negros. Seria divertido de assistir, e a justiça seria feita. Ele conseguia imaginar mulheres negras corpulentas pisoteando os dois, enquanto os maridos delas os esculpiam com canivetes e facões. Depois de terminado, todos se recomporiam e deixariam o tribunal silenciosamente. Ele sorriu ao pensar nisso. A seguir fez um gesto para o Sr. Pate, que se aproximou da tribuna.

– Tem uma garrafinha de água gelada na gaveta da minha mesa – disse baixinho. – Serve um pouco pra mim num copo descartável.

O Sr. Pate assentiu e saiu.

– Isso aqui é uma audiência de fiança – declarou ele em voz alta –, e a minha intenção é que seja breve. Os acusados estão prontos?

– Sim, Excelência – respondeu Tyndale.

– Sim, Excelência – ecoou o Dr. Bernard.

– O Ministério Público está pronto?

– Sim, Excelência – respondeu Childers sem se levantar.

– Muito bem. Pode chamar a primeira testemunha.

– Excelência, o Ministério Público não vai chamar nenhuma testemunha – anunciou Childers olhando para o juiz. – Vossa Excelência tem conhecimento das acusações que pesam contra os dois acusados, uma vez que presidiu a audiência preliminar na quarta-feira passada. Pelo que sei, a vítima já voltou para casa, de modo que não há previsão de que novas acusações sejam acrescentadas. O grande júri vai se reunir na próxima segunda-feira pra decidir se os dois devem ser denunciados por estupro de vulnerável, sequestro e lesão corporal grave. Diante da natureza violenta dos crimes, da idade da vítima e do fato de o Sr. Cobb já ter sido condenado, o Ministério Público requer que seja estabelecida a fiança máxima, nem um centavo a menos.

Bullard quase engasgou com sua água gelada. Como assim, "máxima"? Não existe fiança máxima.

– O que o senhor sugere, Dr. Childers?

– Meio milhão pra cada um dos acusados! – anunciou Childers com orgulho, e se sentou.

"Meio milhão! Isso está fora de cogitação", pensou Bullard. Ele deu mais um gole com sofreguidão e olhou para o promotor. Meio milhão! Passado para trás à vista de todos. Ele mandou o Sr. Pate ir buscar mais água gelada.

– A defesa pode tomar a palavra.

O novo advogado de Cobb se levantou resoluto. Ele pigarreou e tirou os óculos de armação de casco de tartaruga, que lhe davam um ar arrogante e professoral.

– Com a devida vênia, Excelência, meu nome é Peter K. Bernard. Eu sou de Memphis e fui contratado pelo Sr. Cobb para representá-lo...

– O doutor tem licença pra advogar no Mississippi? – interrompeu Bullard.

Bernard foi pego de surpresa.

– Bem, é... Não exatamente, Excelência.

– Entendi. Quando o doutor diz "não exatamente", não está querendo dizer apenas "não"?

Um grupo de advogados na bancada do júri riu. Bullard era famoso por isso. Ele detestava os advogados de Memphis e exigia que eles se associassem a um advogado local antes de comparecer ao tribunal. Anos atrás, quando ele ainda advogava, um juiz de Memphis o expulsou do tribunal porque ele não tinha licença para atuar no Tennessee. Adorou colocar essa vingança em prática desde o dia de sua posse como juiz.

– Excelência, eu não tenho licença no Mississippi, mas tenho licença no Tennessee.

– Espero que sim – foi a réplica que ecoou da tribuna. Mais risinhos contidos do júri. – O doutor está familiarizado com o nosso regimento aqui do condado de Ford? – perguntou o juiz.

– É... hã... estou, Excelência.
– O doutor tem uma cópia do regimento?
– Tenho, Excelência.
– E o doutor leu tudo com atenção antes de se aventurar no meu tribunal?
– É... Sim, Excelência, a maior parte dele.
– O doutor entendeu a Regra 14 quando a leu?
Cobb olhou para seu advogado com desconfiança.
– Bom, não me recordo dessa – admitiu Bernard.
– Imaginei. A Regra 14 estabelece que advogados de fora, não licenciados no estado, se associem a um advogado do estado antes de comparecerem ao meu tribunal.
– Sim, Excelência.
Dados sua aparência e seus maneirismos, Bernard era um advogado de alta categoria, ou pelo menos tido como tal em Memphis. No entanto, naquele momento ele estava sendo completamente rebaixado e humilhado por um juizinho provinciano de língua afiada.
– "Sim, Excelência" o quê? – retrucou Bullard.
– Sim, Excelência, acho que já ouvi falar dessa regra.
– Então onde está o advogado local?
– Não está, mas eu pensei em...
– Então o doutor dirigiu de Memphis até aqui, leu meu regimento com atenção e deliberadamente o ignorou. É isso?
Bernard baixou a cabeça e olhou para um bloco de papel em branco sobre a mesa.
Tyndale se levantou devagar.
– Excelência, faça constar nos autos que eu me apresento como advogado associado do Dr. Bernard para os fins desta audiência, e exclusivamente dela.
Bullard deu um sorriso. Bela jogada, Tyndale, bela jogada. A água gelada o aqueceu e ele relaxou.
– Pois bem. Podem chamar a primeira testemunha.
Bernard se endireitou novamente e levantou o queixo.
– Excelência, em nome do Sr. Cobb, eu gostaria de chamar o irmão dele, o Sr. Fred Cobb, ao banco das testemunhas.
– Seja breve – murmurou Bullard.
O irmão de Cobb prestou juramento e se sentou no banco das testemunhas. Bernard subiu ao púlpito e deu início a um interrogatório longo e

detalhado. Ele estava bem preparado. Havia obtido provas de que Billy Ray Cobb tinha um emprego remunerado, era dono de imóveis no condado de Ford, tinha crescido ali, a maior parte de sua família e seus amigos era dali, e não tinha motivo para deixar o local. Um cidadão de verdade, com raízes sólidas e muita coisa a perder caso fugisse. Um homem de confiança, que não deixaria de comparecer ao tribunal. Um homem que merecia uma fiança baixa.

Bullard deu um gole, bateu com a caneta na mesa e examinou os rostos negros na plateia.

Childers não tinha perguntas. Bernard então chamou a mãe de Cobb, Cora, que repetiu o que o filho Fred dissera sobre o filho Billy Ray. Ela chegou a chorar um pouco, provocando uma cena constrangedora, e Bullard balançou a cabeça em desaprovação.

Tyndale veio a seguir. Ele repetiu a mesma estratégia com a família de Willard.

Meio milhão de dólares de fiança! Qualquer valor menor que aquele seria pouco, e os negros não gostariam. O juiz tinha uma nova razão para odiar Childers. Mas ele gostava dos negros, porque eles o haviam elegido da última vez. Ele conquistara 51% dos votos considerando todo o condado, mas para isso havia contado com todos os votos da comunidade negra.

– Algo mais? – perguntou Bullard quando Tyndale acabou.

Os três advogados olharam fixamente um para o outro, depois para o juiz. Bernard se levantou.

– Excelência, gostaria de sintetizar a posição do meu cliente quanto a um valor razoável para a fiança...

– Nem pensar, rapaz. Já ouvi o suficiente de você e do seu cliente. Sente-se.

Bullard hesitou, então anunciou apressado:

– A fiança será, portanto, fixada em 100 mil para Pete Willard e 200 mil para Billy Ray Cobb. Os acusados permanecerão sob a custódia do xerife até que possam pagá-la. A sessão está encerrada.

Ele bateu o martelo e desapareceu em direção ao gabinete, onde acabou com o que restava na garrafa e abriu outra.

Lester ficou satisfeito com o valor das fianças. A dele tinha sido de 50 mil pelo assassinato de Monroe Bowie. Claro, Bowie era negro, e as fianças costumavam ser mais baixas nesses casos.

A multidão avançou em direção à porta nos fundos da sala, mas Lester não se mexeu. Ele observou de perto enquanto os dois homens brancos eram algemados e levados de volta à sala de espera. Quando eles saíram de vista, apoiou a cabeça nas mãos e fez uma breve oração. E aí, então, ele ouviu.

PELO MENOS DEZ vezes por dia Jake cruzava as portas de ferro fundido e vidro da varanda para dar uma olhada no centro de Clanton. Às vezes fumava um charuto barato e soprava a fumaça sobre a Washington Street. Mesmo no verão, ele deixava as janelas de sua imensa sala abertas. Os sons da cidade pequena mas movimentada eram uma boa companhia enquanto ele trabalhava em silêncio. Às vezes ele ficava surpreso com a quantidade de barulho que vinha das ruas em torno do tribunal, e em outras ia à varanda para tentar entender por que estava tudo tão quieto.

Pouco antes das duas da tarde de segunda-feira, 20 de maio, ele foi até a varanda e acendeu um charuto. Um pesado silêncio pairava sobre o centro de Clanton, Mississippi.

COBB DESCEU AS escadas na frente com cautela, as mãos algemadas atrás de si, e atrás dele vinham Willard e Looney, um dos assistentes do xerife. Dez degraus para baixo, então o patamar, uma virada à direita, depois mais dez até o térreo. Outros três policiais esperavam do lado de fora próximo às viaturas, fumando e observando os repórteres.

Quando Cobb alcançou o térreo, Willard estava três passos atrás e Looney com um pé fora do patamar, a portinha suja, esquecida e quase invisível do almoxarifado se abriu e o Sr. Carl Lee Hailey irrompeu da escuridão portando um M-16. À queima-roupa, ele abriu fogo. Os disparos rápidos e barulhentos pipocaram, sacudiram o tribunal e fizeram o silêncio implodir. Os estupradores ficaram paralisados e gritaram ao serem atingidos – Cobb primeiro, no estômago e no peito, depois Willard no rosto, no pescoço e na garganta. Eles se contorceram em vão ao longo da escada, algemados e indefesos, tropeçando um no outro enquanto a pele e o sangue de ambos se esfacelavam.

Looney acabou atingido na perna, mas conseguiu subir as escadas de volta até a sala de espera, onde se agachou e ouviu Cobb e Willard gritando e gemendo enquanto Carl Lee ria. As balas ricocheteavam entre as paredes da estreita escadaria, e, ao olhar para baixo em direção ao patamar, Looney viu sangue e carne espirrando nas paredes e pingando nos degraus.

Numa fração de segundo, foram ouvidas rajadas de sete ou oito rodadas cada uma, e o enorme estrondo do M-16 ecoando pelo tribunal como que por uma eternidade. Em meio ao som dos disparos e dos projéteis batendo nas paredes da escada, era possível escutar claramente a risada aguda e estridente de Carl Lee.

Quando parou, jogou o fuzil sobre os dois cadáveres e saiu correndo. No banheiro, travou a porta com uma cadeira, se esgueirou por uma janela que dava no meio dos arbustos e então chegou à calçada. Despreocupado, caminhou até sua picape e voltou para casa.

Lester ficou paralisado quando os tiros começaram. Foi possível ouvi-los com clareza da sala de audiências. A mãe de Willard deu um grito, a mãe de Cobb também, e os policiais correram em direção à sala de espera, mas não ousaram descer as escadas. Lester ouviu atentamente o som do fuzil e, quando cessou, ele foi embora.

Ao som do primeiro disparo, Bullard agarrou a garrafa de vodca e rastejou para debaixo de sua mesa, enquanto o Sr. Pate trancava a porta.

Cobb, ou o que restou dele, estava por cima de Willard. O sangue dos dois se misturava e formava poças num degrau, então transbordava e escorria para o seguinte, onde empoçava até transbordar e escorrer para o seguinte. Em pouco tempo o pé da escada estava inundado de sangue.

JAKE ATRAVESSOU A rua disparado em direção à porta dos fundos do tribunal. O assistente Prather estava agachado em frente à porta, de arma em punho, xingando os repórteres que se aproximavam. Os outros policiais se ajoelharam, amedrontados, junto à soleira da porta das viaturas. Jake correu para a frente do fórum, onde ainda mais policiais guardavam a entrada e retiravam funcionários e espectadores de dentro do edifício. Uma massa de corpos estava caída sobre os degraus da frente. Jake lutou contra o fluxo de pessoas até chegar ao saguão e deparou com Ozzie orientando as pessoas e gritando em todas as direções. Ele acenou para Jake, e os dois cruzaram o corredor em direção à porta dos fundos, onde meia dúzia de policiais estava de pé, de arma na mão, encarando a escadaria em silêncio. Jake sentiu náuseas. Willard tinha quase alcançado o patamar. A parte da frente de sua cabeça estava faltando, e seu cérebro havia escorrido sobre o rosto feito geleia. Cobb tinha conseguido se virar, e os disparos o atingiram nas costas. Seu rosto estava enterrado na barriga de Willard, e seus pés tocavam o quarto degrau a contar do chão. O sangue continuava a escorrer dos corpos sem vida e cobria por completo os seis primeiros degraus. A poça encarnada no chão avançava rápido em direção aos policiais, que recuavam aos poucos. A arma estava entre as pernas de Cobb, no quinto degrau, e também estava coberta de sangue.

O grupo permanecia em silêncio, hipnotizado pelos dois corpos, que continuavam jorrando sangue. O cheiro forte de pólvora pairava sobre a escadaria e flutuava pelo corredor em direção ao saguão, onde os policiais ainda conduziam as pessoas para fora do edifício.

– Jake, é melhor você sair – disse Ozzie sem tirar o olho dos corpos.

– Por quê?

– Só sai.

– Por quê?

– Porque vamos ter que tirar fotos, coletar evidências e outras coisas mais, e você não pode ficar aqui.

– Tá. Mas ninguém interroga ele na minha ausência. Combinado?

Ozzie assentiu.

AS FOTOS FORAM tiradas, a sujeira foi limpa, as evidências, coletadas, os corpos, removidos, e duas horas depois Ozzie deixou a cidade seguido por mais cinco viaturas. Hastings estava ao volante e conduzia o comboio rumo ao interior, em direção ao lago, passando pela mercearia Bates e entrando na Craft Road. Na garagem de Hailey estavam o carro de Gwen, a picape de Carl Lee e o Eldorado vermelho com placa de Illinois.

Ozzie não esperava ter problemas. As viaturas estacionaram lado a lado no jardim e os policiais ficaram agachados por trás das portas abertas, observando o xerife caminhar sozinho até a entrada da casa. Ele parou. A porta se abriu devagar e a família Hailey emergiu. Carl Lee foi até a beirada da varanda com Tonya nos braços. Ele olhou para seu amigo, o xerife, para a fila de viaturas e policiais atrás dele. À sua direita estava Gwen, e à esquerda estavam seus três filhos, o menor chorando baixinho, mas os mais velhos valentes e orgulhosos. Atrás deles, estava Lester.

Os dois grupos se observaram, cada um esperando o outro falar ou fazer algo, ambos querendo evitar o que estava prestes a acontecer. O único som que se ouvia eram as leves fungadas da menina, da mãe e do menino mais novo.

As crianças tentaram entender. O pai havia explicado a elas o que tinha acabado de fazer e por quê. Elas entenderam, mas não conseguiam compreender por que então ele tinha que ser preso.

Ozzie chutou um torrão de terra, olhando ora para a família, ora para os seus homens.

Por fim, ele disse:

— É melhor você vir comigo.

Carl Lee anuiu de leve com a cabeça, mas não se mexeu. Gwen e o menino choraram mais alto quando Lester tirou a menina do colo do pai. A seguir Carl Lee se ajoelhou diante dos três meninos e mais uma vez falou para eles baixinho que ele tinha que ir, mas que não demoraria muito. Ele os abraçou, e todos choraram e o agarraram. Ele se virou e beijou a esposa, depois desceu os degraus em direção ao xerife.

— Você vai me algemar, Ozzie?

— Não, Carl Lee. Só entra no carro.

8

Moss Junior Tatum, assistente-chefe do xerife, e Jake conversavam baixinho no gabinete de Ozzie enquanto os demais assistentes, policiais, encarregados e outros funcionários do presídio estavam reunidos na imensa e abarrotada repartição ao lado do gabinete e aguardavam ansiosos pela chegada do novo prisioneiro. Dois dos assistentes espiavam pelas cortinas os repórteres e cinegrafistas que esperavam no estacionamento entre o presídio e a rodovia. Havia vans de canais de televisão vindas de Memphis, Jackson e Tupelo paradas em diversas direções no estacionamento lotado. Moss não gostava daquilo, então foi andando lentamente até a calçada e ordenou que a imprensa se reagrupasse em determinada área e tirasse as vans dali.

– O senhor veio dar uma declaração? – gritou um repórter.
– Sim, tira essas vans daí.
– O senhor tem algo a dizer sobre os assassinatos?
– Sim, duas pessoas foram mortas.
– Que tal alguns detalhes?
– Não tenho. Eu não estava lá.
– Vocês têm algum suspeito?
– Sim.
– Quem é?
– Eu vou dizer quando vocês tirarem as vans daí.

As vans logo começaram a ser removidas e inúmeras câmeras e microfones se amontoaram junto à calçada. Moss gesticulou e coordenou a organização dos veículos até ficar satisfeito, depois se aproximou da multidão. Ele mastigava calmamente um palito de dente e enfiou os dois polegares nos ilhoses da frente da calça, logo abaixo da barriga que caía sobre ela.

– Quem fez os disparos?
– Ele está preso?
– A família da menina está envolvida?
– Os dois estão mortos?

Moss sorriu e balançou a cabeça.

– Uma coisa de cada vez. Sim, nós já temos um suspeito. Temos um mandado de prisão e vai estar aqui daqui a pouco. Mantenham as vans fora do caminho. Isso é tudo o que eu tenho a dizer.

Moss voltou para o presídio enquanto os repórteres continuavam a chamá-lo. Ele os ignorou e entrou na repartição lotada.

– Como tá o Looney? – perguntou ele.
– O Prather tá com ele no hospital. Ele tá bem, um ferimento leve na perna.
– Sim, e um leve ataque cardíaco também – provocou Moss com um sorriso. Os outros riram.
– Olha eles lá! – gritou um encarregado, e todos do lado de dentro correram até as janelas enquanto a fila de luzes azuis entrava lentamente no estacionamento. Ozzie dirigia a primeira viatura e ao seu lado no carona estava Carl Lee, sem algemas. Hastings reclinou o corpo no banco de trás e acenou para as câmeras enquanto a viatura passava por elas e cruzava a multidão, para além das vans, contornando os fundos do presídio, onde Ozzie estacionou e os três entraram tranquilamente. Carl Lee foi recebido pelo carcereiro e Ozzie subiu o corredor até seu gabinete, onde Jake aguardava.

– Você vai poder falar com ele já, já, Jake – disse Ozzie.
– Obrigado. Tem certeza que foi ele?
– Sim, tenho certeza.
– Ele não confessou, né?
– Não, ele não disse absolutamente nada. Acho que o Lester orientou ele.

Moss entrou.

– Ozzie, os repórteres querem falar com você. Eu disse que você já estava indo.

– Obrigado, Moss.

Ozzie deu um suspiro.

– Alguém testemunhou a cena? – perguntou Jake.

Ozzie enxugou a testa com um lenço vermelho.

– Sim, o Looney tem como identificar ele. Você conhece o Murphy, o senhorzinho que trabalha como faxineiro aqui do fórum?

– Claro, sei quem é.

– Ele viu tudo. Ele tava sentado na outra escada, bem de frente pra onde tudo aconteceu. O coitado tava almoçando. Tomou um susto tão grande que não conseguiu dizer nada por uma hora. – Ozzie fez uma pausa e olhou para Jake. – Por que eu tô te contando tudo isso?

– Que diferença faz? Eu vou saber de tudo cedo ou tarde. Cadê meu cliente?

– Lá no presídio, no final do corredor. Eles têm que tirar umas fotos dele e tudo mais. Uma meia hora mais ou menos.

Ozzie saiu e Jake usou o telefone para ligar para Carla e lembrá-la de assistir ao noticiário e gravá-lo.

Ozzie olhou para os microfones e as câmeras.

– Não vou responder a perguntas. Nós temos um suspeito sob custódia. O nome dele é Carl Lee Hailey, do condado de Ford. Está sendo acusado de duplo homicídio.

– Ele é o pai da menina?

– Sim, é ele mesmo.

– Como vocês sabem que foi ele?

– Somos muito inteligentes.

– Alguma testemunha ocular?

– Não que a gente saiba.

– Ele confessou?

– Não.

– Onde vocês encontraram ele?

– Em casa.

– Um policial foi baleado?

– Sim.

– Como ele está?

– Ele está bem. Está no hospital, mas está bem.

– Qual o nome dele?

– Looney. DeWayne Looney.

– Quando é a audiência preliminar?

– Eu não sou o juiz.

– Tem alguma ideia?

– Talvez amanhã, talvez quarta. Sem mais perguntas, por favor. Não tenho mais nenhuma informação pra liberar no momento.

O carcereiro pegou a carteira, o dinheiro, o relógio, as chaves, a aliança e o canivete de Carl Lee, e listou os itens em um formulário que Carl Lee datou e assinou. Em uma pequena sala ao lado do posto do carcereiro, foram tiradas as fotografias e coletadas as impressões digitais, exatamente como Lester dissera. Ozzie estava aguardando do lado de fora e o conduziu pelo corredor até uma salinha onde costumavam fazer os testes de bafômetro. Jake estava sentado diante de uma minúscula mesa ao lado da máquina. Ozzie pediu licença e se retirou.

Advogado e cliente se sentaram um de frente para o outro e se analisaram com cautela. Ambos sorriram de admiração, mas nenhum dos dois disse uma única palavra. A última conversa deles tinha sido cinco dias antes, na quarta-feira após a audiência preliminar, um dia depois do estupro.

Carl Lee não estava mais tão apreensivo. Seu rosto estava relaxado; o olhar, sereno. Por fim, ele disse:

– Você não achava que eu fosse fazer isso, né, Jake?

– Na verdade, não. Foi você?

– Você sabe que foi.

Jake sorriu, balançou a cabeça e cruzou os braços.

– Como você tá se sentindo?

Carl Lee relaxou e se recostou na cadeira dobrável.

– Olha, me sinto melhor. Não me sinto bem com nada disso. Eu preferia que nada disso tivesse acontecido. Mas eu também preferia que a minha filha estivesse bem, entende? Eu não tinha nada contra esses caras até eles se meterem com ela. Agora eles colheram o que plantaram. Eu sinto muito pelas mães deles e pelos pais também, se é que eles têm pais, o que duvido muito.

– Você tá com medo?

– Do quê?

– Da câmara de gás, talvez?

– Não, Jake, é por isso que eu escolhi você. Eu não pretendo ir pra câmara de gás nenhuma. Eu vi você livrar o Lester, agora é só me livrar também. Você consegue, Jake.

– Não é tão simples assim, Carl Lee.

– Como é que é?

– Você simplesmente não atira em uma pessoa, ou em pessoas, a sangue-frio, depois diz pro júri que eles tinham que morrer e acha que vai sair do tribunal pela porta da frente.

– Você conseguiu com o Lester.

– Mas cada caso é um caso. E a grande diferença aqui é que você matou dois caras brancos e o Lester matou um homem negro. Tem uma grande diferença.

– Tá com medo, Jake?

– Por que eu estaria com medo? Não sou eu que corro o risco de ir pra câmara de gás.

– Você não me parece muito confiante.

"Seu idiota de merda", pensou Jake. Como ele poderia estar confiante em um momento como aquele? Os corpos ainda não tinham nem esfriado. Claro, ele estava confiante antes dos assassinatos, mas agora era diferente. Seu cliente iria para a câmara de gás por um crime que ele admitia ter cometido.

– Onde você conseguiu a arma?

– Com um amigo de Memphis.

– Tá. O Lester te ajudou?

– Não. Ele sabia o que eu ia fazer e queria ajudar, mas eu não deixei.

– Como tá a Gwen?

– Ela tá muito nervosa, mas o Lester tá com ela. A Gwen não sabia de nada.

– E as crianças?

– Você sabe como criança é. Eles não querem que o pai vá pra cadeia. Estão chateados, mas vão sobreviver. O Lester vai cuidar deles.

– Ele vai voltar para Chicago?

– Por enquanto não. Jake, quando vai ser a audiência?

– A preliminar deve ser amanhã ou quarta-feira, depende do Bullard.

– Ele é o juiz?

– Na audiência preliminar, sim. Mas não é ele que vai presidir o julgamento. Isso vai ser no Tribunal do Circuito.

– Quem é o juiz lá?

– Omar Noose, do condado de Van Buren; o mesmo juiz que julgou o Lester.

– Ótimo. Ele é tranquilo, né?

– Sim, ele é um bom juiz.

– Quando vai ser o julgamento?

– Meados de setembro ou início de outubro. O Buckley vai fazer pressão pra marcarem logo.

– Quem é Buckley?

– Rufus Buckley, o promotor. O mesmo promotor do caso do Lester. Você se lembra dele. Grandão, barulhento...

– Sim, sim, eu me lembro. Rufus Buckley, o durão. Eu tinha me esquecido completamente dele. Ele é casca grossa, né?

– Ele é bom, muito bom. É corrupto e ambicioso, e vai sugar o máximo disso tudo, porque o caso vai ter muita visibilidade.

– Você já ganhou dele, né?

– Sim, e ele já ganhou de mim.

Jake abriu sua maleta e tirou uma pasta. Dentro dela havia um contrato de prestação de serviços advocatícios, que ele analisou, embora já o soubesse de cor. Seus honorários se baseavam nas condições financeiras do cliente, e os negros em geral pagavam pouco, a menos que houvesse um parente próximo e generoso em St. Louis ou Chicago com um emprego bem remunerado. O que era raro. No caso de Lester, havia um irmão da Califórnia que trabalhava para os correios, mas não quis ou nao pôde ajudar. Havia também algumas irmãs espalhadas pelo país, mas elas tinham os próprios problemas e ofereceram apenas apoio moral. Gwen tinha uma família grande, seus parentes costumavam ficar longe de confusão, mas não eram abastados. Carl Lee era dono de alguns hectares de terra ao redor de sua casa e já havia hipotecado o terreno antes para ajudar Lester a pagar Jake.

Ele havia cobrado de Lester 5 mil dólares para representá-lo no caso de homicídio; metade foi paga antes do julgamento e o restante em parcelas ao longo de três anos.

Jake odiava falar de honorários. Era a parte mais difícil do exercício da advocacia. Os clientes queriam saber de antemão, imediatamente, quanto custaria o trabalho dele, e cada um reagia de um jeito diferente. Alguns ficavam chocados, outros só engoliam em seco, e outros se levantavam e saíam de seu escritório. Alguns ainda negociavam, mas a maioria pagava ou prometia pagar.

Ele analisou a pasta e o contrato, aflito, e tentou pensar em um valor justo. Outros advogados aceitariam aquele caso por quase nada. Nada além de publicidade. Ele pensou em Carl Lee, em seu terreno, seu emprego na fábrica de papel, sua família, e, por fim, disse:

– Dez mil de honorários.

Carl Lee não moveu um músculo.

– Você cobrou cinco do Lester.

Jake tinha previsto aquilo.

– Você tem três acusações, o Lester só tinha uma.

– Quantas vezes eu posso ir pra câmara de gás?

– É um bom argumento. Quanto você pode pagar?

– Posso pagar mil agora – disse ele com orgulho. – E vou pegar emprestado o máximo que puder hipotecando as minhas terras e dar tudo a você.

Jake refletiu por um minuto.

– Eu tenho uma ideia melhor. Vamos fechar um valor. Você paga mil agora e assina uma nota promissória pro resto. Hipoteca o terreno e paga a nota.

– Quanto você quer? – perguntou Carl Lee.

– Dez mil.

– Eu pago cinco.

– Você pode pagar mais do que isso.

– E você pode cobrar menos.

– Tá, eu posso fazer por nove.

– Então eu posso pagar seis.

– Oito?

– Sete.

– A gente pode fechar em sete e quinhentos?

– Tá bem, acho que consigo. Depende de quanto eles vão me dar na hipoteca. Você quer que eu pague mil agora e assine uma nota de seis e quinhentos?

– Isso.

– Beleza, fechado.

Jake preencheu os espaços em branco do contrato e da nota promissória, e Carl Lee assinou os dois documentos.

– Jake, quanto você cobraria de um homem com muito dinheiro?

– Cinquenta mil.

– Cinquenta mil! Tá falando sério?

– Sim.

– Cara, isso é muito dinheiro. Você já ganhou tanto assim?

– Não, mas também não vi muitas pessoas com tanto dinheiro assim sendo julgadas por homicídio.

Carl Lee queria saber sobre a fiança, o grande júri, o julgamento, as testemunhas, sobre quem estaria no júri, quando ele poderia sair da prisão, se Jake poderia acelerar o julgamento, quando ele poderia contar sua versão da história e milhares de outras coisas. Jake disse que eles teriam muito tempo para conversar. Prometeu ligar para Gwen e para o chefe dele na fábrica de papel.

Jake saiu e Carl Lee foi levado para sua cela, ao lado de onde ficavam os prisioneiros do estado.

O SAAB ESTAVA bloqueado pela van de um dos canais de televisão. Jake perguntou de quem era. A maioria dos repórteres tinha ido embora, mas alguns ficaram por ali, na expectativa de conseguir alguma coisa. Já era quase noite.

– O senhor trabalha pro xerife? – perguntou um repórter.

– Não, eu sou advogado – respondeu Jake com indiferença, tentando parecer neutro.

– O senhor é o advogado do Sr. Hailey?

Jake se virou e olhou para o repórter enquanto os outros ouviam.

– Na verdade, sim.

– O senhor pode responder a algumas perguntas?

– Você pode perguntar. Não prometo responder.

– O senhor pode vir até aqui?

Jake caminhou até os microfones e as câmeras e tentou parecer irritado com a inconveniência. Ozzie e os policiais assistiam de dentro.

– O Jake adora uma câmera – disse Ozzie.

– Todos os advogados adoram – acrescentou Moss.

– Qual é o seu nome, doutor?

– Jake Brigance.

– O senhor é o advogado do Sr. Hailey.

– Correto – respondeu Jake friamente.

– O Sr. Hailey é o pai da menina violentada pelos dois homens que foram mortos hoje?

– Correto.

– Quem matou eles?

– Não sei.

– Foi o Sr. Hailey?

– Eu disse que não sei.

– Do que o seu cliente está sendo acusado?
– Ele foi preso pelos assassinatos de Billy Ray Cobb e Pete Willard. Ele não foi formalmente acusado de nada.
– O senhor espera que o Sr. Hailey seja denunciado pelos dois homicídios?
– Não tenho nada a declarar.
– Por que não?
– O senhor falou com o Sr. Hailey? – perguntou outro repórter.
– Sim, pouco tempo atrás.
– Como ele está?
– Que quer dizer com isso?
– Bem, é... Como ele está?
– Você quer saber o que ele tá achando da prisão? – perguntou Jake com um leve sorriso.
– É... sim.
– Nada a declarar.
– Quando vai ser a audiência preliminar?
– Provavelmente amanhã ou quarta-feira.
– Ele vai se declarar culpado?
Jake sorriu e respondeu:
– Claro que não.

DEPOIS DO JANTAR, eles se sentaram no balanço da varanda na frente da casa e ficaram observando o irrigador de grama enquanto conversavam sobre o caso. Os assassinatos haviam sido notícia no país inteiro, e Carla tinha gravado o maior número possível de reportagens exibidas na televisão. Duas redes de TV cobriram a história ao vivo por meio de suas afiliadas em Memphis, e as emissoras de Memphis, Jackson e Tupelo reproduziram imagens de Cobb e Willard entrando no tribunal cercados por policiais e, segundos depois, sendo carregados para fora cobertos por lençóis brancos. Uma das emissoras reproduziu imagens dos policiais correndo para se proteger, com o som das rajadas de tiro ao fundo.

A entrevista de Jake foi gravada tarde demais para ser exibida no jornal da noite, então ele e Carla esperaram, com o gravador a postos, pelo noticiário das dez, e lá estava ele, pasta na mão, elegante, bem-apessoado, bonito e arrogante, além de extremamente enojado com os repórteres em razão do transtorno. Jake gostou muito de sua aparência na TV e estava empolgado por conta da entrevista. Havia aparecido brevemente uma outra vez, após a absolvição de Lester, e os frequentadores do Coffee Shop tinham tirado sarro dele por meses.

Ele se sentia bem. Adorava essa publicidade e previa muito mais. Não conseguia pensar em outro caso, outro conjunto de fatos, outro cenário que pudesse gerar tanta publicidade quanto o julgamento de Carl Lee Hailey. Ainda mais a absolvição de Carl Lee Hailey, pelo assassinato de dois homens brancos que estupraram sua filha, perante um júri inteiramente branco na zona rural do Mississippi.

– Por que você tá sorrindo? – interrompeu Carla.

– Nada.

– Claro. Você tá pensando no julgamento, nas câmeras, nos repórteres, no Carl Lee absolvido, você abraçado com ele, repórteres indo atrás de você com as câmeras ligadas, pessoas dando tapinhas nas suas costas, todo mundo te parabenizando. Eu sei muito bem no que você tá pensando.

– Então por que perguntou?

– Pra ver se você ia admitir.

– Tá bem, eu admito. Eu posso ficar famoso com esse caso e ele pode render um milhão de dólares pra gente, a longo prazo.

– Se você ganhar.

– Sim, se eu ganhar.

– E se você perder?

– Eu vou ganhar.

– Mas se você não ganhar?

– Vamos pensar positivo.

O telefone tocou, e Jake passou dez minutos com o editor, proprietário e único repórter do *Clanton Chronicle*. O telefone tocou novamente e Jake conversou com um repórter do jornal matutino de Memphis. Ele desligou e ligou para Lester e Gwen, depois para o chefe da fábrica de papel.

Às onze e quinze o telefone tocou mais uma vez, e Jake recebeu sua primeira ameaça de morte, anônima, é claro. Chamaram-no de defensor de preto filho da puta e lhe disseram que não sairia vivo se Carl fosse absolvido.

9

Dell Perkins serviu mais café e mingau de milho do que o normal na manhã de terça-feira após os homicídios. Todos os clientes de sempre e alguns avulsos haviam chegado cedo por lá para ler os jornais e falar sobre os assassinatos, ocorridos a menos de cem metros da entrada do Coffee Shop. O Claude's e o Tea Shoppe também tinham lotado mais cedo do que o normal. A foto de Jake estava na capa do jornal de Tupelo, e os jornais de Memphis e Jackson tinham fotos de Cobb e Willard na primeira página, antes e depois do tiroteio, no momento em que os corpos foram colocados na ambulância. Não havia fotos de Carl Lee. Todos os três jornais traziam relatos detalhados dos últimos seis dias em Clanton.

A cidade inteira acreditava que Carl Lee era o responsável pelos assassinatos, mas começou a surgir um boato de que havia outros atiradores no local, que foi crescendo até uma mesa no Tea Shoppe inventar que um grupo de negros descontrolados havia participado do ataque. No entanto, os policiais que frequentavam o Coffee Shop, embora não falassem muito, abafaram a fofoca e a mantiveram sob controle. O assistente Looney era frequentador assíduo da cafeteria e as pessoas estavam preocupadas com o estado de saúde dele, que parecia ser mais grave do que o relatado inicialmente. Ele continuava no hospital e tinha identificado o irmão de Lester Hailey como o atirador.

Jake chegou às seis e se sentou perto da entrada, junto com alguns fazendeiros. Fez um aceno com a cabeça para Prather e o outro assistente, mas eles fingiram não vê-lo. "Eles vão ficar numa boa depois que Looney sair do hospital", pensou. Jake ouviu alguns comentários sobre sua foto na capa do jornal, mas ninguém o questionou sobre seu novo cliente ou os homicídios. Ele notou certa frieza em alguns dos frequentadores. Comeu rapidamente e foi embora.

Às nove, Ethel ligou para Jake. Bullard estava na espera.
– Excelência. Como o senhor está?
– Péssimo. Você tá representando o Carl Lee Hailey?
– Sim, senhor.
– Pra quando você quer marcar a preliminar?
– Por que o senhor está me perguntando, Excelência?
– Boa pergunta. Olha, os velórios vão ser amanhã de manhã em algum momento, e eu acho que seria melhor esperar até que esses desgraçados sejam enterrados, não?
– Sim, Excelência, é uma boa ideia.
– Que tal amanhã às duas da tarde?
– Tudo bem.
Bullard hesitou.
– Jake, alguma chance de você abrir mão da preliminar e me deixar mandar esse caso direto pro grande júri?
– Excelência, eu nunca abro mão de uma audiência preliminar, o senhor sabe disso.
– Sim, eu sei. Só pensei em pedir isso como um favor. Não vou julgar esse caso e não tenho desejo algum de chegar perto dele. Te vejo amanhã.

UMA HORA DEPOIS, Ethel o chamou novamente pelo interfone:
– Dr. Brigance, tem uns repórteres aqui pra falar com o senhor.
Jake ficou extasiado.
– De onde?
– Memphis e Jackson, eu creio.
– Manda eles pra sala de reunião. Vou descer já, já.
Ele ajeitou a gravata e escovou o cabelo, e procurou pelas vans das emissoras de TV na rua lá embaixo. Decidiu fazê-los esperar e, depois de alguns telefonemas desimportantes, desceu as escadas, ignorou Ethel e entrou na sala de reuniões. Eles pediram que ele se sentasse em uma das cabeceiras da longa mesa, por conta da iluminação. Jake se recusou, disse a si mesmo

que ele é que controlaria as coisas, e se sentou numa das laterais, de costas para as fileiras de pesados e caros livros de Direito.

Os microfones foram colocados diante dele, as luzes da câmera, ajustadas e, por fim, uma repórter de Memphis que usava uma maquiagem reluzente na testa e nos olhos pigarreou e iniciou a entrevista.

– Dr. Brigance, o senhor representa Carl Lee Hailey?

– Sim.

– E ele está sendo acusado dos homicídios de Billy Ray Cobb e Pete Willard?

– Isso mesmo.

– E Cobb e Willard eram acusados de estuprar a filha do Sr. Hailey?

– Sim, exato.

– O Sr. Hailey nega ter matado Cobb e Willard?

– Ele vai se declarar inocente das acusações.

– Ele vai ser acusado por atirar no assistente Looney?

– Sim. A gente imagina que vai haver uma terceira acusação, por lesão corporal grave contra o policial.

– O senhor prevê uma possível alegação de insanidade?

– No momento não estou aberto a discutir as estratégias de defesa porque ele não foi denunciado.

– O senhor está dizendo que existe chance de ele não ser denunciado?

Excelente deixa, algo pelo qual Jake estava esperando. O grande júri poderia denunciá-lo ou não, e seus jurados não seriam selecionados até que o Tribunal do Circuito se reunisse na segunda-feira, 27 de maio. Ou seja, os futuros membros do grande júri estavam passeando pelas ruas de Clanton, cuidando de suas lojas, trabalhando nas fábricas, limpando a casa, lendo jornais, assistindo à TV e debatendo se Carl Lee deveria ou não ser denunciado.

– Sim, acho que tem chance de ele não ser denunciado. Depende do grande júri, depois da audiência preliminar.

– Quando é a audiência preliminar?

– Amanhã. Às duas da tarde.

– O senhor está presumindo que o juiz Bullard vai submeter o Sr. Hailey ao grande júri?

– Me parece uma suposição bastante razoável – respondeu Jake, sabendo que Bullard ficaria emocionado com a resposta.

– Quando o grande júri vai se reunir?

– O grande júri será empossado na segunda-feira de manhã. Provavelmente vão examinar o caso na segunda-feira à tarde.

– Havendo julgamento, quando o senhor acha que vai ser?

– Supondo que ele seja denunciado, o caso deve ser julgado em meados de setembro ou início de outubro.

– Qual tribunal?

– Do Circuito do Condado de Ford.

– Quem deve ser o juiz?

– O Excelentíssimo Dr. Omar Noose.

– De onde ele é?

– Chester, Mississippi. Condado de Van Buren.

– Quer dizer que o caso será julgado aqui em Clanton?

– Sim, a menos que seja solicitado o desaforamento.

– O senhor vai pedir a alteração do local?

– Muito boa pergunta, mas no momento não estou pronto pra dar uma resposta. É um pouco cedo pra falar das estratégias de defesa.

– Por que o senhor solicitaria o desaforamento?

"Para encontrar um condado mais negro", pensou Jake.

– Os motivos de sempre – respondeu Jake, reflexivo. – Muita visibilidade antes do julgamento, etc.

– Quem avalia o pedido de desaforamento?

– O juiz Noose. A decisão fica exclusivamente a critério dele.

– Já estabeleceram a fiança?

– Não, e provavelmente isso não vai acontecer até que ele seja denunciado. Ele tem direito a uma fiança razoável agora, mas, como é de praxe neste condado, a fiança não é estabelecida em casos de homicídio até que a denúncia seja recebida no Tribunal do Circuito. Nesse momento, então, a fiança será estabelecida pelo juiz Noose.

– O que o senhor pode nos dizer sobre o Sr. Hailey?

Jake respirou fundo e refletiu por um minuto com as câmeras ainda rodando. Outra excelente deixa, uma ótima oportunidade de plantar algumas sementes.

– Ele tem 37 anos. Casado com a mesma mulher há vinte. Quatro filhos, três meninos e uma menina. Um cara bom, com a ficha limpa. Nunca se meteu em confusão antes disso. Condecorado no Vietnã. Trabalha cinquenta horas por semana na fábrica de papel em Coleman. Paga seus impostos e é proprietário de um pequeno terreno. Vai à igreja todo domingo com a família. Cuida da própria vida e tem a esperança de que o deixem em paz.

– O senhor vai autorizar que a gente fale com ele?

– Claro que não.

– O irmão dele não foi julgado por homicídio anos atrás?

– Sim, e foi absolvido.

– O senhor era o advogado dele?

– Sim, eu era.

– O senhor já trabalhou em vários julgamentos de homicídio no condado de Ford, não é?

– Três.

– Quantas absolvições?

– Os três casos – respondeu lentamente.

– O júri tem várias opções no Mississippi, correto? – perguntou a repórter de Memphis.

– Exato. Diante de um caso de homicídio, o júri pode declarar o réu culpado de homicídio culposo, cuja pena é de vinte anos de prisão, ou homicídio doloso, que pode ser punido com prisão perpétua ou pena de morte, de acordo com o que o júri determinar. E o júri pode ainda declarar o réu inocente. – Jake sorriu para as câmeras. – Mais uma vez, presumindo que ele seja denunciado.

– Como está a menina, Tonya Hailey?

– Ela está em casa. Voltou pra casa no domingo. Parece que vai ficar bem.

Os repórteres se entreolharam, em busca de mais algum assunto a abordar. Jake sabia que aquele era o momento mais delicado, quando eles ficavam sem ter o que perguntar e começavam a fazer perguntas esquisitas.

Ele se levantou e abotoou o paletó.

– Olha, eu agradeço a visita de vocês. Costumo estar disponível, é só avisar com um pouco mais de antecedência e eu vou ter o maior prazer em falar com vocês a qualquer momento.

Eles agradeceram e foram embora.

ÀS DEZ DA manhã de quarta-feira, em um velório duplo sem grandes firulas na própria funerária, os brancos enterraram seus mortos. O pastor pentecostal, recém-ordenado, fez um imenso esforço para consolar com palavras reconfortantes a pequena multidão reunida ao redor dos dois caixões fechados. O velório foi breve, com poucas lágrimas.

As picapes e os Chevrolets imundos se moviam vagarosos atrás do único carro funerário à medida que o cortejo deixava a cidade e se arrastava rumo ao interior. Estacionaram atrás de uma pequena igreja de tijolos vermelhos. Os corpos foram enterrados um de cada vez, em extremidades opostas do minúsculo cemitério coberto de mato. Depois de mais algumas palavras de alento, a multidão se dispersou.

Os pais de Cobb se divorciaram quando ele era pequeno, e seu pai dirigiu de Birmingham até lá para o funeral. Após o enterro, ele desapareceu. A Sra. Cobb morava em uma casinha branca pré-fabricada próxima do povoado de Lake Village, pouco mais de quinze quilômetros ao sul de Clanton. Seus outros dois filhos, os primos e os amigos deles se reuniram sob um carvalho no quintal enquanto as mulheres se mobilizaram para ficar com a Sra. Cobb. De modo geral, os homens passaram a maior parte do tempo falando sobre negros, mascando tabaco e tomando uísque, enquanto relembravam o tempo em que os negros sabiam qual era o lugar deles. Agora eles eram mimados e protegidos pelo governo e pela justiça. E não havia nada que os brancos pudessem fazer. Um dos primos tinha um amigo ou conhecido que costumava fazer parte da Ku Klux Klan e poderia ligar para ele. O avô de Cobb já era membro da Klan muito antes de sua morte, explicou o primo, e quando ele e Billy Ray eram crianças o velho contava histórias sobre enforcar negros nos condados de Ford e Tyler. O que deviam fazer era a mesma coisa que Carl Lee havia feito, mas ninguém se voluntariou. Talvez a Klan se interessasse. Havia uma divisão mais ao sul, próximo a Jackson, perto do condado de Nettles, e o primo foi autorizado a entrar em contato com eles.

As mulheres prepararam o almoço. Os homens comeram em silêncio e voltaram ao uísque sob a sombra da árvore. Alguém mencionou a audiência de Carl às duas da tarde, então eles se enfiaram nos carros e foram para Clanton.

HAVIA UMA CLANTON anterior aos assassinatos e uma Clanton posterior a eles, e levaria meses até que a segunda voltasse a parecer com a primeira. Um acontecimento trágico e sangrento, cuja duração foi de menos de quinze segundos, transformara a pacata cidade sulista de 8 mil habitantes em uma meca para jornalistas, repórteres, cinegrafistas e fotógrafos, alguns de cidades vizinhas, outros de redes de notícias nacionais. Os cinegrafistas e os repórteres de TV se esbarravam pelas calçadas da praça enquanto perguntavam pela centésima vez a uma pessoa na rua como ela se sentia em relação ao caso da família Hailey e como votaria se fizesse parte do júri. Não foi possível chegar a um veredito conclusivo a partir das pesquisas de rua. Além das vans de televisão, havia agora pequenos carros importados com logotipos das emissoras não apenas ao redor da praça, mas também pelas ruas, correndo atrás de pistas, relatos e entrevistas. Ozzie foi o favorito deles no começo. Foi entrevistado meia dúzia de vezes no dia seguinte ao tiroteio, depois se envolveu em outros assuntos e delegou as entrevistas a Moss Junior, que gostava de bater papo com a imprensa. Ele era capaz de responder a vinte perguntas e não divulgar nem mesmo um único novo detalhe. Moss também mentia muito, e os forasteiros ingênuos não sabiam dizer o que era ou não verdade.

– Senhor, alguma evidência de que havia outros atiradores?
– Sim.
– Mesmo?! Quem?
– Temos provas de que os disparos foram autorizados e financiados por uma ramificação dos Panteras Negras – respondeu Moss Junior com uma cara séria.

Metade dos repórteres gaguejava ou ficava encarando sem entender nada, enquanto a outra repetia o que ele dizia e anotava tudo, freneticamente.

Bullard se recusava a sair de seu gabinete ou atender ligações. Ligou para Jake novamente e implorou que ele desistisse da audiência preliminar. Jake se recusou. Os repórteres esperavam na recepção do gabinete de Bullard, no térreo do fórum, mas ele estava protegido atrás da porta trancada junto com sua vodca.

Houve uma solicitação para que o velório fosse filmado. A família de Cobb concordou, mediante pagamento de determinado valor, mas a Sra. Willard vetou. Os repórteres ficaram esperando do lado de fora da funerária e filmaram o que conseguiram. Em seguida, seguiram o cortejo até os túmulos, filmaram os enterros e seguiram os presentes até a casa da Sra. Cobb, onde Freddie, o mais velho, os xingou e os expulsou de lá.

O Coffee Shop estava silencioso na manhã de quarta-feira. Os clientes habituais, incluindo Jake, estavam atentos aos desconhecidos que haviam invadido seu santuário. A maioria deles tinha barba, falava com sotaques estranhos e não comia mingau de milho.

– Você não é o advogado do Sr. Hailey? – gritou um do outro lado do salão. Jake preparava sua torrada e nada respondeu.
– Não é você? Senhor?
– E se eu for? – disparou Jake.
– Ele vai se declarar culpado?
– Eu estou tomando café da manhã.
– Vai?
– Nada a declarar.
– Por que nada a declarar?
– Nada a declarar.
– Mas por quê?
– Não tenho nada a declarar durante o meu café da manhã. Nada a declarar.
– Posso falar com o senhor mais tarde?
– Sim, marque um horário. Eu cobro sessenta dólares a hora.

Os frequentadores vaiaram e assobiaram, mas os desconhecidos não se intimidaram. Jake concordou em dar entrevista, sem custo, para um jornal de Memphis na quarta-feira, depois se enclausurou na sala de guerra e se preparou para a audiência preliminar. Ao meio-dia, visitou seu famoso cliente na prisão. Carl Lee estava descansado e relaxado. De sua cela, podia ver os repórteres de um lado para outro no estacionamento.

– Como estão as coisas? – perguntou Jake.
– Até que não estão ruins. A comida é boa. Eu como com Ozzie na sala dele.
– Você o quê?!
– Sim. A gente joga baralho também.
– Você tá brincando, Carl Lee.
– Não tô, não. Assisto à TV, também. Vi você no jornal ontem à noite. Tava muito bem. Eu vou fazer você ficar famoso, né, Jake?

Jake não disse nada.

– Quando vou aparecer na TV? Quer dizer, eu que matei os caras e você e o Ozzie que ficam famosos?

O cliente estava sorrindo; o advogado não.

– Hoje, daqui a mais ou menos uma hora.
– Sim, eu ouvi que a gente vai pro fórum. Pra quê?
– Audiência preliminar. Não é nada de mais, bom, pelo menos não deveria ser. Essa vai ser diferente por causa das câmeras.
– O que eu falo?

– Nada! Você não diz uma palavra pra ninguém. Nem pro juiz, nem pro promotor, nem pros repórteres, nem para ninguém. A gente só escuta. Vamos ouvir o promotor e ver o que ele tem na mão. Teoricamente eles têm uma testemunha ocular, e é possível que ela vá depor. O Ozzie vai depor e vai falar pro juiz sobre a arma, as impressões digitais e sobre o Looney...

– Como tá o Looney?

– Não sei. Pior do que eles imaginavam.

– Porra, eu me sinto mal por ter acertado o Looney. Eu nem vi o cara.

– Bom, você vai ser acusado de lesão corporal grave por atirar no Looney. Mas a audiência preliminar é mera formalidade. O objetivo é permitir que o juiz determine se existem provas suficientes pra mandar você pro grande júri. O Bullard sempre manda, por isso é só uma formalidade.

– Então por que ela precisa acontecer?

– A gente pode abrir mão – respondeu Jake, pensando que perderia a oportunidade de estar diante de todas aquelas câmeras. – Mas eu não gosto de fazer isso. É uma boa oportunidade pra gente ver o que o Ministério Público tem em mãos.

– Bom, Jake, eu imagino que eles tenham bastante coisa, né?

– Acho que sim. Mas vamos só ouvir. Essa é a estratégia pra uma audiência preliminar. Beleza?

– Por mim tudo bem. Você falou com a Gwen ou o Lester hoje?

– Não, liguei pra eles na segunda à noite.

– Eles vieram aqui ontem, na sala do Ozzie. Falaram que iam estar na audiência hoje.

– Acho que todo mundo vai estar na audiência hoje.

Jake saiu. No estacionamento, passou por alguns dos repórteres que aguardavam a saída de Carl Lee do presídio. Ele não tinha nada a declarar nem para eles nem para os repórteres que aguardavam do lado de fora de seu escritório. Estava muito ocupado naquele momento para responder a perguntas, mas também muito atento às câmeras. À uma e meia ele se dirigiu ao tribunal e se escondeu na biblioteca jurídica no terceiro andar.

OZZIE, MOSS JUNIOR e os assistentes vigiavam o estacionamento e xingavam baixinho a aglomeração de repórteres e cinegrafistas. Eram quinze para as duas, hora de levar o prisioneiro até o tribunal.

– Me lembra um bando de urubus esperando aparecer um cachorro morto na beira da estrada – comentou Moss Junior enquanto olhava pelas venezianas.

– Nunca vi gente mais mal-educada – acrescentou Prather. – Não aceitam "não" como resposta. Ficam achando que a cidade inteira tem que satisfazer as vontades deles.

– E isso é só metade deles. A outra metade tá esperando no fórum.

Ozzie não tinha falado muito. Um jornal o havia criticado pelo episódio, insinuando que haviam afrouxado de propósito a segurança nos arredores do tribunal. Ele estava cansado da imprensa. Duas vezes, na quarta-feira, ordenara que os repórteres se afastassem do presídio.

– Tive uma ideia – disse ele.

– O quê? – perguntou Moss Junior.

– O Curtis Todd ainda tá preso?

– Sim. Sai semana que vem.

– Ele meio que lembra o Carl Lee, não acha?

– O que você quer dizer?

– Bom, a pele dele é quase tão escura quanto a do Carl Lee, eles têm mais ou menos a mesma altura e o mesmo peso, não?

– Sim, mas e daí? – perguntou Prather.

Moss Junior sorriu e olhou para Ozzie, cujos olhos nunca saíam da janela.

– Ozzie, você não vai fazer isso...

– O quê? – perguntou Prather.

– Vamos. Vai buscar o Carl Lee e o Curtis Todd – ordenou Ozzie. – Leva o meu carro pros fundos. E traz o Todd aqui pra eu passar umas instruções pra ele.

Dez minutos depois, a porta da frente do presídio se abriu e um pelotão de policiais escoltou o prisioneiro pela calçada. Dois policiais iam na frente, dois atrás e um de cada lado do homem com os óculos de sol com armação grossa e algemas, que não estavam fechadas. À medida que se aproximavam, os cinegrafistas e os fotógrafos entravam em ação. Os repórteres dispararam perguntas:

– O senhor vai se declarar culpado?

– O senhor vai se declarar inocente?

– Como o senhor vai se declarar?

– Sr. Hailey, o senhor vai alegar insanidade?

O prisioneiro sorriu e continuou a caminhada lenta até as viaturas que os aguardavam. Os assistentes sorriam soturnamente e ignoravam a multidão. Os fotógrafos se acotovelavam para conseguir a foto perfeita do justiceiro mais famoso dos Estados Unidos. De repente, diante dos olhos do país inteiro, com policiais ao seu redor, dezenas de repórteres registrando cada movimento seu, o prisioneiro saiu correndo. Ele se sacudiu, pulou e se contorceu, correndo descontrolado pelo estacionamento, por cima de uma vala, pela rodovia, em meio a algumas árvores, e desapareceu. Os repórteres gritaram e furaram as filas e vários até o perseguiram num primeiro momento. Curiosamente, os assistentes correram de volta para o presídio e bateram a porta atrás de si, deixando os urubus completamente desnorteados, vagando em círculos. Na mata, o prisioneiro tirou as algemas e voltou para casa. Curtis Todd acabara de receber liberdade condicional uma semana mais cedo.

Ozzie, Moss Junior e Carl Lee saíram depressa pelos fundos do presídio e dirigiram por uma rua paralela até o tribunal, onde outros policiais aguardavam para escoltá-lo à sala de audiências.

– QUANTOS NEGROS tem lá fora? – perguntou Bullard num grito ao Sr. Pate.
– Milhares.
– Ah, que ótimo! Milhares de negros. Imagino que tenha milhares de brancos caipiras também?
– Tem um bocado.
– A sala de audiências tá cheia?
– Lotada.
– Meu Deus, é só uma audiência preliminar! – berrou Bullard. Ele estava terminando uma garrafinha de vodca quando o Sr. Pate lhe entregou outra.
– Pega leve, Excelência.
– Brigance. É tudo culpa dele. Ele podia abrir mão dessa audiência, se quisesse. Eu pedi a ele. Pedi duas vezes. Ele sabe que vou mandar o caso pro grande júri. Ele sabe disso. Todos os advogados sabem disso. Mas agora eu vou ter que irritar todos os negros porque não vou soltar o cara, e irritar todos os caipiras porque não vou matar ele hoje aqui no tribunal. O Brigance me paga por isso. Ele está atuando pras câmeras. Eu preciso ser reeleito, mas ele não, né?
– Não, Excelência.
– Quantos policiais tem lá fora?

– Muitos. O xerife chamou todos os suplentes. O senhor tá protegido.
– E os repórteres?
– Aglomerados nas primeiras filas.
– Nada de câmeras!
– Nada de câmeras.
– O Hailey já tá aqui?
– Sim, Excelência. Na sala de audiências com o Brigance. Tá todo mundo pronto, só aguardando o senhor.

O juiz encheu um copo descartável de isopor com vodca pura.

– Tá bem, vamos lá.

Exatamente como nos velhos tempos antes dos anos 1960, a sala de audiências estava nitidamente segregada, com negros e brancos separados pelo corredor central. Os policiais estavam de prontidão no corredor e junto às paredes. Algumas pessoas demandavam particular atenção, em especial um grupo de brancos ligeiramente bêbados, sentados juntos em duas fileiras mais para a frente. Alguns foram reconhecidos como irmãos ou primos do falecido Billy Ray Cobb.

Eles estavam sendo vigiados de perto. As duas primeiras fileiras, a da direita, diante dos negros, e a da esquerda, diante dos brancos, estavam ocupadas por mais de vinte jornalistas de diversos tipos. Alguns registravam suas observações, enquanto outros faziam esquetes do acusado, de seu advogado e até do juiz.

– Vão fazer desse negro um herói – resmungou um dos caipiras, alto o suficiente para que os repórteres ouvissem.

Quando Bullard assumiu a tribuna, os policiais trancaram a porta de entrada da sala.

– Pode chamar sua primeira testemunha – ordenou ele a Rocky Childers.
– O Ministério Público chama o xerife Ozzie Walls.

O xerife fez o juramento e ocupou o banco das testemunhas. Ele respirou fundo e deu início a uma longa narrativa, na qual descreveu a cena do tiroteio, os corpos, os ferimentos, a arma, as impressões digitais na arma e as digitais do acusado. Childers apresentou uma declaração juramentada assinada pelo assistente Looney, que contou com o xerife e Moss Junior como testemunhas. Ele identificou Carl Lee como o atirador. Ozzie provou que se tratava da assinatura de Looney e leu a declaração juramentada para registro nos autos.

– Xerife, o senhor tem conhecimento de alguma outra testemunha ocular? – perguntou Childers sem entusiasmo.

– Sim. Murphy, o faxineiro.

– Qual o primeiro nome dele?

– Ninguém sabe. Chamam ele só de Murphy.

– Tudo bem. O senhor falou com ele?

– Não, mas meu investigador sim.

– Quem é o seu investigador?

– O inspetor Rady.

Rady fez o juramento e se sentou no banco das testemunhas. O Sr. Pate foi ao gabinete do juiz buscar outro copo de água gelada para ele. Jake usou várias páginas para fazer suas anotações. Não convocaria nenhuma testemunha e optou por não interrogar o xerife. Por vezes as testemunhas do Ministério Público se atrapalhavam com suas mentiras na audiência preliminar, e Jake costumava fazer algumas perguntas durante o interrogatório para apontar as discrepâncias e fazer constar nos autos. Mais para a frente, no julgamento em si, quando as mentiras recomeçassem, Jake apresentaria o depoimento prestado na audiência preliminar para desorientar ainda mais os mentirosos. Mas não hoje.

– O senhor já teve a chance de falar com o Murphy? – perguntou Childers.

– Qual Murphy?

– Murphy, o faxineiro.

– Ah, sim. Sim, senhor.

– Ótimo. O que ele disse?

– Sobre o quê?

Childers baixou a cabeça. Rady era novo e não havia prestado muitos depoimentos em juízo. Ozzie achou que seria uma boa chance pra ele praticar.

– Sobre o que aconteceu! Fala pra gente o que ele disse sobre o tiroteio.

Jake se levantou.

– Protesto, Excelência. Sei que boatos são admissíveis durante uma preliminar, mas esse tal de Murphy está disponível. Ele trabalha aqui no tribunal. Por que ele não pode testemunhar?

– Porque ele gagueja – respondeu Bullard.

– O quê?!

– Ele é gago. E eu não quero ouvir ele gaguejando aqui por meia hora. Negado. Prossiga, Sr. Childers.

Jake se sentou, incrédulo. Bullard deu um sorrisinho para o Sr. Pate, que saiu para buscar mais água gelada.

– Agora, Sr. Rady, o que o Murphy disse ao senhor sobre o ocorrido?

– Bom, foi difícil de entender porque ele estava muito nervoso, e quando ele fica nervoso gagueja muito. Na verdade, ele gagueja em qualquer situação, mas...

– Só fala pra gente o que ele disse! – berrou Bullard.

– Tudo bem. Ele disse que viu um homem negro atirar nos dois rapazes brancos e no assistente do xerife.

– Obrigado – disse Childers. – Agora, onde ele estava quando isso aconteceu?

– Ele estava sentado na escada em frente à escada onde eles foram baleados.

– E ele viu tudo?

– Diz ele que sim.

– Ele identificou o atirador?

– Sim, nós mostramos fotos de dez homens negros e ele identificou o acusado sentado bem ali.

– Ótimo. Obrigado. Excelência, sem mais perguntas.

– Alguma pergunta, Dr. Brigance? – perguntou o juiz.

– Não, Excelência – disse Jake enquanto se levantava.

– Alguma testemunha?

– Não, Excelência.

– Algum requerimento, alguma petição, alguma coisa?

– Não, Excelência.

Jake era esperto demais para pedir fiança. Primeiro, não adiantaria. Bullard não estabeleceria fiança por um homicídio qualificado. Em segundo lugar, pegaria mal para o juiz.

– Obrigado, Dr. Brigance. O tribunal considera que existem evidências suficientes para que o acusado seja submetido ao grande júri do condado de Ford. O Sr. Hailey permanecerá sob custódia do xerife, sem fiança. A sessão está encerrada.

Carl Lee foi logo algemado e escoltado para fora da sala de audiências. A área ao redor da porta dos fundos no térreo estava lacrada e protegida. As câmeras do lado de fora captaram um vislumbre do acusado entre a porta e a viatura que o aguardava. Ele chegou ao presídio antes que o público tivesse acabado de sair do tribunal.

Os policiais orientaram que os brancos saíssem primeiro, seguidos pelos negros.

Os repórteres requisitaram um pouco do tempo de Jake e foram instruídos a encontrá-lo no saguão alguns minutos depois. Ele os fez esperar indo primeiro ao gabinete do juiz, para cumprimentá-lo. Em seguida, foi até o terceiro andar para dar uma olhada em um livro. Quando a sala de audiências esvaziou e eles já tinham esperado o suficiente, Jake cruzou a porta de trás, entrou no saguão e encarou as câmeras.

Um microfone com letras vermelhas foi enfiado em seu rosto.

– Por que o senhor não pediu fiança? – questionou um repórter.

– Isso vem depois.

– O Sr. Hailey vai alegar insanidade?

– Como já disse, é muito cedo pra responder a essa pergunta. Agora precisamos esperar pelo grande júri, pode ser que ele não seja denunciado. Se isso acontecer, aí nós começamos a planejar a defesa.

– O promotor, Dr. Buckley, declarou que acha que ele será facilmente condenado. Algum comentário?

– Eu acho que o Dr. Buckley fala demais. É uma estupidez fazer qualquer comentário sobre esse caso até que seja analisado pelo grande júri.

– Ele também disse que se oporia veementemente a qualquer pedido de desaforamento.

– Esse pedido ainda não foi feito. No fundo não importa pra ele onde vai ser realizado esse julgamento. Por ele seria até no deserto, desde que a imprensa estivesse presente.

– Podemos supor que há ressentimentos entre o senhor e o promotor?

– Você que está dizendo. Ele é um bom promotor e um adversário admirável. Só fala demais.

Jake respondeu a mais algumas perguntas, pediu licença e se retirou.

NA NOITE DE quarta-feira, os médicos fizeram uma incisão abaixo do joelho de Looney e removeram o terço inferior de sua perna. Eles ligaram para Ozzie no presídio, e ele deu a notícia a Carl Lee.

10

Rufus Buckley deu uma olhada nos jornais matutinos de quinta-feira e leu com grande interesse as matérias sobre a audiência preliminar realizada no condado de Ford. Ficou lisonjeado ao ver seu nome ser citado pelos repórteres e pelo Dr. Brigance. Os comentários depreciativos eram o de menos; o importante foi ver seu nome impresso. Ele não gostava de Brigance, mas estava feliz por Jake tê-lo mencionado diante das câmeras e dos repórteres. Ao longo de dois dias, os holofotes tinham ficado sobre Brigance e o acusado; já era hora de alguém fazer referência ao promotor. Brigance não deveria criticar ninguém por correr atrás de visibilidade. Lucien Wilbanks era mestre em manipular a imprensa antes e durante um julgamento, e havia ensinado Jake muito bem. Mas Buckley não guardava rancor. Ele estava satisfeito. Saboreou a ideia de um julgamento longo e sórdido, sua primeira oportunidade de exposição verdadeira, significativa. Aguardava ansiosamente pela segunda-feira, o primeiro dia de audiências do mês de maio no condado de Ford.

Ele tinha 41 anos e, quando foi eleito pela primeira vez, nove anos antes, era o promotor mais jovem do Mississippi. Naquele momento, estava no primeiro ano de seu terceiro mandato, e suas ambições falavam mais alto. Era hora de ocupar outro cargo público, quem sabe procurador-geral ou até mesmo governador. E depois o Congresso. Ele tinha tudo planejado, mas não era muito conhecido fora do Vigésimo Segundo Distrito Judicial, que abarcava os condados de Ford, Tyler, Polk, Van Buren e Milburn.

Ele tinha que ser visto e ouvido. Precisava ganhar visibilidade. O que Rufus precisava mais do que qualquer outra coisa era uma condenação por homicídio, uma de grandes proporções, agressiva, controversa e com muita publicidade.

O condado de Ford ficava precisamente ao norte de Smithfield, a sede do condado de Polk, onde Rufus morava. Ele havia crescido no condado de Tyler, próximo à fronteira com o Tennessee, ao norte do condado de Ford. Tinha uma boa base política. Era um bom promotor. Durante as eleições, gabava-se de ter alcançado uma taxa de condenação de noventa por cento e de enviar mais homens para o corredor da morte do que qualquer outro promotor no estado. Era obstinado, impiedoso, hipócrita. Seu cliente era o povo do estado do Mississippi, e, em nome de Deus, ele levava essa obrigação a sério. O povo odiava a criminalidade e ele também, e juntos poderiam colocar um fim nela.

Ele sabia falar com o júri, ah, isso ele sabia. Sabia doutrinar, suplicar, persuadir, pleitear, implorar. Sabia inflamar os jurados a ponto de eles mal poderem esperar para se reunirem na sala, votar e retornar com uma corda para enforcar o réu. Sabia falar como os negros e como os brancos, e isso bastava para satisfazer a maioria dos jurados do Vigésimo Segundo Distrito Judicial. E os júris tinham sido bons para ele no condado de Ford. Ele gostava de Clanton.

Ao chegar em seu gabinete, no prédio do tribunal do condado de Polk, Rufus ficou novamente lisonjeado, agora ao ver uma equipe de filmagem aguardando na recepção. Explicou que estava muito ocupado, sempre olhando o relógio, mas disse que talvez tivesse um minutinho para responder a algumas perguntas. Ele os levou para o seu gabinete e se sentou em sua cadeira de couro giratória atrás da mesa. O repórter era de Jackson.

– Dr. Buckley, o senhor sente alguma compaixão pelo Sr. Hailey?

Ele deu um sorriso sério, claramente afundado em pensamentos.

– Sim, eu sinto. Sinto compaixão por qualquer pai que tem uma filha estuprada. Com certeza eu sinto. Mas o que eu não posso tolerar, e o que nosso sistema não pode tolerar, é esse tipo de comportamento justiceiro.

– O senhor é pai?

– Sou. Tenho um filho pequeno e duas filhas, uma da idade da Tonya Hailey, e ficaria indignado se uma de minhas filhas fosse estuprada. Mas iria torcer pra que o nosso sistema judicial lidasse com o estuprador de forma eficaz. Confio muito no sistema.

– Então o senhor espera conseguir a condenação?

– Sem dúvida. Eu normalmente consigo uma condenação quando quero, e eu quero obter uma condenação nesse caso.

– O senhor vai pedir a pena de morte?

– Sim, me parece um caso evidente de homicídio premeditado. Acredito que a câmara de gás seria o mais apropriado.

– O senhor prevê então esse veredito, de pena de morte?

– Com certeza. Os jurados do condado de Ford sempre estiveram dispostos a aplicar a pena de morte quando eu a solicitei e considerei apropriado. Sempre tive jurados muito bons lá.

– O Dr. Brigance, advogado do Sr. Carl Lee, afirmou que há chances de que o grande júri decida não denunciar o cliente dele.

Buckley riu.

– Bom, o Dr. Brigance não deveria ser tão leviano. O caso vai ser apresentado ao grande júri na segunda-feira, e na segunda-feira à tarde já teremos a denúncia. Eu garanto a você. Sério, ele é mais inteligente que isso.

– O senhor acha que o caso será julgado no condado de Ford?

– Onde o julgamento vai acontecer não é importante pra mim. Eu vou conseguir a condenação.

– O senhor acredita que o acusado vai alegar insanidade?

– Eu acredito em tudo. O Dr. Brigance é um criminalista muito competente. Não sei que tipo de estratégia ele vai usar, mas o estado do Mississippi vai estar pronto.

– E um acordo? Acredita que é possível?

– Eu não acredito muito em acordos. Nem o Brigance. Não me parece uma opção.

– Ele disse que nunca perdeu um caso de homicídio pro senhor.

O sorriso de Rufus desapareceu no mesmo instante. Ele se inclinou para a frente e lançou um olhar severo para o repórter.

– É verdade, mas aposto que ele não mencionou uma série de assaltos à mão armada e inúmeros roubos, não é? Eu ganhei uma grande parte deles. Noventa por cento, pra ser exato.

A câmera foi desligada e o repórter agradeceu a atenção.

– Sem problema – disse Buckley. – Disponha.

ETHEL SUBIU AS escadas e parou diante da grande mesa.

– Dr. Brigance, eu e o meu marido recebemos uma ligação ontem à noite, com muitas ofensas, e acabei de atender outra aqui no escritório. Não estou gostando disso.

Ele apontou para uma cadeira.

– Senta, Ethel. O que essas pessoas disseram?

– Não foram bem ofensas. Foram mais ameaças. Me ameaçaram porque trabalho pro senhor. Disseram que eu me arrependeria de trabalhar pra um defensor de pretos. Agora ameaçaram machucar o senhor e a sua família. Eu estou com medo.

Jake também estava preocupado, mas tentou tranquilizar Ethel. Ele tinha ligado para Ozzie na quarta-feira e relatado as chamadas para sua casa.

– Muda o seu número, Ethel. Eu pago.

– Eu não quero mudar o meu número. Tenho ele há dezessete anos.

– Bom, então não muda. Eu mudei o número da minha casa e não foi nada de mais.

– Bom, eu não vou fazer isso.

– Então tá. Mais alguma coisa?

– Bom, acho que o senhor não deveria ter aceitado esse caso.

– E eu não tô nem aí pro que você acha! Você não ganha pra achar nada dos meus casos. Se eu quiser saber o que você acha, eu pergunto. Enquanto isso, você fica na sua.

Ela bufou e saiu. Jake ligou para Ozzie novamente.

Uma hora depois, Ethel anunciou pelo interfone:

– O Lucien ligou mais cedo. Ele pediu que eu tirasse cópia de alguns casos recentes e quer que o senhor entregue pra ele hoje à tarde. Disse que já tem mais de cinco semanas desde a última visita.

– Quatro semanas. Faz as cópias que eu levo pra ele mais tarde.

Lucien passava no escritório ou ligava uma vez por mês. Ele lia os casos e se mantinha atualizado no mundo jurídico. Não tinha muito para fazer, exceto beber Jack Daniel's e investir na bolsa de valores, e fazia ambas as coisas de forma imprudente. Era alcoólatra e passava a maior parte do tempo na varanda da frente da sua imensa casa branca no alto da colina, a oito quarteirões da praça, com vista para Clanton, bebendo uísque misturado com café e Coca-Cola e lendo processos.

Lucien havia piorado desde a cassação de sua licença. Ele tinha uma empregada que trabalhava para ele em tempo integral e que também era sua enfermeira, e lhe servia drinques na varanda do meio-dia à meia-noite. Ele raramente comia ou dormia.

Jake deveria visitá-lo pelo menos uma vez por mês. As visitas aconteciam meio que por obrigação. Lucien era um velho amargo e doente que xingava advogados, juízes e, principalmente, a Ordem dos Advogados Estadual. Jake era seu único amigo, a única plateia que ele poderia não só ter, mas também manter cativa por tempo suficiente para ouvir seus discursos. Junto com os sermões, ele também se intrometia nos casos de Jake, um hábito muito irritante. Ele conhecia os casos, embora Jake nunca conseguisse entender como Lucien sabia tanto sobre eles. Raramente era visto no centro da cidade ou em qualquer lugar de Clanton, exceto na loja de bebidas frequentada pelos negros.

O Saab estacionou atrás do Porsche sujo e amassado, e Jake entregou as cópias para Lucien. Não trocaram olás nem qualquer outra saudação. Eles se sentaram nas cadeiras de balanço de vime na extensa varanda e ficaram olhando para Clanton. O último andar do fórum ficava acima dos edifícios, casas e árvores ao redor da praça.

Por fim, Lucien ofereceu a Jake algo para beber – uísque, depois vinho e por fim cerveja. Jake recusou. Carla não gostava de bebida, e Lucien sabia disso.

– Meus parabéns.

– Pelo quê? – perguntou Jake.

– Pelo caso Hailey.

– Pelo que eu estou de parabéns?

– Eu nunca peguei um caso dessa dimensão, e olha que eu peguei uns bem grandes.

– Em termos de quê?

– Publicidade. Exposição. Isso é crucial pra um advogado, Jake. Se você é desconhecido, você passa fome. Quando as pessoas se metem em confusão elas têm que chamar um advogado, um de quem elas já tenham ouvido falar. Você precisa se vender pro público, se for um advogado do povo. É claro que é diferente se você trabalha numa grande corporação ou numa empresa de seguros, onde passa o dia todo sentado e fatura cem dólares por hora, dez horas por dia, tirando uma grana de uma meia dúzia de gente e...

– Lucien – interrompeu Jake baixinho –, a gente já teve essa conversa várias vezes. Vamos falar sobre o caso Hailey.

– Tá bem, tá bem. Aposto que o Noose se recusa a mudar o foro.

– Quem disse que eu vou pedir?
– Você é burro se não pedir.
– Por quê?
– Estatística, pura e simples! Vinte e seis por cento deste condado é negro. Em todos os outros condados do Vigésimo Segundo Distrito Judicial pelo menos trinta por cento da população é negra. No condado de Van Buren são quarenta por cento. Isso significa mais jurados negros, jurados em potencial. Se você conseguir o desaforamento, vai ter uma chance maior de ter pessoas negras na bancada do júri. Se o julgamento for aqui, você corre o risco de ter um júri totalmente branco e, acredite, eu já vi muitos júris cem por cento brancos neste condado. Tudo o que você precisa é de um negro pra criar um impasse e o julgamento ser anulado.
– Mas daí vai ter outro julgamento.
– E você cava esse impasse de novo. Eles vão desistir depois de três julgamentos. Pro Buckley, um impasse ou uma derrota são a mesma coisa. Ele vai jogar a toalha depois da terceira tentativa.
– Então eu simplesmente falo pro Noose que quero que o julgamento seja transferido pra um condado com maior população negra, pra que eu possa conseguir um júri com mais pessoas negras.
– Se quiser, você pode, mas eu não faria isso. Eu passaria por toda aquela merda de sempre, exposição demais antes do julgamento, comunidade tendenciosa, e por aí vai.
– E você acha que o Noose vai comprar?
– Não, não vai. Esse caso é muito grande, e vai ficar ainda maior. A imprensa já se envolveu e começou a se posicionar. Todo mundo já ouviu falar desse caso, não só no condado de Ford. Você não vai encontrar ninguém no estado que já não tenha uma ideia formada, seja de culpa ou de inocência. Então, por que julgar em outro condado?
– Então pra que pedir o desaforamento?
– Porque quando aquele coitado for condenado, você vai precisar de alguma coisa pra pleitear na apelação. Você pode alegar que foi negado a ele um julgamento justo, já que o foro não foi alterado.
– Obrigado pelo voto de confiança. Quais são as chances de conseguir a transferência pra outro distrito, sei lá, pra algum lugar com uma população negra maior?
– Esquece. Você pode pedir o desaforamento, mas não escolher o local.

115

Jake não sabia disso. Quase sempre aprendia alguma coisa naquelas visitas. Meneou a cabeça, confiante, e analisou o velho e sua longa barba grisalha e suja. Nunca houve um momento em que conseguisse deixar Lucien encurralado em qualquer assunto sobre Direito Criminal.

– Sallie! – gritou Lucien, atirando os cubos de gelo do copo nos arbustos.

– Quem é Sallie?

– Minha empregada – respondeu ele quando uma mulher negra e alta abriu a porta de tela e sorriu para Jake.

– Sim, Lucien? – respondeu ela.

– Meu copo tá vazio.

Ela caminhou elegantemente pela varanda e pegou o copo dele. Tinha menos de 30 anos, era muito bonita e tinha a pele bem escura. Jake pediu um chá gelado.

– De onde você tirou essa menina? – perguntou Jake. Lucien olhou para o fórum. – De onde tirou ela?

– Sei lá.

– Quantos anos ela tem? – Lucien ficou em silêncio. – Ela mora aqui? – Nenhuma resposta. – Quanto você paga pra ela?

– E isso é da sua conta? Mais do que você paga pra Ethel. Ela também é enfermeira, fique sabendo.

"Claro", Jake pensou com um sorriso.

– Aposto que ela tá sempre muito ocupada.

– Deixa isso pra lá.

– Você não parece muito confiante que eu vá conseguir a absolvição.

Lucien refletiu por um momento. A mulher voltou com o uísque e o chá gelado.

– Não muito. Vai ser difícil.

– Por quê?

– Parece que foi premeditado. Pelo que notei, foi bem planejado. Não foi?

– Sim.

– Tenho certeza que você vai alegar insanidade.

– Não sei.

– Deveria – disse Lucien em um tom sério. – Não existe outra defesa possível. Você não pode alegar que foi um acidente. E não tem como dizer que ele atirou com um fuzil em dois caras algemados e desarmados em legítima defesa, né?

– Não.

– Você não vai inventar um álibi e dizer pro júri que ele estava em casa com a família.

– Claro que não.

– Então que outra defesa você tem? Você precisa dizer que ele tava maluco!

– Mas, Lucien, ele não estava maluco, e vai ser impossível encontrar um psiquiatra picareta o suficiente pra dizer que ele estava. Ele foi meticuloso, planejou cada detalhe.

Lucien sorriu e tomou um gole.

– É por isso que você tá ferrado, meu garoto.

Jake colocou seu chá na mesa e se balançou devagar na cadeira. Lucien saboreou o momento.

– É por isso que você tá ferrado – repetiu ele.

– Mas e o júri? Você sabe que eles vão ser solidários.

– É por isso mesmo que você precisa alegar insanidade. Você precisa oferecer uma saída pro júri. Você tem que mostrar pra eles um jeito de dizerem que o réu é inocente, se eles quiserem. Se forem realmente solidários, se quiserem absolver o réu, você precisa dar a eles um argumento que possam usar pra fazer isso. Não faz diferença se eles acreditam nessa palhaçada de insanidade. Isso não importa na sala do júri. O importante é que o júri tenha uma base legal pra absolvição, supondo que eles queiram absolver o réu.

– E vão querer absolver?

– Alguns sim, mas o Buckley vai vir com tudo no fato de os homicídios terem sido premeditados. Ele é bom. Ele vai conseguir acabar com qualquer empatia que eles tenham pelo réu. O Hailey vai ser só mais um negro sendo julgado por matar um homem branco depois que o Buckley acabar com ele. – Lucien sacudiu os cubos de gelo e olhou para o líquido marrom. – E o assistente do xerife? Lesão corporal com intenção de matar contra um policial dá prisão perpétua, sem direito a condicional. Como que você vai sair dessa?

– Não havia intenção.

– Ótimo. Isso vai ser muito convincente quando o coitado mancar até o banco das testemunhas e mostrar o resultado.

– Resultado?

– Sim. Cortaram a perna dele ontem à noite.

– Do Looney?!

– Sim, aquele em quem o Sr. Hailey atirou.

– Eu achava que ele tava bem.
– Ah, ele tá ótimo. Só perdeu uma perna.
– Como você descobriu?
– Eu tenho as minhas fontes.

Jake foi até a beirada da varanda e se apoiou em uma coluna. Ele se sentiu fraco. A confiança havia desaparecido, tinha sido levada novamente por Lucien. Ele era especialista em encontrar problemas em todos os casos de Jake. Era como um esporte para ele, e ele em geral tinha razão.

– Olha, Jake, eu não quero parecer tão cético. Dá pra ganhar esse caso. É uma chance em um milhão, mas dá pra ganhar. Você pode conseguir tirar ele de lá e precisa acreditar que é capaz de fazer isso. Só não fica contando vantagem. Você já falou demais com a imprensa por enquanto. Dá um tempo e começa a trabalhar.

Lucien caminhou até a beirada da varanda e cuspiu nos arbustos.

– Tenha sempre em mente que o Sr. Hailey é culpado, culpado pra cacete. A maioria dos réus criminais é, mas esse principalmente. Ele fez justiça com as próprias mãos e matou duas pessoas. Planejou tudo com muito cuidado. O nosso sistema jurídico não dá espaço pra justiceiros. Agora, você pode ganhar o caso e, se ganhar, a justiça vai ter prevalecido. Mas se você perder, a justiça também vai ter prevalecido. É um caso meio esquisito, eu acho. Quem me dera pegar um caso desse.

– Tá falando sério?
– É claro que eu tô falando sério. É o sonho de qualquer advogado criminalista. Se você ganhar esse caso, vai ficar famoso. Vai virar um dos grandes. Pode ficar rico.
– Eu vou precisar da sua ajuda.
– Você já tem. Eu preciso de alguma coisa pra fazer.

DEPOIS DO JANTAR, e depois que Hanna adormeceu, Jake contou a Carla sobre as ligações que recebera no escritório. Eles já haviam recebido uma ligação estranha antes, na ocasião de um dos outros julgamentos de homicídio, mas nenhuma ameaça tinha sido feita, apenas alguns resmungos e ruídos de respiração. Essas de agora eram diferentes. Elas mencionavam o nome de Jake e de sua família, e juravam vingança se Carl Lee fosse absolvido.

– Você tá preocupado? – perguntou ela.

– Na verdade, não. Provavelmente são só uns garotos ou uns amigos do Cobb. Você tá?

– Eu preferia que eles não ligassem.

– Todo mundo tá recebendo ligações. Ozzie recebeu centenas. Bullard, Childers, todo mundo. Não tô preocupado com isso.

– E se ficar mais sério?

– Carla, eu nunca colocaria a nossa família em perigo. Não vale a pena. Eu me retiro do caso se achar que as ameaças são legítimas. Prometo.

Ela não acreditou muito.

LESTER PUXOU NOVE notas de cem dólares e as colocou majestosamente na mesa de Jake.

– Aqui só tem novecentos – disse Jake. – Nosso acordo era mil.

– A Gwen precisava comprar comida.

– Você tem certeza que não foi o Lester que precisou de um uísque?

– Fala sério, Jake, você sabe que eu não roubaria o meu próprio irmão.

– Tá, tá. Quando a Gwen vai ao banco pra pegar o restante emprestado?

– Eu tô indo lá agora mesmo pra falar com o gerente. Atcavage o nome dele?

– Isso, Stan Atcavage, do lado do Security Bank. Grande amigo meu. Ele já tinha hipotecado essas terras antes, na época do seu julgamento. Você tá com a escritura?

– Tá no meu bolso. Quanto você acha que ele vai oferecer?

– Não faço ideia. Por que você não vai lá descobrir?

Lester saiu e dez minutos depois Atcavage estava ao telefone.

– Jake, eu não posso emprestar dinheiro pra essas pessoas. Sem querer ofender, mas e se ele for condenado? Eu sei que você é um bom advogado, nunca vou esquecer o meu divórcio, mas como ele vai me pagar se estiver no corredor da morte?

– Obrigado. Olha, Stan, se ele não pagar, você ganha o terreno, certo?

– Sim, com um barraco no meio. Quarenta mil metros quadrados cheios de árvore e mato e uma casa velha. Exatamente o que minha nova esposa pediu. Faça-me o favor, Jake.

– É uma boa casa, praticamente quitada.

– É um barraco, um barraco ajeitadinho. Não vale nada, Jake.

– Deve valer alguma coisa.

– Jake, eu não quero isso. O banco não quer.
– Você já hipotecou esse terreno antes.
– Mas antes ele não tava na cadeia. Era o irmão dele que estava, lembra disso. Ele trabalhava na fábrica de papel. Tinha um bom emprego também. Agora ele tá indo pro Parchman.
– Obrigado, Stan, pelo voto de confiança.
– Por favor, Jake, eu confio em você, no seu trabalho, mas não posso fazer esse empréstimo. Se tem alguém que é capaz de tirar ele de lá é você. E eu espero que você consiga. Mas eu não posso fazer esse empréstimo. Os auditores iam enlouquecer.

Lester tentou o Peoples Bank e o Ford National, mas obteve os mesmos resultados. Eles torciam para que seu irmão fosse absolvido, mas e se não fosse?

"Excelente", pensou Jake. "Novecentos dólares por um caso de homicídio."

11

Claude nunca vira necessidade de ter cardápios impressos em seu café. Anos antes, quando abriu o estabelecimento, não tinha dinheiro para os cardápios e agora que tinha não precisava deles, porque a maioria das pessoas sabia o que ele servia. Para o café da manhã, tinha de tudo, menos arroz e torradas, e os preços variavam. Para o almoço de sexta-feira, ele assava paleta e costela de porco na brasa, e todo mundo sabia disso. Tinha poucos clientes brancos de segunda a quinta, mas ao meio-dia de sexta-feira, toda sexta-feira, metade da clientela de seu pequeno restaurante era de brancos. Claude sabia havia algum tempo que os brancos gostavam de churrasco tanto quanto os negros; simplesmente não sabiam prepará-lo.

Jake e Atcavage encontraram uma pequena mesa perto da cozinha. O próprio Claude serviu a eles dois pratos de costelas e salada de repolho. Ele se inclinou na direção de Jake e disse baixinho:

– Boa sorte. Espero que consiga livrar ele.

– Obrigado, Claude. Espero que você esteja no júri.

Claude riu e disse um pouco mais alto:

– Tem como eu me candidatar?

Jake atacou as costelas e reclamou com Atcavage por ele não ter feito o empréstimo. Atcavage se manteve firme, mas ofereceu 5 mil emprestados se Jake fosse fiador. Jake explicou que aquilo seria antiético.

Uma fila se formou na calçada, e rostos se espremiam por trás das letras pintadas no vidro da frente. Claude parecia estar por toda parte, anotando e repassando pedidos, cozinhando, contando dinheiro, gritando, xingando, cumprimentando clientes e pedindo que fossem embora. Na sexta-feira, os clientes tinham vinte minutos depois que a comida chegava, então Claude pedia, e às vezes exigia, que pagassem e saíssem para que ele pudesse vender mais churrasco.

– Para de falar e come! – gritava ele.
– Eu ainda tenho dez minutos, Claude.
– Você tem sete.

Às quartas-feiras ele servia bagre frito, e dava trinta minutos por causa das espinhas. Os brancos evitavam o Claude's às quartas-feiras, e ele sabia por quê. Era a banha, uma receita secreta de banha passada pela sua avó, segundo ele. Era pesada e pegajosa, e provocava estragos nos intestinos dos brancos. Ela não intimidava os negros, que chegavam aos montes toda quarta-feira.

Dois forasteiros se sentaram perto do caixa e observaram Claude assustados enquanto ele comandava o serviço. "Provavelmente são repórteres", pensou Jake. Toda vez que Claude se aproximava e olhava, eles obedientemente pegavam e roíam uma costela. Nunca haviam experimentado costela, e estava claro para todo mundo que eles eram do Norte. Tinham pedido uma salada, mas Claude lhes disse, reclamando, que comessem o churrasco ou fossem embora dali. E depois anunciou para a clientela que aqueles idiotas queriam uma salada.

– Aqui estão os pratos. Comam rápido – ordenou ele enquanto os servia.
– Não tem faca pra carne? – perguntou um deles rispidamente.

Claude revirou os olhos e se afastou, resmungando. Um deles percebeu Jake e, depois de olhar por alguns minutos, finalmente se aproximou e se agachou ao lado da mesa.

– Você não é o Jake Brigance, advogado do Sr. Hailey?
– Sim, sou eu. E você, quem é?
– Sou Roger McKittrick, do *New York Times*.
– Muito prazer – disse Jake com um sorriso e uma nova postura.
– Estou cobrindo o caso Hailey e gostaria de falar com você em algum momento. Quanto antes, na verdade.
– Claro. Não estou muito ocupado hoje à tarde. É sexta-feira.
– Eu estou livre também.
– Que tal às quatro?

– Combinado – respondeu McKittrick, que notou Claude se aproximando da cozinha. – Nos vemos mais tarde então.

– Pronto, amigão! – gritou Claude para McKittrick. – Tempo esgotado. Paga a sua conta e se manda.

Jake e Atcavage terminaram em quinze minutos e esperaram pelo ataque verbal de Claude. Lamberam os dedos, enxugaram o suor do rosto e ficaram falando sobre a maciez das costelas.

– Esse caso vai te deixar famoso, né? – perguntou Atcavage.

– Tomara. Mas, claro, não vai dar dinheiro nenhum.

– Fala sério, Jake, não vai ser bom pros negócios?

– Se eu ganhar, vou ter mais clientes do que eu consigo dar conta. Claro que vai ser bom. Vou poder escolher meus casos, escolher meus clientes.

– E em termos financeiros?

– Não faço ideia. Não tem como prever quem ou o que isso pode atrair. Vou ter mais casos pra escolher, o que significa mais dinheiro. Daria pra parar de me preocupar com as despesas básicas do escritório.

– Duvido que você ainda tenha que se preocupar com as despesas básicas.

– Olha, Stan, não somos todos podres de rico, não. Um diploma de Direito não vale mais o que valia, tem advogado demais por aí. Catorze só nessa cidadezinha. A competição é feroz, mesmo em Clanton. Faltam casos bons e sobram advogados. Nas cidades maiores é pior, e as faculdades de Direito formam cada vez mais e mais gente, e muitos não conseguem arrumar trabalho. Todo ano uns dez garotos batem na minha porta pedindo emprego. Um escritório grande em Memphis mandou alguns advogados embora uns meses atrás. Consegue imaginar? Dispensaram todo mundo, como se fosse uma fábrica. Devem ter ido assinar a rescisão junto com os operadores de trator. Estamos falando de advogados, não de secretárias nem de motoristas de caminhão. Advogados.

– Desculpa por perguntar.

– É claro que eu me preocupo com as despesas básicas. São 4 mil dólares por mês, e eu advogo sozinho. Isso dá 50 mil por ano antes de eu tirar um centavo pra mim. Alguns meses são bons, outros, fracos. Mas é sempre imprevisível. Eu não me arrisco a estimar quanto vou faturar no mês que vem. É por isso que esse caso é tão importante. Nunca mais vai ter outro igual. É o maior de todos. Vou continuar advogando pelo resto da vida e nunca mais vou ver outro repórter do *New York Times* me parar em um restaurante pra pedir uma entrevista. Se eu ganhar, vou ser o mandachuva nessa parte do estado. Aí sim vou parar de me preocupar com as despesas.

– E se você perder?

Jake fez uma pausa e olhou ao redor, em busca de Claude.

– A publicidade vai ser boa seja qual for o resultado. Ganhando ou perdendo, o caso vai ajudar na minha carreira. Mas perder vai doer muito. No fundo, todos os advogados do condado estão torcendo pra eu estragar tudo. Querem que ele seja condenado. Estão com inveja, com medo de que eu ganhe muito destaque e roube os clientes deles. Os advogados são absurdamente invejosos.

– Você também é?

– Sem dúvida. Vê o Sullivan, por exemplo. Eu desprezo todos os advogados daquele escritório, mas em parte também tenho inveja deles. Eu queria ter um pouco dos clientes deles, um pouco dos honorários deles, um pouco daquela segurança. Eles sabem que todo mês vão receber um lindo cheque, que isso é quase garantido, e que todo Natal vão ganhar um belo bônus. Eles representam famílias com grana, com dinheiro de berço. Seria bom ter um pouco disso, pra variar. Eu represento bêbados, bandidos, agressores, agredidos, a maioria com pouco ou nenhum dinheiro. E nunca sei, de um mês pro outro, quantos desses vão aparecer no meu escritório.

– Olha só, Jake – interrompeu Atcavage. – Eu queria muito terminar essa conversa, mas o Claude acabou de olhar pro relógio e depois pra gente. Acho que os nossos vinte minutos acabaram.

A conta de Jake deu 71 centavos a mais que a de Atcavage, e, como os dois pedidos tinham sido idênticos, ele foi questionar Claude. "Não tem nada de errado", explicou ele. "O prato do Jake veio com uma costela a mais."

MCKITTRICK ERA SIMPÁTICO e direto, meticuloso e insistente. Tinha chegado a Clanton na quarta-feira para investigar e escrever sobre o que estava sendo considerado o assassinato mais famoso do país naquele momento. Conversou com Ozzie e Moss Junior, e eles sugeriram que fosse falar com Jake. Conversou com Bullard, que não o recebeu em seu gabinete, mas sugeriu que ele fosse falar com Jake. Entrevistou Gwen e Lester, mas não teve autorização para conhecer a menina. Papeou com os frequentadores do Coffee Shop e do Tea Shoppe, e com os frequentadores do Huey's e do

Ann's Lounge. Conversou com a ex-mulher e com a mãe de Willard, mas a Sra. Cobb já não aguentava mais repórteres. Um dos irmãos de Cobb se ofereceu para falar por uma quantia. McKittrick recusou. Ele foi de carro até a fábrica de papel e conversou com os colegas de trabalho de Carl Lee, e depois até Smithfield para entrevistar o promotor. Ele ficaria na cidade por mais alguns dias, e retornaria só depois, para o julgamento.

Ele era do Texas e mantinha, quando era conveniente, um leve sotaque arrastado, o que impressionava os moradores e fazia com que se abrissem. De vez em quando ele até deixava escapar algumas expressões locais, e isso o distinguia da maioria dos outros repórteres, que se apegavam à pronúncia moderna e adequada.

– O que é isso? – perguntou McKittrick apontando para o centro da mesa de Jake.

– É um gravador – respondeu Jake.

McKittrick pousou o próprio gravador na mesa e olhou para o de Jake.

– Posso perguntar por quê?

– Pode. É o meu escritório, a minha entrevista, e se eu quiser gravá-la o farei.

– Você acha que pode ter algum problema?

– Estou tentando evitá-los. Detesto ser citado incorretamente.

– Não tenho fama de fazer isso.

– Ótimo. Então não vai se importar que eu grave tudo.

– O senhor não confia em mim, não é, Dr. Brigance?

– De jeito nenhum. Mas pode me chamar de Jake.

– Por que o senhor não confia em mim?

– Porque você é um repórter, um repórter de um jornal de Nova York, procurando uma história sensacionalista, e, se tudo sair como esperado, você vai escrever algum lixo moralista e bem apurado retratando todo mundo aqui como um bando de caipiras racistas e ignorantes.

– O senhor está errado. Em primeiro lugar, eu sou do Texas.

– Seu jornal é de Nova York.

– Mas eu me considero sulista.

– Há quanto tempo você saiu do Sul?

– Tem uns vinte anos já.

Jake sorriu e balançou a cabeça, como se dissesse "Isso é bastante tempo".

– E eu não trabalho pra um jornal sensacionalista.

– Vamos ver. O julgamento é só daqui a alguns meses. Vamos ter tempo pra ler suas reportagens.

– Justo.

Jake apertou o *rec* em seu gravador, e McKittrick fez o mesmo.

– Carl Lee Hailey tem condições de receber um julgamento justo no condado de Ford?

– Por que ele não teria? – retrucou Jake.

– Bom, ele é negro. Ele matou dois homens brancos e vai ser julgado por um júri de brancos.

– Você quer dizer que ele vai ser julgado por um bando de racistas brancos.

– Não, eu não disse isso, nem insinuei. Por que o senhor automaticamente presume que eu acho que todos vocês são um bando de racistas?

– Porque você acha. Somos estereotipados, e você sabe disso.

McKittrick deu de ombros e escreveu algo em seu bloquinho.

– O senhor vai responder à pergunta?

– Sim. Ele tem condições de receber um julgamento justo no condado de Ford, se for julgado aqui.

– O senhor quer que ele seja julgado aqui?

– Vamos pedir o desaforamento, sem dúvida.

– Pra onde?

– Não cabe à gente sugerir o local. Quem decide é o juiz.

– Onde ele conseguiu o M-16?

Jake deu um risinho e olhou para o gravador.

– Não sei.

– Ele seria denunciado se fosse branco?

– Ele é negro, e ainda não foi denunciado.

– Mas se ele fosse branco, haveria denúncia?

– Na minha opinião, sim.

– Ele seria condenado?

– Você aceita um charuto?

Jake abriu uma gaveta da mesa e encontrou um Roi-Tan. Ele o desembrulhou e acendeu com um isqueiro a gás.

– Não, obrigado.

– Não, ele não seria condenado se fosse branco. Na minha opinião. Nem no Mississippi, nem no Texas, nem no Wyoming. Em Nova York, não tenho muita certeza.

– Por que não?

– Você tem filha?

– Não.

– Então você não vai entender.

– Acho que eu entendo, sim. O Sr. Hailey vai ser condenado?

– Provavelmente.

– Então o sistema não funciona da mesma forma pros negros?

– Você falou com o Raymond Hughes?

– Não. Quem é ele?

– Ele concorreu a xerife nas últimas eleições e teve a infelicidade de fazer o segundo turno contra o Ozzie Walls. Ele é branco. Ozzie, você já sabe, não é. Se não me engano, ele teve 31 por cento dos votos, em um condado com 74 por cento de brancos. Por que você não pergunta ao Sr. Hughes se o sistema trata os negros de maneira justa?

– Eu estava me referindo ao sistema judicial.

– É o mesmo sistema. Quem você acha que senta na bancada do júri? Os mesmos eleitores que votaram em Ozzie Walls.

– Bem, se um branco não seria condenado, e o Sr. Hailey provavelmente vai ser, me explica como o sistema trata os dois da mesma forma.

– Não trata.

– Não sei se estou acompanhando o seu raciocínio.

– O sistema reflete a sociedade. Ele nem sempre é justo, mas é tão justo quanto em Nova York, em Massachusetts ou na Califórnia. É o mais justo que seres humanos tendenciosos e emotivos conseguem ser.

– E o senhor acha que o Sr. Hailey vai ser tratado com justiça aqui, como seria em Nova York?

– Estou dizendo que há tanto racismo em Nova York quanto no Mississippi. É só olhar pras nossas escolas públicas. Elas são tão dessegregadas quanto qualquer outra.

– Por ordem judicial.

– Claro, mas e os tribunais de Nova York? Durante anos aqueles altruístas de merda apontaram o dedo e torceram o nariz pra nós aqui, exigindo que acabasse a segregação. Acabou, e não foi o fim do mundo. Mas vocês convenientemente ignoraram suas próprias escolas e seus bairros, suas próprias fraudes eleitorais, seus próprios júris e conselhos municipais inteiramente brancos. Estávamos errados, e pagamos caro por isso. Mas aprendemos e, embora a mudança tenha sido lenta e dolorosa, pelo menos estamos tentando. Mas vocês continuam torcendo o nariz.

– Eu não pretendia reencenar a Guerra Civil aqui.

– Perdão. Que estratégia de defesa vamos usar? Ainda não sei. Sinceramente, é cedo demais. Ele não foi nem denunciado.

– Mas sem dúvida vai ser?

– Sem dúvida a gente não sabe. É bastante provável. Quando sai a matéria?

– No domingo, talvez.

– Não importa. Ninguém aqui lê o seu jornal. Sim, ele vai ser denunciado.

McKittrick olhou para o relógio, e Jake desligou o gravador.

– Olha, eu não sou nenhum vilão – disse McKittrick. – Vamos tomar uma cerveja algum dia e encerrar esse assunto.

– Falando em off: eu não bebo. Mas aceito o convite.

A PRIMEIRA IGREJA Presbiteriana de Clanton ficava em frente à Primeira Igreja Metodista Unida de Clanton, do outro lado da calçada, e ambas estavam a alguns passos de distância da ainda maior Primeira Igreja Batista. Os batistas tinham mais membros e dinheiro, mas os presbiterianos e metodistas encerravam o culto mais cedo no domingo e chegavam aos restaurantes para o almoço antes dos batistas. Os batistas chegavam ao meio-dia e meia e esperavam na fila enquanto os presbiterianos e metodistas comiam bem devagar, dando tchauzinho para eles.

Jake era feliz por não ser batista. Eles eram obtusos e rígidos demais, e estavam sempre falando sobre os cultos de domingo à noite, um ritual do qual Jake jamais gostou. Carla tinha sido criada como batista, Jake como metodista, e, durante o namoro, eles fizeram um acordo e se tornaram presbiterianos. Estavam satisfeitos com a igreja e suas atividades, e raramente perdiam alguma delas.

No domingo, eles se sentaram no mesmo banco de sempre, com Hanna dormindo entre eles, e ignoraram o sermão. Jake o ignorou porque enquanto olhava para o pastor imaginou seu confronto com Buckley, no tribunal, perante doze cidadãos de bem, enquanto a nação assistia ansiosa, e Carla o ignorou porque enquanto olhava para o pastor ficou redecorando mentalmente a sala de jantar. Jake notou alguns olhares inquisitivos durante o culto e reparou que seus companheiros de igreja estavam de alguma forma encantados por ter uma celebridade entre eles. Havia rostos desconhecidos na congregação, que ou eram velhos membros arrependidos ou repórteres. Jake não soube dizer até que um deles começou a encará-lo sem nenhum pudor, e então entendeu que eram todos repórteres.

– Adorei seu sermão – mentiu Jake, enquanto apertava a mão do reverendo na escadaria do lado de fora do templo.

– É bom ver você aqui, Jake – respondeu o reverendo. – Vimos você a semana toda na TV. Meus filhos ficam animados toda vez que aparece.

– Obrigado. Ore por nós.

Eles pegaram o carro e foram para Karaway, para o almoço dominical com os pais de Jake. Gene e Eva Brigance moravam na antiga casa da família, uma imensa casa de campo num terreno arborizado de 20 mil metros quadrados no centro de Karaway, a três quarteirões da rua principal e a dois da escola onde Jake e sua irmã estudaram por doze anos. Ambos estavam aposentados, mas eram jovens o suficiente para viajar de trailer pelo continente a cada novo verão. Eles partiriam na segunda-feira rumo ao Canadá e só voltariam em setembro. Jake era o único filho homem. Tinham também uma filha mais velha, que morava em Nova Orleans.

O almoço de domingo na mesa de Eva era um típico banquete sulista, com carnes fritas, vegetais frescos da horta, tanto cozidos quanto empanados, assados ou crus, pãezinhos e biscoitos caseiros, dois molhos diferentes, melancia, melão e tortas de pêssego, de limão e de morango. Pouco disso seria comido, e as sobras seriam cuidadosamente embaladas por Eva e Carla e levadas para Clanton, onde durariam uma semana inteira.

– Como estão seus pais, Carla? – perguntou o Sr. Brigance enquanto passava a cestinha de pães.

– Estão bem. Falei com a mamãe ontem.

– Eles estão em Knoxville?

– Não, senhor. Foram pra Wilmington passar o verão.

– Vocês vão lá fazer uma visita a eles? – perguntou Eva enquanto servia chá de uma grande jarra de cerâmica.

Carla olhou para Jake, que estava servindo feijão-branco para Hanna. Ele não queria falar sobre Carl Lee Hailey. Todas as refeições desde segunda-feira à noite tinham girado em torno do caso, e Jake não estava com paciência para responder às mesmas perguntas.

– Vamos, sim. A gente pensou, pelo menos. Mas depende da agenda do Jake. Pode ser um verão agitado.

– Ficamos sabendo – disse Eva sem alterar o tom de voz, devagar, como se para lembrar ao filho que ele não tinha ligado nenhuma vez desde os assassinatos.

– Algum problema com o seu telefone, filho? – perguntou o Sr. Brigance.

– Sim. A gente mudou de número.

Os quatro adultos comeram devagar, apreensivos, enquanto Hanna olhava para a torta de morango.

– Fiquei sabendo. Foi o que a operadora disse. Pra um número não listado.

– Me desculpem. Eu ando muito ocupado. Tem sido agitado.

– Ficamos sabendo – repetiu seu pai.

Eva parou de comer e deu um pigarro.

– Jake, acha mesmo que consegue livrar ele?

– Eu fico preocupado com a sua família – confessou o pai. – Pode ser um caso muito perigoso.

– Ele atirou nos caras a sangue-frio – reforçou Eva.

– Eles estupraram a filha dele, mãe. O que você faria se alguém estuprasse a Hanna?

– O que é estuprar? – perguntou Hanna.

– Não é nada, querida – disse Carla. – A gente pode mudar de assunto?

Carla encarou firme os três Brigance, e todos recomeçaram a comer. A nora havia sido a voz da sabedoria, como sempre.

Jake sorriu para a mãe, sem olhar para o pai.

– Só não quero falar sobre o caso, mãe. Estou cansado desse assunto.

– Acho que vamos ter que ler sobre ele – disse o Sr. Brigance.

E então eles passaram a falar sobre o Canadá.

MAIS OU MENOS na mesma hora em que a família Brigance acabou de almoçar, a capela da Igreja Metodista Episcopal do Monte Sião sacudia e requebrava enquanto o reverendo Ollie Agee conduzia os devotos num frenesi de louvor. Os diáconos dançavam. Os anciãos cantavam. As mulheres desmaiavam. Os homens gritavam e erguiam os braços para o céu enquanto as crianças olhavam para o alto, tementes a Deus. Os membros do coro se balançavam, se contorciam e pulavam, depois se separavam e gritavam diferentes estrofes da mesma canção. A organista tocava uma música; a pianista, outra; e o coro cantava o que quer que viesse. O reverendo pulava ao redor do púlpito em sua longa túnica branca com detalhes roxos, berrando, rezando, gritando com Deus e suando.

A algazarra crescia e recuava, e parecia que aumentava a cada novo desmaio, e que diminuía em razão do cansaço. Graças a anos de experiência, Agee sabia exatamente quando o furor havia chegado ao seu ápice, quando o delírio dava lugar ao cansaço e quando o rebanho precisava de uma pausa. Nesse momento preciso, ele ia até o púlpito e dava uma batida nele, com o poder de Deus Todo-Poderoso. A música morria, as convulsões cessavam, os desmaiados acordavam, as crianças paravam de chorar e a multidão se reacomodava, submissa, nos bancos. Era hora do sermão.

Quando o reverendo estava prestes a dar início à pregação, as portas do fundo se abriram e a família Hailey adentrou o templo. A pequena Tonya caminhava sozinha, mancando, de mãos dadas com a mãe. Seus irmãos marchavam logo atrás, seguidos pelo tio Lester. Eles atravessaram o corredor a passos lentos e encontraram assento num dos primeiros bancos. O reverendo fez um sinal com a cabeça para a organista, que começou a tocar uma melodia delicada, e o coro então começou a cantarolar e a dançar. Os diáconos se levantaram e dançaram junto com o coro. Para não ficar para trás, os anciãos se levantaram e começaram a cantar também. Então, em meio a tudo o que podia acontecer, a irmã Crystal desmaiou pesadamente. Seu desmaio foi contagioso, e todas as outras irmãs começaram a cair feito moscas. Os anciãos cantaram mais alto que o coro, e o coro se animou mais. A organista não pôde ser ouvida, então começou a tocar mais alto. A pianista se juntou a ela com uma interpretação estridente de um hino diferente do que estava sendo tocado pela organista. A organista respondeu em alto e bom som. O reverendo Agee desceu do púlpito e foi dançando na direção dos Haileys. Todo mundo acompanhou: o coro, os diáconos, os anciãos, as mulheres, as crianças chorando. Todo mundo foi atrás do reverendo para saudar Tonya Hailey.

A PRISÃO NÃO incomodava Carl Lee. Estar em casa era mais agradável, mas, dadas as circunstâncias, ele considerava a vida na prisão tolerável. Era um presídio novo, construído com dinheiro federal graças a um processo que exigia melhores condições para os presidiários. A comida era preparada por duas mulheres negras que sabiam cozinhar e passar cheques sem fundos.

Eram elegíveis para liberdade condicional, mas Ozzie não se deu ao trabalho de contar isso para elas. A comida era servida a quarenta prisioneiros, um pouco mais ou um pouco menos, pelos encarregados. Treze dos prisioneiros eram do Parchman, mas o local estava lotado. Então eles aguardavam, sem nunca saber se no dia seguinte fariam a temida viagem à extensa penitenciária localizada no delta do Mississippi, onde a comida não era tão boa, as camas não eram tão macias, não havia ar-condicionado, os mosquitos eram imensos, abundantes e ferozes, e os banheiros eram escassos e entupidos.

A cela de Carl Lee ficava próxima à Cela Dois, onde os presos estaduais esperavam. Com duas exceções, eles eram negros e, sem exceção, violentos. Mas todos estavam com medo de Carl Lee. Ele compartilhava a Cela Um com dois ladrões que estavam não apenas com medo, mas totalmente apavorados com seu famoso companheiro de cela. Toda noite ele era escoltado até o gabinete de Ozzie, onde ele e o xerife jantavam e assistiam ao noticiário. Ele era uma celebridade, e gostava disso quase tanto quanto seu advogado e o promotor. Queria dar explicações aos repórteres, falar com eles sobre sua filha e sobre por que ele não deveria estar na prisão, mas seu advogado tinha proibido.

Depois que Gwen e Lester saíram no final da tarde de domingo, Ozzie, Moss Junior e Carl Lee escaparam pelos fundos da prisão e foram até o hospital. Foi ideia de Carl Lee, e Ozzie não viu nenhum mal. Looney estava sozinho em um quarto privativo quando os três entraram. Carl Lee deu uma olhada na perna de Looney e depois olhou para ele. Os dois deram um aperto de mão. Com olhos lacrimejantes e a voz embargada, Carl Lee disse que sentia muito, que não tinha intenção de machucar ninguém além dos estupradores, que desejava poder desfazer o mal que causara a Looney e rezava por isso. Sem hesitar, Looney aceitou o pedido de desculpas.

Jake estava esperando no gabinete de Ozzie quando eles voltaram furtivamente para o presídio. Ozzie e Moss Junior pediram licença, deixando Carl Lee com o advogado.

– Onde vocês estavam? – perguntou Jake desconfiado.

– Fui no hospital ver o Looney.

– Você o quê?!

– Não tem nada de errado, né?

– Eu gostaria que você me consultasse antes de fazer outras visitas.

– O que tem de errado em ver o Looney?

– O Looney vai ser a principal testemunha do Ministério Público quando eles tentarem mandar você pra câmara de gás. Só isso. Ele não tá do nosso lado, Carl Lee, e qualquer conversa que você tiver com o Looney deve ser na presença do seu advogado. Entendeu?

– Na verdade, não.

– Não tô acreditando que o Ozzie fez isso – murmurou Jake.

– A ideia foi minha – admitiu Carl Lee.

– Bom, então se você tiver mais ideias, por favor, me avisa. Tá bem?

– Tá bem.

– Você falou com o Lester recentemente?

– Sim, ele e a Gwen vieram aqui hoje. Me trouxeram comida. Me contaram sobre os bancos.

Jake planejava ser duro em relação aos seus honorários; de maneira alguma ele poderia representar Carl Lee por novecentos dólares. O caso o consumiria pelos próximos três meses, pelo menos, e novecentos dólares eram menos que um salário mínimo. Não seria justo com ele ou com sua família que ele trabalhasse de graça. Carl Lee simplesmente teria que arrumar o dinheiro. Ele tinha muitos parentes. Gwen tinha uma família grande. Eles apenas teriam que se sacrificar, talvez vender alguns automóveis, talvez uma parte do terreno, mas Jake receberia seus honorários. Caso contrário, Carl Lee teria de encontrar outro advogado.

– Vou te passar a escritura da minha casa – ofereceu Carl Lee.

O coração de Jake amoleceu.

– Eu não quero a sua casa, Carl Lee. Eu quero dinheiro. Seis mil e quinhentos dólares.

– Me mostra como eu faço isso que eu dou um jeito. O advogado é você, acha uma saída. Eu tô contigo.

Jake tinha perdido a batalha e sabia disso.

– Eu não posso fazer isso por novecentos dólares, Carl Lee. Não posso deixar esse caso me levar à falência. Eu sou advogado. Eu tenho que ganhar dinheiro.

– Jake, eu vou te pagar. Eu prometo. Pode levar muito tempo, mas eu vou te pagar. Confia em mim.

"Não se você estiver no corredor da morte", pensou Jake. Ele mudou de assunto.

– Você sabe que o grande júri se reúne amanhã e vai analisar o seu caso, né?

– Então eu vou ao tribunal?
– Não, isso significa que você vai ser denunciado amanhã. O tribunal vai estar lotado de público e de repórteres. O juiz Noose estará lá pra dar início à pauta do mês de maio. O Buckley vai estar correndo atrás das câmeras e falando abobrinhas. É um dia importante. O Noose tem um julgamento de assalto à mão armada à tarde. Se você for denunciado amanhã, vamos ter que ir ao tribunal na quarta ou na quinta para a formalização.
– Como assim?
– Nos casos de homicídio doloso o juiz é obrigado por lei a ler a denúncia pra você numa audiência aberta diante de Deus e de todos. Eles vão fazer disso um espetáculo. A gente vai alegar inocência e o Noose vai definir a data do julgamento. Daí a gente pede uma fiança razoável e ele vai negar. Quando eu mencionar a fiança, o Buckley vai gritar e dar o show dele. Quanto mais eu penso nele, mais o odeio. Ele vai ser um enorme pé no saco.
– Por que eu não vou conseguir a fiança?
– Pra homicídio qualificado o juiz não precisa estabelecer uma fiança. Ele até pode, se quiser, mas a maioria não faz isso. Mesmo que o Noose definisse uma fiança, você não ia conseguir pagar, então não se preocupa com isso. Você vai ficar preso até o julgamento.
– Eu perdi meu emprego, sabia?
– Quando?
– A Gwen foi lá na sexta-feira pra receber o meu salário. Eles falaram pra ela. Legal, né? Eu trabalho lá há onze anos, falto cinco dias e sou demitido. Acho que eles acham que eu não vou voltar.
– Lamento ouvir isso, Carl Lee. Lamento muito.

12

O Excelentíssimo Omar Noose nem sempre apresentou tamanha excelência. Antes de se tornar juiz do Vigésimo Segundo Distrito Judicial, apesar de ser um advogado de pouco talento e de poucos clientes, era excepcionalmente hábil como político. Cinco mandatos na Assembleia Legislativa do Mississippi o haviam corrompido e lhe ensinado a arte da fraude e da manipulação política. O então senador Noose havia sido tremendamente bem-sucedido enquanto presidente do Comitê de Finanças do Senado, e poucas pessoas no condado de Van Buren questionavam o fato de ele e sua família terem uma vida tão abastada apenas com seu salário de 7 mil dólares por ano.

Como a maioria dos membros da Assembleia Legislativa do Mississippi, ele concorreu à reeleição muitas vezes e, em meados de 1971, foi humilhado por um oponente desconhecido. Um ano depois, o juiz Loopus, seu antecessor na tribuna, faleceu. Noose persuadiu seus colegas na Assembleia a convencer o governador a indicá-lo para cumprir o tempo que restava do mandato do falecido. Foi assim que o ex-senador estadual Noose se tornou o juiz Noose. Ele seria eleito em 1975 e reeleito em 1979 e 1983.

Arrependido, compungido e muito humilhado diante da rápida perda de poder político, o juiz Noose se dedicou a estudar a lei e, após um início conturbado, cresceu no trabalho. Como recebia 60 mil dólares por ano, podia se dar ao luxo de ser honesto. Naquela época, aos 63 anos, era um velho e sábio juiz, muito respeitado pela maioria dos advogados e pela

Suprema Corte Estadual, que raramente revogava suas decisões. Ele era calmo, mas encantador; paciente, mas severo, e tinha um imenso nariz, muito longo e pontiagudo, que servia de trono para os óculos de leitura – uma armação preta em formato octogonal –, que estavam sempre em seu rosto, mas nunca eram efetivamente usados. Seu nariz, seu corpo alto e desengonçado, seu denso cabelo grisalho indisciplinado e indomável e sua voz esganiçada deram origem ao seu apelido secreto, utilizado nos bastidores pelos advogados, de Ichabod. Ichabod Noose. O Excelentíssimo Ichabod Noose.

Ele assumiu a tribuna, e a sala de audiências lotada ficou de pé enquanto Ozzie murmurava de maneira incompreensível o parágrafo do estatuto legalmente exigido para oficializar a abertura das sessões do segundo trimestre no Tribunal do Condado de Ford. Um pastor local fez uma oração longa e rebuscada, e a congregação se sentou. Os possíveis jurados ocupavam um lado da sala de audiências. Criminosos e outros litigantes, suas famílias e seus amigos, a imprensa e os curiosos preenchiam o outro. Noose exigia que todos os advogados do condado comparecessem à abertura do trimestre, e os membros da Ordem dos Advogados se sentavam na bancada do júri, todos bem-vestidos, todos parecendo importantes. Buckley e seu assistente, D.R. Musgrove, estavam sentados à mesa da promotoria, representando brilhantemente o Estado. Jake estava sozinho em uma cadeira de madeira na frente da grade que separava o público da área dedicada ao juiz, advogados e afins. Os escrivães e taquígrafos ficavam junto aos imensos livros de capa vermelha na bancada cercada e, junto com os demais, observaram atentamente Ichabod se acomodar em sua cadeira na tribuna, endireitar sua toga, ajustar os óculos de leitura horrorosos e olhar por cima deles em direção ao público.

– Bom dia – disse com sua voz alta e esganiçada. Puxou o microfone para mais perto e pigarreou. – É sempre bom estar no condado de Ford para a abertura do trimestre. Vejo que a maioria dos membros da ordem encontrou tempo para estar aqui hoje e, como de costume, irei solicitar à senhora escrivã que tome nota dos advogados ausentes para que eu possa contatá-los pessoalmente. Vejo um grande número de possíveis jurados presentes e agradeço a cada um de vocês por estarem aqui. Sei que não tiveram escolha, mas a presença de vocês é vital para o nosso processo judicial. Formaremos um grande júri em breve e, em seguida, vamos selecionar diversos júris para participarem de audiências nesta semana e na próxima. Imagino que cada membro da ordem tenha uma cópia da pauta, e vocês irão notar que ela está um tanto cheia. Meu calendário prevê pelo menos duas audiências por dia, nesta semana e na próxima, mas, segundo meu entendimento, a maioria dos processos criminais marcados para julgamento será encerrada mediante acordo. De todo modo, temos muitos casos para dar andamento e solicito a cooperação dos membros da Ordem. Assim que o novo grande júri for formado e começar a trabalhar, e quando as denúncias começarem a ser processadas, irei marcar as datas para citação e comparecimento dos acusados ao tribunal. Vamos rapidamente fazer a leitura da pauta, primeiro os casos criminais, depois os civis. Quando finalizarmos, os advogados estão dispensados enquanto fazemos a seleção do grande júri.

– O Estado contra Warren Moke. Assalto à mão armada, audiência marcada para hoje à tarde.

Buckley se levantou devagar e com determinação.

– O Ministério Público do Mississippi está pronto para o julgamento, Excelência – anunciou ele com pompa ao público.

– A defesa também – disse Tyndale, o advogado nomeado pelo tribunal.

– Quanto tempo o senhor prevê para o julgamento? – perguntou o juiz.

– Um dia e meio – respondeu Buckley.

Tyndale concordou com a cabeça.

– Muito bem. Fazemos a seleção do pequeno júri agora de manhã e damos início ao julgamento à uma da tarde de hoje. O Estado contra William Daal, falsificação, seis acusações, marcado para amanhã.

– Excelência – respondeu D.R. Musgrove –, faremos um acordo nesse caso.

– Ótimo. O Estado contra Roger Hornton, apropriação indébita, duas acusações, marcado para amanhã.

Noose prosseguiu. Todos os casos tiveram a mesma resposta. Buckley se levantava e dizia que o Estado estava pronto para o julgamento, ou Musgrove discretamente informava ao tribunal que havia um acordo em negociação. Os advogados de defesa se levantavam e assentiam. Jake não tinha casos naquela pauta e, embora estivesse tentando ao máximo parecer entediado, gostou de ter sido convocado, pois assim poderia descobrir quem estava em vantagem nos casos e o que a concorrência estava fazendo. Era também uma chance de ficar com uma boa imagem diante de parte da população local. Metade dos membros do escritório Sullivan estava presente, e eles também pareciam entediados, sentados cheios de pose na primeira fileira da bancada do júri. Os sócios mais antigos do Sullivan não se davam ao trabalho de ir à sessão; mentiriam e diriam a Noose que estavam numa audiência no Tribunal Federal, em Oxford, ou talvez na Suprema Corte, em Jackson. A dignidade impedia que eles se misturassem com os membros regulares da Ordem, de modo que os advogados mais jovens eram enviados para satisfazer Noose e requerer que todos os casos civis do escritório prosseguissem, fossem adiados, suspensos ou tratados de tal forma que pudessem arrastá-los para sempre e continuar a faturar por hora de trabalho. Seus clientes eram seguradoras que em geral preferiam não comparecer ao julgamento e pagavam por manobras jurídicas destinadas exclusivamente a manter os casos longe dos júris. Seria mais barato e justo pagar um acordo razoável e evitar litígios e escritórios parasitas como o Sullivan & O'Hare, mas as seguradoras e seus representantes eram burros e medíocres demais, então advogados do povo como Jake Brigance ganhavam a vida processando seguradoras e forçando-as a pagar mais do que pagariam se tivessem negociado de forma justa desde o início. Jake odiava companhias de seguros e odiava seus advogados, e odiava sobretudo os membros mais jovens do Sullivan, todos da mesma idade que ele, todos pessoas que alegremente cortariam a garganta dele, a garganta dos próprios colegas de trabalho, dos sócios e de qualquer um para se tornarem sócios e ganhar 200 mil dólares por ano e não ter mais que comparecer àquelas sessões.

Jake odiava particularmente Lotterhouse, ou L. Winston Lotterhouse, como vinha escrito no papel timbrado, um fracote com um diploma de Harvard incrivelmente convencido e arrogante que era o próximo na fila para se tornar sócio e que, portanto, tinha sido demasiado impiedoso quanto às gargantas que havia cortado durante o ano anterior. Estava sentado com ar presunçoso entre dois outros advogados do Sullivan e segurava sete pastas, por cada qual recebia cem dólares por hora para comparecer à sessão.

Noose deu início à leitura dos casos civis.

– Collins contra a Royal Seguros.

Lotterhouse se levantou devagar. Segundos significavam minutos. Minutos significavam horas. Horas significavam honorários, adiantamentos, bônus, parcerias.

– Excelência, esse caso está agendado para a próxima quarta-feira.

– Eu sei – respondeu Noose.

– Sim, Excelência. Bom, infelizmente eu vou precisar pedir a alteração da data dessa audiência. Há um conflito na minha agenda, pois na quarta-feira tenho uma audiência preliminar no Tribunal Federal em Memphis que o juiz se recusou a adiar. Eu sinto muito. Já dei entrada no pedido hoje de manhã solicitando o adiamento.

Gardner, o advogado do requerente, ficou furioso.

– Excelência, esse caso está há dois meses em prioridade. A audiência foi marcada para fevereiro, e um familiar da esposa do Dr. Lotterhouse faleceu. Foi marcada para novembro do ano passado, e um tio dele morreu. Depois para o último mês de agosto, quando ele teve um novo velório para ir. Suponho que devemos estar gratos, já que ninguém morreu dessa vez.

Foi possível ouvir risadas abafadas ecoando pela sala de audiência.

Lotterhouse corou.

– Já chega, Excelência – prosseguiu Gardner. – Se depender do Dr. Lotterhouse essa audiência vai ser adiada para sempre. O caso está pronto para julgamento e meu cliente tem esse direito. Nos opomos veementemente a qualquer pedido de adiamento.

Lotterhouse sorriu para o juiz e tirou os óculos.

– Excelência, com a devida vênia...

– Não, Dr. Lotterhouse – interrompeu Noose. – Sem mais adiamentos. O caso vai ser julgado na próxima quarta-feira. Não teremos mais atrasos.

"Aleluia", pensou Jake. Noose geralmente pegava leve com o pessoal do Sullivan. Jake deu um sorriso para Lotterhouse.

Dois dos casos civis de Jake tinham sido adiados para o terceiro trimestre. Quando Noose concluiu os casos civis, dispensou os advogados e voltou sua atenção para o grupo de possíveis jurados. Ele explicou o papel do grande júri, sua importância e como se dava o procedimento. Explicou a diferença entre ele e os pequenos júris, igualmente importantes, mas não tão demorados. Começou a fazer perguntas, dezenas de perguntas, a maioria delas exigidas por lei, todas relacionadas à capacidade de as pessoas servirem como juradas, a suas aptidões físicas e morais, isenções e também à idade. Algumas eram inúteis, mas mesmo assim exigidas por algum antigo código. "Algum de vocês é um beberrão habitual ou participa de jogos de azar?"

Houve risadas, mas ninguém levantou a mão. As pessoas com mais de 65 anos podiam escolher participar ou não, sendo então automaticamente dispensadas. Noose concedeu as isenções de sempre para doenças, emergências e adversidades em geral, mas liberou apenas alguns dos muitos que pediram para ser escusados por motivos econômicos. Era divertido ver os jurados se levantarem, um de cada vez, e humildemente explicarem ao juiz como alguns dias a serviço do júri causariam danos irreparáveis a suas fazendas, oficinas, ou ao corte de madeira para a produção de celulose. Noose adotou uma postura linha dura e fez vários discursos sobre responsabilidade cívica diante das desculpas mais esfarrapadas.

Do grupo de cerca de noventa candidatos, dezoito seriam selecionados para o grande júri e o restante permaneceria à disposição para ser escolhido para o pequeno júri e então participar dos julgamentos. Quando Noose terminou o interrogatório, a escrivã tirou dezoito nomes de uma caixa e os colocou na tribuna diante do juiz, que começou a chamar os jurados. Um a um eles se levantaram e caminharam lentamente para a frente da sala de audiências, cruzando a porta de vaivém na grade até as cadeiras giratórias e acolchoadas na bancada do júri. Havia catorze lugares, doze para os jurados e dois para os suplentes. Quando a bancada estava preenchida Noose chamou mais quatro, que se juntaram a seus colegas em cadeiras de madeira colocadas na frente dos demais.

– Fiquem de pé para o juramento – instruiu Noose enquanto a escrivã se colocava de pé diante deles, segurando e lendo um livrinho preto que continha todos os juramentos.

– Levantem a mão direita – instruiu ela. – Vocês juram solenemente cumprir com rigor seus deveres enquanto membros do grande júri? Que ouvirão e decidirão todas as questões e assuntos apresentados a vocês de maneira justa, com a graça de Deus?

Seguiu-se um coro de diversos "sim", e o grande júri se sentou. Das cinco pessoas negras, duas eram mulheres. Dos treze brancos, oito eram mulheres e a maioria vivia na zona rural. Jake sabia quem eram sete dos dezoito.

– Senhoras e senhores – disse Noose, dando início ao seu discurso de praxe –, vocês foram selecionados para o grande júri do condado de Ford, fizeram o devido juramento e irão ocupar este cargo até que o próximo grande júri seja formado em agosto. Gostaria de enfatizar que suas funções não lhes tomarão muito tempo. Vocês se reunirão todos os dias desta semana, depois várias horas por mês até setembro. Vocês têm a responsabilidade de analisar os casos criminais, ouvir os agentes da lei e as vítimas, e determinar se existem ou não motivos razoáveis para se acreditar que o acusado cometeu o respectivo crime. Em caso afirmativo, será apresentada a denúncia, uma acusação formal contra o réu. Há dezoito de vocês e, quando pelo menos doze acreditam que uma pessoa deve ser indiciada, a denúncia é recebida, como dizemos. Vocês têm um poder considerável. Por lei, vocês podem investigar qualquer ato criminoso, qualquer cidadão suspeito de transgressão, qualquer funcionário público; ou seja, qualquer pessoa ou qualquer coisa que não lhes pareça bem. Vocês podem se reunir quando quiserem, mas normalmente isso acontece sempre que o promotor, o Dr. Buckley, solicitar. Vocês têm o poder de intimar testemunhas para depor perante vocês, bem como solicitar o acesso aos antecedentes criminais de qualquer uma delas. Suas deliberações são absolutamente sigilosas, sem a presença de mais ninguém além de vocês, o promotor e sua equipe, e as testemunhas. O réu não tem autorização para ter contato com vocês. Vocês estão expressamente proibidos de falar a respeito de qualquer coisa que seja dita na sala do grande júri.

O juiz então se virou para o promotor:

– Dr. Buckley, por favor, pode se levantar? Obrigado. Este é o promotor, Dr. Rufus Buckley. Ele é de Smithfield, no condado de Polk. Ele irá atuar como seu supervisor enquanto vocês deliberam. Obrigado, Dr. Buckley. Sr. Musgrove, fique de pé, por favor. Este é D.R. Musgrove, assistente do promotor, também de Smithfield. Ele irá ajudar o Dr. Buckley enquanto vocês estiverem reunidos. Obrigado, Sr. Musgrove. Esses senhores representam o estado do Mississippi e agora eles vão apresentar os casos ao grande júri.

Voltando a se dirigir aos jurados, o juiz continuou:

– Mais uma coisa: o último grande júri no condado de Ford foi formado em fevereiro, e o porta-voz era um homem branco. Portanto, de acordo com a tradição e seguindo a vontade do Departamento de Justiça, designarei uma mulher negra como porta-voz deste grande júri. Vamos ver. Laverne Gossett. Cadê a Sra. Gossett? Aí está a senhora, ótimo. A senhora é professora, certo? Ótimo. Tenho certeza que vai ser capaz de lidar com suas novas funções. Agora é hora de vocês trabalharem. Até onde eu sei há mais de cinquenta casos esperando por vocês. Vou pedir que acompanhem o Dr. Buckley e o Sr. Musgrove por aquele corredor até a pequena sala de audiências que usamos como sala do grande júri. Obrigado e boa sorte.

Buckley conduziu, orgulhoso, seu novo grande júri para fora da sala de audiência rumo ao corredor. Ele acenou para os repórteres e não fez nenhum comentário – por enquanto. Na pequena sala de audiências, eles se sentaram ao redor de duas longas mesas dobráveis. Uma secretária trouxe caixas cheias de pastas com documentos. Um policial bastante idoso, meio surdo, meio manco e aposentado há muito tempo, com um uniforme desbotado, se posicionou ao lado da porta. A sala estava segura. Buckley pensou melhor, pediu licença e saiu para falar com os repórteres no corredor. "Sim", disse ele, "o caso Hailey seria avaliado naquela tarde". Inclusive, ele estava convocando uma entrevista coletiva para as quatro da tarde na escadaria na frente do tribunal, quando teria a denúncia em mãos.

DEPOIS DO ALMOÇO, o chefe do Departamento de Polícia de Karaway se sentou em uma das pontas da longa mesa e vasculhou nervosamente seus documentos. Ele evitou olhar para os jurados, que aguardavam ansiosos seu primeiro caso.

– Diga o seu nome! – ladrou o promotor.
– Nolan Earnhart, chefe de polícia da cidade de Karaway.
– Quantos casos o senhor tem?
– Temos cinco de Karaway.
– Vamos ouvir o primeiro.
– Tá bem, vamos ver, é... – gaguejou ele enquanto folheava sua papelada. – Ok, o primeiro caso é Fedison Bulow, homem negro de 25 anos, pego em flagrante nos fundos da Griffin's Feed Store em Karaway, às duas da manhã do dia 12 de abril. O alarme remoto disparou e nós o pegamos na loja. A caixa registradora havia sido arrombada e algumas embalagens de fertilizante tinham sido levadas. Encontramos o dinheiro e as mercadorias em um carro registrado no nome dele, estacionado nos fundos da loja. Ele fez uma confissão de três páginas na prisão, e eu tenho cópias aqui.

Buckley caminhou tranquilamente pela sala sorrindo para todos.

– E você quer que o grande júri denuncie Fedison Bulow por invadir um prédio comercial e por furto? – perguntou Buckley, prestativo.

– Sim, doutor, isso mesmo.

– Agora, ilustríssimos jurados, vocês têm o direito de perguntar qualquer coisa. Esta é a audiência de vocês. Alguma pergunta?

– Sim, ele tem antecedentes? – perguntou Mack Loyd Crowell, um caminhoneiro desempregado.

– Não – respondeu o chefe de polícia. – Esse é o primeiro delito dele.

– Boa pergunta, sempre perguntem isso porque se eles têm antecedentes talvez tenhamos que denunciá-los como reincidentes – instruiu Buckley. – Mais alguma pergunta? Nenhuma? Ótimo. Agora, neste momento, alguém precisa apresentar uma moção indicando que o grande júri deseja denunciar Fedison Bulow.

Silêncio. Os dezoito jurados ficaram olhando para a mesa, esperando que outra pessoa fizesse o pedido. Buckley esperou. Silêncio. "Ah, que ótimo", pensou ele. "Um grande júri de coração mole. Um bando de gente tímida com medo de abrir a boca. Liberais." Por que ele não conseguia ter um grande júri com sede de sangue, ansioso para sair denunciando qualquer um por qualquer coisa?

– Sra. Gossett, a senhora gostaria de fazer a primeira moção, já que é a porta-voz?

– Sim, está feita, então – anunciou ela.

– Obrigado – disse Buckley. – Agora vamos votar. Quantos votam pela denúncia de Fedison Bulow pela invasão de um prédio comercial e por furto? Levantem a mão.

Dezoito mãos se levantaram e Buckley ficou aliviado. O chefe de polícia apresentou os outros quatro casos de Karaway.

Cada um deles envolvia acusados tão culpados quanto Bulow, e todos foram denunciados por unanimidade. Aos poucos, Buckley ensinou o grande júri a operar de forma autônoma. Ele os fez se sentirem importantes, poderosos, carregando o pesado fardo da justiça nas costas. Começaram a ficar curiosos: "Ele tem antecedentes?", "Quanto tempo de pena?", "Quando ele vai sair?", "Quantos crimes podemos atribuir a ele?", "Quando vai ser o julgamento?", "Ele está solto?".

Com cinco casos a menos, cinco denúncias sem nenhuma divergência, com o grande júri ansioso pelo caso seguinte, qualquer que fosse, Buckley chegou à conclusão de que o terreno estava preparado. Ele abriu a porta e acenou para Ozzie, parado no corredor conversando baixinho com um policial e observando os repórteres.

– Apresenta primeiro o Hailey – sussurrou Buckley quando os dois se encontraram na porta. – Senhoras e senhores, esse aqui é o xerife Walls. Tenho certeza que a maioria de vocês o conhece. Ele tem vários casos para apresentar. Qual é o primeiro, xerife?

Ozzie vasculhou seus documentos, não encontrou nada do que estava procurando, e por fim disparou:

– Carl Lee Hailey.

Os jurados ficaram em silêncio mais uma vez. Buckley os observou de perto para avaliar suas reações. A maioria deles olhou para a mesa novamente. Ninguém falou nada enquanto Ozzie examinava o arquivo e depois pediu licença para ir buscar outra pasta. Ele não havia planejado apresentar o caso Hailey antes dos outros.

Buckley se orgulhava de conseguir ler os jurados, de observar seus rostos e saber exatamente o que estavam pensando. Ele analisava o júri o tempo todo durante um julgamento, sempre tentando prever o que cada um pensava. Era capaz de interrogar uma testemunha sem tirar os olhos do júri. Às vezes, enquanto interrogava a testemunha, ficava de pé diante da bancada, encarando os jurados, e observava os rostos deles reagindo às respostas. Depois de centenas de julgamentos, ele tinha se tornado bom nisso, e soube de imediato que estava em apuros com o caso Hailey. As cinco pessoas negras ficaram tensas e ganharam um ar pretensioso, como se quisessem demonstrar estarem abertas para o caso e a inevitável discussão. A porta-voz, Sra. Gossett, parecia particularmente cortês enquanto Ozzie resmungava consigo mesmo e folheava os papéis. A maioria dos brancos parecia hesitante, mas Mack Loyd Crowell, um homem de meia-idade do interior e com cara de durão, parecia tão pretensioso quanto os negros. Crowell empurrou a cadeira para trás e foi até a janela, que dava para o lado norte da praça. Buckley não conseguia lê-lo com precisão, mas sabia que Crowell era um problema.

– Xerife, quantas testemunhas você tem para o caso Hailey? – perguntou Buckley, um tanto nervoso.

Ozzie parou de mexer nos papéis e disse:

– Bem, é... só eu. A gente pode conseguir outra, se for necessário.

– Tá bem, tá bem – respondeu Buckley. – Fala pra gente sobre o caso.

Ozzie se reclinou na cadeira, cruzou as pernas e disse:

– Caramba, Rufus, todo mundo conhece o caso. Ficou uma semana passando na TV.

– Só mostra as provas pra gente.
– A prova. Tá, uma semana atrás, Carl Lee Hailey, um homem negro de 37 anos, matou Billy Ray Cobb e Pete Willard a tiros, acertando também um policial, DeWayne Looney, que teve a perna amputada e ainda está no hospital. A arma era um fuzil M-16, ilegal, que conseguimos apreender. Comparamos as impressões digitais do fuzil com as do Sr. Hailey. Tenho uma declaração juramentada assinada pelo assistente Looney, e ele declara, sob juramento, que foi Carl Lee Hailey quem atirou. Tem uma testemunha ocular, o Murphy, o homem que trabalha na limpeza do fórum e gagueja muito. Eu posso trazer ele aqui, se vocês quiserem.
– Alguma pergunta? – interrompeu Buckley.
O promotor observava os jurados, que por sua vez observavam o xerife. O clima era de tensão. Crowell ficou de costas para os outros, olhando pela janela.
– Alguma pergunta? – repetiu Buckley.
– Sim – respondeu Crowell enquanto se virava e olhava para o promotor, depois para Ozzie. – Os dois caras em quem ele atirou estupraram a filhinha dele, não foi, xerife?
– Sim, com certeza – respondeu Ozzie.
– Bom, um deles confessou, não foi?
– Sim.
Crowell caminhou devagar pela sala, com um ar insolente e arrogante, e parou na outra ponta das mesas. Ele olhou para Ozzie.
– O senhor tem filhos, xerife?
– Sim.
– O senhor tem uma garotinha?
– Tenho.
– Vamos supor que ela foi estuprada e o senhor conseguiu colocar as mãos no homem que fez isso. O que o senhor faria?
Ozzie fez uma pausa e olhou ansioso para Buckley, cujo pescoço havia adquirido um tom intenso de vermelho.
– Eu não tenho que responder isso – disse Ozzie.
– Ah, é? O senhor veio até aqui pra dar seu depoimento pro grande júri, não foi? O senhor é uma testemunha, não é? Responde a minha pergunta.
– Eu não sei o que eu faria.
– Por favor, xerife. Seja franco. Diz a verdade. O que o senhor faria?

Ozzie se sentiu constrangido e desnorteado, e teve raiva daquele estranho. Gostaria de dizer a verdade e explicar em detalhes como ele castraria, mutilaria e mataria de bom grado qualquer pervertido que tocasse sua filha. Mas não podia. O grande júri poderia acabar concordando com ele e se recusar a denunciar Carl Lee. Não que ele quisesse ver Carl Lee ser denunciado, mas sabia que era necessário. Ele deu um olhar tímido para Buckley, que estava sentado e suando.

Crowell se concentrou no xerife com o zelo e fervor de um advogado que acabara de pegar uma testemunha em uma mentira óbvia.

– Vamos lá, xerife – provocou ele. – Queremos te ouvir. Fala a verdade, o que o senhor faria com o estuprador? Vamos. Conta pra gente.

Buckley estava entrando em pânico. O maior caso de sua esplêndida carreira estava à beira do fim, não numa sala de audiências, mas na sala do grande júri, na primeira rodada, pelas mãos de um caminhoneiro desempregado. Ele se levantou e teve dificuldade em encontrar as palavras:

– A testemunha não precisa responder.

Crowell se virou e gritou para Buckley:

– Você senta aí e cala a boca! A gente não recebe ordens de você. A gente pode denunciar você se quiser, não pode?

Buckley se sentou e olhou fixo para Ozzie. Crowell era um infiltrado. Era inteligente demais para estar em um grande júri. Provavelmente alguém tinha lhe dado dinheiro. Ele sabia demais. Sim, o grande júri poderia denunciar qualquer pessoa.

Crowell recuou e voltou para a janela. Todos ficaram olhando para ele até terem a impressão de que ele havia terminado.

– Vocês têm certeza absoluta que ele fez isso, Ozzie? – perguntou Lemoyne Frady, um primo distante ilegítimo de Gwen Hailey.

– Sim, temos certeza – respondeu Ozzie devagar, com os olhos em Crowell.

– E você quer que a gente denuncie ele pelo quê? – perguntou o Sr. Frady, deixando óbvia a admiração pelo xerife.

– Duplo homicídio qualificado e lesão corporal grave contra agente da lei.

– De quanto tempo de cadeia estamos falando? – perguntou Barney Flaggs, um dos homens negros.

– A pena do homicídio qualificado é a câmara de gás. Da lesão corporal, prisão perpétua, sem direito a liberdade condicional.

– E é isso que você quer, Ozzie? – perguntou Flaggs.

– Sim, Barney, acho que o grande júri deveria denunciar o Sr. Hailey. Com toda certeza.

– Mais alguma pergunta? – interrompeu Buckley.

– Calma aí – respondeu Crowell enquanto se afastava da janela. – Acho que vocês estão tentando enfiar esse caso na gente goela abaixo, Dr. Buckley, e isso é muito ofensivo. Eu quero falar um pouco sobre ele. Você senta aí e se a gente precisar de alguma coisa a gente te pergunta.

Buckley olhou para ele, furioso, apontando o dedo na cara dele.

– Eu não tenho que me sentar e não tenho que ficar quieto! – gritou.

– Ah, tem sim – respondeu Crowell friamente com um sorriso irônico. – Porque, se você não fizer isso, a gente pode pedir pra você se retirar, não é, Dr. Buckley? A gente pode pedir pra você sair dessa sala e, se você se recusar, a gente vai até o juiz. Ele vai fazer você sair, né, Dr. Buckley?

Rufus ficou imóvel, sem palavras e atordoado. Seu estômago deu um nó e seus joelhos bambearam.

– Então, se você quiser ouvir o resto das nossas deliberações, senta aí e cala a boca.

Buckley se sentou ao lado do oficial de justiça, que naquele momento estava acordado.

– Obrigado – disse Crowell. – Meus amigos, eu quero fazer uma pergunta pra vocês. Quantos de vocês fariam ou iriam querer fazer o que o Sr. Hailey fez, se alguém estuprasse a sua filha, ou talvez a sua esposa, ou a sua mãe? Quantos? Levantem a mão.

Sete ou oito mãos se ergueram e Buckley baixou a cabeça. Crowell sorriu e continuou:

– Eu admiro ele pelo que ele fez. Haja coragem. Eu espero ter a coragem de fazer o que ele fez, porque Deus é testemunha de que eu ia querer fazer a mesma coisa. Às vezes, um homem simplesmente tem que cumprir com a sua obrigação. Esse homem merece um troféu, não uma denúncia.

Crowell caminhou sem pressa ao redor das mesas, degustando a atenção que estava recebendo.

– Antes de vocês votarem, quero que façam uma coisa. Eu quero que vocês pensem naquela menina. Acho que a coitadinha tem 10 anos. Tentem imaginar ela deitada lá, com as mãos amarradas, chorando, implorando pelo pai. E pensem naqueles dois bandidos, bêbados, chapados, se revezando, estuprando e chutando ela. Porra, eles tentaram matar a menina. Pensem na filha de vocês. Coloquem a filha de vocês no lugar dessa garotinha. Vocês não diriam que eles tiveram exatamente o que mereciam? Devíamos ser gratos por eles estarem mortos. Eu me sinto mais seguro só de saber que aqueles dois desgraçados não estão mais aqui pra estuprar nem matar outras crianças. O Sr. Hailey nos prestou um grande serviço. Não devemos denunciar ele. Vamos mandar ele pra casa, pra família dele, que é onde ele deveria estar. Ele é um homem bom que fez uma coisa boa.

Crowell encerrou sua fala e voltou para a janela. Buckley o observou apreensivo e, quando teve certeza que ele havia terminado, se levantou.

– O senhor já concluiu?

Não houve resposta.

– Ótimo – prosseguiu Buckley. – Senhoras e senhores do grande júri, eu gostaria de explicar algumas coisas. Um grande júri não deve julgar o caso. É pra isso que serve o pequeno júri, que participa da sessão de julgamento. O Sr. Hailey terá um julgamento justo perante doze jurados íntegros e imparciais e, se for inocente, será absolvido. Mas a culpa ou a inocência dele não devem ser determinadas pelo grande júri. Vocês devem decidir, depois de ouvir a versão do Ministério Público acerca das evidências, se há fortes indícios de um crime ter sido cometido. Agora, eu digo a vocês que um crime foi cometido por Carl Lee Hailey. Três crimes, na verdade. Ele matou dois homens e feriu um terceiro. Temos testemunhas oculares.

Buckley começou a se aquecer enquanto circulava as mesas. Sua confiança estava de volta.

– O dever deste grande júri é denunciar o Sr. Hailey, e, se ele tiver uma defesa válida, vai ter a chance de apresentá-la no julgamento. Se ele tem um motivo legal para fazer o que fez, que prove isso no julgamento. É pra isso que servem os julgamentos. O Ministério Público acusa ele de um crime, e, no julgamento, o Ministério Público precisa provar que ele cometeu esse crime. Se ele tiver uma defesa, e se conseguir convencer o júri durante o julgamento, ele vai ser absolvido, eu garanto. Bom pra ele. Mas não é dever do grande júri decidir hoje se o Sr. Hailey deve sair da cadeia ou não. Haverá um outro dia pra isso, certo, xerife?

Ozzie concordou com a cabeça e disse:

– Isso mesmo. O grande júri serve pra oferecer a denúncia, se houver provas. O júri do julgamento não vai condenar ele se o Ministério Público não conseguir provar sua teoria, ou se ele apresentar uma boa defesa. Mas o grande júri não tem que se preocupar com esses assuntos.

– Mais alguma coisa sobre o grande júri? – perguntou Buckley, ansioso.
– Bem, precisamos de uma moção.
– Eu apresento uma defendendo que não devemos denunciar ele por nada – gritou Crowell.
– Eu acompanho – murmurou Barney Flaggs.

Os joelhos de Buckley bambearam novamente. Ele tentou falar, mas não saiu nada. Ozzie conteve a alegria.

– Temos a moção e um voto – anunciou a Sra. Gossett. – Todos que concordam levantem a mão.

Cinco mãos negras se ergueram, junto com a de Crowell. Seis votos. A moção havia fracassado.

– O que a gente faz agora? – perguntou a Sra. Gossett.
– Alguém faz uma moção pela denúncia do Sr. Hailey por duplo homicídio qualificado e lesão corporal contra um agente da lei.
– Eu faço – disse um dos brancos.
– E eu acompanho – disse outro.
– Todos a favor, levantem a mão – disse a Sra. Gossett. – Doze. Quem é contra? Cinco, comigo seis. Doze contra seis. O que isso significa?
– Significa que ele foi denunciado – respondeu Buckley com orgulho. Ele voltou a respirar normalmente e seu rosto recobrou a cor. O promotor cochichou algo para uma secretária e se dirigiu ao grande júri. – Vamos fazer um recesso de dez minutos. Temos mais cerca de quarenta casos para trabalhar, então, por favor, não demorem. Gostaria de lembrá-los de algo que o juiz Noose disse hoje de manhã. Essas deliberações são absolutamente confidenciais. Vocês não devem falar sobre nenhum dos casos fora desta sala...
– O que ele está tentando dizer – interrompeu Crowell – é que a gente não pode falar pra ninguém que ele esteve a um voto de não ser denunciado. Não é isso, Buckley?

O promotor saiu depressa da sala e bateu a porta.

CERCADO POR DEZENAS de câmeras e repórteres, Buckley parou na escadaria da frente do tribunal e exibiu uma cópia das denúncias. Ele fez discurso, deu lições de moral, elogiou o grande júri, deu sermões sobre a criminalidade e os justiceiros, e reprovou a atitude de Carl Lee Hailey. "Que venha o julgamento. Tragam os jurados para a bancada." Ele garantiu a condenação. Garantiu a pena de morte. Ele era detestável, repugnante, arrogante, hipócrita. O autêntico Buckley de sempre. Alguns repórteres foram embora, mas ele continuou. Exaltou a si mesmo, suas habilidades em um tribunal e a sua taxa de condenação de 90, não, 95 por cento. Mais repórteres foram embora. Mais câmeras foram sendo desligadas. Ele elogiou o juiz Noose por sua sabedoria e seu senso de justiça. Elogiou a perspicácia e o bom senso dos jurados do condado de Ford.

Todos os repórteres se cansaram dele e foram embora. Ele ficou lá sozinho.

13

Stump Sisson era o grão-mago da Ku Klux Klan no Mississippi e havia convocado uma reunião num pequeno chalé nas profundezas dos pinheirais do condado de Nettles, 370 quilômetros ao sul do condado de Ford. Não houve vestes, rituais nem discursos. O pequeno grupo de membros da Klan havia falado sobre os acontecimentos no condado de Ford com um certo Sr. Freddie Cobb, irmão do falecido Billy Ray Cobb. Freddie tinha ligado para um amigo, que ligou para Stump a fim de que ele marcasse o encontro.

O assassino havia sido denunciado? Cobb não tinha certeza, mas ficara sabendo que o julgamento seria em meados de setembro ou no início de outubro. O que mais o preocupava era aquele papo de Carl Lee alegar insanidade e conseguir se safar. Não era certo. Ele havia matado seu irmão a sangue-frio, planejado o atentado. Tinha se escondido dentro de um almoxarifado e esperado por seu irmão. Tinha sido um homicídio a sangue-frio, e havia rumores de que o assassino sairia em liberdade. O que a Klan poderia fazer a respeito? Agora os negros estavam protegidos por todos os lados – a NAACP, a ACLU, milhares de outros grupos de proteção aos direitos civis, além do judiciário e do governo. Porra, os brancos não tinham chance sem ser pela Klan. Quem mais iria protestar e sair em defesa dos brancos? Todas as leis favorecem os negros, e os políticos liberais defensores dos negros continuam fazendo mais leis contra os brancos. Alguém tinha que defendê-los. Foi por isso que ele ligou para a Klan.

– O negro tá preso?

– Sim, e ele é tratado feito um rei. Tem um xerife negro lá, o Walls, e ele adora esse cara. Enche ele de mordomias e proteção extra. O xerife é outra história.

Alguém disse que o Hailey talvez saísse da prisão naquela semana sob fiança. Era só um boato, mas eles estavam torcendo para que ele saísse.

– E o seu irmão? Ele estuprou a menina?

– A gente não tem certeza, provavelmente não. O Willard, o outro cara, confessou o estupro, mas o Billy Ray nunca confessou. Ele tinha muitas mulheres. Por que ele ia estuprar uma garotinha negra? E se ele fez isso, qual é o problema?

– Quem é o advogado dele?

– Brigance, um cara lá de Clanton. Ele é novo, mas é muito bom. Pega muitos casos criminais e tem uma boa reputação. Ganhou vários casos de homicídio. Ele falou pra imprensa que o cliente dele ia alegar insanidade e se mandar.

– Quem é o juiz?

Não sei ainda. O Bullard era o juiz do condado, mas alguém disse que não é ele que vai julgar. Estão falando em transferir o caso pra outro condado, então vai saber quem vai ser o juiz.

Sisson e os demais membros ouviram atentamente aquele branco ignorante. Eles gostaram da parte sobre a NAACP, o governo e os políticos, mas também tinham lido os jornais e assistido à TV, e sabiam que o irmão dele havia recebido justiça. Mas das mãos de um negro. E isso estava fora de questão.

O caso tinha muito potencial. Com o julgamento a muitos meses de distância, havia tempo para planejar uma rebelião. Eles poderiam fazer protestos durante o dia próximo ao tribunal, usando suas vestes brancas e os capuzes pontudos. Poderiam fazer discursos para uma audiência cativa e desfilar na frente das câmeras. A imprensa iria adorar – os odiaria, mas iria adorar a discussão, a perturbação. E à noite eles poderiam intimidar as pessoas com cruzes em chamas e ameaças por telefone. Eram alvos fáceis, que seriam pegos desprevenidos. A violência seria inevitável. Eles sabiam como provocá-la. Adoravam o efeito que a imagem da marcha das vestes brancas provocava nas multidões de negros furiosos.

O condado de Ford poderia ser o playground deles, onde agiam às escondidas, explodiam coisas, atropelavam pessoas. Eles tinham tempo para se organizar e convocar integrantes de outros estados. E que membro da Klan perderia este momento de ouro? E novos recrutas? Ora, esse caso poderia alimentar o fogo do racismo e tirar da inércia aqueles que odiavam os negros e colocá-los nas ruas. O número de membros estava caindo. Hailey seria o novo grito de guerra deles, o ponto de partida.

– Sr. Cobb, o senhor pode passar pra gente o nome e o endereço do assassino, da família dele, do advogado dele, do juiz e dos jurados? – perguntou Sisson.

Cobb refletiu sobre aquela tarefa.

– De todo mundo, menos dos jurados. Eles ainda não foram selecionados.

– Quando você vai ficar sabendo quem eles são?

– Não faço a menor ideia. Acho que no julgamento. No que vocês estão pensando?

– Não temos certeza, mas a Klan provavelmente vai se envolver. Estamos precisando mesmo fazer exercício e essa pode ser uma boa oportunidade.

– Eu posso ajudar? – perguntou Cobb, ansioso.

– Claro, mas você precisa ser membro.

– A gente não tem Klan lá pra cima. Fechou há um tempão. Meu avô era membro.

– Você quer dizer que o avô da vítima era um membro da Klan?

– Sim – respondeu Cobb com orgulho.

– Bom, então a gente tem que se envolver.

Os outros membros balançaram a cabeça em descrença e juraram vingança. Eles explicaram a Cobb que, se ele conseguisse fazer com que cinco ou seis amigos com pensamentos e motivações semelhantes concordassem em fazer parte, eles teriam uma grande e secreta cerimônia nas profundezas da floresta do condado de Ford com uma enorme cruz em chamas e todos os rituais. Eles seriam empossados como membros, membros de pleno direito, da Ku Klux Klan. A *klavern* do condado de Ford. E todos eles iriam se reunir e transformar o julgamento de Carl Lee Hailey num espetáculo. Eles criariam tanta confusão no condado de Ford naquele verão que nenhum jurado com bom senso cogitaria votar para absolver o réu. Bastava que Cobb recrutasse mais meia dúzia de homens e ele se tornaria o líder da *klavern* do condado de Ford.

Cobb disse que tinha primos suficientes para iniciar uma *klavern*. Ele saiu da reunião entorpecido pela possibilidade de ser um integrante da Klan, assim como o avô.

O TIMING DE Buckley havia sido ruim. Sua coletiva de imprensa das quatro da tarde foi ignorada pelo jornal da noite. Jake passou por todos os canais na pequena TV em preto e branco que tinha no escritório e riu alto quando todas as emissoras, incluindo as de Memphis, Jackson e Tupelo, encerraram suas transmissões sem qualquer notícia do caso. Conseguia imaginar a família Buckley na sala de casa, grudada ao aparelho de televisão, girando os botões e procurando desesperadamente por seu herói enquanto ele pedia silêncio aos berros. E então às sete, depois da previsão do tempo do canal de Tupelo, a última a ser transmitida, eles deviam ter desistido, deixando-o sozinho em sua poltrona. "Quem sabe às dez", ele devia ter dito.

Às dez, Jake e Carla deitaram no sofá no escuro, com as pernas enroscadas, aguardando as notícias. Então, lá estava ele, no alto da escadaria, agitando folhas de papel e gritando como um pregador de rua enquanto o apresentador do Canal 4 explicava que aquele era Rufus Buckley, o promotor que iria tentar condenar Carl Lee Hailey agora que ele havia sido denunciado. Depois de mostrar Buckley de relance, a reportagem exibiu imagens da praça em busca de uma bela vista do centro de Clanton e, por fim, voltou ao repórter para duas frases sobre o julgamento ser marcado para meados de setembro.

– Esse cara é hostil – disse Carla. – Por que ele convocaria uma coletiva de imprensa para anunciar a denúncia?

– Ele é promotor. Nós, advogados, odiamos a imprensa.

– Eu reparei. Meu álbum de recortes está cada vez mais cheio.

– Lembra de fazer uma cópia pra minha mãe.

– Você vai autografar pra ela?

– Vou, mas vai ter um preço. O seu eu autografo de graça.

– Tá bem. E se você perder, eu te mando a conta pelo trabalho de colagem.

– Deixa eu te lembrar, querida, que eu nunca perdi um caso de homicídio. Três a zero, na verdade.

Carla apertou o controle remoto e o meteorologista continuou na tela, mas o volume desapareceu.

– Você sabe do que eu menos gosto nesses seus casos de homicídio?

Ela chutou as almofadas de suas pernas finas e torneadas.

– Do sangue, da carnificina, da atrocidade?

– Não.

Ela levantou os cabelos cortados na altura dos ombros e os deixou cair em volta dela sobre o braço do sofá.

– As vidas perdidas, não importa quão insignificantes elas sejam?
– Não.
Ela estava vestindo um camisão de tecido grosso e engomado, e começou a brincar com os botões.
– A assustadora perspectiva de que um homem inocente enfrente a câmara de gás?
– Não.
Ela começou a desabotoar a camisa. A luz cinza-azulado da televisão brilhava como um estroboscópio na sala escura enquanto o apresentador sorria e dizia boa-noite.
– O medo que sente uma jovem família ao ver o pai entrar no tribunal e enfrentar um júri popular?
– Não.
A camisa estava desabotoada e, por baixo, uma faixa fina e fluorescente de seda branca brilhava contra a pele dela.
– A injustiça latente do nosso sistema judicial?
– Não.
Ela deslizou uma das pernas bronzeadas, depois levantou um pouco mais, um pouco mais e um pouco mais, até o encosto do sofá, onde delicadamente parou.
– As táticas antiéticas e inescrupulosas utilizadas por policiais e promotores pra prender réus inocentes?
– Não.
Ela desabotoou a faixa de seda entre os seios quase perfeitos.
– O fervor, a fúria, a intensidade, os sentimentos descontrolados, o sofrimento humano, a paixão desenfreada?
– Quase isso – disse ela.
Camisas e shorts ricochetearam nas lâmpadas e mesinhas de centro enquanto os corpos se enredavam sob as almofadas. O velho sofá, um presente dos pais dela, balançava e rangia sobre o antigo piso de madeira. Era robusto e estava acostumado a balançar e chiar. Max, a vira-lata, instintivamente atravessou o corredor para ficar de guarda na porta de Hanna.

14

Harry Rex Vonner era um advogado grandalhão especializado em divórcios conturbados que estava sempre mandando algum idiota para a cadeia por não pagar pensão alimentícia.

Ele era ignóbil e malicioso, e seus serviços muito requisitados por aqueles que queriam se divorciar no condado de Ford. Era capaz de conseguir a guarda das crianças, a casa, a fazenda, o videocassete, o micro-ondas, tudo. Um rico fazendeiro o contratou apenas para que a esposa atual não pudesse fazer o mesmo no caso de um futuro divórcio. Harry Rex encaminhava seus casos criminais para Jake, e Jake encaminhava seus divórcios conturbados para Harry Rex. Eles eram amigos e não gostavam dos outros advogados, principalmente os do Sullivan.

Na terça de manhã, ele invadiu o escritório e resmungou para Ethel:

– O Jake tá aí?

Harry caminhou desajeitado em direção à escada, olhando para Ethel como se a desafiasse a abrir a boca. Ela assentiu, sabendo que era melhor não perguntar se ele tinha hora marcada. Ele já a tinha xingado antes. Já tinha xingado todo mundo em algum momento.

A escada tremia conforme ele subia. Ao entrar na imensa sala de Jake, estava sem fôlego.

– Bom dia, Harry Rex. Tá vivo?

– Por que você não usa uma sala lá embaixo? – questionou ele tentando recuperar o ar.

– Você precisa fazer exercício. Se não fosse por essas escadas, você ia estar com mais de cem quilos.

– Obrigado. Olha só, eu acabei de sair do fórum. O Noose quer você no gabinete dele às dez e meia, se possível. Quer falar sobre o Hailey com você e com o Buckley. Marcar a audiência pra formalizar a denúncia, a data do julgamento, essa merda toda. Ele pediu que eu te avisasse.

– Ótimo. Estarei lá.

– Imagino que você ficou sabendo do grande júri.

– Claro. Tô com uma cópia da denúncia aqui.

Harry Rex deu um sorriso.

– Não. Não, tô falando da votação.

Jake ficou paralisado e olhou para ele curioso. Harry Rex rondava todo o condado de maneira discreta e furtiva, feito uma nuvem pairando despercebida. Era uma fonte inesgotável de fofocas e boatos, e tinha imenso orgulho em espalhar apenas a verdade – na maioria das vezes. Era o primeiro a ficar sabendo de quase tudo. A fama de Harry Rex tinha começado vinte anos antes, com seu primeiro julgamento diante de um júri. A ferrovia que ele processou por milhões de dólares se recusava a pagar qualquer centavo, e depois de três dias de julgamento o júri se recolheu para deliberar. Os advogados da ferrovia ficaram preocupados quando o júri não voltou com um veredito rápido a seu favor. Eles ofereceram a Harry Rex um acordo de 25 mil dólares quando as deliberações avançaram para o segundo dia. Com nervos de aço, Harry disse a eles que fossem para o inferno. Seu cliente queria o acordo. Ele disse ao cliente que fosse para o inferno. Horas depois, um júri cansado e exaurido voltou com um veredito de 150 mil. Harry Rex mandou os advogados da ferrovia à merda, esnobou seus clientes e foi ao bar do Best Western. Comprou bebidas para todo mundo e, no decorrer da longa noite, explicou em detalhes exatamente como havia grampeado a sala do júri e sabia exatamente o que os jurados estavam fazendo. A notícia se espalhou, e Murphy encontrou uma série de fios passando pelos dutos de aquecimento e chegando à sala do júri. A Ordem dos Advogados investigou, mas não encontrou nada. Por vinte anos, os juízes ordenaram que os oficiais de justiça inspecionassem a sala do júri toda vez que Harry Rex estivesse de alguma forma ligado a um caso.

– Como você sabe da votação? – perguntou Jake, a suspeita pairando em cada sílaba.

– Eu tenho minhas fontes.

– Tá, e qual foi a votação?

– Doze a seis. Um voto a menos e você não estaria com essa denúncia aí na mão.

– Doze a seis – repetiu Jake.

– O Buckley quase teve um troço. Um cara branco chamado Crowell assumiu o comando e quase convenceu uma quantidade de jurados suficiente pra que o seu cliente não fosse denunciado.

– Você conhece esse Crowell?

– Eu cuidei do divórcio dele dois anos atrás. Ele morava em Jackson com a primeira esposa e ela foi estuprada por um negro. Ela ficou muito mal e eles acabaram se divorciando. Ela pegou uma faca de cozinha e cortou os pulsos. Depois disso ele se mudou pra Clanton e se casou com uma garota bem malfalada no condado. Durou cerca de um ano. Ele jantou o Buckley. Mandou ele sentar e calar a boca. Eu queria muito ter visto isso.

– A impressão é que você viu mesmo.

– Vi nada. Só tenho uma fonte muito boa.

– Quem?

– Ah, fala sério, Jake.

– Você tá grampeando as salas de novo?

– Não. Eu só escuto. É um bom sinal, não acha?

– O quê?

– Essa votação apertada. Seis de dezoito jurados votaram a favor dele. Cinco negros e o Crowell. É um bom sinal. Basta você conseguir colocar alguns negros no júri e provocar o impasse. Certo?

– Não é tão fácil assim. Se o julgamento for aqui no condado, existe uma boa chance de o júri ser totalmente branco. Isso é bem comum por aqui, e, como você sabe, eles costumam ser muito conservadores. Além disso, esse cara, o Crowell, parece ter surgido do nada.

– Foi isso que o Buckley achou. Você tem que ver esse babaca. Ele tá lá no fórum, de um lado pro outro feito um pavão, prontinho pra dar autógrafos depois da grande aparição na TV ontem à noite. Ninguém quer falar sobre isso, então ele dá um jeito de abordar o assunto em qualquer conversa. Tá tipo uma criança implorando por atenção.

– Não seja tão cruel. Pode ser que ele seja o seu próximo governador.

– Não se ele perder esse caso. E ele vai perder, Jake. Vamos escolher um bom júri, doze cidadãos confiáveis e de boa índole, e aí a gente compra eles.

– Eu não acredito que ouvi isso.

– Sempre funciona.

POUCOS MINUTOS DEPOIS das dez e meia, Jake entrou no gabinete do juiz nos fundos da sala de audiências e apertou friamente as mãos de Buckley, Musgrove e Ichabod, que o aguardavam. Noose fez um gesto para que Jake se sentasse, depois ele mesmo se sentou.

– Jake, isso vai levar só alguns minutos. – Ele olhou para baixo na direção do imenso nariz. – Eu gostaria de formalizar a denúncia contra Carl Lee Hailey amanhã de manhã às nove. Alguma objeção?

– Não, sem problemas – respondeu Jake.

– Vamos ter outras audiências similares de manhã, então começamos com um caso de roubo às dez. Certo, Rufus?

– Sim, Excelência.

– Tá bem. Agora vamos definir uma data para o julgamento do Sr. Hailey. Como vocês sabem, a próxima pauta do tribunal só é aberta no fim de agosto, na terceira segunda-feira, e tenho certeza que vai ser tão lotada quanto essa. Por conta da natureza desse caso e, sinceramente, em razão da visibilidade que ele ganhou, eu acho que seria melhor agendar o julgamento pra assim que possível.

– Quanto mais cedo melhor – assentiu Buckley.

– Jake, quanto tempo você precisa para se preparar para o julgamento?

– Sessenta dias.

– Sessenta dias! – repetiu Buckley incrédulo. – Por que tanto tempo?

Jake o ignorou e observou Ichabod ajustar seus óculos de leitura e analisar a agenda.

– Devo presumir que o doutor vai apresentar um pedido de desaforamento? – perguntou ele.

– Sim.

– Não vai fazer diferença nenhuma – avisou Buckley. – A gente vai conseguir a condenação em qualquer lugar.

– Guarda isso pras câmeras, Rufus – disse Jake calmamente.

– Quem é você pra falar sobre câmeras? – rebateu o promotor. – Você parece se divertir bastante com elas.

– Doutores, por favor – disse Noose. – Que outros pedidos preliminares podemos esperar da defesa?

Jake pensou por um momento.

– Haverá outros.

– Posso perguntar sobre esses outros? – indagou Noose com uma leve irritação.

– Excelência, eu realmente não gostaria de discutir a minha defesa neste momento. A gente acabou de receber a denúncia e eu ainda nem falei sobre esse assunto com o meu cliente. Obviamente, a gente tem muito trabalho a fazer.

– De quanto tempo você precisa?

– Sessenta dias.

– Você tá de brincadeira! – gritou Buckley. – Isso é piada? O Ministério Público pode ir a julgamento amanhã, Excelência. Sessenta dias é ridículo.

Jake começou a se irritar, mas não disse nada. Buckley foi até a janela e ficou murmurando consigo mesmo, incrédulo.

Noose analisou sua agenda.

– Por que sessenta dias?

– Pode ser um caso complicado.

Buckley riu e continuou balançando a cabeça.

– Então a gente pode considerar uma possível alegação de insanidade? – perguntou o juiz.

– Sim, Excelência. E vai levar um tempo até que o Sr. Hailey seja avaliado por um psiquiatra. Depois disso, é claro que o Ministério Público vai querer que ele seja examinado pelos seus próprios médicos.

– Entendo.

– E podemos ter outras questões preliminares a resolver. É um caso importante e quero ter a certeza que temos tempo pra nos prepararmos adequadamente.

– Dr. Buckley? – disse o juiz.

– Tanto faz. Não faz diferença pro Ministério Público. Vamos estar prontos. Podemos ir a julgamento amanhã.

Noose fez anotações em sua agenda e ajustou os óculos de leitura, que estavam empoleirados no nariz e mantidos no lugar por uma minúscula verruga localizada bem na ponta dele. Por causa do tamanho do nariz e do formato estranho de sua cabeça, óculos de leitura especialmente fabricados com hastes extralongas eram necessários para Sua Excelência, que nunca os usava para leitura ou qualquer outro propósito, exceto em um esforço vão de desviar a atenção do tamanho e do formato de seu nariz. Jake sempre suspeitou disso, mas lhe faltava coragem para informar o juiz de que seus ridículos óculos hexagonais alaranjados desviavam a atenção diretamente para o nariz dele.

– Quanto tempo você prevê pro julgamento, Jake? – perguntou Noose.

– Três ou quatro dias. Mas pode demorar três dias pra selecionar o júri.

– Dr. Buckley?

– Me parece isso mesmo. Mas eu não entendo por que sessenta dias pra se preparar pra um julgamento de três. Eu acho que deveria ser marcado pra mais cedo.

– Relaxa, Rufus – disse Jake calmamente. – As câmeras vão estar lá fora daqui a sessenta dias, até noventa se for o caso. Eles não vão se esquecer de você. Você vai poder dar entrevistas, coletivas de imprensa, fazer sermões e tal. Tudo isso. Não se preocupa, você vai ter a sua chance.

Buckley fechou a cara e seu rosto ficou vermelho. Ele deu três passos na direção de Jake.

– Se não me engano, Dr. Brigance, você deu mais entrevistas e viu mais câmeras do que eu na semana passada.

– Eu sei, e você tá com inveja, não é isso?

– Não, eu não estou com inveja! Eu não me importo com as câmeras...

– Desde quando?

– Doutores, por favor – interrompeu Noose. – Esse promete ser um caso longo, dramático. Eu espero que os doutores ajam como profissionais. Bom, a minha agenda está apertada. A única data disponível que eu tenho é na semana de 22 de julho. Alguma objeção?

– Podemos marcar nessa semana – disse Musgrove.

Jake sorriu para Buckley e folheou sua agenda de bolso.

– Parece bom para mim.

– Ótimo. Todas as petições devem ser protocoladas e as questões preliminares definidas até segunda-feira, 8 de julho. A formalização da denúncia está marcada pra amanhã, às nove da manhã. Alguma pergunta?

Jake se levantou, apertou as mãos de Noose e Musgrove e saiu.

Depois do almoço, ele visitou seu famoso cliente no gabinete de Ozzie, no presídio. Uma cópia da denúncia havia sido entregue a Carl Lee em sua cela. Ele tinha algumas perguntas para seu advogado.

– O que é homicídio qualificado?

– O pior tipo.

– Quantos tipos existem?

– Basicamente três. Homicídio culposo, homicídio doloso e homicídio qualificado.

– Quanto tempo de cadeia pro homicídio culposo?

– Vinte anos.

– E o doloso?

– De vinte anos a prisão perpétua.

– E o qualificado?

– Câmara de gás.

– E a lesão corporal contra um agente da lei?

– Prisão perpétua. Sem direito a condicional.

Carl Lee analisou a denúncia com cuidado.

– Você tá me dizendo que são duas penas de morte e uma prisão perpétua.

– Ainda não. Você tem direito a um julgamento primeiro. Que, a propósito, foi marcado pra 22 de julho.

– Isso é daqui a dois meses! Por que tanto tempo?

– A gente precisa de tempo. Vai demorar esse tanto pra encontrar um psiquiatra que diga que você estava fora de si. Depois o Buckley vai mandar você pra Whitfield pra ser examinado pelos médicos do Estado, e todos eles vão dizer que você não estava fora de si. A gente vai entrar com algumas petições, o Buckley também, vamos ter várias audiências. Leva tempo.

– Não tem como ser antes?

– A gente não quer que seja antes.

– E se eu quiser? – rebateu Carl Lee.

Jake o analisou cautelosamente.

– O que que tá pegando, meu caro?

– Eu preciso sair daqui, e rápido.

– Eu achei que você tivesse dito que a prisão não era tão ruim.

– Não é, mas eu preciso ir pra casa. A Gwen tá sem dinheiro, não consegue arrumar emprego. O Lester tá tendo problemas com a esposa. Ela tá ligando o tempo todo, então ele não vai durar muito mais tempo aqui. Eu odeio pedir ajuda pras pessoas.

– Mas elas vão ajudar, não vão?

– Algumas, sim. Cada um tem seus problemas. Você tem que me tirar daqui, Jake.

– Olha, amanhã às nove a denúncia vai ser formalizada. O julgamento é no dia 22 de julho e a data não vai ser alterada, então esquece isso. Eu já te expliquei como vai ser a audiência amanhã?

Carl Lee fez que não com a cabeça.

– Não vai durar nem vinte minutos. A gente vai comparecer perante o juiz Noose na sala de audiências. Ele vai fazer umas perguntas pra você, depois vai fazer algumas pra mim. Ele vai ler a denúncia pra você diante dos presentes e perguntar se você recebeu uma cópia. Depois vai perguntar se você se declara culpado ou inocente. Quando você responder inocente, ele marca a data do julgamento. Você vai se sentar e eu e o Buckley vamos ter uma briga por causa da sua fiança. O Noose vai se recusar a estabelecer uma fiança, e aí eles vão te levar de volta pro presídio, onde você vai ficar até o julgamento.

– E depois do julgamento?

Jake sorriu.

– Não, você não vai pra prisão depois do julgamento.

– Promete?

– Não. Nada de promessas. Alguma pergunta sobre amanhã?

– Não. Me fala, Jake, quanto eu te paguei?

Jake hesitou e sentiu cheiro de problema.

– Por que você tá perguntando?

– Tô só pensando.

– Novecentos dólares, mais uma nota promissória.

Gwen tinha menos de cem dólares. As contas estavam vencendo e a comida, acabando. Ela o havia visitado no domingo e chorou por uma hora. O estado de pânico era parte da vida dela, de sua natureza, de sua composição. Mas Carl Lee sabia que eles estavam quebrados e que ela estava com medo. A família dela não poderia ajudar muito, talvez com alguns legumes da horta e alguns dólares para comprar leite e ovos. Quando se tratava de funerais e internações em hospitais, sempre dava para contar com eles. Eram generosos e dedicavam seu tempo livremente para lamentar, reclamar e fazer cenas.

Mas quando a questão era dinheiro, eles se dispersavam feito galinhas. A família dela não tinha como ajudar, e a dele não era muito melhor.

Ele queria pedir cem dólares a Jake, mas decidiu esperar até que Gwen estivesse completamente sem dinheiro. Seria mais fácil.

Jake folheou seu bloco de anotações e esperou Carl Lee lhe pedir dinheiro. Os clientes criminais, em especial os negros, sempre pediam parte dos honorários de volta depois do pagamento. Ele duvidava que algum dia veria mais do que novecentos dólares e não estava disposto a devolver nada. Além disso, os negros sempre cuidavam dos seus. As famílias estavam lá pra isso, e as igrejas se mobilizariam. Ninguém ia morrer de fome.

Ele esperou e colocou o bloco e os documentos em sua pasta.

– Alguma pergunta, Carl Lee?

– Sim. O que eu posso falar amanhã?

– O que você quer falar?

– Eu quero falar pro juiz por que eu atirei naqueles dois. Eles estupraram a minha filha. Eles tinham que morrer.

– E você quer explicar isso pro juiz amanhã?

Sim.

– E você acha que ele vai soltar você depois que você explicar isso tudo?

Carl Lee não disse nada.

– Olha só, Carl Lee, você me contratou para ser seu advogado. E você me contratou porque confia em mim, certo? E se eu quiser que você fale alguma coisa amanhã, eu vou te dizer. Se eu não disser nada, você fica quieto. No julgamento, em julho, você vai ter a chance de contar a sua versão. Mas, enquanto isso, só eu falo.

– Você tem razão.

LESTER E GWEN empilharam os meninos e Tonya no Eldorado vermelho e dirigiram até o consultório médico que ficava ao lado do hospital. O estupro ocorrera havia duas semanas. Tonya mancava de leve e queria correr e subir as escadas com os irmãos. Mas sua mãe segurou sua mão. A dor em suas pernas e nádegas havia quase desaparecido, os curativos em seus pulsos e tornozelos haviam sido removidos pelo médico na semana anterior, e os cortes estavam cicatrizando bem. A gaze e o algodão entre suas pernas continuavam lá.

Em uma pequena sala, ela se despiu e se sentou ao lado da mãe em uma maca acolchoada. Sua mãe a abraçou e a ajudou a se manter aquecida. O médico olhou dentro de sua boca e examinou sua mandíbula. Ele segurou os pulsos e os tornozelos dela e os avaliou. Ele a deitou na maca e tocou entre suas pernas. Ela chorou e se agarrou à mãe, que se inclinou sobre ela.

A dor havia voltado.

15

Às cinco da manhã de quarta-feira, Jake tomou um gole de café em seu escritório e olhou em direção à praça do tribunal ainda escura emoldurada pelas portas envidraçadas da varanda. Ele acordara diversas vezes ao longo da noite, havia horas tinha desistido de vez e por fim deixou sua cama quente em um esforço desesperado para encontrar um caso da Geórgia que, pelo que ele achava se recordar da época da faculdade, determinava que o juiz concedesse fiança em um caso de homicídio qualificado se o réu não tivesse antecedentes criminais e fosse proprietário de um imóvel no condado, tivesse emprego estável e muitos parentes por perto. Não conseguiu encontrá-lo. O que ele encontrou, no fim das contas, foram inúmeros casos recentes, bem fundamentados, claros e inequívocos no Mississippi, dando ao juiz total poder de decisão para negar fiança a tais réus. Aquela era a lei e Jake a conhecia bem, mas ele precisava de algo para argumentar com Ichabod. Estava temeroso de pedir fiança para Carl Lee. Buckley iria gritar, fazer um discurso e citar aqueles casos maravilhosos, e Noose apenas o escutaria e sorriria, depois negaria a fiança. Jake levaria uma coça na primeira disputa.

– Chegou cedo hoje, querido – disse Dell a seu cliente favorito enquanto lhe servia o café.

– Pelo menos estou aqui.

Ele havia deixado de aparecer em algumas manhãs desde que a perna de Looney fora amputada. O assistente do xerife era popular, e havia certo ressentimento em relação ao advogado de Hailey não só no Coffee Shop, mas na cidade toda. Ele estava ciente disso e tentava ignorar.

Haveria ressentimento por qualquer advogado que defendesse um negro por matar dois brancos.

– Você tem um minuto? – perguntou Jake.

– Claro – disse Dell, olhando ao redor.

Às cinco e quinze, o café ainda não estava cheio. Ela se sentou em frente a Jake em uma pequena mesa e se serviu de café.

– O que tem rolado por aqui? – perguntou ele.

– O de sempre. Política, pesca, agricultura. Não muda nunca. Estou aqui há 21 anos, servindo a mesma comida para as mesmas pessoas, e elas ainda falam sobre as mesmas coisas.

– Nada de novo?

– Hailey. Tem muita gente falando sobre isso. A não ser quando tem um pessoal de fora por aqui, aí tudo volta ao normal.

– Por quê?

– Porque se você der a entender que sabe qualquer coisa sobre o caso, um repórter vai sair atrás de você com um monte de perguntas.

– Tá ruim assim, é?

– Não. Tá ótimo. O movimento nunca esteve tão bom.

Jake sorriu e colocou manteiga em seu mingau, depois acrescentou Tabasco.

– Como você se sente em relação a esse caso?

Dell coçou o nariz com suas longas unhas postiças pintadas de vermelho e soprou seu café. Ela era famosa por sua sinceridade, e ele esperava uma resposta direta.

– Ele é culpado. Matou os caras. Ponto final. Mas ele teve a melhor justificativa que eu já vi na vida. As pessoas sentem compaixão por ele.

– Digamos que você esteja no júri. Culpado ou inocente?

Ela olhou para a porta de entrada e acenou para um cliente habitual.

– Bom, o meu instinto é perdoar qualquer um que mata um estuprador. Principalmente um pai. Mas, por outro lado, a gente não pode permitir que as pessoas peguem em armas e façam justiça com as próprias mãos. Você tem como provar que ele estava fora de si quando fez isso?

– Vamos supor que eu tenha.

– Então eu votaria pra inocentar ele, mesmo não achando que ele seja maluco.

Ele espalhou geleia de morango na torrada e meneou a cabeça em aprovação.

– Mas e em relação ao Looney? – perguntou ela. – Ele é meu amigo.

– Foi um acidente.

– E isso vai ser suficiente?

– Não, não vai. A arma não disparou por acidente. O Looney foi baleado acidentalmente, mas duvido que essa seja uma defesa válida. Você condenaria ele por atirar no Looney?

– Talvez – respondeu ela lentamente. – Ele perdeu uma perna.

"Como ele poderia estar fora de si quando atirou em Cobb e Willard, e não quando atirou em Looney?", pensou Jake, mas não perguntou. Em vez disso, mudou de assunto.

– E o que as pessoas têm falado de mim?

– Mais ou menos a mesma coisa. Outro dia alguém perguntou por onde você andava e disse que você não tinha mais tempo pra gente, agora que virou celebridade. Já ouvi algumas pessoas resmungando por aí sobre você e o Carl Lee, mas muito discretamente. Eles não criticam você em voz alta. Eu não vou deixar.

– Você é um amor.

– Eu não valho nada e você sabe disso.

– Não. Você só finge.

– É? Então olha só.

Ela deu um pulo da cadeira e começou a gritar com uns agricultores sentados numa mesa que tinham pedido mais café. Jake terminou de comer sozinho e voltou ao escritório. Quando Ethel chegou, às oito e meia, dois repórteres estavam perambulando na calçada do lado de fora da porta trancada. Eles entraram após Ethel e exigiram falar com o Dr. Brigance. Ela se negou a chamá-lo e pediu que fossem embora. Eles se recusaram a ir e continuaram insistindo. Jake ouviu a confusão no andar de baixo e trancou a porta. Ethel que se resolvesse com eles.

Da sua sala ele observou uma equipe de filmagem plantada diante da porta dos fundos do fórum. Ele sorriu e sentiu uma incrível onda de adrenalina. Podia se ver no jornal da noite atravessando a rua apressado, sério, com ar profissional, seguido por repórteres implorando por uma entrevista, mas obtendo apenas um "nada a declarar". E aquela era apenas a audiência de formalização da denúncia. Imagina só o julgamento! Câmeras por toda parte, repórteres fazendo perguntas aos berros, matérias de primeira página, talvez capas de revistas. Um jornal de Atlanta considerava aquele caso o mais sensacionalista do Sul do país em duas décadas. Ele praticamente teria aceitado o caso de graça. Momentos depois, interrompeu a discussão no térreo e cumprimentou calorosamente os repórteres. Ethel desapareceu rumo à sala de reuniões.

– O senhor poderia responder a algumas perguntas? – perguntou um deles.

– Não – respondeu Jake com educação. – Eu tenho que me encontrar com o juiz Noose.

– Só algumas.

– Não. Mas vai ter uma coletiva de imprensa às três da tarde.

Jake abriu a porta e os repórteres o seguiram pela calçada.

– Onde vai ser a coletiva?

– No meu escritório.

– Pra falar de quê?

– Pra discutir o caso.

Jake atravessou lentamente a rua e subiu a curta entrada para o tribunal respondendo a perguntas ao longo do caminho.

– O Sr. Hailey estará na coletiva de imprensa?

– Sim, junto com a família.

– A filha dele também?

– Sim, ela vai estar lá.

– O Sr. Hailey vai responder a perguntas?

– Talvez. Ainda não decidi.

Jake lhes desejou um bom dia e desapareceu dentro do fórum, deixando os repórteres conversando e fofocando sobre a coletiva.

Buckley entrou no tribunal pelas enormes portas de madeira da frente, sem qualquer alarde. Ele esperava que houvesse uma ou duas câmeras por lá, mas ficou consternado ao saber que elas estavam reunidas na porta dos fundos para obter uma imagem do réu. No futuro, ele passaria a usar aquela entrada.

O juiz Noose estacionou perto de um hidrante em frente à agência dos correios e avançou pela calçada leste, cruzando a praça e entrando no tribunal. Ele também não atraiu atenção, exceto por alguns olhares curiosos.

Ozzie espiou pelas janelas da frente do presídio e observou a multidão que aguardava por Carl Lee no estacionamento. A ideia de repetir a estratégia de uma falsa fuga passou pela sua cabeça, mas ele a descartou. Seu departamento havia recebido dezenas de ameaças de morte para Carl Lee, e Ozzie levou algumas delas a sério. Tinham sido bastante específicas, com datas e locais. Mas a maioria eram apenas ameaças de morte genéricas e comuns. E ainda era só o começo. Ele pensou no julgamento e resmungou algo para Moss Junior. Eles cercaram Carl Lee com seus corpos uniformizados e o conduziram pela calçada, passando pela imprensa e entrando em uma van alugada. Seis policiais e um motorista se amontoaram. Escoltada pelas três viaturas mais novas de Ozzie, a van seguiu depressa para o tribunal.

Noose havia programado mais de uma dezena de audiências como aquela para as nove da manhã e, quando se acomodou na cadeira da tribuna, folheou as pastas até encontrar a de Hailey. Olhou na direção da primeira fileira da plateia e viu um grupo de homens sisudos e de aparência suspeita, todos recentemente denunciados. No fim da primeira fileira, dois policiais estavam sentados ao lado de um réu algemado e Brigance cochichava algo para ele. "Deve ser o Hailey." Noose pegou um dos livros de capa vermelha e ajeitou os óculos para que não o impedissem de ler.

– O Estado contra Carl Lee Hailey, caso número 3.889. Pode se aproximar, Sr. Hailey.

As algemas foram removidas e Carl Lee acompanhou seu advogado até a tribuna, onde ficaram olhando para o juiz, que, taciturno, examinou a denúncia juntada aos autos. A sala de audiências ficou em silêncio. Buckley se levantou e foi caminhando até ficar a poucos metros do réu. Os desenhistas, junto à grade, rabiscavam freneticamente.

Jake olhou feio para Buckley, que não tinha motivo para estar diante da tribuna naquele momento. O promotor estava vestido com seu melhor terno preto de poliéster, com direito a colete e tudo. Cada fio de cabelo de sua enorme cabeça tinha sido meticulosamente penteado e empastado no lugar. Ele parecia um pastor evangélico de televisão.

– Bonito terno, Rufus – sussurrou Jake, depois de ir até Buckley.

– Obrigado – respondeu ele, um tanto desprevenido.

– Ele brilha no escuro? – perguntou Jake, e então voltou para o lado de seu cliente.

– O senhor é Carl Lee Hailey? – perguntou o juiz.

– Sim.

– O Dr. Brigance é o seu advogado?

– Sim.
– Eu tenho em mãos a denúncia apresentada contra o senhor pelo grande júri. O senhor recebeu uma cópia?
– Sim.
– O senhor leu a denúncia?
– Sim.
– O senhor já falou sobre ela com o seu advogado?
– Sim.
– O senhor entendeu o que está escrito?
– Sim.
– Ótimo. A lei exige que eu leia a denúncia para o senhor em audiência aberta. – Noose pigarreou. – Os membros do grande júri do estado do Mississippi, escolhidos entre os cidadãos íntegros e ilibados do condado de Ford, devidamente nomeados, empossados sob juramento e eleitos para representar o condado e o estado acima referidos, em nome e sob a autoridade do estado do Mississippi, decidem que Carl Lee, domiciliado no condado e no estado anteriormente referidos, sob jurisdição deste tribunal, cometeu de forma ilegal, intencional, criminosa e premeditada, o crime de homicídio contra Billy Ray Cobb, um ser humano, e Pete Willard, um ser humano, e o crime de homicídio na modalidade tentada contra DeWayne Looney, um agente da lei, em violação direta ao Código Penal do Mississippi e à paz e à dignidade do estado do Mississippi. Atesto e dou fé. Assinado, Laverne Gossett, porta-voz do grande júri.

Noose fez uma pausa para recuperar o fôlego.
– O senhor compreende as acusações?
– Sim.
– Compreende que, se for condenado, poderá ser executado na câmara de gás da penitenciária estadual de Parchman?
– Sim.
– O senhor se declara culpado ou inocente?
– Inocente.

Noose analisou sua agenda enquanto o público assistia atentamente. Os repórteres tomavam notas. Os desenhistas se concentravam nas atrações principais, incluindo Buckley, que deu um jeito de se enquadrar de perfil. Ele estava ansioso para dizer alguma coisa. Fez uma cara de desprezo por trás de Carl Lee, como se não pudesse esperar para acabar com o assassino.

Foi até a mesa onde Musgrove estava sentado e os dois cochicharam algo importante. Ele atravessou a sala de audiências e iniciou uma conversa sussurrada com um dos escrivães. Em seguida voltou até a tribuna, onde o réu estava parado ao lado de seu advogado, que estava ciente do show de Buckley e tentava desesperadamente ignorá-lo.

– Sr. Hailey – grunhiu Noose –, seu julgamento está marcado para segunda-feira, dia 22 de julho. Todas as questões preliminares deverão ser apresentadas até 24 de junho e definidas até 8 de julho.

Carl Lee e Jake concordaram.

– Mais alguma coisa?

– Sim, Excelência! – gritou Buckley, alto o suficiente para que os repórteres no saguão conseguissem escutar. – O Ministério Público se opõe a qualquer pedido de fiança por parte deste réu.

Jake cerrou os punhos e sentiu vontade de gritar.

– Excelência, o réu ainda não solicitou que fosse estabelecida fiança. O Dr. Buckley, como sempre, está confuso quanto aos procedimentos. Ele não pode se opor a um pedido até que ele seja feito. Deveria ter aprendido isso na faculdade.

Buckley sentiu a alfinetada, mas prosseguiu.

– Excelência, o Dr. Brigance sempre pede fiança, e tenho certeza que vai pedir hoje. O Ministério Público irá se opor a qualquer requerimento nesse sentido.

– Bom, por que o doutor não espera até que ele faça o pedido? – perguntou Noose ao promotor com um ar de irritação.

– Muito bem – disse Buckley olhando para Jake. Seu rosto estava vermelho.

– O doutor pretende solicitar a fiança? – perguntou Noose.

– Eu planejava fazer isso no momento adequado, mas antes que eu tivesse essa oportunidade, o Dr. Buckley interveio com essa cena toda…

– Não ligue para o Dr. Buckley – interrompeu Noose.

– Eu sei, Excelência, ele só está confuso.

– Fiança, Dr. Brigance?

– Sim, eu planejava fazer o pedido, sim.

– Eu imaginei, e já refleti sobre se a fiança deveria ser permitida nesse caso. Como o doutor sabe, essa é uma decisão que fica absolutamente a meu critério e eu jamais concedo fiança em homicídios qualificados. Não acredito que esse caso seja uma exceção.

– Vossa Excelência decidiu negar fiança?
– Sim.
Jake deu de ombros e colocou uma pasta sobre a mesa.
– Tudo bem.
– Mais alguma coisa? – perguntou Noose.
– Não, Excelência – disse Jake.
Buckley balançou a cabeça em silêncio.
– Ótimo. Sr. Hailey, o senhor deve permanecer sob custódia do xerife do condado de Ford até a data do julgamento. Está dispensado.
Carl Lee voltou para a primeira fileira, onde um policial o aguardava com as algemas. Jake abriu sua pasta e a estava enchendo de documentos e folhas de papel quando Buckley agarrou seu braço.
– Isso foi golpe baixo, Brigance – disse ele com os dentes cerrados.
– Você pediu – respondeu Jake. – E me larga.
Buckley soltou o braço dele.
– Eu não gosto disso.
– Que pena, garotão. Você não deveria falar tanto. Em boca fechada não entra mosca.
Buckley tinha quase oito centímetros e mais de vinte quilos a mais que Jake, e sua irritação estava aumentando. A conversa chamou a atenção e um policial se aproximou deles. Jake piscou para Buckley e saiu da sala de audiências.

ÀS DUAS DA tarde, o clã Hailey, liderado pelo tio Lester, entrou no escritório de Jake pela porta dos fundos. Jake se reuniu com eles em uma pequena sala ao lado da sala de reuniões no térreo. Eles falaram sobre a coletiva de imprensa. Vinte minutos depois, Ozzie e Carl Lee passaram despreocupados pela porta dos fundos e Jake os conduziu à sala, onde Carl Lee se reuniu com sua família. Ozzie e Jake se retiraram.
A coletiva foi cuidadosamente orquestrada por Jake, que ficou maravilhado com sua habilidade de manipular a imprensa e com a disposição dos repórteres em serem manipulados. Ele se sentou com os três meninos da família Hailey parados atrás deles em uma das extremidades da longa mesa de reunião. Gwen estava sentada à sua esquerda e Carl Lee à sua direita, com Tonya no colo.

O protocolo legal proibia que a identidade de uma criança vítima de estupro fosse revelada, mas Tonya era diferente. Seu nome, rosto e idade eram amplamente conhecidos por causa de seu pai. Ela já havia sido exposta para o mundo, e Jake queria que ela fosse vista e fotografada em seu melhor vestido branco de domingo no colo do pai. Os jurados, quem quer que fossem e onde quer que morassem, estariam assistindo.

A sala transbordava de tanta gente, de modo que os repórteres se espalharam pelo corredor até chegar à recepção, onde Ethel ordenava rudemente que se sentassem e a deixassem em paz. Um policial vigiava a porta da frente e outros dois estavam sentados na escada dos fundos. Lester e o xerife Walls ficaram de pé, um pouco desajeitados, atrás dos Haileys e de seu advogado. Microfones foram amontoados sobre a mesa em frente a Jake, e as câmeras clicavam e os flashes piscavam sob o calor dos holofotes.

– Eu tenho algumas observações preliminares – começou Jake. – Primeiro, todas as perguntas serão respondidas por mim. Nenhuma pergunta deve ser dirigida ao Sr. Hailey ou a qualquer membro de sua família. Se alguém fizer uma pergunta a ele, irei instruí-lo a não responder. Em segundo lugar, gostaria de apresentar sua família. À minha esquerda está sua esposa, Gwen Hailey. Atrás de nós estão seus filhos, Carl Lee Jr., Jarvis e Robert. Atrás dos meninos está o irmão do Sr. Hailey, Lester Hailey. – Jake fez uma pausa e sorriu para Tonya. – Sentada no colo do pai está Tonya Hailey. Agora irei responder às perguntas.

– O que aconteceu no tribunal hoje de manhã?

– O Sr. Hailey foi formalmente denunciado, se declarou inocente e seu julgamento foi marcado para o dia 22 de julho.

– Houve um desentendimento entre o senhor e o promotor?

– Sim. Após a audiência, o Dr. Buckley se aproximou de mim, agarrou meu braço e aparentemente planejava me agredir quando um policial interveio.

– O que provocou isso?

– O Dr. Buckley costuma explodir quando está sob pressão.

– O senhor e o Dr. Buckley são amigos?

– Não.

– O julgamento será em Clanton?

– A defesa irá apresentar um pedido de desaforamento. O local do julgamento será definido pelo juiz Noose. Não tenho nenhuma previsão.

– O senhor poderia descrever o que isso causou à família Hailey?

Jake refletiu por um minuto enquanto as câmeras rodavam. Ele olhou para Carl Lee e Tonya.

– Você está olhando pra uma família maravilhosa. Há duas semanas, a vida deles era boa e simples. Carl Lee trabalhava na fábrica de papel, eles tinham algum dinheiro no banco, segurança, estabilidade, iam juntos à igreja todo domingo, uma família amorosa. Então, por razões que apenas Deus conhece, dois bandidos, bêbados drogados, cometeram um ato terrível e violento contra essa garotinha de 10 anos. Eles nos chocaram e nos fizeram sentir enojados. Eles arruinaram a vida dela e a vida dos pais dela e de toda a família. Foi demais para seu pai. Ele perdeu a cabeça. Ele surtou. Agora ele está preso, enfrentando um julgamento e a possibilidade de ir para a câmara de gás. Não tem mais emprego. Não tem mais dinheiro. Não tem mais inocência. Os filhos estão diante da possibilidade de crescer sem o pai. A mãe deles agora precisa encontrar um emprego pra sustentá-los, e ela vai ter que pedir dinheiro emprestado a amigos e parentes para sobreviver. Respondendo à sua pergunta, senhor, essa família foi devastada e destruída.

Gwen começou a chorar baixinho e Jake lhe entregou um lenço.

– O senhor está cogitando uma alegação de insanidade?

– Sim.

– Haverá de fato uma alegação de insanidade?

– Sim.

– O senhor tem como prová-la?

– Isso vai caber ao júri. Levaremos especialistas no campo da psiquiatria até eles.

– O senhor já consultou esses especialistas?

– Sim – mentiu Jake.

– O senhor poderia nos dizer quem são?

– Não, isso seria inapropriado neste momento.

– Há rumores de ameaças de morte contra o Sr. Hailey. O senhor poderia confirmar se é verdade?

– Continua havendo ameaças contra o Sr. Hailey, a família dele, a minha família, o xerife, o juiz, contra praticamente todos os envolvidos. Não sei quão sérias elas são.

Carl Lee deu um tapinha na perna de Tonya e olhou sem expressão para a mesa. Ele parecia assustado, infeliz e necessitado de compaixão. Seus meninos também pareciam assustados, mas, de acordo com ordens estritas, eles ficaram em posição de sentido, com medo de se mexer. Carl Lee Jr., o mais velho, com 15 anos, estava atrás de Jake. Jarvis, o filho do meio, de 13, estava atrás do pai. E Robert, de 11, estava atrás da mãe. Eles usavam ternos azul-marinho idênticos com camisas brancas e gravatas-borboleta vermelhas. O terno de Robert já havia sido de Carl Lee Jr., depois de Jarvis e agora era dele, e parecia um pouco mais gasto do que os dos outros dois. Mas estava limpo, bem passado e perfeitamente ajustado. Os meninos estavam encantadores. Como um jurado poderia votar de modo a forçar que aquelas crianças vivessem sem pai?

A coletiva de imprensa foi um sucesso. Trechos dela foram veiculados nas emissoras e estações locais, tanto no telejornal da noite quanto no da madrugada. Os jornais de quinta-feira publicaram fotos de primeira página dos Haileys e de seu advogado.

16

A sueca havia telefonado várias vezes ao longo das duas semanas em que seu marido estivera no Mississippi. Ela não confiava nele lá. Ele lhe havia contado a respeito de algumas namoradas antigas. Cada vez que ela ligava, Lester não estava por perto e Gwen mentia e explicava que ele estava pescando ou trabalhando no corte de madeira para que eles pudessem comprar comida. Gwen estava cansada de mentir, e Lester estava cansado de farrear, e eles estavam cansados um do outro. Quando o telefone tocou antes do amanhecer de sexta-feira, Lester atendeu. Era a sueca.

Duas horas depois, o Eldorado vermelho estava parado no estacionamento do presídio. Moss Junior conduziu Lester até a cela de Carl Lee. Os irmãos cochicharam enquanto os outros internos dormiam.

– Eu preciso voltar pra casa – sussurrou Lester, um tanto envergonhado, um tanto hesitante.

– Por quê? – perguntou Carl Lee, como se já esperasse por aquilo.

– Minha esposa ligou agora de manhã. Eu tenho que ir trabalhar amanhã, ou vou ser mandado embora.

Carl Lee assentiu.

– Eu sinto muito, irmão. Me sinto mal por ir embora, mas não tenho escolha.

– Eu entendo. Quando você volta?

– Quando você quer que eu volte?

– Pro julgamento. Vai ser muito difícil pra Gwen e pras crianças. Você consegue estar aqui no dia?

– Você sabe que sim. Tenho férias pra tirar e tudo mais. Eu vou estar aqui.

Eles se sentaram na beira da cama de Carl Lee e se olharam sem dizer nada. A cela estava escura e silenciosa. Os dois beliches em frente ao de Carl Lee estavam vazios.

– Cara, eu tinha me esquecido de como esse lugar é horrível – disse Lester.

– Só espero não ficar aqui por muito mais tempo.

Eles se levantaram e se abraçaram, e Lester chamou Moss Junior para que ele abrisse a cela.

– Tô orgulhoso de você, irmão – disse ele ao mais velho, depois partiu para Chicago.

O SEGUNDO VISITANTE de Carl Lee naquela manhã foi seu advogado, que o encontrou no gabinete de Ozzie. Jake estava irritado e com os olhos vermelhos.

– Carl Lee, eu conversei com dois psiquiatras de Memphis ontem. Você sabe qual o mínimo que eles pedem pra avaliar uma pessoa numa questão judicial? Sabe?

– Eu deveria saber? – perguntou Carl Lee.

– Mil dólares! – gritou Jake. – Mil dólares. De onde você vai tirar mil dólares?

– Eu te dei todo o dinheiro que consegui. Eu até te ofereci...

– Eu não quero a escritura das suas terras. Sabe por quê? Porque ninguém quer comprar, e se não dá pra vender, não serve de nada. A gente precisa de dinheiro, Carl Lee. Não pra mim, mas pros psiquiatras.

– Por quê?

– Por quê?! – repetiu Jake incrédulo. – Por quê?! Porque eu quero manter você longe da câmara de gás, que fica a menos de duzentos quilômetros daqui. O que me parece bem perto. Só que pra fazer isso a gente precisa convencer o júri de que você não estava em pleno gozo das suas faculdades mentais quando atirou naqueles dois. Eu não posso dizer isso pra eles. Você não pode dizer isso pra eles. A gente precisa de um psiquiatra. Um especialista. Um médico. E eles não trabalham de graça. Entende?

Carl Lee apoiou os braços sobre os joelhos e observou uma aranha rastejando pelo carpete empoeirado. Depois de passar doze dias na prisão e de comparecer ao tribunal duas vezes, ele estava farto do sistema penal. Ele se lembrou das horas e dos minutos antes do crime. No que ele estava pensando? Claro que aqueles dois tinham que morrer. Ele não estava arrependido. Mas será que havia considerado a prisão, a pobreza, os advogados ou os psiquiatras? Talvez, mas só vagamente. Aquelas questões desagradáveis eram apenas desdobramentos a serem enfrentados e tolerados por um tempo, até que ele fosse libertado. Após o ocorrido, o sistema iria processá-lo, inocentá-lo e devolvê-lo à família. Seria fácil, assim como o episódio de Lester havia sido praticamente indolor.

Mas o sistema não estava funcionando naquele momento. Estava conspirando para mantê-lo na prisão, para destruí-lo, para deixar seus filhos órfãos. Parecia determinado a puni-lo por praticar um ato que ele considerava inevitável. E agora seu único aliado estava fazendo exigências que ele não podia atender. Seu advogado pedia o impossível. Seu amigo Jake estava irritado e gritando.

– Se vira! – gritou Jake enquanto se dirigia para a porta. – Pede pros seus irmãos, pras suas irmãs, pra família da Gwen, pros seus amigos, pra igreja. Mas arruma esse dinheiro. E o mais rápido possível.

Jake bateu a porta e deixou o presídio.

O TERCEIRO VISITANTE de Carl Lee naquela manhã chegou antes do meio-dia em uma imensa limusine preta com placa do Tennessee e um motorista, que a manobrou pelo pequeno estacionamento e a parou ocupando três vagas. Um enorme guarda-costas negro emergiu de trás do volante e abriu a porta para que seu chefe pudesse sair. Eles desfilaram pela calçada e entraram na prisão.

A secretária parou de digitar e sorriu desconfiada.

– Bom dia.

– Bom dia – disse o menor dos dois, o que usava o tapa-olho. – Meu nome é Cat Bruster, e gostaria de falar com o xerife Walls.

– Pode adiantar o assunto?

– Sim, senhora. É a respeito do Sr. Hailey, um residente de suas excelentes instalações.

O xerife ouviu seu nome ser mencionado e saiu de seu gabinete para cumprimentar o infame visitante.

– Sr. Bruster, sou Ozzie Walls.

Eles trocaram um aperto de mãos. O guarda-costas não se mexeu.

– Prazer em conhecê-lo, xerife. Sou Cat Bruster, de Memphis.

– Sim. Eu sei quem você é. Eu te vi no jornal. O que traz o senhor ao condado de Ford?

– Bem, um amigo meu está com problemas. Carl Lee Hailey. Estou aqui pra ajudar.

– Está bem. E quem é esse? – perguntou Ozzie, olhando para o guarda-costas. Ozzie tinha 1,93 metro de altura e era pelo menos cinco centímetros mais baixo que o guarda-costas. Pesava no mínimo 136 quilos, a maior parte localizada em seus braços.

– Esse aqui é o Pequeno – explicou Cat. – A gente chama ele assim por causa do tamanho dele.

– Entendi...

– Ele é tipo um guarda-costas.

– Ele não tá armado, né?

– Não, xerife, ele não precisa andar armado.

– Justo. Por que você e o Pequeno não vêm pra minha sala?

No gabinete de Walls, Pequeno fechou a porta e ficou parado enquanto seu chefe se sentava em frente ao xerife.

– Ele pode se sentar, se quiser – explicou Ozzie a Cat.

– Não, xerife, ele sempre fica parado na porta. Foi assim que ele foi treinado.

– Tipo um cão de guarda?

– Isso.

– Tudo bem. Sobre o que você quer falar?

Cat cruzou as pernas e pousou a mão incrustada de diamantes no joelho.

– Bom, xerife, eu e Carl Lee nos conhecemos há muito tempo. Servimos juntos no Vietnã. Fomos encurralados perto de Da Nang, em meados de 1971. Levei um tiro na cabeça e, bum!, dois segundos depois ele foi atingido na perna. Nosso esquadrão desapareceu, e os vietnamitas começaram a usar a gente pra praticar tiro ao alvo. O Carl Lee foi mancando até onde eu estava caído, me colocou nos ombros e saiu correndo em meio ao tiroteio até uma vala do lado de uma trilha. Ele se arrastou por três quilômetros me levando nas costas. Ele salvou a minha vida. Ganhou até uma medalha por isso. Você sabia?

– Não.

– É verdade. Passamos dois meses um do lado do outro em um hospital em Saigon, depois viemos embora. Não tenho planos de voltar.

Ozzie ouvia com atenção.

– E agora que o meu garoto está com problemas, eu gostaria de ajudar.

– Foi com você que ele conseguiu o fuzil?

Pequeno deu um grunhido e Cat abriu um sorriso.

– Claro que não.

– Você gostaria de vê-lo?

– Claro. É fácil assim?

– Sim. Se você puder tirar o Pequeno da frente da porta eu trago ele aqui.

Pequeno deu um passo para o lado e, dois minutos depois, Ozzie estava de volta com o prisioneiro. Cat gritou com ele, o abraçou e eles se deram tapinhas como boxeadores. Carl Lee olhou sem jeito para Ozzie, que entendeu o recado e saiu. Pequeno fechou a porta novamente e montou guarda. Carl Lee aproximou duas cadeiras para que eles pudessem ficar de frente um para o outro e conversar.

Cat falou primeiro:

– Estou orgulhoso de você, meu caro, pelo que fez. Muito orgulhoso. Por que não me contou que era por isso que você queria a arma?

– Por nada.

– E como foi?

– Igual ao Vietnã, só que eles não tinham como atirar de volta.

– Assim que é bom.

– É, acho que sim. Eu só queria que nada disso tivesse que ter acontecido.

– Você não se arrepende, né?

Carl Lee se balançou para trás na cadeira e analisou o teto.

– Eu faria tudo de novo, então não me arrependo, não. Só queria que eles não tivessem mexido com a minha filha. Eu queria que ela fosse a mesma menina de antes. Eu queria que nada disso jamais tivesse acontecido.

– Claro, claro. Deve ser difícil pra você estar aqui.

– Eu não tô preocupado comigo. Tô muito preocupado com a minha família.

– Claro, claro. Como tá a sua esposa?

– Ela tá bem. Ela vai sobreviver.

– Eu vi no jornal que o julgamento vai ser em julho. Você tem aparecido no jornal mais do que eu ultimamente.

– Sim, Cat. Mas você sempre se safa. Não tenho tanta certeza sobre mim.
– Você tem um bom advogado, não tem?
– Sim. Ele é bom.

Cat se levantou e caminhou pela sala, admirando os troféus e diplomas de Ozzie.

– Esse é o principal motivo pelo qual vim te ver, meu caro.
– Como assim? – perguntou Carl Lee, sem saber o que seu amigo tinha em mente, mas certo de que sua visita tinha um motivo.
– Carl Lee, você sabe quantas vezes eu já fui processado?
– Acho que o tempo todo.
– Cinco! Eles já me julgaram cinco vezes. Processos federais. Processos estaduais. Processos municipais. Tráfico de drogas, de armas, jogatina, prostituição, suborno, extorsão. O que passar pela sua cabeça já foi motivo pra eles me processarem. E sabe de uma coisa, Carl Lee, eu sou culpado de tudo isso. Todas as vezes que eu fui processado eu era totalmente culpado. Sabe quantas vezes fui condenado?
– Não.
– Nenhuma! Eles não me pegaram nem uma única vez. Cinco julgamentos, cinco vezes inocentado.

Carl Lee sorriu com admiração.

– E sabe por que eles não conseguem me condenar?

Carl Lee tinha uma ideia, mas negou com a cabeça mesmo assim.

– Porque, Carl Lee, eu escolhi o criminalista mais inteligente, mais cruel, mais desonesto da região. Ele trapaceia, joga sujo e os policiais odeiam ele. Mas eu tô sentado aqui em vez de estar numa cadeia por aí. Ele faz o que for preciso pra ganhar um caso.
– Quem é ele? – perguntou Carl Lee, ansioso.
– Você já viu ele na televisão entrando e saindo do fórum. Ele tá o tempo todo no jornal. Sempre que algum bandido dos grandes se mete em confusão, ele tá lá. Ele pega os traficantes, os políticos, eu, todos os criminosos de peso.
– Qual o nome dele?
– Ele só lida com processos criminais, principalmente tráfico, suborno, extorsão, coisas assim. Mas você sabe qual é o favorito dele?
– Qual?
– Homicídio. Ele adora casos de homicídio. Nunca perdeu nenhum. Assume todos os casos importantes de Memphis. Lembra quando pegaram

aqueles dois negros jogando um cara no rio Mississippi do alto de uma ponte? Que foram presos em flagrante? Uns cinco anos atrás?

– Sim, eu lembro.

– O julgamento durou duas semanas e eles se safaram. Graças a ele. Conseguiu tirar eles de lá. Inocentes.

– Eu acho que me lembro de ver ele na TV.

– Claro que você lembra. Ele é mau-caráter, Carl Lee. Tô te dizendo que o cara não perde nunca.

– Qual o nome dele?

Cat se sentou em sua cadeira e olhou sério para o rosto de Carl Lee.

– Bo Marsharfsky.

Carl Lee olhou para cima como se lembrasse do nome.

– Tá, e daí?

Cat pousou a mão no joelho de Carl Lee; seus dedos pesavam oito quilates.

– E daí que ele quer ajudar você, meu caro.

– Eu já tenho um advogado que eu não consegui pagar. Como vou pagar outro?

– Você não precisa pagar, Carl Lee. É aí que eu entro. Ele tá comigo o tempo todo. É meu advogado. Paguei uns 100 mil pra esse cara no ano passado só pra ele me manter longe de confusão. Você não vai pagar nada.

De repente, Carl Lee tinha ficado bastante interessado em Bo Marsharfsky.

– Como ele sabe de mim?

– Porque ele lê jornal e vê TV. Você sabe como é advogado. Eu estava no escritório dele ontem e ele estava lendo o jornal com a sua foto na capa. Contei pra ele da gente. Ele ficou maluco. Disse que precisava pegar o seu caso. Eu falei que ia ajudar.

– E é por isso que você tá aqui?

– Claro, claro. Ele disse que conhece o pessoal certo pra te tirar daqui.

– Tipo quem?

– Médicos, psiquiatras, esse tipo de gente. Ele conhece todo mundo.

– Esses caras custam dinheiro.

– Eu vou pagar, Carl Lee! Me escuta! Eu vou pagar tudo isso. Você vai ter o melhor advogado e os melhores médicos que o dinheiro pode comprar, e seu velho amigo Cat vai pagar a conta. Não se preocupa com dinheiro!

– Mas eu tenho um bom advogado.

– Quantos anos ele tem?

– Acho que uns 30.

Cat revirou os olhos com espanto.

– É um moleque, Carl Lee. Mal saiu da faculdade. O Marsharfsky tem 50 anos e cuidou de mais casos de homicídio do que o teu garoto jamais vai ver. É a sua vida, Carl Lee. Não confia a sua vida a um novato.

De repente, Jake se tornou jovem demais. Mas havia o julgamento de Lester, numa época em que Jake era ainda mais jovem.

– Olha só, Carl Lee, eu já passei por vários julgamentos e essa merda é complicada e cheia de técnica. Um erro e você já era. Se esse garoto der um mole, pode ser uma questão de vida ou morte. Você não pode se dar ao luxo de ter um moleque lá, e ficar torcendo para que ele não estrague tudo. Um erro – disse Cat, estalando os dedos para dar mais dramaticidade – e você vai pra câmara de gás. O Marsharfsky não erra.

Carl Lee estava quase se rendendo.

– Será que ele não trabalharia com o meu advogado? – perguntou ele, tentando encontrar um meio-termo.

– Não! De jeito nenhum. Ele não trabalha com ninguém. Ele não precisa de ajuda. Seu garoto vai atrapalhar.

Carl Lee apoiou os cotovelos nos joelhos e olhou para os pés. Pagar mil dólares para um médico seria impossível. Ele não entendia por que precisava de um, pois não se considerava nem um pouco louco na época, mas obviamente seria necessário. Todo mundo parecia pensar assim. Mil dólares por um médico barato. Cat estava oferecendo o melhor que o dinheiro poderia comprar.

– Eu me sinto mal de fazer isso com meu advogado – murmurou ele.

– Não seja burro, cara – respondeu Cat. – É melhor você se preocupar com o Carl Lee, e esse garoto que se dane. Não é hora de não querer magoar ninguém. Ele é só um advogado, esquece ele. Ele vai superar.

– Mas eu já paguei a ele...

– Quanto? – indagou Cat, estalando os dedos para Pequeno.

– Novecentos dólares.

Pequeno sacou um maço de dinheiro e Cat tirou nove notas de cem dólares e as enfiou no bolso da camisa de Carl Lee.

– Isso aqui é pros seus filhos – disse ele enquanto desenrolava uma nota de mil dólares e a metia junto com o resto.

O coração de Carl Lee disparou ao pensar no dinheiro junto a ele na camisa. Sentiu as notas se moverem no bolso e pressionarem suavemente seu peito. Ele queria olhar para elas e segurá-las com firmeza. "Comida", pensou ele, "comida para os meus filhos".

– Estamos conversados? – perguntou Cat com um sorriso.

– Você quer que eu demita o meu advogado e contrate o seu? – perguntou ele cautelosamente.

– Claro, claro.

– E você vai pagar tudo?

– Claro, claro.

– E esse dinheiro?

– É seu. Me avisa se você precisar de mais.

– Isso é muito legal da sua parte, Cat.

– Eu sou um homem muito bom. Estou ajudando dois amigos. Um que salvou minha vida há muitos anos, e o outro que salva a minha vida a cada dois anos.

– Por que ele quer tanto o meu caso?

– Publicidade. Você sabe como advogado é. Olha quanta publicidade esse garoto já conseguiu por sua causa. É o sonho de um advogado. Estamos conversados?

– Sim, estamos, sim.

Cat deu um soquinho afetuoso no ombro dele e foi até o telefone na mesa de Ozzie. Ele apertou os números.

– Chamada a cobrar pra 901-566-9800. De Cat Bruster. Quero falar com Bo Marsharfsky.

NO VIGÉSIMO ANDAR de um prédio comercial no centro da cidade, Bo Marsharfsky desligou o telefone e perguntou à secretária se o comunicado à imprensa já estava pronto. Ela lhe entregou o documento, e ele o leu com atenção.

– Me parece bom – disse ele. – Manda pros dois jornais agora mesmo. Fala pra usarem a foto que eles já têm lá, a nova. Entra em contato com o Frank Fields, do *Post*. Diz pra ele que eu quero isso na primeira página amanhã de manhã. Ele me deve um favor.

– Sim, senhor. E as emissoras de TV?

– Manda uma cópia. Eu não posso falar agora, mas vou dar uma coletiva em Clanton na semana que vem.

LUCIEN LIGOU ÀS seis e meia da manhã de sábado. Carla estava enterrada sob os cobertores e não atendeu. Jake rolou na cama em direção à parede e lutou com um abajur até encontrar o telefone.

– Alô – ele conseguiu dizer com uma voz fraca.
– O que você tá fazendo? – perguntou Lucien.
– Eu tava dormindo até o telefone tocar.
– Você viu o jornal?
– Que horas são?
– Vá buscar o jornal e me liga depois de ler.

O telefone ficou mudo. Jake olhou para o aparelho e o colocou no lugar. Ele se sentou na beira da cama, esfregou os olhos enevoados e tentou se lembrar da última vez que Lucien tinha ligado para sua casa. Devia ser importante.

Passou um café, soltou sua cadela de estimação e caminhou depressa, de bermuda e moletom, até a beira da calçada, onde os três jornais matutinos haviam caído a 25 centímetros um do outro. Tirou os elásticos, atirando-os sobre a mesa da cozinha, e espalhou os jornais ao lado do café. Nada no jornal de Jackson. Nada no de Tupelo. O *Memphis Post* havia publicado uma manchete sobre uma morte no Oriente Médio, e foi então que ele viu. Na metade inferior da primeira página estava uma foto sua e, abaixo dela, a legenda: "Sai Jake Brigance". Em seguida vinha uma foto de Carl Lee e, em seguida, uma belíssima foto de um rosto que ele já vira antes. Embaixo, as palavras: "Entra Bo Marsharfsky". A manchete anunciava que o famoso criminalista de Memphis havia sido contratado para representar o "assassino justiceiro".

Ele se sentiu atordoado, fraco e confuso. Aquilo certamente era um erro. Ele tinha visto Carl Lee no dia anterior. Jake leu a reportagem bem devagar. Havia poucos detalhes, apenas uma narrativa dos mais importantes vereditos conquistados por Marsharfsky. O advogado prometia uma coletiva de imprensa em Clanton. Dizia que o caso apresentaria novos desafios, etc. Ele confiava nos jurados do condado de Ford.

Jake vestiu silenciosamente uma calça cáqui engomada e uma camisa de botão. Sua esposa ainda estava perdida em algum lugar, no fundo da cama. Ele lhe contaria tudo mais tarde. Pegou o jornal e foi de carro até o escritório. O Coffee Shop não seria um local seguro. Sentado na mesa de Ethel, ele releu a história e olhou para a foto na primeira página.

Lucien lhe disse algumas palavras de conforto. Ele conhecia Marsharfsky, ou Tubarão, como o chamavam. Era um vigarista desprezível, embora muito polido e elegante. Lucien o admirava.

MOSS JUNIOR CONDUZIU Carl Lee ao gabinete de Ozzie, onde Jake o aguardava com um jornal. O policial saiu depressa e fechou a porta. Carl Lee se sentou no pequeno sofá de vinil preto.
  Jake atirou o jornal em cima dele.
  – Você viu isso? – indagou ele.
  Carl Lee olhou feio para Jake e ignorou o jornal.
  – Por quê, Carl Lee?
  – Eu não tenho que te explicar nada, Jake.
  – Ah, você tem sim. Você não teve a decência de me ligar pra contar. Você me deixou descobrir pelo jornal. Eu exijo uma explicação.
  – Você queria muito dinheiro, Jake. Você tá sempre reclamando de dinheiro. Eu que tô aqui preso e você que tá sempre reclamando de uma coisa que eu não tenho pra te dar.
  – Dinheiro. Você não tem como me pagar. E como vai pagar o Marsharfsky?
  – Eu não vou pagar.
  – Como é que é?
  – Você me ouviu. Eu não vou pagar nada pra ele.
  – Então ele trabalha de graça?
  – Não. Outra pessoa vai pagar.
  – Quem?! – gritou Jake.
  – Eu não vou te dizer. Isso não é da sua conta, Jake.
  – Você contratou o maior criminalista de Memphis e outra pessoa tá pagando os honorários dele?
  – Sim.
  "A NAACP", pensou Jake. "Não, eles não contratariam o Marsharfsky. Eles têm os próprios advogados. Além disso, ele é caro demais para eles. Quem, então?"
  Carl Lee pegou o jornal e o dobrou com cuidado. Ele estava constrangido e se sentia mal, mas a decisão estava tomada. Ele havia pedido a Ozzie que ligasse para Jake e lhe desse a notícia, mas o xerife não quis se envolver. Ele deveria ter ligado, mas não iria se desculpar. Carl Lee analisou sua foto na primeira página. Tinha gostado daquele papo de "justiceiro".

– E você não vai me dizer quem é? – perguntou Jake, um pouco mais calmo.

– Não, Jake. Eu não vou dizer quem é.

– Você falou sobre isso com o Lester?

Os olhos de Carl Lee voltaram a brilhar.

– Não. Não é ele que tá sendo processado, então não é da conta dele.

– Onde ele tá?

– Chicago. Foi embora ontem. E você trate de não ligar pra ele. Eu já me decidi, Jake.

"Veremos", Jake disse a si mesmo. Lester logo ficaria sabendo.

Jake abriu a porta.

– Tá certo, então. Estou sendo demitido. Assim, desse jeito.

Carl Lee olhou para a própria foto e não disse nada.

CARLA TOMAVA O café da manhã enquanto aguardava. Um repórter de Jackson havia ligado procurando por Jake e lhe contara a respeito de Marsharfsky.

Não houve palavras, apenas gestos. Ele encheu uma xícara de café e foi para a varanda dos fundos. Tomou um gole da xícara fumegante e examinou as cercas vivas malcuidadas que ladeavam as laterais de seu comprido porém estreito quintal. Um sol escaldante torrava a grama verde-escura e fazia evaporar o sereno, criando uma névoa pegajosa que grudava em sua camisa. A cerca viva e o gramado aguardavam a poda semanal. Ele tirou os mocassins – sem meias – e caminhou pela grama úmida para inspecionar uma bacia para pássaros que estava quebrada perto de um resedá magricelo, a única árvore de algum valor ali.

Ela seguiu as pegadas molhadas e parou atrás dele.

Ele pegou a mão dela e sorriu.

– Você tá bem? – perguntou ela.

– Tô, tá tudo bem.

– Você falou com ele?

– Sim.

– O que ele disse?

Ele balançou a cabeça e não disse nada.

– Eu sinto muito, Jake.

Ele balançou novamente a cabeça e olhou para a bacia de pássaros.

– Vão vir outros casos – disse ela pouco confiante.

– Eu sei.

Ele pensou em Buckley, e foi capaz de ouvir suas gargalhadas. Pensou no pessoal do Coffee Shop e jurou nunca mais voltar lá. Pensou nas câmeras e nos repórteres, e uma dor aguda lhe cortou o estômago. Pensou em Lester, sua única esperança de recuperar o caso.

– Quer comer alguma coisa? – perguntou ela.

– Não. Tô sem fome. Obrigado.

– Olha pelo lado bom. Não vamos mais ter medo de atender o telefone.

– Acho que vou cortar a grama.

17

O Conselho Pastoral era um grupo de pastores negros formado para coordenar atividades políticas nas comunidades negras do condado de Ford. Reuniam-se vez ou outra nos anos em que não havia eleição. Nos demais, reuniam-se semanalmente, nas tardes de domingo, para entrevistar candidatos, discutir algumas questões e, ainda mais importante, debater sobre o grau de benevolência de cada um. Acordos eram selados, estratégias eram elaboradas, doações eram feitas. O conselho havia provado que poderia influenciar nos votos entre a população negra. Presentes e ofertas para igrejas frequentadas pelos negros aumentavam vertiginosamente durante as eleições.

O reverendo Ollie Agee convocou uma reunião especial do conselho para a tarde de domingo em sua igreja. Encerrou seu sermão mais cedo, e por volta das quatro da tarde seu rebanho já havia se dispersado quando os Cadillacs e os Lincolns começaram a lotar o estacionamento. As reuniões eram secretas, apenas com os pastores que eram membros convidados do conselho. Havia 23 igrejas negras no condado de Ford e 22 membros estavam presentes quando o reverendo Agee deu início à reunião. Seria algo breve, já que alguns dos pastores, especialmente os da Igreja de Cristo, logo dariam início aos cultos noturnos.

O objetivo da reunião, explicou ele, era organizar apoio moral, político e financeiro a Carl Lee Hailey, um membro respeitado de sua igreja. Um fundo de apoio jurídico deveria ser estabelecido para lhe assegurar a melhor defesa. Outro deveria ser estabelecido para prover sustento à sua família. Ele, o reverendo Agee, estaria à frente da arrecadação, e cada pastor seria responsável por sua própria congregação, como de costume. Nos cultos matinais e noturnos seria realizada uma prece especial, a começar pelo domingo seguinte. Agee se utilizaria de seu poder de decisão para repassar o dinheiro para a família. Metade da receita iria para o fundo de apoio. Celeridade era essencial. O julgamento seria no mês seguinte. O dinheiro precisava ser levantado depressa, enquanto o assunto ainda estava quente e as pessoas, dispostas a doar.

O conselho foi unânime a favor do reverendo Agee.

Ele prosseguiu.

A NAACP deveria atuar no caso Hailey. Ele não seria processado se fosse branco. Não no condado de Ford. Ele estava sendo julgado apenas porque era negro, e isso deveria ser tratado pela NAACP. O diretor nacional foi chamado. Os comitês de Memphis e Jackson tinham prometido ajudar. Coletivas de imprensa seriam realizadas. Manifestações e protestos seriam importantes. Talvez boicotes a empresas e estabelecimentos brancos – essa era uma tática popular naquele momento e dava resultados surpreendentes.

Aquilo deveria ser feito de imediato. Os pastores concordaram e partiram para seus compromissos.

UM POUCO POR causa do cansaço mas também do constrangimento, Jake dormiu demais e perdeu a hora do culto. Carla preparou panquecas e eles tomaram um longo café da manhã com Hanna na varanda. Ele ignorou os jornais de domingo depois de encontrar, na capa da segunda seção do *Memphis Post*, um artigo de página inteira sobre Marsharfsky e seu famoso novo cliente. A matéria estava repleta de fotos e frases do grande advogado. Segundo ele, o caso Hailey havia lhe trazido seu maior desafio. Questões legais e sociais seríssimas seriam abordadas. Uma nova defesa seria apresentada, prometeu. Ele não havia perdido um único caso de homicídio nos últimos doze anos, gabava-se. Seria difícil, mas ele confiava na sabedoria e no senso de justiça dos jurados do Mississippi.

Jake leu a reportagem sem tecer nenhum comentário e jogou o jornal na lata de lixo.

Carla sugeriu um piquenique e, embora ele precisasse trabalhar, sabia que era melhor não dizer isso. Eles encheram o Saab de comida e brinquedos e foram até o lago. As águas marrons e lamacentas do lago Chatulla haviam chegado ao pico durante o ano e, em poucos dias, dariam início a uma lenta estiagem. A maré alta atraía uma flotilha de barcos, lanchas, catamarãs e botes.

Ela jogou duas colchas pesadas sob um carvalho na encosta de uma colina enquanto Jake descarregava a comida e a casa de bonecas. Hanna organizou sua enorme família, com direito a animais de estimação e automóveis, em uma das colchas e começou a dar ordens e a montar a casa. Os pais a ouviam e sorriam. Seu nascimento tinha sido um angustiante e assustador pesadelo, dois meses e meio antes do tempo e envolto em sintomas e prognósticos conflitantes. Por onze dias Jake ficou sentado ao lado da incubadora na UTI observando aquele lindo corpinho roxo e esquelético de menos de um quilo e meio agarrado à vida, enquanto um exército de médicos e enfermeiras vigiava os monitores, ajustava tubos e agulhas e balançava a cabeça. Quando ficava sozinho, ele tocava a incubadora e enxugava as lágrimas do rosto. Ele rezou como nunca havia rezado. Dormia em uma cadeira de balanço perto de sua filha e sonhava com uma linda garotinha de olhos azuis e cabelos escuros brincando com bonecas e dormindo em seu ombro. Ele era capaz de ouvir a voz dela.

Depois de um mês, as enfermeiras passaram a sorrir e os médicos se acalmaram. Os tubos foram removidos um a cada dia, ao longo de uma semana. Seu peso subiu para dois quilos, e os orgulhosos pais a levaram para casa. Os médicos lhes sugeriram que não tivessem mais filhos, a menos que fossem adotados.

Ela estava muito bem naquele momento, e o som de sua voz ainda conseguia trazer lágrimas aos olhos dele. Ele e Carla comiam e riam enquanto Hanna dava um sermão nas bonecas sobre higiene adequada.

– Essa é a primeira vez em duas semanas que você relaxa – disse Carla enquanto estavam deitados na colcha.

Catamarãs de cores extravagantes cruzavam o lago, esquivando-se de uma centena de lanchas que puxavam esquiadores meio bêbados.

– A gente foi à igreja no domingo passado – respondeu ele.

– E você só pensou no julgamento.

– Ainda tô pensando nele.

– Acabou, né?

– Não sei.

– Ele vai mudar de ideia?

– Talvez, se o Lester falar com ele. É difícil dizer. Esses caras são totalmente imprevisíveis, ainda mais quando estão com problemas. Ele fez um bom negócio, mesmo. Tem o melhor criminalista de Memphis e tá saindo de graça pra ele.

– Quem tá pagando essa conta?

– Um velho amigo dele de Memphis, um cara chamado Cat Bruster.

– Quem é esse cara?

– Um criminoso muito rico, ladrão, traficante de drogas, cafetão. O Marsharfsky é advogado dele. Os dois são bandidos.

– O Carl Lee te contou isso?

– Não. Ele não quis me dizer quem era, então eu perguntei pro Ozzie.

– O Lester sabe?

– Ainda não.

– O que você quer dizer com isso? Você não vai ligar para ele, vai?

– Bom, sim, era esse o meu plano.

– Isso tá indo longe demais, não?

– Não acho, não. O Lester tem o direito de saber e...

– Então o Carl Lee que deveria contar pra ele.

– Sim, mas ele não vai. Ele cometeu um erro e não percebeu isso ainda.

– Mas isso não é problema seu. Pelo menos não mais.

– O Carl Lee tá constrangido demais pra contar pro Lester. Ele sabe que o Lester vai xingar ele e dizer que ele cometeu outro erro.

– E aí cabe a você intervir nos assuntos familiares deles?

– Não. Mas acho que o Lester deveria saber.

– Eu tenho certeza que ele vai ver no jornal.

– Talvez não – disse Jake sem nenhuma convicção. – Acho que a Hanna quer mais suco de laranja.

– Eu acho que você quer mudar de assunto.

– Esse assunto não me incomoda. Eu quero esse caso e pretendo pegar ele de volta. O Lester é a única pessoa que pode me ajudar nisso.

Ela fechou a cara e ele pôde sentir o olhar dela. Ele ficou observando uma lancha se balançando à deriva numa faixa de lama junto à orla.

– Jake, isso é antiético e você sabe disso. – A voz dela estava calma, mas controlada e firme. As palavras eram lentas e desdenhosas.

– Isso não é verdade, Carla. Eu sou um advogado muito ético.

– Você sempre defendeu a ética. Mas nesse momento você tá planejando pleitear o caso. Isso tá errado, Jake.

– Pleitear não, recuperar.

– Qual é a diferença?

– Pleitear é antiético. Nunca vi nenhuma restrição contra recuperar.

– Isso não tá certo, Jake. O Carl Lee contratou outro advogado e chegou a hora de você virar a página.

– Você deve achar que o Marsharfsky se importa com ética. Como acha que ele conseguiu o caso? Ele foi contratado por um homem que nunca ouviu falar dele. Ele foi atrás do caso e conseguiu.

– Então tá tudo bem você correr atrás do caso agora?

– Correr atrás não, recuperar.

Hanna pediu biscoitos e Carla vasculhou a cesta de piquenique. Jake se apoiou em um dos cotovelos e ignorou as duas. Pensou em Lucien. O que ele faria nesta situação? Provavelmente alugaria um avião, iria até Chicago, buscaria Lester, lhe daria algum dinheiro, o levaria para casa e o convenceria a intimidar Carl Lee. Ele asseguraria a Lester que Marsharfsky não poderia advogar no Mississippi e, por ele ser de fora da cidade, os jurados não acreditariam nele. Ele ligaria para Marsharfsky e o xingaria por ele correr atrás de um caso e o ameaçaria com uma representação de violação ao Código de Ética no minuto em que pusesse os pés no Mississippi. Ele faria com que seus camaradas negros ligassem para Gwen e Ozzie, e os persuadissem de que o único advogado com chance de ganhar o caso era Lucien Wilbanks. Por fim, Carl Lee se dobraria e mandaria chamar Lucien.

Isso é exatamente o que Lucien faria. Falaria sobre ética.

– Do que você tá rindo? – interrompeu Carla.

– Tô só pensando em como é bom estar aqui com você e com a Hanna. A gente deveria fazer isso mais vezes.

– Você tá decepcionado, não tá?

– Sem dúvida. Nunca vai haver outro caso como esse. Se eu ganhasse, ia ser considerado o melhor advogado dessas bandas. Nunca mais a gente ia precisar se preocupar com dinheiro.

– E se você perdesse?

– Ainda assim seria um cartão de visita. Mas eu não posso perder o que não tenho.

– Constrangido?
– Um pouco. É difícil aceitar. Todos os advogados do condado estão fazendo piada disso, exceto Harry Rex, talvez. Mas eu vou superar.
– O que eu faço com o álbum de recortes?
– Guarda. Talvez você complete ele ainda.

A CRUZ ERA pequena, com quase três metros de comprimento e pouco mais de um metro de largura, feita para caber discretamente na caçamba de uma picape. Cruzes muito maiores eram usadas para os rituais, mas as menores funcionavam melhor nas incursões noturnas em áreas residenciais. Elas não eram usadas com frequência, pelo menos não com a frequência necessária de acordo com seus construtores. Na verdade, fazia muitos anos que uma cruz não era usada no condado de Ford. A última havia sido cravada no quintal de um negro acusado de estuprar uma mulher branca.

Muitas horas antes do amanhecer de segunda-feira, a cruz foi erguida silenciosa e rapidamente da picape e colocada em uma fenda de 25 centímetros recém-cavada no jardim da frente da pitoresca casa vitoriana na Adams Street. Uma pequena tocha foi atirada aos pés da cruz e em segundos ela estava em chamas. A picape desapareceu noite adentro e parou em um telefone público na periferia da cidade, do qual foi feita uma ligação para a polícia.

Minutos depois, o assistente do xerife Marshall Prather entrava na Adams Street e imediatamente avistou a cruz em chamas no jardim de Jake. Ele subiu na entrada da garagem e estacionou atrás do Saab. Tocou a campainha e ficou na varanda olhando as chamas. Eram quase três e meia. Ele tocou novamente. A rua estava escura e silenciosa, exceto pelo brilho da cruz e o crepitar da madeira queimando a quinze metros de distância. Por fim, Jake tropeçou porta afora e congelou, os olhos arregalados e atordoados, junto ao policial. Os dois ficaram lado a lado na varanda, hipnotizados não só pela cruz em chamas, mas pelo motivo de ela estar ali.

– Bom dia, Jake – disse Prather por fim, sem tirar os olhos do fogo.
– Quem fez isso? – perguntou Jake com a garganta seca, arranhando.
– Não sei. Eles não deixaram um nome. Só ligaram pra gente pra informar.
– Que horas eles ligaram?
– Faz quinze minutos.

Jake passou os dedos pelos cabelos em um esforço de evitar que eles ficassem bagunçados com a brisa suave.

– Por quanto tempo isso vai queimar? – perguntou ele, sabendo que Prather sabia tão pouco ou menos do que ele sobre cruzes em chamas.

– Não faço ideia. Provavelmente foi embebida em querosene. Pelo menos o cheiro é esse. Pode levar algumas horas. Você quer que eu chame os bombeiros?

Jake olhou para os dois lados da rua. Todas as casas estavam em silêncio e tinham as luzes apagadas.

– Não. Não precisa acordar todo mundo. Deixa queimar. Não vai causar nenhum estrago, vai?

– O jardim é seu.

Prather não saiu do lugar; apenas ficou ali, com as mãos nos bolsos, a barriga pendurada sobre o cinto.

– Faz muito tempo que não tem uma dessas por aqui. A última de que me lembro foi em Karaway, mil novecentos e sessenta...

– Mil novecentos e sessenta e sete.

– Você lembra?

– Sim. Eu era adolescente. Saímos da escola e fomos ver ela pegar fogo.

– Qual era o nome daquele negro?

– Robinson, alguma coisa Robinson. Diziam que ele tinha estuprado a Velma Thayer.

– Ele fez isso mesmo? – perguntou Prather.

– O júri achou que sim. Ele tá no Parchman, vai colher algodão pelo resto da vida.

Prather pareceu satisfeito.

– Deixa eu chamar a Carla – murmurou Jake enquanto desaparecia casa adentro.

Ele voltou com a esposa atrás dele.

– Meu Deus, Jake! Quem fez isso?

– Vai saber.

– A KKK? – perguntou ela.

– Deve ter sido – respondeu o policial. – Eu não conheço mais ninguém que queime cruzes, você conhece, Jake?

Jake balançou a cabeça.

– Eu achava que fazia anos que eles tinham saído daqui – disse Prather.

– Parece que eles voltaram – concluiu Jake.

Carla ficou paralisada, com a mão na boca, apavorada. O brilho do fogo avermelhou seu rosto.

– Faz alguma coisa, Jake. Apaga isso.

Jake observava o fogo e novamente olhou para os dois lados da rua. Os estalidos foram ficando mais altos e as chamas alaranjadas subiram ainda mais em direção ao céu. Por um momento, ele torceu para que o fogo morresse logo, sem ser visto por ninguém além deles três, e que apenas desaparecesse e fosse esquecido, e ninguém em Clanton jamais ficasse sabendo. Então ele sorriu diante de tamanha tolice.

Prather resmungou, e era óbvio que estava cansado de ficar ali de pé na varanda.

– Então, Jake, é, desculpa tocar nesse assunto, mas de acordo com os jornais parece que eles pegaram o advogado errado. É isso mesmo?

– Acho que eles não sabem ler – murmurou Jake.

– Provavelmente não.

– Mas me diz, Prather, você tem conhecimento de algum membro ativo da Klan aqui no condado?

– Nenhum. Tem alguns no sul do estado, mas nenhum por aqui. Não que eu saiba. O FBI disse pra gente que a Klan era coisa do passado.

– Isso não é muito reconfortante.

– Por que não?

– Porque esses caras, se eles forem mesmo membros da Klan, não são daqui. Vieram sabe lá de onde. O que significa que eles não estão de brincadeira, não acha, Prather?

– Sei lá. Me preocupa mais se for gente daqui envolvida com a Klan. Isso pode significar que a Klan tá voltando.

– O que a cruz significa? – perguntou Carla ao policial.

– É um aviso. Significa "para de fazer o que você tá fazendo ou da próxima vez não vamos atear fogo só num pedaço de madeira". Eles usaram essas coisas por anos pra intimidar os brancos que defendiam os negros e todo esse papo de direitos civis. Se os brancos não parassem de apoiar os negros, eles partiam pra violência. Bombas, dinamite, espancamentos e até assassinatos. Mas isso era há muito tempo, pelo menos eu achava. Nesse caso, é o jeito de eles mandarem o Jake ficar longe do Hailey. Mas, como ele não é mais o advogado do Hailey, não sei o que isso significa.

– Vai ver como tá a Hanna – disse Jake para Carla, que entrou.

– Se você tiver uma mangueira eu vou ficar feliz em apagar isso – ofereceu Prather.

– É uma boa ideia – assentiu Jake. – Eu não queria que os vizinhos vissem.

Jake e Carla ficaram na varanda em seus roupões de banho assistindo ao policial banhar a cruz em chamas. A madeira estalava e fumegava enquanto a água cobria a cruz e apagava o fogo. Prather a encharcou durante quinze minutos, depois enrolou cuidadosamente a mangueira e a guardou atrás dos arbustos, no canteiro dos degraus da frente.

– Obrigado, Marshall. Vamos deixar isso quieto, ok?

Prather enxugou as mãos nas calças e ajeitou o chapéu.

– Claro. Tranquem tudo aí. Se ouvirem alguma coisa, liguem pra polícia. Vamos ficar de olho nos próximos dias.

Ele entrou na viatura e dirigiu devagar pela Adams Street em direção à praça. Jake e Carla se sentaram no balanço e observaram a cruz fumegante.

– Parece que eu tô olhando pra uma edição antiga da revista *Life* – disse Jake.

– Ou um capítulo de um livro de história do Mississippi. Talvez a gente devesse contar pra eles que você foi demitido.

– Obrigado.

– Obrigado?

– Por ser tão direta.

– Desculpa. Eu deveria dizer dispensado ou sei lá...

– Só diz que ele encontrou outro advogado. Você tá realmente com medo, não tá?

– Você sabe que eu tô com medo. Eu tô apavorada. Se eles são capazes de queimar uma cruz no nosso jardim, o que impede de atearem fogo na casa? Não vale a pena, Jake. Eu quero que você seja feliz e bem-sucedido e todas essas coisas maravilhosas, mas não à custa da nossa segurança. Nenhum caso vale isso.

– Você tá feliz por eu ter sido demitido?

– Tô feliz que ele encontrou outro advogado. Talvez eles deixem a gente em paz agora.

Jake colocou o braço em volta dela e a puxou para o seu colo. A cadeira balançava suavemente. Ela estava linda, às três e meia da manhã, de roupão.

– Eles não vão voltar, vão? – perguntou ela.

– Não. Não vai passar disso. Eles vão descobrir que eu tô fora do caso, e aí vão ligar e pedir desculpas.

– Isso não tem graça, Jake.

– Eu sei.

– Você acha que as pessoas vão ficar sabendo?

– Não pela próxima hora. Mas quando o Coffee Shop abrir, às cinco, a Dell Perkins vai estar por dentro de todos os detalhes antes de servir a primeira xícara de café.

– O que você vai fazer com isso? – perguntou ela, apontando com a cabeça para a cruz, agora quase invisível sob a meia-lua.

– Eu tenho uma ideia. Vamos colocar no carro, levar até Memphis e queimar no quintal do Marsharfsky.

– Vou voltar pra cama.

POR VOLTA DAS nove da manhã, Jake havia terminado de ditar a petição informando que não seria mais o advogado do caso. Ethel digitava com entusiasmo quando o interrompeu:

– Dr. Brigance, um tal de Dr. Marsharfsky no telefone. Eu falei que o senhor estava numa reunião, mas ele disse que iria esperar.

– Eu vou atender. – Jake pegou o fone. – Alô.

– Dr. Brigance, Bo Marsharfsky falando daqui de Memphis. Como está?

– Tudo ótimo.

– Que bom. Tenho certeza que o doutor leu o jornal matutino no sábado e no domingo. Ele chega aí em Clanton?

– Sim, nós também temos telefones e correio.

– Então o doutor leu as reportagens sobre o Sr. Hailey?

– Sim. O doutor escreve muito bem.

– Eu vou ignorar isso. Queria falar sobre o caso Hailey, se tiver um minuto.

– Eu adoraria.

– Pelo que entendi da legislação do Mississippi, um advogado de fora do estado deve se associar a um advogado local pra fins de julgamento.

– Então o doutor não tem licença pra advogar no Mississippi? – perguntou Jake, incrédulo.

– Bom, não, não tenho.

– Isso o doutor não mencionou no jornal.

– Eu vou ignorar isso também. Os juízes exigem um advogado local em qualquer que seja o caso?

– Alguns sim, outros não.

– Entendo. E o Noose?

– Às vezes.

– Obrigado. Bom, eu geralmente me associo a um advogado local quando trabalho em casos no restante do país. A população se sente melhor quando vê um dos seus sentado à mesa da defesa junto comigo.

– Isso é muito bom.

– Não sei se o doutor estaria interessado em...

– Você só pode estar de brincadeira! – gritou Jake. – Eu acabei de ser demitido e agora você me pergunta se eu quero ficar como seu assistente? Você só pode estar louco. Eu jamais teria meu nome associado a você.

– Olha aqui, seu caipira...

– Não, olha aqui você, doutor. Talvez seja uma surpresa pra você, mas aqui neste estado nós temos ética e existem leis contra a perseguição de litígios e clientes. Já tinha ouvido falar nisso? Claro que não. Isso é crime no Mississippi, como na maioria dos estados. Temos um Código de Ética que proíbe esse tipo de prática. Ética, Dr. Tubarão, já ouviu falar?

– Eu não corro atrás de casos, meu filho. Eles vêm até mim.

– Como o caso do Carl Lee Hailey. É pra eu acreditar que ele achou seu nome nos classificados? Tenho certeza que você tem um anúncio de página inteira, ao lado dos das clínicas de aborto ilegal.

– Eu fui indicado.

– Sim, pelo seu cafetão. Eu sei bem como você pegou esse caso. Solicitação direta. Talvez eu dê entrada numa representação na Ordem dos Advogados. Melhor ainda, talvez eu dê um jeito pra que o grande júri reavalie os seus métodos.

– Claro, até onde eu sei o doutor e o promotor são bem próximos. Tenha um bom dia.

Marsharfsky deu a última palavra antes de desligar. Jake passou uma hora furioso antes de voltar à petição que estava escrevendo. Lucien teria ficado orgulhoso dele.

POUCO ANTES DO almoço, Jake recebeu um telefonema de Walter Sullivan, do escritório Sullivan.

– Jake, meu garoto, como você tá?

– Ótimo.

– Que bom. Escuta, Jake, Bo Marsharfsky é um velho amigo meu. Defendemos uns gerentes de banco há anos por acusações de fraude. Conseguimos livrar eles. É um grande advogado. Eu me associei a ele como advogado local de Carl Lee Hailey. Eu só queria saber...

Jake largou o fone em cima da mesa e foi embora.

Ele passou a tarde na varanda da casa de Lucien.

18

Gwen não tinha o número de Lester. Nem Ozzie, nem ninguém. A operadora disse que havia duas páginas de Haileys na lista telefônica de Chicago, pelo menos uma dúzia de pessoas chamadas Lester Hailey, e várias outras cadastradas como L.S. Jake pediu o contato dos cinco primeiros Lester Hailey e ligou para cada um deles. Eram todos brancos. Ligou para Tank Scales, o proprietário de um dos melhores e mais seguros bares negros do condado. O Bar do Tank, como era conhecido. Lester gostava muito desse local em particular. Tank era cliente de Jake e com frequência lhe fornecia informações valiosas e confidenciais sobre vários negros, seus paradeiros e no que andavam metidos.

Tank passou em seu escritório na terça de manhã a caminho do banco.

– Você viu o Lester Hailey nas últimas duas semanas? – perguntou Jake.

– Claro. Passou vários dias lá no bar jogando sinuca, tomando cerveja. Voltou pra Chicago no final de semana passado, pelo que ouvi dizer. Deve ser verdade, não vi ele desde então.

– Com quem ele tava?

– Sozinho a maior parte do tempo.

– E a Iris?

– Sim, ele levou ela lá algumas vezes quando o Henry tava fora da cidade. Eu fico nervoso quando ele leva ela lá. O Henry é um cara complicado. Ele mata os dois se souber disso.

– Eles têm um caso há dez anos, Tank.

– Sim, ela tem dois filhos do Lester. Todo mundo sabe disso, menos o Henry. Coitado do Henry. Um dia ele vai descobrir e você vai ter outro caso de homicídio pra resolver.
– Escuta só, Tank, você tem como falar com a Iris?
– Ela não aparece muito aqui.
– Não é isso que eu tô pedindo. Eu preciso do número do Lester em Chicago. Acho que a Iris deve saber.
– Com certeza sabe. Acho que ele manda dinheiro pra ela.
– Você consegue esse número pra mim? Preciso falar com o Lester.
– Claro, Jake. Se ela tiver, eu pego com ela.

NA QUARTA-FEIRA, O escritório de Jake havia voltado ao normal. Os clientes tornaram a aparecer. Ethel estava particularmente gentil, ou o mais gentil possível para uma velha rabugenta. A vida corria, ainda que no piloto automático, mas a dor apareceu. Ele pulava o Coffee Shop todas as manhãs e evitava o tribunal, obrigando Ethel a protocolar petições, obter cópias de documentos ou resolver qualquer assunto que exigisse sua presença do outro lado da rua. Estava envergonhado, humilhado e preocupado. Era difícil se concentrar em outros casos. Ficava imaginando tirar longas férias, mas não tinha dinheiro para isso. A grana estava curta e ele estava sem motivação para trabalhar. Passava a maior parte do tempo em sua sala fazendo praticamente nada, exceto ficar olhando para o tribunal e a praça da cidade abaixo dele.

Pensava em Carl Lee, sentado em sua cela a alguns quarteirões de distância, e se perguntava mil vezes por que havia sido traído. Fizera muita pressão por conta de dinheiro e esquecera que havia outros advogados dispostos a aceitar o caso de graça. Ele odiava Marsharfsky. Lembrou-se das muitas vezes em que o vira desfilar dentro e fora dos tribunais de Memphis alegando não só a inocência de seus lamentáveis e oprimidos clientes como supostos maus-tratos infligidos a eles. Traficantes de drogas, cafetões, políticos desonestos e criminosos de colarinho-branco, todos asquerosos. Todos culpados, todos merecedores de longas penas ou talvez até de morte. Ele era um ianque, com um sotaque desagradável de algum lugar lá da parte alta do Meio-Oeste. Algo que irritaria qualquer pessoa ao sul de Memphis. Um ator talentoso, ele olhava direto para as câmeras e choramingava: "Meu cliente foi terrivelmente abusado pela polícia de Memphis." Jake tinha visto aquilo dezenas de vezes. "Meu cliente é completamente, totalmente, absolutamente inocente. Ele não deveria estar sob julgamento. Meu cliente é um cidadão exemplar, que paga seus impostos." E os seus últimos quatro casos de extorsão? "Foi uma armadilha do FBI. O governo armou contra ele. Além disso, ele pagou sua dívida. É inocente dessa vez." Jake o odiava e, até onde se lembrava, Marsharfsky havia perdido tantos casos quanto havia ganhado.

Na tarde de quarta-feira, Marsharfsky não tinha sido visto em Clanton. Ozzie prometeu avisar Jake se ele aparecesse no presídio.

O Tribunal do Circuito estaria em sessão até sexta-feira, e seria gentil da parte de Jake se reunir brevemente com o juiz Noose e explicar as circunstâncias de sua saída do caso. O juiz estava em audiência, e havia uma boa chance de Buckley não estar lá. Buckley não podia estar lá. Jake não queria ser visto nem ouvido.

Noose costumava fazer um intervalo de dez minutos por volta das três e meia, e exatamente a essa hora Jake entrou no gabinete do juiz pela porta lateral. Ninguém o vira. Ele se sentou com toda a calma próximo à janela para aguardar Ichabod descer da tribuna e cambalear para dentro da sala. Cinco minutos depois, a porta se abriu e ele entrou.

– Jake, como você tá?

– Tudo bem, Excelência. Podemos falar um minuto? – perguntou Jake enquanto fechava a porta.

– Claro, sente-se. O que houve?

Noose tirou a toga, jogou sobre uma cadeira e se deitou sobre a mesa, derrubando livros, pastas e o telefone no processo. Assim que seu corpo desajeitado parou de se mover, ele lentamente cruzou as mãos sobre a barriga, fechou os olhos e respirou fundo.

– São as minhas costas, Jake. O meu médico fala pra sempre que possível eu descansar em cima de uma superfície dura.

– Sim, claro, Excelência. Quer que eu saia?

– Não, não. O que houve?

– O caso Hailey.

– Eu imaginei. Eu vi a sua petição. Ele achou outro advogado, né?

– Sim, Excelência. Eu não fazia a menor ideia. Estava na expectativa de fazer a audiência em julho.

– Você não me deve desculpas, Jake. A sua petição vai ser deferida. Não é culpa sua. Acontece o tempo todo. Quem é esse tal de Marsharfsky?

– Um advogado de Memphis.

– Com um nome desses ele vai fazer sucesso no condado de Ford.

– Sim. – "Quase tão ruim quanto Noose", pensou Jake. – Ele não tem licença pra advogar no Mississippi – explicou, prestativo.

– Interessante. Ele está familiarizado com as nossas leis?

– Não tenho certeza se ele já teve algum caso no Mississippi. Ele me disse que normalmente trabalha com um advogado local quando vem pro interior.

– Pro interior?

– Foi o que ele disse.

– Bem, é melhor que ele faça isso mesmo se quiser pisar no meu tribunal. Tive algumas experiências bem ruins com advogados de fora do estado, sobretudo de Memphis.

– Sim, Excelência.

Noose respirava com dificuldade e Jake decidiu ir embora.

– Excelência, eu preciso ir. Se não nos virmos em julho, nos vemos na abertura da pauta de agosto. Cuida dessas costas.

– Obrigado, Jake. Se cuida também.

Jake estava quase chegando à porta dos fundos do pequeno escritório quando a porta principal da sala do tribunal se abriu e o Ilustríssimo L. Winston Lotterhouse e outro capanga do escritório Sullivan entraram no gabinete.

– Ora, ora, olá, Jake – disse Lotterhouse. – Você conhece K. Peter Otter, nosso mais novo advogado?

– Prazer em te conhecer, K. Peter – respondeu Jake.

– Estamos interrompendo alguma coisa?

– Não, eu já tô de saída. O juiz Noose está descansando as costas.

– Sentem-se – disse Noose.

Lotterhouse sentiu que estava em vantagem.

– Bom, Jake, tenho certeza que o Walter Sullivan já te informou que o nosso escritório vai atuar no caso do Carl Lee Hailey.

– Fiquei sabendo.

– Sinto muito que isso tenha acontecido com você.

– Sua dor é realmente devastadora.

– É um caso interessante pro nosso escritório. A gente não pega muitos casos criminais, você sabe.

– Sei sim – disse Jake, querendo achar um buraco para se esconder. – Eu tenho que ir. Bom falar com você, L. Winston. Prazer em te conhecer, K. Peter. Manda um oi pro J. Walter e pro F. Robert e pro resto do pessoal.

Jake saiu discretamente pela porta dos fundos do fórum e se xingou por ter dado as caras por lá – poderia ter levado um tapa. Voltou correndo para o escritório.

– O Tank Scales ligou? – perguntou a Ethel enquanto começava a subir as escadas.

– Não. Mas o Dr. Buckley está esperando o senhor.

Jake parou no primeiro degrau.

– Esperando onde? – perguntou com a mandíbula trincada.

– Lá em cima. Na sua sala.

Ele caminhou lentamente até a mesa de Ethel e se inclinou a centímetros do rosto dela. Ela havia cometido um erro e sabia disso.

Ele olhou para ela, sério.

– Eu não sabia que ele tinha hora marcada.

Mais uma vez, a mandíbula dele não se moveu.

– Ele não tinha – respondeu ela, os olhos grudados na mesa.

– Eu não sabia que ele era o dono deste prédio.

Ela não se moveu nem respondeu.

– Eu não sabia que ele tinha a chave da minha sala.

Novamente, nenhum movimento, nenhuma resposta.

Ele se aproximou ainda mais.

– Eu deveria mandar você embora por isso.

O lábio dela tremeu, e ela pareceu impotente.

– Estou de saco cheio de você, Ethel. De saco cheio do seu comportamento, da sua voz, da sua insubordinação. De saco cheio da maneira como você trata as pessoas, de tudo em relação a você.

Os olhos dela se encheram d'água.

– Me desculpe.

– Não, não desculpo. Você sabe, e tá cansada de saber, que ninguém, ninguém no mundo, nem a minha esposa, sobe aquelas escadas e entra na minha sala se eu não estiver aqui.

– Ele insistiu.

– Ele é um babaca. O trabalho dele é encurralar os outros. Mas aqui não é o trabalho dele.

– Shiu. Ele vai te escutar.

— Eu não tô nem aí. Ele sabe que é um babaca.

Ele se inclinou ainda mais perto até que seus narizes estivessem separados por quinze centímetros.

— Você gostaria de manter o seu emprego, Ethel?

Ela assentiu, incapaz de falar.

— Então faz exatamente o que eu vou te falar. Sobe, tira o Dr. Buckley de lá e leva ele pra sala de reunião, eu vou falar com ele lá. E não faz isso nunca mais.

Ethel enxugou o rosto e subiu correndo as escadas. Momentos depois, o promotor estava sentado na sala de reuniões com a porta fechada. Ele aguardou.

Jake estava na pequena cozinha logo ao lado, tomando um suco de laranja e refletindo sobre Buckley. Ele bebeu devagar. Depois de quinze minutos, abriu a porta e entrou na sala. Buckley estava sentado em uma das cabeceiras da longa mesa de reunião. Jake se sentou do outro lado, bem longe dele.

— Oi, Rufus. O que você quer?

— Bacana esse lugar. É o antigo escritório do Lucien, né?

— Isso mesmo. O que você tá fazendo aqui?

— Só queria fazer uma visita.

— Eu tô muito ocupado.

— E queria falar sobre o caso Hailey.

— Ligue pro Marsharfsky.

— Eu estava ansioso pra batalha, ainda mais com você do outro lado. Você é um adversário digno, Jake.

— Me sinto honrado.

— Não me entenda mal. Eu não gosto de você e não é de hoje.

— Desde o caso do Lester Hailey.

— Sim, acho que é isso mesmo. Você ganhou, mas trapaceou.

— Eu ganhei, isso é que importa. E eu não trapaceei. Você foi pego de calça arriada.

— Você trapaceou e o Noose deixou.

— Tanto faz. Eu também não gosto de você.

— Que bom. Assim eu me sinto melhor. O que você sabe sobre o Marsharfsky?

— É por isso que você tá aqui?

— Talvez.

– Nunca estive com ele, mas nem se eu conhecesse ele como a palma da minha mão eu te contaria alguma coisa. O que mais você quer?

– É claro que você falou com ele.

– Trocamos algumas palavras por telefone. Não vai me dizer que tá preocupado com ele.

– Não. Só curioso. Ele tem uma boa reputação.

– Ele tem, sim. Você não veio aqui pra falar da reputação dele.

– Não, na verdade não. Eu queria falar sobre o caso.

– Falar sobre o quê?

– Chances de absolvição, possíveis defesas, se ele estava realmente fora de si. Coisas assim.

– Eu achei que você tinha garantido uma condenação. Na frente das câmeras, lembra? Logo depois da denúncia. Numa das suas coletivas de imprensa.

– Você já sente falta das câmeras, Jake?

– Relaxa, Rufus. Eu tô fora. As câmeras são todas suas, pelo menos suas e do Marsharfsky e do Walter Sullivan. Vai atrás delas. Sinto muitíssimo por ter roubado parte do seu holofote. Eu sei como isso te incomoda.

– Desculpas aceitas. O Marsharfsky já esteve na cidade?

– Não sei.

– Ele prometeu uma coletiva esta semana.

– E você veio aqui pra falar sobre a coletiva de imprensa dele, é isso?

– Não, eu queria falar sobre o Hailey, mas obviamente você tá muito ocupado.

– Tô, sim. Além disso, não tenho nada pra falar com você, Sr. Governador.

– Assim você me ofende.

– Por quê? Você sabe que é verdade. Você processaria sua mãe pra sair no jornal.

Buckley se levantou e começou a andar de um lado para outro atrás de sua cadeira.

– Eu gostaria que você ainda estivesse neste caso, Brigance – disse ele, subindo o tom de voz.

– Eu também.

– Eu te daria uma aula sobre como condenar assassinos. Eu realmente queria partir pra cima de você.

– Você não foi muito bem-sucedido das outras vezes.

– É por isso que eu queria você nesse aqui, Brigance. Queria muito.

Seu rosto havia voltado ao vermelho profundo que era tão familiar.
– Vão ter outros, Governador.
– Não me chame assim! – gritou ele.
– É verdade, não é, Governador? É por isso que você vive correndo atrás das câmeras. Todo mundo sabe disso. Lá vai o velho Rufus, atrás das câmeras, concorrer a governador. Claro que é verdade.
– Eu tô fazendo meu trabalho. Colocando bandidos na cadeia.
– O Carl Lee Hailey não é nenhum bandido.
– Espera pra você ver eu acabar com ele.
– Não vai ser assim tão fácil.
– Vamos ver.
– Você precisa de unanimidade no júri.
– Tranquilo.
– Igual foi com o grande júri?
Buckley ficou paralisado. Estreitou os olhos e franziu a testa para Jake. Três enormes vincos se formaram nitidamente em sua gigantesca testa.
– O que você sabe sobre o grande júri?
– Tanto quanto você. Um voto a menos e você ia estar na merda.
– Isso não é verdade!
– Por favor, Governador. Você não tá falando com um repórter. Eu sei bem o que aconteceu. Soube poucas horas depois.
– Eu vou contar pro Noose.
– E eu vou contar pros jornais. Isso vai ser ótimo antes do julgamento.
– Você não faria isso.
– Agora não. Não tenho motivo pra isso. Eu fui demitido, lembra? Essa é a razão de você estar aqui, não é, Rufus? Pra me lembrar de que eu não tô mais no caso, mas você tá. Esfregar um pouco de sal na minha ferida. Beleza, você conseguiu. Agora eu gostaria que você fosse embora. Vai ver como tá o grande júri. Ou quem sabe se tem algum repórter rondando o tribunal. Só sai daqui.
– Com prazer. Lamento ter incomodado.
– Eu também lamento ter sido incomodado.
Buckley abriu a porta que dava para o corredor e parou.
– É mentira, Jake. Eu tô muito feliz por você não estar nesse caso.
– Eu sei que é mentira. Mas não fica achando que eu tô fora do jogo, não.
– O que isso quer dizer?
– Tenha um bom dia, Rufus.

O GRANDE JÚRI do condado de Ford estivera ocupado e, na segunda quinta-feira de atividades daquele trimestre, Jake havia sido contratado por dois réus recém-denunciados. Um deles era um homem negro que tinha dado uma facada em outro negro no Massey's Tonk em abril. Jake gostava de crimes de arma branca porque era mais fácil conseguir a absolvição; bastava ter um júri cheio de brancos que não davam a mínima para o fato de negros se esfaquearem. Eles estavam se divertindo no bar, as coisas fugiram do controle, um deles foi esfaqueado, mas não morreu. Onde não havia mágoas, não havia condenação. A estratégia era semelhante à que Jake aprendera com o caso de Lester Hailey. O novo cliente lhe prometera 1.500 dólares, mas primeiro teve que depositar a fiança. O outro recém-denunciado era um garoto branco que havia sido pego dirigindo uma caminhonete roubada. Era a terceira vez que ele era pego em uma picape roubada, e não haveria como mantê-lo fora do Parchman pelos sete anos seguintes.

Ambos estavam no presídio, e a presença deles lá deu a Jake a oportunidade e o dever de visitá-los e de aproveitar para visitar Ozzie. No final da tarde de quinta-feira, ele encontrou o xerife em seu escritório.

– Tá ocupado? – perguntou Jake.

Havia toneladas de papel espalhadas sobre a mesa e no chão.

– Não, só burocracia. Mais alguma cruz pegando fogo?

– Não, graças a Deus não. Uma é o suficiente.

– Ainda não vi o seu amigo de Memphis.

– Que estranho – disse Jake. – Achei que a essa altura ele já estaria aqui. Você já falou com o Carl Lee?

– Todo dia. Ele tá ficando nervoso. O advogado nem ligou pra ele, Jake.

– Boa. Deixa ele ver o que é bom. Não tenho pena nenhuma.

– Você acha que ele cometeu um erro?

– Tenho certeza. Eu conheço os brancos daqui, Ozzie, sei como eles agem quando você coloca eles no júri. Não vai ser um desconhecido de língua afiada que vai impressionar eles, concorda?

– Sei lá. Você é o advogado. Eu não duvido de nada que você diz, Jake. Já te vi em ação.

– Ele não tem nem licença pra advogar no Mississippi. O Noose tá de olho. Ele odeia advogados de fora do estado.

– Tá brincando?

– Não. Falei com ele ontem.

Ozzie parecia incomodado e olhava Jake com atenção.
– Você quer ir lá ver ele?
– Quem?
– Carl Lee.
– Não! Não tenho motivo pra isso. – Jake olhou dentro de sua pasta. – Eu preciso ver o Leroy Glass, lesão corporal grave.
– Você pegou o Leroy?
– Sim. A família dele me procurou hoje de manhã.
– Vem comigo.

Jake esperou na sala do bafômetro enquanto um encarregado foi buscar seu novo cliente. Leroy vestia o uniforme-padrão do presídio do condado de Ford, macacões laranja que brilhavam no escuro. Ele tinha o cabelo cheio de bobes de espuma cor-de-rosa apontando para todas as direções, e duas trancinhas nagôs compridas e oleosas descendo pela nuca. Seus pés estavam protegidos do chão de linóleo sujo por um par de sandálias atoalhadas verde-limão. Sem meias. Uma cicatriz antiga e perversa começava perto do lóbulo da sua orelha direita, formava uma crista sobre a maçã do rosto e conectava-se perfeitamente à narina direita. Estava comprovado, para além de qualquer dúvida razoável, que Leroy tinha familiaridade com facadas e entalhes. Ele carregava aquilo como uma medalha. Estava fumando um cigarro mentolado.

– Leroy, meu nome é Jake Brigance. – O advogado se apresentou e lhe apontou uma cadeira dobrável ao lado de uma máquina de Pepsi. – A sua mãe e o seu irmão me contrataram hoje de manhã.
– Bom te conhecer, Jake.

Um encarregado aguardava no corredor próximo à porta enquanto Jake fazia algumas perguntas. Ele preencheu três páginas com anotações sobre Leroy Glass. O principal ponto, pelo menos naquele momento, era dinheiro. Quanto ele tinha e onde poderia conseguir mais. Eles falariam sobre o crime depois. Tias, tios, irmãos, irmãs, amigos, qualquer pessoa com emprego que pudesse fazer um empréstimo. Jake pegou os contatos telefônicos deles.

– Quem me indicou pra você? – perguntou Jake.
– Eu te vi na TV, Dr. Jake. Você e o Carl Lee Hailey.

Jake se sentiu orgulhoso, mas não sorriu. A televisão era apenas parte de seu trabalho.

– Você conhece o Carl Lee?

– Sim, conheço o Lester também. Você é advogado do Lester, não é?
– Sim.
– Eu e Carl Lee estamos na mesma cela. Me colocaram lá ontem à noite.
– Mentira.
– Verdade. Ele não fala muito. Ele disse que você é um advogado muito bom e tal, mas que conseguiu uma outra pessoa de Memphis.
– Isso mesmo. O que ele tá achando do advogado novo?
– Eu não sei, Dr. Jake. Ele tava agitado hoje de manhã porque o advogado novo ainda não veio encontrar com ele. Ele disse que você vinha ver ele sempre e conversar sobre o caso, mas o advogado novo, o tal com um nome engraçado, ainda nem apareceu pra conhecer ele.

Jake fez uma cara séria, tentando esconder o prazer que sentiu, mas era difícil.

– Eu vou te dizer uma coisa se você prometer não contar pro Carl Lee.
– Tá.
– O advogado novo não pode vir aqui ver ele.
– Não! Por que não?
– Porque ele não tem licença pra advogar no Mississippi. Ele é do Tennessee. Ele vai ser expulso do tribunal se vier sozinho. Acho que o Carl Lee cometeu um grande erro.
– Por que você não conta isso pra ele?
– Porque ele me demitiu. Eu não posso mais dar conselhos pra ele.
– Alguém deveria.
– Você acabou de prometer que não vai falar nada, hein.
– Tá, não vou falar.
– Promete?
– Prometo.
– Ótimo. Eu tenho que ir. Vou me encontrar com o corretor pra tentar resolver a questão do empréstimo pra sua fiança amanhã de manhã e talvez você saia em um ou dois dias. Não fala nada pro Carl Lee, hein.
– Tá bem.

Tank Scales estava encostado no Saab no estacionamento quando Jake saiu do presídio. Ele pisou na guimba de um cigarro e tirou um pedaço de papel do bolso da camisa.

– Tem dois números. O de cima é o de casa, o de baixo é do trabalho. Mas não liga pro do trabalho, a não ser que seja necessário.

– Boa, Tank. Você pegou os contatos com a Iris?

– Sim. Ela não queria. Mas ela passou no bar ontem à noite e eu convenci ela.

– Te devo uma.

– Vou cobrar, mais cedo ou mais tarde.

ESTAVA ESCURO, ERAM quase oito horas. O jantar estava frio, mas não era algo incomum. Por isso que ele havia comprado um micro-ondas. Ela estava acostumada com os horários e os jantares requentados, e não reclamava. Os dois comeriam quando ele voltasse para casa, fossem seis da tarde ou dez da noite.

Jake foi de carro do presídio até o escritório. Ele não ousaria ligar para Lester de casa, não com Carla ouvindo. Acomodou-se atrás de sua mesa e olhou para os números que Tank havia conseguido. Carl Lee lhe dissera para não fazer aquela ligação. Por que ele deveria respeitar esse pedido? Ele estaria correndo atrás de um caso? Seria de fato antiético? Seria antiético ligar para Lester e dizer que Carl Lee o havia demitido e contratado outro advogado? Não. E responder às perguntas de Lester sobre o novo advogado? Não. E demonstrar preocupação? Não. E criticar o novo advogado? Provavelmente não. Seria antiético encorajar Lester a falar com seu irmão? Não. E convencê-lo a demitir Marsharfsky? Provavelmente sim. E recontratar Jake? Sim, sem dúvida. Isso seria muito antiético. E se ele apenas ligasse para Lester e falasse sobre Carl Lee e permitisse que a conversa seguisse seu próprio curso?

– Alô.

– É da casa do Lester Hailey?

– Sim. Quem fala? – veio a resposta com sotaque sueco.

– Jake Brigance, do Mississippi.

– Um momento.

Jake olhou o relógio. Oito e meia. O fuso em Chicago era o mesmo, não?

– Jake!

– Lester, como você tá?

– Tudo bem, Jake. Cansado, mas bem. E você?

– Ótimo. Escuta, você falou com o Carl Lee essa semana?

– Não. Eu saí daí na sexta e tô trabalhando em dois turnos desde domingo. Não tive tempo pra nada.

– Você leu o jornal?

– Não. O que aconteceu?

– Você não vai acreditar, Lester.

– O que houve, Jake?

– O Carl Lee me demitiu e contratou um advogado conhecido lá de Memphis.

– O quê? Você tá brincando! Quando?

– Sexta passada. Imagino que tenha sido depois que você foi embora. Ele não se deu ao trabalho de me contar. Eu li no jornal de Memphis no sábado de manhã.

– Ele é maluco. Por que ele fez isso, Jake? Quem ele contratou?

– Você conhece um cara chamado Cat Bruster, de Memphis?

– Claro.

– É o advogado dele. O Cat tá pagando. Ele saiu de Memphis e foi até lá na sexta-feira passada e encontrou com o Carl Lee no presídio. No dia seguinte de manhã, eu vi a minha foto no jornal e fiquei sabendo que tinha sido demitido.

– Quem é o advogado?

– Bo Marsharfsky.

– Ele é bom?

– É um safado. Defende todos os cafetões e traficantes de drogas de Memphis.

– O nome parece polonês.

– Sim. Mas acho que ele é de Chicago.

– Sim, tem muitos poloneses por aqui. Ele tem sotaque?

– Fala como se estivesse com a boca cheia de graxa quente. Vão gostar dele no condado.

– Burro, burro, burro. O Carl Lee nunca foi muito inteligente. Eu sempre tive que pensar por ele. Burro, burro.

– Sim, ele cometeu um erro, Lester. Você sabe como é um julgamento de homicídio porque já passou por isso. Você só se dá conta de como aquele júri é importante quando eles descem da bancada e vão pra sala do júri. A sua vida tá nas mãos deles. Doze pessoas debatendo e discutindo sobre o seu caso, a sua vida. O júri é a parte mais importante. É por isso que a gente precisa conseguir falar com o júri.

– É isso aí. Você consegue fazer isso.

– Eu tenho certeza que o Marsharfsky consegue fazer isso em Memphis, mas não no condado de Ford. Não no interior do Mississippi. Essas pessoas não vão confiar nele.

– Você tem razão, Jake. Eu não tô acreditando que ele fez isso. Ele está ferrado de novo.

– Ele fez, Lester, e eu tô preocupado com ele.

– Você já falou com ele?

– No sábado passado, depois que eu vi o jornal, fui direto pra lá. Perguntei por quê, e ele não soube responder. Ele se sentiu mal com isso. Não falei com ele desde então. Mas o Marsharfsky também não. Ele ainda não foi a Clanton, e eu sei que o Carl Lee tá chateado. Até onde eu sei, nada foi feito no caso esta semana.

– O Ozzie falou com ele?

– Sim, mas você sabe como é o Ozzie. Ele não fala muito. Ele sabe que o Bruster é um safado, que o Marsharfsky é um safado, mas não vai pressionar o Carl Lee.

– Cara… Eu não tô acreditando. Ele é muito burro se acha que aqueles brancos vão dar ouvidos a um intrometido qualquer de Memphis. Que merda, Jake, eles não confiam nos advogados do condado de Tyler que é aí do lado. Cara…

Jake sorriu para o fone. Até agora, nada antiético.

– O que que eu faço, Jake?

– Não sei, Lester. Ele precisa de ajuda, e você é o único que ele vai ouvir. Você sabe como ele é cabeça-dura.

– Acho melhor eu ligar pra ele.

"Não", pensou Jake. Pelo telefone seria mais fácil para o Carl Lee dizer não. Os irmãos precisavam ficar cara a cara. Uma viagem de carro provocaria um impacto maior.

– Não acho que você vai muito longe pelo telefone. Ele tá convencido. Só você pode mudar a opinião dele, e não vai conseguir fazer isso por telefone.

Lester parou por alguns segundos enquanto Jake esperava ansiosamente.

– Que dia é hoje?

– Quinta-feira, 6 de junho.

– Deixa eu ver – murmurou Lester. – Eu tô a dez horas de distância. Trabalho no turno das quatro à meia-noite amanhã e depois de novo no domingo. Eu poderia sair daqui amanhã à meia-noite e estar em Clanton às dez da manhã de sábado. Então eu poderia sair cedo no domingo de manhã e estar de volta às quatro. Vou dirigir muito, mas eu dou meu jeito.

– É muito importante, Lester. Acho que vale a pena a viagem.

– Onde você vai estar no sábado, Jake?

– Aqui no escritório.

– Tá bem. Eu vou passar no presídio e, se precisar de você, ligo pro escritório.

– Por mim tudo bem. Outra coisa, Lester. O Carl Lee pediu que eu não ligasse pra você. Não comenta com ele.

– O que eu vou falar pra ele?

– Diz pra ele que você ligou pra Iris e ela te contou.

– Que Iris?

– Fala sério, Lester. Todo mundo aqui sabe disso há anos. Todo mundo menos o marido dela, e ele vai descobrir.

– Espero que não. Vamos ter outro homicídio. E você vai ganhar outro cliente.

– Por favor. Eu não tô conseguindo nem segurar os que eu já tenho. Me liga no sábado.

ÀS DEZ E MEIA, Jake jantou a comida requentada no micro-ondas. Hanna estava dormindo. Ele e Carla conversaram sobre Leroy Glass e o garoto branco da picape roubada. Sobre Carl Lee, mas não sobre Lester. Ela se sentia melhor, mais segura agora que Carl Lee Hailey tinha saído de cena. Nada de ligações com ameaças. Nada de cruzes pegando fogo. Nada de olhares estranhos na igreja. Outros casos iam aparecer, prometeu ela. Ele falou pouco; apenas comeu e sorriu.

19

Pouco antes de o fórum fechar na sexta-feira, Jake ligou para a escrivã para saber se havia alguma sessão em andamento. Não, disse ela, Noose já tinha ido embora. Buckley, Musgrove, todo mundo já tinha saído. A sala de audiências estava deserta.

Seguro com aquela informação, Jake atravessou a rua e se esgueirou pela porta dos fundos do tribunal e pelo corredor até a sala do cartório. Flertou com as escrivãs e as secretárias enquanto localizava o processo de Carl Lee. Quase perdeu o fôlego ao folhear as páginas. Excelente! Bem como ele esperava. Nenhuma petição havia sido juntada aos autos ao longo de toda aquela semana, exceto a sua informando a saída do caso. Marsharfsky e seu advogado local não haviam tocado nos autos. Nada tinha sido feito. Ele flertou um pouco mais e voltou para o escritório.

Leroy Glass ainda estava preso. A fiança era de 10 mil dólares, e sua família não teria como arcar com os mil de garantia para pagar o corretor. Então, ele continuou dividindo cela com Carl Lee. Jake tinha um amigo que era corretor e que cuidava de seus clientes. Se um cliente dele precisasse sair da prisão e não houvesse muito risco de ele desaparecer depois de solto, a fiança era paga. Algumas condições só valiam para os clientes de Jake. Um pagamento inicial de cinco por cento e mais ou menos o mesmo valor por mês. Se Jake quisesse tirar Leroy Glass da prisão, a fiança poderia ser depositada a qualquer momento. Mas Jake precisava dele lá.

– Olha, Leroy, sinto muito. Eu tô tentando resolver com o corretor – explicou Jake ao cliente na sala do bafômetro.

– Mas você me disse que a essa altura eu já teria saído.

– A sua família não tem dinheiro, Leroy. Eu não tenho como pagar sozinho. A gente vai te tirar daqui, mas vai levar uns dias. Quero que você saia pra poder trabalhar, ganhar um dinheiro e me pagar.

Leroy pareceu satisfeito.

– Tá bem, Dr. Jake, faz o que der pra fazer.

– A comida aqui é bem boa, né? – perguntou Jake com um sorriso.

– Não é ruim. A de casa é melhor.

– A gente vai te tirar daqui – prometeu Jake.

– Como tá o cara que eu esfaqueei?

– Não sei direito. O Ozzie disse que ele ainda tava no hospital. O Moss Tatum disse que ele tinha sido liberado. Vai saber. Acho que não foi tão grave assim. Quem era a mulher? – perguntou Jake, incapaz de se lembrar dos detalhes.

– A mulher do Willie.

– Que Willie?

– Willie Hoyt.

Jake pensou por um segundo, tentando se lembrar da denúncia.

– Esse não é o cara que você esfaqueou.

– Não, o cara que eu esfaqueei é o Curtis Sprawling.

– Quer dizer que vocês estavam brigando por causa da mulher de outro cara?

– Isso.

– E o Willie tava onde?

– Na briga também.

– Com quem ele tava brigando?

– Com um outro cara.

– Então vocês quatro estavam brigando pela mulher do Willie?

– Aham, isso aí.

– O que provocou a briga?

– O marido dela tava fora da cidade.

– Ela é casada?

– Aham.

– Qual é o nome do marido dela?

– Johnny Sands. Geralmente tem briga quando ele tá fora.
– E por que isso?
– Porque ela não tem filhos, não pode ter filhos, e ela gosta de ter companhia. Tá me entendendo? Quando ele não tá, todo mundo sabe. Se ela aparecer num bar, com certeza vai ter briga.

"Imagina esse julgamento", pensou Jake.

– Eu entendi você dizer que ela tava lá com o Willie Hoyt, é isso?
– Aham. Mas isso não significa nada, porque todo mundo no bar começa a papariar ela, paga bebida, chama pra dançar. Não dá pra evitar.
– Um mulherão, né?
– Ah, Dr. Jake, ela é muito linda. O senhor tem que ver.
– Sim, eu vou ver. No banco das testemunhas.

Leroy olhou para a parede, sorrindo, sonhando, cobiçando a esposa de Johnny Sands. O fato de ele ter apunhalado alguém e correr o risco de pegar vinte anos de prisão não importava. Ele havia provado, no mano a mano, que era um homem digno.

– Escuta, Leroy, você falou com o Carl Lee?
– Claro. Ainda tô na cela dele. A gente se fala o tempo todo. Não tem muito mais o que fazer.
– Você não falou pra ele o que a gente conversou ontem, né?
– Ah, não. Eu disse que não ia contar nada.
– Ótimo.
– Mas vou te dizer uma coisa, Dr. Jake, ele tá meio preocupado. Ele não teve nenhuma notícia do advogado novo. Ele tá bem chateado. Tive que me segurar pra não contar pra ele, mas não contei. Eu disse pra ele que você era meu advogado.
– Tudo bem.
– Ele disse que você era bom em vir até aqui e conversar sobre o caso e tudo mais. Ele disse que eu contratei um bom advogado.
– Mas não bom o suficiente pra ele.
– Eu acho que o Carl Lee tá confuso. Ele não tá seguro sobre em quem confiar e tal. Ele é um cara bom.
– Bom, não fala pra ele o que a gente conversou, tá? É confidencial.
– Sim. Mas alguém precisa falar.
– Ele não me consultou nem conversou com mais ninguém antes de me mandar embora e contratar esse advogado novo. Ele é um homem adulto.

Foi ele que tomou essa decisão. É um problema dele. – Jake fez uma pausa e se aproximou de Leroy. Ele falou com a voz baixa: – E eu vou te dizer outra coisa, mas você não pode contar pra ninguém. Eu dei uma olhada no processo dele lá no fórum faz uma meia hora. O advogado não pegou no caso a semana toda. Não apresentou nenhuma petição. Nada.

Leroy fechou a cara e balançou a cabeça.

– Putz, cara.

– Esses figurões funcionam assim – continuou Jake. – Falam muito, fazem muitas promessas, não gostam de seguir regras. Pegam mais casos do que conseguem lidar e acabam perdendo mais do que ganham. Eu conheço esses caras. Eu vejo eles o tempo todo no tribunal. A maioria deles é superestimada.

– Por isso que ele não veio ver o Carl Lee?

– Com certeza. Ele tá muito ocupado. Além disso, ele tem vários outros casos importantes. Ele não se importa com o Carl Lee.

– Isso é péssimo. O Carl Lee merece coisa melhor.

– Foi uma escolha dele. Ele vai ter que viver com isso.

– Você acha que ele vai ser condenado, Dr. Jake?

– Sem dúvida. Ele tá de cara pra câmara de gás. Ele contratou um advogado famoso que não tem tempo pra trabalhar no caso dele nem pra vir falar com ele na prisão.

– Tá dizendo que você conseguiria livrar ele?

Jake relaxou e cruzou as pernas.

– Não, eu nunca prometi isso e inclusive não vou fazer isso com você. É burrice um advogado prometer uma absolvição. Muitas coisas podem dar errado num julgamento.

– O Carl Lee falou que o advogado novo prometeu no jornal que ia conseguir livrar ele.

– Ele é um tolo.

– ONDE VOCÊ tava? – perguntou Carl Lee a seu companheiro de cela enquanto o carcereiro trancava a porta.

– Conversando com o meu advogado.

– Jake?

– Sim.

Leroy estava sentado em seu beliche, enquanto Carl Lee estava relendo um jornal no canto oposto da cela. Ele dobrou o jornal e o colocou embaixo do seu beliche.

– Você parece preocupado – disse Carl Lee. – Más notícias sobre o seu caso?

– Não. Só não tenho como pagar a fiança. O Jake disse que vai levar uns dias.

– O Jake falou de mim?

– Não. Não muito.

– Não muito? O que ele falou?

– Só perguntou como você tava.

– Só isso?

– Sim.

– Ele não tá puto comigo?

– Não. Acho que ele tá preocupado, mas não puto.

– Por que ele tá preocupado?

– Sei lá – respondeu Leroy enquanto se esticava em sua cama, cruzando as mãos atrás da cabeça.

– Fala, Leroy. Você sabe de alguma coisa e não tá me contando. O que o Jake falou?

– O Jake disse que eu não posso te dizer o que a gente conversa. Ele disse que é confidencial. Você não ia querer que o seu advogado falasse por aí o que vocês conversam, né?

– Eu não me encontrei com o meu advogado.

– Você tinha um bom advogado até mandar ele embora.

– Eu tenho um bom agora.

– Como você sabe? Você nunca nem viu ele. Ele tá ocupado demais pra vir falar com você e, se ele tá tão ocupado assim, não vai ter tempo pra trabalhar no seu caso.

– Como você sabe dele?

– Eu perguntei pro Jake.

– Ah. O que ele disse?

Leroy ficou em silêncio.

– Eu quero saber o que ele disse – exigiu Carl Lee enquanto se sentava na beira do beliche de Leroy.

Ele olhou para seu companheiro de cela, um homem menor e mais fraco

221

que ele. Leroy se deu conta de que estava com medo, e que então tinha uma boa desculpa para dar pra Carl Lee. Ou falava ou apanhava.

– Ele é safado – disse Leroy. – Ele é um figurão safado que vai trair você. Ele não se importa com você nem com o seu caso. Ele só quer publicidade. Ele não fez nada no seu caso a semana toda. O Jake viu, ele checou no tribunal hoje à tarde. Nenhum sinal do Senhor Advogado. Ele tá ocupado demais pra sair de Memphis e vir ver você. Ele tem muitos outros clientes sem-vergonha em Memphis, incluindo o seu amigo, o Sr. Bruster.

– Você tá maluco, Leroy.

– Tá bem, eu tô maluco. Vamos ver então quem vai alegar insanidade. Vamos ver se ele vai trabalhar duro no teu caso.

– Você agora virou especialista?

– Você me perguntou e eu tô te dizendo.

Carl Lee caminhou até a porta e agarrou as barras, segurando-as bem firme com suas mãos imensas. A cela havia diminuído de tamanho naquelas três semanas e, quanto menor ficava, mais difícil era para ele pensar, raciocinar, planejar, reagir. Ele não conseguia se concentrar na prisão. Ele só sabia o que diziam pra ele e não tinha ninguém em quem confiar. Gwen estava transtornada. Ozzie era evasivo. Lester estava em Chicago. Não havia outra pessoa em quem ele confiasse, exceto Jake, e por algum motivo ele havia arrumado um novo advogado. Dinheiro, esse era o motivo. Mil e novecentos dólares em dinheiro, pagos pelo maior cafetão e traficante de droga de Memphis, cujo advogado era especialista em defender cafetões e traficantes de drogas, além de todos os tipos de assassinos e criminosos. Marsharfsky representava pessoas honestas? O que o júri pensaria ao ver Carl Lee se sentar na mesa da defesa ao lado de Marsharfsky? Que ele era culpado, é claro. Por que outro motivo ele contrataria um bandido famoso da cidade grande como Marsharfsky?

– Você sabe o que os brancos do júri vão dizer quando virem o Marsharfsky? – perguntou Leroy.

– O quê?

– Eles vão falar "aquele preto ali é culpado e vendeu a alma pra contratar o maior vigarista de Memphis pra vir aqui dizer pra gente que ele não é culpado".

Carl Lee resmungou algo por entre as barras.

– Eles vão condenar você, Carl Lee.

MOSS JUNIOR TATUM estava de serviço às seis e meia da manhã de sábado quando o telefone tocou no gabinete de Ozzie. Era o xerife.

– O que você tá fazendo acordado? – perguntou Moss.

– Não tenho certeza se estou acordado – respondeu o xerife. – Escuta, Moss, você se lembra de um pastor negro das antigas chamado Street, reverendo Isaiah Street?

– Na verdade não.

– Lembra sim. Ele pregou por cinquenta anos na Igreja Springdale, no norte da cidade. Primeiro membro da NAACP no condado de Ford. Ele ensinou todos os negros por aqui a protestar e fazer boicotes nos anos 1960.

– Sim, agora eu me lembro. A Klan não pegou ele uma vez?

– Sim, bateram nele e queimaram a casa dele, mas nada sério. Meados de 1965.

– Achei que ele tivesse morrido uns anos atrás.

– Não, ele tá bem mal há uns dez anos, mas ainda tá vivo. Ele me ligou às cinco e meia e a gente conversou por uma hora. Ele me lembrou de todos os favores políticos que eu devo a ele.

– O que ele quer?

– Ele vai chegar aí às sete pra ver o Carl Lee. O porquê, eu não sei. Mas trata ele bem. Leva eles pra minha sala e deixa eles conversarem. Eu chego mais tarde.

– Claro, xerife.

Em seu apogeu nos anos 1960, o reverendo Isaiah Street havia sido a força motriz por trás das atividades em prol dos direitos civis no condado de Ford. Ele protestou ao lado de Martin Luther King em Memphis e Montgomery. Organizou passeatas em Clanton e Karaway, e em outras cidades no norte do Mississippi. Em meados de 1964, ele recebeu estudantes do Norte e coordenou seus esforços para registrar eleitores negros. Alguns moraram na casa dele durante aquele verão memorável e ainda o visitavam de vez em quando. Ele não era nenhum radical. Era tranquilo, compassivo, inteligente e havia conquistado o respeito de todos os negros e da maioria dos brancos. Ele era uma voz calma, serena, em meio ao ódio e à controvérsia. Ele presidiu não oficialmente a grande dessegregação da escola pública em 1969, e o condado de Ford passou por tudo sem muitos problemas.

Um derrame em 1975 paralisou o lado direito de seu corpo, mas deixou sua mente intacta. Agora, aos 78 anos, ele conseguia andar sozinho, mas devagar e com uma bengala. Imponente, digno, o mais ereto possível. Ele foi conduzido ao gabinete do xerife e se sentou. Recusou o café, e Moss Junior saiu para buscar o réu.

– Tá acordado, Carl Lee? – sussurrou o mais alto que dava, não querendo acordar os outros prisioneiros, que começariam a gritar pelo café da manhã, por remédios, advogados, corretores e namoradas.

Carl Lee sentou-se de imediato.

– Sim, eu não dormi muito essa noite.

– Você tem visita. Vamos. – Moss destrancou a cela silenciosamente.

Carl Lee conhecera o reverendo anos antes, quando ele fez um discurso para a última turma de graduandos do ensino médio na East High, a escola para negros. A dessegregação veio depois e a East se tornou uma escola de ensino fundamental. Ele não via o reverendo desde o derrame.

– Carl Lee, você conhece o reverendo Isaiah Street? – perguntou Moss educadamente.

– Sim, nos conhecemos anos atrás.

– Bom, vou fechar a porta e deixar vocês conversarem.

– Como vai o senhor? – perguntou Carl Lee. Eles se sentaram um ao lado do outro no sofá.

– Tudo bem, meu filho, e você?

– O melhor possível.

– Eu estive preso também, você sabe. Anos atrás. É um lugar terrível, mas acho que é necessário. Como eles estão te tratando aqui?

– Tudo bem, mesmo. O Ozzie me deixa fazer o que eu quiser.

– Sim, o Ozzie. Estamos muito orgulhosos dele, não é?

– Sim, senhor. Ele é um homem bom.

Carl Lee analisou o velho frágil e debilitado com a bengala. Seu corpo estava fraco e cansado, mas sua mente estava afiada; sua voz, forte.

– Também estamos orgulhosos de você, Carl Lee. E não aprovo a violência, mas ela às vezes também é necessária, eu acho. Você fez uma boa ação, meu filho.

– Sim, senhor – respondeu Carl Lee, sem saber a resposta apropriada.

– Eu acho que você deve estar se perguntando o que eu tô fazendo aqui.

Carl Lee anuiu. O reverendo bateu com a bengala no chão.

– Eu tô preocupado com a sua absolvição. A comunidade negra tá preocupada. Se você fosse branco, provavelmente iria a julgamento e seria

absolvido. O estupro de uma criança é um crime horrível, e quem pode culpar um pai por reparar o erro? Um pai branco, claro. Um pai negro evoca a mesma simpatia entre os negros, mas a gente tem um problema: o júri vai ser branco. Então, um pai negro e um pai branco não teriam chances iguais com esse júri. Tá me entendendo?
– Acho que sim.
– O júri é muito importante. Culpa versus inocência. Liberdade versus prisão. Vida versus morte. Tudo isso vai ser determinado pelo júri. É um sistema frágil, esse ato de confiar a vida de alguém a doze pessoas comuns, que não conhecem a lei e se sentem intimidadas pelo processo.
– Sim, senhor.
– A sua absolvição por um júri branco pela morte de dois homens brancos vai fazer mais pelo povo negro do Mississippi do que qualquer outro acontecimento desde que integramos as escolas. E não é só por Mississippi, mas por toda a população negra do país. O seu caso é muito famoso e está sendo observado de perto por muitas pessoas.
– Eu só fiz o que tinha que fazer.
– Exato. Você fez o que achou que era certo. E era certo, apesar de ser brutal e violento, era o certo. E a maioria das pessoas, negras e brancas, acredita nisso. Mas será que você vai ser tratado como se fosse branco? Essa é a questão.
– E se eu for condenado?
– A sua condenação seria outro tapa na nossa cara, um símbolo desse racismo arraigado, de velhos preconceitos, velhas hostilidades. Isso seria um desastre. Você não pode ser condenado.
– Eu tô fazendo tudo o que eu posso.
– Tá mesmo? Vamos falar sobre seu advogado, pode ser?
Carl Lee concordou com a cabeça.
– Você já esteve com ele?
– Não. – Carl Lee abaixou a cabeça e esfregou os olhos. – O senhor já?
– Sim, já.
– Sério? Quando?
– Em Memphis, em 1968. Eu estava com o Dr. King. O Marsharfsky era um dos advogados que representava os coletores de lixo em greve. Ele pediu ao Dr. King que fosse embora de Memphis, alegou que ele estava agitando os brancos e incitando os negros, e que estava impedindo a negociação de um acordo.

Ele era arrogante e rude. Xingou o Dr. King, não na frente de todo mundo, é claro. A gente suspeitava que ele estava traindo os trabalhadores e recebendo dinheiro da prefeitura por baixo dos panos. Acho que a gente estava certo.

Carl Lee respirou fundo e esfregou as têmporas.

– Eu acompanhei a carreira dele – prosseguiu o reverendo. – Ele ficou conhecido defendendo gângsteres, ladrões e cafetões. Ele tira um dinheiro deles, mas eles são sempre culpados. Quando você vê um dos clientes dele, já sabe que é culpado. Isso é o que mais me preocupa em relação a você. Tenho medo de que você seja considerado culpado por associação.

Carl Lee se afundou ainda mais na cadeira, os cotovelos apoiados nos joelhos.

– Quem falou pro senhor vir aqui? – perguntou ele delicadamente.

– Eu tive uma conversa com um velho amigo meu.

– Quem?

– Um velho amigo, meu filho. Ele também tá preocupado com você. Estamos todos preocupados com você.

– Ele é o melhor advogado de Memphis.

– A gente não tá em Memphis, tá?

– Ele é especialista em casos criminais.

– Deve ser porque ele é um criminoso.

Carl Lee se levantou abruptamente e cruzou a sala, ficando de costas para o reverendo.

– Ele é de graça. Não tá me custando um centavo.

– Os honorários dele não vão ser relevantes quando você estiver no corredor da morte, meu filho.

Minutos se passaram e nenhum dos dois disse nada. Por fim, o reverendo apoiou sua bengala e lutou para ficar de pé.

– Eu já falei o bastante. Estou indo. Boa sorte, Carl Lee.

Carl Lee apertou a mão dele.

– Agradeço a sua preocupação e a visita também.

– A minha questão é só essa, meu filho. O seu caso vai ser bastante difícil de vencer. Não torne as coisas mais difíceis com um safado como o Marsharfsky.

LESTER DEIXOU CHICAGO pouco antes da meia-noite de sexta-feira. Ele seguiu para o Sul sozinho, como de costume. Mais cedo, sua esposa havia ido para o Norte, para Green Bay, a fim de passar o fim de semana com a família. Ele gostava de Green Bay muito menos do que ela do Mississippi, e nenhum dos dois ansiava por visitar a família do outro. Eles eram boas pessoas, os suecos, e iriam tratá-lo como família se tivessem a oportunidade. Mas eles eram diferentes, e não tinha a ver só com a cor da pele. Ele havia crescido com os brancos no Sul e os conhecia. Ele não gostava de todos eles e não gostava da maioria dos sentimentos que tinham por ele, mas pelo menos os conhecia. Mas os brancos do Norte, os suecos em especial, eram diferentes. Os costumes, o jeito de falar, a comida, quase tudo era estranho para ele, e Lester jamais se sentiria confortável com eles.

Eles acabariam se divorciando, provavelmente dentro de um ano. Ele era negro, e a prima mais velha de sua esposa havia se casado com um negro no início dos anos 1970 e recebido muita atenção. Lester era uma moda passageira e ela estava cansada dele. Felizmente, eles não tinham filhos. Ele suspeitava de que ela tivesse outra pessoa. Ele também tinha outra pessoa, e Iris prometera se casar com ele e se mudar para Chicago assim que abandonasse Henry.

Os dois lados da Interestadual 57 pareciam iguais depois da meia-noite – algumas luzes aqui e ali vindo das pequenas fazendas espalhadas pela zona rural e, vez ou outra, de uma grande cidade como Champaign ou Effingham. Ele morava e trabalhava no Norte, mas não era sua casa. O lar era onde sua mãe estava, no Mississippi, embora ele não pretendesse morar lá nunca mais. Muita ignorância e muita pobreza. Ele não se importava com o racismo; não era mais tão ruim quanto antes e ele estava acostumado. Sempre estaria presente, mas aos poucos se tornaria menos visível.

Os brancos ainda possuíam e controlavam tudo, e isso em si não era algo insuportável. Não ia mudar tão cedo. O que ele achava intolerável era a ignorância e a pobreza absoluta de muitos dos negros; as casas de madeira caindo aos pedaços, a alta taxa de mortalidade infantil, o desemprego absoluto, as mães solteiras e seus bebês passando fome. Era deprimente a ponto de ser intolerável, e intolerável a ponto de ele ir embora do Mississippi como milhares de outros e migrar para o Norte em busca de trabalho, de qualquer trabalho com um salário decente que pudesse aliviar a dor da pobreza.

Era agradável e deprimente voltar ao Mississippi. Agradável porque veria sua família; deprimente porque veria a pobreza em que viviam. Havia pontos positivos. Carl Lee tinha um emprego honesto, uma casa limpa e filhos bem-vestidos. Ele era uma exceção, e agora tudo estava em risco por causa de dois pedaços de lixo nojentos, brancos e bêbados. Os negros tinham uma desculpa para serem inúteis, mas para os brancos, em um mundo branco, não havia desculpas. Eles estavam mortos, graças a Deus, e ele estava orgulhoso de seu irmão mais velho.

O sol apareceu assim que ele cruzou o rio em Cairo, seis horas depois de sair de Chicago. Duas horas depois, ele cruzou novamente a fronteira de Memphis. Dirigiu para o sudeste em direção ao Mississippi, e uma hora depois fez a volta na praça do fórum de Clanton. Estava acordado havia vinte horas.

– CARL LEE, você tem visita – disse Ozzie pelas barras de ferro da porta.
– Não estou surpreso. Quem é?
– Só vem comigo. Acho melhor vocês usarem a minha sala. Isso vai demorar um pouco.

JAKE FICOU EM seu escritório esperando o telefone tocar. Dez horas. Lester devia estar na cidade, se é que ele tinha vindo. Onze. Jake folheou alguns processos antigos e deixou algumas anotações para Ethel. Meio-dia. Ele ligou para Carla e mentiu sobre uma reunião com um novo cliente à uma hora e que não ia conseguir chegar para o almoço. Ele iria resolver o quintal mais tarde. Uma hora. Ele encontrou um caso antigo do Wyoming, onde um marido foi absolvido após rastrear o homem que estuprara sua esposa. Em 1893. Fez uma cópia do caso, depois jogou fora. Duas horas. Será que Lester estava na cidade? Ele poderia fazer uma visita a Leroy e bisbilhotar a prisão. Não, aquilo não parecia correto. Ele cochilou no sofá do imenso escritório. Às duas e quinze o telefone tocou. Jake se levantou correndo e pulou do sofá. Seu coração estava batendo acelerado quando ele pegou o telefone.
– Alô!
– Jake, é o Ozzie.
– Oi, Ozzie, o que houve?
– Sua presença está sendo solicitada aqui no presídio.
– O quê? – perguntou Jake, fingindo não saber de nada.
– Estão precisando de você aqui.

– Quem?
– O Carl Lee quer falar com você.
– O Lester tá aí?
– Sim. Ele quer falar com você também.
– Chego em um minuto.

– ELES ESTÃO lá há mais de quatro horas – disse Ozzie, apontando para a porta de seu gabinete.
– Fazendo o quê? – perguntou Jake.
– Conversando, xingando, gritando. As coisas se acalmaram faz uma meia hora. O Carl Lee veio e pediu pra eu te ligar.
– Obrigado. Vamos entrar.
– De jeito nenhum. Eu não vou entrar aí. Não fui eu que fui chamado. Você tá por sua conta.
Jake bateu na porta.
– Entra!
Ele abriu a porta devagar, entrou e fechou. Carl Lee estava sentado atrás da mesa. Lester estava deitado no sofá. Ele se levantou e apertou a mão de Jake.
– Bom te ver, Jake.
– Bom te ver também, Lester. O que te traz aqui?
– Negócios de família.
Jake olhou para Carl Lee, foi até a mesa e apertou sua mão. O réu estava claramente irritado.
– Vocês pediram pra me chamar?
– Sim, Jake, senta aí. A gente precisa conversar – disse Lester. – O Carl Lee tem uma coisa pra te falar.
– Fala você – disse Carl Lee.
Lester suspirou e esfregou os olhos. Ele estava cansado e frustrado.
– Eu não vou falar mais nada. Isso é entre vocês dois. – Lester fechou os olhos e relaxou no sofá. Jake estava sentado em uma cadeira dobrável acolchoada que ele encostou na parede oposta ao sofá. Ele observou Lester com atenção, mas não olhou para Carl Lee, que se balançava lentamente na cadeira giratória de Ozzie. Carl Lee não disse nada. Lester não disse nada. Após três minutos de silêncio, Jake se irritou:

– Quem mandou me chamar?

– Eu – respondeu Carl Lee.

– Bom, e o que você quer?

– Eu quero que você pegue o meu caso de novo.

– E você presume que eu quero o seu caso de volta.

– O quê?! – Lester se sentou e olhou para Jake.

– Isso não é um presente que você dá ou tira. É um acordo entre a pessoa e seu advogado. Não aja como se estivesse me fazendo um grande favor. – Jake subiu o tom de voz, sua raiva era evidente.

– Você quer o caso? – perguntou Carl Lee.

– Está tentando me recontratar, Carl Lee?

– Isso mesmo.

– E por que você quer me recontratar?

– Porque o Lester quer.

– Beleza, então não quero o seu caso. – Jake se levantou e andou em direção à porta. – Se o Lester quer que eu cuide disso e você prefere o Marsharfsky, fica com o Marsharfsky. Se você não consegue pensar por si mesmo, você precisa do Marsharfsky.

– Espera, Jake. Calma aí, cara – disse Lester indo até Jake na porta. – Senta, senta. Eu não te julgo por estar puto com o Carl Lee por ele ter te mandado embora. Ele estava errado. Não é, Carl Lee?

Carl Lee cutucou as unhas.

– Senta, Jake, senta e vamos conversar – implorou Lester enquanto o levava de volta para a cadeira dobrável. – Ótimo. Agora vamos conversar. Carl Lee, você quer que o Jake seja seu advogado?

Carl Lee concordou com a cabeça.

– Sim.

– Ótimo. Agora, Jake…

– Explica por quê – disse Jake a Carl Lee.

– O quê?

– Explica por que você quer que eu pegue o seu caso. Explica por que você vai demitir o Marsharfsky.

– Eu não tenho que te explicar.

– Sim! Você tem, sim. Você no mínimo me deve uma explicação. Você me dispensou uma semana atrás e não teve coragem de me ligar. Eu li no jornal. Depois eu li sobre seu novo advogado, que claramente não conseguiu encontrar o caminho até Clanton. Agora você me liga e espera que eu largue tudo, sendo que você pode mudar de ideia de novo. Explica, por favor.

– Explica, Carl Lee. Conversa com o Jake – disse Lester.

Carl Lee se inclinou para a frente e apoiou os cotovelos na mesa. Ele enterrou o rosto nas mãos e falou:

– Eu só tô confuso. Esse lugar tá me enlouquecendo. Eu tô em frangalhos. Tô preocupado com a minha filha. Tô preocupado com a minha família. Tô preocupado comigo. Cada um me diz pra fazer uma coisa diferente. Nunca passei por uma situação como essa e não sei o que fazer. A única coisa que eu posso fazer é confiar nas pessoas. Eu confio no Lester e em você, Jake. Isso é tudo que posso fazer.

– Você confia no que eu te digo? – perguntou Jake.

– Sempre confiei.

– E você confia em mim pra cuidar do seu caso?

– Sim, Jake, eu quero que você cuide do caso.

– Tá bem, então.

Jake relaxou e Lester se acomodou no sofá.

– Você vai precisar notificar o Marsharfsky. Enquanto você não fizer isso eu não posso trabalhar no seu caso.

– Vamos fazer isso agora à tarde – disse Lester.

– Ótimo. Depois de falar com ele, me liga. Tem muito trabalho a fazer e o tempo vai passar voando.

– E os honorários? – perguntou Lester.

– Mesmo valor. Mesmas condições. Tudo bem por vocês?

– Por mim tudo bem – respondeu Carl Lee. – Eu vou dar um jeito de te pagar.

– Depois a gente fala sobre isso.

– E os médicos? – perguntou Carl Lee.

– A gente dá um jeito. Não sei. Vai acontecer.

O réu sorriu. Lester roncou alto e Carl Lee riu do irmão.

– Eu fiquei achando que você tinha ligado pra ele, mas ele jura que não.

Jake sorriu sem jeito, mas não disse nada. Lester mentia bem, um talento que se revelara extremamente benéfico durante o seu julgamento por homicídio.

– Sinto muito, Jake. Eu estava errado.

– Não precisa pedir desculpas. A gente tem muito trabalho a fazer pra perder tempo pedindo desculpas.

PRÓXIMO AO ESTACIONAMENTO do lado de fora do presídio, um repórter estava sob a sombra de uma árvore esperando que algo acontecesse.

– Com licença, o senhor não é o Dr. Brigance?

– Quem quer saber?

– Meu nome é Richard Flay, trabalho no *Jackson Daily*. Você é Jake Brigance.

– Sim.

– O ex-advogado do Sr. Hailey.

– Não. Advogado do Sr. Hailey.

– Eu achava que ele tinha contratado Bo Marsharfsky. Na verdade, é por isso que eu tô aqui. Ouvi um boato de que o Marsharfsky estaria aqui hoje à tarde.

– Se você o vir, diz que ele chegou tarde demais.

LESTER DORMIU PROFUNDAMENTE no sofá do escritório de Ozzie. O operador de rádio o acordou às quatro da manhã de domingo e, depois de encher um copo descartável com café puro, partiu para Chicago. No sábado à noite, ele e Carl Lee ligaram para Cat em seu escritório no andar de cima do clube e o informaram sobre a mudança de ideia de Carl Lee. Cat estava ocupado e foi indiferente. Ele disse que ligaria para Marsharfsky. Não houve menção ao dinheiro.

20

Pouco depois que Lester foi embora, Jake cambaleou pela entrada da garagem em seu roupão para buscar os jornais de domingo. Clanton ficava uma hora a sudeste de Memphis, três horas ao norte de Jackson e a 45 minutos de Tupelo. Todas as três cidades tinham jornais diários com edições de domingo volumosas que chegavam a Clanton. Jake havia muito assinava todos três e naquele momento estava feliz por isso, pois Carla teria bastante material para seu álbum de recortes. Ele espalhou os jornais e deu início à tarefa de examinar um bloco de papel com doze centímetros de altura. Nada no jornal de Jackson. Ele esperava que Richard Flay tivesse publicado algo. Deveria ter passado mais tempo com ele do lado de fora do presídio. Nada no jornal de Memphis. Nada no de Tupelo. Jake não ficou surpreso, apenas estava esperançoso de que alguém já tivesse ficado sabendo. Mas tudo tinha acontecido muito tarde no dia anterior. Talvez segunda-feira. Ele estava cansado de se esconder, cansado de se sentir envergonhado. Até que a notícia saísse nos jornais e fosse lida pelos frequentadores do Coffee Shop, pelo pessoal da igreja e pelos outros advogados, incluindo Buckley, Sullivan e Lotterhouse, até que todos soubessem que o caso era seu novamente, ele ficaria na dele e longe dos holofotes. De que maneira deveria contar a Sullivan? Carl Lee ligaria para Marsharfsky, ou para o cafetão, provavelmente para o cafetão, que ligaria para Marsharfsky com a notícia. Que tipo de comunicado de imprensa Marsharfsky faria dessa vez? Depois então o grande advogado ligaria para Walter Sullivan com a maravilhosa notícia. Isso provavelmente aconteceria na segunda-feira de manhã, se não antes. A notícia se espalharia depressa por todo o escritório, e os sócios seniores e juniores se reuniriam com os demais advogados na longa sala de reuniões recoberta de mogno e praguejariam contra Brigance, sua falta de ética e sua tática de baixo nível. Os advogados tentariam impressionar seus chefes despejando as leis e os códigos de ética provavelmente violados por Brigance. Jake os odiava, cada um deles. Ele enviaria a Sullivan uma carta curta, sucinta, com cópia para Lotterhouse.

Não ligaria nem escreveria para Buckley. Queria que ele ficasse em choque depois de ver o jornal. Uma carta para o juiz Noose com cópia para Buckley funcionaria bem. Ele não o honraria com uma carta pessoal.

Jake teve uma ideia, hesitou, então ligou para Lucien. Passavam alguns minutos das sete. A enfermeira/empregada/garçonete atendeu o telefone.

– Sallie?

– Sim.

– É o Jake. O Lucien tá acordado?

– Só um minuto. – Ela rolou para o lado e entregou o telefone para Lucien.

– Alô.

– Lucien, é o Jake.

– Sim, o que você quer?

– Tenho boas notícias. O Carl Lee Hailey me recontratou ontem. O caso é meu de novo.

– Qual caso?

– O caso Hailey!

– Ah, o justiceiro. É seu?

– Desde ontem. Temos trabalho a fazer.

– Quando é o julgamento? Julho, que dia?

– Vinte e dois.

– Está bem perto. Qual é a prioridade?

– Um psiquiatra. Um barato que tope dizer qualquer coisa.

– Sei exatamente com quem falar.

– Ótimo. Vai trabalhar. Te ligo daqui a uns dias.

Carla acordou em um horário decente e encontrou o marido na cozinha com jornais espalhados em cima e embaixo da mesa do café da manhã. Ela passou um café fresco e, sem dizer uma palavra, sentou-se à mesa. Ele sorriu para ela e continuou lendo.

– A que horas você acordou? – perguntou ela.

– Cinco e meia.

– Por que tão cedo? É domingo.

– Eu não conseguia dormir.

– Muito animado?

Jake baixou o jornal.

– Na verdade, sim. Muito animado. É uma pena que essa animação não vai ser mútua.

– Desculpa por ontem à noite.

– Não precisa se desculpar. Eu sei como você se sente. O problema é que você só enxerga o lado negativo. Você não tem ideia do que esse caso pode fazer pela gente.

– Jake, esse caso me assusta. Os telefonemas, as ameaças, a cruz pegando fogo. Se esse caso significar um milhão de dólares, vai valer a pena se alguma coisa acontecer?

– Nada vai acontecer. A gente vai receber mais ameaças e as pessoas vão olhar pra gente na igreja e pela cidade, mas nada de mais.

– Mas você não tem como garantir.

– A gente já falou sobre isso ontem à noite e eu não me importo em reforçar agora de manhã. Mas eu tenho uma ideia.

– Mal posso esperar pra ouvir.

– Você e Hanna pegam um avião pra Carolina do Norte e ficam com os seus pais até depois do julgamento. Eles iam adorar ter vocês lá e a gente não ia precisar se preocupar com a Klan ou com sei lá quem que gosta de atear fogo em cruzes.

– Mas o julgamento é daqui a dois meses e meio! Você quer que a gente fique em Wilmington por dois meses e meio?

– Sim.

– Eu amo os meus pais, mas isso é ridículo.

– Você não vê eles o suficiente, e eles não veem a Hanna o suficiente.

– Também não vemos você o suficiente. Eu não vou passar dois meses e meio fora de casa.

– Eu tenho uma tonelada de coisas pra fazer. Até o julgamento acabar eu vou pensar nesse caso até dormindo. Vou trabalhar à noite, nos fins de semana...

– Isso é novidade?

– Eu vou ignorar vocês e não pensar em nada além desse caso.
– A gente tá acostumada com isso.
Jake sorriu para ela.
– Você tá dizendo que consegue lidar com isso?
– Eu consigo lidar com você. São aqueles malucos que me assustam.
– Se a coisa ficar séria, eu me afasto. Eu me retiro do caso se a nossa família estiver em perigo.
– Promete?
– Claro que eu prometo. Vamos mandar a Hanna pra casa dos seus pais.
– Se a gente não tá em perigo, por que você quer mandar ela pra lá?
– Só pra garantir. Ela vai se divertir muito passando o verão com os avós. Eles vão adorar.
– Ela não duraria uma semana sem mim.
– E você não duraria uma semana sem ela.
– É verdade. Isso tá fora de questão. Eu não me preocupo com ela, desde que eu possa abraçá-la e apertá-la.
O café ficou pronto e Carla encheu as xícaras.
– Alguma coisa no jornal?
– Não. Achei que o jornal de Jackson fosse publicar algo, mas acho que já era tarde ontem quando tudo aconteceu.
– Eu acho que seu timing ficou um pouco enferrujado depois de uma semana demitido.
– Espera até amanhã.
– Como você sabe?
– Eu prometo.
Ela balançou a cabeça e procurou pela seção de moda e pela de alimentos.
– Você vai à igreja?
– Não.
– Por que não? Você já tem o caso. Você é uma estrela de novo.
– Sim, mas ninguém sabe ainda.
– Entendi. Domingo que vem.
– Claro.

MOUNT HEBRON, MOUNT ZION, Mount Pleasant, Brown's Chapel, Green's Chapel, Norris Road, Section Line Road, Bethel Road, Templo de Deus,

Templo de Cristo e Templo dos Santos: em todas as igrejas, baldes, cestos e pratos foram passados e repassados do altar à porta de entrada para recolher dinheiro para Carl Lee Hailey e sua família. Os imensos baldes tamanho família do KFC eram usados em diversas igrejas. Quanto maior o balde ou cesto, menores as doações individuais pareciam à medida que caíam no fundo, permitindo assim que o pastor o passasse uma segunda vez pelo rebanho. Era uma doação especial, separada da doação regular, e foi precedida em praticamente todas as igrejas por um relato de partir o coração sobre o que havia acontecido com a preciosa garotinha Hailey e o que aconteceria com seu pai e sua família se os baldes não fossem enchidos. Em muitos casos, o nome sagrado da NAACP foi invocado, o que levou muitos a abrir suas bolsas e carteiras.

Tinha funcionado. Os baldes foram esvaziados, o dinheiro contado e o ritual repetido durante os cultos noturnos. No final da noite de domingo, as doações da manhã e da noite foram reunidas e somadas por cada pastor, que entregaria uma grande porcentagem do total ao reverendo Agee na segunda-feira. Ele guardaria o dinheiro em algum lugar de sua igreja, e uma imensa parcela dele seria gasta em benefício da família Hailey.

TODO DOMINGO, DAS duas às cinco da tarde, os prisioneiros do presídio do condado de Ford eram levados para um terreno cercado na pequena rua atrás do edifício. Um limite de três amigos ou parentes para cada prisioneiro era autorizado lá dentro por não mais do que uma hora. Havia algumas árvores fazendo sombra, algumas mesas de piquenique quebradas e uma cesta de basquete bem conservada. Policiais e cães observavam atentos do outro lado da cerca.

Uma rotina tinha sido estabelecida. Gwen e as crianças saíam da igreja depois da bênção, por volta das três, e iam de carro para o presídio. Ozzie permitiu que Carl Lee entrasse mais cedo na área de recreação para que pudesse escolher a melhor mesa de piquenique, uma que tinha quatro pernas e ficava sob uma árvore. Ele sentava lá sozinho, sem falar com ninguém, e assistia à luta de basquete até que sua família chegasse. Não era basquete, mas um híbrido de rúgbi, luta livre, judô e basquete. Ninguém se atrevia a apitar o jogo. Só era falta se tirasse sangue. E, surpreendentemente, não havia brigas. Uma briga significaria a admissão imediata na solitária e nada de recreação por um mês.

Havia alguns visitantes, algumas namoradas e esposas, e elas se sentavam na grama perto da cerca com seus homens e assistiam em silêncio à confusão sob a cesta de basquete. Um casal perguntou a Carl Lee se eles poderiam usar sua mesa para o almoço. Ele balançou a cabeça e eles comeram sentados na grama.

Gwen e as crianças chegaram antes das três. O policial Hastings, seu primo, destrancou o portão e as crianças correram para encontrar o pai. Gwen arrumou a comida. Carl Lee estava ciente dos olhares dos menos afortunados e apreciava a inveja. Se ele fosse branco, ou menor e mais fraco, ou talvez acusado de um crime menos grave, teria sido convidado a compartilhar sua comida. Mas ele era Carl Lee Hailey, e ninguém o encarava por muito tempo. O jogo recobrou a fúria e a violência, e a família comeu em paz. Tonya sempre se sentava ao lado do pai.

– Eles começaram a pegar doações pra gente hoje de manhã – disse Gwen depois do almoço.

– Quem?

– A igreja. O reverendo Agee disse que todas as igrejas negras do condado vão coletar dinheiro todo domingo pra gente e pros honorários do advogado.

– Quanto?

– Não sei. Ele disse que eles vão passar o balde todo domingo até o julgamento.

– Isso é muito bom. O que ele disse sobre mim?

– Falou sobre o caso e tudo mais. Disse que ia ser tudo muito caro e que a gente ia precisar da ajuda das igrejas. Falou sobre generosidade cristã, esse tipo de coisa. Ele disse que você é um verdadeiro herói pra comunidade.

"Que surpresa agradável", pensou Carl Lee. Ele esperava alguma ajuda de sua igreja, mas nada financeiro.

– Quantas igrejas?

– Todas as igrejas negras do condado.

– Quando vamos pegar o dinheiro?

– Ele não disse.

"Depois que ele tirar a parte dele", pensou Carl Lee.

– Meninos, peguem a irmã de vocês e vão brincar ali perto da cerca. Eu e a mamãe precisamos conversar. Cuidado, hein.

Carl Lee Jr. e Robert pegaram a menina pela mão e fizeram exatamente o que o pai pediu.

– O que o médico disse? – perguntou Carl Lee, enquanto observava as crianças se afastarem.

– Ela tá bem. A mandíbula tá sarando. Talvez ele tire os arames daqui a um mês. Ela não pode correr, pular nem brincar ainda, mas falta pouco. Ainda sente um pouco de dor.

– E quanto ao... é... ao resto?

Gwen balançou a cabeça e cobriu os olhos. Começou a chorar e a enxugar as lágrimas. Tentou falar, mas sua voz falhou.

– Ela nunca vai poder ter filhos. Ele me disse...

Ela parou, enxugou o rosto e tentou continuar. Começou a soluçar alto e enfiou o rosto em uma toalha de papel.

Carl Lee se sentiu mal. Ele apoiou a testa nas palmas das mãos. Cerrou os dentes enquanto seus olhos lacrimejavam.

– O que ele disse?

Gwen levantou a cabeça e falou pausadamente, lutando contra as lágrimas.

– Ele me disse na terça-feira que o estrago foi grande... – Ela enxugou o rosto molhado com os dedos. – Mas ele quer mandar ela pra um especialista em Memphis.

– Ele não tem certeza?

Ela balançou a cabeça.

– Noventa por cento de certeza. Mas ele acha que ela deveria ser examinada por outro médico em Memphis. A gente precisa levar ela lá daqui a um mês.

Gwen arrancou outra toalha de papel e enxugou o rosto. Ela entregou uma para o marido, que secou os olhos depressa.

Junto à cerca, Tonya ouvia os irmãos discutirem sobre quem seria o policial e quem seria o preso. Observou seus pais conversarem, balançarem a cabeça e chorarem. Ela sabia que havia algo de errado com ela. Esfregou os olhos e começou a chorar também.

– Os pesadelos estão piorando – disse Gwen, interrompendo o silêncio. – Eu tenho que dormir com ela toda noite. Ela sonha com homens vindo atrás dela, homens escondidos nos armários, perseguindo ela pela floresta. Ela acorda gritando e suando. O médico diz que ela precisa ir a um psiquiatra. Diz que vai piorar antes de melhorar.

– Quanto isso vai custar?

– Não sei. Não liguei pra ele ainda.
– Melhor ligar logo. Onde é esse psiquiatra?
– Em Memphis.
– Novidade... Como os meninos têm se comportado com ela?
– Eles têm sido ótimos. Tratam ela de um jeito especial. Mas os pesadelos deixam eles assustados. Quando ela acorda gritando, todo mundo acorda. Os meninos correm pra cama dela e tentam ajudar, mas ficam assustados. Ontem à noite, ela não conseguiu voltar a dormir até que os meninos deitassem no chão do lado dela. Ficamos todos deitados lá acordados e com as luzes acesas.
– Os meninos vão ficar bem.
– Eles sentem falta do pai.
Carl Lee esboçou um sorriso forçado.
– Não vai demorar muito.
– Você acha mesmo isso?
– Não sei mais o que eu acho. Mas não pretendo passar o resto da minha vida preso. Eu contratei o Jake de volta.
– Quando?
– Ontem. O tal advogado de Memphis nunca apareceu, nem sequer me ligou. Eu demiti ele e contratei o Jake de novo.
– Mas você disse que o Jake era muito novo.
– Eu tava errado. Ele é novo, mas é bom. Pergunta pro Lester.
– É o seu julgamento.
Carl Lee foi caminhando pelo gramado, jamais passando da cerca. Ele pensou nos dois estupradores, em algum lugar lá fora, mortos e enterrados, suas carnes apodrecendo naquele momento, suas almas queimando no inferno. Antes de morrerem, eles haviam conhecido sua filhinha, apenas brevemente, e em duas horas destruíram seu corpo e arruinaram sua mente. Tão brutal foi o ataque deles que ela nunca poderia ter filhos; tão violento o encontro que ela os via escondidos em armários à espera dela. Será que algum dia ela seria capaz de esquecer, bloquear, apagar tudo de sua mente para que sua vida fosse normal? Talvez um psiquiatra pudesse fazer isso. As outras crianças permitiriam que ela fosse normal?
Ela era só uma garotinha negra, eles provavelmente pensaram. A garotinha negra de alguém. Ilegítima, claro, como todas elas. Um estupro não seria novidade.

Carl Lee se recordou deles no tribunal. Um orgulhoso, o outro assustado. Lembrou-se deles descendo as escadas enquanto ele esperava. Depois, a expressão de horror quando ele avançou com o fuzil na mão. O som dos tiros, os gritos por socorro, os gritos deles enquanto caíam juntos, um em cima do outro, algemados, gritando e se contorcendo, incapazes de ir a qualquer lugar. Ele se lembrava de ter sorrido, até mesmo de rir, ao vê-los agonizar com metade da cabeça estourada, e de que, quando seus corpos ficaram imóveis, ele correu.

Ele sorriu novamente. Estava orgulhoso daquilo. O primeiro soldado que matara no Vietnã o havia incomodado mais.

A CARTA PARA Walter Sullivan ia direto ao ponto:

Caro J. Walter:
No presente momento, é seguro presumir que o Dr. Marsharfsky o informou de que seu contrato com Carl Lee Hailey foi encerrado. Seus serviços como advogado local, evidentemente, não serão mais necessários. Tenha um bom dia.
Atenciosamente,
Jake

Uma cópia foi enviada para L. Winston Lotterhouse. A carta para Noose era tão curta quanto a outra:

Caro juiz Noose:
Informo que fui contratado por Carl Lee Hailey. Estamos nos preparando para o julgamento em 22 de julho. Solicito que faça constar dos autos.
Atenciosamente,
Jake

Uma cópia foi enviada para Buckley.

Marsharfsky ligou às nove e meia na segunda-feira. Jake ficou olhando o botão de espera piscar no aparelho telefônico por dois minutos antes de pegar o fone.

– Alô?
– Como você fez isso?
– Quem é?
– A sua secretária não te informou? Bo Marsharfsky, e quero saber como você fez isso.
– Fiz o quê?
– Roubou o meu caso.
"Fique calmo", pensou Jake. "Ele é um brigão."
– Pelo que me lembro, o caso foi roubado de mim – respondeu Jake.
– Eu nunca estive com ele antes de ele me contratar.
– Você não precisou. Você mandou o seu cafetão, lembra?
– Está me acusando de correr atrás de casos?
– Sim.
Marsharfsky fez uma pausa e Jake se preparou para os xingamentos.
– Quer saber de uma coisa, Dr. Brigance? Você tá certo. Eu corro atrás de casos todos os dias. Sou profissional nisso. É assim que eu ganho tanto dinheiro. Se aparece um grande caso criminal, o meu objetivo é pegar pra mim. E eu vou usar qualquer método que achar necessário.
– Engraçado, isso não foi mencionado no jornal.
– E se eu quiser o caso Hailey, eu vou conseguir.
– Vamos ver.
Jake desligou e ficou rindo. Acendeu um charuto barato e começou a trabalhar em seu pedido de desaforamento.

DOIS DIAS DEPOIS, Lucien ligou e pediu a Ethel que falasse com Jake para que ele fosse vê-lo. Era importante. Havia uma pessoa que Jake precisava conhecer.
O visitante era o Dr. W.T. Bass, um psiquiatra aposentado de Jackson. Ele conhecia Lucien havia anos, e eles tinham trabalhado juntos em dois casos de alegação de insanidade ao longo de sua amizade. Ambos os criminosos ainda estavam no Parchman. Ele havia se aposentado um ano antes de Lucien perder a licença, pelo mesmo motivo que contribuiu fortemente para a situação do advogado – a saber, uma forte afeição por Jack Daniel's. Ele visitava Lucien ocasionalmente em Clanton, e Lucien o visitava com mais frequência em Jackson, e os dois gostavam dessas visitas porque gostavam de ficar bêbados juntos. Estavam sentados na varanda e esperavam por Jake.

– É só dizer que ele estava fora de si – instruiu Lucien.
– Ele estava? – perguntou o médico.
– Isso não é importante.
– O que é importante?
– O importante é dar pro júri uma desculpa pra absolver o cara. Eles não vão se importar se ele é maluco ou não. Mas vão precisar de algum motivo pra absolver ele.
– Seria bom examiná-lo.
– Você pode. Pode falar com ele quantas vezes quiser. Ele está no presídio só esperando alguém pra conversar.
– Eu vou precisar me encontrar com ele várias vezes.
– Eu sei disso.
– E se eu não achar que ele estava fora de si no momento do crime?
– Aí você não vai testemunhar no julgamento, não vai ter o seu nome nem a sua foto no jornal, e não vai ser entrevistado na TV.
Lucien fez uma pausa longa o suficiente para tomar um longo gole.
– Só faz o que eu tô falando. Entrevista ele, anota bastante coisa. Faz perguntas idiotas. Você sabe o que fazer. Depois diz que ele estava fora de si.
– Eu não tenho tanta certeza disso. Não deu muito certo no passado.
– Olha só, você é médico, não é? Então é só agir de um jeito imponente, vaidoso, arrogante. Exatamente como um médico deve agir. Dá a sua opinião e desafia alguém a questionar.
– Não sei. Não deu muito certo antes.
– Só faz o que eu tô te falando.
– Eu já fiz isso antes e os dois caras estão lá no Parchman.
– Eles eram casos perdidos. O Hailey é diferente.
– Ele tem alguma chance?
– Mínima.
– Eu achei que você tinha dito que ele era diferente.
– Ele é um homem honesto com um bom motivo pra matar.
– Então por que as chances dele são mínimas?
– A lei diz que o motivo dele não é bom o suficiente.
– Então ponto pra lei.
– Além disso, ele é negro e esse é um condado de brancos. Não confio nesses fanáticos daqui.

– E se ele fosse branco?

– Se ele fosse branco e matasse dois negros que estupraram a filha dele, o júri daria a chave do tribunal de presente pra ele.

Bass terminou um copo e serviu outro. Entre eles havia uma mesa de vime, sobre a qual estavam uma garrafa e um balde de gelo.

– E o advogado dele? – perguntou o médico.

– Deve chegar já, já.

– Ele trabalhava pra você?

– Sim, mas acho que vocês não se conheceram. Ele entrou no escritório uns dois anos antes de eu sair. É jovem, trinta e poucos anos. Honesto, aguerrido, trabalhador.

– E ele trabalhava para você?

– Foi o que eu disse. Pra idade, ele tem bastante experiência em audiências. Não é o primeiro caso de homicídio que ele pega, mas, se não me engano, é o primeiro caso com alegação de insanidade.

– Isso é bom. Não quero ninguém fazendo muitas perguntas.

– Eu gosto da sua confiança. Espera até você conhecer o promotor.

– Eu não tô me sentindo bem com isso. A gente tentou duas vezes e não funcionou.

Lucien balançou a cabeça, perplexo.

– Você deve ser o médico mais humilde que eu conheci na vida.

– E o mais pobre.

– Você deveria ser afetado e arrogante. Você é um perito. Aja como um. Quem vai questionar sua opinião profissional em Clanton, Mississippi?

– O Ministério Público também vai ter peritos.

– Eles vão ter um psiquiatra de Whitfield. Ele vai avaliar o réu por algumas horas e, em seguida, vai ser levado até o tribunal pra dizer que o réu é o homem mais são que ele já conheceu. Ele nunca viu um réu inimputável. Para ele, ninguém nunca é maluco. Todos são abençoados com uma saúde mental perfeita. Whitfield está cheio de pessoas sãs, exceto quando tem alguma coisa a ver com dinheiro do governo. Nessas horas, todo mundo é maluco. Ele seria demitido se começasse a dizer que os réus são inimputáveis. Então é contra essa pessoa que você vai estar lutando.

– E o júri vai acreditar em mim automaticamente?

– Você age como se nunca tivesse passado por uma situação dessas.

– Duas vezes, lembra? Um estuprador e um assassino. Nenhum deles era maluco, apesar de eu ter dito o contrário. E os dois estão presos, exatamente onde deveriam estar.

Lucien tomou um longo gole e analisou o líquido marrom claro e os cubos de gelo flutuantes.

– Você disse que iria me ajudar. Você me deve um favor, Deus é testemunha. Quantos divórcios eu resolvi pra você?

– Três. E em todos eles eu acabei sem nada.

– Você mereceu todas as vezes. Era desistir ou ir a julgamento e ter seus hábitos discutidos em uma audiência aberta.

– Eu lembro.

– Quantos clientes, ou pacientes, eu mandei pra você todos esses anos?

– Não o suficiente pra eu pagar todas as pensões.

– Você se lembra do caso de negligência médica envolvendo a senhora cujo tratamento consistia basicamente em sessões semanais no seu sofá-cama? O escritório que você contratou se recusou a te defender, então você ligou pro seu querido amigo Lucien, que fechou um acordo baratíssimo e te manteve longe do tribunal.

– Não havia testemunhas.

– Só a própria senhora. E os autos mostrando que as suas esposas entraram com um processo de divórcio sob a alegação de adultério.

– Elas não tinham como provar.

– Elas nem tiveram oportunidade. A gente não queria que elas tentassem, lembra?

– Tá bem, já chega, já chega. Eu disse que ia ajudar. E as minhas qualificações?

– Você tá sempre preocupado com tudo?

– Não. Eu só fico nervoso quando penso em tribunais.

– Tá tudo certo com as qualificações. Você já foi qualificado antes como perito. Não se preocupa tanto.

– E isso aqui? – Ele sacudiu o copo para Lucien.

– Você não deveria beber tanto – disse ele.

O médico deixou o copo escapar de sua mão e caiu na gargalhada. Ele rolou da cadeira e rastejou até a beira da varanda, segurando a barriga e se sacudindo de tanto rir.

– Você tá bêbado – sentenciou Lucien enquanto saía para pegar outra garrafa.

QUANDO JAKE CHEGOU, uma hora depois, Lucien estava se embalando lentamente em sua enorme cadeira de vime. O médico estava dormindo no balanço do outro lado da varanda. Ele estava descalço e os dedos dos pés tinham desaparecido nos arbustos que ladeavam a varanda. Jake subiu as escadas e surpreendeu Lucien.

– Jake, meu garoto, como você tá? – disse ele com uma voz arrastada.

– Tudo bem, Lucien. Tô vendo que você tá ótimo. – Ele olhou para a garrafa vazia e para a outra não completamente vazia.

– Eu queria que você conhecesse aquele cara ali – apontou ele, tentando se endireitar na cadeira.

– Quem é ele?

– É o nosso psiquiatra. Dr. W.T. Bass, de Jackson. Grande amigo meu. Vai ajudar a gente com o Hailey.

– Ele é bom?

– O melhor. Trabalhamos juntos em vários casos de insanidade.

Jake deu alguns passos na direção do balanço e parou. O médico estava deitado de costas com a camisa desabotoada e a boca aberta. Ele roncava pesadamente, fazendo um som gutural um tanto incomum. Uma mosca do tamanho de um pequeno pardal zumbia ao redor de seu nariz e recuava para o topo do balanço a cada expiração estrondosa. Um vapor rançoso emanava com o ronco e pairava como uma névoa invisível no final da varanda.

– Ele é médico? – perguntou Jake enquanto se sentava ao lado de Lucien.

– Psiquiatra – disse Lucien com orgulho.

– Ele te ajudou com isso? – Jake apontou com a cabeça para as garrafas.

– Eu ajudei ele. Ele bebe feito um gambá, mas tá sempre sóbrio nos julgamentos.

– Que reconfortante.

– Você vai gostar dele. Ele é barato. Me deve um favor. Não vai custar um centavo.

– Já gostei dele.

O rosto de Lucien estava tão vermelho quanto seus olhos.

– Quer beber alguma coisa?

– Não. São três e meia da tarde.

– Jura? Que dia é hoje?

– Quarta-feira, 12 de junho. Há quanto tempo vocês estão bebendo?

– Uns trinta anos. – Lucien riu e sacudiu seus cubos de gelo.

– Quis dizer hoje.
– Começamos no café da manhã. Que diferença faz?
– Ele trabalha?
– Não, tá aposentado.
– A aposentadoria dele foi voluntária?
– Você quer saber se ele perdeu a licença, é isso?
– Isso mesmo.
– Não. Ele ainda tem a licença e as qualificações dele são impecáveis.
– Ele parece impecável.
– A bebida pegou ele uns anos atrás. A bebida e as pensões alimentícias. Eu cuidei de três dos divórcios dele. Chegou num ponto em que toda renda dele ia pra pensão, então ele parou de trabalhar.
– E como ele faz?
– A gente, hã, quero dizer, ele escondeu uma grana fora. Escondeu das esposas e dos advogados famintos delas. Ele tem uma vida bastante confortável.
– Ele parece confortável.
– Além disso, ele vende droga, mas só pra uma clientela rica. Na verdade não são drogas, são uns narcóticos que ele pode prescrever legalmente. Não é bem ilegal. Só um pouco antiético.
– O que ele tá fazendo aqui?
– Ele vem me visitar de vez em quando. Mora em Jackson, mas odeia aquele lugar. Liguei para ele no domingo depois de falar com você. Ele quer ver o Hailey o mais rápido possível. Amanhã, se der.

O médico grunhiu e rolou para o lado, fazendo com que o balanço se movesse repentinamente. O balanço oscilou algumas vezes e o médico se mexeu de novo, ainda roncando. Ele esticou a perna direita e seu pé se prendeu a um galho grosso no meio dos arbustos. O balanço sacudiu de lado e arremessou o doutor na varanda. Sua cabeça bateu no piso de madeira, enquanto seu pé direito permaneceu encaixado na ponta do balanço. Ele fez uma careta e tossiu, depois recomeçou a roncar. Jake instintivamente foi na direção dele, mas parou quando ficou claro que ele estava ileso e que ainda dormia.

– Deixa ele! – ordenou Lucien em meio a gargalhadas.

Lucien fez um cubo de gelo deslizar pelo piso da varanda e errou a cabeça do médico. O segundo cubo bateu exatamente na ponta do nariz dele.

– Na mosca! – comemorou Lucien. – Acorda, seu bêbado!

Jake desceu as escadas em direção ao carro, ouvindo seu ex-chefe rir, xingar e jogar cubos de gelo no Dr. W.T. Bass, psiquiatra, testemunha da defesa.

O ASSISTENTE DO xerife DeWayne Looney saiu do hospital de muletas e foi com a esposa e os três filhos até o presídio, onde o xerife, os outros assistentes, os suplentes e alguns amigos os aguardavam com um bolo e pequenos presentes. A partir daquele dia, ele seria operador de rádio e manteria seu distintivo, seu uniforme e seu salário integral.

21

O salão de confraternização da Igreja de Springdale havia sido impecavelmente limpo e encerado, e as mesas e cadeiras dobráveis, espanadas e organizadas em fileiras perfeitas ao redor do salão. Era a maior igreja negra do condado e ficava em Clanton, então o reverendo Agee considerou essencial que a reunião fosse lá. O objetivo da coletiva de imprensa era se posicionar, mostrar apoio àquele morador que fizera o bem e anunciar a criação do Fundo de Apoio Jurídico a Carl Lee Hailey. O diretor nacional da NAACP estava presente, com um cheque de 5 mil dólares em mãos e a promessa de que haveria ainda mais dinheiro no futuro. O diretor executivo da filial de Memphis levou mais 5 mil e os colocou com imponência sobre a mesa. Eles se sentaram com Agee atrás das duas mesas dobráveis na frente da sala, com todos os membros do conselho sentados atrás deles, e duzentos negros, membros da igreja, formavam a plateia lotada. Gwen se sentou ao lado de Agee. Alguns repórteres e operadores de câmera, muito menos do que o esperado, se agrupavam no meio do salão e filmavam tudo.

Agee falou primeiro e foi inspirado pelas câmeras. Ele falou sobre os Haileys e sobre sua bondade e inocência, e sobre ter batizado Tonya quando ela tinha apenas 8 anos. Falou de uma família destruída pelo racismo e pelo ódio. Houve lágrimas na plateia. Depois disso, ele endureceu. Atacou o sistema judicial e seu desejo de processar um homem bom e honesto que não tinha feito nada de errado; um homem que, se fosse branco, não iria a julgamento; um homem que estava sendo julgado apenas por ser negro, e isso era o que havia de mais errado em relação ao fato de Carl Lee Hailey estar sendo processado e perseguido. A fala de Agee pegou ritmo, a multidão se juntou a ele, e a coletiva de imprensa assumiu o fervor de um avivamento. Durou 45 minutos.

Seria difícil para qualquer um falar depois dele. Mas o diretor nacional não hesitou. Fez um discurso de meia hora condenando o racismo. Ele aproveitou o momento e divulgou estatísticas nacionais sobre crimes, prisões, condenações e população carcerária, e resumiu tudo declarando que o sistema de justiça criminal era controlado por brancos que perseguiam negros injustamente. Então, em uma desconcertante enxurrada de argumentos, ele fez um paralelo entre as estatísticas nacionais e as do condado de Ford, e declarou o sistema inadequado para cuidar do caso de Carl Lee Hailey. As luzes das câmeras de TV chamavam a atenção para uma linha de suor acima de suas sobrancelhas, e ele parecia ainda mais entusiasmado. Ficou ainda mais furioso do que o reverendo Agee e socou o púlpito, fazendo o aglomerado de microfones pular e tremer. Conclamou os negros do condado de Ford e do Mississippi a doarem até doer. Prometeu protestos e manifestações. O julgamento seria um grito de guerra para os negros e oprimidos em todos os lugares.

Ele respondeu a perguntas. Quanto dinheiro seria arrecadado? Pelo menos 50 mil, eles esperavam. Seria caro defender Carl Lee Hailey e 50 mil poderiam não ser suficientes, mas eles levantariam quanto fosse necessário. E o tempo estava se esgotando. Para onde iria o dinheiro? Honorários advocatícios e despesas judiciais. Uma equipe de advogados e médicos seria necessária. Os advogados da NAACP seriam utilizados? Claro. O setor jurídico em Washington já estava trabalhando no caso. A equipe responsável por crimes passíveis de pena capital cuidaria de todos os aspectos do julgamento. Carl Lee Hailey havia se tornado sua prioridade, e todos os recursos disponíveis seriam dedicados à sua defesa.

Quando terminou, o reverendo Agee retomou o púlpito e fez um sinal com a cabeça para um pianista num canto do salão. A música começou. Todos ficaram de pé, de mãos dadas, e cantaram uma versão emocionante de "We Shall Overcome".

JAKE LEU SOBRE o fundo de apoio jurídico no jornal de terça-feira. Ele tinha ouvido rumores de que o conselho organizaria a doação, mas foi informado de que o dinheiro seria para o sustento da família. Cinquenta mil por honorários advocatícios! Estava com raiva, mas interessado. Ele seria demitido de novo? Supondo que Carl Lee se recusasse a contratar os advogados da NAACP, o que aconteceria com o dinheiro? O julgamento seria dali a cinco semanas, tempo suficiente para a equipe que cuidava das penas capitais chegar a Clanton. Ele tinha lido sobre aqueles caras; um grupo de seis especialistas em crimes passíveis de pena de morte, que percorriam o Sul defendendo negros acusados de crimes hediondos e de grande visibilidade. O apelido deles era "Esquadrão da Morte". Eram advogados brilhantes, extremamente talentosos e educados, dedicados a resgatar assassinos negros das inúmeras câmaras de gás e cadeiras elétricas em todo o Sul do país. Eles não pegavam nada além de casos relacionados a crimes passíveis de pena capital e eram muito, muito bons em seu trabalho. A NAACP administrava a ação deles, levantando dinheiro, organizando os negros locais e gerando publicidade. O racismo era o melhor, e por vezes único, argumento de defesa deles, e embora perdessem muito mais do que ganhassem, o histórico deles não era nada mau. Já se esperava que todos os casos dos quais eles cuidavam fossem perdidos. O objetivo deles era transformar o réu em mártir antes do julgamento e, com sorte, provocar um impasse no júri.

Dessa vez, eles estavam a caminho de Clanton.

UMA SEMANA ANTES, Buckley havia entrado com as petições necessárias para que Carl Lee fosse examinado pelos médicos do Ministério Público. Jake requereu que os médicos examinassem o réu em Clanton, de preferência em seu escritório. Noose indeferiu o pedido e ordenou que o xerife levasse Carl Lee até o Hospital Psiquiátrico do Estado do Mississippi, em Whitfield. Jake pediu permissão para acompanhar seu cliente e estar presente durante os exames. Mais uma vez, seu pedido foi indeferido.

Na quarta-feira de manhã bem cedo, Jake e Ozzie tomavam café no gabinete do xerife e esperavam enquanto Carl Lee tomava banho e trocava de roupa. Whitfield ficava a três horas de distância e ele deveria estar lá às nove. Jake tinha algumas últimas orientações para seu cliente.

– Quanto tempo vocês vão ficar lá? – perguntou Jake a Ozzie.

– O advogado é você. Quanto tempo vai levar?

– Três ou quatro dias. Você já esteve lá, né?

– Claro, já levamos várias pessoas pra lá. Mas nenhum caso como esse. Onde o Carl Lee vai ficar?

– Eles têm vários tipos de celas.

O assistente Hastings entrou na sala, com os olhos sonolentos e mastigando um donut velho.

– A gente vai em quantas viaturas?

– Duas – respondeu Ozzie. – Eu dirijo a minha e você a sua. Eu levo o Pirtle e o Carl Lee, e você vai com o Riley e o Nesbit.

– E as armas?

– Três espingardas em cada carro. Bastante munição. Todo mundo de colete, incluindo o Carl Lee. Prepara as viaturas. Eu quero sair daqui às cinco e meia.

Hastings resmungou e desapareceu.

– Você acha que vai acontecer alguma coisa? – perguntou Jake.

– A gente recebeu uns telefonemas. Dois em particular mencionaram a viagem até Whitfield. É bastante chão até lá.

– Por onde vocês vão?

– A maioria das pessoas pega a 22 até a interestadual, né? Pode ser mais seguro pegar algumas rodovias menores. Provavelmente vamos pegar a 14 na direção sul até a 89.

– Isso seria inesperado.

– Ótimo. Fico feliz por você aprovar.

– Ele é meu cliente, né?

– Por enquanto, pelo menos.

Carl Lee devorou rapidamente os ovos e os pães enquanto Jake o informava sobre o que esperar durante a estada em Whitfield.

– Eu sei, Jake. Você quer que eu me comporte como se fosse maluco, não é isso? – disse Carl Lee com uma risada.

Ozzie também achou engraçado.

– Isso é sério, Carl Lee. Me escuta.

– Por quê? Você mesmo disse que não importa o que eu diga ou faça lá, eles não vão dizer que eu estava fora de mim quando atirei naqueles dois. Esses médicos trabalham pro estado, não é? É o estado que tá me processando, certo? Que diferença faz o que eu digo ou o que eu faço? Eles já se decidiram. Não é isso, Ozzie?

– Eu não vou me meter. Eu trabalho pro estado.

– Você trabalha pro condado – corrigiu Jake.

– Nome, patente e matrícula. Isso é o máximo que eu vou dar pra eles – disse Carl Lee enquanto esvaziava um saquinho de papel.

– Muito engraçado – comentou Jake.

– Ele tá pirando, Jake – disse Ozzie.

Carl Lee enfiou dois canudos no nariz e começou a andar na ponta dos pés pelo escritório, olhando para o teto e depois agarrando um objeto imaginário acima de sua cabeça. Colocou no saco. Foi para cima de outro e o colocou no saco. Hastings voltou e parou na porta. Carl Lee sorriu para ele com um olhar enfurecido, então agarrou outro na direção do teto.

– O que diabos ele tá fazendo? – perguntou Hastings.

– Caçando borboletas – disse Carl Lee.

Jake pegou sua pasta e se dirigiu para a porta.

– Acho que vocês deveriam deixar ele em Whitfield.

Ele bateu a porta e foi embora do presídio.

NOOSE HAVIA AGENDADO a audiência acerca do pedido de desaforamento para segunda-feira, 24 de junho, em Clanton. A audiência seria longa e receberia bastante atenção da imprensa. Jake fizera o requerimento e tinha o ônus de provar que Carl Lee não teria um julgamento justo e imparcial no condado de Ford. Ele precisava de testemunhas. Pessoas com credibilidade na comunidade que estivessem dispostas a declarar que um julgamento justo seria algo impossível. Atcavage disse que poderia fazer aquilo como um favor, mas o banco talvez não desejasse que ele se envolvesse. Harry Rex se ofereceu, entusiasmado. O reverendo Agee disse que ficaria feliz em testemunhar, mas isso tinha sido antes de a NAACP anunciar que seus advogados se envolveriam no caso. Lucien não tinha credibilidade, e Jake nem cogitou, de fato, pedir a ele.

Por outro lado, Buckley teria uma dezena de testemunhas idôneas – funcionários públicos eleitos, advogados, empresários, talvez outros xerifes –, e todos eles diriam que tinham ouvido falar vagamente de Carl Lee Hailey e que ele sem dúvida poderia receber um julgamento justo em Clanton.

Jake até preferia que o julgamento fosse em Clanton, no tribunal do outro lado da rua, em frente ao seu escritório, diante da população local. Julgamentos eram uma experiência não só difícil e tediosa, como também expunha os participantes à pressão e à privação do sono. Seria bom que aquele fosse ali, em uma arena amigável, a três minutos da sua sala. Quando o julgamento estivesse em recesso, ele poderia passar o tempo livre no escritório fazendo pesquisas, preparando testemunhas ou relaxando. Poderia comer no Coffee Shop ou no Claude's, ou mesmo correr para casa para um rápido almoço. Seu cliente poderia permanecer no presídio do condado de Ford, perto da família. E, é claro, sua exposição na mídia seria muito maior. Os repórteres se reuniriam em frente ao seu escritório toda manhã ao longo do julgamento e o seguiriam enquanto ele caminhava em direção ao tribunal. Era uma ideia emocionante.

Será que importava mesmo onde eles iam julgar Carl Lee Hailey? Lucien tinha razão: a notícia havia chegado a todos os moradores de todos os condados do Mississippi. Então, por que mudar de local? A culpa ou a inocência do réu já havia sido prejulgada por todos os possíveis jurados do estado.

Mas claro que importava. Alguns dos possíveis jurados eram brancos e outros negros. Em termos de porcentagem, haveria mais brancos no condado de Ford do que nos condados vizinhos. Jake amava jurados negros, sobretudo em casos criminais e ainda mais quando o criminoso era negro. Eles não ansiavam por condenar ninguém logo de cara. Tinham a mente aberta. Jake os preferia em casos civis também. Tomavam as dores do lado mais fraco contra uma grande empresa ou seguradora, e eram mais liberais com o dinheiro dos outros. Via de regra, ele escolhia todos os jurados negros que podia, mas eles eram raros no condado de Ford.

Era imperativo que o caso fosse julgado em outro condado, um condado mais negro. Um negro poderia criar um impasse no júri. Uma maioria poderia forçar, talvez, a absolvição. Passar duas semanas em um hotel barato e em um tribunal diferente não era uma ideia atraente, mas os pequenos desconfortos importavam menos do que a necessidade de haver rostos negros na bancada do júri.

A questão do desaforamento foi pesquisada de maneira exaustiva por Lucien. Conforme instruído, Jake chegou pontualmente, embora com relutância, às oito da manhã. Sallie serviu o café da manhã na varanda. Jake tomou café e suco de laranja; Lucien, bourbon e água. Por três horas, eles repassaram todos os aspectos de uma mudança de foro. Lucien tinha cópias de todos os casos da Suprema Corte julgados ao longo dos últimos oitenta anos e deu lições como um verdadeiro professor. O aluno fez anotações, discordou uma ou duas vezes, mas, na maior parte do tempo, apenas ouviu.

WHITFIELD FICAVA A poucos quilômetros de Jackson, em uma zona rural do condado de Rankin. Dois seguranças aguardavam no portão da frente e discutiam com os repórteres. Carl Lee deveria chegar às nove, era tudo o que os seguranças sabiam. Às oito e meia, duas viaturas com a insígnia do condado de Ford pararam no portão. Os repórteres e os operadores de câmera correram para o motorista do primeiro carro. A janela de Ozzie estava aberta.

– Onde está o Carl Lee Hailey? – gritou um repórter, nervoso.

– Tá no outro carro – disse Ozzie lentamente, piscando para Carl Lee no banco de trás.

– Ele tá no segundo carro! – gritou alguém, e eles correram para o carro de Hastings.

– Cadê o Hailey? – exigiram eles.

No banco da frente, Pirtle apontou para Hastings, o motorista.

– É esse aqui.

– Você é Carl Lee Hailey? – gritou um repórter para Hastings.

– Sim.

– Por que você está dirigindo?

– E por que esse uniforme?

– Eles me nomearam assistente do xerife – respondeu Hastings com uma cara séria.

O portão se abriu e os dois carros passaram em alta velocidade.

Carl Lee foi recebido no prédio principal e conduzido, junto com Ozzie e os policiais, para outro prédio, onde foi internado em sua cela, ou quarto, como era chamado. A porta foi trancada. Ozzie e seus homens foram dispensados e voltaram para Clanton.

Depois do almoço, um assistente qualquer com uma prancheta e um jaleco branco chegou e fiz perguntas. Começando pela data de nascimento, ele perguntou a Carl Lee sobre todos os acontecimentos e pessoas importantes em sua vida. Aquilo levou duas horas. Às quatro da tarde, dois seguranças algemaram Carl Lee e o levaram em um carrinho de golfe até um prédio moderno de tijolos a oitocentos metros de seu quarto. Ele foi conduzido ao gabinete do Dr. Wilbert Rodeheaver, chefe da equipe. Os seguranças aguardaram no corredor ao lado da porta.

22

Cinco semanas tinham se passado desde o assassinato de Billy Ray Cobb e Pete Willard. O julgamento seria dali a outras quatro. Os três hotéis mais baratos em Clanton estavam lotados para a semana do julgamento e para a que o antecedia. O Best Western era o maior e melhor deles, e tinha atraído a imprensa de Memphis e Jackson. O Clanton Court tinha o melhor bar e o melhor restaurante, e havia sido reservado por repórteres de Atlanta, Washington e Nova York. No menos elegante, o East Side, as diárias curiosamente haviam dobrado de preço para o mês de julho, mas mesmo assim as acomodações estavam esgotadas.

De início, a cidade tinha sido amigável com esses forasteiros, a maioria dos quais eram rudes e falavam com sotaques diferentes. Mas algumas das descrições de Clanton e de sua população tinham sido menos do que lisonjeiras, e a maioria dos habitantes agora respeitava um código de silêncio secreto. Um café barulhento ficava instantaneamente silencioso quando algum desconhecido entrava e se sentava. Os comerciantes ao redor da praça ofereciam pouca ajuda a quem não reconheciam. Os funcionários do fórum ignoravam as perguntas feitas milhares de vezes por intrusos intrometidos. Até mesmo os repórteres de Memphis e Jackson tiveram que lutar para arrancar alguma novidade dos habitantes locais. As pessoas estavam cansadas de serem descritas como atrasadas, caipiras e racistas. Elas ignoravam os forasteiros em quem não podiam confiar e levavam a vida normalmente.

O bar do Clanton Court se tornou o ponto de encontro dos repórteres. Era o único lugar da cidade onde eles podiam ir e encontrar um rosto amigável e uma boa conversa. Eles se sentavam nas mesas sob a TV de tela grande e fofocavam a respeito da pequena cidade e do julgamento que se aproximava. Comparavam anotações, histórias, pistas e boatos, e bebiam até cair, porque não havia mais nada para fazer em Clanton à noite.

Os hotéis lotaram na noite de domingo, 23 de junho, véspera do julgamento do pedido de desaforamento. Na manhã de segunda-feira, eles se reuniram no restaurante do Best Western para tomar café e especular. A audiência era o primeiro grande embate, e provavelmente seria a única antes do julgamento. Havia um boato de que Noose estava doente e não queria fazer a audiência, e que pediria à Suprema Corte para nomear outro juiz. Apenas um boato, sem fonte e nada mais específico, de acordo com um repórter de Jackson. Às oito, eles botaram as câmeras e os microfones nos carros e rumaram para a praça. Um grupo se instalou do lado de fora do presídio, outro nos fundos do tribunal, mas a maioria se dirigiu para a sala de audiências, que às oito e meia estava lotada.

Da varanda de seu escritório, Jake observava o movimento em torno do tribunal. Seu coração batia acelerado e o estômago se revirava. Ele sorriu. Estava pronto para Buckley, pronto para as câmeras.

NOOSE OLHOU PARA BAIXO, além da ponta do nariz, por cima dos óculos de leitura e ao redor da sala de audiências lotada. Estavam todos a postos.

– Este tribunal irá julgar – começou ele – o pedido de desaforamento apresentado pelo réu. A audiência está marcada para segunda-feira, dia 22 de julho. São quatro semanas a contar da data de hoje, de acordo com o meu calendário. Eu estabeleci um prazo para que as partes façam pedidos preliminares, e acredito que esses sejam os únicos dois prazos entre hoje e o julgamento.

– Correto, Excelência – disparou Buckley, parcialmente de pé atrás da mesa.

Jake revirou os olhos e balançou a cabeça.

– Obrigado, Dr. Buckley – disse Noose secamente. – O réu notificou o tribunal de que pretende apresentar uma alegação de insanidade. Ele foi examinado em Whitfield?

— Sim, Excelência, semana passada — respondeu Jake.
— Ele vai contratar o seu próprio psiquiatra?
— Claro, Excelência.
— Ele foi examinado por esse psiquiatra?
— Sim, Excelência.
— Ótimo. Então isso já está resolvido. Que outros pedidos você pretende apresentar?
— Excelência, acreditamos que iremos apresentar uma petição solicitando que este juízo convoque uma quantidade maior de possíveis jurados...
— O Ministério Público vai se opor a esse pedido! — gritou Buckley enquanto se levantava.
— Sente-se, Dr. Buckley! — ordenou Noose severamente, arrancando os óculos e olhando para o promotor. — E, por favor, não grite comigo de novo. É claro que o senhor vai se opor. O doutor irá se opor a qualquer pedido apresentado pela defesa. Esse é o seu trabalho. Não interrompa novamente. Depois que nós encerrarmos, o senhor terá a oportunidade de dar o seu show para a imprensa.

Buckley se afundou na cadeira e escondeu o rosto corado.

Noose nunca havia gritado com ele antes.

— Prossiga, Dr. Brigance.

Jake ficou surpreso com a rispidez de Ichabod. Ele parecia cansado e doente. Talvez fosse a pressão.

— Acredito que teremos algumas objeções a provas já apresentadas.
— Pra serem avaliadas sem a presença do júri?
— Sim, Excelência.
— Vamos deixar para o dia do julgamento. Algo mais?
— Por enquanto, não.
— Agora, Dr. Buckley, o Ministério Público irá apresentar algum pedido?
— Não consigo pensar em nenhum — respondeu Buckley humildemente.
— Ótimo. Quero ter certeza que não teremos surpresas até o dia do julgamento. Estarei aqui uma semana antes para decidir todas as questões preliminares. Espero que todas as petições sejam protocoladas dentro do prazo, para que possamos amarrar muito bem quaisquer pontas soltas antes do dia 22.

Noose folheou os autos e analisou a petição de Jake solicitando o desaforamento. Jake cochichou algo para Carl Lee, que havia insistido em participar da audiência, embora sua presença não fosse necessária. Gwen e os três meninos estavam sentados na primeira fila atrás do pai. Tonya não estava presente.

– Dr. Brigance, parece estar tudo em ordem com o seu pedido. Quantas testemunhas?

– Três, Excelência.

– Dr. Buckley, quantas o senhor vai chamar?

– Temos vinte e uma – disse Buckley todo orgulhoso.

– Vinte e uma! – gritou o juiz.

Buckley se encolheu e olhou para Musgrove.

– M-mas provavelmente não vamos precisar de todas. Na verdade, tenho certeza que não vamos precisar de todas.

– Escolha as suas cinco melhores, Dr. Buckley. Eu não pretendo ficar aqui o dia todo.

– Sim, Excelência.

– Dr. Brigance, o senhor deu entrada num pedido de desaforamento. O doutor pode prosseguir.

Jake se levantou e caminhou lentamente pela sala de audiências, passando por trás de Buckley, até o púlpito de madeira em frente à bancada do júri.

– Com a devida vênia, Excelência, o Sr. Hailey solicitou que seu julgamento fosse transferido do condado de Ford. O motivo é óbvio: a publicidade ao redor deste caso impedirá um julgamento justo. Os cidadãos de bem deste condado já se decidiram acerca da culpa ou da inocência de Carl Lee Hailey. Ele é acusado de matar dois homens, ambos nascidos aqui e que, portanto, deixaram famílias aqui. Suas vidas não atraíram a fama, mas suas mortes definitivamente sim. O Sr. Hailey era conhecido por poucos fora de sua comunidade até o presente momento. Agora, todos neste condado sabem quem ele é, conhecem sua família e sua filha e sabem o que aconteceu com ela, e têm conhecimento da maioria dos detalhes de seus supostos crimes. Será impossível encontrar doze pessoas no condado de Ford que ainda não tenham prejulgado este caso. Este julgamento deve ser realizado em outra parte do estado onde as pessoas não estejam tão familiarizadas com os fatos.

– Onde o doutor sugere? – interrompeu o juiz.

– Eu não recomendaria um condado específico, mas seria bom que fosse o mais longe possível. Talvez na Costa do Golfo.

– Por quê?

– Motivos óbvios, Excelência. Fica a seiscentos quilômetros de distância e tenho certeza que as pessoas de lá não sabem tanto sobre o caso quanto as pessoas daqui.

– E o doutor acredita que as pessoas no sul do Mississippi não ouviram falar disso?

– Tenho certeza que ouviram. Mas elas estão muito mais distantes.

– Mas elas têm TVs e jornais, não têm, Dr. Brigance?

– Tenho certeza que sim.

– O doutor acredita que poderia ir a qualquer condado do estado e encontrar doze pessoas que não ouviram falar dos detalhes desse caso?

Jake olhou suas anotações. Podia ouvir os desenhistas rabiscando em seus blocos atrás dele. De canto de olho, ele podia ver Buckley sorrindo.

– Seria difícil – respondeu ele calmamente.

– Pode chamar a sua primeira testemunha.

Harry Rex Vonner fez o juramento e ocupou seu lugar no banco das testemunhas. A cadeira giratória de madeira estalou e rangeu sob a carga pesada. Ele soprou no microfone e um silvo alto ecoou pela sala de audiências. Ele sorriu para Jake e acenou com a cabeça.

– Pode dizer seu nome?

– Harry Rex Vonner.

– E seu endereço?

– Cedarbrush Street, número 8.093, Clanton, Mississippi.

– Há quanto tempo o senhor mora em Clanton?

– A vida inteira. Quarenta e seis anos.

– Sua profissão?

– Advogado. Exerci por 22 anos.

– O senhor já conhecia Carl Lee Hailey?

– Estive com ele uma vez.

– O que sabe sobre ele?

– Ele supostamente atirou em dois homens, Billy Ray Cobb e Pete Willard, e feriu um policial, DeWayne Looney.

– O senhor conhecia algum dos dois homens?

– Pessoalmente, não. Já tinha ouvido falar do Billy Ray Cobb.

– Como o senhor soube do ocorrido?

– Bem, foi numa segunda-feira, eu acho. Eu estava no tribunal, no primeiro andar, verificando a escritura de um terreno no cartório, quando ouvi os tiros. Corri para o corredor e havia um tumulto. Perguntei a um policial e ele me disse que os dois tinham sido mortos perto da porta dos fundos do fórum. Fiquei por aqui durante um tempo e logo surgiu o boato de que o assassino era o pai da menina que tinha sido estuprada.

– Qual foi a sua primeira reação?

– Fiquei chocado, como a maioria das pessoas. Mas também fiquei chocado quando soube do estupro.

– Quando soube que o Sr. Hailey tinha sido preso?

– Naquele mesmo dia, à noite. Estava passando em todos os canais na televisão.

– O que o senhor viu na TV?

– Bom, eu assisti a muita coisa, o tanto que pude. Havia reportagens nas emissoras locais de Memphis e Tupelo. Nós temos TV a cabo, sabe, então assisti aos jornais de Nova York, Chicago e Atlanta. Quase todos os canais tinham alguma coisa sobre os assassinatos e a prisão dele. Tinham imagens do fórum e do presídio. Era uma notícia importante. A maior coisa que já aconteceu em Clanton, Mississippi.

– Como o senhor reagiu quando soube que o pai da menina era o suposto atirador?

– Não foi uma surpresa muito grande. Quer dizer, todos nós meio que imaginávamos que era ele. Eu o admirei. Tenho filhos e me solidarizo com o que ele fez. Ainda o admiro.

– Quanto o senhor sabe sobre o estupro?

Buckley levantou-se num pulo.

– Protesto! O estupro é irrelevante!

Noose arrancou os óculos novamente e olhou com raiva para o promotor. Segundos se passaram e Buckley olhou para a mesa. Ele mudou seu peso de um pé para outro, então se sentou. Noose se inclinou para a frente e olhou para baixo da tribuna.

– Dr. Buckley, não grite comigo. Se o senhor fizer isso de novo, eu juro por Deus, vou mandar prendê-lo. Talvez o doutor esteja certo, o estupro pode ser irrelevante. Mas isso aqui não é o julgamento, certo? Isso é só uma audiência, não é? Não temos um júri na bancada, temos? Negado. Agora, fique aí sentado. Eu sei que é difícil com esse tipo de público, mas eu sugiro que o senhor permaneça sentado, a menos que tenha algo realmente útil a dizer. Quando isso acontecer, o doutor pode se levantar e me dizer educadamente e sem gritar o que está pensando.

– Obrigado, Excelência – disse Jake enquanto sorria para Buckley. – Agora, Sr. Vonner, como eu estava dizendo, quanto o senhor sabe sobre o estupro?

– Só o que eu ouvi falar.

– E o que seria isso?

Buckley se levantou e se curvou como um lutador de sumô.

– *Data venia*, Excelência – disse ele suave e delicadamente –, eu gostaria de me opor neste ponto, se o tribunal estiver de acordo. Uma testemunha pode testemunhar apenas o que sabe por conhecimento de primeira mão, não pelo que ouviu de outras pessoas.

Noose respondeu com a mesma doçura.

– Obrigado, Dr. Buckley. Sua objeção foi recebida e negada. Prossiga, Dr. Brigance.

– Obrigado, Excelência. O que o senhor ouviu sobre o estupro?

– Cobb e Willard pegaram a menina e a levaram pra algum lugar na floresta. Eles estavam bêbados, amarraram ela a uma árvore, estupraram ela várias vezes e tentaram enforcá-la. Eles inclusive urinaram nela.

– Eles o quê?! – perguntou Noose.

– Mijaram nela, Excelência.

Houve um zumbido na sala de audiências diante daquela revelação. Jake nunca tinha ouvido aquilo, Buckley não tinha ouvido e, evidentemente, ninguém mais sabia, exceto Harry Rex. Noose balançou a cabeça e bateu levemente com o martelo.

Jake rabiscou algo em seu bloco de anotações e ficou maravilhado diante da revelação de seu amigo.

– Onde o senhor ficou sabendo sobre o estupro?

– Pela cidade inteira. Todo mundo sabe. Na manhã seguinte, os policiais estavam no Coffee Shop dando todos os detalhes. Todo mundo sabe disso.

– O condado inteiro sabe disso?

– Sim. Eu não conversei com ninguém no último mês que não soubesse os detalhes do estupro.

– Conta pra gente o que o senhor sabe sobre os assassinatos.

– Bom, como eu disse, foi numa segunda-feira à tarde. Os estupradores tinham vindo aqui pra uma audiência, imagino que pra fazer o pedido de fiança, e quando eles saíram da sala foram algemados e conduzidos pelos policiais pela escada dos fundos. Quando estavam descendo, o Sr. Hailey saiu de dentro de um almoxarifado com um M-16 na mão. Os dois morreram. O DeWayne Looney levou um tiro e teve parte da perna amputada.

– Onde isso aconteceu, exatamente?

– Bem aqui embaixo, na porta dos fundos do fórum. O Sr. Hailey estava escondido no almoxarifado e simplesmente saiu abrindo fogo.

– O senhor acredita que isso seja verdade?

– Eu sei que é verdade.

– Onde o senhor ficou sabendo de tudo isso?

– Por aí. Pela cidade. Nos jornais. Todo mundo sabe disso.

– Onde o senhor ouviu as pessoas falando sobre isso?

– Em toda parte. Nos bares, nas igrejas, no banco, na lavanderia, no Tea Shoppe, nas cafeterias espalhadas pela cidade, na loja de bebidas. Em toda parte.

– O senhor já conversou com alguém que acredita que o Sr. Hailey não matou Billy Ray Cobb e Pete Willard?

– Não. Você não vai encontrar ninguém nesse condado que acredite que não foi ele.

– A maioria das pessoas por aqui já tem uma opinião formada sobre a culpa ou inocência do réu?

– É unânime. Não tem ninguém em cima do muro. É um assunto polêmico e todo mundo tem opinião formada.

– Na sua opinião, é possível o Sr. Hailey receber um julgamento justo no condado de Ford?

– Não, senhor. Você não encontra três pessoas nesse condado de 30 mil habitantes que ainda não tenham uma opinião pronta, seja qual for. O Sr. Hailey já foi julgado. Simplesmente não tem como encontrar um júri imparcial.

– Obrigado, Sr. Vonner. Sem mais perguntas, Excelência.

Buckley deu um tapinha no topete e passou os dedos sobre as orelhas para garantir que todos os fios de cabelo estavam no lugar. Ele caminhou decidido até o púlpito.

– Sr. Vonner – berrou magnificamente –, o senhor já prejulgou Carl Lee Hailey?

– Porra, mas com certeza.

– Cuidado com o palavreado, por gentileza – disse Noose.

– E qual seria o seu veredito? – prosseguiu Buckley.

– Dr. Buckley, deixa eu explicar pro senhor. E eu vou fazer isso com muito cuidado e bem devagar, pra que até uma pessoa como o senhor entenda. Se eu fosse o xerife, não teria prendido ele. Se eu estivesse no grande júri, não teria denunciado ele. Se eu fosse o juiz, não o julgaria. Se eu fosse o promotor, não o processaria. Se eu estivesse no júri do julgamento, votaria para dar a ele uma chave da cidade, uma placa para pendurar na parede, e mandaria ele pra casa, pra família dele. E, Dr. Buckley, se a minha filha algum dia for estuprada, espero ter a coragem de fazer o que ele fez.

– Entendo. Então o senhor acha que as pessoas deveriam andar armadas e resolver seus problemas na bala?

– Acho que as crianças têm o direito de não ser estupradas e os pais delas têm o direito de protegê-las. Eu considero as meninas especiais, e se a minha filha fosse amarrada a uma árvore e estuprada por dois viciados, tenho certeza que perderia a razão. Acho que pais bons e honestos deveriam ter o direito constitucional de executar qualquer pervertido que tocasse em seus filhos. E eu acho que você é um covarde mentiroso quando diz que não ia querer matar um homem que estuprasse a sua filha.

– Sr. Vonner, por favor! – interveio Noose.

Buckley precisou se esforçar para manter a calma.

– O senhor obviamente tem uma opinião muito forte sobre esse caso, né?

– O doutor é muito perceptivo.

– E o senhor quer vê-lo absolvido, não é?

– Eu pagaria por isso, se tivesse dinheiro.

– E o senhor acha que ele tem uma chance maior de ser absolvido em outro condado, não é?

– Eu acho que ele tem direito a um júri formado por pessoas que não sabem tudo sobre o caso antes do início do julgamento.

– O senhor o absolveria, não é?

– Foi o que eu disse.

– E o senhor sem dúvida conversou com outras pessoas que também o absolveriam?

– Com muitas delas.

– Há pessoas no condado de Ford que votariam pela condenação?

– Claro. Muitas. É um homem negro, né?

– Em todas as conversas que o senhor teve pelo condado, o senhor detectou uma clara maioria em uma ou outra direção?

– Na verdade, não.

Buckley olhou para seu bloco e fez uma anotação.

– Sr. Vonner, Jake Brigance é seu amigo próximo?

Harry Rex sorriu e revirou os olhos para Noose.

– Eu sou advogado, Dr. Buckley, eu tenho poucos amigos. Mas ele é um deles, sim, senhor.

– E ele pediu que o senhor viesse aqui testemunhar?

– Não. Eu que tropecei pra dentro da sala e caí sentado nessa cadeira. Eu não fazia ideia que teria uma audiência hoje de manhã.

Buckley largou seu bloco de papel em cima da mesa e se sentou.

Harry Rex foi dispensado.

– Pode chamar a próxima testemunha – ordenou Noose.

– Reverendo Ollie Agee – disse Jake.

O reverendo foi trazido para o banco das testemunhas. Jake havia estado com ele na igreja no dia anterior com uma lista de perguntas em mãos. Ele queria testemunhar. Eles não falaram a respeito dos advogados da NAACP.

O reverendo era uma excelente testemunha. Sua voz grave e rouca não precisava de microfone para reverberar pela sala de audiências. Sim, ele conhecia os detalhes do estupro e dos assassinatos. Os Haileys eram membros de sua igreja. Ele os conhecia havia anos, eram quase uma família, e ele segurara na mão deles e sofrera com eles após o estupro. Sim, ele havia conversado com inúmeras pessoas desde que tudo acontecera e todos tinham uma opinião sobre a culpa ou a inocência de Carl Lee. Ele e 22 outros pastores negros eram membros do conselho e tinham conversado sobre o caso. E, não, não havia ninguém no condado de Ford que não tivesse uma opinião formada. Um julgamento justo não era possível no condado de Ford, no entender dele.

Buckley fez uma pergunta.

– Reverendo Agee, o senhor conversou com algum negro que votaria pela condenação de Carl Lee Hailey?

– Não, senhor.

O reverendo foi dispensado. Ele se sentou na plateia entre dois de seus irmãos no conselho.

– Pode chamar a próxima testemunha – disse Noose.

Jake sorriu para o promotor e anunciou:

– Xerife Ozzie Walls.

Buckley e Musgrove imediatamente se aproximaram e cochicharam entre si. Ozzie estava do lado deles, do lado da lei e da ordem, do lado da promotoria. Não era seu trabalho ajudar a defesa. "A prova cabal de que não dá para confiar em um negro", pensou Buckley. "Eles defendem um ao outro quando sabem que são culpados." Jake conduziu Ozzie por um debate sobre o estupro e os antecedentes de Cobb e Willard. Era entediante e repetitivo, e Buckley até quis protestar. Mas ele já tinha passado por constrangimento suficiente por um dia. Jake sentiu que Buckley permaneceria em seu assento, então se demorou na questão do estupro e dos detalhes violentos. Por fim, Noose se cansou:

– Por favor, Dr. Brigance, vamos seguir.
– Sim, Excelência. Xerife Walls, o senhor prendeu Carl Lee Hailey?
– Sim.
– O senhor acredita que ele matou Billy Ray Cobb e Pete Willard?
– Sim.
– O senhor conhece alguém nesse condado que acredita que Carl Lee não atirou neles?
– Não, senhor.
– Todo mundo no condado acha que o Sr. Hailey os matou?
– Sim. Todo mundo acha isso. Pelo menos todo mundo com quem eu conversei.
– Xerife, o senhor circula pelo condado?
– Sim, senhor. É meu trabalho saber o que está acontecendo.
– E o senhor fala com muitas pessoas?
– Mais do que eu gostaria.
– O senhor já esteve com alguém que nunca ouviu falar de Carl Lee Hailey?

Ozzie fez uma pausa e respondeu lentamente:

– Uma pessoa teria que ser cega, surda e muda para não saber quem é Carl Lee Hailey.
– O senhor esteve com alguém sem uma opinião sobre a culpa ou inocência dele?
– Essa pessoa não existe neste condado.
– Ele vai conseguir ter um julgamento justo aqui?
– Não sei dizer. Só sei que é impossível encontrar doze pessoas que não saibam tudo sobre o estupro e os assassinatos.
– Sem mais perguntas – disse Jake a Noose.
– Ele é a sua última testemunha?

– Sim, Excelência.

– Alguma pergunta, Dr. Buckley?

Buckley permaneceu sentado e balançou a cabeça.

– Ótimo – disse o juiz. – Vamos fazer um breve recesso. Eu gostaria de falar com os advogados no meu gabinete.

A sala de audiências explodiu em conversas assim que os advogados seguiram Noose e o Sr. Pate pela porta junto à tribuna. Noose fechou a porta de seu gabinete e tirou a toga. O Sr. Pate trouxe uma xícara de café puro para ele.

– Doutores, estou pensando em impor uma medida de restrição, a contar de agora até o fim do julgamento. Estou incomodado com tanta publicidade e não quero que este caso seja julgado pela mídia. Os senhores têm algo a dizer?

Buckley ficou pálido e parecia abalado. Ele abriu a boca, mas nada aconteceu.

– Boa ideia, Excelência – disse Jake, lamentando por dentro. – Eu havia considerado fazer esse pedido.

– Sim, tenho certeza que sim. Eu percebi como o doutor foge da publicidade. E o senhor, Dr. Buckley?

– Bom, a quem se aplicaria?

– Ao senhor, Dr. Buckley. O senhor e o Dr. Brigance estarão proibidos de discutir qualquer aspecto do caso ou do julgamento com a imprensa. A medida se aplicaria a todos, pelo menos a todos que prestem serviço a esse tribunal. Os advogados, os escrivães, a polícia, o xerife.

– Mas por quê? – perguntou Buckley.

– Não gosto da ideia de vocês dois julgando esse caso pela mídia. Eu não sou cego. Você dois disputam os holofotes, e nem quero imaginar como vai ser na hora do julgamento. Um circo, é isso que vai ser. Não vai ser um julgamento, mas um verdadeiro caos. – Noose foi até a janela e murmurou algo para si mesmo. Parou por um momento, depois continuou resmungando. Os advogados se entreolharam, depois se viraram para aquela figura pitoresca parada junto à janela. – Está imposta a medida, com efeito imediato, de agora até o fim do julgamento. A violação resultará em desacato ao processo judicial. Vocês não podem discutir nenhum aspecto desse caso com nenhum membro da imprensa. Alguma pergunta?

– Não, senhor – respondeu Jake prontamente.

Buckley olhou para Musgrove e balançou a cabeça.

– Agora, de volta a essa audiência. Dr. Buckley, o senhor disse que tem mais de vinte testemunhas. De quantas o senhor realmente precisa?
– Cinco ou seis.
– Bem melhor. Quem são?
– Floyd Loyd.
– Quem é esse?
– Supervisor, Primeiro Distrito, condado de Ford.
– Qual é o depoimento dele?
– Ele mora aqui há cinquenta anos, está no cargo há cerca de dez. Na opinião dele, é possível um julgamento justo aqui no condado.
– Imagino que ele nunca tenha ouvido falar desse caso – zombou Noose.
– Não tenho certeza.
– Quem mais?
– Nathan Baker. Juiz de Paz, Terceiro Distrito, condado de Ford.
– Mesmo depoimento?
– Bom, basicamente, sim.
– Quem mais?

Edgar Lee Baldwin, ex-supervisor, condado de Ford.
– Ele foi processado alguns anos atrás, não foi? – perguntou Jake.

O rosto de Buckley ficou mais vermelho do que Jake jamais tinha visto. Sua enorme boca se abriu e seus olhos ficaram vidrados.
– Ele não foi condenado – disparou Musgrove.
– Eu não falei que ele foi. Só disse que ele foi processado. FBI, não foi?
– Chega, chega – cortou Noose. – O que o Sr. Baldwin vai dizer pra gente?
– Ele morou aqui a vida inteira. Conhece o povo do condado de Ford e acha que Hailey pode receber um julgamento justo aqui – respondeu Musgrove.

Buckley continuou sem palavras enquanto olhava para Jake.
– Quem mais?
– Xerife Harry Bryant, condado de Tyler.
– Xerife Bryant? O que ele vai dizer?

Musgrove começou a falar em nome do Ministério Público.
– Excelência, nós temos dois argumentos em oposição ao pedido de desaforamento. Em primeiro lugar, consideramos que um julgamento justo é possível aqui no condado de Ford. Em segundo lugar, se o tribunal for da opinião de que um julgamento justo não será possível aqui, o Ministério Público defende que a imensa publicidade atingiu todos os possíveis jurados

no estado. Os mesmos preconceitos e opiniões, a favor e contra, que existem neste condado existem em todos os outros. Portanto, não se ganha nada com o desaforamento. Temos testemunhas para embasar esse segundo argumento.

– É uma teoria inédita, Sr. Musgrove. Acho que nunca ouvi isso antes.

– Nem eu – acrescentou Jake.

– Quem mais vocês têm?

– Robert Kelly Williams, promotor do Nono Distrito.

– Onde fica isso?

– Extremo sudoeste do estado.

– Ele dirigiu até aqui pra testemunhar que todo mundo lá onde ele mora já julgou o caso?

– Sim, senhor.

– Quem mais?

– Grady Liston, promotor, Décimo Quarto Distrito.

– Mesmo depoimento?

– Sim, senhor.

– É tudo o que vocês têm?

– Bem, Meritíssimo, nós temos várias outras pessoas. Mas os depoimentos vão ser praticamente os mesmos das outras testemunhas.

– Ótimo, então podemos limitar seu interrogatório a essas seis testemunhas?

– Sim, Excelência.

– Eu vou ouvir o interrogatório. Vou dar a cada um de vocês cinco minutos pra concluir seus argumentos e vou me manifestar dentro de duas semanas. Alguma pergunta?

23

Doía ter que ignorar os repórteres. Eles seguiram Jake pela Washington Street, onde ele pediu licença, não fez qualquer comentário e se refugiou em seu escritório. Destemido, um fotógrafo da *Newsweek* deu um jeito de entrar e perguntar se Jake poderia posar para uma foto. Ele queria uma daquelas importantes, com um olhar sério e livros pesados com capas de couro ao fundo. Jake ajeitou a gravata e conduziu o fotógrafo até a sala de reuniões, onde ele posou em silêncio, conforme determinado pelo juiz. O fotógrafo agradeceu e foi embora.

– Posso falar com o senhor um minutinho? – perguntou Ethel educadamente enquanto seu chefe se dirigia para as escadas.

– Claro.

– Por que você não se senta? Nós precisamos conversar.

"Até que enfim vai se demitir", pensou Jake enquanto se sentava perto da janela que dava pra rua.

– Sobre o que você quer conversar?

– Dinheiro.

– Você é a secretária mais bem paga da cidade. Recebeu um aumento três meses atrás.

– Não é pra mim. Por favor, me escuta. Você não tem dinheiro suficiente no banco pra pagar as contas deste mês. Junho tá quase acabando e só entraram 1.700 dólares.

Jake fechou os olhos e esfregou a testa.

– Olha pra todas essas contas – insistiu ela, apontando para uma pilha de papéis. – Tudo dá 4 mil dólares. Como eu vou pagar isso?

– Quanto tem no banco?

– Tinha 1.900 dólares na sexta. Não entrou nada hoje de manhã.

– Nada?

– Nem um centavo.

– E o acordo do caso Liford? São 3 mil em honorários.

Ethel balançou a cabeça.

– Dr. Brigance, esse caso não foi encerrado. O Sr. Liford não assinou a papelada. Você tinha que ter levado pra ele em casa. Três semanas atrás, lembra?

– Não, não lembro. E o adiantamento do Buck Britt? São mil dólares.

– O cheque não tinha fundos. O banco devolveu e tá lá na sua mesa já tem duas semanas. – Ela fez uma pausa e respirou fundo. – Você parou de ver os clientes. Não retorna as ligações e...

– Não vem me dar lição de moral, Ethel!

– E você tá um mês atrasado em tudo.

– Já chega.

– Desde que pegou o caso Hailey, é só nisso que pensa. Você tá obcecado. Isso vai levar a gente à falência.

– A gente! Quantos pagamentos você deixou de receber, Ethel? Quantas dessas contas estão vencidas? Hein?

– Várias.

– Mas não mais do que o normal, certo?

– Sim, mas e no mês que vem? O julgamento é daqui a quatro semanas.

– Cala a boca, Ethel. Só cala a boca. Se você não aguenta a pressão, pede as contas. Se você não consegue ficar de boca fechada, então tá demitida.

– Você adoraria me mandar embora, não é?

– Eu não dou a mínima.

Ela era dura na queda. Catorze anos com Lucien a haviam enrijecido, mas ela tinha sentimentos, e naquele momento seus lábios começaram a tremer e seus olhos a lacrimejar. Ela baixou a cabeça.

– Me desculpe – murmurou ela. – Eu só tô preocupada.

– Preocupada com o quê?

– Comigo e com o Bud.

– O que tem de errado com o Bud?

– Ele tá muito mal.

– Eu sei.

– A pressão dele não para de subir. Ainda mais depois dos telefonemas. Ele teve três derrames em cinco anos e provavelmente vai ter outro. Ele tá com medo. Nós dois estamos.

– Quantas ligações vocês receberam?

– Várias. Eles ameaçaram incendiar e explodir a nossa casa. Sempre falam que sabem onde a gente mora, e que se o Hailey for absolvido eles vão colocar fogo na casa, ou colocar dinamite embaixo dela enquanto a gente estiver dormindo. Duas vezes ameaçaram matar a gente. Simplesmente não vale a pena.

– Talvez você devesse largar o emprego.

– E morrer de fome? O Bud não trabalha há dez anos, você sabe. Onde mais eu ia trabalhar?

– Olha, Ethel, eu também fui ameaçado. Eu não levo esse pessoal a sério. Prometi pra Carla que desistiria do caso antes de colocar minha família em perigo, e isso deveria servir de consolo pra você também. Você e o Bud precisam relaxar. Essas ameaças não são sérias. Tem muita gente doida por aí.

– É isso que me preocupa. As pessoas são malucas o suficiente pra fazer certas coisas.

– Não, você se preocupa demais. Vou pedir pro Ozzie vigiar a sua casa um pouco mais de perto.

– Você vai fazer isso mesmo?

– Claro. Eles estão vigiando a minha também. Acredita em mim, Ethel, não tem nada com que se preocupar. Provavelmente são só uns garotos que não têm o que fazer.

Ela enxugou as lágrimas.

– Me desculpe por chorar e por estar tão irritada ultimamente.

"Você está irritada há quarenta anos", pensou Jake.

– Tudo bem.

– E isso aqui? – perguntou ela, apontando para as contas.

– Vou conseguir o dinheiro. Não se preocupa.

WILLIE HASTINGS ENCERROU o turno às dez da noite e bateu o ponto no relógio que ficava ao lado do gabinete de Ozzie. Ele foi direto para a casa de Hailey. Era a sua vez de dormir no sofá. Toda noite alguém dormia no sofá de Gwen; um irmão, um primo ou um amigo. Quarta era a noite dele.

Era impossível dormir com as luzes acesas. Tonya se recusava a chegar perto da cama, a menos que todas as luzes da casa estivessem acesas. Aqueles homens poderiam estar no escuro, esperando por ela. Ela os vira muitas vezes se arrastando pelo chão em direção à cama e se escondendo nos armários. Ela tinha ouvido suas vozes do lado de fora da janela, e visto seus olhos injetados espiando, observando-a enquanto ela se arrumava para dormir. Ouvira ruídos no sótão, como os passos das pesadas botas de caubói com que a chutaram. Ela sabia que eles estavam lá em cima, esperando que todos dormissem para descerem e levarem ela de volta para a floresta. Uma vez por semana, sua mãe e seu irmão mais velho subiam as escadas dobráveis e inspecionavam o sótão com uma lanterna e uma pistola.

Nem um único cômodo da casa poderia estar escuro quando ela fosse para a cama. Uma noite, ela estava acordada ao lado da mãe quando uma lâmpada do corredor queimou. Ela gritou desesperada até que o irmão de Gwen fosse a uma lanchonete 24 horas em Clanton para comprar uma nova.

Ela dormia com a mãe, que a abraçava bem firme por horas até que os demônios desaparecessem, conforme a noite avançava e ela pegasse no sono. No início, Gwen tinha problemas com as luzes, mas depois de cinco semanas conseguia tirar alguns cochilos. O pequeno corpo ao lado dela se balançava e sacudia mesmo durante o sono. Willie deu boa-noite para os meninos e um beijo em Tonya. Ele mostrou a ela sua arma e prometeu ficar acordado no sofá. Ele deu uma volta pela casa e checou os armários. Quando Tonya ficou satisfeita, deitou-se ao lado da mãe e olhou para o teto. Começou a chorar baixinho.

Por volta da meia-noite, Willie tirou as botas e relaxou no sofá. Tirou o coldre e colocou a arma no chão. Estava quase dormindo quando ouviu o grito. Era o choro horrível e estridente de uma criança sendo torturada. Ele agarrou a arma e correu para o quarto. Tonya estava sentada na cama, de frente para a parede, gritando e tremendo. Tinha visto os caras na janela, esperando por ela. Gwen a abraçava. Os três meninos correram para o pé da cama e assistiram a tudo, impotentes. Carl Lee Jr. foi até a janela e não viu nada. Eles haviam passado por aquilo muitas vezes em cinco semanas e sabiam que não havia muito o que fazer.

Gwen a acalmou e deitou sua cabeça suavemente no travesseiro.

– Tá tudo bem, querida, a mamãe tá aqui e o tio Willie tá aqui. Ninguém vai te pegar. Tá tudo bem, querida.

Ela queria que o tio Willie se sentasse debaixo da janela com sua arma e que os meninos dormissem no chão ao redor da cama. Cada um assumiu sua posição. Ela gemeu de um jeito triste por alguns minutos, depois ficou quieta e imóvel.

Willie ficou sentado no chão perto da janela até que todos pegassem no sono. Ele carregou os meninos, um de cada vez, para suas camas e os cobriu. Ele se sentou sob a janela e esperou o sol nascer.

JAKE E ATCAVAGE se encontraram para almoçar no Claude's na sexta-feira. Eles pediram costelas e salada. O lugar estava lotado como de costume, e pela primeira vez em quatro semanas não havia rostos desconhecidos. Os frequentadores conversavam e fofocavam como nos velhos tempos. Claude estava em excelente forma – reclamando, repreendendo e xingando seus clientes mais fiéis. Era uma daquelas raras figuras que conseguiam xingar uma pessoa e ao mesmo tempo conquistar sua simpatia.

Atcavage tinha assistido à audiência de desaforamento e teria até testemunhado, se tivesse sido necessário. O banco o havia desencorajado a depor, e Jake não queria lhe causar problemas. Toda a indústria bancária tem um medo inato de tribunais, e Jake admirava o amigo por superar essa paranoia e ter comparecido à audiência. Ao fazer isso, ele tinha se tornado o primeiro do ramo na história do condado de Ford a comparecer voluntariamente a uma audiência sem uma intimação. Jake estava orgulhoso.

Claude passou correndo e disse que eles tinham dez minutos, portanto deviam calar a boca e comer. Jake terminou uma costela e secou o suor do rosto.

– Me diz uma coisa, Stan, por falar em empréstimo, preciso pegar emprestado 5 mil por noventa dias, sem garantias.

– Quem foi que falou em empréstimo?

– Você comentou não sei o quê sobre bancos.

– Achei que a gente estava falando mal do Buckley. Eu tava gostando.

– Não vai sair por aí difamando os outros, Stan. É um hábito fácil de criar e impossível de largar. Vai corroer o seu caráter.

– Mil desculpas. Como posso me redimir?

– Que tal com o empréstimo?

– Tá. Por que você precisa desse dinheiro?

– Por que isso é relevante?

– O que você quer dizer com "por que isso é relevante"?

– Olha só, Stan, você só tem que se preocupar se eu não conseguir reembolsar o dinheiro daqui a noventa dias.

– Tá bom. Você vai conseguir reembolsar o dinheiro daqui a noventa dias?

– Boa pergunta. Claro que sim.

O banqueiro sorriu.

– O Hailey te afundou, hein?

O advogado sorriu.

– Sim. Tá difícil me concentrar em qualquer outra coisa. O julgamento é daqui a três semanas a contar de segunda-feira, e até lá não vou poder focar em mais nada.

– Quanto você vai ganhar com esse caso?

– Era pra ser 10 mil, mas certo mesmo só novecentos dólares.

– Novecentos dólares!

– Sim, ele não conseguiu hipotecar as terras, lembra?

– Golpe baixo.

– Claro, se você tivesse feito o empréstimo pro Carl Lee, eu não ia precisar pegar dinheiro emprestado.

– Prefiro emprestar pra você.

– Ótimo. Quando posso pegar o cheque?

– Você parece desesperado.

– Eu sei quanto tempo leva, com todos os comitês de empréstimos e auditores e gerentes disso e daquilo, e aí quem sabe um deles talvez aprove o meu empréstimo daqui a um mês ou mais, se o regimento disser que ele pode e a diretoria estiver de bom humor. Eu sei como funciona.

Atcavage olhou para o relógio.

– Três horas tá bom?

– Acho que sim.

– Sem garantias?

Jake limpou a boca no guardanapo, se inclinou sobre a mesa e falou baixinho:

– Minha casa é um patrimônio histórico com uma hipoteca igualmente histórica, e o financiamento do meu carro já é seu, lembra? Eu poderia hipotecar a minha filha, mas se você tentasse executar eu seria obrigado a te matar. Tem mais alguma garantia possível em que você tenha pensado?

– Desculpa ter perguntado.

– Quando eu posso pegar o cheque?

– Hoje às três.

Claude apareceu e tornou a encher os copos com chá gelado.

– Vocês têm cinco minutos – disse ele em voz alta.

– Oito – rebateu Jake.

– Escuta aqui, Dr. Figurão – disse Claude com um sorriso. – Você não tá no tribunal, e a sua foto no jornal não vale nem dois centavos aqui. Eu disse cinco minutos.

– Tá certo. Minhas costelas estavam duras mesmo.

– Mas não deixou nenhuma no prato.

– Já que tô pagando, vou comer assim mesmo.

– E se reclamar sai mais caro.

– Estamos indo – disse Atcavage enquanto se levantava e jogava uma nota de um dólar em cima da mesa.

NO DOMINGO À tarde, os Haileys fizeram um piquenique sob uma árvore, distantes do violento jogo de basquete. A primeira onda de calor do verão havia se instalado, e a umidade densa e pegajosa pairava rente ao chão e invadia a sombra. Gwen espantava moscas enquanto Carl Lee e os filhos comiam frango frito morno e suavam. As crianças comeram às pressas e correram para um novo balanço que Ozzie havia instalado para as famílias de seus internos.

– O que fizeram com você lá em Whitfield? – perguntou Gwen.

– Nada, na verdade. Fizeram um monte de perguntas, me obrigaram a fazer uns exames. Um monte de bobagem.

– Como eles te trataram lá?

– Com algemas e paredes acolchoadas.

– Jura? Eles te colocaram num quarto com paredes acolchoadas? – Gwen se divertiu e deu uma risadinha, algo raro de acontecer.

– Claro. Eles me olhavam como se eu fosse um bicho. Disseram que eu era famoso. Os seguranças me disseram que estavam orgulhosos de mim. Um era branco e o outro era negro. Disse que eu fiz a coisa certa e que estavam torcendo pra eu conseguir me safar. Eles foram legais comigo.

– O que os médicos disseram?

– Eles não vão falar nada até o julgamento, e depois vão dizer que eu tô bem.

– Como você sabe o que eles vão dizer?
– O Jake me falou. Até agora ele não errou.
– Ele conseguiu um médico pra você?
– Sim, um bêbado maluco que ele desenterrou de algum lugar. Diz ele que é psiquiatra. A gente conversou duas vezes na sala do Ozzie.
– O que ele disse?
– Nada de mais. O Jake disse que ele vai falar o que a gente quiser.
– Deve ser um médico muito bom.
– Ele se daria bem com o pessoal lá de Whitfield.
– De onde ele é?
– De Jackson, eu acho. Ele não tinha certeza de nada. Agiu como se eu fosse matar ele também. Eu juro que ele estava bêbado nas duas vezes que a gente se viu. Ele fez umas perguntas que nenhum de nós entendeu. Fez umas anotações, como o bom canastrão que é. Disse que achava que poderia me ajudar. Perguntei pro Jake sobre ele. O Jake disse pra eu não me preocupar, que ele vai estar sóbrio no julgamento. Mas acho que o Jake também tá preocupado.
– Então por que a gente vai usar ele?
– Porque é de graça. Ele deve uns favores pra alguém. Um psiquiatra de verdade custaria mais de mil dólares só pra me avaliar, e depois outros mil ou mais para depor no julgamento. Isso no barato. Não preciso nem dizer que não tenho como pagar.

Gwen desviou o olhar, e seu sorriso desapareceu.

– A gente precisa de dinheiro em casa – comentou, sem olhar para ele.
– De quanto?
– Uns duzentos dólares pra comprar comida e pagar as contas.
– Quanto você tem?
– Menos de cinquenta.
– Vou ver o que consigo fazer.

Ela olhou para ele.

– E o que isso quer dizer? O que faz você achar que tem como ganhar algum dinheiro aqui dentro?

Carl Lee ergueu as sobrancelhas e apontou o dedo para a esposa. Ela não deveria duvidar dele. Carl ainda era o homem da relação, embora exatamente por isso tivesse ido parar na cadeia. Quem mandava era ele.

– Desculpa – sussurrou ela.

24

O reverendo Agee espiou por uma fenda em um dos enormes vitrais de sua igreja e assistiu, satisfeito, à chegada dos Cadillacs e Lincolns limpíssimos pouco antes das cinco da tarde de domingo. Ele havia convocado uma reunião do conselho para avaliar a situação dos Haileys e traçar a estratégia para as três últimas semanas antes do julgamento, e para se prepararem para a chegada dos advogados da NAACP. As doações semanais haviam corrido bem – mais de 7 mil dólares tinham sido arrecadados em todo o condado e quase 6 mil depositados pelo reverendo em uma conta especial para o fundo de apoio jurídico a Carl Lee Hailey. Nenhum valor foi repassado à família. Agee estava esperando que a NAACP o instruísse sobre como gastar o dinheiro, cuja maior parte, acreditava ele, deveria ir para o fundo de apoio. As irmãs da igreja poderiam alimentar a família se eles passassem fome. O dinheiro seria necessário para outras coisas.

O conselho falou sobre maneiras de arrecadar mais. Não era fácil conseguir dinheiro dos pobres, mas o assunto estava em alta; se não conseguissem levantá-lo naquele momento, jamais o fariam. Eles concordaram em se encontrar no dia seguinte na Igreja Springdale, em Clanton. O pessoal da NAACP chegaria à cidade pela manhã. Nada de imprensa; era para ser uma sessão de trabalho.

NORMAN REINFELD TINHA 30 anos e era um gênio do Direito Penal, que detinha o recorde de ter concluído a faculdade em Harvard aos 21 anos. Após a formatura, ele recusou uma oferta generosa para ingressar no renomado escritório de advocacia do pai e do avô, em Wall Street, e optou, em vez disso, por um emprego na NAACP e passar seu tempo lutando furiosamente para manter os negros do Sul longe do corredor da morte. Era muito bom no que fazia, embora não obtivesse muito sucesso; a culpa não era dele. A maioria dos negros e dos brancos do Sul que haviam ido parar na câmara de gás merecia a pena de morte. Mas Reinfeld e sua equipe de especialistas na defesa de crimes passíveis de pena capital saíram vitoriosos em mais casos do que o esperado, e, mesmo naqueles em que perderam, de modo geral conseguiram manter os condenados vivos por conta dos milhares de recursos e pedidos de prorrogação. Quatro de seus ex-clientes haviam sido executados na câmara de gás, na cadeira elétrica ou por meio de injeção letal, e aquilo era demais para Reinfeld. Ele tinha visto todos eles morrerem, e a cada execução ele renovava seu voto de quebrar qualquer lei, violar qualquer fundamento ético, desacatar qualquer tribunal, desrespeitar qualquer juiz, ignorar qualquer mandato ou fazer o que fosse necessário para impedir que um ser humano matasse outro legalmente. Ele não se incomodava muito com as mortes ilegais, tais como as que seus clientes provocavam de maneira tão astuta e cruel. Não lhe cabia pensar a respeito dessas mortes, então ele não o fazia. Em vez disso, ele voltava sua justificável raiva e devoção para as mortes legais.

Reinfeld raramente dormia mais de três horas por noite. Dormir era algo difícil para alguém com 31 clientes no corredor da morte. Mais dezessete clientes aguardavam julgamento. Mais oito advogados egocêntricos para supervisionar. Ele tinha 30 anos, mas parecia ter 45. Era velho, áspero e mal-humorado. Via de regra, estaria ocupado demais para comparecer a uma reunião de pastores negros em Clanton, Mississippi. Mas aquele caso fugia à regra. Aquele era o caso Hailey. O justiceiro. O pai levado a se vingar. O caso criminal mais famoso do país no momento. Aquele era o Mississippi, onde durante anos brancos atiravam em negros por qualquer ou nenhum motivo e ninguém se importava; onde brancos estupravam negras só por diversão; onde negros eram enforcados por revidar. E agora um pai negro tinha matado dois homens brancos que estupraram sua filha, e corria o risco de ir para a câmara de gás por algo que trinta anos antes teria passado despercebido se ele fosse branco. Era esse o caso, o caso era dele, e ele cuidaria do assunto pessoalmente.

Na segunda-feira, ele foi apresentado ao conselho pelo reverendo Agee, que abriu a reunião com uma longa e detalhada recapitulação das atividades no condado de Ford. Reinfeld foi breve. Ele e sua equipe não podiam representar o Sr. Hailey porque não haviam sido contratados pelo Sr. Hailey, então era essencial marcar uma reunião com ele. Naquele mesmo dia, de preferência. O mais tardar no dia seguinte de manhã, pois ele tinha um voo saindo de Memphis ao meio-dia. Precisava comparecer a um julgamento de homicídio em algum lugar da Geórgia. O reverendo Agee prometeu marcar um encontro com o réu assim que possível. Ele era amigo do xerife. Reinfeld só queria que ele resolvesse aquilo.

– Quanto vocês arrecadaram? – perguntou Reinfeld.
– Quinze mil de vocês – respondeu Agee.
– Eu sei. Quanto por aqui?
– Seis mil – respondeu Agee com orgulho.
– Seis mil! – repetiu Reinfeld. – Só isso? Eu achei que vocês eram organizados. Cadê o tal apoio local gigantesco de que vocês estavam falando? Seis mil! Quanto mais vocês conseguem arrecadar? A gente só tem três semanas.

Os membros do conselho ficaram em silêncio. Aquele judeu era corajoso. O único homem branco no grupo, e ele estava no comando.

– De quanto a gente precisa? – perguntou Agee.
– Depende, reverendo, de quão boa é a defesa que o senhor deseja pro Sr. Hailey. Eu só tenho mais oito advogados na minha equipe. Cinco estão em julgamentos neste exato momento. Temos 31 condenações à pena de morte em vários estágios de recurso. Temos dezessete audiências marcadas em dez estados diferentes nos próximos cinco meses. Recebemos dez pedidos de representação por semana, dos quais recusamos oito porque simplesmente não temos funcionários nem dinheiro. Pro Sr. Hailey, dois comitês locais e o escritório central contribuíram com 15 mil. Agora o senhor me diz que vocês só conseguiram arrecadar 6 mil. São 21 mil ao todo. O senhor vai ter a melhor defesa que dá pra fazer com esse valor. Dois advogados, pelo menos um psiquiatra, mas nada muito sofisticado. Vinte e um mil dá uma boa defesa, mas não era o que eu tinha em mente.

– O que exatamente você tinha em mente?
– Uma defesa de alto nível. Três ou quatro advogados. Uma equipe de psiquiatras. Meia dúzia de investigadores. Um psicólogo forense. Pelo menos isso. Esse não é um caso de homicídio qualquer. Eu quero ganhar. E eu tinha entendido que vocês queriam ganhar.

– Quanto? – perguntou Agee.
– Cinquenta mil, no mínimo. Cem mil seria ótimo.
– Olha, Dr. Reinfeld, o senhor tá no Mississippi. Nosso povo é pobre. Eles têm sido generosos e doado até agora, mas não tem como a gente conseguir arrecadar mais 30 mil aqui.
Reinfeld ajustou os óculos de aro de tartaruga e coçou a barba grisalha.
– Quanto mais o senhor consegue arrecadar?
– Mais 5 mil, talvez.
– É pouco dinheiro.
– Pra você, mas não pra comunidade negra do condado de Ford.
Reinfeld olhou para o chão e continuou acariciando a barba.
– Quanto o comitê de Memphis deu?
– Cinco mil – respondeu alguém de Memphis.
– E o de Atlanta?
– Cinco mil.
– E o comitê estadual?
– De qual estado?
– Do Mississipi.
– Nada.
– Nada?
– Nada.
– E por quê?
– Pergunta pra ele – respondeu Agee, apontando para o reverendo Henry Hillman, diretor estadual.
– É... estamos tentando arrecadar alguma coisa – explicou Hillman baixinho. – Mas...
– Quanto vocês arrecadaram até agora? – perguntou Agee.
– Bem, é, a gente conseguiu...
– Nada, né? Vocês não arrecadaram nada, né, Hillman? – questionou Agee em voz alta.
– Vamos lá, Hillman, fala quanto vocês arrecadaram – disse o reverendo Roosevelt, vice-presidente do conselho.
Hillman ficou atônito e sem palavras. Ele estava sentado em silêncio no banco da frente, quieto na dele, cochilando. De repente, estava sob ataque.
– O comitê estadual vai contribuir.
– Claro que vai, Hillman. Vocês do estadual estão sempre insistindo pra

que os locais contribuam aqui e ali, pra essa e praquela causa, e nós nunca vemos a cor do dinheiro. Vocês vivem choramingando que estão sem dinheiro, e a gente sempre manda dinheiro pra vocês. Mas quando a gente precisa de ajuda, o estadual não faz nada além de aparecer aqui e fazer promessas.

– Isso não é verdade.

– Não vem com mentira, Hillman.

Reinfeld ficou constrangido e logo compreendeu que haviam tocado num ponto sensível.

– Senhores, senhores, vamos seguir em frente – sugeriu ele diplomaticamente.

– Boa ideia – devolveu Hillman.

– Quando podemos nos encontrar com o Sr. Hailey? – perguntou Reinfeld.

– Vou marcar uma reunião pra amanhã – disse Agee.

– Onde podemos nos encontrar?

– Sugiro que a reunião seja no gabinete do xerife Walls, no presídio. Ele é negro, sabia? O único xerife negro no Mississippi.

– Sim, fiquei sabendo.

– Acho que ele não vai se opor a fazermos a reunião lá.

– Ótimo. Quem é o advogado do Sr. Hailey?

– Um garoto daqui. Jake Brigance.

– Cuide para que ele seja convidado. Vamos pedir que ajude a gente no caso. Assim vai ser menos doído pra ele.

A VOZ DESAGRADÁVEL, aguda e incômoda de Ethel interrompeu a tranquilidade do final da tarde e assustou seu chefe.

– Dr. Brigance, o xerife Walls está na linha dois – avisou ela pelo interfone.

– Ok.

– O senhor precisa de mim pra mais alguma coisa, doutor?

– Não. Até manhã.

Jake apertou a linha dois.

– Alô, Ozzie. E aí?

– Escuta só, Jake, tem uns figurões da NAACP na cidade.

– Qual a novidade?

– Não, é diferente. Eles querem se encontrar com o Carl Lee amanhã de manhã.

— Por quê?
— Tem um cara aí chamado Reinfeld.
— Já ouvi falar. Ele é chefe de uma equipe que cuida de homicídios com pena de morte. Norman Reinfeld.
— Sim, ele mesmo.
— Eu já esperava por isso.
— Bom, ele tá aqui e quer falar com o Carl Lee.
— Por que você foi envolvido nisso?
— O reverendo Agee me ligou. Ele quer um favor, é claro. Pediu que eu ligasse pra você.
— A resposta é não. Um não bem sonoro.
Ozzie fez uma pausa de alguns segundos.
— Jake, eles querem que você esteja presente.
— Quer dizer que eu fui convidado?
— Sim. O Agee disse que o Reinfeld insistiu. Ele quer que você esteja aqui.
— Onde?
— Na minha sala. Às nove.
Jake respirou fundo e respondeu devagar.
— Tá, eu vou estar aí. Cadê o Carl Lee?
— Na cela dele.
— Leva ele pra sua sala. Chego aí em cinco minutos.
— Pra quê?
— Precisamos fazer uma reunião de oração.

REINFELD E OS reverendos Agee, Roosevelt e Hillman sentaram-se lado a lado em uma fileira de cadeiras dobráveis e encararam o xerife, o réu e Jake, que fumava um charuto barato, num imenso esforço para poluir a pequena sala. Ele soprava a fumaça com força e olhava indiferente para o chão, tentando ao máximo não mostrar nada além de desprezo absoluto por Reinfeld e pelos reverendos. Quando o assunto era demonstrar arrogância, Reinfeld não ficava para trás, e ele não fez nenhum esforço para esconder seu desdém por aquele simples e insignificante advogado. Ele era pedante e insolente por natureza. Jake teve que lidar com aquilo.
— Quem convocou essa reunião? — perguntou Jake impaciente, após um longo e desconfortável silêncio.

– É, bem, acho que fomos nós – respondeu Agee, esperando que Reinfeld o orientasse.

– Bom, vá em frente. O que você quer?

– Pega leve, Jake – disse Ozzie. – O reverendo Agee pediu que eu marcasse essa reunião pra que o Carl Lee pudesse conhecer o Dr. Reinfeld.

– Ótimo. Eles já foram apresentados. E agora, Dr. Reinfeld?

– Estou aqui pra oferecer meus serviços e os serviços da minha equipe e de toda a NAACP ao Sr. Hailey – informou Reinfeld.

– Que tipo de serviços? – perguntou Jake.

– Jurídicos, é claro.

– Carl Lee, você pediu que o Dr. Reinfeld viesse aqui? – perguntou Jake.

– Não.

– Me parece que o senhor está solicitando o caso, Dr. Reinfeld.

– Pode pular a lição de moral, Dr. Brigance. O senhor sabe o que eu faço e sabe por que estou aqui.

– Então você corre atrás de todos os seus casos?

– Nós não corremos atrás de nada. Somos chamados por membros locais da NAACP e por outros ativistas de direitos civis. Lidamos apenas com casos em que o réu pode pegar a pena de morte, e somos muito bons no que fazemos.

– Suponho que você seja o único advogado competente o bastante pra lidar com um caso dessa magnitude?

– Já lidei com vários assim.

– E já perdeu vários assim.

– A gente já espera que a maioria dos meus casos seja perdida.

– Entendo. É o que você acha que vai acontecer com esse caso? Você espera perdê-lo?

Reinfeld mexeu na barba e olhou para Jake.

– Eu não vim aqui pra discutir com o senhor, Dr. Brigance.

– Eu sei. Você veio aqui pra oferecer suas formidáveis habilidades jurídicas a um réu que nunca ouviu falar de você e que está satisfeito com o advogado dele. Você veio aqui pra roubar o meu cliente. Eu sei muito bem por que você tá aqui.

– Eu estou aqui porque a NAACP me convidou. Nem mais nem menos.

– Entendi. Você recebe todos os seus casos da NAACP?

– Eu trabalho pra NAACP, Dr. Brigance. Eu cuido da equipe que defende casos passíveis de pena de morte. Eu vou pra onde a NAACP me manda.

– Quantos clientes você tem?

– Dezenas. Que importância tem isso?

– Todos eles tinham advogados antes de você entrar nos casos?

– Alguns sim, outros não. Nós sempre tentamos trabalhar junto com o advogado local.

Jake deu um sorriso.

– Que maravilha. Você tá me oferecendo a chance de ser seu assistente e te carregar de um lado pra outro em Clanton. Posso até buscar um sanduíche pra você na hora do almoço. Que emocionante.

Carl Lee ficou imóvel, com os braços cruzados e os olhos fixos em um ponto do carpete. Os reverendos o observavam atentos, esperando que ele dissesse algo ao seu advogado, que o mandasse calar a boca, que ele estava demitido e que os advogados da NAACP cuidariam do caso. Eles observaram e esperaram, mas Carl Lee apenas ficou lá sentado, ouvindo calmamente.

– Nós temos muito a oferecer, Dr. Hailey – disse Reinfeld. O melhor a fazer era ficar tranquilo até que o réu decidisse quem o representaria. Um chilique poderia arruinar tudo.

– Tipo o quê? – perguntou Jake.

– Funcionários, recursos, expertise, advogados audiencistas experientes que não fazem nada além de defender casos como esse. Além disso, temos vários médicos altamente competentes que usamos nesses casos. O que precisar, nós temos.

– Quanto dinheiro vocês têm pra gastar?

– Isso não é da sua conta.

– Ah, não? É da conta do Sr. Hailey? Afinal, é o caso dele. Talvez o Sr. Hailey queira saber quanto você tem pra gastar na defesa dele. Gostaria de saber, Sr. Hailey?

– Aham.

– Então tá, Dr. Reinfeld, quanto o senhor tem pra gastar?

Reinfeld se contorceu e olhou severamente para os reverendos, que olharam severamente para Carl Lee.

– Aproximadamente 20 mil, até agora – admitiu Reinfeld, timidamente.

Jake riu e balançou a cabeça em descrença.

– Vinte mil! Vocês não estão falando sério, né? Vinte mil! Achei que vocês fossem da primeira divisão. Vocês levantaram 150 mil pro cara que matou os policiais em Birmingham no ano passado. E ele foi condenado, inclusive.

Você gastou 100 mil pra prostituta em Shreveport que matou o cliente. E ela também foi condenada, devo acrescentar. E você acha que esse caso vale só 20 mil.

– Quanto você tem pra gastar? – perguntou Reinfeld.

– Se você puder me explicar por que isso seria da sua conta, ficarei feliz em debater o assunto com você.

Reinfeld já ia responder, então se inclinou para a frente e esfregou as têmporas.

– Por que o senhor não fala com ele, reverendo Agee?

Os reverendos olharam para Carl Lee. Eles adorariam estar a sós com ele, sem nenhum branco por perto. Poderiam falar com ele na condição de homens negros. Poderiam explicar algumas coisas para ele; dizer a ele para demitir aquele jovem branco e arrumar uns advogados de verdade. Advogados da NAACP. Advogados que sabiam como lutar pelos negros. Mas eles não estavam sozinhos com ele e não podiam xingar Jake. Eles tinham que mostrar respeito pelos brancos presentes. Agee falou primeiro:

– Olha só, Carl Lee, estamos tentando te ajudar. A gente trouxe o Dr. Reinfeld aqui, ele tem vários advogados, e todos eles estão à disposição pra ajudar você agora. Não temos nada contra o Jake, ele é um bom garoto, um bom advogado. Mas ele pode trabalhar junto com o Dr. Reinfeld. A gente não quer que você demita o Jake, só que você contrate o Dr. Reinfeld também. Eles podem trabalhar todos juntos.

– Pode esquecer – disse Jake.

Agee fez uma pausa e olhou impotente para Jake.

– Por favor, Jake. A gente não tem nada contra você. É uma grande chance pra você. Você vai poder trabalhar com alguns advogados grandes de verdade, ganhar muita experiência. A gente...

– Deixa eu esclarecer uma coisa, reverendo. Se o Carl Lee quiser os seus advogados, ótimo. Mas eu não vou ser lacaio de ninguém. Ou eu tô dentro, ou eu tô fora. Sem meio-termo. Ou o caso é meu, ou é de vocês. O tribunal é pequeno demais pra mim, pro Reinfeld e pro Rufus Buckley juntos.

Reinfeld revirou os olhos e mirou o teto, balançando a cabeça devagar e abrindo um sorrisinho arrogante.

– Você tá dizendo então que depende do Carl Lee? – perguntou o reverendo Agee.

– É claro que depende dele. Ele que me contratou. Ele que pode me mandar embora. Ele já fez isso uma vez. Não sou eu que tô correndo o risco de ir parar na câmara de gás.

– E então, Carl Lee? – perguntou Agee.

Carl Lee descruzou os braços e olhou para Agee.

– Esses 20 mil são pra quê?

– Na verdade, está mais pra trinta – respondeu Reinfeld. – O pessoal daqui prometeu outros dez. O dinheiro vai ser usado pra sua defesa. Nada vai pra honorários advocatícios. Vamos precisar de dois ou três investigadores. Dois, talvez três peritos em psiquiatria. Frequentemente usamos um psicólogo forense pra ajudar na seleção do júri. Nossas defesas são muito caras.

– Aham. Quanto foi arrecadado com a população local? – perguntou Carl Lee.

– Cerca de 6 mil – respondeu Reinfeld.

– Quem arrecadou esse dinheiro?

Reinfeld olhou para Agee.

– As igrejas – respondeu o reverendo.

– Quem arrecadou o dinheiro das igrejas? – perguntou Carl Lee.

– Nós arrecadamos – respondeu Agee.

– Você quer dizer *você*, né? – disse Carl Lee.

– Bom, é, isso. Quer dizer, cada igreja entregou o dinheiro pra mim e eu depositei em uma conta bancária especial.

– Sim, e você depositou cada centavo que recebeu?

– Claro que sim.

– Claro. Deixa eu fazer uma pergunta. Quanto desse dinheiro você ofereceu pra minha esposa e pros meus filhos?

Agee ficou pálido e rapidamente examinou os rostos dos outros reverendos, que, naquele momento, estavam todos com os olhos voltados para um percevejo em cima do carpete. Eles não ofereceram nenhuma ajuda. Todos eles sabiam que Agee vinha tirando a sua parte, e todos sabiam que a família de Carl Lee não havia recebido nada. Agee lucrara mais do que a família. Eles sabiam disso, e Carl Lee sabia disso.

– Quanto, reverendo? – repetiu Carl Lee.

– Bom, nós achamos que o dinheiro...

– Quanto, reverendo?

– O dinheiro vai ser gasto com honorários dos advogados e coisas assim.

– Não foi isso que você disse na sua igreja, foi? Você disse que o dinheiro era pra sustentar a minha família. Você quase chorou quando falou sobre como a minha família poderia morrer de fome se as pessoas não doassem tudo o que pudessem. Não foi, reverendo?

– O dinheiro é pra você, Carl Lee. Pra você e pra sua família. No momento, a gente considera que seria melhor gastar com a sua defesa.

– E se eu não quiser os seus advogados? O que acontece com os 20 mil?

Jake riu.

– Boa pergunta. O que vai acontecer com o dinheiro se o Sr. Hailey não contratar você, Dr. Reinfeld?

– Esse dinheiro não é meu – respondeu Reinfeld.

– Reverendo Agee? – perguntou Jake.

A paciência do reverendo se esgotou. Ele se tornou insolente e agressivo.

– Escuta aqui, Carl Lee – disse ele apontando para o réu. – Nós demos a vida pra arrecadar esse dinheiro. Seis mil dólares dos pobres desse condado, pessoas que não tinham nada pra dar. Trabalhamos duro por esse dinheiro, e ele foi doado pela sua comunidade, pessoas que ganham vale-refeição e auxílio do governo, pessoas que não podiam doar um único centavo. Mas elas deram por uma razão, e só por uma razão: elas acreditam em você e no que você fez, e querem que você saia daquele tribunal como um homem livre. Não diz pra mim que você não quer esse dinheiro.

– Não vem me dar sermão – respondeu Carl Lee serenamente. – Você está dizendo que os pobres do condado deram 6 mil?

– Exato.

– De onde veio o resto do dinheiro?

– Da NAACP. Cinco mil de Atlanta, cinco de Memphis e cinco da nacional. E é estritamente pra custear a sua defesa.

– Se eu ficar com o Dr. Reinfeld?

– Exato.

– E se eu não ficar com ele, não tem mais os 15 mil?

– Exato.

– E os outros 6 mil?

– Boa pergunta. Ainda não falamos sobre isso. Nós achávamos que você iria nos agradecer por arrecadar o dinheiro e por tentar ajudar. Estamos te oferecendo os melhores advogados e você claramente não se importa.

A sala ficou em silêncio por uma eternidade enquanto os reverendos, os advogados e o xerife esperavam por algum sinal do réu. Carl Lee mordeu o lábio inferior e olhou para o chão. Jake acendeu outro charuto. Ele já havia sido demitido antes, e podia lidar com aquilo outra vez.

– Você precisa de uma resposta agora? – perguntou Carl Lee por fim.

– Não – respondeu Agee.

– Sim – disse Reinfeld. – O julgamento é daqui a menos de três semanas, e já estamos dois meses atrasados. Meu tempo é valioso demais pra esperar por você, Sr. Hailey. Ou você me contrata agora, ou esquece. Eu tenho um voo saindo daqui a pouco.

– Bem, eu vou te dizer então o que você faz, Dr. Reinfeld. Vai lá e pega o seu voo, e não precisa se dar ao trabalho de voltar pra Clanton por minha causa. Eu vou ficar aqui com o meu amigo Jake.

25

A *klavern* do condado de Ford foi fundada à meia-noite de quinta-feira, 11 de julho, em um pequeno pasto próximo a uma estrada de terra, no meio de uma floresta em algum lugar na parte norte do município. Nervosos, os seis iniciados ficaram de pé diante da enorme cruz em chamas e repetiram palavras estranhas oferecidas por um mago. Um dragão e mais de vinte membros em mantos brancos assistiam e entoavam cânticos quando necessário. Um guarda armado estava a postos mais adiante na estrada, assistindo à cerimônia em alguns momentos, mas, na maior parte do tempo, atento à chegada de convidados indesejados. Não houve nenhum.

Exatamente à meia-noite, os seis caíram de joelhos e fecharam os olhos enquanto os capuzes brancos eram cerimoniosamente colocados em suas cabeças. Eles agora eram membros da Klan, os seis. Freddie Cobb, irmão do falecido, Jerry Maples, Clifton Cobb, Ed Wilburn, Morris Lancaster e Terrell Grist. O grande dragão pairou sobre cada um e entoou os votos sagrados. As chamas da cruz queimavam os rostos dos novos membros ajoelhados diante dela, que silenciosamente sufocavam sob os pesados mantos e capuzes. O suor escorria de seus rostos vermelhos enquanto eles oravam com fervor para que o dragão acabasse logo com aquela baboseira e encerrasse a cerimônia. Quando o cântico parou, os novos membros se levantaram e logo se afastaram da cruz. Foram abraçados por seus novos irmãos, que agarravam seus ombros com firmeza e espalhavam encantamentos primitivos em suas clavículas suadas. Os pesados capuzes foram removidos, e os membros da

Klan, tanto os novos quanto os antigos, caminharam orgulhosos do gramado até o chalé do outro lado da estrada de terra. O mesmo guarda ficou sentado nos degraus da entrada enquanto os demais se serviam de uísque ao redor da mesa e faziam planos acerca do julgamento de Carl Lee Hailey.

O ASSISTENTE DO XERIFE, Pirtle, estava trabalhando no turno das dez da noite às seis da manhã e parou no Gurdy's, uma lanchonete 24 horas que ficava na rodovia ao norte da cidade, para tomar um café e comer uma fatia de torta. Foi quando seu rádio disparou a notícia de que precisavam dele no presídio. Era madrugada de sexta-feira, meia-noite e três.

Pirtle largou sua torta e dirigiu um quilômetro e meio na direção sul até o presídio.

– O que houve? – perguntou ao operador de rádio.

– Recebemos uma ligação há alguns minutos, anônima, de alguém procurando pelo xerife. Eu expliquei que ele não estava de plantão, então eles perguntaram quem estava. Falei que era você. Disseram que era muito importante e que ligariam de volta em quinze minutos.

Pirtle serviu um pouco de café e relaxou na poltrona de Ozzie. O telefone tocou.

– É pra você! – gritou o operador.

– Alô – respondeu Pirtle.

– Quem é? – perguntou a voz.

– Assistente Joe Pirtle. Quem tá falando?

– Cadê o xerife?

– Dormindo, eu imagino.

– Tá, escuta, e escuta bem porque isso é importante e eu não vou ligar de novo. Você sabe quem é aquele negro, Carl Lee Hailey?

– Sim.

– Sabe quem é o advogado dele, Brigance?

– Sim.

– Então escuta. Em algum momento entre agora e três da manhã eles vão explodir a casa dele.

– Quem?

– Brigance.

– Não, eu quis dizer, quem vai explodir a casa dele?

— Isso não é importante, só me escuta. Não é brincadeira, e se você tá achando que é, então senta lá e espera até a casa dele ir pelos ares. Pode acontecer a qualquer minuto.

A voz se calou, mas não desapareceu.

— Você ainda tá aí?

— Boa noite, assistente Pirtle.

Ele ouviu o telefone bater.

Pirtle se levantou de um salto e correu para o operador de rádio.

— Você ouviu isso?

— Claro que ouvi.

— Liga pro Ozzie e fala pra ele vir pra cá. Eu tô indo pra casa do Brigance.

PIRTLE ESCONDEU SUA viatura em uma garagem na Monroe Street e cruzou os jardins das casas até chegar na de Jake. Ele não viu nada. Eram cinco para uma. Ele deu a volta na casa com a lanterna na mão e não percebeu nada de incomum. Todas as casas da rua estavam às escuras e adormecidas. Ele desenroscou a lâmpada da varanda da frente e se sentou em uma cadeira de vime. Ficou esperando. Um carro desconhecido e de aparência estranha estava estacionado ao lado do Oldsmobile, sob a varanda aberta. Ele aguardaria e perguntaria a Ozzie se deveria ou não notificar Jake.

Faróis surgiram no final da rua. Pirtle se afundou ainda mais na cadeira, para garantir que não fosse visto. Uma picape vermelha se moveu de modo suspeito em direção à casa de Brigance, mas não parou. Ele esticou o pescoço e observou o veículo desaparecer rua abaixo.

Momentos depois, percebeu duas figuras correndo, vindo da direção da praça. Ele desabotoou o coldre e sacou o revólver. A primeira figura era muito maior do que a segunda e parecia correr com mais graça e facilidade. Era Ozzie. O outro era Nesbit. Pirtle encontrou os dois na entrada da garagem e eles se esconderam na escuridão da varanda na frente da casa. Eles sussurravam e observavam a rua.

— O que ele disse exatamente? — perguntou Ozzie.

— Disse que alguém vai explodir a casa do Jake até as três da madrugada. Disse que não era brincadeira.

— Só isso?

— Sim. Ele não era muito amigável.

– Há quanto tempo você tá aqui?

– Vinte minutos.

Ozzie se voltou para Nesbit.

– Me dá o seu rádio e vai se esconder no quintal. Fica quieto e de olhos abertos.

Nesbit correu para os fundos da casa e encontrou um pequeno vão entre os arbustos ao longo da cerca dos fundos.

Rastejando, ele desapareceu entre os arbustos. Do seu ninho, ele podia ver toda a parte de trás da casa.

– Você vai falar pro Jake? – perguntou Pirtle.

– Ainda não. Talvez já, já. Se a gente bater na porta, eles vão acender as luzes, e não precisamos disso agora.

– Sim, mas e se o Jake ouvir a gente e sair pela porta atirando? Ele pode achar que nós somos alguém tentando invadir a casa.

Ozzie olhou para a rua e não disse nada.

– Escuta, Ozzie, se coloca no lugar dele. Uns policiais cercam a sua casa à uma da manhã, achando que alguém vai jogar uma bomba. Agora, você ia querer ficar na cama dormindo ou ia preferir saber disso?

Ozzie analisou as casas à distância.

– Escuta, xerife, é melhor acordar eles. E se a gente não conseguir impedir quem tá planejando isso e alguém dentro da casa sair ferido? A culpa vai ser nossa também, certo?

Ozzie se levantou e tocou a campainha.

– Desenrosca a lâmpada – ordenou ele, apontando para o teto da varanda.

– Já fiz isso.

Ozzie tocou a campainha de novo. A primeira porta, de madeira, se abriu e Jake surgiu atrás da segunda porta, de vidro, olhando para o xerife. Ele estava vestindo um camisolão amarrotado que batia logo abaixo dos joelhos e segurava um .38 carregado na mão direita. Ele abriu a porta de vidro devagar.

– O que foi, Ozzie?

– Posso entrar?

– Sim. O que tá acontecendo?

– Fica aqui na varanda – disse Ozzie a Pirtle. – Não vou demorar.

Ozzie fechou a porta e apagou a luz do saguão de entrada. Eles se sentaram na sala escura com vista para a varanda e para o jardim.

– Desembucha – disse Jake.

– Há uma meia hora, a gente recebeu uma ligação anônima de uma pessoa que disse que alguém planejava explodir a sua casa até as três da manhã. A gente acha que é sério.

– Obrigado.

– O Pirtle tá aqui na varanda da frente e o Nesbit tá nos fundos. Faz uns dez minutos, o Pirtle viu uma picape passando por aqui, parecendo bastante interessada, mas só isso.

– Vocês vasculharam ao redor da casa?

– Sim, e nada. Eles ainda não estiveram aqui. Mas alguma coisa me diz que isso é sério.

– Por quê?

– Só um palpite.

Jake colocou o .38 ao seu lado no sofá e esfregou as têmporas.

– O que você sugere?

– Sentar e esperar. É tudo o que a gente pode fazer. Você tem um fuzil?

– Eu tenho armas suficientes pra invadir Cuba.

– Por que você não pega e se veste? Se posiciona em uma daquelas janelinhas no andar de cima. A gente vai se esconder do lado de fora e esperar.

– Você tem homens suficientes?

– Sim, acho que vão ser só um ou dois deles.

– Deles quem?

– Não sei. Pode ser a Klan, podem ser uns caras contratados. Vai saber.

Os dois permaneceram sentados, afundados em pensamentos profundos, e olharam para a rua escura. Eles podiam ver o topo da cabeça de Pirtle enquanto ele mergulhava na cadeira de vime do lado de fora da janela.

– Jake, você se lembra daqueles três militantes de direitos civis mortos pela Klan em 1964? Eu encontrei eles enterrados num dique perto da Filadélfia.

– Claro. Eu era criança, mas me lembro.

– Aqueles garotos nunca teriam sido encontrados se alguém não tivesse dito onde eles estavam. Esse alguém era da Klan. Um informante. Parece que isso sempre aconteceu com a Klan. Tem sempre alguém de dentro vazando.

– Você acha que é a Klan?

– Com certeza parece. Se fosse só um ou dois profissionais, quem mais ia estar sabendo disso? Quanto maior o grupo, maior a chance de alguém vazar.

– Faz sentido, mas por algum motivo essa informação não me consola.

– Claro, pode ter sido uma brincadeira.

– Totalmente sem graça.
– Você vai avisar pra sua esposa?
– Sim. É melhor eu ir fazer isso.
– Também acho. Mas não acende as luzes. Você pode espantar eles.
– Mas eu gostaria de espantar eles.
– E eu gostaria de pegar. Se a gente não fizer isso agora, eles vão tentar de novo e, da próxima vez, podem se esquecer de ligar pra gente antes.

CARLA SE VESTIU às pressas no escuro. Ela estava apavorada. Jake deitou Hanna no sofá da sala, onde ela murmurou algo e voltou a dormir. Carla segurava a cabeça da filha e observava Jake carregando um fuzil.
– Eu vou estar lá em cima no quarto de hóspedes. Não acende nenhuma luz. A polícia cercou a casa, então não se preocupa.
– Não se preocupa?! Você tá maluco?
– Tenta voltar a dormir.
– Dormir?! Jake, você enlouqueceu.
Eles não tiveram que esperar muito. De onde estava, em algum lugar no meio dos arbustos em frente à casa, Ozzie o viu primeiro: uma figura solitária caminhando casualmente pela rua vindo da direção oposta à praça. Ele tinha nas mãos uma espécie de maleta ou caixa. Quando estava a duas casas de distância, ele saiu da rua e cruzou o jardim dos vizinhos. Ozzie puxou o revólver e o cassetete e observou o homem caminhar na direção dele. Jake o tinha na mira de seu fuzil. Pirtle rastejou como uma cobra pela varanda e entre os arbustos, pronto para atacar.
De repente, a figura disparou pelo jardim da casa ao lado em direção à lateral da casa de Jake. Ele cuidadosamente colocou a maleta sob a janela do quarto do advogado. Quando ele se virou para correr, um cassetete preto enorme bateu na lateral de sua cabeça, rasgando sua orelha direita em dois pedaços, que ficaram pendurados. Ele gritou e caiu no chão.
– Peguei ele! – gritou Ozzie.
Pirtle e Nesbit correram para a lateral da casa. Jake desceu as escadas calmamente.
– Eu volto já – disse ele a Carla.
Ozzie agarrou o suspeito pelo pescoço e o sentou próximo à casa. Ele estava consciente, mas atordoado. A maleta estava a centímetros de distância.

– Qual o seu nome? – indagou Ozzie.

Ele gemeu, agarrou a cabeça e não disse nada.

– Eu fiz uma pergunta – disse Ozzie enquanto pairava sobre o suspeito. Pirtle e Nesbit estavam ao lado deles, armas em punho, assustados demais para conseguirem falar ou se mexer. Jake olhou para a maleta.

– Eu não vou dizer – foi a resposta.

Ozzie ergueu o cassetete bem acima da cabeça e bateu com firmeza no tornozelo direito do homem. O som do osso se partindo foi perturbador.

Ele uivou e agarrou a perna. Ozzie o chutou no rosto. Ele caiu para trás e sua cabeça bateu na parede da casa. Ele rolou para o lado e gemeu de dor.

Jake se ajoelhou acima da maleta e encostou o ouvido nela.

Ele deu um pulo e recuou.

– Tá fazendo um tique-taque – avisou com a voz fraca.

Ozzie se curvou sobre o suspeito e encostou o cassetete suavemente no nariz dele.

– Eu tenho mais uma pergunta antes de quebrar todos os ossos do seu corpo. O que tem na maleta?

Nenhuma resposta.

Ozzie recuou o cassetete e quebrou o outro tornozelo.

– O que tem na maleta?! – gritou ele.

– Dinamite! – veio a resposta angustiada.

Pirtle largou a arma. O coração de Nesbit disparou e ele se apoiou na casa. Jake ficou branco e seus joelhos tremeram. Ele correu pela porta da frente gritando com Carla:

– Pega a chave do carro! Pega a chave do carro!

– Pra quê? – perguntou ela, nervosa.

– Só faz o que eu tô te falando. Pega a chave e entra no carro. – Jake pegou Hanna no colo, carregou-a pela cozinha até a garagem e a deitou no banco de trás do Cutlass de Carla. Ele pegou Carla pelo braço e a ajudou a entrar no carro. – Sai daqui e não volta na próxima meia hora.

– Jake, o que tá acontecendo? – exigiu ela.

– Eu te conto mais tarde. Não dá tempo agora. Só vai. Sai dirigindo por aí. Fica longe dessa rua.

– Mas por quê, Jake? O que vocês encontraram?

– Dinamite.

Ela saiu da garagem e desapareceu. Quando Jake voltou para a lateral da casa, a mão esquerda do suspeito havia sido algemada ao medidor de gás ao lado da janela. Ele gemia, resmungava, xingava. Ozzie ergueu com cuidado a maleta pela alça e a colocou entre as pernas quebradas do suspeito. Ozzie chutou as duas pernas para abri-las. Ele gemeu mais alto. Ozzie, os policiais e Jake recuaram lentamente e o observaram. Ele começou a chorar.

– Eu não sei como desarmar isso – disse ele com os dentes cerrados.

– É melhor você aprender rápido – avisou Jake, sua voz um pouco mais forte.

O suspeito fechou os olhos e abaixou a cabeça. Ele mordiscou o lábio e começou a respirar ruidosa e rapidamente. O suor escorria de seu queixo e das sobrancelhas. Sua orelha estava retalhada e pendurada como uma folha prestes a cair da árvore.

– Me dá uma lanterna.

Pirtle entregou-lhe uma lanterna.

– Eu preciso das duas mãos – disse ele.

– Tenta com uma só – disse Ozzie.

Ele pressionou suavemente o trinco e fechou os olhos.

– Vamos sair daqui – disse Ozzie.

Eles contornaram a casa e entraram na garagem, o mais longe possível.

– Cadê a sua família? – perguntou Ozzie.

– Elas já foram embora. Reconhece ele?

– Não – respondeu Ozzie.

– Eu nunca vi – disse Nesbit.

Pirtle balançou a cabeça.

Ozzie ligou para o operador de rádio, que ligou para o assistente Riley, o autodidata em explosivos do condado.

– E se ele desmaiar e a bomba explodir? – perguntou Jake.

– Você tem seguro, não tem, Jake? – perguntou Nesbit.

– Isso não tem graça.

– Vamos dar uns minutos pra ele, depois o Pirtle vai lá ver como ele tá – disse Ozzie.

– Por que eu?

– Tá, o Nesbit vai.

– Eu acho que o Jake deveria ir – sugeriu Nesbit. – A casa é dele.

– Muito engraçado – disse Jake.

Eles aguardaram e ficaram conversando, ansiosos. Nesbit fez outro comentário idiota sobre o seguro da casa.

– Calem a boca! – disse Jake. – Eu ouvi alguma coisa.

Eles ficaram paralisados. Segundos depois, o suspeito gritou de novo. Eles correram de volta pelo jardim, então lentamente viraram na lateral da casa. A maleta vazia tinha sido jogada a alguns metros de distância. Ao lado do homem havia um feixe com uma dúzia de bananas de dinamite. Entre as pernas dele havia um grande relógio redondo com fios amarrados com fita isolante.

– Está desarmada? – perguntou Ozzie, ansioso.

– Sim – respondeu ele entre respirações pesadas e rápidas.

Ozzie se ajoelhou diante dele e removeu o relógio e os fios. Ele não tocou na dinamite.

– Cadê os seus amigos?

Nenhuma resposta.

Ele pegou o cassetete e se aproximou do homem.

– Vou começar a quebrar as suas costelas uma de cada vez. É melhor você começar a falar. Agora, cadê os seus amigos?

– Vai à merda.

Ozzie se levantou e olhou rapidamente ao redor, não para Jake e os policiais, mas para a casa ao lado. Não vendo nada, ele ergueu o cassetete. O braço esquerdo do suspeito estava pendurado no medidor de gás, e Ozzie o atingiu logo abaixo da axila esquerda. Ele gritou e se jogou para o lado. Jake quase sentiu pena dele.

– Cadê eles? – exigiu Ozzie. Nenhuma resposta.

Jake virou a cabeça quando o xerife deu outro golpe nas costelas.

– Cadê eles?

Nenhuma resposta.

Ozzie ergueu o cassetete.

– Para... para, por favor! – implorou o suspeito.

– Cadê eles?

– Pra lá. Alguns quarteirões.

– Quantos são?

– Um só.

– Qual carro?

– Uma picape vermelha GMC.

– Pras viaturas, vamos – ordenou Ozzie.

JAKE ESPEROU IMPACIENTE até que a esposa voltasse. Às duas e quinze, ela entrou com o carro lentamente na garagem e estacionou.

– A Hanna tá dormindo? – perguntou Jake enquanto abria a porta.

– Sim.

– Ótimo. Deixa ela aí. A gente vai sair já, já.

– Aonde a gente vai?

– Vamos falar sobre isso lá dentro.

Jake serviu o café e tentou parecer calmo. Carla não estava facilitando as coisas pra ele; ela estava com medo, tremendo e com raiva. Ele descreveu a bomba e o suspeito e explicou que Ozzie estava procurando pelo cúmplice.

– Eu quero que você e a Hanna vão para Wilmington e fiquem com os seus pais até depois do julgamento.

Ela olhou para o café e não disse nada.

– Eu já liguei pro seu pai e expliquei tudo. Eles também estão assustados e insistem que vocês fiquem com eles até que isso acabe.

– E se eu não quiser ir?

– Por favor, Carla. Como você ainda quer argumentar num momento desse?

– E você?

– Eu vou ficar bem. O Ozzie vai me dar um guarda-costas e eles vão cuidar da casa o tempo todo. Vou dormir no escritório também. Eu vou estar seguro, prometo.

Ela não estava convencida.

– Olha, Carla, tem mil coisas na minha cabeça agora. Eu tenho um cliente correndo o risco de ir pra câmara de gás e o julgamento é daqui a dez dias. Eu não posso perder. Vou trabalhar noite e dia a partir de agora até o dia 22, e depois que o julgamento começar você não ia me ver de qualquer jeito. A última coisa que eu preciso é me preocupar com você e com a Hanna. Por favor, vai.

– Eles iam matar a gente, Jake. Eles tentaram matar a gente.

Ele não tinha como negar.

– Você prometeu largar o caso se o perigo se tornasse real.

– Isso tá fora de cogitação. O Noose nunca vai deixar eu fazer isso a essa altura.

– Sinto como se você tivesse mentido pra mim.

– Isso não é justo. Acho que subestimei isso tudo, mas agora é tarde.

Ela caminhou até o quarto e começou a fazer as malas.

– O avião sai de Memphis às seis e meia. Seu pai vai encontrar com vocês no aeroporto de Raleigh às nove e meia.

– Sim, senhor.

Quinze minutos depois, eles deixaram Clanton. Jake dirigia e Carla o ignorava. Às cinco, eles tomaram café da manhã no aeroporto de Memphis. Hanna estava sonolenta, mas animada para ver os avós. Carla falou pouco. Ela tinha muito a dizer, mas eles tinham uma regra: não discutiam na frente de Hanna. Ela comeu em silêncio, tomou seu café e observou o marido ler o jornal bem tranquilo, como se nada tivesse acontecido.

Jake deu um beijo de despedida nelas e prometeu ligar todo dia. O avião decolou na hora certa. Às sete e meia, ele estava no gabinete de Ozzie.

– Quem é ele? – perguntou Jake ao xerife.

– Não fazemos ideia. Sem carteira, sem identificação, nada. E ele não tá colaborando.

– Alguém reconhece ele?

Ozzie refletiu por um segundo.

– Bom, Jake, vai ser meio difícil alguém reconhecer ele agora. Ele tá cheio de curativos no rosto.

Jake sorriu.

– Você pega pesado, hein, garotão?

– Só quando eu preciso. Não ouvi você reclamar.

– Não, eu queria ter ajudado. E o amigo dele?

– A gente encontrou ele dormindo numa GMC vermelha a quase um quilômetro da sua casa. Terrell Grist. Branco, mora depois de Lake Village. Acho que ele é amigo da família Cobb.

Jake repetiu o nome algumas vezes.

– Nunca ouvi falar. Cadê ele?

– Hospital. Junto com o outro.

– Meu Deus, Ozzie, você quebrou as pernas dele também?

– Jake, meu caro, ele resistiu à prisão. A gente teve que conter ele. Depois tivemos que interrogar. Ele não queria colaborar.

– O que ele disse?

– Não muito. Não sabe nada. Estou convencido de que ele não conhece o cara da dinamite.

– Você quer dizer que eles trouxeram um profissional?

– Talvez. O Riley deu uma olhada nos explosivos e no relógio e disse que era um trabalho muito bem-feito. Não teria sobrado nada de você, da sua esposa, da sua filha, provavelmente nem da sua casa. Estava programado pras duas da manhã. Sem a informação, você estaria morto, Jake. A sua família também.

Jake ficou tonto e se sentou no sofá. Parecia que havia levado um chute forte na virilha. Sentiu náuseas e quase teve uma diarreia.

– Você tirou a sua família daqui?

– Sim – respondeu ele numa voz muito fraca.

– Vou designar um assistente pra ficar com você em tempo integral. Tem alguma preferência?

– Na verdade não.

– Que tal o Nesbit?

– Pode ser. Obrigado.

– Outra coisa. Eu imagino que você queira manter isso em segredo?

– Se possível. Quem mais sabe?

– Só eu e os assistentes. Acho que podemos deixar isso quieto até depois do julgamento, mas não posso garantir nada.

– Eu entendo. Faça o melhor possível.

– Vou fazer, Jake.

– Eu sei que você vai, Ozzie. Fico grato.

JAKE DIRIGIU ATÉ o escritório, fez um café e se deitou no sofá de sua sala. Ele queria tirar um cochilo rápido, mas dormir era impossível. Seus olhos ardiam, mas ele não conseguia fechá-los. Ficou olhando para o ventilador de teto.

– Dr. Brigance – chamou Ethel pelo interfone.

Nenhuma resposta.

– Dr. Brigance!

Em algum lugar nas profundezas de seu subconsciente, Jake ouviu alguém chamá-lo e levantou num pulo.

– Sim! – gritou ele.

– O juiz Noose no telefone.

– Sim, sim – murmurou ele enquanto cambaleava até a mesa. Ele olhou para o relógio. Nove da manhã. Havia dormido por uma hora. – Bom dia, Excelência – cumprimentou alegremente, tentando soar alerta e acordado.

– Bom dia, Jake. Tudo bem?
– Tudo ótimo, Excelência. Ocupado me preparando pro grande julgamento.
– Imaginei. Jake, qual é a sua programação hoje?
"O que tem pra hoje?", pensou. Ele pegou sua agenda.
– Nada, só trabalho interno.
– Ótimo. Eu gostaria de almoçar com você na minha casa. Umas onze e meia?
– Eu adoraria, Excelência. Qual a ocasião?
– Quero falar sobre o caso Hailey.
– Tudo bem, Excelência. Nos vemos às onze e meia.

OS NOOSES MORAVAM em uma casa imponente construída antes da Guerra Civil, perto da praça central em Chester. A residência pertencia à família da esposa dele havia mais de um século e, embora precisasse de manutenção e de alguns reparos, estava em ótimas condições. Jake nunca tinha sido convidado a visitar a casa, e nunca havia visto a Sra. Noose, embora tivesse ouvido falar que ela era uma esnobe de sangue azul cuja família teve dinheiro um dia, mas perdeu tudo. Ela era tão pouco atraente quanto Ichabod, e Jake se perguntou como seriam as crianças. Ela foi devidamente educada ao receber Jake na porta e tentou conversar um pouco enquanto o levava para o quintal, onde Sua Excelência bebia chá gelado e lia as correspondências. Uma empregada arrumava uma pequena mesa perto dele.
– Bom te ver, Jake – disse Ichabod calorosamente. – Obrigado por ter vindo.
– O prazer é meu, Excelência. Que bela casa vocês têm.
Eles falaram sobre o julgamento de Hailey enquanto tomavam sopa e comiam sanduíches de salada de frango. Ichabod estava apreensivo com aquela provação, embora não admitisse. Parecia cansado, como se o caso em si já fosse um fardo. Ele surpreendeu Jake ao admitir que detestava Buckley. Jake disse que sentia a mesma coisa.
– Jake, estou confuso com essa questão do foro – disse ele. – Eu li a sua petição e a do Buckley, e eu mesmo pesquisei a lei. É uma situação difícil. No último fim de semana, participei de uma conferência de juízes na Costa do Golfo e tomei uns drinques com o juiz Denton, da Suprema Corte. Ele e eu fizemos faculdade juntos e fomos colegas no senado estadual. Somos muito próximos. Ele é do condado de Dupree, no sul do Mississippi, e diz que tá

todo mundo falando sobre o caso por lá. As pessoas na rua perguntam o que ele vai decidir se o caso subir pra recurso. Eles estão a quase seiscentos quilômetros de distância e todo mundo tem uma opinião. Agora, se eu concordar em mudar o local do julgamento, pra onde a gente vai? Não podemos ir pra outro estado, e estou convencido de que todos não só ouviram falar do seu cliente, mas já prejulgaram ele. Você concorda?

– Bom, a publicidade tem sido grande – disse Jake, cauteloso.

– Conversa comigo, Jake. A gente não tá no tribunal. Foi por isso que eu te chamei aqui. Eu quero saber o que você acha. Eu sei que a publicidade tem sido grande. Se a gente tirar esse caso daqui, vamos mandar pra onde?

– Que tal o Delta?

Noose sorriu.

– Você ia adorar, né?

– Claro. A gente ia poder escolher um bom júri lá. Um que realmente entenderia a situação.

– Sim, e que seria metade negro.

– Eu não tinha pensado nisso.

– Você realmente acredita que essas pessoas ainda não prejulgaram esse réu?

– Imagino que já tenham mesmo.

– Então pra onde vamos?

– O juiz Denton deu alguma sugestão?

– Na verdade, não. Falamos sobre a tradicional recusa do tribunal diante de pedidos de desaforamento, exceto nos casos mais hediondos. É uma questão difícil quando envolve um crime famoso que desperta paixão a favor e contra o réu. Com a televisão e toda a imprensa de hoje em dia, esses crimes viram logo notícia e todo mundo fica sabendo dos detalhes muito antes do julgamento. E esse caso superou qualquer outro. Até o Denton admitiu que nunca tinha visto um caso com tanta publicidade e admitiu que seria impossível encontrar um júri justo e imparcial em qualquer lugar do Mississippi. Vamos supor que eu deixe o caso no condado de Ford e o seu cliente seja condenado. Em seguida, você recorre alegando que o local deveria ter sido alterado. O Denton deu sinais de que corroboraria com a minha decisão de não transferi-lo. Ele acredita que a maioria do tribunal apoiaria minha recusa à mudança de local. Claro, isso não é garantia, e falamos sobre isso tomando vários drinques. Quer beber alguma coisa?

– Não, obrigado.

– Eu simplesmente não vejo motivo pra transferir o julgamento de Clanton. Se fizermos isso, vamos estar só nos enganando ao achar que vai ser possível encontrar doze pessoas indecisas em relação à culpa do Sr. Hailey.

– Parece que já tomou sua decisão, Excelência.

– Já. Não vamos mudar o foro. O julgamento vai ser realizado em Clanton. Não me sinto confortável com isso, mas não vejo razão pra transferir. Além disso, eu gosto de Clanton. É perto de casa e o ar-condicionado do fórum funciona.

Noose pegou uma pasta e puxou um envelope.

– Jake, esse é o despacho, datado de hoje, negando o pedido de desaforamento. Mandei uma cópia pro Buckley e tem uma pra você. O original tá aqui, e eu gostaria que você pedisse à escrivã que juntasse aos autos.

– Com prazer.

– Só espero estar fazendo a coisa certa. Foi uma decisão realmente difícil pra mim.

– É um trabalho difícil – disse Jake, tentando mostrar empatia.

Noose chamou a empregada e pediu um gim-tônica. Ele insistiu que Jake visse seu jardim de rosas, e eles passaram uma hora no amplo gramado dos fundos admirando as flores de Sua Excelência. Jake pensou em Carla, em Hanna, em sua casa e na dinamite, mas educadamente continuou demonstrando interesse pela habilidade de Ichabod com o jardim.

AS TARDES DE sexta-feira muitas vezes lembravam Jake da faculdade de Direito, quando, dependendo do tempo, ele e seus amigos ou se reuniam em seu bar favorito em Oxford, entornavam cerveja durante o happy hour e debatiam suas teorias jurídicas recém-descobertas ou praguejavam contra os insolentes e arrogantes professores terroristas, ou, se o dia estivesse quente e ensolarado, amontoavam cervejas no fusca conversível já bem gasto de Jake e iam para a praia no Lago Sardis, onde as garotas da sororidade cobriam seus belos corpos bronzeados com óleo e suavam no sol, e friamente ignoravam as cantadas dos estudantes de Direito bêbados e dos membros da fraternidade. Ele sentia saudades daqueles dias inocentes. Odiava a faculdade de Direito – todo estudante de Direito com um mínimo de bom senso odiava a faculdade de Direito –, mas sentia falta dos amigos e dos bons momentos, em especial das sextas-feiras. Ele sentia falta daquela vida sem pressão, embora várias vezes a pressão tivesse parecido insuportável, sobretudo no primeiro ano, quando os professores eram mais abusivos do que o normal. Ele sentia falta de estar sem dinheiro, porque quando não tinha nada não devia nada, e a maioria de seus colegas estava no mesmo barco. Agora que tinha uma renda, preocupava-se constantemente com hipotecas, despesas mensais, cartões de crédito e com a realização do sonho americano de se tornar rico. Não milionário, apenas rico. Ele sentia falta do seu Volkswagen porque fora seu primeiro carro novo, um presente de quando se formou no colégio, e estava quitado, ao contrário do Saab. Ele sentia falta de ser solteiro às vezes, embora tivesse um casamento feliz. E ele sentia falta da cerveja, fosse de um jarro, de uma lata ou de uma garrafa. Não importava. Ele era um bebedor social, bebia apenas com amigos, e passava o máximo de tempo possível com os amigos. Ele não bebia todo dia na época da faculdade e raramente ficava bêbado, mas passou por várias ressacas amargas e memoráveis.

Então veio Carla. Ele a conheceu no início do último período da faculdade e seis meses depois eles se casaram. Ela era linda, e foi isso que chamou sua atenção. Ela era quieta e um pouco esnobe no começo, como a maioria das garotas ricas das sororidades da Ole Miss, mas ele descobriu que ela era calorosa, elegante e carente de autoconfiança. Ele nunca tinha entendido como uma mulher tão bonita quanto a Carla podia ser insegura. Ela era bolsista da Dean's List em Artes Liberais, sem qualquer intenção de fazer nada além de lecionar por alguns anos. A família dela tinha dinheiro e sua mãe nunca trabalhou. Aquilo atraía Jake – o dinheiro da família e a ausência de ambições profissionais. Ele queria uma esposa que ficasse em casa, sempre bonita, que lhe desse filhos e não tentasse mandar nele. Foi amor à primeira vista.

Mas ela fazia cara feia para bebida, qualquer tipo de bebida. Seu pai bebia muito quando ela era criança, e ela tinha memórias dolorosas. Então Jake parou de beber no último semestre da faculdade e perdeu sete quilos. Ele estava ótimo, sentia-se ótimo, e estava perdidamente apaixonado. Mas sentia falta da cerveja.

Havia uma mercearia a alguns quilômetros de Chester com uma placa da Coors na janela. Coors era sua cerveja favorita na época da faculdade, embora naquela época não estivesse à venda a leste do rio Mississippi. Era uma iguaria na Ole Miss, e o contrabando de Coors tinha sido lucrativo no campus. Agora que estava à venda em todos os lugares, a maioria das pessoas havia voltado para a Budweiser.

Era sexta-feira e fazia calor. Carla estava a 1.500 quilômetros de distância. Ele não tinha vontade de ir para o escritório, e qualquer coisa por lá poderia esperar até o dia seguinte. Um maluco havia tentado matar sua família e tirar sua casa do Registro Nacional do Patrimônio Histórico. A maior provação de sua carreira estava a dez dias de distância. Ele não estava pronto e a pressão só aumentava. Tinha acabado de ter seu pedido pré-julgamento mais importante negado. E estava com sede. Jake parou e comprou um pack de seis Coors.

Foram quase duas horas para percorrer os cem quilômetros de Chester a Clanton. Ele aproveitou a diversão, a paisagem, a cerveja. Parou duas vezes para se aliviar e uma vez para pegar outro pack de seis. Ele se sentia ótimo.

Havia apenas um lugar para onde ir naquele estado. Não era sua casa, nem o escritório, definitivamente não era o tribunal para dar entrada no despacho de Ichabod. Ele estacionou o Saab atrás do pequeno Porsche imundo e se arrastou pela calçada com a cerveja gelada nas mãos. Como de costume, Lucien estava se balançando lentamente na cadeira da varanda na frente de casa, bebendo e lendo um tratado sobre alegação de insanidade. Ele fechou o livro e, ao perceber a cerveja, sorriu para o ex-sócio. Jake apenas sorriu de volta.

– Qual a ocasião, Jake?

– Nenhuma, na verdade. Só fiquei com sede.

– Entendi. E a esposa?

– Ela não manda em mim. Eu faço o que eu quiser. Sou eu que mando. Se eu quero tomar cerveja, vou tomar cerveja, e ela não vai dizer nada. – Jake deu um longo gole.

– Ela deve estar fora da cidade.

– Carolina do Norte.

– Quando ela foi?

– Seis da manhã de hoje. Pegou um avião em Memphis com a Hanna. Vai ficar com os pais dela em Wilmington até o fim do julgamento. Eles têm uma casinha de praia chique onde passam o verão.

– Ela viajou hoje de manhã e você já tá bêbado no meio da tarde.

– Eu não tô bêbado – respondeu Jake. – Ainda.

– Há quanto tempo você tá bebendo?

— Há algumas horas. Comprei um pack de seis quando saí da casa do Noose por volta de uma e meia. Há quanto tempo você tá bebendo?

— Eu normalmente começo no café da manhã. Por que você tava na casa dele?

— Falamos sobre o julgamento durante o almoço. Ele negou o pedido de desaforamento.

— Ele o quê?

— É isso mesmo. O julgamento vai ser em Clanton.

Lucien tomou um gole e sacudiu o gelo no copo.

— Sallie! — gritou. — Ele disse o motivo?

— Sim. Disse que seria impossível encontrar jurados que não tivessem ouvido falar do caso em qualquer lugar.

— Eu te falei. Esse é um bom motivo leigo pra não transferi-lo, mas juridicamente é um motivo ruim. O Noose tá equivocado.

Sallie voltou com um novo drinque para Lucien e levou a cerveja de Jake para a geladeira. Lucien deu um gole e estalou os lábios. Enxugou a boca com o braço e deu outro longo gole.

— Você sabe o que isso significa, né? — perguntou ele.

— Claro. Um júri todo branco.

— Isso e um pedido de anulação no recurso, se ele for condenado.

— Não aposte nisso. O Noose já consultou a Suprema Corte. Ele acha que eles vão seguir a decisão dele. Acha que tá em terreno sólido.

— Ele é um idiota. Posso mostrar pra ele vinte casos que dizem que o julgamento deve ser transferido. Acho que ele tá com medo.

— Por que o Noose teria medo?

— Ele tá sendo pressionado.

— Por quem?

Lucien admirou o líquido dourado em seu copo alto e mexeu lentamente os cubos de gelo com um dos dedos. Ele sorriu e parecia saber de algo, mas não contaria a menos que lhe implorassem.

— Por quem? — insistiu Jake, olhando para o amigo com olhos vermelhos e brilhantes.

— Buckley — respondeu Lucien com ar presunçoso.

— Buckley — repetiu Jake. — Não entendi.

— Eu sabia que você não ia entender.

— Você se importa em explicar?

– Eu posso explicar. Mas você não pode repetir por aí. É absolutamente confidencial. Veio de boas fontes.

– Quem?

– Não posso contar.

– Quem são as suas fontes? – forçou Jake.

– Eu disse que não posso contar. Não vou contar. Ok?

– Como o Buckley pode pressionar o Noose?

– Se você me ouvir, eu te conto.

– O Buckley não tem influência sobre o Noose. O Noose despreza ele. Ele mesmo me disse. Hoje. Durante o almoço.

– Eu sei disso.

– Então como você pode dizer que o Noose tá sendo pressionado pelo Buckley?

– Se você calar a boca, eu te conto.

Jake terminou uma cerveja e chamou Sallie.

– Você sabe como o Buckley é um vendido desumano que só pensa em política.

Jake fez que sim com a cabeça.

– Você sabe quanto ele quer ganhar esse caso. Ele acha que, se ganhar, vai conseguir lançar sua campanha pra procurador-geral.

– Governador – corrigiu Jake.

– Tanto faz. Ele é ambicioso, correto?

– Correto.

– Bom, ele tem pedido pros amigos políticos dele do distrito inteiro ligarem pro Noose e sugerirem que o julgamento seja realizado no condado de Ford. Alguns foram bem diretos com o Noose. Tipo, se você transferir o julgamento a gente te pega na próxima eleição. Se deixar em Clanton, a gente te ajuda a ser reeleito.

– Eu não acredito nisso.

– Tudo bem. Mas é verdade.

– Como você sabe?

– Fontes.

– Quem ligou pra ele?

– Um exemplo: você se lembra daquele bandido que era xerife do condado de Van Buren? O Motley? O FBI pegou ele, mas ele tá solto agora. Ainda é um cara muito popular no condado.

– Sim, eu me lembro.

– Eu fiquei sabendo que ele foi na casa do Noose com uns comparsas e sugeriu veementemente que o Noose deixasse o julgamento aqui. Foi coisa do Buckley.

– O que o Noose disse?

– Todo mundo se xingou um bocado. O Motley falou pro Noose que ele não ia conseguir cinquenta votos no condado de Van Buren na próxima eleição. Eles prometeram entupir as urnas, perseguir os negros, fraudar as abstenções, as práticas eleitorais de sempre lá em Van Buren. E o Noose sabe que eles vão fazer isso.

– Por que ele deveria se preocupar com isso?

– Não seja burro, Jake. Ele é um velho que não pode fazer nada além de ser um juiz. Consegue imaginar ele tentando começar um escritório de advocacia? Ele ganha 60 mil por ano e morreria de fome se fosse derrotado. A maioria dos juízes é assim. Ele precisa segurar esse emprego. O Buckley sabe disso, então ele está falando com os fanáticos locais e instigando eles, dizendo como esse negro safado pode ser absolvido se o julgamento for transferido, e que eles deveriam fazer pressão no juiz. É por isso que o Noose tá se sentindo pressionado.

Eles beberam por alguns minutos em silêncio, ambos se balançando calmamente nas altas cadeiras de balanço de vime. A cerveja descia muito bem.

– E tem mais – disse Lucien.

– Sobre o quê?

– Sobre o Noose.

– O quê?

– Ele recebeu umas ameaças. Não ameaças políticas, mas ameaças de morte. Ouvi dizer que ele tá morrendo de medo. A polícia está vigiando a casa dele. Ele tá andando armado agora.

– Eu sei como ele se sente – murmurou Jake.

– É, fiquei sabendo.

– Sabendo do quê?

– Da dinamite. Quem era o cara?

Jake ficou perplexo. Ele ficou encarando Lucien, incapaz de falar.

– Não pergunta. Eu tenho meus contatos. Quem era o cara?

– Ninguém sabe.

– Parece um profissional.

– Obrigado.
– Você é bem-vindo para ficar aqui. Eu tenho cinco quartos.

O SOL JÁ HAVIA se posto, por volta das oito e quinze, quando Ozzie parou sua viatura atrás do Saab, que ainda estava estacionado atrás do Porsche. Ele caminhou até a base da escada que levava à varanda. Lucien foi o primeiro a vê-lo.
– Olá, xerife – tentou dizer, sua língua enrolada e pesada.
– Boa noite, Lucien. Cadê o Jake?
Lucien acenou com a cabeça em direção ao final da varanda, onde Jake estava esparramado no balanço.
– Ele tá tirando um cochilo – explicou Lucien, prestativo.
As tábuas rangeram quando Ozzie cruzou a varanda e ficou acima da figura em coma que roncava pacificamente. Ele o socou de leve nas costelas. Jake abriu os olhos e lutou para se sentar.
– A Carla ligou pra minha sala procurando por você. Ela tá muito preocupada. Ela ligou a tarde toda e não conseguiu te encontrar. Ninguém te viu. Ela tá achando que você morreu.
Jake esfregou os olhos enquanto a cadeira balançava suavemente.
– Fala pra ela que eu não morri. Fala pra ela que você me viu e falou comigo e que está convencido de que, sem sombra de dúvida, eu não morri. Fala pra ela que eu vou ligar pra ela amanhã. Fala isso pra ela, Ozzie, por favor.
– De jeito nenhum, amigo. Você já é grande, você liga e fala isso pra ela.
Ozzie saiu da varanda. Ele não estava achando nenhuma graça.
Jake lutou para ficar de pé e cambaleou para dentro da casa.
– Cadê o telefone? – gritou ele para Sallie.
Enquanto discava, ele podia ouvir Lucien na varanda rindo incontrolavelmente.

26

Sua última ressaca tinha sido na faculdade, seis ou sete anos antes; ele não conseguia se lembrar direito. Da data, no caso. Não conseguia se lembrar da data, mas a cabeça latejando, a boca seca, a respiração ofegante e os olhos ardendo trouxeram de volta memórias dolorosas e vivas de inesquecíveis bebedeiras.

Ele entendeu que estava em apuros assim que seu olho esquerdo se abriu. As pálpebras do direito estavam firmemente presas uma à outra e não queriam soltar de jeito nenhum, a menos que fossem separadas com os dedos, e ele não ousava se mover. Ficou lá deitado em um sofá no quarto escuro, completamente vestido, de sapatos e tudo, ouvindo a cabeça latejar e observando o ventilador de teto girar devagar. Estava enjoado. Seu pescoço doía porque não havia travesseiro. Seus pés latejavam por causa dos sapatos. Seu estômago revirava e dava sinais de erupção. A morte teria sido bem-vinda.

Jake tinha problemas com ressacas porque dormir não era uma opção para se recuperar delas. Assim que seus olhos se abriam e seu cérebro despertava e recomeçava a funcionar, ele não conseguia mais dormir. Nunca tinha entendido isso. Seus amigos na faculdade eram capazes de dormir por dias com ressaca, mas Jake não. Ele nunca conseguia mais do que algumas horas depois que a última lata ou garrafa era esvaziada.

Por quê? Essa sempre era a pergunta na manhã seguinte. Por que ele tinha feito aquilo? Uma cerveja gelada era refrescante. Talvez duas ou três. Mas dez, quinze, talvez vinte? Ele havia perdido a conta. Depois da sexta, a cerveja perdia o sabor e, a partir daí, beber era apenas para ficar bêbado. Lucien tinha sido muito prestativo. Antes de escurecer, ele pediu a Sallie que comprasse uma caixa de Coors, pela qual ele pagou com prazer, depois encorajou Jake a beber. Sobraram algumas latas. Era culpa de Lucien.

Bem devagar, ele ergueu as pernas, uma de cada vez, e colocou os pés no chão. Esfregou suavemente as têmporas. Respirou fundo, mas seu coração batia forte, bombeando mais sangue para o cérebro e abastecendo as pequenas britadeiras em ação dentro da sua cabeça. Ele precisava de água. Sua língua estava desidratada e estufada a ponto de ser mais fácil deixar a boca aberta como um cachorro no cio. Por quê, meu Deus, por quê?

Ele se levantou, com cuidado, lentamente, e rastejou até a cozinha. A luz acima do fogão era fraca e indireta, mas penetrava na escuridão e perfurava seus olhos. Ele esfregou os olhos e tentou limpá-los com os dedos fedorentos. Bebeu a água morna sem pressa e deixou escorrer um bocado de sua boca para o chão. Não se importou. Sallie limparia. O relógio na bancada marcava duas e meia.

Recuperando alguma força, ele caminhou desajeitada mas silenciosamente pela sala de estar, passou pelo sofá sem almofadas e saiu pela porta. A varanda estava cheia de latas e garrafas vazias. Por quê?

Ficou sentado embaixo do chuveiro quente de seu escritório por uma hora, incapaz de se mover. Aquilo aliviou algumas dores e incômodos, mas não o rodopio ao redor de seu cérebro. Uma vez, na faculdade, havia se arrastado da cama até a geladeira para pegar uma cerveja. Ele a tomou e sentiu que ajudou, então tomou outra e se sentiu muito melhor. Ele se lembrou desse dia naquele momento enquanto estava no chuveiro, e imaginar outra cerveja o fez vomitar.

Deitou-se de cueca na mesa da sala de reuniões e fez o possível para morrer. Tinha um bom seguro de vida. Eles deixariam sua casa em paz. O novo advogado conseguiria um adiamento.

Nove dias para o julgamento. O tempo era escasso, precioso, e ele tinha acabado de perder um dia com uma ressaca brutal. Então pensou em Carla e sua cabeça latejou com mais força. Ele tinha tentado parecer sóbrio. Disse a ela que Lucien e ele haviam passado a tarde estudando casos de alegação de insanidade e que queria ter ligado mais cedo, mas os telefones não estavam funcionando, pelo menos não os de Lucien. Mas sua língua estava pesada e sua fala arrastada, e ela percebeu que ele estava bêbado. Ficou furiosa – uma fúria controlada. Sim, a casa dela ainda estava de pé. Essa foi a única coisa na qual ela foi capaz de acreditar. Às seis e meia ele ligou para ela de novo. Talvez ela ficasse impressionada se soubesse que ele estava no escritório tão cedo trabalhando diligentemente. Ela não ficou. Com grande dor e coragem, ele tentou soar alegre, hiperativo, até. Ela não ficou impressionada.

– Como você tá? – insistiu ela.

– Tô ótimo! – respondeu ele com os olhos fechados.

– Que horas você foi pra cama?

"Que cama?", pensou Jake.

– Logo depois que eu liguei pra você. – Ela não disse nada. – Cheguei no escritório às três da manhã – informou com orgulho.

– Às três?!

– Sim, eu não conseguia dormir.

– Mas você não dormiu nada na quinta à noite. – Um toque de preocupação escapou em meio à frieza das palavras dela, e ele se sentiu melhor.

– Eu vou ficar bem. Talvez eu passe um tempo com o Lucien esta semana e na próxima. Acho que vai ser mais seguro lá.

– E o guarda-costas?

– Sim, o assistente Nesbit. Ele tá estacionado lá fora, dormindo no carro.

Ela hesitou e Jake pôde sentir as linhas telefônicas derretendo.

– Eu tô preocupada com você – disse ela calorosamente.

– Eu vou ficar bem, querida. Eu te ligo amanhã. Preciso trabalhar.

Ele recolocou o fone no gancho, correu para o banheiro e vomitou mais um pouco.

AS BATIDAS PERSISTIRAM na porta da frente. Jake as ignorou por quinze minutos, mas quem quer que fosse sabia que ele estava lá e continuou batendo.

Ele foi até a varanda.

– Quem é? – gritou ele para a rua.

A mulher desceu da calçada sob a varanda e se apoiou em um BMW preto estacionado ao lado do Saab. Suas mãos estavam enfiadas nos bolsos do jeans desbotado, engomado e justo. O sol do meio-dia brilhava intensamente e a cegou enquanto ela olhava na direção dele. Também iluminou seu cabelo ruivo dourado claro.

– Você é Jake Brigance? – perguntou ela, protegendo os olhos com o antebraço.

– Sim. O que você quer?

– Preciso falar com você.

– Eu tô muito ocupado.

– É muito importante.

– Você não é cliente, é? – perguntou ele, focando naquela figura esguia e tendo a certeza de que ela de fato não era uma cliente.

– Não. Só preciso de cinco minutos do seu tempo.

Jake destrancou a porta. Ela entrou tranquila como se fosse a dona do lugar. Apertou a mão dele com firmeza.

– Meu nome é Ellen Roark.

Ele apontou para uma cadeira perto da porta.

– Prazer. Pode sentar.

Jake se acomodou na beirada da mesa de Ethel.

– Uma sílaba ou duas?

– Como?

Ela tinha um sotaque rápido e arrogante, característico do Nordeste americano, mas temperado com algum tempo vivendo no Sul.

– É Rork ou Row Ark?

– R-o-a-r-k. Em Boston é Rork, no Mississippi é Row Ark.

– Se importa se eu te chamar de Ellen?

– Claro que não, com duas sílabas, por favor. Posso te chamar de Jake?

– Sim, claro.

– Ótimo, eu não planejava te chamar de doutor.

– Boston, né?

– Sim, eu nasci lá. Estudei no Boston College. Meu pai é Sheldon Roark, um criminalista famoso em Boston.

– Acho que não conheço. O que te traz ao Mississippi?

– Estou estudando Direito na Ole Miss.

– Ole Miss! Como você veio parar aqui?

– Minha mãe é de Natchez. Ela era uma jovenzinha fofa de sororidade da Ole Miss, depois se mudou para Nova York, onde conheceu o meu pai.

– Eu casei com uma jovenzinha fofa de sororidade da Ole Miss.

– Eles fazem uma boa seleção.

– Você quer um café?

– Não, obrigada.

– Bom, agora que a gente já se conhece, o que te traz a Clanton?

– Carl Lee Hailey.

– Não me surpreende.

– Eu termino a faculdade em dezembro e vou matar o tempo em Oxford este verão. Tô fazendo Processo Penal com o Guthrie e tô entediada.

– George Guthrie, o louco.

– Sim, ele ainda é louco.

– Ele me reprovou em Constitucional no meu primeiro ano.

– Bom, eu gostaria de ajudar você com o julgamento.

Jake sorriu e se sentou na cadeira de escritório giratória de Ethel. Ele a analisou com cuidado. Sua camisa polo de algodão preta estava elegantemente desgastada e bem passada. Os contornos e as sombras sutis revelavam seios torneados, sem sutiã. O cabelo espesso e ondulado caía perfeitamente sobre seus ombros.

– O que te faz pensar que eu preciso de ajuda?

– Eu sei que você trabalha sozinho e sei que não tem assistente.

– Como você sabe disso tudo?

– Pela *Newsweek*.

– Ah, sim. Uma revista maravilhosa. Ficou boa a foto, não ficou?

– Você parecia um pouco conservador, mas tava boa. Você é melhor pessoalmente.

– E quais são as suas qualificações?

– O meu talento é de família. Eu me formei no Boston College *summa cum laude* e sou a segunda na minha turma de Direito. No verão passado, passei três meses trabalhando com a Southern Prisoners Defense League em Birmingham e fui assistente em sete julgamentos de homicídio. Assisti à execução de Elmer Wayne Doss na cadeira elétrica na Flórida e à de Willie Ray Ash por injeção letal no Texas. No meu tempo livre na Ole Miss faço pesquisas pra ACLU e estou trabalhando em dois recursos de pena de morte pra um escritório em Spartanburg, na Carolina do Sul. Fui criada no escritório do meu pai e já era proficiente em pesquisa jurídica na época do ensino médio. Eu o vi defender homicidas, estupradores, ladrões, terroristas, abusadores de crianças, assassinos de crianças e crianças que mataram os pais. Trabalhava quarenta horas por semana no escritório dele quando estava no colégio e cinquenta quando estava na faculdade. Ele tem dezoito advogados no escritório, todos brilhantes, muito talentosos. É um ótimo campo de treinamento pra criminalistas, e eu tô lá há catorze anos. Tenho 25 agora e, quando crescer, quero ser uma criminalista militante como o meu pai e ter uma carreira gloriosa combatendo a pena de morte.

– Mais alguma coisa?

– Meu pai é podre de rico e, embora sejamos católicos irlandeses, sou filha única. Eu tenho mais dinheiro do que você, então vou trabalhar de graça. Sem custo. Uma assistente gratuita por três semanas. Vou fazer toda a pesquisa, todo o trabalho de digitação, vou atender telefone. Vou até carregar sua pasta e fazer o café.

– Eu estava com medo que você quisesse virar sócia do escritório.

– Não. Eu sou mulher e estou no Sul. Eu sei o meu lugar.

– Por que você tá tão interessada nesse caso?

– Eu quero participar da audiência. Eu amo julgamentos criminais, julgamentos importantes nos quais a vida de alguém está em risco e a pressão é tão forte que dá pra sentir no ar; nos quais a sala de audiências está lotada e a segurança é rigorosa; nos quais metade das pessoas odeia o réu e seus advogados e a outra metade reza pra que ele se safe. Eu amo isso. E esse vai ser o maior julgamento de todos. Não sou do Sul e acho esse lugar confuso na maioria das vezes, mas desenvolvi um amor perverso por ele. Nada disso nunca vai fazer sentido para mim, mas acho fascinante. As implicações raciais são imensas. O julgamento de um pai negro por matar dois homens brancos que estupraram a filha... Meu pai disse que pegaria esse caso de graça.

– Fala pra ele ficar em Boston.

– É o sonho de qualquer advogado. Eu só quero estar lá. Não vou te atrapalhar, prometo. Só me deixa ficar ali em segundo plano e assistir ao julgamento.

– O juiz Noose odeia advogadas.

– Ele e todos os juristas aqui do Sul. Além disso, não sou advogada, sou estudante de Direito.

– Vou deixar você explicar isso pra ele.

– Então eu consegui a vaga?

Jake parou de olhar para ela e respirou fundo. Uma pequena náusea vibrou em seu estômago e em seus pulmões e roubou seu fôlego. As britadeiras voltaram, furiosas, e ele precisava estar perto do banheiro.

– Sim, você conseguiu a vaga. Vai ser bom ter alguém fazendo pesquisas pra mim de graça. Esses casos são complicados, como tenho certeza que você sabe.

Ela deu um sorriso gracioso e confiante.

– Quando eu começo?

– Agora.

Jake a conduziu por um rápido tour pelo escritório e designou a sala de guerra no segundo andar para ela. Eles levaram os autos do caso Hailey para a mesa de reuniões e ela passou uma hora fazendo cópia. Às duas e meia, Jake acordou de um cochilo no sofá. Desceu as escadas até a sala de reuniões. Ela havia removido metade dos livros das prateleiras e os espalhado por toda a mesa, com marcadores à mostra a cada cinquenta páginas. Ela estava ocupada fazendo anotações.

– Boa biblioteca – disse ela.

– Alguns desses livros não são usados há vinte anos.

– Eu notei a poeira.

– Tá com fome?

– Sim, morrendo.

– Tem uma cafeteria aqui do lado. A especialidade deles é comida gordurosa e fubá frito. Meu organismo precisa de uma injeção de gordura.

– Parece ótimo.

Eles deram a volta na praça até o Claude's, onde a clientela era pequena para uma tarde de sábado. Não havia outros brancos no local. Claude não estava e o silêncio era ensurdecedor. Jake pediu um cheeseburger, anéis de cebola e três sachês de analgésico em pó.

– Dor de cabeça? – perguntou Ellen.

– Monstruosa.

– Estresse?

– Ressaca.

– Ressaca? Achei que você fosse abstêmio.

– De onde você tirou isso?

– Da *Newsweek*. A matéria dizia que você era um homem de família bem-apessoado, viciado em trabalho e presbiteriano devoto, que não bebia nada e fumava charutos baratos. Lembra? Como você poderia esquecer, hein?

– Você acredita em tudo o que lê?

– Não.

– Bom, porque ontem à noite eu tomei um porre e vomitei a manhã toda.

A assistente achou graça.

— O que você bebe?

— Eu não bebo, lembra? Pelo menos não bebia até ontem à noite. Essa é a minha primeira ressaca desde a faculdade, e espero que seja a última. Eu tinha esquecido como isso é péssimo.

— Por que advogados bebem tanto?

— Eles aprendem na faculdade. Seu pai bebe?

— Você tá brincando? Nós somos católicos. Mas ele é cauteloso.

— Você bebe?

— Claro, sempre — disse ela com orgulho.

— Então vai ser uma ótima advogada.

Jake misturou cuidadosamente o conteúdo dos três sachês em um copo de água gelada e engoliu. Fez uma careta e enxugou a boca. Ela observou muito atenta, com um sorriso divertido.

— O que a sua esposa disse?

— Sobre o quê?

— Essa ressaca, um homem de família tão devoto e religioso.

— Ela não sabe. Ela saiu de casa ontem de manhã cedo.

— Sinto muito.

— Ela foi ficar com os pais até o fim do julgamento. Faz dois meses que a gente recebe ligações anônimas e ameaças de morte, e na madrugada de ontem eles plantaram dinamite do lado de fora da janela do nosso quarto. Os policiais encontraram a tempo e pegaram os caras, provavelmente da Klan. Dinamite suficiente pra destruir a casa e matar todo mundo. Foi uma boa desculpa pra ficar bêbado.

— Sinto muito por tudo isso.

— Esse trabalho que você acabou de aceitar pode ser muito perigoso. Você já deve saber disso a essa altura.

— Eu já fui ameaçada antes. No verão passado, em Dothan, no Alabama, nós defendemos dois adolescentes negros que sodomizaram e estrangularam uma mulher de 80 anos. Nenhum advogado do estado aceitou o caso, então eles entraram em contato com a Defense League. Chegamos à cidade e o simples fato de cruzarmos com as pessoas na rua fazia com que grupinhos se formassem instantaneamente nas esquinas, prontos pra nos linchar. Nunca me senti tão odiada na vida. Nós nos escondemos em um hotelzinho numa outra cidade e nos sentimos seguros, até que uma noite dois homens me encurralaram no saguão e tentaram me sequestrar.

– O que aconteceu?
– Eu carrego um .38 cano curto na bolsa e os convenci de que sabia usá-lo.
– Um .38 cano curto?
– Meu pai me deu no meu aniversário de 15 anos. Eu tenho licença.
– Ele deve ser um cara incrível.
– Já foi baleado várias vezes. Ele pega casos muito polêmicos, do tipo que você lê nos jornais, em que o público fica indignado e exige que o réu seja enforcado sem direito a julgamento ou defesa. Esses são os casos que ele mais gosta. Ele tem um guarda-costas em tempo integral.
– Grande coisa. Eu também tenho. O nome dele é Nesbit, assistente Nesbit, e ele não seria capaz de acertar a lateral de um celeiro com uma espingarda. Foi designado pra cuidar de mim ontem.

A comida chegou. Ela tirou as cebolas e os tomates de seu Claudeburger e ofereceu a ele as batatas fritas. Cortou o hambúrguer ao meio e mordiscou as extremidades feito um passarinho. Gordura quente pingava no prato dela. A cada pequena mordida, ela limpava a boca com cuidado.

Seu rosto era gentil e agradável, com um sorriso fácil que ia de encontro àquela história de ACLU, direitos iguais para mulheres, de queimar sutiã, de sou-irritadinha-mesmo que Jake sabia que estava à espreita em algum lugar perto da superfície. Não havia nenhum traço de maquiagem em qualquer lugar do rosto dela. Não era necessário. Ela não era bonita nem graciosa e, claramente, estava determinada a não ser. Tinha a pele pálida de uma mulher ruiva, mas era uma pele saudável com sete ou oito sardas espalhadas ao redor do nariz pequeno e pontudo. A cada sorriso frequente, seus lábios se abriam maravilhosamente e dobravam suas bochechas em covinhas precisas, ocas e passageiras. Seus sorrisos eram confiantes, desafiadores e misteriosos. Os olhos verdes metálicos irradiavam uma fúria suave e ficavam fixos e sem piscar quando ela falava.

Era um rosto inteligente, atraente pra cacete.

Jake mastigou seu hambúrguer e tentou lidar com os olhos dela com indiferença. A comida pesada acalmou seu estômago e, pela primeira vez em dez horas, ele voltou a achar que era possível viver.

– Sério, por que você escolheu a Ole Miss? – perguntou ele.
– É uma boa faculdade.
– Eu estudei lá. Mas normalmente não é uma faculdade que atrai os alunos

brilhantes do Nordeste do país. Quem faz isso é a Ivy League. Os mais inteligentes costumam ir pra lá.

— Meu pai odeia os advogados que se formam na Ivy League. Ele era muito pobre e fez a faculdade inteira à noite, aos trancos e barrancos. Engoliu humilhações de advogados ricos, cultos e incompetentes a vida inteira. Agora ri deles. Ele me disse que eu podia estudar Direito em qualquer lugar do país, mas se eu escolhesse uma universidade da Ivy League, ele não pagaria. E tem a minha mãe, também. Eu fui criada com todas essas histórias encantadoras sobre a vida no Extremo Sul e precisava ver por mim mesma. Além disso, os estados do Sul parecem determinados a impor a pena de morte, então acho que vou acabar ficando por aqui.

— Por que você se opõe tanto à pena de morte?

— Você não se opõe?

— Não, sou totalmente a favor.

— Isso é inacreditável! Vindo de um criminalista.

— Eu adoraria que os enforcamentos em praça pública voltassem.

— Você tá brincando, né? Espero que sim. Me diz que você tá.

— Não tô, não.

Ela parou de mastigar e de sorrir. Os olhos brilharam intensamente e o observaram em busca de um sinal de fraqueza.

— Você tá falando sério.

— Muito sério. O problema com a pena de morte é que a gente não se utiliza dela o suficiente.

— Você já contou isso pro Sr. Hailey?

— O Sr. Hailey não merece a pena de morte. Mas os dois homens que estupraram a filha dele com certeza sim.

— Entendi. Como você determina quem merece a pena de morte e quem não?

— É muito simples. Você olha pro crime e olha pro criminoso. Se for um traficante de drogas que atira em um agente da narcóticos disfarçado, ele vai pra câmara de gás. Se for um vagabundo que estupra uma menina de 3 anos, a afoga segurando a cabecinha dela num buraco com lama e, em seguida, joga o corpo dela de uma ponte, então você tira a vida dele e dá graças a Deus que ele se foi. Se for um condenado que foge da cadeia e invade uma fazenda tarde da noite, espanca e tortura um casal de idosos antes de queimar eles junto com a casa, então você amarra ele numa cadeira, conecta uns fios, reza pela alma dele e puxa a alavanca. E se forem dois viciados que estupraram uma menina de 10 anos e a chutaram com botas de caubói de bico fino até quebrar a mandíbula dela, então você, com imensa felicidade, satisfação, gratidão e alegria, tranca eles numa câmara de gás e fica ouvindo eles gritarem. Muito simples.

– Isso é bárbaro.

– Os crimes deles foram bárbaros. A morte é algo bom demais pra eles, bom demais.

– E se o Sr. Hailey for condenado e sentenciado à morte?

– Se isso acontecer, eu tenho certeza que vou passar os próximos dez anos recorrendo e lutando furiosamente pra salvar a vida dele. E se ele for amarrado na cadeira, eu tenho certeza que vou estar do lado de fora do presídio com você, os jesuítas e uma centena de outras almas bondosas protestando, segurando velas e entoando hinos. Depois vou ficar lá ao lado do túmulo dele, atrás da igreja, junto com a viúva e os filhos dele, desejando nunca tê-lo conhecido.

– Você já testemunhou uma execução?

– Não que eu me lembre.

– Eu assisti a duas. Você mudaria de ideia se visse também.

– Ótimo. Então não vou ver.

– É horrível de assistir.

– Os familiares das vítimas estavam lá?

– Sim, em ambos os casos.

– Eles ficaram horrorizados? Mudaram de ideia? Claro que não. Seus pesadelos acabaram.

– Estou chocada com você.

– E fico perplexo com pessoas como você. Como pode ser tão fervorosa e dedicada a tentar salvar pessoas que imploraram pela pena de morte e de acordo com a lei deveriam obtê-la?

– Que lei? Essa não é a lei em Massachusetts.

– Jura? O que você espera do único estado que o McGovern levou em 1972? Vocês sempre estiveram sintonizados com o resto do país.

Os Claudeburgers estavam sendo ignorados e eles começaram a falar muito alto. Jake olhou ao redor e notou alguns olhares. Ellen sorriu novamente e pegou um de seus anéis de cebola.

– O que você acha da ACLU? – perguntou ela, mastigando.

– Suponho que você tenha um cartão de sócio na bolsa.

– Eu tenho.

– Então você tá demitida.

– Eu entrei quando tinha 16 anos.

– Por que tão tarde? Você deve ter sido a última no seu grupinho de escoteiras a entrar.

– Você tem algum respeito pela constituição?

– Eu adoro a constituição. Eu desprezo os juízes que a interpretam. Come.

Eles terminaram os hambúrgueres em silêncio, observando-se com atenção. Jake pediu café e mais dois sachês de analgésico.

– Então, como a gente pretende ganhar esse caso? – perguntou ela.

– A gente?

– O emprego ainda é meu, né?

– Sim. Mas não esquece que eu sou o chefe e você é a assistente.

– Claro, chefe. Qual é a sua estratégia?

– O que você faria?

– Bom, pelo que eu entendi, nosso cliente planejou meticulosamente as mortes e atirou neles a sangue-frio, seis dias depois do estupro. Parece que ele sabia exatamente o que estava fazendo.

– Sabia.

– Portanto, não temos nenhum argumento de defesa e acho que você deveria fazer ele confessar em troca da prisão perpétua pra tentar evitar a câmara de gás.

– Você é mesmo combativa.

– Brincadeira. Alegação de insanidade é a nossa única defesa. E parece impossível de provar.

– Você já ouviu falar nas regras de M'Naghten? – perguntou Jake.

– Sim. A gente tem um psiquiatra?

– Mais ou menos. Ele vai falar o que a gente quiser que ele fale. Isso se ele estiver sóbrio no julgamento. Uma das suas tarefas mais difíceis enquanto minha assistente vai ser garantir que ele esteja sóbrio no julgamento. Não vai ser fácil, acredita em mim.

– Eu vivo pra novos desafios nos tribunais.

– Muito bem, Row Ark, pega uma caneta. Toma aqui o guardanapo. Seu chefe está prestes a lhe dar algumas instruções.

Ela começou a fazer anotações em um guardanapo de papel.

– Quero um relatório das decisões envolvendo as regras de M'Naghten proferidas pela Suprema Corte do Mississippi nos últimos cinquenta anos. Deve ter umas cem. Tem um caso importante de 1976, o Estado contra Hill, no qual o tribunal ficou amargamente dividido num cinco a quatro, com os dissidentes optando por uma definição mais liberal de insanidade. Quero um resumo curto, menos de vinte páginas. Você digita rápido?

– Noventa palavras por minuto.

– Já imaginava. Quero isso pra quarta-feira.

– Pode deixar.

– Tem algumas coisas sobre as provas que eu preciso pesquisar. Você viu aquelas fotos horríveis dos dois corpos. O Noose normalmente autoriza que o júri veja a carnificina, mas eu queria tentar manter isso longe deles. Vê se tem algum jeito.

– Não vai ser fácil.

– O estupro é crucial pra defesa dele. Eu quero que o júri conheça os detalhes. Isso precisa ser pesquisado à exaustão. Tenho dois ou três casos pelos quais você pode começar, e acho que a gente consegue provar pro Noose que o estupro é muito relevante.

– Tá bem. O que mais?

– Não sei. Quando meu cérebro voltar à vida eu penso em mais coisas, mas por enquanto isso é o suficiente.

– Devo estar aqui na segunda de manhã?

– Sim, mas não antes das nove. Eu gosto do meu tempo de silêncio.

– Qual é o código de vestimenta?

– Assim me parece bem.

– Calça jeans e sem meias?

– Eu tenho outra funcionária, uma secretária chamada Ethel. Ela tem 64 anos, é grandona e, felizmente, usa sutiã. Não seria má ideia pra você.

– Vou pensar no caso.

– Eu não preciso dessa distração.

27

Segunda-feira, 15 de julho. Uma semana para o julgamento. No fim de semana, espalhou-se rapidamente a notícia de que o julgamento seria em Clanton, e a pequena cidade começou a se preparar para o espetáculo. Os telefones tocaram sem parar nos três hotéis conforme os jornalistas e suas equipes confirmavam as reservas. As cafeterias zuniam de ansiedade. Uma equipe de manutenção se aglomerou ao redor do fórum depois do café da manhã e começou a pintar as paredes e envernizar portas e janelas. Ozzie mandou os jardineiros da prisão com seus cortadores de grama e suas roçadeiras. Os velhos sentados sob o monumento em homenagem à Guerra do Vietnã faziam seus entalhes, cautelosos, e observavam toda a movimentação. O encarregado que supervisionava o trabalho no jardim pediu que eles cuspissem o tabaco na grama, não na calçada. Os velhos mandaram ele ir pro inferno. O gramado verde e denso recebeu uma camada extra de fertilizante, e uma dúzia de irrigadores automáticos assobiaram e esguicharam água por volta das nove da manhã.

Por volta das dez a temperatura já passava dos trinta graus. Os comerciantes das pequenas lojas ao redor da praça abriram as portas para a umidade e ligaram seus ventiladores de teto. Fizeram pedidos em Memphis, Jackson e Chicago para renovar os estoques que seriam vendidos a preços especiais na semana seguinte.

Noose havia ligado para Jean Gillespie, escrivã do Tribunal do Circuito, na sexta-feira anterior e a informado de que o julgamento seria na sala de audiências pela qual ela era responsável. Ele a instruiu a convocar 150 possíveis jurados. A defesa havia solicitado uma comissão um pouco maior para selecionar os doze, e Noose concordou. Jean e dois escrivães-adjuntos passaram o sábado vasculhando os cadernos eleitorais, selecionando aleatoriamente os possíveis jurados. Seguindo as instruções específicas de Noose, eles eliminaram todos com mais de 65 anos. Mil nomes foram escolhidos e escritos junto com os respectivos endereços em uma pequena ficha, que era atirada em uma caixa de papelão. Os dois escrivães-adjuntos se revezaram tirando fichas aleatórias da caixa. Um deles era branco e o outro, negro. Cada um puxava uma ficha às cegas e a posicionava de forma ordenada sobre uma mesa dobrável ao lado das demais. Quando a contagem chegou a 150, o sorteio foi encerrado e uma lista mestra foi redigida. Aqueles seriam os jurados do Estado contra Hailey. Cada etapa da seleção havia sido cuidadosamente ditada pelo Excelentíssimo Omar Noose, que sabia muito bem o que estava fazendo. Se houvesse um júri totalmente branco, uma condenação e uma sentença de morte, todas as etapas elementares do procedimento de seleção do júri seriam atacadas em recurso. Ele havia passado por isso antes e a sentença tinha sido anulada. Mas não desta vez.

O nome e o endereço de cada jurado da lista mestra foram digitados nas intimações. A pilha de intimações foi mantida trancada na sala de Jean até as oito da manhã de segunda-feira, quando o xerife Ozzie Walls chegou. Ele tomou um café com Jean e ouviu suas instruções.

– O juiz Noose quer que eles sejam intimados entre as quatro da tarde e a meia-noite de hoje – disse ela.

– Ok.

– Os jurados devem se apresentar no tribunal pontualmente às nove na próxima segunda-feira.

– Ok.

– A intimação não aponta o nome dos envolvidos nem a natureza do julgamento, e os jurados não devem ser informados de nada.

– Eu acho que eles vão saber.

– Provavelmente sim, mas o Noose foi muito categórico. Os seus homens não devem dizer nada sobre o caso quando as intimações forem entregues. Os nomes dos jurados são absolutamente confidenciais, pelo menos até quarta-feira. Não me pergunta por quê, ordens do Noose.

Ozzie folheou a pilha.

– Quantos tem aqui?

– Cento e cinquenta.

– Cento e cinquenta?! Por que tantos?

– É um caso importante. Ordens do Noose.

– Eu vou ter que mobilizar todos os meus homens pra dar conta disso.

– Sinto muito.

– Enfim. Se é isso que Sua Excelência deseja.

Ozzie saiu e, segundos depois, Jake estava no balcão flertando com as secretárias e sorrindo para Jean Gillespie. Ele a seguiu de volta à sala dela e fechou a porta. Ela se retirou para trás de sua mesa e apontou para ele. Ele continuou sorrindo.

– Eu sei por que você tá aqui – disse ela severamente –, e eu não vou te dar.

– Me dá a lista, Jean.

– Não até quarta-feira. Ordens do Noose.

– Quarta? Por que quarta?

– Eu não sei. Mas o Omar foi categórico.

– Me dá a lista, Jean.

– Jake, eu não posso. Você quer que eu me meta em confusão?

– Você não vai se meter em confusão porque ninguém vai saber. Você sabe que eu sou bom em guardar segredo. – Ele não estava mais sorrindo. – Jean, me dá a porcaria da lista.

– Jake, eu não posso mesmo.

– Eu preciso dessa lista, e eu preciso dela agora. Não posso esperar até quarta-feira. Eu tenho trabalho a fazer.

– Não seria justo com o Buckley – disse ela baixinho.

– Dane-se o Buckley. Você acha que ele joga limpo? Ele é uma cobra e você odeia ele tanto quanto eu.

– Provavelmente mais.

– Me dá a lista, Jean.

– Olha, Jake, nós sempre fomos próximos. De todos os advogados que eu conheço, você é o meu favorito. Quando o meu filho se meteu em confusão eu liguei pra você, não foi? Eu confio em você e quero que você ganhe esse caso. Mas eu não posso desafiar as ordens de um juiz.

– Quem te ajudou a ser eleita da última vez, eu ou o Buckley?

– Por favor, Jake.

– Quem conseguiu livrar o seu filho da cadeia, eu ou o Buckley?
– Por favor.
– Quem tentou colocar o seu filho na prisão, eu ou o Buckley?
– Isso não é justo, Jake.
– Quem saiu em defesa do seu marido quando todo mundo, todo mundo mesmo na igreja queria que ele fosse mandado embora quando a contabilidade não bateu?
– Não é uma questão de lealdade, Jake. Eu amo você, a Carla e a Hanna, mas eu simplesmente não posso.

Jake bateu a porta e saiu da sala irritado.

Jean se sentou em sua mesa e enxugou as lágrimas.

ÀS DEZ DA MANHÃ, Harry Rex irrompeu no escritório de Jake e jogou uma cópia da lista do júri em sua mesa.

– Não pergunta – disse ele. Ao lado de cada nome ele havia feito anotações, como "não conheço" ou "ex-cliente/odeia negros" ou "trabalha na fábrica de calçados, pode ser favorável".

Jake leu cada nome devagar, tentando associá-los a um rosto ou uma reputação. Não havia nada além de nomes. Nada de endereços, idades, profissões. Nada além dos nomes. Seu professor do quarto ano em Karaway. Uma das amigas de sua mãe do Garden Club. Um ex-cliente pego roubando em uma loja. Uma pessoa da igreja. Um frequentador assíduo do Coffee Shop. Um fazendeiro conhecido. A maioria dos nomes parecia de gente branca. Havia Willie Mae Jones, Leroy Washington, Roosevelt Tucker, Bessie Lou Bean e alguns outros nomes de negros. Mas a lista parecia terrivelmente branca. Ele reconheceu trinta nomes, no máximo.

– O que você acha? – perguntou Harry Rex.
– Difícil dizer. A maioria é branca, mas já era esperado. Onde você conseguiu isso?
– Não pergunta. Fiz anotações em 26 nomes. É o melhor que posso fazer. O resto eu não conheço.
– Você é um amigo de verdade, Harry Rex.
– Eu sou um príncipe. Tá pronto pro julgamento?
– Ainda não. Mas eu tenho uma arma secreta.
– Qual?

— Vocês vão se conhecer, ela vem pra cá em algum momento.
— Ela?
— Sim. Você tá ocupado na quarta-feira à noite?
— Acho que não. Por quê?
— Ótimo. Me encontra aqui às oito. O Lucien vai estar aqui. Talvez mais uma ou duas pessoas. Quero dedicar algumas horas para falar sobre o júri. Quem nós queremos? Vamos traçar o perfil do jurado-modelo e pensar a partir daí. Vamos repassar cada nome e, com sorte, conseguir identificar a maioria deles.
— Parece divertido. Estarei aqui. Como é o seu jurado-modelo?
— Não tenho certeza. Acho que um justiceiro atrairia mais homens brancos do interior. Armas, violência, proteger mulheres. Eles engoliriam essa. Mas o meu cliente é negro e vários brancos condenariam ele. Ele matou dois deles, né?
— Concordo. Eu ficaria longe das mulheres. Eles não teriam simpatia pelos estupradores, mas dão mais valor à vida. Pegar um fuzil e estourar a cabeça dos caras é algo que as mulheres simplesmente não entendem. Você e eu entendemos porque somos pais. Isso cativa a gente. A violência e o sangue não nos incomodam. Nós admiramos o Carl Lee. Você tem que escolher alguns admiradores nesse júri. Pais jovens com algum grau de instrução.
— Interessante. O Lucien disse que ficaria com as mulheres porque elas são mais solidárias à causa.
— Eu acho que não. Conheço algumas mulheres que cortariam seu pescoço se você cruzasse o caminho delas.
— Alguma cliente sua?
— Sim, e uma delas tá nessa lista. Frances Burdeen. Escolhe a Frances que eu falo pra ela como ela tem que votar.
— Tá falando sério?
— Sim. Ela vai fazer qualquer coisa que eu pedir.
— Você pode estar lá na segunda-feira? Quero que você observe o júri durante o processo de seleção, e depois me ajude a decidir sobre os doze.
— Jamais perderia essa chance.

Jake ouviu vozes no andar de baixo e pressionou um dos dedos nos lábios. Ele ouviu, sorriu e fez sinal para que Harry Rex o seguisse. Eles foram na ponta dos pés até o topo da escada e ouviram a comoção em torno da mesa de Ethel.

– Você com certeza não trabalha aqui – insistiu Ethel.

– Eu com certeza trabalho aqui. Fui contratada no sábado por Jake Brigance, que acredito ser seu chefe.

– Contratada pra quê? – questionou Ethel.

– Como assistente dele.

– Bem, ele não falou sobre isso comigo.

– Ele falou sobre isso comigo e me deu o emprego.

– Quanto ele tá te pagando?

– Cem dólares a hora.

– Meu Deus! Eu vou ter que falar com ele primeiro.

– Já falei com ele, Ethel.

– É Sra. Twitty pra você. – Ethel a analisou cuidadosamente da cabeça aos pés. Jeans desbotados, mocassins, sem meias, uma camisa de botão de algodão branca grande demais e, evidente, nada por baixo. – Você não está vestida adequadamente pra esse escritório. Você está... você está indecente.

Harry Rex ergueu as sobrancelhas e sorriu para Jake. Eles ficaram assistindo e ouvindo das escadas.

– O meu chefe, que por acaso é o seu chefe, disse que eu poderia me vestir assim.

– Mas você esqueceu alguma coisa, não é?

– O Jake disse que eu poderia esquecer. Ele me disse que você não usava sutiã há vinte anos. Ele disse que a maioria das mulheres em Clanton anda sem sutiã, então deixei o meu em casa.

– Ele o quê?! – gritou Ethel com os braços cruzados sobre o peito.

– Ele tá lá em cima? – perguntou Ellen friamente.

– Sim, eu vou ligar pra ele.

– Não precisa.

Jake e Harry Rex voltaram para a sala e esperaram por Ellen. Ela entrou carregando uma grande pasta.

– Bom dia, Row Ark – disse Jake. – Quero te apresentar um grande amigo, Harry Rex Vonner.

Harry Rex apertou a mão dela e olhou para sua camisa.

– Prazer em te conhecer. Qual é o seu primeiro nome?

– Ellen.

– Pode chamar ela de Row Ark – disse Jake. – Ela vai trabalhar aqui até a conclusão do caso Hailey.

– Que ótimo – disse Harry Rex, ainda olhando.

– Harry Rex é um advogado daqui, Row Ark, e um dos muitos em quem você não pode confiar.

– Por que você contratou uma mulher pra ser sua assistente, Jake? – perguntou ele sem rodeios.

– A Row Ark é craque em Direito Penal, como a maioria dos estudantes do terceiro ano. E a mão de obra dela é muito barata.

– O senhor tem algo contra as mulheres? – perguntou Ellen.

– Não, senhora. Eu amo as mulheres. Me casei quatro vezes.

– Harry Rex é o advogado de família mais cruel do condado de Ford – explicou Jake. – Na verdade, ele é o advogado mais cruel e ponto final. Pensando bem, ele é o homem mais cruel que conheço.

– Obrigado – disse Harry Rex. Ele tinha parado de olhar para ela.

Ela olhou para os enormes sapatos de Harry, sujos, arranhados e gastos, as meias de náilon caneladas enroladas ao redor dos tornozelos, as calças cáqui sujas e surradas, o blazer azul-marinho puído, a gravata de lã rosa brilhante que caía vinte centímetros por cima do cinto, e disse:

– Eu acho ele fofo.

– Você poderia ser a minha quinta esposa – disse Harry Rex.

– A atração é puramente física – esclareceu ela.

– Cuidado – disse Jake. – Desde que o Lucien saiu que não tem sexo nesse escritório.

– Muitas coisas saíram junto com o Lucien – observou Harry Rex.

– Quem é Lucien?

Jake e Harry Rex se entreolharam.

– Você vai conhecer ele em breve – explicou Jake.

– Sua secretária é um amor – disse Ellen.

– Eu sabia que vocês iam se dar bem. Ela é realmente uma querida, quando você a conhece melhor.

– Quanto tempo leva pra isso acontecer?

– Eu conheço ela há vinte anos – disse Harry Rex – e ainda estou esperando.

– Como tá a pesquisa? – perguntou Jake.

– Devagar. Existem dezenas de casos envolvendo as regras de M'Naghten, e todos são imensos. Tô quase na metade. O meu plano era trabalhar nisso o dia todo aqui; quer dizer, se aquele pit bull lá embaixo não me atacar.

– Eu vou cuidar dela – tranquilizou Jake.

Harry Rex se dirigiu para a porta.
– Prazer em te conhecer, Row Ark. A gente se vê.
– Obrigado, Harry Rex – disse Jake. – Te vejo quarta à noite.

O ESTACIONAMENTO DE terra e cascalho do Bar do Tank estava cheio quando Jake finalmente chegou ao local depois de escurecer. Não havia motivo para visitar o Tank antes, e ele não estava muito feliz em estar lá naquele momento. Ficava bem escondido em uma estrada de terra, a quase dez quilômetros de Clanton. Ele estacionou longe do pequeno prédio de blocos de concreto e cogitou deixar o motor ligado caso Tank não estivesse lá e uma fuga rápida se tornasse necessária. Mas logo descartou aquela ideia idiota porque gostava de seu carro, e não era só provável que ele seria roubado, era altamente provável. Ele trancou o carro, depois conferiu de novo, quase certo de que tudo ou parte dele estaria faltando quando voltasse. O som da jukebox explodia pelas janelas abertas, e ele pensou ter ouvido uma garrafa cair no chão, ou sobre uma mesa, ou na cabeça de alguém. Ainda ao lado do carro, chegou a hesitar e pensou em ir embora. Não, aquilo era importante. Ele encolheu a barriga, prendeu a respiração e abriu a porta de madeira detonada.

Quarenta pares de olhos negros imediatamente focaram naquele branquelo perdido usando paletó e gravata e estreitando os olhos, tentando enxergar alguma coisa dentro da vasta escuridão do bar. Ele ficou ali parado sem jeito, procurando desesperadamente por um amigo. Não havia nenhum. Michael Jackson convenientemente terminou sua música na jukebox, e por uma eternidade o local ficou em silêncio. Jake ficou perto da porta. Ele acenou com a cabeça e sorriu e tentou agir como um membro da gangue. Não recebeu nenhum sorriso de volta.

De repente, houve uma movimentação no bar e os joelhos de Jake começaram a tremer.

– Jake! Jake! – gritou alguém. Foram as duas palavras mais doces que ele ouviu na vida. De trás do bar, viu seu amigo Tank tirando o avental e se dirigindo a ele. Eles trocaram um aperto de mão caloroso.

– O que te traz aqui?
– Eu preciso falar com você um minutinho. A gente pode ir lá fora?
– Claro. O que foi?
– Trabalho.

Tank acendeu um interruptor na porta da frente.

– Pessoal, esse aqui é o advogado do Carl Lee Hailey, Jake Brigance. Um grande amigo meu. Vamos aplaudir ele.

O pequeno salão explodiu em aplausos e urras. Vários dos rapazes no bar agarraram Jake e apertaram a mão dele. Tank enfiou a mão em uma gaveta sob o bar e tirou um punhado de cartões de visita de Jake, e distribuiu como doces. Jake respirou aliviado e seu rosto recobrou a cor.

Do lado de fora, eles se apoiaram no capô do Cadillac amarelo de Tank. Lionel Richie ecoava pelas janelas e a multidão voltou ao normal. Jake entregou a Tank uma cópia da lista.

– Dá uma olhada em todos os nomes. Vê quantas dessas pessoas você conhece. Pergunta por aí e tenta descobrir o que der.

Tank aproximou a lista dos olhos. A luz da placa da Michelob sobre a janela brilhava acima do ombro dele.

– Quantos são negros?

– Você me diz. Esse é um dos motivos pelos quais eu quero que você dê uma olhada nisso. Marca pra mim quem é negro. Se você não tiver certeza, tenta descobrir. Se você conhecer algum dos brancos, anota aí do lado.

– Com prazer, Jake. Isso não é ilegal, é?

– Não, mas não conta pra ninguém. Eu preciso disso na quarta-feira de manhã.

– Você é quem manda.

Tank pegou a lista e Jake voltou para o escritório. Eram quase dez. Ethel havia redigitado a lista a partir da fornecida por Harry Rex, e uma dúzia de cópias foi entregue em mãos a amigos selecionados e confiáveis. Lucien, Stan Atcavage, Tank, Dell, do Coffee Shop, um advogado em Karaway chamado Roland Isom e alguns outros. Até Ozzie ganhou uma.

A MENOS DE cinco quilômetros do bar ficava uma pequena casa de campo de madeira branca onde Ethel e Bud Twitty moravam havia quase quarenta anos. Era uma casa agradável, com lembranças agradáveis da criação dos filhos que agora estavam espalhados pelo Norte. O com problemas psiquiátricos, que se parecia muito com Lucien, morava em Miami por algum motivo. A casa estava mais silenciosa. Bud não trabalhava havia anos, desde seu primeiro derrame em 1975. Logo depois sofrera um ataque cardíaco, seguido por mais dois derrames graves e vários menores. Seus dias estavam contados, e havia muito ele aceitara o fato de que provavelmente viria um bem grande e ele morreria na varanda, descascando feijão-branco. Era pelo que ele torcia, pelo menos.

Na segunda-feira à noite, ele se sentou na varanda para descascar feijão-branco e ouvir o jogo do Arizona Cardinals no rádio. Ethel estava na cozinha. No final do oitavo tempo, com o Cardinals pronto para rebater e dois jogadores nas bases, Bud ouviu um barulho vindo da lateral da casa. Ele abaixou o volume. Provavelmente era apenas um cachorro. Em seguida, outro ruído. Ele se levantou e caminhou até o final da varanda. De repente, uma figura enorme vestida completamente de preto com uma pintura de guerra em tinta vermelha, branca e preta espalhada perversamente em seu rosto saltou dos arbustos, agarrou Bud e o puxou para fora da varanda. O grito agoniado de Bud não foi ouvido na cozinha. Outro agressor se juntou a ele e juntos arrastaram o velho até o pé da escada que conduzia à varanda da frente. Um deles o imobilizou por trás enquanto o outro socou sua barriga macia e tirou sangue de seu rosto. Em segundos, ele estava inconsciente.

Ethel ouviu barulhos e saiu correndo pela porta da frente. Ela foi agarrada por um terceiro membro da gangue, que torceu seu braço com força para trás e passou um braço enorme em volta de seu pescoço. Ela não conseguia gritar, falar nem se mover, e eles a seguraram ali na varanda, apavorada, enquanto ela assistia aos dois bandidos se revezarem espancando seu marido. Na calçada da frente, a três metros deles, havia três figuras, todas vestidas com uma túnica branca e esvoaçante com enfeites vermelhos, todas com um capuz alto e pontiagudo, do qual pendia uma máscara vermelha e branca que cobria frouxamente cada rosto. Eles emergiram da escuridão e acompanharam a cena como se fossem os três reis magos chegando à manjedoura.

Depois de um minuto longo e agonizante, eles ficaram entediados.

– Chega – disse o líder deles.

Os três terroristas de preto fugiram. Ethel desceu correndo os degraus e caiu sobre o marido agredido. Os três homens de branco desapareceram.

JAKE DEIXOU O hospital depois da meia-noite com Bud ainda vivo, mas todos estavam pessimistas. Além das fraturas, ele tinha sofrido outro ataque cardíaco grave. Ethel havia feito um escândalo e colocado a culpa em Jake.

– Você disse que não havia perigo! – gritou ela. – Fala isso pro meu marido! É tudo culpa sua!

Depois que ela acabou de despejar seu ódio nele, o constrangimento se transformou em raiva. Ele olhou ao redor da pequena sala de espera para os amigos e parentes. Todos os olhares estavam voltados para ele. *Sim*, eles pareciam dizer, era tudo culpa dele.

28

Gwen ligou para o escritório na manhã de terça-feira e a nova secretária, Ellen Roark, atendeu o telefone. Ela se atrapalhou com o interfone até quebrá-lo, depois foi até a escada e gritou:

– Jake, é a esposa do Sr. Hailey!

Ele fechou um livro e pegou o fone, irritado.

– Alô.

– Jake, você tá ocupado?

– Muito. O que tá havendo?

Ela começou a chorar.

– Jake, a gente precisa de dinheiro. Estamos completamente duros e as contas já venceram. Não pago a prestação da casa há dois meses e já estão cobrando a gente. Não sei a quem mais recorrer.

– E a sua família?

– É todo mundo pobre, Jake, você sabe disso. Eles vão alimentar a gente e fazer o que puderem, mas não têm como bancar as prestações da nossa casa e pagar as contas.

– Você já conversou com o Carl Lee?

– Não sobre dinheiro. Não recentemente. Não tem muita coisa que ele possa fazer, exceto se preocupar, e só Deus sabe como ele já tem coisa suficiente com que se preocupar.

– E as igrejas?

– Não vi um centavo.

– De quanto você precisa?

– Pelo menos quinhentos dólares, só pra correr atrás do prejuízo. Não sei como vai ser o mês que vem. Vou deixar pra me preocupar depois.

Novecentos menos quinhentos deixavam Jake com quatrocentos dólares para defender um réu acusado de homicídio. Aquilo devia ser um recorde. Quatrocentos dólares! Ele teve uma ideia.

– Você pode estar no meu escritório às duas da tarde?

– Vou ter que levar as crianças.

– Tudo bem. Só vem aqui.

– Pode deixar.

Ele desligou e logo procurou o reverendo Ollie Agee na lista telefônica. Ele o encontrou na igreja. Jake o convidou para uma suposta reunião com o intuito de falar sobre o julgamento de Carl Lee e também sobre incluí-lo entre as testemunhas. Disse que o depoimento do reverendo seria importante. Agee disse que estaria lá às duas.

O clã Hailey chegou primeiro e Jake os acomodou ao redor da mesa de reuniões. As crianças se lembravam da sala do dia da coletiva de imprensa e ficaram maravilhadas com a mesa comprida, as poltronas giratórias pesadas e as impressionantes fileiras de livros. Quando o reverendo chegou, ele abraçou Gwen e fez alarde em relação às crianças, principalmente Tonya.

– Eu vou ser muito breve, reverendo – começou Jake. – Precisamos falar sobre algumas coisas. Há várias semanas, você e os outros pastores negros do condado têm arrecadado dinheiro para os Haileys. E vocês fizeram um ótimo trabalho. Mais de 6 mil dólares, eu acho. Não sei onde tá esse dinheiro e não é da minha conta. Você ofereceu esse dinheiro aos advogados da NAACP pra que eles representassem o Carl Lee, mas como você e eu sabemos, esses advogados não vão estar envolvidos no caso. Eu sou o advogado, o único advogado, e até agora nenhum dinheiro foi oferecido a mim. Eu não espero receber nem um centavo. Evidentemente, você não se importa com o tipo de defesa que ele vai ter se você não puder escolher o advogado dele. Tudo bem. Eu consigo lidar com isso. O que realmente me incomoda, reverendo, é o fato de que nada, e eu repito, nada desse dinheiro foi dado aos Haileys. Certo, Gwen?

O olhar vazio no rosto dela se transformou em espanto, depois em descrença e por último em raiva, enquanto ela olhava para o reverendo.

– Seis mil dólares – repetiu ela.

– Mais de 6 mil, na última contagem relatada – disse Jake. – E o dinheiro tá parado em algum banco enquanto o Carl Lee tá preso, a Gwen não tá trabalhando, as contas estão atrasadas, a única comida que tem vem dos amigos, e a execução da hipoteca tá cada vez mais perto. Agora, diz pra gente, reverendo, o que o senhor planeja fazer com o dinheiro?

Agee sorriu e disse com uma voz arrastada:

– Isso não é da sua conta.

– Mas é da minha! – disse Gwen em voz alta. – Você usou o meu nome e o nome da minha família quando arrecadou o dinheiro, não foi, reverendo? Eu ouvi. Você disse pro povo da igreja que aquela doação de amor, como você chamou, era pra minha família. Eu achei que você tinha gastado o dinheiro com os honorários dos advogados ou alguma coisa assim. E aí hoje eu descubro que você tá com o dinheiro preso no banco. Acho que você planeja ficar com ele.

Agee não se comoveu.

– Agora espera um minuto, Gwen. Nós achamos que seria melhor gastar o dinheiro com o Carl Lee. Ele recusou o dinheiro quando se negou a contratar os advogados da NAACP. Então eu perguntei ao Dr. Reinfeld, o advogado-chefe, o que fazer com o dinheiro. Ele me disse pra guardar porque Carl Lee vai precisar dele pro recurso.

Jake inclinou a cabeça para o lado e cerrou os dentes. Ele começou a repreender aquele tolo ignorante, mas percebeu que Agee não entendia o que ele estava dizendo. Jake mordiscou o lábio.

– Não tô entendendo – disse Gwen.

– É muito simples – disse o reverendo com um sorriso complacente. – O Dr. Reinfeld disse que o Carl Lee seria condenado porque não contratou ele. Então vamos precisar recorrer, certo? E depois que o Jake perder no julgamento, você e o Carl Lee, é claro, vão procurar outro advogado que possa salvar a vida dele. É aí que vamos precisar do Reinfeld, e vai ser quando vamos precisar do dinheiro. Então veja só, tudo isso é pelo Carl Lee.

Jake balançou a cabeça e o xingou baixinho. Xingou Reinfeld mais do que Agee.

Os olhos de Gwen se encheram d'água e ela cerrou os punhos.

– Eu não tô entendendo nada e não quero entender. Tudo o que eu sei é que tô cansada de implorar por comida, cansada de depender dos outros e cansada de me preocupar em perder minha casa.

Agee olhou para ela com tristeza.

– Eu entendo, Gwen, mas...

– E se você tem 6 mil dólares do nosso dinheiro no banco, você tá errado em não dar pra gente. A gente tem bom senso suficiente pra gastar esse dinheiro direito.

Carl Lee Jr. e Jarvis ficaram ao lado da mãe e a consolaram. Eles olharam para Agee.

– Mas é pelo Carl Lee – insistiu o reverendo.

– Bom – disse Jake. – Você perguntou pro Carl Lee como ele quer que o dinheiro seja gasto?

O sorrisinho asqueroso desapareceu do rosto de Agee e ele se contorceu na cadeira.

– O Carl Lee entende o que a gente tá fazendo – rebateu ele sem muita convicção.

– Obrigado. Não foi isso que eu perguntei. Me escuta com atenção. Você perguntou pro Carl Lee como ele quer que o dinheiro seja gasto?

– Acho que já falamos sobre isso com ele – mentiu Agee.

– Vamos ver – disse Jake. Ele se levantou e caminhou até a porta que levava ao pequeno escritório ao lado da sala de reuniões. O reverendo observou Jake nervoso, quase em pânico. Ele abriu a porta e acenou com a cabeça para alguém. Carl Lee e Ozzie entraram tranquilos. As crianças gritaram e correram para o pai. Agee ficou arrasado.

Depois de alguns minutos de abraços e beijos, Jake partiu para o ataque:

– Agora, reverendo, por que você não pergunta pro Carl Lee como ele quer gastar os 6 mil dólares dele?

– Não são exatamente dele – disse Agee.

– E não são exatamente seus – disparou Ozzie.

Carl Lee tirou Tonya do colo e foi até a cadeira onde Agee estava. Ele se sentou na beira da mesa, acima do reverendo, posicionado e pronto para atacar se necessário.

– Deixe-me esclarecer isso pra você, reverendo, pra você não ter dificuldade de entender. Você arrecadou esse dinheiro em meu nome, pra benefício da minha família. Você tirou esse dinheiro dos negros do condado, com a promessa de que iria ajudar a mim e minha família. Você mentiu. Você fez isso pra impressionar a NAACP, não pra ajudar a minha família. Você mentiu na igreja, você mentiu nos jornais, você mentiu pra todo mundo.

Agee olhou ao redor da sala e percebeu que todo mundo, inclusive as crianças, estava olhando para ele e balançando a cabeça lentamente.

Carl Lee colocou o pé na cadeira de Agee e se aproximou.

– Se você não der esse dinheiro pra gente, eu vou contar pra todos os negros que eu conheço que você é um safado mentiroso. Vou ligar pra cada membro da sua igreja, e eu também sou membro da sua igreja, lembre-se disso, e dizer pra eles que a gente não recebeu um centavo seu e depois disso você não vai conseguir arrecadar nem 2 dólares numa manhã de domingo. Você vai perder os seus Cadillacs e os seus ternos chiques. Quem sabe você perde a sua igreja, porque eu vou falar pra todo mundo ir embora.

– Você já terminou? – perguntou Agee. – Se sim, só quero dizer que estou ofendido. Me magoa muito que você e a Gwen se sintam assim.

– É assim que a gente se sente, e não me importa quanto você esteja ofendido.

Ozzie deu um passo à frente.

– Eu concordo com eles, reverendo Agee, você não agiu bem e sabe disso.

– Isso magoa, Ozzie, vindo de você. Isso realmente me magoa.

– Deixa eu te dizer o que vai fazer você se sentir ainda mais magoado. No domingo que vem, eu e o Carl Lee vamos estar na sua igreja. Eu vou tirar ele sorrateiramente do presídio no domingo e nós vamos dar uma volta. Na hora em que você estiver pronto pra pregação, nós vamos entrar pela porta, passar pelo corredor e subir ao púlpito. Se você me impedir, eu vou te algemar. O Carl Lee vai fazer a pregação. Ele vai dizer pra todo mundo que o dinheiro que eles doaram tão generosamente até agora não saiu do seu bolso, que a Gwen e as crianças estão prestes a perder a casa porque você está tentando se sair bem com a NAACP. Ele vai contar pra todo mundo que você mentiu para eles. Talvez ele fique lá uma hora ou mais. E quando ele terminar, eu vou dizer algumas palavras. Vou falar pra eles que você é um negro corrupto e mentiroso. Vou contar pra eles sobre quando você comprou aquele Lincoln roubado em Memphis por cem dólares e quase foi processado. Vou contar pra eles sobre as propinas da funerária. Vou contar pra eles sobre a acusação de embriaguez ao volante em Jackson que provocou a minha demissão há dois anos. E, reverendo, vou contar...

– Não faz isso, Ozzie – implorou Agee.

– Vou contar pra eles um segredinho podre que só você, eu e uma certa mulher de má reputação sabemos.

– Quando vocês querem o dinheiro?
– Quão rápido você consegue? – questionou Carl Lee.
– Absurdamente rápido.

JAKE E OZZIE deixaram os Haileys sozinhos e subiram para a sala de Jake, onde Ellen estava mergulhada nos livros. Jake apresentou Ozzie à sua assistente, e os três se sentaram ao redor da imensa mesa.
– Como estão meus amigos? – perguntou Jake.
– Os garotos-dinamite? Estão se recuperando bem. Vamos manter eles no hospital até o final do julgamento. Colocamos uma fechadura na porta e eu mantenho sempre um policial no corredor. Eles não vão a lugar nenhum.
– Quem fez a bomba?
– Ainda não sabemos. As análises das impressões digitais ainda não voltaram. Pode não ter nenhuma correspondência nos nossos registros. Ele não tá abrindo o bico.
– O outro é morador daqui, né? – perguntou Ellen.
– Sim. Terrell Grist. Ele quer processar a polícia porque se machucou durante a prisão. Vocês acreditam?
– Eu não consigo acreditar é que até agora isso não vazou – disse Jake.
– Nem eu. Claro, o Grist e o Sr. X não estão falando. Meus homens estão quietos. Sobram só você e sua assistente aqui.
– E Lucien, mas eu não contei pra ele.
– Vai saber.
– Quando você vai indiciar eles?
– Depois do julgamento a gente vai transferir eles pro presídio e dar início à papelada. Só depende da gente.
– Como tá o Bud? – perguntou Jake.
– Passei no hospital hoje de manhã pra saber como estavam os outros dois e desci pra ver a Ethel. Ele ainda está em estado crítico. Nenhuma alteração.
– Algum suspeito?
– Com certeza é a Klan. Com as roupas brancas e tal. Tudo bate. Primeiro foi a cruz em chamas no seu jardim, depois a bomba e agora o Bud. Além de todas as ameaças de morte. Imagino que sejam eles. E nós temos um informante.
– Vocês o quê?!

– Isso aí. Ele se autodenomina Mickey Mouse. Ligou pra minha casa no domingo e disse que salvou a sua vida. "O advogado daquele negro" é como ele te chama. Disse que a Klan chegou oficialmente ao condado de Ford. Eles criaram uma *klavern*, seja lá o que isso for.

– Quem faz parte disso?

– Ele não é muito de detalhes. Prometeu me ligar só se alguém estivesse correndo risco de se machucar.

– Que ótimo. Você acha que pode confiar nele?

– Ele salvou a sua vida.

– Verdade. Ele é membro?

– Não disse. Eles têm uma grande marcha planejada pra quinta-feira.

– A Klan?

– Sim. A NAACP vai fazer um protesto amanhã em frente ao tribunal. Depois vão sair em manifestação pela cidade. A Klan deve aparecer pra uma marcha pacífica na quinta-feira.

– Quantos são?

– O Mouse não disse. Como eu falei, ele não é muito de detalhes.

– A Klan marchando em Clanton. Não tô acreditando.

– Isso é pesado – disse Ellen.

– E vai ficar ainda mais pesado – respondeu Ozzie. – Eu pedi pro governador manter a patrulha rodoviária de prontidão. Pode ser uma semana complicada.

– Você consegue acreditar que o Noose tá disposto a julgar esse caso nesta cidade? – perguntou Jake.

– É um caso muito grande pra transferir, Jake. Com certeza ia atrair as marchas, os protestos e a Klan pra qualquer lugar onde acontecesse.

– Talvez você tenha razão. E a sua lista do júri?

– Vai estar pronta amanhã.

DEPOIS DO JANTAR, na terça-feira, Joe Frank Perryman sentou-se na varanda da frente de sua casa com o jornal vespertino e um pedaço de tabaco para mascar, e cuspiu cuidadosamente por um pequeno orifício feito à mão no chão da varanda. Este era seu ritual noturno. Lela terminava de lavar a louça e preparava um copo alto de chá gelado para eles, e os dois ficavam sentados na varanda até escurecer, conversando sobre as plantações, os netos, a umidade. Moravam fora de Karaway em pouco mais de trinta hectares de terras agrícolas bem cuidadas e cultivadas que o pai de Joe Frank havia roubado durante a Crise de 1929. Eles eram uma família cristã tranquila e trabalhadora.

Depois de algumas cuspidas pelo buraco, uma picape diminuiu a velocidade na rodovia e virou na longa entrada de cascalho da residência dos Perryman. Estacionou próximo ao jardim na frente da casa e um rosto familiar surgiu. Era Will Tierce, ex-presidente do Conselho de Supervisores do Condado de Ford. Will serviu em seu distrito por 24 anos, por seis mandatos consecutivos, mas perdera a última eleição em 1983 por sete votos. Os Perrymans haviam sempre apoiado Tierce porque vira e mexe ele providenciava um carregamento de cascalho, ou um canal de escoamento de água sob a entrada de automóveis.

– Boa noite, Will – disse Joe Frank enquanto o ex-supervisor cruzava o jardim e subia os degraus.

– Boa noite, Joe Frank.

Eles trocaram um aperto de mãos e relaxaram na varanda.

– Me dá um pouco de fumo – disse Tierce.

– Claro. O que te traz aqui?

– Tô só de passagem. Pensei no chá gelado de Lela e fiquei com muita sede. Não via vocês há algum tempo.

Eles se sentaram e conversaram, mascaram e cuspiram tabaco e tomaram chá gelado até escurecer e chegar a hora dos mosquitos. Passaram a maior parte do tempo falando sobre a estiagem e Joe Frank discursou longamente sobre o período de seca e como aquele estava sendo o pior dos últimos dez anos. Não chovia desde a terceira semana de junho. E, se não melhorasse, poderia esquecer a safra de algodão. O feijão talvez sobrevivesse, mas ele estava preocupado com o algodão.

– Me conta, Joe Frank, ouvi dizer que você recebeu uma dessas intimações do júri pro julgamento na semana que vem.

– É, parece que sim. Quem te contou?

– Ninguém. Ouvi dizer por aí.

– Eu não sabia que isso era de conhecimento público.

– Bom, acho que devo ter ouvido isso em Clanton hoje. Eu tinha umas coisas pra resolver no fórum. Foi lá que eu ouvi. É o julgamento daquele negro, sabe quem é?

– Foi o que eu imaginei.
– O que você acha de esse negro ter atirado nos meninos daquele jeito?
– Eu não julgo ele – opinou Lela.
– Sim, mas não dá pra fazer justiça com as próprias mãos – explicou Joe Frank à esposa. – É pra isso que serve o sistema judiciário.
– Vou dizer pra vocês que o que me incomoda é essa historinha de insanidade – disse Tierce. – Eles vão alegar que aquele negro estava maluco e tentar livrar ele por causa disso. Tipo aquele doido que atirou no Reagan. É um jeito sujo de escapar. Além disso, é uma mentira. Aquele negro planejou matar os garotos e ficou sentado lá, esperando por eles. Foi um assassinato a sangue-frio.
– E se fosse a sua filha, Will? – perguntou Lela.
– Eu ia deixar a justiça cuidar disso. Quando a gente pega um estuprador por aqui, ainda mais um negro, geralmente prendemos ele. O Parchman tá cheio de estupradores que nunca vão ser soltos. Isso aqui não é Nova York ou a Califórnia ou algum lugar maluco onde os criminosos são libertados. A gente tem um bom sistema, e o velho juiz Noose profere sentenças rígidas. Você tem que deixar a justiça cuidar disso. Nosso sistema não vai sobreviver se a gente permitir que as pessoas, ainda mais os negros, façam justiça com as próprias mãos. Isso é o que realmente me assusta. Vamos supor que esse negro se safe e saia daquele tribunal como um homem livre. Todo mundo no país vai ficar sabendo disso, e os negros vão pirar. Sempre que alguém cruzar o caminho de um negro, ele simplesmente vai matar, dizer que estava louco e tentar escapar. Isso que é perigoso nesse julgamento.
– É importante manter os negros sob controle – concordou Joe Frank.
– Sem dúvida. E se o Hailey se safar, nenhum de nós vai estar seguro. Todos os negros desse condado vão carregar uma arma e sair por aí atrás de problemas.
– Eu realmente não tinha pensado nisso – admitiu Joe Frank.
– Espero que você faça a coisa certa, Joe Frank. Espero mesmo que você seja selecionado pro júri. Precisamos de algumas pessoas com bom senso.
– Por que será que eles me chamaram?
– Ouvi dizer que eles convocaram 150 pessoas. Eles esperam que umas cem apareçam.
– Quais são as minhas chances de ser escolhido?
– Uma em cem – disse Lela.

– Eu me sinto melhor então. Eu realmente não tenho tempo pra me meter nisso, com a fazenda e tudo mais.

– Nós sem dúvida precisamos de você nesse júri – enfatizou Tierce.

A conversa mudou para a política local e o novo supervisor, e o péssimo trabalho que ele estava fazendo nas estradas. A escuridão significava hora de dormir para os Perrymans. Tierce deu boa-noite e foi para casa. Ele se sentou à mesa da cozinha com uma xícara de café e revisou a lista do júri. Seu amigo Rufus ficaria orgulhoso. Seis nomes haviam sido circulados na lista de Will, e ele tinha conversado com todos os seis. Colocou um ok ao lado de cada nome. Eles seriam bons jurados, pessoas com quem Rufus poderia contar para manter a lei e a ordem no condado de Ford. Dois tinham sido evasivos no início, mas seu bom e confiável amigo Will Tierce havia lhes explicado o significado de justiça e agora eles estavam prontos para condenar o réu.

Rufus ficaria muito orgulhoso. E ele havia prometido que o jovem Jason Tierce, sobrinho de Will, jamais seria julgado por uma acusação de tráfico de drogas que estava pendente.

JAKE SE SERVIU de costeletas de porco gordurosas e feijão-branco e observou Ellen do outro lado da mesa fazer o mesmo. Lucien se sentou à cabeceira da mesa, ignorou sua comida, acariciou sua bebida e folheou a lista do júri fazendo comentários sobre todos os nomes que reconhecia. Ele estava mais bêbado do que o normal. Não reconheceu a maioria dos nomes, mas comentou assim mesmo. Ellen estava se divertindo e piscava o tempo todo para o chefe.

Ele largou a lista e derrubou o garfo da mesa.

– Sallie! – gritou ele. Depois perguntou a Ellen: – Você sabe quantos membros da ACLU tem no condado de Ford?

– Pelo menos oitenta por cento da população – disse ela.

– Um. Eu. Fui o primeiro na história e evidentemente o último. As pessoas aqui são idiotas, Row Ark. Elas não apreciam os direitos civis. São um bando de fanáticos republicanos conservadores que nem param pra pensar, tipo o nosso amigo Jake aqui.

– Isso não é verdade. Eu como no Claude pelo menos uma vez por semana – disse Jake.

– Isso torna você um progressista? – perguntou Lucien.

– Isso me torna um radical.

– Ainda assim eu acho que você é republicano.

– Olha, Lucien, você pode falar da minha esposa, ou da minha mãe, ou da minha família, mas não me chama de republicano.

– Você tem cara de republicano – disse Ellen.

– Ele tem cara de democrata? – perguntou Jake, apontando para Lucien.

– Claro. Eu soube que ele era democrata desde a primeira vez que o vi.

– Então eu sou republicano.

– Viu?! Viu?! – gritou Lucien. Ele deixou cair o copo no chão e ele se espatifou.

– Sallie! – chamou Jake.

– Row Ark, adivinha quem foi o terceiro homem branco no Mississippi a se juntar à NAACP?

– Rufus Buckley – chutou Jake.

– Eu. Lucien Wilbanks. Entrei em 1967. Os brancos achavam que eu era doido.

– Dá pra imaginar? – disse Jake.

– É claro que os negros também achavam que eu era doido. Porra, todo mundo achava que eu era doido naquela época.

– Alguém mudou de ideia? – perguntou Jake.

– Cala a boca, republicano. Row Ark, por que você não se muda pra Clanton e aí a gente abre um escritório só pra cuidar dos casos da ACLU? Porra, traz o seu velho de Boston e a gente transforma ele em sócio.

– Por que você simplesmente não vai pra Boston? – perguntou Jake.

– Por que você simplesmente não vai pro inferno?

– Qual vai ser o nome do escritório? – perguntou Ellen.

– O Hospício – sugeriu Jake.

– Wilbanks, Row e Ark Advogados.

– E nenhum deles tem licença pra advogar – disse Jake.

Cada uma das pálpebras de Lucien pesava vários quilos. Sua cabeça caía para a frente involuntariamente. Ele deu um tapa na bunda de Sallie enquanto ela limpava sua bagunça.

– Isso foi golpe baixo, Jake – disse ele, sério.

– Row Ark – disse Jake, imitando Lucien –, adivinha quem foi o último advogado permanentemente destituído pela Suprema Corte do Mississippi?

Ellen sorriu com graça para os dois homens e não disse nada.

– Row Ark – disse Lucien em voz alta –, adivinha quem vai ser o próximo advogado neste condado a ser despejado do escritório? – Ele caiu na gargalhada, gritando e se sacudindo. Jake piscou para ela. Depois que se acalmou, perguntou: – O que é essa reunião amanhã à noite?

– Quero repassar a lista do júri com vocês e algumas outras pessoas.

– Quem?

– Harry Rex, Stan Atcavage, talvez mais alguém.

– Onde?

– No meu escritório. Às oito. Sem álcool.

– O escritório é meu e eu vou levar uma caixa de uísque se eu quiser. O meu avô construiu o prédio, lembra?

– Como eu poderia esquecer?

– Row Ark, vamos ficar bêbados.

– Não, obrigada, Lucien. Adorei o jantar e a conversa, mas preciso voltar pra Oxford.

Eles se levantaram e deixaram Lucien à mesa. Jake recusou o convite de sempre para se sentar na varanda. Ellen foi embora e ele subiu para seu quarto temporário no segundo andar. Havia prometido a Carla que não dormiria em casa. Ele ligou para a esposa. Ela e Hanna estavam bem. Preocupadas, mas bem. Ele não mencionou Bud Twitty.

29

Um comboio de ônibus escolares convertidos, cada um com uma pintura diferente em branco e vermelho, verde e preto ou uma centena de outras combinações e o nome de uma igreja estampada nas laterais abaixo das janelas, contornou lentamente a praça de Clanton depois do almoço na quarta-feira. Eram 31 ao todo, cada um abarrotado de negros idosos que agitavam leques de papel e lenços em um esforço inútil para superar o calor sufocante. Depois de três viagens ao redor do tribunal, o ônibus principal parou em frente ao correio e 31 portas se abriram. Os ônibus se esvaziaram em um frenesi. As pessoas foram encaminhadas a um coreto no gramado na frente do fórum, onde o reverendo Ollie Agee dava ordens e distribuía cartazes onde se lia LIBERTEM CARL LEE em azul e branco.

As ruas laterais que conduziam à praça ficaram congestionadas conforme carros vindos de todas as direções avançavam lentamente em direção ao tribunal e por fim estacionaram quando não puderam chegar mais perto. Centenas de negros deixaram seus veículos nas ruas e caminharam solenemente em direção à praça. Eles se reuniram ao redor do coreto e esperaram por seus cartazes, depois vagaram pelos carvalhos e pelas magnólias em busca de sombra e cumprimentaram os amigos. Mais ônibus de igrejas chegaram e não conseguiram contornar a praça por conta do trânsito. Os passageiros desceram próximo ao Coffee Shop.

Pela primeira vez naquele ano, a temperatura atingiu 38 graus e prometia subir mais. Não havia nuvens no céu para protegê-los nem ventos ou brisas para enfraquecer os raios de sol ardentes ou dissipar a umidade. Camisas ficavam encharcadas e grudavam às costas em quinze minutos sob a sombra de uma árvore; fora da sombra, em cinco. Alguns dos idosos mais fracos encontraram refúgio dentro do fórum.

A multidão continuou a crescer. Era predominantemente formada por idosos, mas havia muitos negros mais jovens, militantes e irritados que perderam as grandes marchas e manifestações pelos direitos civis dos anos 1960 e que agora tinham se dado conta de que aquela poderia ser uma rara oportunidade de gritar, protestar e cantar "We Shall Overcome", e, em geral, celebrar o fato de serem negros e oprimidos em um mundo branco. Eles caminhavam, esperando que alguém assumisse o comando. Por fim, três estudantes marcharam até os degraus da frente do tribunal, ergueram seus cartazes e gritaram:

– Libertem Carl Lee! Libertem Carl Lee!

Imediatamente a multidão repetiu as palavras de ordem:

– Libertem Carl Lee! Libertem Carl Lee! Libertem Carl Lee!

Eles deixaram a sombra das árvores e do fórum e se aproximaram dos degraus onde um pódio improvisado e um sistema de alto-falante haviam sido instalados. Gritavam em uníssono para ninguém ou nenhum lugar ou nada em particular, apenas repetiam as palavras de ordem recém-estabelecidas em um coro perfeito.

– Libertem Carl Lee! Libertem Carl Lee!

As janelas do tribunal se abriram; os escrivães e as secretárias ficaram boquiabertos com o que acontecia lá embaixo. O estrondo podia ser ouvido a quarteirões dali, e as pequenas lojas e escritórios ao redor da praça se esvaziaram. Os proprietários e clientes encheram as calçadas e assistiram, espantados. Os manifestantes notaram os espectadores, e a atenção alimentou o canto, que aumentou em ritmo e volume. Os abutres circulavam e observavam, e o barulho os excitou. Eles desceram até o gramado na frente do tribunal com suas câmeras e seus microfones.

Ozzie e seus homens organizaram o tráfego de modo que a rodovia e as ruas ficassem irremediavelmente engarrafadas. Eles permaneceram no local, embora não houvesse indícios de que qualquer intervenção da polícia seria necessária. Agee e todos os demais pastores negros – em tempo integral, parcial, aposentados e em potencial – de três condados diferentes cruzaram a densa massa de rostos negros gritando e subiram ao pódio. A visão dos pastores empolgou os manifestantes, e seus cantos unificados reverberaram pela praça e pelas ruas laterais, chegando aos bairros residenciais ainda sonolentos e ao interior do condado. Milhares de negros agitavam seus cartazes e gritavam com toda a força. Agee acompanhou a multidão. Ele dançou ao longo do pequeno pódio. Cumprimentou os outros pastores. Conduziu o som ritmado como o diretor de um coral. Ele era um espetáculo.

– Libertem Carl Lee! Libertem Carl Lee!

Ao longo de quinze minutos, Agee fez com que a aglomeração se tornasse uma multidão frenética e unida. Então, quando com seu ouvido bem treinado ele detectou o primeiro sinal de cansaço entre os manifestantes, foi até os microfones e pediu silêncio. Os rostos ofegantes e suados ainda berravam, mas com menos volume. Os gritos de liberdade morreram depressa. Agee pediu que abrissem espaço na frente para que a imprensa pudesse se aproximar e fazer seu trabalho. Ele pediu silêncio para que pudessem se dirigir ao Senhor em oração. O reverendo Roosevelt fez uma longa prece, uma glorificação em versos, eloquente, persuasiva, que levou lágrimas aos olhos de muitos.

Quando por fim ele disse "Amém", uma mulher negra com uma peruca vermelha cintilante foi até os microfones e abriu a boca. A estrofe de abertura de "We Shall Overcome" fluiu como um rio em um profundo, rico e suave canto glorioso *a cappella*. Os pastores atrás dela imediatamente se deram as mãos e começaram a balançar. A espontaneidade varreu a multidão e 2 mil vozes se juntaram a ela em uma harmonia surpreendente. O hino consternado e esperançoso emergiu sobre a pequena cidade.

Quando eles terminaram, alguém gritou "Libertem Carl Lee!" e deu início a outra rodada de gritos. Agee os acalmou novamente e foi até os microfones. Ele puxou um papel do bolso e começou seu sermão.

COMO ESPERADO, LUCIEN chegou atrasado e meio bêbado. Ele levou uma garrafa de uísque e ofereceu uma dose para Jake, Atcavage e Harry Rex, mas todos recusaram.

– São quinze pras nove, Lucien – disse Jake. – Estamos esperando há quase uma hora.

– Eu tô ganhando pra isso, por acaso?

– Não, mas eu te pedi pra estar aqui às oito em ponto.

– E você também me disse pra não trazer bebida. E eu te informei que esse prédio é meu, que foi meu avô que construiu, e que está alugado pra você, por um valor bastante razoável, devo acrescentar, e eu entro e saio quando quiser, com ou sem bebida.

– Deixa pra lá. Você chegou a...

– O que aqueles negros tão fazendo do outro lado da rua, passeando pelo fórum no escuro?

– Chama-se vigília – explicou Harry Rex. – Eles se comprometeram a caminhar ao redor do tribunal com velas acesas, mantendo uma vigília até que o camarada deles seja solto.

– Pode ser que essa vigília seja absurdamente longa. Quer dizer, pode ser que esses coitados fiquem lá andando até morrer. Quer dizer, pode ser que essa vigília dure doze, quinze anos. Talvez eles atinjam um recorde. Vão ter cera de vela pelo corpo inteiro. Boa noite, Row Ark.

Ellen se sentou diante da escrivaninha antiga debaixo do retrato de William Faulkner. Olhou para uma cópia da lista do júri cheia de marcações. Ela acenou com a cabeça e sorriu para Lucien.

– Row Ark – disse Lucien –, eu tenho muito respeito por você. Eu te enxergo como uma igual. Acredito no seu direito de receber um salário igual ao dos homens por fazer um trabalho igual ao deles. Acredito no seu direito de escolher se quer ter um filho ou abortar. Acredito nessa merda toda. Você é mulher e não tem nenhum privilégio especial por conta do seu gênero. Você deve ser tratada exatamente como um homem. – Lucien enfiou a mão no bolso e tirou um bolo de dinheiro. – E como você é assistente desse caso, sem gênero aos meus olhos, acho que você deveria ir comprar uma caixa de cerveja gelada pra você.

– Não, Lucien – interveio Jake.

– Cala a boca, Jake.

Ellen se levantou e olhou para Lucien.

– Claro, Lucien. Mas eu pago pela cerveja.

Ela saiu do escritório.

Jake balançou a cabeça, extremamente irritado com Lucien.

– A noite vai ser longa.

Harry Rex mudou de ideia e despejou uma dose de uísque em sua xícara de café.

– Por favor, não fique bêbado – implorou Jake. – Temos trabalho a fazer.

– Eu trabalho melhor quando tô bêbado – disse Lucien.

– Eu também – concordou Harry Rex.

– Isso vai ser interessante – disse Atcavage.

Jake colocou os pés sobre a mesa e deu uma baforada em um charuto.

– Tá, a primeira coisa que eu quero fazer é definir o jurado-modelo.

– Negro – disse Lucien.

– Definitivamente – concordou Harry Rex.

– Concordo – disse Jake. – Mas não teremos nenhuma chance. O Buckley vai usar todos os vetos disponíveis com os negros. A gente sabe disso. Temos que focar nos brancos.

– Mulheres – disse Lucien. – Sempre escolha mulheres pra julgamentos criminais. Elas têm corações maiores e mais sensíveis, e muito mais empatia. Sempre prefira as mulheres.

– Não – disse Harry Rex. – Não nesse caso. As mulheres não entendem coisas como pegar uma arma e explodir a cabeça de alguém. Você precisa de pais, pais jovens que teriam o desejo de fazer a mesma coisa que Hailey fez. Pais com filhinhas.

– Desde quando você se tornou um especialista em selecionar júris? – perguntou Lucien. – Eu achava que você era um advogado de família tosco.

– Eu sou um advogado de família tosco, mas sei selecionar um júri.

– E também sabe ouvir eles do outro lado da parede.

– Golpe baixo.

Jake ergueu os braços.

– Pessoal, por favor. Que tal esse Victor Onzell? Você conhece ele, Stan?

– Sim, é cliente do banco. Tem uns 40 anos, é casado, três ou quatro filhos. Branco. De algum lugar do Norte. Administra a parada de caminhões na rodovia ao norte da cidade. Ele mora aqui há uns cinco anos.

– Eu não escolheria ele – disse Lucien. – Se ele é do Norte, não pensa como a gente. Provavelmente é a favor do controle de armas e dessas merdas todas. Os ianques sempre me assustam em casos criminais. Sempre achei que devíamos ter uma lei no Mississippi segundo a qual nenhum ianque poderia participar de um júri nosso, não importa há quanto tempo viva aqui.

– Muito obrigado – disse Jake.

– Eu escolheria ele – discordou Harry Rex.

– Por quê?

– Ele tem filhos, provavelmente uma filha. Se ele é do Norte, provavelmente não é tão preconceituoso. Parece bom para mim.

— John Tate Aston.
— Esse cara tá morto — disse Lucien.
— O quê?
— Eu disse que ele tá morto. Faz três anos que ele morreu.
— E por que ele tá na lista? — perguntou Atcavage, o único que não era advogado.
— Eles não limpam a lista de registro de eleitores — explicou Harry Rex, entre um drinque e outro. — Alguns morrem, outros vão embora, e é impossível manter a lista atualizada. Eles expediram 150 intimações, e devem aparecer uns cem, 120. O resto morreu ou se mudou.
— Caroline Baxter. O Ozzie falou que ela é negra — disse Jake folheando suas anotações. — Trabalha na fábrica de carburadores em Karaway.
— Escolhe ela — disse Lucien.
— Eu adoraria — confessou Jake.
Ellen voltou com a cerveja. Colocou um pack de seis latas no colo de Lucien e pegou uma. Abriu a lata e voltou para a escrivaninha. Jake recusou, mas Atcavage percebeu que estava com sede. Jake continuou sendo o único a não beber.
— Joe Kitt Shepherd.
— Tem nome de branco caipira — disse Lucien.
— Por que isso? — perguntou Harry Rex.
— Nome duplo — explicou Lucien. — A maioria deles tem nomes duplos. Tipo Billy Ray, Johnny Ray, Bobby Lee, Harry Lee, Jesse Earl, Billy Wayne, Jerry Wayne, Eddie Mack. Até as mulheres têm nomes duplos. Bobbie Sue, Betty Pearl, Mary Belle, Thelma Lou, Sally Faye.
— E Harry Rex? — quis saber Harry Rex.
— Nunca ouvi falar de nenhuma mulher chamada Harry Rex.
— Tô falando de branco caipira mesmo.
— Acho que funciona.
Jake interrompeu.
— Dell Perry disse que era dono de uma loja de iscas perto do lago. Acho que ninguém conhece ele.
— Não, mas aposto que ele é branco caipira — disse Lucien. — Por causa do nome. Eu cortaria ele.
— Você não recebe os endereços, idades, profissões, informações básicas assim? — perguntou Atcavage.

— Não até o dia do julgamento. Na segunda-feira, cada possível jurado preenche um questionário no tribunal. Mas até lá só temos os nomes.

— Que tipo de jurado a gente tá procurando, Jake? – perguntou Ellen.

— Homens, entre 20 e 50 anos, pais de família. Eu prefiro não ter ninguém com mais de cinquenta.

— Por quê? – perguntou Lucien agressivamente.

— Os brancos mais jovens são mais tolerantes com os negros.

— Tipo o Cobb e o Willard – disse Lucien.

— A maioria das pessoas mais velhas detesta os negros, mas os mais novos já aceitaram uma sociedade integrada. Via de regra, existe menos fanatismo entre os mais jovens.

— Concordo – disse Harry Rex –, e também ficaria longe das mulheres e dos caipiras.

— Esse é o meu plano.

— Eu acho que você tá equivocado – discordou Lucien. – As mulheres são mais solidárias. Basta olhar pra Row Ark. Ela simpatiza com todo mundo. Não é, Row Ark?

— Isso aí, Lucien.

— Ela simpatiza com criminosos, com quem pratica pornografia infantil, com ateus, imigrantes ilegais, gays. Não é, Row Ark?

— Isso aí, Lucien.

— Ela e eu somos os únicos membros da ACLU nesse momento no condado de Ford, no Mississippi.

— Que demais – disse Atcavage, o banqueiro.

— Clyde Sisco – disse Jake em voz alta, tentando minimizar a controvérsia.

— Esse dá pra comprar – disse Lucien, presunçoso.

— O que você quer dizer com "Esse dá pra comprar"? – perguntou Jake.

— Exatamente o que eu disse. Esse dá pra comprar.

— Como você sabe? – perguntou Harry Rex.

— Você tá de sacanagem? Ele é um Sisco. Os maiores safados do leste do condado. Todos eles vivem perto da comunidade Mays. São ladrões profissionais e fraudadores de seguros. Tacam fogo nas próprias casas a cada três anos. Você nunca ouviu falar deles?! – Ele estava gritando com Harry Rex.

— Não. Como você sabe que ele pode ser comprado?

— Porque eu comprei ele uma vez. Em um caso civil, dez anos atrás. Ele tava na lista do júri e eu disse pra ele que daria a ele dez por cento do valor que o júri decidisse no veredito. Ele é muito convincente.

Jake deixou a lista cair sobre a mesa e esfregou os olhos. Ele sabia que aquilo provavelmente era verdade, mas não queria acreditar.

– E aí? – perguntou Harry Rex.

– E aí que ele foi selecionado pro júri e eu consegui a indenização mais alta da história do condado de Ford. Até hoje é o recorde.

– Stubblefield? – perguntou Jake sem acreditar.

– Isso mesmo, meu garoto. Stubblefield contra o Gasoduto do norte do Texas. Setembro de 1974. Oitocentos mil dólares. Eles recorreram e a Suprema Corte ratificou a decisão em primeira instância.

– Você deu o dinheiro pra ele? – perguntou Harry Rex.

Lucien terminou um longo gole e estalou os lábios.

– Oitenta mil em dinheiro, em notas de cem dólares – admitiu com orgulho. – Ele construiu uma casa nova, depois tacou fogo.

– Quanto você levou? – perguntou Atcavage.

– Quarenta por cento, menos os 80 mil.

A sala ficou em silêncio enquanto todos, exceto Lucien, faziam as contas.

– Uau – murmurou Atcavage.

– Você tá brincando, né, Lucien? – perguntou Jake sem entusiasmo.

– Você sabe que eu tô falando sério, Jake. Você sabe que eu minto compulsivamente, mas nunca em relação a essas coisas. Tô falando sério e tô te dizendo que esse cara dá pra comprar.

– Por quanto? – perguntou Harry Rex.

– Nem pensar! – disse Jake.

– Cinco mil em dinheiro, eu chuto.

– Nem pensar!

Houve um momento de silêncio em que todos olharam para Jake só para garantir que ele não estava interessado em Clyde Sisco, e quando ficou claro que ele não estava eles tomaram um gole e aguardaram o nome seguinte. Por volta das dez e meia, Jake tomou sua primeira cerveja e, uma hora depois, a caixa já havia acabado e ainda faltavam quarenta nomes. Lucien cambaleou até a varanda e observou os negros carregando suas velas pelas calçadas que contornavam o tribunal.

– Jake, por que tem um policial sentado dentro da viatura na frente do meu escritório? – perguntou ele.

– É o meu guarda-costas.

– Qual o nome dele?

– Nesbit.

– Ele tá acordado?

– Provavelmente não.

Lucien se inclinou perigosamente sobre a grade.

– Ei, Nesbit! – gritou ele.

Nesbit abriu a porta da viatura.

– Sim, o que foi?

– O Jake aqui quer que você vá até a loja e compre mais cerveja pra gente. Ele tá com muita sede. Toma aqui uma nota de vinte. Ele quer uma caixa de Coors.

– Não posso comprar bebida quando estou de serviço – protestou Nesbit.

– Desde quando? – Lucien riu de si mesmo.

– Eu não posso.

– Não é pra você, Nesbit. É pro Dr. Brigance, e ele realmente precisa dessa cerveja. Ele já ligou pro xerife, tá tudo bem.

– Quem ligou pro xerife?

– O Dr. Brigance – mentiu Lucien. – O xerife disse que não tá nem aí pro que você vai fazer, desde que não beba.

Nesbit deu de ombros e pareceu satisfeito. Lucien deixou cair uma nota de vinte da varanda. Em minutos, Nesbit estava de volta com uma caixa faltando uma lata, que havia sido aberta e estava ao lado de seu radar portátil. Lucien ordenou que Atcavage pegasse as cervejas lá embaixo e distribuísse o primeiro pack de seis.

Uma hora depois, a lista havia sido concluída e a festa acabou. Nesbit colocou Harry Rex, Lucien e Atcavage em sua viatura e os levou para casa. Jake e sua assistente ficaram sentados na varanda, bebendo e observando as velas tremeluzirem e se moverem lentamente ao redor do tribunal. Vários carros estavam estacionados no lado oeste da praça, e havia um pequeno grupo de negros sentados ao lado deles em cadeiras dobráveis esperando para se revezar com as velas.

– Não foi tão mal – disse Jake baixinho, olhando para a vigília. – Escrevemos algo sobre quase todos eles, exceto por vinte dos 150.

– E agora?

– Vou tentar descobrir alguma coisa sobre esses vinte, depois a gente monta uma ficha pra cada jurado. Na segunda a gente precisa já conhecer eles como se fossem da família.

Nesbit voltou para a praça e deu duas voltas nela, observando os negros. Ele estacionou entre o Saab e o BMW.

– O dossiê sobre as regras de M'Naghten precisa ser nossa obra-prima. O nosso psiquiatra, Dr. Bass, vai estar aqui amanhã, e eu quero que você analise esse caso com ele. Você tem que traçar em detalhes as perguntas que a gente precisa fazer pra ele no julgamento, e também conversar com ele sobre elas. Ele me preocupa. Eu não conheço ele e tô contando com o Lucien. Consegue o currículo dele e investiga os antecedentes. Faz todos os telefonemas necessários. Verifica com o conselho médico estadual se ele não tem histórico de problemas disciplinares. Ele é muito importante pro nosso caso e eu não quero ter nenhuma surpresa.

– Ok, chefe.

Jake terminou sua última cerveja.

– Olha, Row Ark, essa é uma cidade muito pequena. A minha esposa saiu daqui faz cinco dias, e eu tenho certeza que as pessoas vão ficar sabendo disso em breve. Você parece suspeita. As pessoas adoram falar, então seja discreta. Fica no escritório, faz suas pesquisas e se alguém perguntar você diz que tá substituindo a Ethel.

– É um sutiã grande pra preencher.

– Você consegue, se quiser.

– Espero que você saiba que eu não sou nem de longe tão delicada quanto venho tentando parecer.

– Eu sei disso.

Eles observaram os negros trocarem de turno e uma nova equipe assumir as velas. Nesbit jogou uma lata de cerveja vazia na calçada.

– Você não vai dirigindo pra casa, vai? – perguntou Jake.

– Não seria uma boa ideia. Eu não passaria no bafômetro.

– Você pode dormir no sofá da minha sala.

– Obrigada. Eu vou, sim.

Jake deu boa-noite, trancou o escritório e trocou poucas palavras com Nesbit. Em seguida, sentou cuidadosamente ao volante do Saab. Nesbit o seguiu até sua casa na Adams Street. Ele estacionou na garagem, ao lado do carro de Carla, e Nesbit estacionou na rampa de entrada. Era uma da manhã de quinta-feira, 18 de julho.

30

Eles chegaram em grupos de dois ou três, vindos de todo o estado. Estacionaram ao longo da estrada de cascalho próximo ao chalé no meio da floresta. Entraram no chalé vestidos como trabalhadores comuns mas, uma vez lá dentro, eles lenta e meticulosamente se trocaram, colocando suas vestes e seus capuzes bem passados e dobrados. Admiravam os uniformes uns dos outros e se ajudavam a vestir as roupas volumosas. A maioria se conhecia, mas algumas apresentações foram necessárias. Eram quarenta, uma boa quantidade de participantes.

Stump Sisson estava satisfeito. Ele tomou um gole de uísque e começou a andar pela sala como um técnico de futebol, tranquilizando seu time antes do pontapé inicial. Inspecionou os uniformes e fez alguns ajustes. Estava orgulhoso de seus homens e disse isso a eles. Era a maior reunião daquele tipo em anos, disse. Ele os admirava e respeitava os sacrifícios que faziam para poderem estar ali. Sabia que eles tinham empregos e famílias, mas aquilo era importante. Ele falou sobre os dias de glória em que eram temidos no Mississippi e exerciam bastante influência. Esses dias precisavam voltar, e cabia àquele grupo de homens dedicados sair em defesa dos brancos. A passeata poderia ser perigosa, explicou ele. Os negros podiam marchar e protestar o dia todo e ninguém se importava. Mas quando os brancos tentavam fazer o mesmo, a situação se tornava perigosa. A cidade havia emitido uma autorização e o xerife negro prometeu manter a ordem, mas a maioria das marchas da Klan naqueles tempos era interrompida por grupos de negros delinquentes e selvagens. Portanto, tomem cuidado e mantenham-se em formação de filas. Ele, Stump, falaria o que fosse necessário.

Eles ouviram atentamente o discurso motivacional de Stump e, quando ele terminou, entraram em uma dúzia de carros e o seguiram até a cidade.

Poucas pessoas em Clanton haviam visto uma marcha da Klan na vida, e quando eles se aproximaram, às duas da tarde, uma grande onda de agitação percorreu a praça. Os comerciantes e seus clientes encontraram desculpas para inspecionar as calçadas. Eles circulavam como se fossem importantes e vigiavam as ruas laterais. Os abutres vieram com força total e se reuniram perto do coreto no gramado em frente ao fórum. Um grupo de jovens negros se juntou sob um enorme carvalho. Ozzie pressentiu que teria problemas. Eles lhe haviam garantido que tinham vindo apenas para assistir e ouvir. Ele ameaçou prendê-los se houvesse confusão. Posicionou seus homens em vários pontos ao redor do tribunal.

– Lá vêm eles! – gritou alguém, e os espectadores se esforçaram para ter um vislumbre dos homens da Klan que vinham marchando pomposos de uma ruazinha que dava na Washington Avenue, o lado norte da praça.

Eles caminhavam cautelosos, mas arrogantes, seus rostos escondidos pelas assustadoras máscaras vermelhas e brancas que pendiam dos capuzes. Os espectadores ficaram boquiabertos com as figuras sem rosto enquanto a procissão se movia lentamente ao longo da Washington Avenue, depois na direção sul ao longo da Caffey Street, depois para o leste ao longo da Jackson Street. Stump caminhava orgulhoso na frente de seus homens. Quando ele se aproximou da frente do tribunal, fez uma curva acentuada à esquerda e liderou suas tropas pela longa calçada no centro do gramado. Eles se organizaram em fileiras formando um semicírculo ao redor do pódio na escadaria do fórum.

Os abutres haviam tropeçado e caído sobre si mesmos ao seguirem a marcha, e quando Stump parou seus homens, o pódio foi logo adornado com uma dezena de microfones com fios vindos de todas as direções conectados a câmeras e gravadores. Sob a árvore, o grupo de negros havia crescido muito, muito mais, e alguns deles foram andando até poucos metros do semicírculo. As calçadas ficaram vazias à medida que os comerciantes e lojistas, seus clientes e outros curiosos corriam pelas ruas até o gramado para ouvir o que o líder, o baixinho gordo, estava prestes a dizer. Os assistentes do xerife caminhavam no meio da multidão, prestando atenção especial ao grupo de negros. Ozzie parou sob o carvalho, no meio de seu povo.

Jake observou atentamente da janela da sala de Jean Gillespie no segundo andar. A visão dos homens da Klan, em trajes completos, seus rostos covardes escondidos atrás das máscaras ameaçadoras, lhe deu uma sensação de mal-estar. O capuz branco, durante décadas um símbolo de ódio e violência no Sul, estava de volta. Qual daqueles homens havia ateado fogo na cruz em seu jardim? Todos eles participaram do plano de explodir a sua casa? Qual deles daria o próximo passo? Do segundo andar, podia ver os negros chegando mais perto.

– Vocês negros não foram convidados pra esse comício! – gritou Stump ao microfone, apontando para os negros. – Esse é um encontro da Klan, não um encontro pra um bando de negros!

Das ruas laterais e dos pequenos becos atrás das fileiras de edifícios de tijolos vermelhos, um fluxo constante de negros se movia em direção ao tribunal. Eles se juntaram aos outros, e em segundos Stump e os demais estavam em desvantagem numérica de dez para um. Ozzie pediu reforços pelo rádio.

– Meu nome é Stump Sisson – disse ele enquanto tirava a máscara. – E tenho orgulho de dizer que sou grão-mago do Império Invisível da Ku Klux Klan no Mississippi. Estou aqui pra dizer que os brancos do Mississippi que respeitam as leis estão cansados de negros roubando, estuprando, matando e saindo ilesos. Exigimos justiça e exigimos que esse negro Hailey seja condenado e mandado pra câmara de gás!

– Libertem Carl Lee! – gritou um dos negros.

– Libertem Carl Lee! – repetiram eles em uníssono. – Libertem Carl Lee!

– Calem a boca, seus negros selvagens! – gritou Stump de volta. – Calem a boca, seus animais! – Suas tropas ficaram de frente para ele, paralisadas, de costas para a multidão gritando. Ozzie e seis assistentes se posicionaram entre os grupos.

– Libertem Carl Lee! Libertem Carl Lee!

O rosto naturalmente corado de Stump ficou ainda mais vermelho. Seus dentes quase tocavam os microfones.

– Calem a boca, seus negros selvagens! Vocês fizeram o seu comício ontem e nós não incomodamos vocês. Temos o direito de nos reunirmos em paz, assim como vocês! Agora calem a boca!

O canto se intensificou.

– Libertem Carl Lee! Libertem Carl Lee!

– Cadê o xerife? Ele deveria manter a lei e a ordem. Xerife, faça seu trabalho. Cale a boca desses negros pra podermos nos reunir em paz. Você não consegue fazer o seu trabalho, xerife? Não consegue controlar seu próprio povo? Estão vendo, pessoal, é isso que vocês ganham quando elegem negros pra cargos públicos.

A gritaria continuou e Stump se afastou dos microfones e observou os negros. Os fotógrafos e as equipes de TV giravam em círculos tentando registrar tudo. Ninguém percebeu uma pequena janela no terceiro andar do tribunal. Ela se abriu lentamente e, da escuridão, um coquetel molotov foi jogado no pódio lá embaixo. Ele caiu bem aos pés de Stump e explodiu, envolvendo o grão-mago em chamas.

O tumulto começou. Stump gritou e rolou descontroladamente escada abaixo. Três de seus homens tiraram seus pesados mantos e máscaras e tentaram cobri-lo para sufocar as chamas. O pódio e a plataforma de madeira queimaram sob o cheiro forte e inconfundível de gasolina. Os negros atacaram, empunhando facas e pedaços de pau, golpeando qualquer coisa com rosto ou manto branco. Sob cada manto branco havia um cassetete preto curto, e os membros da Klan se mostraram prontos para o ataque. Segundos após a explosão, o gramado da frente do tribunal do condado de Ford havia se tornado um campo de batalha, e os homens gritavam, xingavam e uivavam de dor em meio à fumaça densa, pesada. Era possível ver pedras e cassetetes voando à medida que os dois grupos lutavam em um embate corpo a corpo.

Corpos começaram a cair na grama verdejante. Ozzie caiu primeiro, vítima de um golpe perverso na base de seu crânio com um pé de cabra. Nesbit, Prather, Hastings, Pirtle, Tatum e outros assistentes corriam de um lado para outro tentando, sem sucesso, separar vários combatentes antes que matassem uns aos outros. Em vez de correr para se proteger, os abutres dispararam suas câmeras feito loucos em meio à fumaça e à violência, tentando valentemente capturar uma imagem ainda melhor de todo aquele sangue e da carnificina. Eram alvos fáceis. Um cinegrafista, com o olho direito enterrado no fundo da câmera, levou um caco de tijolo no olho esquerdo. Ele e sua câmera caíram de súbito na calçada, onde, alguns segundos depois, outro cinegrafista apareceu e filmou seu camarada caído. Uma repórter destemida e ocupada de uma estação de Memphis entrou na confusão com seu microfone na mão e o cinegrafista em seu encalço. Ela se esquivou de um tijolo, depois se aproximou demais de um grande membro da Klan que estava acabando com dois adolescentes negros quando, sob um grito alto e agudo, ele atingiu a cabeça dela com o cassetete, chutou-a quando ela caiu e atacou brutalmente o cinegrafista.

Tropas da polícia municipal de Clanton chegaram. No centro da batalha, Nesbit, Prather e Hastings se juntaram, ficaram de costas um para o outro e começaram a dar tiros para o alto. O som dos disparos acalmou o tumulto. Os guerreiros congelaram e tentaram entender de onde tinham vindo os tiros, depois se apartaram e se encararam. Eles recuaram lentamente para seus grupos originais. Os oficiais formaram uma linha divisória entre os negros e os membros da Klan, todos gratos pela trégua.

Uma dezena de corpos feridos não conseguiu recuar. Ozzie ficou sentado, confuso, esfregando o pescoço. A repórter de Memphis estava inconsciente e sangrando muito na cabeça. Vários membros da Klan, com suas vestes brancas sujas e ensanguentadas, estavam esparramados perto da calçada. O fogo continuava a arder.

As sirenes se aproximaram e por fim os caminhões de bombeiros e ambulâncias chegaram e se dirigiram para o campo de batalha. Bombeiros e médicos atenderam os feridos. Ninguém estava morto. Stump Sisson foi levado primeiro. Ozzie foi meio arrastado, meio carregado para uma viatura. Mais policiais chegaram e dispersaram a multidão.

JAKE, HARRY REX E ELLEN comeram uma pizza morna e assistiram atentamente conforme a pequena televisão da sala de reuniões transmitia os acontecimentos do dia em Clanton, Mississippi. A CBS divulgou a matéria na metade do noticiário. O repórter havia escapado aparentemente ileso da confusão e fazia uma narração quadro a quadro dos gritos, do coquetel molotov e da briga. "No final desta tarde", relatava ele, "o número exato de vítimas ainda era desconhecido. Acredita-se que os ferimentos mais graves sejam as extensas queimaduras sofridas pelo Sr. Sisson, que se identificou como grão-mago da Ku Klux Klan. Ele está internado em estado grave num hospital especializado em Memphis".

O vídeo mostrava um close de Stump em chamas no momento em que o inferno se instaurou. O repórter prosseguiu: "O julgamento de Carl Lee

Hailey está marcado para começar na segunda-feira aqui em Clanton. Neste momento, não se sabe que efeito o tumulto de hoje terá sobre o julgamento, se é que vai haver algum. Especula-se que o julgamento seja adiado ou transferido para outro condado."

– Isso é novidade pra mim – disse Jake.

– Você não ouviu nada? – perguntou Harry Rex.

– Nem uma única palavra. E presumo que eu seria notificado antes da CBS. O repórter desapareceu e Dan Rather disse que voltaria já.

– O que isso significa? – perguntou Ellen.

– Significa que o Noose é um idiota por não mudar o lugar do julgamento.

– Fique feliz por ele não ter feito isso – disse Harry Rex. – Isso vai te dar argumentos pra apelação.

– Obrigado, Harry Rex. Agradeço sua confiança na minha habilidade como advogado de defesa.

O telefone tocou. Harry Rex atendeu e disse alô para Carla. Então passou para Jake.

– É a sua esposa. Podemos ouvir?

– Não! Vai buscar outra pizza. Oi, querida.

– Jake, você tá bem?

– Claro que eu tô bem.

– Acabei de ver no jornal. Que horror. Onde você tava?

– Eu tava usando uma daquelas túnicas brancas.

– Jake, por favor. Isso não tem graça.

– Eu estava na sala da Jean Gillespie, no segundo andar. Os assentos eram maravilhosos. Vimos tudo. Foi muito emocionante.

– Quem são essas pessoas?

– As mesmas que queimaram a cruz no nosso jardim e tentaram explodir a casa.

– De onde elas são?

– De todos os lugares. Cinco estão internados e os endereços estão espalhados pelo estado inteiro. Um deles é um garoto daqui. Como tá a Hanna?

– Tá bem. Quer voltar pra casa. O julgamento vai ser adiado?

– Eu duvido.

– Você tá seguro?

– Claro. Tenho um guarda-costas em tempo integral e carrego uma .38 na minha pasta. Não se preocupa.

– Mas eu tô preocupada, Jake. Preciso estar em casa com você.
– Não.
– A Hanna pode ficar aqui até isso acabar, mas eu quero voltar pra casa.
– Não, Carla. Eu sei que você tá protegida aí. E não vai estar se estiver aqui.
– Então você também não tá.
– Eu tô o mais seguro que eu posso. Mas não vou arriscar com você e com a Hanna. Isso tá fora de cogitação. Fim de papo. Como estão os seus pais?
– Eu não liguei pra falar dos meus pais. Liguei porque tô com medo e quero estar com você.
– E eu quero estar com você, mas não agora. Eu preciso que você entenda, por favor.
Ela hesitou.
– Onde você tá ficando?
– Na casa do Lucien na maior parte do tempo. De vez em quando em casa, com meu guarda-costas na garagem.
– Como tá a casa?
– Ainda tá lá. Suja, mas ainda tá lá.
– Sinto falta de casa.
– Confia em mim, ela também sente.
– Eu amo você, Jake, e tô com medo.
– Eu amo você, e não tô com medo. Fica tranquila e cuida da Hanna.
– Até já.
– Até.
Jake entregou o fone a Ellen.
– Onde ela tá?
– Wilmington, na Carolina do Norte. Os pais dela passam o verão lá.
Harry Rex tinha saído para comer outra pizza.
– Você sente falta dela, né? – perguntou Ellen.
– De mais maneiras do que você pode imaginar.
– Ah, eu posso sim.

À MEIA-NOITE ELES estavam no chalé bebendo uísque, praguejando contra os negros e comparando seus ferimentos. Vários haviam acabado de voltar do hospital em Memphis, onde tinham feito uma breve visita a Stump Sisson. Ele lhes disse que prosseguissem conforme o planejado. Onze deles haviam recebido alta do hospital do condado de Ford com vários cortes e hematomas, e os outros admiraram seus ferimentos enquanto cada um descrevia em minúcias como galantemente havia atacado vários negros antes de ser ferido, em geral por trás ou pelo ponto cego. Eles eram os heróis, os que tinham curativos. Então os outros contaram suas histórias e o uísque fluiu. Ovacionaram o maior deles quando ele contou sobre seu ataque à repórter e ao seu cinegrafista negro.

Depois de algumas horas bebendo e contando histórias, a conversa se voltou para a tarefa em questão. Um mapa do condado tinha sido elaborado e um dos moradores havia localizado os alvos. Eram vinte casas naquela noite – vinte nomes tirados da lista de candidatos a jurados que alguém lhes fornecera.

Cinco grupos de quatro homens deixaram o chalé em picapes e se dirigiram rumo à escuridão para prosseguir com suas barbaridades. Em cada picape havia quatro cruzes de madeira, os modelos menores, de dois metros e meio por um e meio, todas embebidas em querosene. Eles evitaram Clanton e as pequenas cidades do condado e, em vez disso, seguiram pelas estradas escuras na parte rural. Os alvos ficavam em áreas isoladas, longe do trânsito e dos vizinhos, no interior, onde as coisas passam despercebidas e as pessoas vão para a cama cedo e dormem profundamente.

O plano de ataque era simples: uma picape pararia a algumas centenas de metros na estrada, fora do campo de visão, faróis apagados, e o motorista ficaria lá com o motor ligado enquanto os outros três carregariam a cruz até o jardim, a cravariam no chão e atirariam uma tocha sobre ela. A picape então os encontraria na frente da casa para uma fuga tranquila e uma viagem até o próximo alvo.

O plano funcionou de forma simples e sem complicações em dezenove dos vinte alvos. Mas na residência de Luther Pickett, um barulho estranho no início da noite o havia despertado, e ele tinha se sentado na escuridão de sua varanda, sem esperar por nada em particular, quando viu uma estranha picape se mover de maneira suspeita ao longo da estrada de cascalho que passava atrás de sua nogueira-pecã. Pegou a espingarda e ouviu quando o caminhão deu a volta e parou na estrada. Ele escutou vozes e, em seguida, viu três figuras carregando uma vara ou algo do tipo até o seu jardim, próximo à estrada de cascalho. Luther se agachou atrás de um arbusto próximo à varanda e mirou.

O motorista tomou um gole de cerveja gelada e ficou à espera para ver a cruz em chamas. Em vez disso, ouviu um tiro de espingarda. Seus amigos abandonaram a cruz, a tocha e o jardim, e pularam para uma pequena vala ao lado da estrada. Outro tiro de espingarda. O motorista podia ouvir os gritos e os palavrões. Eles precisavam ser resgatados! Ele jogou a cerveja no chão e pisou no acelerador.

O velho Luther atirou de novo ao sair da varanda, e de novo quando a caminhonete apareceu e parou perto da vala rasa. Desesperados, os três engatinharam para sair da lama, tropeçando e escorregando, xingando e gritando enquanto lutavam para pular na caçamba da picape.

– Segura! – gritou o motorista no momento em que o velho Luther atirou novamente, dessa vez atingindo a picape.

Luther acompanhou com um sorriso o momento em que a picape se afastou, espalhando cascalho e derrapando de vala em vala. Só um bando de moleques bêbados, pensou ele. Em um telefone público, um membro da Klan tinha em mãos uma lista com vinte nomes e vinte números de telefone. Ele ligou para todos, simplesmente para pedir que dessem uma olhada em seus jardins.

31

Na sexta-feira de manhã, Jake ligou para a casa dos Nooses e foi informado pela Sra. Ichabod que o juiz estava presidindo uma audiência no condado de Polk. Jake deu algumas instruções a Ellen e partiu para Smithfield, a uma hora de distância de lá. Fez um aceno com a cabeça para Sua Excelência ao entrar no tribunal vazio e se sentou na primeira fileira. À exceção dos jurados, não havia outros espectadores. Noose estava entediado, os jurados estavam entediados, os advogados estavam entediados e depois de dois minutos Jake ficou entediado. Depois que a testemunha terminou seu depoimento, Noose pediu um breve recesso e Jake se dirigiu ao gabinete do juiz.

– Jake, o que você tá fazendo aqui?
– Você sabe o que aconteceu ontem.
– Eu vi no noticiário da noite.
– Ficou sabendo do que aconteceu essa madrugada?
– Não.
– Com certeza alguém forneceu à Klan uma lista dos possíveis jurados. Ontem à noite eles queimaram cruzes no jardim de vinte dos jurados.

Noose ficou chocado.

– Os nossos jurados?!
– Sim, Excelência.
– Conseguiram pegar alguém?
– Claro que não. Estava todo mundo muito ocupado apagando os incêndios. Além disso, essas pessoas não se deixam pegar.

— Vinte dos nossos jurados — repetiu Noose.

— Sim, Excelência.

Noose passou a mão em sua cabeleira grisalha e brilhante e começou a andar de um lado para outro na pequena sala, balançando a cabeça e coçando um pouco a virilha.

— Me parece uma tentativa de intimidação — murmurou ele.

"Que sumidade", pensou Jake. "Um verdadeiro gênio."

— Eu diria que sim.

— O que eu faço? — perguntou ele com um indício de frustração.

— Transfere a audiência pra outro lugar.

— Pra onde?

— Pro sul do estado.

— Claro. Quem sabe o condado de Carey? Acredito que seja sessenta por cento negro. Isso provocaria ao menos um impasse no júri, não é? Ou talvez você fique satisfeito com o condado de Brower. Acho que tem ainda mais negros. Você provavelmente conseguiria a absolvição lá, não é?

— Eu não me importo pra onde seja a transferência. Não é justo que o julgamento aconteça no condado de Ford. As coisas já estavam ruins antes da guerra de ontem. Agora, os brancos estão de fato num clima de linchamento, e o pescoço do meu cliente é o que está mais disponível no momento. A situação estava terrível antes de a Klan começar a decorar o condado com árvores de Natal. Sabe-se lá o que mais eles vão tentar até segunda-feira. Não tem como escolher um júri justo e imparcial aqui.

— Você quer dizer um júri negro?

— Não, Excelência! Eu tô falando de um júri que não julgou previamente esse caso. O Carl Lee Hailey tem direito a doze pessoas que ainda não decidiram se ele é culpado ou inocente.

Noose avançou pesadamente em direção à cadeira e se deixou cair nela. Ele tirou os óculos e cutucou a ponta do nariz.

— A gente pode dispensar esses vinte? — ele se perguntou em voz alta.

— Isso não vai resolver. O condado inteiro já sabe ou vai ficar sabendo em algumas horas. Você sabe como as notícias voam. Todos os jurados vão se sentir ameaçados.

— Então a gente pode desqualificar todos eles e convocar uma nova comissão.

— Não vai funcionar — respondeu Jake bruscamente, frustrado com a teimosia de Noose. – Todos os jurados vão vir do condado de Ford, e todo mundo no condado sabe o que aconteceu. E como evitar que a Klan assedie a próxima comissão? Isso não vai funcionar.

– O que faz você acreditar que a Klan não vai sair atrás do caso se eu transferir pra outro condado? – O sarcasmo escorria de cada palavra.

– Acho que eles vão atrás – admitiu Jake. – Mas a gente não tem certeza disso. O que a gente sabe é que a Klan já tá no condado de Ford, que tá bastante ativa nesse momento e que já intimidou alguns dos possíveis jurados. Esse é o problema. A questão é: o que vamos fazer a respeito?

– Nada – disse Noose sem rodeios.

– Perdão?

– Nada. Não vou fazer nada a não ser dispensar esses vinte. Vou interrogar minuciosamente a comissão na próxima segunda-feira, quando o julgamento começar em Clanton.

Jake olhou para ele, incrédulo. Noose tinha uma razão, um motivo, um medo, algo que não estava dizendo. Lucien tinha razão. Tinha alguém na cola dele.

– Posso saber por quê?

– Eu acho que não importa onde o Carl Lee Hailey vai ser julgado. Não importa quem vamos colocar no júri. Acho que não importa a cor deles. Todo mundo já tem opinião formada. Todas as pessoas, onde quer que estejam e quem quer que sejam. Elas já se decidiram, Jake, e o seu trabalho é escolher aquelas que acham que o seu cliente é um herói.

"Isso provavelmente é verdade", pensou Jake, mas não iria admitir. Ele continuou olhando para as árvores lá fora.

– Por que você tem medo de transferir o caso?

Os olhos de Ichabod se estreitaram e ele olhou para Jake.

– Medo? Eu não tenho medo de nenhuma decisão que tomo. Por que você tem medo de fazer o julgamento no condado de Ford?

– Eu achei que tinha acabado de explicar.

– O Sr. Hailey vai ser julgado no condado de Ford a partir de segunda-feira. Isso é daqui a três dias. E vai ser assim não porque eu tenho medo de transferir o caso, mas porque não adiantaria nada fazer isso. Eu ponderei tudo com muito cuidado, Dr. Brigance, muitas vezes, e me sinto confortável com a minha decisão. Ele não vai ser transferido. Mais alguma coisa?

– Não, Excelência.
– Ótimo. Nos vemos segunda-feira.

JAKE ENTROU EM seu escritório pela porta dos fundos. A porta da frente já estava trancada havia uma semana e sempre tinha alguém batendo e gritando do lado de fora. A maioria eram repórteres, mas muitos eram só amigos parando para fofocar e tentar descobrir o que pudessem sobre o julgamento. Clientes eram uma coisa do passado. O telefone tocava o tempo todo. Jake nunca atendia, e Ellen só fazia isso se já estivesse por perto.

Ele a encontrou na sala de reuniões rodeada de livros por todos os lados. O dossiê sobre as regras de M'Naghten era uma obra-prima. Ele havia pedido não mais do que vinte páginas. Ela lhe entregou 75 perfeitamente datilografadas e bem escritas, e explicou que era impossível fundamentar os argumentos daquele caso com menos palavras. A pesquisa tinha sido meticulosa e detalhada. Ela havia começado com o caso original de M'Naghten na Inglaterra nos anos 1800 e analisado 150 anos de leis relacionadas à alegação de insanidade no Mississippi. Descartou os casos insignificantes ou confusos e explicou com uma simplicidade estupenda os principais e mais complicados casos. Ela concluía o dossiê com um resumo da lei em vigor, demonstrando sua aplicabilidade ao caso de Carl Lee Hailey.

Em um dossiê menor, de apenas catorze páginas, ela chegava à irrefutável conclusão de que o júri veria as repugnantes imagens de Cobb e Willard com seus miolos espalhados pela escada. O Mississippi admitia evidências inflamatórias como aquelas, e ela não havia descoberto nenhuma maneira de contornar isso.

Ellen datilografou 31 páginas de pesquisa sobre uma possível defesa de homicídio justificável, algo que Jake cogitou brevemente logo após os assassinatos. Ela chegou à mesma conclusão que ele – de que não ia dar certo. Ela havia encontrado um antigo caso no Mississippi em que um homem capturara e matara um preso fugitivo que estava armado. Ele havia sido absolvido, mas as diferenças entre esse caso e o de Carl Lee eram enormes. Jake não tinha solicitado aquela pesquisa e ficou irritado por tanta energia ter sido gasta nela. Mas não disse nada, já que ela havia apresentado tudo o que ele tinha pedido.

A surpresa mais agradável foi seu trabalho com o Dr. W.T. Bass. Ela havia se encontrado com ele duas vezes ao longo da semana, e eles falaram sobre as regras de M'Naghten em detalhes. Ela preparou um roteiro de 25 páginas com as perguntas a serem feitas por Jake e as respostas a serem dadas por Bass. Era um diálogo habilmente elaborado, e ele ficou maravilhado com o talento dela. Quando tinha a idade de Ellen, era um estudante qualquer, mais preocupado em paquerar do que em fazer pesquisas. Ela, por outro lado, como estudante do terceiro ano de Direito, escrevia dossiês que pareciam tratados.

– Como foi? – perguntou ela.

– Como esperado. Ele não arredou pé. O julgamento começa na segunda-feira, aqui, com a mesma comissão de jurados, tirando os vinte que foram sutilmente comunicados.

– Ele é maluco.

– No que você tá trabalhando?

– Tô terminando o dossiê com os fundamentos pra nossa alegação de que os detalhes do estupro devem ser discutidos perante o júri. Parece bom até agora.

– Quando você vai terminar?

– Tem pressa nesse?

– Até domingo, se possível. Tenho uma outra tarefa pra você, uma coisa um pouquinho diferente.

Ela afastou o bloco de anotações e prestou atenção.

– O psiquiatra do Ministério Público vai ser o Dr. Wilbert Rodeheaver, chefe de equipe do hospital de Whitfield. Ele está lá desde sempre e foi testemunha em centenas de casos. Quero que você dê uma investigada e descubra quantas vezes o nome dele aparece nas sentenças.

– Eu já esbarrei com o nome dele.

– Ótimo. Como você sabe, as únicas decisões da Suprema Corte às quais a gente tem acesso são aquelas em que o réu foi condenado e recorreu. As absolvições não são registradas. É nelas que eu tô interessado.

– No que você tá pensando?

– Eu tenho uma suspeita de que o Rodeheaver reluta muito em confirmar a insanidade de um réu. Existe a possibilidade de ele nunca ter feito isso, mesmo nos casos em que o réu estava claramente fora de si. Eu gostaria de perguntar ao Rodeheaver, no interrogatório, sobre alguns dos casos em que ele disse que não tinha nada de errado com um homem obviamente doente, e que foi absolvido pelo júri.

– Vai ser difícil encontrar esses casos.

– Eu sei, mas você consegue, Row Ark. Eu tô vendo você trabalhar há uma semana já, e sei que você vai conseguir.

– Estou lisonjeada, chefe.

– Pode ser que você precise ligar pra advogados do estado inteiro que já interrogaram o Rodeheaver em algum momento. Vai ser difícil, Row Ark, mas descobre isso.

– Sim, chefe. Tenho certeza que você quer isso pra ontem.

– Na verdade, não. Duvido que a gente chegue ao Rodeheaver na semana que vem, então você tem algum tempo.

– Não sei o que fazer. Quer dizer que não é urgente?

– Não, mas o dossiê sobre o estupro é.

– Sim, chefe.

– Você já almoçou?

– Não tô com fome.

– Ótimo. Não faça planos pro jantar.

– O que isso significa?

– Significa que eu tive uma ideia.

– Tá me chamando pra sair?

– Não, é uma espécie de jantar de negócios com dois profissionais.

Jake pegou duas pastas e saiu.

– Vou estar na casa do Lucien – avisou –, mas não liga pra lá a não ser que seja uma emergência muito grave. Não fala pra ninguém onde eu tô.

– No que você tá trabalhando?

– No júri.

Lucien havia apagado bêbado no balanço da varanda e Sallie não estava por perto. Jake foi para o espaçoso escritório no segundo andar. Lucien tinha mais livros de Direito em casa do que a maioria dos advogados em seus escritórios. Ele tirou as coisas das pastas e as colocou em uma cadeira, e na mesa dispôs uma lista com os nomes dos jurados em ordem alfabética, uma pilha de fichas pautadas 7x12 e várias canetinhas coloridas.

O primeiro era Acker, Barry Acker. O sobrenome estava escrito em letras grandes na parte superior da ficha em canetinha azul. Azul para homens, vermelha para mulheres, preta para negros, não importava o gênero. Sob o nome de Acker, ele fez anotações a lápis. Idade, aproximadamente 40. Segundo casamento, três filhos, duas meninas. É dono de uma pequena loja de ferragens pouco rentável na rodovia em Clanton. A esposa, secretária em um banco. Dirige uma picape. Gosta de caçar. Usa botas de caubói. Cara bacana. Atcavage havia ido à loja de ferragens na quinta-feira para dar uma olhada em Barry Acker. Disse que ele tinha boa aparência e falava como se tivesse algum grau de escolaridade. Jake escreveu o número nove ao lado do nome de Acker.

Jake estava impressionado com sua pesquisa. Certamente Buckley não seria tão meticuloso.

O nome seguinte era Bill Andrews. Que nome. Havia seis deles na lista telefônica. Jake conhecia um, Harry Rex conhecia outro e Ozzie conhecia um negro, mas ninguém sabia qual deles recebera a convocação. Ele colocou um ponto de interrogação ao lado do nome.

Gerald Ault. Jake sorriu quando escreveu o nome na ficha. Ault havia passado por seu escritório alguns anos antes, quando o banco executou a hipoteca de sua casa em Clanton. A esposa dele tinha sido acometida por uma doença renal, e as despesas médicas os deixaram completamente sem dinheiro. Ele era um intelectual, estudara em Princeton, onde conheceu a esposa. Ela era do condado de Ford, filha única de uma família de idiotas que havia investido todo o dinheiro em ferrovias. Ele chegou ao condado antes de seus sogros afundarem, e a vida fácil que tinha quando se casou se transformou em uma vida de luta. Trabalhou como professor na escola por um tempo, depois administrou a biblioteca e por fim foi trabalhar como escrivão no tribunal. Desenvolvera uma verdadeira aversão a excesso de trabalho. Foi então que sua esposa adoeceu e eles perderam sua modesta casa. Ele passou a trabalhar em uma loja de conveniência.

Jake sabia de algo sobre Gerald Ault que mais ninguém sabia. Quando criança, na Pensilvânia, sua família morava em uma fazenda perto da rodovia. Uma noite, enquanto eles dormiam, a casa pegou fogo. Um motorista que passava parou, arrombou a porta e começou a resgatar os Aults. O fogo se espalhou depressa e, quando Gerald e seu irmão acordaram, estavam presos no quarto no segundo andar. Eles correram para a janela e gritaram. Seus pais e irmãos gritaram desesperados do jardim. As chamas saíam por todas as janelas da casa, exceto as do quarto. De repente, o motorista pegou a mangueira do jardim e se encharcou com água, correu para dentro da casa em chamas, lutou contra o fogo e a fumaça enquanto corria escada acima e então disparou pela porta do quarto. Ele chutou a janela, agarrou Gerald e seu irmão e pulou lá para baixo. Milagrosamente, nenhum dos três se feriu. Eles agradeceram, em meio a lágrimas e abraços. Eles agradeceram àquele estranho, cuja pele era negra. Aquele foi o primeiro negro que as crianças viram na vida.

Gerald Ault era uma das poucas pessoas brancas no condado de Ford que realmente amava os negros. Jake colocou um dez ao lado do nome dele.

Durante seis horas ele passou por toda a lista, preenchendo as fichas, concentrando-se em cada nome, imaginando cada jurado sentado na bancada e depois durante a deliberação, as perguntas que lhes faria. Deu uma nota para cada um deles. Cada negro automaticamente ganhava um dez; com os brancos não era tão fácil. As avaliações dos homens foram mais altas do que as das mulheres; as dos jovens, mais altas do que as dos velhos; as dos mais instruídos, um pouco mais elevadas do que as dos menos instruídos; já os liberais, apenas dois, receberam as avaliações mais altas.

Ele eliminou os vinte que Noose planejava excluir. Tinha alguma informação sobre 111 dos possíveis jurados. Definitivamente, Buckley não sabia tanto quanto ele.

ELLEN ESTAVA TRABALHANDO na máquina de escrever de Ethel quando Jake voltou da casa de Lucien. Ela a desligou, fechou os livros que estava consultando e o observou.

– Cadê o jantar? – perguntou ela com um sorriso malicioso.
– Vamos fazer uma viagem de carro.
– Beleza! Pra onde?
– Você já esteve em Robinsonville, Mississippi?
– Não, mas tô pronta pra ir. O que tem lá?
– Só algodão, soja e um excelente restaurantezinho.
– Qual é o traje?

Jake a analisou. Ela vestia o de sempre – jeans, bem engomado e desbotado, sem meias, uma camisa de botão azul marinho quatro vezes maior do que o tamanho dela, mas enfiada para dentro da calça acima dos quadris estreitos.

– Você tá bem assim – disse ele.

Eles desligaram a copiadora e as luzes e entraram no Saab. Jake parou em uma loja de bebidas na vizinhança negra da cidade e comprou um pack com seis cervejas e uma garrafa grande e gelada de vinho branco.

– Nesse lugar você precisa levar a sua bebida – explicou ele enquanto deixavam a cidade.

O sol estava se pondo na estrada à frente deles e Jake baixou o quebra-sol. Ellen bancou a bartender e abriu duas latas.

– Quão longe é esse lugar? – perguntou ela.

– Uma hora e meia daqui.

– Uma hora e meia! Eu tô morrendo de fome.

– Então toma a cerveja. Acredita em mim, vale a pena.

– O que tem no cardápio?

– Camarão salteado com molho barbecue, pernas de rã e bagre na brasa.

Ela deu um gole na cerveja.

– Vamos ver.

Jake pisou no acelerador e eles voaram pelas incontáveis pontes que cortam os afluentes do lago Chatulla. Eles subiram colinas íngremes cobertas de vegetação verde-escura. Aceleraram nas curvas e desviaram dos caminhões transportando madeira e fazendo as últimas viagens do dia. Jake abriu o teto solar, baixou as janelas e deixou o vento soprar. Ellen se recostou no assento e fechou os olhos. Seu cabelo espesso e ondulado girava ao redor de seu rosto.

– Olha, Row Ark, esse jantar é estritamente de negócios.

– Claro, claro.

– Eu tô falando sério. Eu sou o chefe, você trabalha pra mim e esse é um jantar de negócios. Só isso. Então, nem vem com nenhuma ideia libidinosa dessa sua mente cheia de ideias sexualmente liberais.

– Parece que você é o único aqui cheio de ideias.

– Não. Eu só sei o que você tá pensando.

– Como você sabe o que tô pensando? Por que você acha que é tão irresistível e que tô planejando uma grande cena de sedução?

– Só mantenha as mãos longe. Eu sou um homem maravilhosamente casado e feliz com uma esposa linda que seria capaz de matar alguém se desconfiasse que eu tô tendo um caso.

– Tá bem, vamos fingir que somos amigos. Só dois amigos jantando.

– Não existe isso aqui no Sul. Um homem não pode jantar com uma amiga se for casado. Isso simplesmente não existe aqui.

– Por que não?

– Porque homens não têm amigas. De jeito nenhum. Não conheço nenhum homem em todo o Sul do país que seja casado e tenha uma amiga. Acho que tem a ver com a Guerra Civil.

– Tem a ver com a Idade das Trevas. Por que as mulheres do Sul são tão ciumentas?

– Porque é assim que elas são ensinadas. Elas aprenderam com a gente. Se a minha esposa saísse com um amigo pra almoçar ou jantar, eu arrancaria a cabeça dele e pediria o divórcio. Ela aprendeu comigo.

– Isso não faz absolutamente nenhum sentido.

– Claro que não.

– A sua esposa não tem amigos homens?

– Não que eu saiba. E se você ficar sabendo de algum, me avisa.

– E você não tem amigas?

– Por que eu iria querer amigas? Elas não falam sobre futebol, sobre caçar patos, nem política, nem sobre Direito, ou qualquer outra coisa que eu queira conversar. Elas falam sobre crianças, roupas, receitas, cupons de desconto, móveis, coisas que eu não entendo. Não, eu não tenho amigas. Não quero ter nenhuma amiga.

– É isso o que eu amo no Sul. As pessoas são tão tolerantes...

– Obrigado.

– Você tem algum amigo judeu?

– Não conheço nenhum no condado de Ford. Tive um grande amigo na faculdade, Ira Tauber, de Nova Jersey. Éramos muito próximos. Eu amo judeus. Jesus era judeu, você sabe. Nunca entendi o antissemitismo.

– Meu Deus, você é um liberal. Que tal, é... homossexuais?

– Sinto muito por eles. Não sabem o que estão perdendo. Mas isso é problema deles.

– Você teria um amigo homossexual?

– Acho que sim, desde que ele não me contasse.

– Não, você é um republicano.

Ela pegou a lata vazia e jogou no banco de trás. Abriu mais duas. O sol já tinha se posto, e o ar pesado e úmido estava gelado a quase 150 quilômetros por hora.

– Então nós não podemos ser amigos? – perguntou ela.

– Não.

– Nem amantes.

– Por favor. Eu tô tentando dirigir.

– Então, nós somos o quê?

– Eu sou advogado, você é minha assistente. Eu sou o dono do escritório, você trabalha pra mim. Eu sou o chefe, você é minha funcionária.

– Você é o homem, eu sou a mulher.

Jake admirou a calça jeans dela e a camisa volumosa.

– Não há muitas dúvidas em relação a isso.

Ellen balançou a cabeça e olhou para as montanhas cobertas de vegetação na estrada. Jake sorriu, acelerou ainda mais e tomou um gole de cerveja. Ele cortou uma série de cruzamentos nas estradas rurais e desertas e, de repente, as colinas desapareceram e o terreno se tornou plano.

– Qual é o nome do restaurante? – perguntou ela.

– É Hollywood.

– É o quê?

– Hollywood.

– Por que esse nome?

– Ele ficava numa cidadezinha a alguns quilômetros de distância chamada Hollywood, aqui no Mississippi. O restaurante pegou fogo e eles se mudaram pra Robinsonville. Mas mesmo assim se chama Hollywood.

– O que tem de tão bom lá?

– Comida boa, música boa, atmosfera boa, e fica a 2.400 quilômetros de Clanton, e ninguém vai me ver jantando com uma mulher bonita e desconhecida.

– Eu não sou uma mulher, sou uma funcionária.

– Uma funcionária bonita e desconhecida.

Ellen sorriu para si mesma e passou os dedos pelos cabelos. Em outro cruzamento, ele virou à esquerda e seguiu para o oeste até que chegaram a um povoado próximo a uma ferrovia. Havia uma fileira de prédios de madeira vazios em um dos lados da estrada e, do outro, sozinha, uma velha loja de secos e molhados com uma dezena de carros estacionados ao redor e música saindo suavemente pelas janelas. Jake pegou a garrafa de vinho e acompanhou sua assistente escada acima, até a varanda da frente e para dentro do prédio.

Ao lado da porta havia um pequeno palco, onde uma bela mulher negra, Merle, estava sentada ao piano e cantava "Rainy Night in Georgia". Havia três longas filas de mesas na parte da frente, acabando bem perto do palco. As mesas estavam meio cheias, e uma garçonete ao fundo, que servia cerveja de uma jarra, fez sinal para que eles entrassem. Ela os acomodou no fundo, em uma pequena mesa com uma toalha xadrez vermelha.

– Vocês querem picles de endro fritos, querido? – perguntou ela a Jake.

– Sim! Duas porções.

Ellen franziu a testa e olhou para Jake.

– Picles de endro fritos?

– Sim, claro. Vocês não têm isso em Boston?

– Vocês fritam tudo por aqui?

– Tudo o que vale a pena comer. Se você não gostar, eu como.

Um grito veio da mesa do outro lado do corredor. Quatro casais brindaram a alguma coisa ou a alguém, depois caíram na gargalhada. O restaurante mantinha um ruído constante de gritos e conversas.

– O bom do Hollywood – explicou Jake – é que você pode fazer todo o barulho que quiser e ficar o tempo que quiser, e ninguém se importa. Quando você consegue uma mesa aqui, ela é sua a noite inteira. Eles já, já vão começar a cantar e dançar.

Jake pediu camarão salteado e bagre na brasa para os dois. Ellen dispensou as pernas de rã. A garçonete voltou correndo com o vinho gelado e duas taças. Eles brindaram a Carl Lee Hailey e a sua mente insana.

– O que você acha do Bass? – perguntou Jake.

– Ele é a testemunha perfeita. Vai dizer qualquer coisa que a gente quiser que ele diga.

– Isso te incomoda?

– Se ele fosse testemunhar sobre os fatos, sim. Mas ele é um perito e as opiniões dele são suficientes. Quem tem condições de questionar elas?

– Dá pra acreditar nele?

– Quando ele tá sóbrio, sim. A gente conversou duas vezes essa semana. Na terça-feira ele tava lúcido e foi útil. Na quarta, ele tava bêbado e indiferente. Acho que vai ser tão útil quanto qualquer outro psiquiatra que a gente arrumar. Ele não se importa com a verdade e vai dizer o que a gente quer ouvir.

– Ele acha que Carl Lee tava fora de si?

– Não. Você acha?

– Não. Row Ark, o Carl Lee me disse cinco dias antes dos assassinatos que ia fazer aquilo. Ele me mostrou o lugar exato onde emboscaria eles, embora na hora eu não tenha percebido. O nosso cliente sabia muito bem o que tava fazendo.

– Por que você não impediu ele?

– Porque eu não acreditei. A filha dele tinha acabado de ser estuprada e tava lutando pela vida.

– Você teria impedido ele se pudesse?

– Eu contei pro Ozzie. Mas na época nenhum de nós imaginou que isso pudesse de fato acontecer. Não, eu não o teria impedido se tivesse certeza. Eu teria feito a mesma coisa.

– Como assim?

– Exatamente como ele fez. Foi muito fácil.

Ellen aproximou o garfo de um picles de endro frito e brincou com ele, desconfiada. Ela o cortou ao meio, o espetou com o garfo e cheirou atentamente. Ela o colocou na boca e mastigou devagar. Ela engoliu em seco e empurrou a pilha de picles para Jake.

– Típica ianque – disse ele. – Eu não te entendo, Row Ark. Você não gosta de picles de endro frito, é atraente, muito inteligente, poderia ir trabalhar em qualquer grande escritório de advocacia no país por uma bolada, mas prefere que sua carreira seja perder o sono por assassinos cruéis que estão no corredor da morte e prestes a receber suas justas punições. O que é que te motiva, Row Ark?

– Você perde o sono pelas mesmas pessoas. Agora é o Carl Lee Hailey. No ano que vem vai ser outro assassino que todo mundo odeia, mas você vai perder o sono por causa dele porque ele é seu cliente. Um dia desses, Brigance, você vai ter um cliente no corredor da morte e vai entender como é horrível. Quando amarrarem ele na cadeira e ele olhar pra você pela última vez, você nunca mais vai ser o mesmo. Você vai entender como esse sistema é bárbaro e vai se lembrar de mim.

– Depois vou deixar a barba crescer e entrar pra ACLU.

– Provavelmente, se eles aceitarem você.

O camarão chegou em uma pequena frigideira preta. Estava coberto de manteiga, alho e molho barbecue. Ellen serviu várias colheradas em seu prato e comeu, faminta. Merle começou uma emocionante interpretação de "Dixie", e a multidão cantou e aplaudiu junto.

A garçonete passou correndo e jogou uma travessa com pernas de rã empanadas e crocantes sobre a mesa. Jake terminou uma taça de vinho e agarrou um punhado de pernas de rã. Ellen tentou ignorá-las. Já cheios depois das entradas, o peixe foi servido. A gordura borbulhava e chiava e eles não tocaram na porcelana. Tinha ficado na brasa até fazer uma casquinha crocante e ganhar as marcas pretas da grelha nos dois lados. Eles comeram e beberam devagar, observando um ao outro e saboreando o delicioso prato principal.

À MEIA-NOITE, A garrafa estava vazia e as luzes apagadas. Eles se despediram da garçonete e de Merle. Desceram os degraus com cuidado e foram até o carro. Jake afivelou o cinto de segurança.
– Tô bêbado demais pra dirigir – disse ele.
– Eu também. Eu vi um hotelzinho não muito longe na estrada.
– Eu também, mas eles não tinham vagas. Boa tentativa, Row Ark. Me deixar bêbado e tentar se aproveitar de mim.
– Se eu pudesse, tentaria.
Por um momento, seus olhos se encontraram. O rosto de Ellen refletiu a luz vermelha lançada pelo letreiro de neon que exibia HOLLYWOOD no alto do restaurante.

O momento se estendeu e então a placa foi desligada. O restaurante havia fechado.

Jake ligou o Saab, esperou o motor esquentar e avançou pela escuridão.

MICKEY MOUSE LIGOU para a casa de Ozzie no sábado de manhã e disse que a Klan prometia mais confusão. O tumulto de quinta-feira não tinha sido culpa deles, explicou, mas eles estavam sendo culpados por aquilo. Haviam marchado pacificamente e agora seu líder estava à beira da morte com setenta por cento do corpo coberto por queimaduras de terceiro grau. Haveria retaliação; as ordens tinham vindo de cima. Receberiam reforços de outros estados e haveria violência. Não tinha muitos detalhes naquele momento, mas ligaria mais tarde, quando soubesse de mais coisas.

Ozzie se sentou na lateral da cama, esfregou a nuca inchada e ligou para o prefeito. Depois ligou para Jake. Uma hora depois, os três se reuniram no gabinete de Ozzie.

– A situação tá prestes a sair do controle – avisou Ozzie, segurando uma bolsa de gelo contra o pescoço e fazendo uma careta a cada palavra. – Fiquei sabendo por um informante confiável que a Klan planeja uma retaliação pelo que aconteceu na quinta-feira. Eles vão trazer novas tropas de outros estados.

– Você acredita nisso? – perguntou o prefeito. – Tendo a não acreditar.

– Mesmo informante? – perguntou Jake.

– Sim.

– Então eu acredito.

– Ouvi dizer que tinha um boato sobre transferir ou adiar o julgamento – disse Ozzie. – Alguma chance de isso acontecer?

– Não. Eu me encontrei com o juiz Noose ontem. O caso não vai ser transferido e o julgamento começa na segunda-feira.

– Você contou a ele sobre as cruzes?

– Eu contei tudo pra ele.

– Ele é maluco? – perguntou o prefeito.

– Sim, e burro. Mas não diz que eu falei isso.

– Ele tem argumentos legais sólidos? – perguntou Ozzie.

Jake balançou a cabeça.

– Tá mais pra areia movediça.

– O que vocês têm em mente? – perguntou o prefeito.

Ozzie pegou outra bolsa de gelo e esfregou cuidadosamente o pescoço.

– Queria muito conseguir evitar outro motim – disse ele, sentindo dor. – Nosso hospital não é grande o suficiente pra que essa merda continue. A gente precisa fazer alguma coisa. Os negros estão irritados e são imprevisíveis, e não seria muito difícil inflamá-los. Alguns negros só estão atrás de um motivo pra começar a atirar, e aquelas vestes brancas são bons alvos. Eu desconfio que a Klan possa fazer algo realmente idiota, como tentar matar alguém. Eles estão ganhando mais exposição nacional com isso do que tiveram nos últimos dez anos. O informante me disse que depois de quinta-feira eles receberam ligações de todo o país de voluntários querendo vir pra cá se divertir.

Ele girou lentamente a cabeça para os dois lados e trocou as bolsas de gelo novamente.

– Odeio dizer isso, prefeito, mas acho que você deveria ligar pro governador e chamar a Guarda Nacional. Eu sei que é uma medida drástica, mas odiaria se alguém acabasse sendo morto.

– A Guarda Nacional! – repetiu o prefeito em descrença.

– Foi o que eu disse.

– Ocupando Clanton?

– Sim. Protegendo a população.

– Patrulhando as ruas?

– Sim. Com armas e tudo.

– Meu Deus, isso é realmente drástico. Vocês não estão exagerando um pouco?

– Não. Tá claro que eu não tenho homens suficientes pra manter a ordem por aqui. Não conseguimos nem impedir aquela confusão toda, bem ali na nossa frente. A Klan tá queimando cruzes pelo condado inteiro e a gente não consegue fazer nada a respeito. O que vai acontecer quando os negros decidirem arrumar confusão? Eu não tenho homens suficientes, prefeito. Preciso de ajuda.

Jake achava uma ideia maravilhosa. Como seria possível escolher um júri justo e imparcial com a Guarda Nacional cercando o tribunal? Ele pensou nos jurados chegando na segunda-feira e passando pelos soldados com armas e jipes, e talvez até um ou dois tanques estacionados em frente ao tribunal. Como eles podem ser justos e imparciais? Como Noose poderia insistir em julgar o caso em Clanton? Como a Suprema Corte poderia se recusar a anular a decisão se, Deus os livre, houvesse uma condenação? Era uma ótima ideia.

– O que você acha, Jake? – perguntou o prefeito, em busca de ajuda.

– Eu acho que o senhor não tem escolha, prefeito. A gente não tem como lidar com outro motim. Isso pode prejudicá-lo politicamente.

– Eu não tô preocupado com política – respondeu o prefeito irritado, sabendo que Jake e Ozzie eram espertos.

O prefeito havia sido reeleito da última vez por menos de cinquenta votos e não dava um passo sem pesar as consequências políticas. Ozzie percebeu Jake dar um sorriso enquanto o prefeito se contorcia com a ideia de ter sua pacata cidade ocupada pelo Exército.

NO SÁBADO, DEPOIS do anoitecer, Ozzie e Hastings conduziram Carl Lee até a porta dos fundos do presídio e entraram na viatura do xerife. Eles conversaram e riram enquanto Hastings dirigia lentamente para o interior, passando pela mercearia Bates e entrando na Craft Road. O jardim dos Haileys estava cheio de carros quando eles chegaram, então ele estacionou na estrada. Carl Lee entrou pela porta da frente como um homem livre e foi logo abraçado por uma multidão de familiares e amigos, e também pelos filhos. Eles não haviam sido informados de que ele viria. Ele os abraçou desesperado, todos os quatro ao mesmo tempo em um longo abraço de urso, como se não fossem mais poder fazer aquilo por muito tempo. A multidão assistiu em silêncio enquanto aquele homem imenso se ajoelhava no chão e enterrava sua cabeça às dos filhos em prantos. A maioria das pessoas também chorava.

A cozinha estava repleta de comida e o convidado de honra estava sentado em seu lugar de sempre, à cabeceira da mesa, com a esposa e os filhos ao seu redor. O reverendo Agee agradeceu com uma breve oração de esperança e boas-vindas. Uma centena de amigos serviu a família. Ozzie e Hastings encheram seus pratos e se retiraram para a varanda da frente, onde mataram os mosquitos e planejaram a estratégia para o julgamento. Ozzie estava profundamente preocupado com a segurança de Carl Lee durante o trajeto diário entre o presídio e o fórum. O próprio réu havia provado claramente que essas viagens nem sempre eram seguras.

Depois do jantar, a multidão se espalhou pelo jardim. As crianças brincavam enquanto os adultos ficaram na varanda, o mais perto possível de Carl Lee. Ele era o herói de toda aquela gente, o homem mais famoso que a maioria deles veria na vida, e eles o conheciam pessoalmente. Para seu povo, ele estava sendo julgado por um único motivo. Claro, ele havia matado aqueles homens, mas esse não era o problema. Se ele fosse branco, receberia medalhas pelo que havia feito. Seria processado sem qualquer entusiasmo, e com um júri branco o julgamento seria uma piada. Carl Lee estava sendo julgado porque era negro. E, se fosse condenado, o seria porque era negro. Por nenhuma outra razão. Eles acreditavam nisso. Ouviram bem atentos enquanto ele falava sobre o julgamento. Ele queria suas orações e apoio, e queria que todos estivessem lá e assistissem, e que protegessem sua família.

Ficaram lá sentados por horas na umidade sufocante; Carl Lee e Gwen no balanço, lentamente embalados, rodeados de admiradores, todos querendo estar perto daquele grande homem. Quando começaram a ir embora, todos o abraçaram e prometeram estar lá na segunda-feira. Eles se perguntaram se o veriam de novo sentado naquela varanda.

À meia-noite, Ozzie disse que era hora de partir. Carl Lee abraçou Gwen e as crianças uma última vez e depois entrou na viatura de Ozzie.

BUD TWITTY MORREU durante a noite. O operador de rádio ligou para Nesbit, que contou a Jake. Ele deixou um lembrete para si mesmo para se lembrar de enviar flores.

32

Domingo. Um dia para o julgamento. Jake acordou às cinco da manhã com um embrulho no estômago que atribuiu ao julgamento e uma dor de cabeça que atribuiu ao julgamento e a uma sessão de sábado à noite na varanda de Lucien, com a assistente e o ex-chefe. Ellen havia decidido dormir em um quarto de hóspedes na casa de Lucien, então Jake passou a noite no sofá de seu escritório.

Ele se deitou no sofá e ouviu vozes na rua. Cambaleou no escuro até a varanda e de repente parou, surpreso com a cena ao redor do tribunal. Dia D! A guerra tinha começado! O Exército estava lá! As ruas ao redor da praça estavam cheias de caminhões, jipes e soldados atribulados, correndo de lá para cá, em um esforço para se organizarem e passarem uma atmosfera militar. Os rádios chiavam e comandantes barrigudos gritavam para seus homens se apressarem e se aprontarem. Um posto de comando foi montado próximo ao coreto no gramado na frente do tribunal. Três esquadrões de soldados martelavam estacas e puxavam cordas e armavam três enormes tendas de lona camuflada. Barricadas foram instaladas nos quatro cantos da praça e sentinelas assumiram seus postos. Eles fumavam cigarros e se apoiavam nos postes de iluminação.

Nesbit se sentou no porta-malas de sua viatura e assistiu à transformação do centro de Clanton numa fortaleza. Conversou com alguns dos soldados da Guarda Nacional. Jake passou um café e levou uma xícara para ele. Ele já estava acordado, seguro e protegido, e Nesbit poderia ir para casa e descansar até o final do dia. Jake voltou para a varanda e observou as atividades até o sol nascer. Assim que as tropas encerraram o descarregamento, os caminhões se dirigiram para o arsenal da Guarda Nacional ao norte da cidade, onde os homens dormiriam. Jake estimou haver aproximadamente duzentos homens. Eles circulavam ao redor do tribunal e caminhavam em pequenos grupos em torno da praça, olhando as lojas, esperando o dia raiar e que houvesse alguma emoção.

Noose ficaria furioso. Como tinham se atrevido a convocar a Guarda Nacional sem consultá-lo? Aquele julgamento era dele. O prefeito havia falado sobre isso, e Jake explicou que era responsabilidade do Executivo manter Clanton segura, não do juiz de primeira instância. Ozzie concordou e Noose não foi contatado.

O xerife e Moss Junior Tatum chegaram e se encontraram com o coronel no coreto. Eles caminharam ao redor do tribunal, inspecionando tropas e pavilhões. Ozzie apontou em diversas direções e o coronel parecia concordar com tudo que ele sugeria. Moss Junior destrancou o tribunal para que as tropas tivessem acesso a água potável e aos banheiros. Passava das nove quando o primeiro abutre descobriu a ocupação no centro de Clanton. Em uma hora, eles estavam correndo por toda parte com câmeras e microfones coletando informações importantes de um sargento ou cabo.

– Qual é o seu nome, senhor?
– Sargento Drumwright.
– De onde você é?
– Booneville.
– Onde fica isso?
– A uns 150 quilômetros daqui.
– Por que o senhor está aqui?
– O governador nos chamou.
– Por que ele ligou pra vocês?
– Pra nós mantermos as coisas sob controle.
– Vocês acham que terão problemas?
– Não.
– Quanto tempo vocês vão ficar aqui?
– Não sei.
– Vocês vão ficar aqui até o final do julgamento?
– Não sei.

– Quem tem essa informação?

– O governador, eu imagino.

E assim por diante.

A notícia da ocupação se espalhou rápido ao longo da tranquila manhã de domingo e, depois do culto, os moradores da cidade correram para a praça para verem com os próprios olhos se o Exército havia mesmo cercado o tribunal. Os sentinelas removeram as barricadas e permitiram que os curiosos contornassem a praça em seus carros e olhassem boquiabertos para os soldados de carne e osso, com seus jipes e fuzis. Jake ficou sentado na varanda, tomando café e memorizando as anotações que fizera a respeito dos jurados.

Ligou para Carla e explicou que a Guarda Nacional tinha sido enviada, mas que mesmo assim estava seguro. Na verdade, nunca havia se sentido tão seguro. Enquanto falava com ela, disse ele, havia centenas de militares fortemente armados na Washington Street apenas esperando para protegê-lo. Sim, ele ainda tinha um guarda-costas. Sim, a casa ainda estava de pé. Ele duvidava que a morte de Bud Twitty já tivesse se tornado de conhecimento público, então não contou a ela. Talvez ela não fosse ficar sabendo. Elas iam sair para pescar no barco do pai dela e Hanna queria que Jake também fosse. Ele se despediu e mais do que nunca sentiu falta das duas mulheres da sua vida.

ELLEN ROARK DESTRANCOU a porta dos fundos do escritório e colocou uma pequena sacola de mercado sobre a mesa da cozinha. Puxou uma pasta de dentro de sua maleta e entrou à procura do chefe, que estava na varanda, olhando para as fichas pautadas e observando o tribunal.

– Boa noite, Row Ark.

– Boa noite, chefe. – Ela entregou a ele um dossiê de mais de dois centímetros de espessura. – É a pesquisa que você pediu sobre a admissibilidade do estupro. É uma questão difícil e acabou exigindo muito. Peço desculpas pelo tamanho.

Era tão excepcional quanto seus outros dossiês, completo, com índice, bibliografia e páginas numeradas. Ele folheou.

– Porra, Row Ark, eu não pedi um livro didático.

– Eu sei que você se sente intimidado por textos acadêmicos, então me esforcei pra usar palavras com menos de três sílabas.

– Nossa, tem alguém afiada hoje, hein? Você poderia resumir isso em um texto de, digamos, umas trinta páginas?

– Olha, isso é um estudo completo da legislação, feito por uma estudante de Direito talentosa com uma capacidade notável de pensar e escrever com clareza. É uma obra de gênio, é sua e é totalmente gratuita. Então para de reclamar.

– Sim, senhora. Dor de cabeça?

– Sim. Desde que acordei. Eu passei dez horas digitando isso e preciso beber alguma coisa. Você tem liquidificador?

– O quê?

– Um liquidificador. Faz parte de umas invenções novas que a gente tem no Norte do país. Chamam-se utensílios de cozinha.

– Tem um nas prateleiras ao lado do micro-ondas.

Ela desapareceu. Era quase noite e o tráfego em torno da praça havia diminuído, pois os motoristas de domingo tinham ficado entediados com a vista dos soldados tomando conta do tribunal. Depois de doze horas de calor sufocante e de uma umidade que mais parecia uma névoa no centro de Clanton, as tropas estavam cansadas e com saudades de casa. Os soldados se sentaram sob as árvores e em cadeiras de lona dobráveis e falaram mal do governador. À medida que escurecia, eles puxavam fios de dentro do fórum e penduravam holofotes ao redor das tendas. Próximo aos correios, chegou um carro cheio de negros com cadeiras dobráveis e velas para iniciar a vigília noturna. Eles começaram a andar pela calçada ao longo da Jackson Street sob os olhares repentinamente estimulados de duzentos guardas muito bem armados. A líder dos vigilantes era a Sra. Rosia Alfie Gatewood, uma viúva que havia criado onze filhos e mandado nove para a faculdade. Ela foi a primeira negra a beber água gelada do bebedouro público da praça e viver para contar a história. Ela olhou para os soldados. Eles não disseram nada.

Ellen voltou com duas canecas de cerveja da Boston College cheias de um líquido verde-claro. Ela as colocou na mesa e puxou uma cadeira.

– O que é isso?

– Bebe. Vai te ajudar a relaxar.

– Eu vou beber. Mas queria saber o que é.

– Margarita.

Jake analisou o topo de sua caneca.

– Cadê o sal?

– Não gosto de colocar sal.

– É, eu também não. Por que margaritas?

– Por que não?

Jake fechou os olhos e deu um longo gole. E depois outro.

– Row Ark, você é uma mulher talentosa.

– Funcionária.

Ele tomou outro longo gole.

– Há oito anos não tomo uma margarita.

– Que pena.

A caneca dela de mais de um litro estava pela metade.

– Que rum é esse?

– Se você não fosse meu chefe, essa seria a hora em que eu ia te chamar de babaca.

– Obrigado.

– Não é rum. É tequila, com suco de limão e Cointreau. Eu achava que todo estudante de Direito sabia disso.

– Espero que você me perdoe algum dia. Tenho certeza que eu sabia disso na época da faculdade.

Ela olhou ao redor da praça.

– Isso é inacreditável! Parece uma zona de guerra.

Jake esvaziou seu copo e umedeceu os lábios. Sob as tendas, eles jogavam cartas e riam. Outros buscavam refúgio dos mosquitos dentro do fórum. As velas viraram a esquina e passaram pela Washington Street.

– Sim – admitiu Jake com um sorriso. – É lindo, não é? Imagina os nossos jurados, justos e imparciais, chegando aqui de manhã e se deparando com isso. Vou dar entrada em outro pedido de desaforamento. Vai ser negado. Vou pedir a anulação do julgamento e o Noose vai dizer não. Depois vou cuidar para que a taquígrafa registre que o julgamento está sendo conduzido com um circo armado do lado de fora.

– Por que eles estão aqui?

– O xerife e o prefeito entraram em contato com o governador e convenceram ele de que a Guarda Nacional era necessária pra manter a ordem no condado de Ford. Falaram pra ele que o nosso hospital não é grande o suficiente para esse julgamento.

– De onde eles são?

– Booneville e Columbus. Contei 220 na hora do almoço.

– Eles passaram o dia todo aqui?

– Eles me acordaram às cinco da manhã. Acompanhei a movimentação o dia todo. Ficaram algum tempo meio atolados, mas depois chegaram reforços. Alguns minutos atrás, eles conheceram o inimigo quando a Sra. Gatewood e as amigas chegaram com as velas. Ela deu uma encarada neles e agora estão jogando baralho.

Ellen terminou sua bebida e saiu para buscar mais. Jake pegou a pilha de fichas pela centésima vez e as organizou sobre a mesa. Nome, idade, profissão, família, cor da pele, grau de escolaridade – ele havia lido e repetido aquelas informações desde o início da manhã. Ellen voltou afobada com a segunda rodada e pegou as fichas.

– Correen Hagan – disse ela, dando um gole.

Ele pensou por um segundo.

– Idade: aproximadamente 55 anos. Secretária de um agente de seguros. Divorciada, dois filhos adultos. Escolaridade: provavelmente só até o ensino médio. Nasceu na Flórida, se é que isso diz alguma coisa.

– Nota?

– Acho que dei um seis pra ela.

– Muito bem. Millard Sills.

– Dono de um pomar de nogueiras-pecã perto de Mays. Cerca de 70 anos. O sobrinho dele foi baleado na cabeça por dois negros em um assalto em Little Rock muitos anos atrás. Odeia negros. Ele não pode estar no júri.

– Avaliação?

– Zero, eu acho.

– Clay Bailey.

– Idade: cerca de 30 anos. Seis filhos. Pentecostal devoto. Trabalha na fábrica de móveis a oeste da cidade.

– Você deu dez pra ele.

– Sim. Tenho certeza que ele leu aquela parte da Bíblia sobre olho por olho, etc. Além disso, dos seis filhos, acho que pelo menos duas são meninas.

– Você decorou todas as fichas?

Ele fez que sim e deu um gole.

– Sinto que conheço eles há anos.

– Quantos você vai reconhecer?

– Muito poucos. Mas vou saber mais sobre eles do que o Buckley.

– Tô impressionada.

– O quê?! O que você disse?! Eu te impressionei com meu intelecto?!

– Entre outras coisas.

– Estou muito lisonjeado. Eu impressionei um gênio do Direito Penal. A filha de Sheldon Roark, seja ele quem for. Uma *summa cum laude* em carne e osso. Espera até eu contar pro Harry Rex.

– Cadê aquele elefante? Tô com saudade dele. Eu acho ele fofo.

– Vai ligar pra ele. Pede pra ele vir pra cá se juntar à gente numa festa no terraço enquanto a gente assiste às tropas se preparando pra Terceira Batalha de Bull Run.

Ela se dirigiu ao telefone na mesa de Jake.

– E o Lucien?

– Não! Tô cansado do Lucien.

HARRY REX LEVOU uma garrafa de tequila que encontrou no fundo de seu armário de bebidas. Ele e Ellen discutiram fervorosamente acerca dos ingredientes adequados para preparar uma boa margarita. Jake votou em Ellen.

Eles se sentaram na varanda, cantando os nomes escritos nas fichas, bebendo aquela ácida poção, gritando com os soldados e entoando canções de Jimmy Buffett. À meia-noite, Nesbit colocou Ellen em sua viatura e a levou para a casa de Lucien. Harry Rex voltou para casa. Jake dormiu no sofá.

33

Segunda-feira, 22 de julho. Pouco depois da última margarita, Jake pulou do sofá e olhou para o relógio em sua mesa. Ele havia dormido por três horas. Seu estômago revirava violentamente. Uma dor intensa percorreu sua virilha. Ele não tinha tempo para ressaca.

Nesbit dormia como um bebê ao volante. Jake o despertou e pulou no banco de trás. Ele acenou para os sentinelas, que assistiam curiosos do outro lado da rua. Nesbit dirigiu por dois quarteirões até a Adams Street, liberou seu passageiro e aguardou na entrada da garagem conforme havia sido instruído. Jake tomou banho e fez a barba bem rápido. Escolheu um terno grafite de lã, uma camisa de botão branca e uma gravata de seda vinho, neutra, inexpressiva e inquestionável, com algumas listras estreitas azul-marinho. As calças pregueadas se ajustavam perfeitamente em sua cintura. Ele estava ótimo, muito mais estiloso do que o inimigo.

Nesbit estava dormindo novamente quando Jake soltou sua cadela de estimação e pulou no banco de trás.

– Tudo certo lá dentro? – perguntou Nesbit, enxugando a baba do queixo.

– Não encontrei nenhuma bomba, se foi isso que você quis dizer.

Nesbit riu, a mesma risada irritante que dava como resposta a quase tudo. Eles deram a volta na praça e Jake desceu na frente do escritório. Meia hora depois de sair, ele acendeu as luzes da entrada e passou um café.

Tomou quatro aspirinas e um litro de suco de toranja. Seus olhos ardiam e sua cabeça doía por conta da fadiga e do excesso de bebida, e a parte cansativa ainda nem havia começado. Na mesa de reuniões, ele espalhou tudo o que havia na pasta de Carl Lee Hailey. O arquivo tinha sido organizado e indexado por sua assistente, mas ele queria desfazer tudo e reorganizá-lo. Se um documento ou caso não pudesse ser encontrado em trinta segundos, não era bom o bastante. Ele sorriu diante do talento dela para organização. Ela tinha categorias e subcategorias para tudo, todas a dez segundos do alcance de um dedo. Em um fichário de quase três centímetros de espessura, ela compilara um resumo das qualificações do Dr. Bass e o esboço do depoimento dele. Ela havia feito anotações sobre as potenciais objeções de Buckley e fornecia argumentos jurídicos para que ele pudesse rebater todas elas. Jake sentiu muito orgulho de sua preparação para o julgamento, mas era humilhante aprender com uma estudante do terceiro ano de Direito.

Ele recolocou a pasta em sua maleta de audiências, uma pesada, de couro preto, com suas iniciais em dourado na lateral. Recebeu um chamado da natureza e sentou no vaso sanitário, folheando as fichas. Conhecia todos eles. Estava pronto.

Poucos minutos depois das cinco, Harry Rex bateu na porta. Estava escuro e ele parecia um ladrão.

– O que você tá fazendo acordado tão cedo? – perguntou Jake.

– Não consegui dormir. Tô um pouco nervoso. – Ele esticou um saco de papel cheio de manchas de gordura. – A Dell mandou isso aqui. Tá fresquinho e bem quente. Sanduichinhos de linguiça, de bacon com queijo, de frango e queijo, você escolhe. Ela tá preocupada com você.

– Obrigado, Harry Rex, mas eu tô sem fome. Tô revirando por dentro.

– Nervoso?

– Feito um pecador na igreja.

– Você tá muito abatido.

– Obrigado.

– Mas belo terno.

– A Carla que escolheu.

Harry Rex enfiou a mão no saco e tirou alguns sanduichinhos embrulhados em papel alumínio. Ele os empilhou na mesa de reuniões e preparou seu café. Jake se sentou na frente dele e folheou o dossiê de Ellen sobre as regras de M'Naghten.

– Ela escreveu isso? – perguntou Harry Rex com a boca cheia e a mandíbula rangendo velozmente.

— Sim, é um dossiê de 75 páginas sobre alegação de insanidade no Mississippi. Ela fez em três dias.

— Ela parece muito inteligente.

— Ela é brilhante e escreve com muita fluidez. O conhecimento tá lá, mas ela tem dificuldades em aplicar o que sabe na vida real.

— O que você sabe sobre ela?

Migalhas caíram da boca de Harry Rex e quicaram na mesa. Ele as enxotou para o chão com a manga da camisa.

— Ela é consistente. Segunda aluna da turma dela na Ole Miss. Liguei para Nelson Battles, vice-reitor da faculdade de Direito, e ele falou muito bem dela. Ellen tem uma boa chance de terminar em primeiro lugar.

— Eu terminei em 93º de 98. Teria terminado em 92º, mas me pegaram colando numa prova. Cheguei a reclamar, mas percebi que 93º dava no mesmo. Eu pensei, porra, quem se importa com isso em Clanton? Essas pessoas ficaram felizes só de eu ter voltado pra cá pra advogar depois que me formei, em vez de ir pra Wall Street ou algum lugar assim.

Jake sorriu com a história que ouvira centenas de vezes. Harry Rex desembrulhou um sanduíche de frango com queijo.

— Você parece nervoso, amigo.

— Eu tô bem. O primeiro dia é sempre o mais difícil. A preparação foi feita. Estou pronto. Agora é só esperar.

— Que horas a Row Ark chega?

— Não sei.

— Jesus, eu me pergunto o que ela vai vestir.

— Ou não vestir. Só espero que ela esteja decente. Você sabe como o Noose é conservador.

— Você não vai deixar ela sentar na mesa da defesa, vai?

— Acho que não. Ela vai ficar em segundo plano, mais ou menos como você. Ela pode ofender algumas das juradas.

— Sim, deixa ela lá, mas fora de vista.

Harry Rex limpou a boca com as costas da mão.

— Você tá dormindo com ela?

— Não! Eu não sou maluco, Harry Rex.

— Você é maluco se não fizer isso. Alguém tinha que pegar essa mulher.

— Então pega você. Eu tenho coisa suficiente na cabeça.

— Ela gosta de mim, não é?

– Diz ela que sim.

– Acho que eu vou tentar – disse ele com uma cara séria, depois sorriu e caiu na gargalhada, espalhando migalhas nas estantes.

O telefone tocou. Jake balançou a cabeça e Harry Rex atendeu.

– Ele não tá aqui agora, mas vou ter o maior prazer em dar o recado. – Ele piscou para Jake. – Sim, senhor. Sim, senhor, aham, sim, senhor. Que coisa mais terrível, não é mesmo? O senhor consegue acreditar que alguém faria isso? Sim, senhor, sim, senhor, concordo inteiramente. Sim, senhor, e qual é o seu nome, senhor? Senhor? – Harry Rex sorriu para o fone e o colocou no gancho.

– O que ele queria?

– Disse que você era uma vergonha para os brancos por ser advogado daquele negro e que ele não conseguia entender como um advogado poderia representar um negro como Hailey. E que ele esperava que a Klan pegasse você, e se eles não conseguissem, ele esperava que a Ordem dos Advogados te investigasse e cassasse a sua licença por ajudar negros. Disse que sabia que você não valia nada porque foi treinado por Lucien Wilbanks, que vive com uma negra.

– E você concordou com ele!

– Por que não? Ele foi realmente sincero, não foi desagradável, e ele tá se sentindo melhor agora que desabafou.

O telefone tocou de novo. Harry Rex agarrou o fone.

– Jake Brigance, advogado, consultor, conselheiro e guru em Direito.

Jake foi para o banheiro.

– Jake, é um repórter! – gritou Harry Rex.

– Tô no vaso.

– Ele tá com dor de barriga! – disse Harry Rex ao repórter.

Às seis – sete em Wilmington –, Jake ligou para Carla. Ela estava acordada, lendo o jornal, tomando café. Ele contou a ela sobre Bud Twitty e Mickey Mouse e a promessa de mais violência. Não, ele não estava com medo. Aquilo não o preocupava. Ele estava com medo do júri, dos doze que seriam escolhidos e da reação dos jurados a ele e ao seu cliente. Seu único medo, naquele momento, era o que o júri poderia fazer ao seu cliente. Todo o resto era irrelevante. Pela primeira vez, Carla não falou sobre voltar para casa. Ele prometeu ligar à noite.

Quando desligou, ouviu uma agitação no andar de baixo. Ellen havia chegado e Harry Rex falava alto. "Ela está usando uma blusa transparente e uma minissaia", cogitou Jake enquanto descia as escadas. Não estava. Harry Rex a estava parabenizando por se vestir como uma sulista, com direito a todos os acessórios. Ela estava usando um terno xadrez Príncipe de Gales cinza com blazer decotado em V e saia curta e justa. A blusa era de seda preta e, aparentemente, a vestimenta necessária estava por baixo. Seu cabelo estava puxado para trás e preso numa espécie de trança. Inacreditavelmente, traços de rímel, delineador e batom eram visíveis. Nas palavras de Harry Rex, era impossível uma mulher parecer uma advogada mais do que aquilo.

– Obrigada, Harry Rex – disse ela. – Eu gostaria de ter seu bom gosto pra roupas.

– Você tá muito bonita, Row Ark – aprovou Jake.

– Você também – disse Ellen.

Ela olhou para Harry Rex, mas não falou nada.

– Por favor, nos perdoe, Row Ark – disse Harry Rex. – Estamos impressionados porque não tínhamos ideia de que você tinha tantos tipos de roupa. Pedimos desculpas por admirá-la e sabemos quanto isso enfurece seu coraçãozinho emancipado. Sim, somos porcos machistas, mas você escolheu vir pro Sul. E no Sul nós, via de regra, babamos por mulheres atraentes bem-vestidas, emancipadas ou não.

– O que tem nesse saco? – perguntou ela.

– Café da manhã.

Ela rasgou o papel e desembrulhou um sanduíche de linguiça.

– Não tem bagels? – perguntou ela.

– O que é isso? – perguntou Harry Rex.

– Deixa pra lá.

Jake esfregou as mãos e tentou parecer entusiasmado.

– Bom, agora que estamos juntos aqui a três horas do julgamento, o que vocês gostariam de fazer?

– Vamos fazer umas margaritas – disse Harry Rex.

– Não! – disparou Jake.

– Pra aliviar a tensão.

– Pra mim não – disse Ellen. – Isso aqui é trabalho.

Harry Rex desembrulhou um sanduíche, o último do saco.

– Qual o primeiro passo hoje?

– Depois que o sol nascer, começa o julgamento. Às nove, Noose vai falar algumas coisas pros jurados e a gente dá início ao processo de seleção.

– Quanto tempo vai levar? – perguntou Ellen.

– Uns dois ou três dias. No Mississippi, a gente tem o direito de interrogar cada jurado individualmente, em particular. Isso leva tempo.

– Onde eu me sento e o que eu faço?

– Ela parece mesmo experiente – disse Harry Rex a Jake. – Ela sabe onde fica o fórum?

– Você não se senta na mesa da defesa – disse Jake. – Só eu e o Carl Lee. Ela limpou a boca.

– Entendi. Só você e o réu sentados sozinhos, cercados pelas forças do mal, enfrentando a morte sozinhos.

– Tipo isso.

– Meu pai usa essa tática às vezes.

– Estou feliz que você aprove. Você vai se sentar atrás de mim, do outro lado da grade. Vou pedir pro Noose autorizar a sua entrada nas entrevistas privadas.

– E eu? – perguntou Harry Rex.

– O Noose não gosta de você, Harry Rex. Nunca gostou. Ele teria um derrame se eu pedisse pra você entrar. Vai ser melhor você fingir que a gente não se conhece.

– Obrigado.

– Mas nós agradecemos a sua ajuda – disse Ellen.

– Vai à merda – rebateu Harry Rex.

– E você ainda pode beber com a gente – complementou ela. – E traz a tequila.

– Não vai ter mais álcool nesse escritório – censurou Jake.

– Até o recesso do almoço – disse Harry Rex.

– Quero que você fique atrás da mesa do escrivão, só perambulando como sempre faz, e fazendo anotações sobre o júri. Tenta identificar eles com as nossas fichas. Provavelmente vão ter 120.

– O que você precisar.

O AMANHECER TROUXE o Exército em massa para as ruas. As barricadas foram reinstaladas e, em cada esquina da praça, os soldados se aglomeravam em torno dos barris laranja e brancos que bloqueavam a passagem. Eles estavam posicionados e ansiosos, observando cada carro atentamente, esperando o ataque do inimigo, desejosos de um pouco de emoção. As coisas ficaram um pouco agitadas quando alguns dos abutres em suas vans e trailers com logotipos extravagantes nas portas chegaram às sete e meia. As tropas cercaram os veículos e informaram a todos que não haveria estacionamento próximo ao fórum durante o julgamento. Os abutres desapareceram pelas ruas laterais, e momentos depois reapareceram a pé com suas câmeras e seus equipamentos volumosos. Alguns montaram acampamento na escadaria na frente do tribunal, outros na porta dos fundos e outro grupo no saguão do lado de fora da entrada principal da sala de audiências no segundo andar.

Murphy, o zelador e única verdadeira testemunha ocular dos assassinatos de Cobb e Willard, informou à imprensa, da melhor maneira que pôde, que a sala de audiências seria aberta às oito, nem um minuto antes. Uma fila se formou e logo lotou o saguão.

Os ônibus das igrejas estacionaram em algum lugar longe da praça e os manifestantes foram conduzidos lentamente pelos pastores ao longo da Jackson Street. Eles carregavam cartazes dizendo LIBERTEM CARL LEE e entoavam "We Shall Overcome" em um coral perfeito. Ao se aproximarem da praça, os soldados os ouviram e os rádios começaram a chiar. Ozzie e o coronel conversaram brevemente e os soldados relaxaram. Os manifestantes foram conduzidos por Ozzie a uma seção do gramado, onde se reuniram e aguardaram sob os olhos vigilantes da Guarda Nacional do Mississippi.

Às oito, um detector de metais foi levado para a porta de entrada do tribunal e três policiais muito bem armados começaram a revistar e lentamente autorizar a entrada da multidão de espectadores que agora enchia o saguão e se arrastava para os corredores. Dentro da sala de audiências, Prather conduzia a entrada de pessoas, acomodando-as nos longos bancos de um lado do corredor, enquanto reservava o outro lado para os jurados. O banco da frente estava reservado para a família, e a segunda fileira estava cheia de desenhistas que imediatamente começaram a fazer ilustrações da tribuna, da bancada do júri e dos retratos dos heróis confederados.

A Klan se sentiu obrigada a marcar presença no primeiro dia, principalmente para os possíveis jurados conforme eles chegavam. Mais de vinte membros vestindo trajes de desfile completos entraram silenciosos na Washington Street. Eles foram logo parados e cercados por soldados.

O coronel barrigudo atravessou a rua e, pela primeira vez em sua vida, ficou cara a cara com um membro da Ku Klux Klan, de manto e capuz branco, que por acaso era trinta centímetros mais alto. Ele então percebeu as câmeras, que haviam se deslocado até aquele confronto, e seu lado valentão desapareceu. Seus usuais gritos foram imediatamente substituídos por uma gagueira aguda, nervosa e trêmula, incompreensível até para ele mesmo.

Ozzie chegou e o salvou.

– Bom dia, companheiros – disse ele friamente enquanto se postava ao lado do vacilante coronel. – Vocês estão cercados e em menor número. Também sabemos que não podemos impedir vocês de estarem aqui.

– Isso mesmo – respondeu o líder.

– Se vocês me acompanharem e fizerem o que eu digo, não vamos ter nenhum problema.

Eles seguiram Ozzie e o coronel até uma pequena área no gramado, onde lhes foi explicado que aquela seria a área reservada a eles ao longo do julgamento. Que ficassem ali quietos e o próprio coronel manteria suas tropas longe deles. Eles concordaram.

Como esperado, a visão das vestes brancas despertou os negros que estavam a cerca de sessenta metros de distância. Eles começaram a gritar:

– Libertem Carl Lee! Libertem Carl Lee! Libertem Carl Lee!

Os membros da Klan agitaram os punhos e gritaram de volta:

– Morte a Carl Lee! Morte a Carl Lee! Morte a Carl Lee!

Duas fileiras de soldados se alinhavam na calçada principal que dividia o gramado e levava aos degraus da frente do fórum. Havia uma fileira posicionada entre a calçada e os membros da Klan, e outra entre a calçada e os negros.

Quando os jurados começaram a chegar, passaram rapidamente por entre as fileiras de soldados. Eles agarraram suas intimações e ouviram incrédulos os dois grupos gritarem um com o outro.

O Ilustríssimo Dr. Rufus Buckley chegou em Clanton e educadamente informou aos soldados da Guarda Nacional quem ele era e o que isso significava, e ele foi autorizado a estacionar na vaga RESERVADA PARA O MP ao lado do tribunal. Os repórteres foram à loucura. Devia ser algo importante, alguém havia rompido a barricada. Buckley ficou sentado em seu antigo Cadillac por um tempo para permitir que os repórteres o pegassem ali. Eles o cercaram assim que ele bateu a porta do carro. O promotor sorriu e sorriu ainda mais e caminhou bem devagar até a entrada do tribunal. A rajada de perguntas se mostrou irresistível, e Buckley violou a ordem de silêncio pelo menos oito vezes, em todas elas sorrindo e explicando que não poderia responder à pergunta que acabara de responder. Musgrove ia atrás, carregando a pasta do grande homem.

JAKE ESTAVA NERVOSO e andava de um lado para outro em sua sala. A porta estava trancada. Ellen estava no andar de baixo trabalhando em outro dossiê. Harry Rex estava no Coffee Shop tomando um segundo café da manhã e fofocando. As fichas estavam espalhadas em sua mesa, e ele estava cansado delas. Folheou um dos dossiês e caminhou até a entrada da varanda. A gritaria ecoou pelas portas abertas. Ele voltou à mesa e analisou o esboço de seus comentários preliminares sobre os possíveis jurados. A primeira impressão seria crucial.

Ele se deitou no sofá, fechou os olhos e pensou em mil coisas que preferia estar fazendo naquele instante. Na maior parte do tempo, gostava de seu trabalho. Mas havia momentos, momentos assustadores como aquele, em que ele desejava ter se tornado um agente de seguros ou um corretor da Bolsa. Ou talvez até um advogado tributarista. Sem dúvida, esses caras não sofriam regularmente de náuseas e diarreia em momentos críticos de suas carreiras.

Lucien lhe ensinara que o medo era bom; o medo era um aliado; que todo advogado ficava com medo quando se colocava diante de um novo júri e apresentava seu caso. Não havia problema em sentir medo – apenas não podia demonstrá-lo. Os jurados não seguiriam o advogado com a língua mais afiada ou que usava as palavras mais bonitas. Eles não seguiriam o que se vestia melhor. Não seguiriam um palhaço ou bobo da corte. Não seguiriam o advogado que falava mais alto ou o mais aguerrido. Lucien o convencera de que os jurados seguiam o advogado que dizia a verdade, não importando a sua aparência, suas palavras ou habilidades superficiais. Um advogado tinha que ser ele mesmo no tribunal, e se ele estivesse com medo, que assim fosse. Os jurados também estavam.

Faça amizade com o medo, Lucien sempre dizia, porque ele não vai embora e irá destruir você se não for controlado.

O medo atingiu o fundo de suas entranhas, e ele desceu as escadas cuidadosamente até o banheiro.

– Como você tá, chefe? – perguntou Ellen quando ele passou por ela.

– Pronto, eu acho. Vamos sair já, já.

– Tem uns repórteres esperando do lado de fora. Eu falei pra eles que você tinha se retirado do caso e saído da cidade.

– Nesse momento, eu gostaria de ter feito isso.

– Você já ouviu falar do Wendall Solomon?

– Não que eu me lembre.

– Ele faz parte do Apoio Jurídico aos Prisioneiros do Sul. Eu trabalhei com ele no verão passado. Ele fez mais de cem audiências de homicídio aqui no Sul. Fica tão nervoso antes da sessão que não consegue comer nem dormir. O médico dele dá uns calmantes, mas ainda assim ele fica tão pilhado que ninguém fala com ele no dia da abertura. E isso depois de cem audiências como essa.

– Como seu pai lida com isso?

– Ele toma uns dois martínis e um Valium. Depois deita em cima da mesa com a porta trancada e as luzes apagadas até a hora de ir pro fórum. Os nervos ficam à flor da pele e ele fica mal-humorado. Isso tudo é natural, claro.

– Então você sabe que sentimento é esse?

– Sei muito bem.

– Eu pareço nervoso?

– Parece cansado. Mas vai dar tudo certo.

Jake olhou para o relógio.

– Vamos.

Os repórteres na calçada atacaram sua presa.

– Não tenho nada a declarar – insistiu ele enquanto se movia lentamente pela rua em direção ao tribunal.

O interrogatório continuou:

– É verdade que você pretende pedir a anulação do julgamento?

– Não posso fazer isso até o início do julgamento.

– É verdade que a Klan ameaçou você?

– Nada a declarar.

– É verdade que você mandou a sua família pra fora da cidade até o fim do julgamento?

Jake hesitou e olhou para o repórter.

– Nada a declarar.

– O que você acha da Guarda Nacional?

– Estou orgulhoso deles.

– É possível para o seu cliente obter um julgamento justo no condado de Ford?

Jake balançou a cabeça e acrescentou:

– Nada a declarar.

Um assistente do xerife havia montado guarda nos fundos, a poucos metros do local dos assassinatos. Ele apontou para Ellen.

– Quem é ela, Jake?

– Tá tudo bem. Ela tá comigo.

Eles subiram correndo as escadas dos fundos. Carl Lee estava sentado sozinho à mesa da defesa, de costas para o tribunal lotado. Jean Gillespie estava ocupada conferindo os jurados, enquanto os policiais percorriam os corredores procurando qualquer coisa suspeita. Jake cumprimentou seu cliente calorosamente, tendo o cuidado especial de apertar sua mão, sorrir bastante para ele e colocar a mão em seu ombro. Ellen tirou as pastas da maleta e as organizou sobre a mesa.

Jake cochichou algo para seu cliente e olhou ao redor da sala de audiências. Todos os olhos estavam nele. O clã Hailey estava lindamente sentado na primeira fileira. Jake sorriu para eles e acenou com a cabeça para Lester. Tonya e os meninos vestiam suas roupas de domingo e estavam sentados entre Lester e Gwen como pequenas estátuas perfeitas. Os jurados estavam sentados do outro lado do corredor e analisavam com cuidado o advogado de Hailey. Jake achou que aquela seria uma boa hora para os jurados verem a família, então passou pela porta de vaivém e foi falar com os Haileys. Ele deu um tapinha no ombro de Gwen, apertou a mão de Lester, beliscou as bochechas de cada um dos meninos e, por fim, abraçou Tonya, a menina Hailey, aquela que havia sido estuprada pelos dois brancos que tiveram o que mereciam. Os jurados observaram cada movimento daquela cena e prestaram atenção especial à menina.

– O Noose quer falar com a gente na sala dele – sussurrou Musgrove para Jake enquanto ele voltava para a mesa da defesa.

Ichabod, Buckley e a taquígrafa conversavam quando Jake e Ellen entraram no gabinete. Jake apresentou Ellen Roark ao juiz, a Buckley e a Musgrove, e a Norma Gallo, a taquígrafa. Explicou que ela era uma estudante de Direito do terceiro ano da Ole Miss que trabalhava como assistente dele no escritório e solicitou que ela pudesse se sentar próximo à mesa da defesa e participar das entrevistas individuais. Buckley não fez nenhuma objeção. Era uma prática comum, explicou Noose, e deu as boas-vindas a ela.

– Alguma questão preliminar, doutores? – perguntou Noose.

– Nenhuma – respondeu o promotor.

– Várias – disse Jake enquanto abria uma pasta. – Eu quero que fique registrado o seguinte...

Norma Gallo começou a escrever.

– Em primeiro lugar, quero reiterar o pedido de desaforamento.

– O Ministério Público se opõe – interrompeu Buckley.

– Cala a boca, governador! – gritou Jake. – Eu não terminei, e não me interrompa de novo!

Buckley e os outros ficaram surpresos com aquela perda de compostura. Devem ter sido todas aquelas margaritas, pensou Ellen.

– Peço desculpas, Dr. Brigance – disse Buckley calmamente. – Por favor, não se refira a mim como governador.

– Deixa eu dizer uma coisa – começou Noose. – Esse julgamento vai ser um martírio, longo e árduo. Eu consigo imaginar a pressão que vocês dois estão sofrendo. Já estive no lugar de vocês muitas vezes e sei o que estão passando. Vocês são excelentes advogados, e estou grato por ter dois bons advogados em um julgamento dessa magnitude. Também consigo perceber certa dose de má vontade entre vocês. Isso com certeza não é algo raro, e não vou pedir que apertem as mãos e sejam bons amigos. Mas vou insistir para que, quando estiverem no meu tribunal ou neste gabinete, evitem interromper um ao outro e que a gritaria seja reduzida ao mínimo. Vão se referir um ao outro como Dr. Brigance, Dr. Buckley e Dr. Musgrove. Vocês entenderam o que acabei de dizer?

– Sim, Excelência.

– Sim, Excelência.

– Ótimo. Prossiga, Dr. Brigance.

– Obrigado, Excelência. Como eu estava dizendo, a defesa reitera o pedido de desaforamento. Quero que fique registrado que, no momento em que estamos aqui sentados a portas fechadas, às nove e quinze do dia 22 de julho, prestes a selecionar um júri, o tribunal do condado de Ford está cercado pela Guarda Nacional do Mississippi. Neste exato momento, no gramado diante do fórum, há membros da Ku Klux Klan vestindo túnicas brancas, gritando com um grupo de manifestantes negros, que estão obviamente gritando de volta. Os dois grupos estão separados por soldados da Guarda Nacional fortemente armados. Quando os jurados chegaram ao tribunal hoje de manhã, eles testemunharam esse circo armado aqui na frente. Vai ser impossível selecionar um júri justo e imparcial.

Buckley olhava para Jake com um sorriso arrogante no rosto enorme e, quando o advogado terminou, disse:

– Posso me manifestar, Excelência?

– Não – disse Noose sem rodeios. – Pedido indeferido. O que mais?

– A defesa solicita que toda a comissão de jurados seja dispensada.

– Com que fundamentos?

– Tomando por base o fato de a Klan ter abertamente tentado intimidar os possíveis jurados. Temos conhecimento de que eles atearam fogo em pelo menos vinte cruzes.

– Eu pretendo liberar esses vinte, considerando que todos eles tenham aparecido – informou Noose.

– Tudo bem – respondeu Jake sarcasticamente. – E as ameaças das quais não temos conhecimento? E os jurados que ouviram falar das cruzes em chamas?

Noose enxugou os olhos com um lenço e não disse nada. Buckley tinha um discurso na ponta da língua, mas não quis interromper.

– Eu tenho uma lista aqui – disse Jake, pegando uma pasta – dos vinte jurados que receberam a visita da Klan. Também tenho cópias dos registros de ocorrência e uma declaração juramentada do xerife Walls em que ele detalha os atos de intimidação. Vou solicitar a juntada desses documentos aos autos para fundamentar o meu pedido de dispensa dessa comissão de jurados. Quero que isso esteja registrado para que a Suprema Corte possa ver claramente.

– Já está prevendo uma apelação, Dr. Brigance? – perguntou Buckley.

Ellen tinha acabado de conhecer Rufus Buckley e naquele momento, em questão de segundos, entendeu perfeitamente por que Jake e Harry Rex o odiavam.

– Não, governador, não estou prevendo uma apelação. Estou tentando garantir que o meu cliente tenha um julgamento justo por um júri justo. Você deveria entender isso.

– Não vou dispensar essa comissão. Isso nos custaria uma semana – disse Noose.

– O que é uma semana quando a vida de um homem está em jogo?

Estamos falando de justiça. Do direito a um julgamento justo, lembrem-se, um dos direitos constitucionais mais básicos. É uma piada essa comissão não ser dispensada quando a gente tem absoluta certeza que algumas dessas pessoas foram intimidadas por um bando de idiotas vestidos de branco que querem ver meu cliente enforcado.

– Seu pedido foi indeferido – disse Noose categoricamente. – Mais alguma coisa?

– Não, mais nada. Peço que, quando Vossa Excelência dispensar os vinte jurados, o faça de tal forma que os demais não saibam o motivo.

– Pode deixar, Dr. Brigance.

O Sr. Pate foi enviado para ir atrás de Jean Gillespie. Noose entregou a ela uma lista com os vinte nomes. Ela voltou ao tribunal e leu a lista. Eles não seriam mais necessários para o júri e estavam livres para ir embora. Ela voltou para o gabinete do juiz.

– Quantos jurados nós temos? – perguntou Noose.

– Noventa e quatro – respondeu ela.

– É o suficiente. Tenho certeza que conseguimos achar doze que sejam aptos a participar.

– Não dá pra achar nem dois – murmurou Jake para Ellen, alto o suficiente para Noose ouvir e Norma Gallo registrar.

Sua Excelência os dispensou e eles assumiram seus lugares no tribunal.

Noventa e quatro nomes foram escritos em pequenas tiras de papel colocadas em um pequeno cilindro de madeira. Jean Gillespie girou o cilindro, parou-o e tirou um nome ao acaso. Ela o entregou a Noose, que estava sentado acima dela e de todos os outros em seu trono – a tribuna, como era chamada. A sala de audiências assistiu em silêncio mortal ao momento em que ele cerrou os olhos e leu o primeiro nome.

– Carlene Malone, jurada número um! – gritou ele, na voz mais alta que pôde.

A primeira fileira havia sido liberada e a Sra. Malone se sentou ao lado do corredor. Cada banco acomodaria dez, e havia dez bancos, todos para serem preenchidos com jurados. Os dez bancos do outro lado do corredor estavam lotados de familiares, amigos, espectadores, mas principalmente de repórteres, que anotaram o nome de Carlene Malone. Jake escreveu o nome dela também. Ela era branca, gorda, divorciada, pobre. Era um dois na escala de Brigance. Zero em um, ele pensou.

Jean girou novamente.

– Marcia Dickens, jurada número dois! – gritou Noose.

Branca, gorda, mais de 60 anos e uma cara rancorosa. Zero em dois.

– Jo Beth Mills, número três.

Jake afundou um pouco na cadeira. Ela era branca, tinha cerca de 50 anos e trabalhava em uma fábrica de camisas em Karaway, ganhando um salário mínimo. Graças a uma ação afirmativa, ela tinha um chefe negro que era ignorante e abusivo. Tinha um zero ao lado do seu nome na ficha de Brigance. Zero em três.

Jake olhou desesperado para Jean enquanto ela girava mais uma vez.

– Reba Betts, número quatro.

Ele afundou ainda mais e começou a beliscar a testa. Zero em quatro.

– Inacreditável – murmurou ele na direção de Ellen.

Harry Rex balançou a cabeça.

– Gerald Ault, número cinco.

Jake sorriu quando seu jurado número um se sentou ao lado de Reba Betts. Buckley colocou uma marca preta desagradável ao lado de seu nome.

– Alex Summers, número seis.

Carl Lee esboçou um sorriso fraco quando o primeiro negro emergiu da retaguarda e se sentou ao lado de Gerald Ault. Buckley também sorriu enquanto circulava com esmero o nome do primeiro negro.

As quatro seguintes eram mulheres brancas, nenhuma com nota acima de três. Jake ficou preocupado quando o primeiro banco se encheu. Por lei, ele tinha doze vetos, dispensas gratuitas sem necessidade de justificativa. Com sorte seria forçado a usar pelo menos metade de seus vetos no primeiro banco.

– Walter Godsey, número onze – anunciou Noose, com a voz diminuindo de volume continuamente.

Godsey era um meeiro de meia-idade, sem compaixão nem potencial.

Quando Noose terminou a segunda fileira, ela continha sete mulheres brancas, dois homens negros e Godsey. Jake pressentia uma catástrofe. O alívio só veio na quarta fileira, quando Jean teve uma maré de sorte e puxou os nomes de sete homens, quatro dos quais eram negros.

Demorou quase uma hora para acomodar toda a comissão. Noose fez um recesso de quinze minutos para que Jean tivesse tempo de digitar uma lista numérica com os nomes. Jake e Ellen aproveitaram o intervalo para revisar suas anotações e associar os nomes aos rostos. Harry Rex havia se sentado no balcão atrás dos livros de capa vermelha e feito inúmeras anotações enquanto Noose chamava os nomes. Ele se juntou a Jake e concordou que as coisas não estavam indo bem.

Às onze, Noose reassumiu a tribuna e a sala de audiências ficou em silêncio. Alguém sugeriu que ele usasse o microfone e ele o colocou a centímetros do nariz. O juiz falava alto, e sua voz frágil e desagradável repercutia ruidosamente pelo tribunal enquanto ele fazia uma longa série de perguntas aos jurados, obrigatórias por lei. Ele apresentou Carl Lee e perguntou se algum jurado era parente dele ou o conhecia. Todos sabiam quem ele era, e Noose presumia isso, mas apenas dois membros da comissão admitiram conhecê-lo antes do ocorrido. Noose apresentou os advogados e, em seguida, explicou brevemente a natureza das acusações. Nem um único jurado alegou desconhecer o caso Hailey.

Noose divagou de modo indefinido, e felizmente terminou ao meio-dia e meia. Ele determinou um recesso até as duas.

DELL ENTREGOU SANDUÍCHES quentes e chá gelado na sala de reuniões. Jake a abraçou e agradeceu, e pediu que lhe enviasse a conta. Ele ignorou a comida e colocou as fichas na mesa na ordem em que os jurados foram chamados. Harry Rex atacou um sanduíche de rosbife com queijo cheddar.

– O sorteio foi péssimo – repetia ele, com a boca quase entupida. – O sorteio foi péssimo.

Quando a 94ª ficha foi colocada no lugar, Jake deu um passo para trás e as analisou. Ellen ficou ao lado dele e mordiscou uma batata frita. Passou a estudar as fichas.

– O sorteio foi péssimo – disse Harry Rex, engolindo tudo com um copo de chá.

– Você pode calar a boca? – disparou Jake.

– Dos primeiros cinquenta, temos oito homens negros, três mulheres negras e trinta mulheres brancas. Sobram nove homens brancos, e a maioria não é muito boa. Parece que vamos ter um júri de mulheres brancas – disse Ellen.

– Mulheres brancas, mulheres brancas – disse Harry Rex. – Os piores jurados do mundo. Mulheres brancas!

Ellen olhou para ele.

– Eu acho que homens brancos gordos são os piores jurados.

– Não me leve a mal, Row Ark, eu amo mulheres brancas. Casei com quatro delas, lembra? Eu só odeio juradas brancas.

– Eu não votaria pela condenação.

– Row Ark, você é uma comunista da ACLU. Não votaria pra condenar ninguém por nada. Na sua cabecinha desvairada, você acha que terroristas e gente metida com pornografia infantil são no fundo ótimas pessoas que sofreram na mão do sistema e merecem uma chance.

– E na sua cabecinha racional, civilizada e misericordiosa, o que você acha que a gente deve fazer com eles?

– Pendurar eles pelos dedos dos pés, castrar e deixar sangrar até morrer, sem julgamento.

– E da forma como você entende a lei, isso seria constitucional?

– Talvez não, mas acabaria com muita pornografia infantil e terrorismo. Jake, você vai comer esse sanduíche?

– Não.

Harry Rex desembrulhou um de presunto com queijo.

– Fica longe da número um, Carlene Malone. Ela é da família dos Malones de Lake Village. Gente branca ruim mesmo, da pior espécie.

– Eu queria ficar longe de todos eles – confessou Jake, ainda olhando para a mesa.

– Esse sorteio foi péssimo.

– O que você acha, Row Ark? – perguntou Jake.

Harry Rex engoliu depressa.

– Acho que a gente devia falar pra ele dizer que é culpado e dar o fora daí. Sair correndo feito um gato escaldado.

Ellen olhou para as fichas.

– Podia ser pior.

Harry Rex forçou uma risada alta.

– Pior! O único jeito de ser pior seria se os trinta primeiros estivessem sentados lá vestindo túnicas brancas com capuzes e máscaras.

– Harry Rex, você pode calar a boca? – reclamou Jake.

– Só tô tentando ajudar. Vai querer as suas batatas fritas?

– Não. Por que você não coloca tudo na boca e passa bastante tempo mastigando?

– E acho que você tá enganado sobre algumas dessas mulheres – disse

Ellen. – Eu tendo a concordar com o Lucien. As mulheres, de modo geral, terão mais empatia. Somos nós que somos estupradas, lembra?

– Não tenho resposta pra isso – disse Harry Rex.

– Obrigado – respondeu Jake. – Qual dessas garotas é a sua ex-cliente, a que supostamente vai fazer qualquer coisa por você se você simplesmente piscar pra ela?

Ellen deu uma risadinha.

– Deve ser a número 29. Ela tem um metro e meio de altura e pesa 180 quilos.

Harry Rex limpou a boca com um guardanapo de papel.

– Muito engraçado. Número 74. Ela tá muito longe. Esquece.

NOOSE BATEU O martelo às duas e estabeleceu a ordem na sala de audiência.

– O Ministério Público pode examinar a comissão – anunciou.

O magnífico promotor se levantou devagar e caminhou com ar de soberba até a grade, onde parou e olhou pensativo para os espectadores e para os jurados. Ele percebeu que os desenhistas o estavam retratando e pareceu posar por um instante. Deu um sorriso sincero para os jurados e depois se apresentou. Explicou que era o advogado do povo; seu cliente, o estado do Mississippi. Ele trabalhava como promotor havia nove anos, e era uma honra pela qual ele sempre seria grato aos cidadãos de bem do condado de Ford. Apontou para os jurados e disse que eles, aqueles sentados bem ali, eram as pessoas que o elegeram para representá-las. Ele agradeceu e disse que esperava não decepcionar.

Sim, ele estava nervoso e com medo. Havia processado milhares de criminosos, mas sempre ficava assustado a cada julgamento. Sim! Ele estava com medo e não tinha vergonha de admitir. Assustado com a terrível responsabilidade que as pessoas haviam atribuído a ele como o homem responsável por mandar criminosos para a prisão e proteger o povo. Assustado porque poderia falhar em representar adequadamente seu cliente, o povo daquele grande estado.

Jake já tinha ouvido aquela merda toda várias vezes. Sabia de cor. Buckley, o mocinho, o promotor, se juntava ao povo para buscar justiça, para salvar a sociedade. Ele era um orador inteligente e talentoso que em um minuto era capaz de falar delicadamente com o júri, feito um avô dando conselhos aos netos, e no instante seguinte se lançar em um discurso inflamado e fazer um sermão que qualquer pastor invejaria. Uma fração de segundo depois, em uma explosão fluida de eloquência, ele conseguia convencer um júri de que a estabilidade de nossa sociedade, sim, até mesmo o futuro da raça humana, dependia de um veredito em prol da condenação. Ele era sempre bom nos casos grandes, e aquele era o maior de todos de sua carreira. Ele falava sem ler anotações e manteve a sala inteira vidrada nele, ao se retratar como um azarão, o amigo e parceiro do júri que, junto com ele, descobriria a verdade e puniria aquele homem por seu ato monstruoso.

Depois de dez minutos, Jake já tinha ouvido o suficiente. Ele se levantou com um olhar frustrado.

– Protesto, Excelência. O Dr. Buckley não está selecionando um júri. Não tenho certeza do que ele está fazendo, mas ele não está interrogando a comissão.

– Aceito! – gritou Noose no microfone. – Se o senhor não tem perguntas para a comissão, Dr. Buckley, por favor, sente-se.

– Peço desculpas, Excelência – disse Buckley sem jeito, fingindo ter se chateado. Jake saiu em vantagem.

Buckley pegou um bloco de papel e mergulhou numa lista com milhares de perguntas. Ele perguntou se alguém da comissão já havia participado de um júri antes. Várias mãos se levantaram. Civil ou criminal? Você votou pela absolvição ou pela condenação? Há quanto tempo foi o julgamento? O réu era negro ou branco? E a vítima, negra ou branca? Algum de vocês já foi vítima de um crime violento? Duas mãos se levantaram. Quando? Onde? O agressor foi pego? Condenado? Era negro ou branco? Jake, Harry Rex e Ellen produziram páginas e páginas de anotações. Algum membro da sua família foi vítima de um crime violento? Várias mãos. Quando? Onde? O que aconteceu com o criminoso? Algum membro da sua família já foi acusado de um crime? Foi denunciado? Julgado? Condenado? Algum amigo ou membro da família trabalha para a polícia? Quem? Onde?

Por três horas ininterruptas, Buckley sondou e escolheu como um cirurgião. Ele era um mestre. Era óbvio que havia se preparado. Fez perguntas que Jake sequer cogitara. E fez quase todas as perguntas que Jake tinha anotado. Ele sutilmente arrancou detalhes de opiniões e sentimentos pessoais. E, no momento certo, dizia algo engraçado para que todos pudessem rir e aliviar a tensão. Segurou a sala de audiências na palma da mão e, quando Noose o interrompeu, às cinco horas, Buckley estava a todo vapor. Ele terminaria no dia seguinte de manhã.

Sua Excelência fez um recesso até as nove da manhã seguinte. Jake conversou com seu cliente por alguns minutos enquanto a multidão se encaminhava para os fundos da sala. Ozzie estava por perto com as algemas. Quando Jake terminou, Carl Lee se ajoelhou diante de sua família na primeira fileira e abraçou todos eles. Eles se veriam no dia seguinte, disse ele. Ozzie o conduziu até a sala de espera e desceu as escadas, onde um enxame de policiais aguardava para levá-lo até o presídio.

34

No segundo dia, o sol nasceu rapidamente no leste e, em segundos, secou o orvalho do denso gramado ao redor do tribunal do condado de Ford. Uma névoa pegajosa e invisível evaporava e se agarrava às pesadas botas e às calças grossas dos soldados. O sol os torrava enquanto eles caminhavam com indiferença pelas calçadas do centro de Clanton. Eles vagavam à sombra das árvores e dos toldos das pequenas lojas. No momento em que o café da manhã foi servido sob as tendas, os soldados vestiam apenas as camisetas verde-claro e estavam encharcados de suor.

Os pastores negros e seus seguidores foram direto para o local reservado a eles e montaram acampamento. Abriram suas cadeiras sob os carvalhos e colocaram coolers com água gelada sobre mesas de piquenique. Cartazes azuis e brancos com a frase LIBERTEM CARL LEE estavam pregados em pedaços de madeira e fincados no chão como uma cerca bem alinhada. Agee havia imprimido alguns pôsteres novos com uma foto ampliada em preto e branco de Carl Lee no meio e uma borda vermelha, branca e azul. Eram elegantes e profissionais.

Os membros da Klan foram obedientemente até seu setor do gramado. Também levavam consigo seus cartazes – fundo branco com letras vermelhas em negrito, gritando MORTE A CARL LEE, MORTE A CARL LEE. Eles acenavam para os negros do outro lado do gramado, e os dois grupos começaram a gritar. Os soldados se enfileiraram ao longo da calçada e ficaram lá parados, casualmente, embora estivessem armados, enquanto obscenidades e cânticos voavam sobre suas cabeças. Eram oito da manhã do segundo dia.

Os repórteres estavam zonzos com tanto conteúdo jornalístico. Eles correram para o gramado da frente quando a gritaria começou. Ozzie e o coronel andavam de um lado para outro ao redor do tribunal, apontando para lá e para cá e falando aos berros pelos rádios.

ÀS NOVE, ICHABOD deu bom-dia para a sala completamente lotada. Buckley se levantou devagar e com grande animação informou Sua Excelência de que não tinha mais perguntas para a comissão de jurados.

Brigance se levantou de sua cadeira com as pernas bambas e o estômago revirando. Ele caminhou até a grade que o separava dos jurados e encarou os olhos ansiosos dos 94 possíveis jurados. A multidão ouviu atenta aquele jovem e arrogante mensageiro que um dia havia se gabado de nunca ter perdido um caso de homicídio. Ele parecia relaxado e confiante. Sua voz era alta, mas calorosa. Suas palavras eram educadas, mas coloquiais. Ele se apresentou novamente, apresentou seu cliente, depois a família de seu cliente, deixando a menina por último. Elogiou o promotor por um interrogatório tão abrangente na tarde anterior e confessou que a maioria de suas perguntas já havia sido feita. Ele olhou para suas anotações. Sua primeira pergunta caiu como uma bomba.

– Senhoras e senhores, algum de vocês acredita que a alegação de insanidade não deve ser usada em hipótese alguma?

Eles se contorceram um pouco em seus assentos, mas nenhuma mão se levantou. Ele os pegou desprevenidos, logo de cara. Insanidade! Insanidade! A semente havia sido plantada.

– Se provarmos que Carl Lee Hailey era inimputável no momento em que atirou em Billy Ray Cobb e Pete Willard, há alguém nesta comissão que não seria capaz de considerá-lo inocente?

A pergunta era difícil de ser compreendida – intencionalmente. Nenhuma mão. Alguns queriam responder, mas não tinham certeza da resposta apropriada.

Jake olhou para eles com atenção, sabendo que a maioria estava confusa, mas também sabendo que, naquele momento, todos os membros da comissão estavam se perguntando se seu cliente era louco. Era nesse ponto que Jake os deixaria.

– Obrigado – disse ele com todo o charme que já reunira em sua vida. – Sem mais perguntas, Excelência.

Buckley parecia confuso. Ele olhou para o juiz, que estava igualmente perplexo.

– É tudo? – perguntou Noose incrédulo. – É tudo, Dr. Brigance?

– Sim, Excelência, a comissão me parece boa – disse Jake com um ar de confiança, ao contrário de Buckley, que os havia interrogado por três horas. A comissão era tudo menos aceitável para Jake, mas não fazia sentido repetir as mesmas perguntas que Buckley tinha feito.

– Muito bem. Gostaria de falar com os doutores no meu gabinete. – Buckley, Musgrove, Jake, Ellen e o Sr. Pate seguiram Ichabod pela porta atrás da tribuna e se sentaram ao redor da mesa. Noose disse: – Suponho, doutores, que vocês queiram que cada jurado seja interrogado individualmente sobre a pena de morte.

– Sim, Excelência – disse Jake.

– Correto, Excelência – disse Buckley.

– Muito bem. Sr. Pate, poderia trazer a jurada número um, Carlene Malone?

O Sr. Pate saiu, foi até a sala de audiências e chamou pela jurada. Momentos depois, ela o seguiu até o gabinete. Estava apavorada. Os advogados sorriram, mas não disseram nada: instruções de Noose.

– Sente-se, por favor – ofereceu Noose enquanto tirava a toga. – Isso vai levar apenas um minuto, Sra. Malone. A senhora tem alguma opinião veemente quanto à pena de morte, seja contra ou a favor?

Ela balançou a cabeça, nervosa, e olhou para Ichabod.

– É, não, senhor.

– A senhora compreende que, se for selecionada para este júri e o Sr. Hailey for condenado, a senhora será convocada para sentenciá-lo à morte?

– Sim, senhor.

– Se o Ministério Público provar além de qualquer dúvida razoável que as mortes foram premeditadas, e se a senhora acreditar que o Sr. Hailey não era inimputável no momento dos crimes, a senhora consideraria a imposição da pena de morte?

– Sem dúvida. Eu acho que ela deveria ser aplicada o tempo todo. Talvez desse fim a algumas dessas maldades. Eu sou totalmente a favor.

Jake continuou sorrindo e meneando a cabeça educadamente para a jurada número um. Buckley também sorria, e piscou para Musgrove.

– Obrigado, Sra. Malone. Pode voltar ao seu lugar na bancada – disse Noose.

– Traga a número dois – ordenou ao Sr. Pate.

Marcia Dickens, uma mulher branca idosa com uma cara fechada, foi conduzida para o gabinete do juiz. Sim, senhor, disse a Sra. Dickens, ela era totalmente a favor da pena de morte. Não teria problemas em votar pela condenação. Jake continuou lá sentado, sorrindo. Buckley piscou novamente. Noose agradeceu e chamou o número três.

Os jurados três e quatro foram igualmente implacáveis, prontos para matar se houvesse prova suficiente. Em seguida, o número cinco, Gerald Ault, a arma secreta de Jake, foi chamado ao gabinete.

– Obrigado, Sr. Ault, isso vai levar apenas um minuto – repetiu Noose. – Em primeiro lugar, o senhor tem alguma opinião veemente quanto à pena de morte, seja contra ou a favor?

– Ah, sim, senhor – respondeu Ault ansioso, sua voz e seu rosto irradiando compaixão. – Eu sou totalmente contra. É cruel. Tenho vergonha de viver em uma sociedade que permite a morte legal de um ser humano.

– Entendo. Se o senhor fosse jurado, seria capaz de, em qualquer circunstância, votar pela aplicação da pena de morte?

– Ah, não, senhor. Em hipótese nenhuma. Não importa o crime. Não, senhor.

Buckley pigarreou e anunciou sombriamente:
– Excelência, o Ministério Público solicita que o Sr. Ault seja dispensado com base em o Estado contra Witherspoon.

– Deferido. Sr. Ault, o senhor está dispensado dos serviços deste júri – disse Noose. – O senhor pode deixar a sala de audiências, se desejar. Se decidir permanecer no tribunal, peço que não se sente com os demais jurados.

Ault ficou perplexo e olhou impotente para seu amigo Jake, que no momento estava olhando para o chão com os lábios trincados.

– Posso perguntar por quê? – questionou Gerald.

Noose tirou os óculos e assumiu um tom professoral.

– De acordo com a lei, Sr. Ault, o tribunal é obrigado a dispensar qualquer possível jurado que admita não ser capaz de considerar, e a palavra-chave é considerar, a pena de morte. Veja, goste o senhor ou não, a pena de morte é um método legal de punição no Mississippi e na maioria dos estados. Portanto, é injusto selecionar jurados incapazes de seguir a lei.

A curiosidade da multidão foi aguçada quando Gerald Ault saiu de trás da tribuna, cruzou o pequeno portão e deixou o tribunal. O Sr. Pate foi buscar o jurado número seis, Alex Summers, e o conduziu ao gabinete. Ele voltou minutos depois e se sentou na primeira fila. Ele mentiu sobre sua opinião em relação à pena de morte. Ele se opunha a ela, como a maioria dos negros, mas disse a Noose que não tinha objeções. Sem problemas. Mais tarde, durante um recesso, ele se reuniu discretamente com os outros jurados negros e explicou como as perguntas individuais deveriam ser respondidas.

O lento processo prosseguiu até o meio da tarde, quando o último jurado deixou o gabinete do juiz. Onze foram dispensados em razão de reservas sobre a pena de morte. Noose fez um recesso às três e meia e deu aos advogados até as quatro para revisarem suas anotações.

Na biblioteca do terceiro andar, Jake e sua equipe olhavam para as listas de jurados e para as fichas. Era hora de decidir. Ele tinha sonhado com nomes escritos em azul, vermelho e preto com números ao lado. Ele os havia observado naquele tribunal por dois dias inteiros. Ele os conhecia. Ellen queria mulheres. Harry Rex queria homens.

Noose olhou para sua lista, com os jurados renumerados para refletir as dispensas por justa causa, depois olhou para os advogados.

– Doutores, os senhores estão prontos? Ótimo. Como sabem, este é um caso de homicídio qualificado, então cada um de vocês tem doze vetos. Dr. Buckley, o senhor deve apresentar à defesa uma lista com doze jurados. Comece com o jurado número um e se refira a cada jurado apenas pelo número.

– Sim, Excelência. O Ministério Público aprova os jurados número um, dois, três, quatro, usa seu primeiro veto no número cinco, aprova os números seis, sete, oito, nove, usa seu segundo veto no número dez, aprova os números onze, doze, treze, usa seu terceiro veto no número catorze e aprova o número quinze. São doze, eu acredito.

Jake e Ellen circularam os nomes e fizeram anotações em suas listas. Noose recontou metodicamente.

– Sim, são doze. Dr. Brigance.

Buckley convocou doze mulheres brancas. Dois homens negros e um branco foram vetados.

Jake analisou sua lista e rabiscou alguns nomes.

– A defesa veta os jurados número um, dois e três, aprova os números quatro, seis e sete, veta os jurados número oito, nove, onze e doze, aprova o jurado treze e veta o quinze. Acredito que sejam oito dos nossos vetos.

Sua Excelência riscou e marcou sua lista, calculando lentamente à medida que avançava.

– Ambos aprovaram os jurados número quatro, seis, sete e treze. Dr. Buckley, é o senhor novamente. Mais oito jurados.

– O Ministério Público aprova o jurado dezesseis, veta o dezessete, aprova os jurados dezoito, dezenove e vinte, veta o 21, aprova o 22, veta o 23, aprova o 24, veta o 25 e o 26, e aprova o 27 e o 28. São doze jurados e quatro vetos restantes.

Jake ficou atônito. Buckley havia vetado novamente todos os negros e todos os homens. Ele estava lendo a mente de Jake.

– Dr. Brigance, agora o senhor.

– Podemos ter um momento para deliberar, Excelência?

– Cinco minutos – respondeu Noose.

Jake e sua assistente foram até a sala ao lado onde era servido o café, na qual Harry Rex os aguardava.

– Olhem isso – disse Jake enquanto colocava a lista em cima da mesa e os três se reuniam em torno dela. – Estamos reduzidos a 29. Eu ainda tenho quatro vetos e o Buckley também. Ele eliminou todos os negros e todos os homens. Nesse momento o júri é todo formado por mulheres brancas. Os próximos dois jurados são mulheres brancas, o 31 é o Clyde Sisco e o 32, Barry Acker.

– Então, dos próximos seis, quatro são negros – observou Ellen.

– Sim, mas o Buckley não vai tão longe. Na verdade, eu tô surpreso por ele nos deixar chegar tão perto da quarta fileira.

– Eu sei que você quer o Acker. E o Sisco? – perguntou Harry Rex.

– Eu tenho medo dele. O Lucien disse que ele é um safado que pode ser comprado.

– Ótimo! Vamos pegar ele, depois vamos comprá-lo.

– Muito engraçado. Como você sabe se o Buckley já não comprou ele?

– Eu aprovaria ele.

Jake estudou a lista, contando e recontando. Ellen queria vetar os dois homens, Acker e Sisco.

Eles voltaram para a sala de audiências e se sentaram. A taquígrafa estava pronta.

– Excelência, vamos vetar o número 22 e o número 28, sobram dois vetos ainda.

– De volta ao senhor, Dr. Buckley. Vinte e nove e trinta.

– O Ministério Público aprova os dois. São doze com quatro vetos restantes.

– De volta ao senhor, Dr. Brigance.

– Vamos vetar o 29 e o trinta.

– E o doutor não tem mais vetos, correto? – perguntou Noose.

– Correto.

– Muito bem. Dr. Buckley, 31 e 32.

– O Ministério Público aprova os dois – disse Buckley rapidamente, olhando para os nomes dos negros que vinham depois de Clyde Sisco.

– Ótimo. São doze. Vamos selecionar dois suplentes. Ambos terão dois vetos para os suplentes. Dr. Buckley, 33 e 34.

O jurado 33 era um homem negro. O 34 era uma mulher branca que Jake queria. Os próximos dois eram homens negros.

– Vamos vetar o 33 e aprovar o 34 e o 35.

– A defesa aprova os dois – disse Jake.

O Sr. Pate pediu silêncio no tribunal enquanto Noose e os advogados voltavam para seus lugares. Sua Excelência chamou os doze nomes e todos eles, nervosos, se dirigiram lentamente à bancada do júri, onde se sentaram em ordem sob orientação de Jean Gillespie. Dez mulheres, dois homens, todos brancos. Os negros no tribunal cochichavam e se entreolhavam em descrença.

– Você escolheu esse júri? – sussurrou Carl Lee para Jake.

– Te explico depois – disse Jake.

Os dois suplentes foram chamados e se sentaram ao lado da bancada do júri.

– Pra que serve aquele cara negro? – sussurrou Carl Lee, apontando com a cabeça para o suplente.

– Te explico depois – disse Jake.

Noose deu um pigarro e olhou para seu novo júri.

– Senhoras e senhores, vocês foram cuidadosamente selecionados para servir como jurados neste julgamento. Vocês fizeram um juramento e deverão julgar de maneira justa todas as questões apresentadas e seguir a lei conforme eu instruir. Agora, de acordo com a lei do Mississippi, vocês serão isolados até que o julgamento termine. Isso significa que ficarão hospedados em um hotel e não poderão voltar para casa até que o julgamento termine. Entendo que isso seja algo extremamente complicado, mas a lei assim exige. Em poucos instantes entraremos em recesso até amanhã de manhã, e vocês terão a oportunidade de ligar para casa e pedir suas roupas, produtos de higiene pessoal e tudo de que precisarem. Toda noite vocês ficarão hospedados em um hotel em um local não revelado, fora de Clanton. Alguma pergunta?

Os doze pareceram atordoados, perplexos com a ideia de não voltar para casa por vários dias. Eles pensaram em suas famílias, seus filhos, empregos, na roupa para lavar. Por que eles? De todas aquelas pessoas no tribunal, por que eles?

Sem resposta, Noose bateu o martelo e o tribunal começou a se esvaziar. Jean Gillespie acompanhou a primeira jurada até o gabinete do juiz, onde ela ligou para sua casa e pediu roupas e uma escova de dentes.

– Pra onde a gente tá indo? – perguntou ela a Jean.
– É confidencial – respondeu Jean.
– É confidencial – repetiu ela ao telefone para o marido.

Por volta das sete da noite, as famílias responderam com uma grande variedade de malas e caixas. Os escolhidos subiram em um ônibus fretado que aguardava nos fundos do tribunal. Escoltado por duas viaturas e um jipe do Exército na frente e seguido por três policiais estaduais, o ônibus deu a volta na praça e deixou Clanton.

STUMP SISSON MORREU na terça à noite no hospital para tratamento de queimados em Memphis. Seu corpo baixo e gordo havia sido negligenciado ao longo dos anos e provou ser deficiente para resistir às complicações geradas pelas graves queimaduras. Sua morte elevou para quatro o número de fatalidades relacionadas ao estupro de Tonya Hailey. Cobb, Willard, Bud Twitty e agora Sisson.

Imediatamente, a notícia de sua morte chegou ao chalé no meio da floresta onde os patriotas se reuniam, comiam e bebiam toda noite após o julgamento. Eles juraram vingança, olho por olho e assim por diante. Havia novos recrutas do condado de Ford – cinco ao todo –, somando um total de onze rapazes locais. Eles estavam ansiosos e famintos, e queriam um pouco de ação.

O julgamento tinha sido muito tranquilo até o momento. Havia chegado a hora da emoção.

JAKE CAMINHAVA DE um lado para outro na frente do sofá e recitava suas alegações iniciais pela centésima vez. Ellen ouvia com atenção. Ela tinha escutado, interrompido, protestado, criticado e discutido o assunto por duas horas. Estava cansada. Ele estava impecável. As margaritas o haviam acalmado e seu discurso estava absolutamente convincente. As palavras fluíram com delicadeza. Ele era talentoso. Sobretudo depois de um ou dois drinques.

Quando ele terminou, eles se sentaram na varanda e observaram as velas se aproximarem lentamente na escuridão ao redor da praça. As risadas dos jogos de pôquer sob as tendas ecoavam suavemente pela noite. Não havia lua.

Ellen entrou para buscar a última rodada. Ela voltou com suas mesmas canecas de cerveja cheias de gelo e margaritas. Colocou-as na mesa e ficou parada atrás de seu chefe. Pôs as mãos nos ombros dele e começou a esfregar a parte inferior de seu pescoço com os polegares. Ele relaxou e moveu a cabeça de um lado para o outro. Ela massageou seus ombros e a parte superior das costas e pressionou seu corpo contra o dele.

– Ellen, são dez e meia e eu tô com sono. Onde você vai passar a noite?
– Onde você acha que eu deveria passar?
– Eu acho que você deveria ir pro seu apartamento na Ole Miss.
– Eu tô bêbada demais pra dirigir.
– O Nesbit te leva.
– E você? Tá hospedado onde, por acaso?
– Na casa onde eu e a minha esposa moramos na Adams Street.

Ela parou de esfregar o pescoço dele e pegou sua bebida. Jake se levantou e se inclinou sobre a mureta da varanda e gritou:

– Nesbit! Acorda! Você vai ter que dirigir até Oxford!

35

Carla encontrou a matéria na segunda página do primeiro caderno do jornal. "Caso Hailey terá júri integralmente branco", informava a manchete. Jake não tinha ligado na terça à noite. Ela leu a reportagem e deixou o café de lado.

A casa era a única em uma área semi-isolada da praia. O vizinho mais próximo estava a quase duzentos metros de distância. Seu pai era dono do terreno entre as duas residências e não tinha planos de vendê-lo. Ele havia construído a casa dez anos antes, quando vendeu sua empresa em Knoxville e se aposentou, em excelentes condições financeiras. Carla era a única filha deles e agora Hanna seria a única neta. A casa – com quatro quartos e quatro banheiros espalhados por três andares – tinha espaço para mais de dez netos.

Ela terminou de ler a matéria, caminhou até as janelas salientes da sala onde eles costumavam tomar café da manhã e olhou para a praia, depois para o oceano. O sol, uma massa laranja e brilhante, tinha acabado de cruzar o horizonte. Ela preferia aproveitar o calor da cama até bem depois do amanhecer, mas a vida com Jake vinha lhe proporcionando novas aventuras durante as primeiras sete horas do dia. Seu corpo estava condicionado para acordar no mínimo às cinco e meia. Certa vez, ele disse a ela que seu objetivo era ir para o trabalho no escuro e voltar do trabalho no escuro. Ele geralmente alcançava esse objetivo. Jake sentia muito orgulho de trabalhar mais horas por dia do que qualquer advogado no condado de Ford. Ele era diferente, mas ela o amava.

A SEDE DO condado de Temple em Milburn, quase oitenta quilômetros a nordeste de Clanton, era pacificamente margeada pelo rio Tippah. Tinha 3 mil habitantes e dois hotéis. O Temple Inn estava deserto, não havendo nenhuma razão moral para se estar lá naquela época do ano. No final de uma ala isolada, havia oito quartos ocupados e guardados por soldados e dois agentes da polícia estadual. As dez mulheres haviam se organizado em duplas, assim como Barry Acker e Clyde Sisco. O suplente negro, Ben Lester Newton, ganhou um quarto só para ele, assim como o outro suplente, Francie Pitts. As televisões tinham sido desligadas e nenhum jornal impresso era permitido. O jantar de terça à noite foi servido nos quartos, e o café da manhã de quarta chegou pontualmente às sete e meia, enquanto o ônibus aquecia o motor e soprava fumaça de óleo diesel por todo o estacionamento. Meia hora depois, os catorze subiram a bordo e a comitiva partiu para Clanton.

No ônibus, eles conversaram sobre suas famílias e seus empregos. Dois ou três já se conheciam antes de segunda-feira; a maioria era desconhecida. Evitavam, constrangidos, fazer qualquer alusão ao motivo de estarem todos juntos e da tarefa diante deles. O juiz Noose tinha sido muito claro nesse aspecto — não deveriam falar sobre o caso. Eles queriam discutir muitas coisas: o estupro, os estupradores, Carl Lee, Jake, Buckley, Noose, a Klan, e por aí vai. Todos sabiam das cruzes incendiadas, mas elas não foram mencionadas, pelo menos não no ônibus. Nos quartos do hotel, entretanto, tinha havido inúmeras conversas.

O ônibus chegou ao fórum faltando cinco para as nove, e os jurados olharam pelas janelas de vidro escuro para ver quantos negros, quantos membros da Klan e quantos outros estavam sendo contidos pelos soldados. Eles passaram pelas barricadas e o veículo estacionou nos fundos do tribunal, onde policiais esperavam para escoltá-los escada acima o mais rápido possível. Eles subiram as escadas até a sala do júri, onde café e donuts os aguardavam. O oficial de justiça os informou de que eram nove horas e que Sua Excelência estava pronto para começar. Ele os conduziu para a sala de audiências lotada e até a bancada do júri, onde se sentaram nos lugares designados.

– Todos de pé! – gritou Pate.

– Sentem-se, por favor – disse Noose enquanto caía na cadeira alta de couro atrás da tribuna. – Bom dia, senhoras e senhores – saudou calorosamente os jurados. – Espero que todos estejam bem esta manhã e prontos para começar.

Todos assentiram.

– Ótimo. Todo dia pela manhã vou lhes fazer a seguinte pergunta: alguém tentou chegar até vocês, falar com vocês ou influenciar vocês de algum jeito na noite passada?

Todos negaram com a cabeça.

– Ótimo. Vocês discutiram o caso entre vocês?

Todos eles mentiram e fizeram que não com a cabeça.

– Ótimo. Se alguém tentar entrar em contato, falar sobre esse caso ou influenciar vocês de qualquer maneira que seja, vocês devem me comunicar o mais rápido possível. Entendido?

Todos assentiram.

– Agora, neste momento, estamos prontos para dar início ao julgamento. A primeira ordem do dia é permitir que os advogados façam as alegações iniciais. Quero alertá-los de que nada que os advogados digam deve ser considerado testemunho nem tomado como prova. Dr. Buckley, o senhor deseja fazer as alegações iniciais?

Buckley se levantou e abotoou seu paletó de poliéster brilhante.

– Sim, Excelência.

– Imaginei. Pode começar.

Buckley ergueu o pequeno púlpito de madeira e o posicionou perfeitamente de frente para o júri, parou atrás dele, respirou fundo e foi folheando algumas anotações em um bloco de papel. Ele apreciou o breve período de silêncio com todos os olhares voltados para ele e todos os ouvidos ansiosos por suas palavras. Começou agradecendo aos jurados por estarem ali, por seus sacrifícios, pelo exercício da cidadania ("Como se tivessem escolha", pensou Jake). Estava orgulhoso deles e honrado por estar vinculado a cada um naquele caso tão importante. Mais uma vez, ele era advogado deles. Seu cliente, o estado do Mississippi. Demonstrou estar temeroso por conta da terrível responsabilidade que eles, o povo, tinham dado a ele, Rufus Buckley, um mero advogado do interior de Smithfield. Divagou sobre si mesmo e suas opiniões a respeito do julgamento, e sobre suas expectativas em fazer um bom trabalho para o povo daquele estado.

Em todas as alegações iniciais de Buckley era sempre a mesma conversa fiada, mas aquela atuação estava melhor. Sempre um monte de bobagens em tom polido e educado, porém altamente questionáveis. Jake queria acabar com ele, mas por experiência própria sabia que Ichabod não aceitaria uma objeção durante as alegações iniciais, a menos que fosse uma ofensa flagrante, e o discurso de Buckley não dava espaço para isso – ainda. Toda aquela sinceridade e aquele entusiasmo falsos irritavam Jake profundamente, em especial porque o júri dava ouvidos e, na maioria das vezes, caía nessa. O promotor sempre era o mocinho, que tinha o objetivo de reparar uma injustiça, punir um criminoso por algum crime brutal e prendê-lo para sempre, a fim de que não pecasse mais. Buckley era mestre em convencer um júri, logo de cara, durante as alegações iniciais, de que cabia a eles, Ele e Os Doze Escolhidos, buscar diligentemente a verdade, como uma equipe, unidos contra o mal. Era a verdade que eles buscavam nada além da verdade. Encontre a verdade e a justiça reinará. Sigam Rufus Buckley, o defensor da sociedade, e vocês descobrirão a verdade.

O estupro tinha sido um ato abominável. Ele era pai, inclusive uma de suas filhas era da mesma idade de Tonya Hailey e, quando soube do crime, Buckley sentiu um embrulho no estômago. Sofreu por Carl Lee e sua esposa. Sim, ele pensou em suas próprias filhas e em vingança.

Jake deu um breve sorriso para Ellen. Que interessante. Buckley havia escolhido enfrentar o estupro em vez de não abordá-lo com o júri. Jake esperava um embate violento com ele acerca da admissibilidade de qualquer testemunho sobre o estupro. A pesquisa de Ellen concluiu que a lei deixava claro que os detalhes sórdidos eram inadmissíveis, mas não estava tão claro se poderiam mencioná-lo ou se referir a ele. Evidentemente, Buckley sentiu que era melhor reconhecer o estupro do que tentar escondê-lo. "Bela jogada", pensou Jake, visto que os doze jurados e o restante do mundo já conheciam mesmo os detalhes.

Ellen sorriu de volta. O estupro de Tonya Hailey estava prestes a ser julgado pela primeira vez.

Buckley explicou que seria natural que qualquer pai tivesse sede de vingança. Ele também teria, admitiu. Mas, continuou, enquanto sua voz foi ficando mais pesada, havia uma grande diferença entre querer vingança e obter vingança.

Ele estava se aquecendo e caminhava intencionalmente para um lado e para o outro, ignorando o púlpito, estabelecendo um ritmo. Buckley adentrou em um discurso de vinte minutos sobre o sistema de justiça criminal e como ele funcionava no Mississippi, e quantos estupradores ele, Rufus Buckley, já havia enviado para o Parchman, a maioria para o resto da vida. O sistema funcionava porque os moradores do Mississippi tinham bom senso suficiente para fazê-lo funcionar, e ele entraria em colapso se pessoas como Carl Lee Hailey fossem autorizadas a lhe provocar um curto-circuito fazendo justiça pelos seus próprios termos. Imaginem só. Uma sociedade sem lei onde justiceiros vagavam sem constrangimento. Sem polícia, sem prisões, sem tribunais, sem julgamentos, sem júris. Cada um por si.

Era um tanto irônico, disse ele, desacelerando por um momento. Carl Lee Hailey agora estava sentado diante deles, exigindo um processo e um julgamento justos, mas ele mesmo não acreditava naquelas coisas. Bastava perguntar às mães de Billy Ray Cobb e Pete Willard. Perguntem a elas que espécie de julgamento justo seus filhos tinham recebido.

O promotor fez uma pausa para permitir que o júri e os demais presentes absorvessem aquele último pensamento e refletissem sobre ele. Todos haviam sido tocados no íntimo e cada uma das pessoas sentadas na bancada do júri olhou para Carl Lee Hailey. Não eram olhares de compaixão. Jake limpava as unhas com um pequeno canivete, como se estivesse completamente entediado. Buckley fingiu revisar suas anotações no púlpito e depois consultou o relógio. Então começou de novo, desta vez em um tom de voz profissional e confiante. O Estado provaria que Carl Lee Hailey havia planejado os assassinatos com muito cuidado. Ele esperou por quase uma hora em uma salinha ao lado da escada por onde sabia que os dois homens passariam ao serem encaminhados de volta ao presídio. Tinha dado um jeito de entrar com um M-16 no tribunal. Buckley foi até uma pequena mesa da taquígrafa e puxou o M-16.

– Este é o M-16! – anunciou ele ao júri, sacudindo o fuzil freneticamente com uma das mãos.

Ele se sentou no púlpito e falou sobre como aquela arma havia sido criteriosamente selecionada por Carl Lee Hailey porque já a havia utilizado antes em combates corpo a corpo e sabia matar alguém com ela. Tinha sido treinado para usar um M-16. Aquela era uma arma ilegal. Não dava para comprar em uma loja. Ele precisara ir atrás de uma. Ele planejara tudo.

As provas eram claras: homicídio premeditado, meticulosamente planejado, a sangue-frio.

E havia ainda DeWayne Looney. Veterano do departamento, o assistente do xerife trabalhava lá havia catorze anos. Um homem de família – um dos melhores policiais que ele tinha conhecido. Baleado por Carl Lee Hailey durante o cumprimento de seu dever. Parte de sua perna fora amputada.

O que ele tinha feito para merecer isso? Talvez a defesa dissesse que tinha sido acidental, que não deveria ser levado em conta. Esse não era um argumento legítimo no Mississippi.

– Não há desculpa, senhoras e senhores, para nenhuma dessas violências. Ele deve ser considerado culpado.

Cada um deles tinha uma hora para as alegações iniciais, e tanto tempo disponível era uma tentação irresistível para o promotor, cujos comentários começaram a se tornar repetitivos. Ele se perdeu duas vezes ao tentar recriminar a estratégia da defesa de alegação de insanidade. Os jurados começaram a ficar entediados e a procurar outros pontos de interesse pela sala de audiências. Os desenhistas pararam de rabiscar, os repórteres pararam de escrever e Noose limpou os óculos sete ou oito vezes. Todo mundo sabia que Noose limpava os óculos para ficar acordado e lutar contra o tédio, e era comum ele fazer isso durante as sessões. Jake já o vira esfregá-los com um lenço, a gravata ou a barra da camisa, enquanto testemunhas desabavam aos prantos e advogados gritavam, sacudiam os braços e apontavam dedos uns para os outros. Noose não perdia uma palavra, objeção ou artimanha; aquilo apenas o entediava, mesmo em um caso daquela magnitude. Ele nunca dormira na tribuna, embora às vezes se sentisse absurdamente tentado. Em vez disso, tirava os óculos, segurava-os contra a luz, soprava as lentes, esfregava-as como se estivessem cobertas de graxa e depois os recolocava a norte da verruga. Não mais que cinco minutos depois, estariam sujos novamente. Quanto mais Buckley falava, mais os óculos eram limpos.

Por fim, depois de uma hora e meia, Buckley se calou e o tribunal suspirou aliviado.

– Recesso de dez minutos – anunciou Noose, e saiu às pressas da tribuna, passando pela porta e cruzando seu gabinete até o banheiro masculino.

Jake havia planejado ser breve em suas alegações iniciais, e depois da maratona de Buckley decidiu ser ainda mais. A maioria das pessoas não gosta de advogados, de modo geral, muito menos de advogados prolixos, tagarelas e verborrágicos que acham que cada aspecto insignificante de um caso deve ser repetido pelo menos três vezes, e que os principais devem ser repisados e martelados em quem quer que por acaso ainda esteja ouvindo. Os jurados não gostam, acima de tudo, de advogados que desperdiçam tempo, por duas ótimas razões. Primeiro, eles não podem mandar os advogados pararem de falar. Eles não têm escolha. Fora da sala de audiências, uma pessoa pode xingar um advogado e mandá-lo se calar, mas na bancada do júri eles estão tolhidos e proibidos de se manifestar. Assim, precisam recorrer a dormir, roncar, olhar feio, se ajeitar na cadeira, olhar para seus relógios ou qualquer um entre dezenas de sinais que os advogados chatos não conseguem nunca captar. Em segundo lugar, os jurados não gostam de julgamentos demorados. Para com a palhaçada e vai direto ao ponto. Apresenta os fatos e daremos um veredito.

Jake explicou isso ao seu cliente durante o recesso.

– Concordo. Seja breve – disse Carl Lee.

Foi o que ele fez. Catorze minutos de alegações iniciais, e o júri acompanhou cada palavra. Ele começou falando sobre filhas e como elas são especiais, como são diferentes dos meninos e precisam de proteção adequada. Falou-lhes de sua própria filha e do vínculo especial que existe entre pai e filha, um vínculo que não poderia ser explicado e não deveria ser violado. Admitiu admirar o Dr. Buckley e sua suposta capacidade de perdoar e ser empático com um bêbado pervertido qualquer que fosse capaz de estuprar sua filha. Ele era de fato um grande homem. Mas, no fim das contas, será que eles, na condição de jurados, enquanto pais e mães, seriam capazes de ser tão ternos, confiantes e indulgentes se a própria filha tivesse sido estuprada por dois animais bêbados, drogados e violentos que a amarraram a uma árvore e...?

– Protesto! – gritou Buckley.

– Aceito! – gritou Noose de volta.

Jake ignorou os gritos e prosseguiu, suavemente. Pediu que tentassem imaginar, durante o julgamento, como se sentiriam se fosse a filha deles. Pediu que não condenassem Carl Lee, mas o mandassem para casa, para sua família. Não mencionou a alegação de insanidade. Eles sabiam que isso viria em algum momento.

Jake terminou muito rápido, e deixou o júri impactado pelo contraste marcante entre os dois estilos.

– É só? – perguntou Noose surpreso.

Jake assentiu enquanto se sentava ao lado de seu cliente.

– Muito bem. Dr. Buckley, pode chamar sua primeira testemunha.

– O Ministério Público convoca Cora Cobb.

O oficial de justiça foi à sala das testemunhas buscar a Sra. Cobb. Ele a conduziu pela porta ao lado da bancada do júri até a sala de audiências, onde ela prestou juramento diante de Jean Gillespie, e então se sentou no banco das testemunhas.

– Fale no microfone – instruiu Buckley. – A senhora é Cora Cobb? – perguntou ele em voz alta enquanto colocava o púlpito próximo à grade divisória.

– Sim, senhor.

– Onde a senhora mora?

– Rota 3, Lake Village, condado de Ford.

– A senhora é a mãe do falecido Billy Ray Cobb?

– Sim, senhor – disse ela enquanto seus olhos se enchiam d'água.

Ela era uma mulher do interior cujo marido a havia abandonado quando os meninos eram pequenos. Eles cresceram sozinhos a maior parte do tempo, enquanto ela trabalhava em dois turnos em uma fábrica de móveis baratos entre Karaway e Lake Village. Cora perdeu o controle sobre os filhos muito cedo. Tinha cerca de 50 anos, tentava parecer dez mais nova, com tintura de cabelo e maquiagem, mas poderia facilmente passar por 60.

– Quantos anos tinha o seu filho quando ele morreu?

– Vinte e três.

Quando a senhora o viu vivo pela última vez?

– Alguns segundos antes de ele ser morto.

– Onde a senhora o viu?

– Aqui nesta sala.

– Onde ele foi morto?

– Lá embaixo.

– A senhora ouviu os tiros que mataram o seu filho?

Ela começou a chorar.

– Sim, senhor.

– Onde a senhora o viu pela última vez?

– Na funerária.

– E em que condições ele estava?

– Morto.

– Sem mais perguntas – anunciou Buckley.

– Perguntas, Dr. Brigance?

Ela era uma testemunha inofensiva, chamada para confirmar que a vítima estava mesmo morta e despertar um pouco de empatia. Não havia vantagens naquele interrogatório, e normalmente ela teria sido dispensada. Mas Jake viu uma oportunidade que não poderia deixar passar. Viu uma chance de definir o tom do julgamento, de acordar Noose, Buckley e o júri; apenas para dar uma sacudida em todo mundo. Ela não era tão digna de pena assim; estava fingindo um pouco. Buckley provavelmente a instruiu a chorar, se conseguisse.

– Só algumas perguntas – anunciou Jake enquanto passava por trás de Buckley e Musgrove em direção ao púlpito. O promotor ficou logo desconfiado.

– Sra. Cobb, é verdade que o seu filho foi condenado por vender maconha?

– Protesto! – bravejou Buckley, pondo-se de pé. – A ficha criminal da vítima não é admitida aqui!

– Aceito!

– Obrigado, Excelência – disse Jake apropriadamente, como se Noose lhe tivesse feito um favor.

Ela enxugou os olhos e chorou ainda mais.

– A senhora disse que seu filho tinha 23 anos quando morreu?

– Sim.

– Nesses 23 anos de vida, quantas outras crianças ele estuprou?

– Protesto! Protesto! – gritou Buckley, agitando os braços e olhando desesperado para Noose, que por sua vez gritava:

– Aceito! Aceito! Você está sendo inconveniente, Dr. Brigance! Inconveniente!

A Sra. Cobb começou a chorar e berrou incontrolavelmente quando a gritaria começou. Ela manteve o microfone diante do rosto, e seus gemidos e soluços ecoaram pelo tribunal. Todos estavam atordoados.

– Ele precisa ser advertido, Excelência! – exigiu Buckley, seu rosto e seus olhos brilhando de profunda raiva e seu pescoço de um roxo profundo.

– Retiro a pergunta! – respondeu Jake em voz alta enquanto voltava para seu assento.

– Golpe baixo, Brigance – murmurou Musgrove.

– Por favor, dê a ele uma advertência – implorou Buckley – e instrua o júri a desconsiderar o que ele disse.

– O doutor quer fazer a réplica? – perguntou Noose.

– Não – respondeu Buckley enquanto corria até o banco das testemunhas com um lenço para resgatar a Sra. Cobb, que havia enterrado a cabeça nas mãos e soluçava e tremia violentamente.

– A senhora está dispensada, Sra. Cobb – informou Noose. – Por favor, ajude a testemunha – solicitou ao oficial de justiça.

O oficial de justiça a ergueu pelo braço, com a ajuda de Buckley, e a auxiliou a descer do banco das testemunhas, em frente à bancada do júri, cruzando a grade divisória e atravessando o corredor central. Ela gritou e gemeu a cada passo, e seus ruídos aumentaram conforme ela se aproximou da porta de entrada, até que rugiu no máximo volume no momento em que saiu.

Noose olhou feio para Jake até que ela se foi e a sala de audiências ficou em silêncio novamente. Em seguida, ele se virou para o júri e disse:

– Por favor, desconsiderem a última pergunta do Dr. Brigance.

– Por que você fez isso? – sussurrou Carl Lee ao advogado.

– Te explico mais tarde.

– O Ministério Público convoca Earnestine Willard – anunciou Buckley em um tom mais baixo e com muito mais hesitação.

A Sra. Willard foi trazida, vinda da sala de testemunhas. Ela prestou juramento e se sentou.

– A senhora é Earnestine Willard? – perguntou Buckley.

– Sim, senhor – disse ela com uma voz frágil.

A vida havia sido difícil para ela também, mas ela tinha certa decência que a tornava mais digna de pena e de crédito do que a Sra. Cobb. As roupas eram baratas, mas limpas e bem passadas. O cabelo estava sem a tinta preta vagabunda na qual a Sra. Cobb apostava tanto. O rosto não exibia as várias camadas de maquiagem. Quando começou a chorar, chorou para si mesma.

– E onde a senhora mora?

– Para além de Lake Village.

– Pete Willard era seu filho?

– Sim, senhor.

– Quando a senhora o viu vivo pela última vez?

– Bem aqui nesta sala, um pouco antes de ele ser morto.

– A senhora ouviu o tiroteio que o matou?

– Sim, senhor.

– Onde a senhora o viu pela última vez?

– Na funerária.

– E em que condições eles estava?

– Ele estava morto – disse ela, enxugando as lágrimas com um lenço de papel.

– Eu lamento muito – respondeu Buckley. – Sem mais perguntas – acrescentou, olhando para Jake cuidadosamente.

– Alguma pergunta? – indagou Noose, também olhando para Jake com desconfiança.

– Só duas – disse Jake. – Sra. Willard, meu nome é Jake Brigance. – Ele parou atrás do púlpito e olhou para ela sem compaixão.

Ela assentiu.

– Quantos anos o seu filho tinha quando morreu?

– Vinte e sete.

Buckley afastou a cadeira da mesa e se sentou na beirada do assento, pronto para levantar. Noose tirou os óculos e se inclinou para a frente. Carl Lee abaixou a cabeça.

– Nesses 27 anos de vida, quantas outras crianças ele estuprou?

Buckley deu um pulo.

– Protesto! Protesto! Protesto!

– Aceito! Aceito! Aceito!

A gritaria assustou a Sra. Willard, e ela chorou ainda mais alto.

– Excelência, dê uma advertência a ele! O advogado precisa ser advertido!

– Retiro a pergunta – disse Jake no caminho de volta para seu lugar.

Buckley implorou com as mãos:

– Mas isso não é o suficiente, Excelência! Ele tem que ser advertido!

– No meu gabinete – ordenou Noose. Ele dispensou a testemunha e determinou recesso até uma da tarde.

HARRY REX ESTAVA esperando na varanda do escritório de Jake com sanduíches e uma jarra de margarita. Jake recusou e bebeu suco de toranja. Ellen quis só uma; só um pouco, disse ela, para acalmar os nervos. Naquele terceiro dia, o almoço havia sido preparado por Dell e entregue pessoalmente no escritório de Jake. Cortesia do Coffee Shop.

Eles comeram e relaxaram na varanda e assistiram ao rebuliço ao redor do fórum.

– O que aconteceu no gabinete do juiz? – indagou Harry Rex.

Jake mordiscou um sanduíche de carne enlatada. Ele disse que queria falar sobre qualquer coisa que não fosse o julgamento.

– O que aconteceu no gabinete, porra?

– O Cardinals tá três partidas em desvantagem, sabia, Row Ark?

– Achei que fossem quatro.

– O que aconteceu no gabinete?
– Você quer mesmo saber?
– Sim! Sim!
– Tá. Eu tenho que ir ao banheiro. Quando voltar eu te conto.
Jake saiu.
– Row Ark, o que aconteceu no gabinete?
– Nada de mais. O Noose deu um esculacho no Jake, mas nada irreversível. O Buckley queria ver sangue, e o Jake disse que com certeza ele ia ver se a cara dele ficasse mais vermelha. O Buckley reclamou, gritou e acusou o Jake de inflamar intencionalmente o júri. O Jake só sorria pra ele e dizia "Sinto muito, governador". Toda vez que ele dizia governador, o Buckley gritava pro Noose "Ele tá me chamando de governador, Excelência, faz alguma coisa". E o Noose dizia "Por favor, doutores, espero que vocês se comportem como profissionais". E o Jake dizia "Obrigado, Excelência". Aí ele deixava passar alguns minutos e chamava o Buckley de governador de novo.
– Por que ele fez aquelas duas mulheres chorarem?
– Foi uma jogada brilhante, Harry Rex. Ele mostrou pro júri, pro Noose, pro Buckley, pra todo mundo, que o tribunal é *dele* e que ele não tem medo de ninguém lá dentro. Ele tirou sangue antes de todo mundo. Conseguiu deixar o Buckley tão nervoso que agora ele não relaxa nunca mais. O Noose respeita o Jake porque ele não se intimida nem com o juiz. Os jurados ficaram chocados, mas ele acordou todos eles e disse de uma forma nada sutil que aquilo ali é uma guerra. Uma jogada brilhante.
– Sim, também achei.
– Não prejudicou a gente em nada. Aquelas mulheres estavam atrás de compaixão, mas o Jake lembrou ao júri o que os filhinhos queridos delas fizeram antes de morrer.
– Nojentos.
– Se houver algum ressentimento por parte do júri, eles já vão ter esquecido no momento em que a última testemunha subir no banco.
– O Jake é muito bom, né?
– Ele é. Muito bom. É o melhor que eu já vi pra idade dele.
– Espere até as alegações finais. Eu já ouvi algumas. Ele é capaz de fazer um instrutor de pelotão sentir pena de alguém.
Jake voltou e se serviu de um pouco de margarita. Muito pouco, para acalmar os nervos. Harry Rex bebeu como um camelo.

OZZIE FOI A primeira testemunha do Ministério Público depois do almoço. Buckley exibiu grandes placas multicoloridas com mapas do térreo e do segundo andar do fórum e, juntos, traçaram os últimos passos de Cobb e Willard.

A seguir Buckley exibiu um conjunto de dez fotografias coloridas tamanho 40 por 60 centímetros de Cobb e Willard caídos nas escadas logo após o tiroteio. Eram medonhas. Jake tinha visto muitas fotos de cadáveres e, embora nenhuma fosse particularmente agradável em razão de sua natureza, algumas não eram tão ruins. Em um de seus casos, a vítima havia sido baleada no coração com uma .357 e simplesmente caíra morta em sua varanda. Era um homem grande e musculoso, e a bala ficara alojada no corpo. Portanto, não havia sangue, apenas um pequeno orifício em seu macacão e, abaixo dele, um pequeno orifício cauterizado em seu peito. Parecia que ele tinha adormecido e desabado, ou desmaiado de bêbado na varanda, como Lucien faria. Não era uma cena espetacular, e Buckley não se orgulhava daquelas fotos, que não foram ampliadas na ocasião. Ele havia apenas entregado pequenas Polaroides ao júri e parecia enojado por elas serem tão pouco sanguinolentas.

Mas a maioria das fotos de homicídios era horrenda e repulsiva, com sangue respingado nas paredes e no teto, e partes dos corpos espalhadas por toda parte. Essas sempre eram ampliadas pelo promotor e exibidas enquanto evidência com grande alarde, depois sacudidas pela sala de audiências por Buckley enquanto ele e a testemunha descreviam as cenas nas fotos. Por fim, com os jurados ávidos de curiosidade, Buckley pedia educadamente ao juiz permissão para mostrar as fotos ao júri, e o juiz sempre consentia. Então Buckley e todos os demais observariam seus rostos enquanto eles ficavam chocados, horrorizados e por vezes nauseados. Jake já tinha visto dois jurados até mesmo vomitarem quando lhes entregaram fotos de um cadáver todo retalhado.

Fotos como aquelas eram altamente prejudiciais e inflamatórias, e também altamente admissíveis. "Probatórias" foi a palavra usada pela Suprema Corte. Aquelas fotos poderiam ajudar o júri, segundo noventa anos de decisões da Corte. Ficou bem estabelecido no Mississippi que as fotos de homicídios, não importa que impacto tivessem no júri, eram sempre admissíveis.

Jake vira as fotos de Cobb e Willard semanas antes, dera entrada na objeção-padrão e o pedido havia sido indeferido.

As fotografias estavam emolduradas profissionalmente num papel cartão grosso, algo que o promotor nunca tinha feito. Ele entregou a primeira para

Reba Betts, na bancada do júri. Tinha um close da cabeça e dos miolos de Willard.

A mulher quase engasgou e disse "Meu Deus!", e entregou a foto para o próximo jurado, que ficou boquiaberto, horrorizado, e a passou adiante. Eles passaram a imagem de um para outro e depois para os suplentes. Buckley a pegou de volta e entregou outra a Reba. O ritual prosseguiu por meia hora até que todas as fotos foram devolvidas ao promotor.

Então ele agarrou o M-16 e o esticou para Ozzie.

– Você consegue identificar isso?

– Sim, é a arma encontrada no local.

– Quem a pegou no local?

– Eu.

– E o que você fez com ela?

– Embrulhei em um saco plástico e a coloquei no cofre do presídio. Deixei ela lá trancada até entregar ao Sr. Laird, do laboratório de criminalística em Jackson.

– Excelência, o Ministério Público gostaria de apresentar a arma, Item S 13, como prova – disse Buckley, agitando-a freneticamente.

– Nenhuma objeção – disse Jake.

– Sem mais perguntas – anunciou Buckley.

– E a defesa?

Jake folheou suas anotações enquanto caminhava lentamente até o púlpito. Ele tinha apenas algumas perguntas para o amigo.

– Xerife, você prendeu Billy Ray Cobb e Pete Willard?

Buckley empurrou a cadeira para trás e empoleirou seu corpo largo na beirada, pronto para pular e gritar se necessário.

– Sim – respondeu o xerife.

– E por quê?

– Pelo estupro de Tonya Hailey – respondeu ele sem rodeios.

– E que idade ela tinha na época em que foi estuprada por Cobb e Willard?

– Dez anos.

– Xerife, é verdade que Pete Willard assinou uma confissão na...

– Protesto! Protesto! Excelência! Isso é inadmissível e o Dr. Brigance sabe disso.

Ozzie assentiu afirmativamente mesmo com a objeção do promotor.

– Aceito.

Buckley estava tremendo.

– Solicito que a pergunta seja excluída dos registros e o júri seja instruído a desconsiderá-la.

– Retiro a pergunta – disse Jake a Buckley com um sorriso.

– Por favor, desconsiderem a última pergunta do Dr. Brigance – instruiu Noose ao júri.

– Sem mais perguntas – disse Jake.

– Réplica, Dr. Buckley?

– Não, Excelência.

– Muito bem. Xerife, está dispensado.

A testemunha seguinte de Buckley era um perito em impressões digitais de Washington que passou uma hora contando aos jurados o que eles já sabiam havia semanas. Sua dramática conclusão uniu inequivocamente as impressões do M-16 às de Carl Lee Hailey. Em seguida, veio o perito em balística do laboratório de criminalística do estado, cujo depoimento foi tão enfadonho e pouco informativo quanto o de seu antecessor no banco das testemunhas. Sim, sem dúvida, os fragmentos recuperados da cena do crime haviam sido disparados do M-16 que estava sobre a mesa. Aquela era a conclusão e, com os gráficos e diagramas, Buckley levou uma hora para dizer isso ao júri. Excessos do Ministério Público, como Jake chamava; uma debilidade da qual todos os promotores sofriam.

A defesa não tinha perguntas para nenhum dos dois peritos, e às cinco e quinze Noose se despediu dos jurados com instruções estritas contra a discussão do caso. Eles assentiram educadamente enquanto saíam do tribunal. Em seguida, bateu o martelo e suspendeu a sessão até as nove da manhã.

36

O grandioso dever cívico do júri envelhecera rapidamente. Na segunda noite no Temple Inn, os telefones haviam sido removidos – ordens do juiz. Algumas revistas antigas doadas pela biblioteca de Clanton foram distribuídas e logo descartadas, havendo pouco interesse entre o grupo na *The New Yorker*, na *The Smithsonian* e na *Architectural Digest*.

– Tem alguma *Penthouse*? – sussurrou Clyde Sisco para o oficial de justiça enquanto este fazia a ronda. Ele disse que não, mas veria o que poderia fazer.

Confinados em seus quartos sem televisão, jornais ou telefones, eles não fizeram quase nada além de jogar cartas e conversar sobre o julgamento. Uma viagem até o final do corredor para buscar gelo e um refrigerante se tornava uma ocasião especial, uma tarefa que os colegas de quarto planejavam e na qual se alternavam. O tédio dominou todos eles.

Em cada extremidade do corredor dois soldados vigiavam a escuridão e a solidão, a quietude interrompida apenas pelo surgimento sistemático dos jurados com moedas para a máquina de bebidas.

O sono chegou cedo e, quando as sentinelas bateram às portas às seis da manhã, todos os jurados estavam acordados, alguns até vestidos. Eles devoraram o café da manhã de quinta-feira, com panquecas e salsichas, e ansiosos subiram no ônibus às oito para a viagem de volta para o tribunal.

PELO QUARTO DIA consecutivo, o saguão de entrada já estava lotado às oito da manhã. Às oito e meia, os espectadores foram informados de que todos os lugares haviam sido ocupados. Prather abriu a porta e a multidão passou lentamente pelo detector de metais, depois pelos olhares atentos dos policiais e por fim entrou na sala de audiências, onde os negros preencheram o lado esquerdo e os brancos, o direito. A primeira fileira foi novamente reservada por Hastings para Gwen, Lester, as crianças e outros parentes. Agee e outros membros do conselho se sentaram na segunda fileira com os parentes que não couberam na frente. Agee tinha ficado encarregado de alternar o trabalho dentro e fora do tribunal, junto aos manifestantes. Ele mesmo preferia ficar só com o trabalho interno, onde ficava mais seguro, mas sentia falta das câmeras e dos repórteres que se aglomeravam no gramado na frente do fórum. À sua direita, do outro lado do corredor, estavam as famílias e os amigos das vítimas. Eles tinham se comportado bem até aquele momento.

Poucos minutos antes das nove, Carl Lee foi escoltado para fora da salinha de espera. As algemas foram removidas por um dos muitos policiais que o cercavam. Ele deu um grande sorriso para sua família e se sentou em sua cadeira. Os advogados ocuparam seus lugares e a sala de audiências ficou em silêncio. O oficial de justiça enfiou a cabeça pela porta ao lado da bancada do júri e, satisfeito com o que viu, liberou os jurados para que se sentassem nos assentos designados. O Sr. Pate assistia a tudo isso da porta que levava ao gabinete do juiz, e, quando estava tudo pronto, ele deu um passo à frente e gritou: "Todos de pé!" Envolto em sua toga preta amarrotada e desbotada favorita, Ichabod foi até a tribuna a passos largos e instruiu que todos se sentassem. Ele cumprimentou o júri e os questionou acerca do que havia acontecido desde o encerramento do dia anterior.

Ele olhou para os advogados.

– Cadê o Dr. Musgrove?

– Ele está um pouco atrasado, Excelência. Mas podemos prosseguir – anunciou Buckley.

– Pode chamar a sua próxima testemunha – ordenou Noose ao promotor.

O legista do laboratório de criminalística do estado foi localizado no saguão e entrou na sala de audiências. Via de regra, ele estaria ocupado demais para um mero julgamento e teria enviado um de seus subordinados para explicar ao júri exatamente o que matara Cobb e Willard. Mas aquele era o caso Hailey, e ele se sentiu compelido a fazer o trabalho em pessoa.

Na verdade, era o caso mais simples que ele tinha visto nos últimos tempos; os corpos foram encontrados à beira da morte, a arma estava junto aos corpos e havia buracos suficientes para que tivessem sido mortos mais de dez vezes. Todos sem exceção sabiam como aqueles dois tinham morrido. Mas o promotor insistiu que fosse feito um exame completo, então o médico se apresentou na quinta-feira de manhã com fotos das autópsias e gráficos de anatomia multicoloridos.

Previamente, no gabinete do juiz, Jake tinha se oferecido para confirmar as causas das mortes, mas Buckley não aceitou. Não, senhor, ele queria que o júri ouvisse e soubesse bem como eles morreram.

– Vamos dizer que eles morreram em razão de múltiplos ferimentos a bala disparados do M-16 – afirmou Jake com firmeza.

– Não, doutor. Eu tenho o direito de comprovar – teimou Buckley.

– Mas ele está se oferecendo para confirmar as causas das mortes – disse Noose, incrédulo.

– Eu tenho o direito de comprovar o que aconteceu – disse Buckley.

Então ele o fez. Em um caso clássico de excessos do Ministério Público, Buckley fez a comprovação. Durante três horas, o legista falou sobre quantas balas atingiram Cobb e quantas atingiram Willard, o que cada bala causou após penetrar os corpos e os terríveis danos provocados. Os gráficos de anatomia foram colocados em cavaletes diante do júri, e o médico pegou uma bolinha de plástico numerada que representava uma bala e a moveu lentamente pelo corpo. Catorze bolinhas para Cobb e onze para Willard. Buckley fazia uma pergunta, obtinha uma resposta e, em seguida, interrompia para elaborar um argumento.

– Excelência, gostaríamos de confirmar as causas das mortes – anunciava Jake com grande frustração a cada trinta minutos.

– Não – respondia Buckley laconicamente, e passava para a bolinha seguinte.

Jake caía em sua cadeira, balançava a cabeça e olhava para os jurados, ao menos para aqueles que estavam acordados.

O legista terminou ao meio-dia e Noose, cansado e entorpecido pelo tédio, fez um recesso de duas horas para o almoço. Os jurados foram acordados pelo oficial de justiça e conduzidos à sala do júri, onde comeram churrasco em pratos de plástico e, em seguida, jogaram cartas. Eles estavam proibidos de deixar o tribunal.

EM TODA CIDADEZINHA do Sul dos Estados Unidos existe pelo menos uma criança que nasceu correndo atrás de dinheiro. Ele era o garoto que, aos 5 anos, montou a primeira barraca de limonada da rua e cobrou 25 centavos por um copinho de água saborizada artificialmente. Ele sabia que tinha um gosto horrível, mas também sabia que os adultos o achavam adorável. Foi o primeiro garoto na rua a comprar um cortador de grama parcelado na Western Auto e a passar o mês de fevereiro circulando pela vizinhança para garantir trabalho durante o verão. Foi o primeiro garoto a comprar a própria bicicleta, que usava para entregar jornais de manhã e à tarde. Vendia cartões de Natal para velhinhas em agosto. Vendia bolos de porta em porta em novembro. Nas manhãs de sábado, quando seus amigos assistiam a desenhos animados, ele estava no mercado de pulgas do tribunal vendendo amendoim torrado e cachorros-quentes. Começou a investir em CDBs com 12 anos. Ele tinha o próprio gerente no banco. Aos 15, pagou em dinheiro por sua picape novinha no mesmo dia em que foi aprovado no exame de direção. Comprou um trailer para atrelar à picape e o encheu com equipamento de jardinagem. Vendia camisetas nas partidas de futebol americano do colégio. Era um sujeito esforçado; um futuro milionário.

Em Clanton, seu nome era Hinky Myrick, e tinha 16 anos. Ele aguardou ansiosamente no saguão até que Noose fizesse a pausa para o almoço, depois passou pelos policiais e entrou na sala de audiências. Os lugares eram tão preciosos que quase nenhum dos espectadores saiu para almoçar. Alguns ficavam de pé, olhando feio para seus vizinhos, apontavam para seus assentos e cuidavam para que todos soubessem que era seu durante o dia inteiro, depois iam ao banheiro. Mas a maioria deles ficava sentada em seus valiosos lugares nos bancos e passava o almoço com fome.

Hinky sentiu o cheiro da oportunidade. Ele podia pressentir as pessoas necessitadas. Na quinta-feira, assim como fizera na quarta, empurrou um carrinho de compras pelo corredor até a frente do fórum. Estava cheio de uma grande variedade de sanduíches e refeições em recipientes de plástico. Ele começou a gritar em direção ao final das fileiras, passando a comida para seus clientes. Deu um jeito de lentamente chegar aos fundos do tribunal. Ele era impiedoso. Cobrava dois dólares por um sanduíche de salada de atum no pão de forma; o custo era de oitenta centavos. Uma refeição de frango frio com algumas ervilhas custava três dólares; seu custo, um e vinte e cinco. Um refrigerante em lata custava um e cinquenta. Mas eles pagavam seus preços de bom grado e assim mantinham seus lugares. Ele vendeu tudo antes de chegar à quarta fileira e começou a anotar os pedidos dos demais. Hinky era o homem do momento.

Com vários pedidos nas mãos, saiu correndo, cruzou o gramado, passou no meio dos negros, atravessou a Caffey Street e entrou no Claude's. Correu para a cozinha, empurrou uma nota de vinte dólares para o cozinheiro e lhe entregou os pedidos. Ele aguardou, atento ao relógio. O cozinheiro se mexia lentamente. Hinky deu a ele mais vinte.

O julgamento trouxe uma onda de prosperidade com a qual Claude nunca havia sonhado. O café da manhã e o almoço em sua pequena cafeteria se tornaram acontecimentos à medida que a demanda ultrapassava em muito o número de cadeiras e os famintos se enfileiravam na calçada, esperando no calor por uma mesa. Depois do intervalo para o almoço na segunda-feira, ele saiu por Clanton comprando todos os conjuntos de mesas e cadeiras dobráveis que conseguiu encontrar. Na hora do almoço, os corredores desapareciam, obrigando as garçonetes a manobrar as bandejas com agilidade entre as fileiras de pessoas, quase todas negras.

O julgamento era o único assunto das conversas. Na quarta-feira, a composição do júri havia sido veementemente condenada. Na quinta, a conversa girou em torno da crescente antipatia pelo promotor.

– Ouvi dizer que ele quer se candidatar a governador.

– Democrata ou republicano?

– Democrata.

– Ele não consegue ganhar sem os votos dos negros, não no Mississippi.

– Sim, e ele provavelmente não vai ter muitos depois desse julgamento.

– Espero que ele tente.

– Ele tá mais pra republicano.

Na Clanton de antes do julgamento, o meio-dia começava dez minutos antes, quando as jovens, bronzeadas, belas e bem-vestidas secretárias do tribunal, dos bancos, dos escritórios de advocacia e das seguradoras deixavam suas mesas e tomavam conta das calçadas. Durante o almoço, elas resolviam diversos assuntos nos arredores da praça. Iam ao correio. Faziam transações bancárias. Faziam compras. A maioria comprava comida na Chinese Deli e comia sentada nos bancos sob a sombra das árvores ao redor do fórum. Encontravam-se com as amigas e fofocavam. Ao meio-dia, o coreto em frente ao tribunal atraía mais mulheres bonitas do que o desfile de Miss Mississippi.

Era uma regra tácita de Clanton que as secretárias que se reuniam na praça ganhavam vantagem no almoço e não precisavam voltar antes de uma da tarde. Os homens saíam ao meio-dia em ponto e observavam as moças.

Mas o julgamento mudou tudo. As árvores que faziam sombra ao redor do fórum estavam no meio de uma zona de combate. As cafeterias ficavam cheias das onze à uma, com soldados e desconhecidos que não conseguiam lugar na sala de audiências. A Chinese Deli estava lotada de gente de fora da cidade. As secretárias resolviam o que tinham que resolver na rua e depois almoçavam em suas próprias mesas.

No Tea Shoppe, banqueiros e outros executivos discutiram o julgamento mais em termos de publicidade e de como a cidade estava sendo vista. A Klan era uma grande preocupação. Nem um único cliente conhecia alguém vinculado à Klan, e a organização havia sido esquecida no norte do Mississippi. Mas os abutres adoravam as vestes brancas, e o que o mundo lá fora sabia é que Clanton, no Mississippi, era o lar da Ku Klux Klan. Eles odiavam a Klan por estar ali. Eles xingavam a imprensa por mantê-la ali.

Para o almoço de quinta-feira, o Coffee Shop oferecia o especial do dia: costeletas de porco fritas e folhas de nabo, acompanhadas de batata-doce, creme de milho ou quiabo frito. Dell servia os pratos para um salão lotado que estava igualmente dividido entre locais, forasteiros e soldados. A regra de não falar com ninguém com barba ou sotaque engraçado, embora implícita, estava firmemente estabelecida e era aplicada com rigor, e para um povo amigável era estranho não sorrir e conversar com os de fora. Uma arrogância silenciosa havia muito substituíra a recepção calorosa dada aos visitantes nos primeiros dias após os assassinatos. Muitos dos repórteres obcecados tinham traído seus anfitriões e publicado palavras indelicadas, desagradáveis e injustas sobre o condado e seus habitantes. Era incrível como eles conseguiam chegar em bandos de todos os lugares e em 24 horas se tornar especialistas em um lugar do qual nunca tinham ouvido falar e em um povo que não conheciam.

Os moradores assistiram a eles se acotovelando como idiotas pela praça atrás do xerife, do promotor, do advogado de defesa ou de qualquer pessoa que pudesse saber de alguma coisa. Eles os viram esperar, nos fundos do fórum, como lobos famintos para atacar o réu, que invariavelmente estava cercado por policiais e que invariavelmente os ignorava enquanto eles gritavam as mesmas perguntas ridículas. Os moradores assistiram com desgosto enquanto eles mantinham suas câmeras apontadas para os membros da Klan e para os negros mais turbulentos, sempre em busca dos momentos mais radicais, e fazendo com que aquilo parecesse ser a norma.

Eles os observavam e os odiavam.

– O que é aquela merda laranja na cara dela? – perguntou Tim Nunley, olhando para uma repórter sentada em uma mesa próxima à janela.

Jack Jones mastigou seu quiabo e analisou o rosto laranja.

– Deve ser alguma coisa que eles usam pras câmeras. Faz o rosto ficar branco na TV.

– Mas já é branco.

– Eu sei, mas não fica branco na TV a não ser que esteja pintado de laranja.

Nunley não estava convencido.

– Então o que os negros usam na TV? – perguntou ele.

Ninguém sabia responder.

– Você viu ela na TV ontem à noite? – perguntou Jack Jones.

– Não. De onde ela é?

– Canal quatro, de Memphis. Ontem à noite, ela entrevistou a mãe do Cobb e, claro, pressionou a velha até ela desmaiar. Tudo o que mostraram na TV foi ela chorando. Nojento. Na noite anterior, ela entrevistou uns caras da Klan de Ohio falando sobre o que a gente precisa aqui no Mississippi. Ela é a pior.

O MINISTÉRIO PÚBLICO concluiu a acusação contra Carl Lee na tarde de quinta-feira. Depois do almoço, Buckley levou Murphy ao banco das testemunhas. Foi um depoimento penoso e angustiante, uma vez que o coitado gaguejou incontrolavelmente por uma hora.

– Fique calmo, Sr. Murphy – disse Buckley uma centena de vezes.

Ele assentia e tomava um gole d'água. Balançava a cabeça afirmativa e negativamente o máximo possível, mas a taquígrafa penou para conseguir captar todos esses gestos.

– Não entendi – dizia ela, de costas para o banco das testemunhas. Então ele tentava responder e travava, geralmente em uma consoante forte como um "P" ou "T". Ele deixava escapar alguma coisa, depois gaguejava e falava de forma incoerente.

– Eu não entendi – dizia ela, impotente, quando ele terminava. Buckley suspirava. Os jurados se ajeitavam na cadeira. Metade dos espectadores roía as unhas.

– O senhor poderia repetir? – insistia Buckley, com o máximo de paciência possível.

– M-m-m-me d-d-d-d-d-desculpe – dizia ele com frequência. Era de dar pena.

No final, concluiu-se que ele estava tomando uma Coca-Cola numa escada que ficava nos fundos do fórum, de frente para a outra onde os estupradores foram mortos. Ele havia notado um homem negro espiando de um pequeno armário a cerca de doze metros de distância, mas não dera muita atenção na hora. Então, quando os dois desceram, o homem simplesmente saiu e abriu fogo, rindo e gritando. Quando ele parou de atirar, largou a arma e foi embora. Sim, era ele, sentado bem ali. O negro.

Noose quase abriu um buraco nos óculos de tanto esfregá-los enquanto ouvia Murphy. Quando Buckley se sentou, Sua Excelência olhou desesperadamente para Jake.

– Alguma pergunta? – perguntou, agoniado.

Jake se levantou com um bloco de papel na mão. A taquígrafa olhou para ele. Harry Rex bufou. Ellen fechou os olhos. Os jurados retorceram as mãos e o observaram com atenção.

– Não faz isso – sussurrou Carl Lee com firmeza.

– Não, Excelência, não temos perguntas.

– Obrigado, Dr. Brigance – disse Noose, respirando aliviado.

A testemunha seguinte foi o inspetor Rady, investigador do departamento do xerife. Ele informou ao júri que tinha encontrado uma lata de refrigerante no almoxarifado ao lado da escada, e as impressões digitais na lata correspondiam às de Carl Lee Hailey.

– Estava vazia ou cheia? – perguntou Buckley em um tom dramático.

– Estava completamente vazia.

"Grande coisa", pensou Jake. "Ele estava com sede, e daí?" Lee Harvey Oswald comeu frango enquanto esperava John Kennedy. Não, ele não tinha perguntas para a testemunha.

– Temos uma última testemunha, Excelência – disse Buckley com grande determinação às quatro da tarde. – O assistente do xerife, DeWayne Looney.

Com uma bengala, Looney atravessou mancando a sala de audiências até o banco das testemunhas. Ele tirou a arma e a entregou ao Sr. Pate.

Buckley o observou orgulhoso.
– O senhor pode dizer seu nome, por favor?
– DeWayne Looney.
– E seu endereço?
– Bennington Street, número1.468, Clanton, Mississippi.
– Quantos anos você tem?
– Trinta e nove.
– Onde você trabalha?
– No departamento do xerife do condado de Ford.
– E o que você faz lá?
– Sou operador de rádio.
– Era essa a sua função na segunda-feira, dia 20 de maio?
– Não, eu era assistente do xerife.
– Você estava de serviço?
– Sim. Tinha sido designado pra levar dois presos do presídio até o tribunal e depois voltar.
– Quem eram esses dois presos?
– Billy Ray Cobb e Pete Willard.
– A que horas você saiu do tribunal com eles?
– Por volta de uma e meia, eu acho.
– Quem estava de plantão com você?
– Marshall Prather. Ele e eu éramos responsáveis pelos dois. Havia uns outros policiais no fórum ajudando, e tínhamos dois ou três homens do lado de fora esperando a gente. Mas eu e o Marshall estávamos no comando.
– O que aconteceu quando a audiência acabou?
– Nós logo algemamos Cobb e Willard e tiramos eles daqui. Nós levamos eles para aquela salinha ali, esperamos um pouco, e o Prather desceu as escadas.
– O que aconteceu depois?
– Começamos a descer as escadas dos fundos. Primeiro o Cobb, depois o Willard, por último eu. Como eu disse, o Prather já tinha descido. Ele estava do lado de fora.
– Sim, senhor. E o que aconteceu depois?
– Quando o Cobb estava quase chegando no pé da escada, o tiroteio começou. Eu estava no patamar, tentando descer. No início não vi ninguém,

depois vi o Sr. Hailey disparando. O Cobb caiu de costas em cima do Willard, e os dois gritaram e desabaram no chão, tentando voltar pra onde eu estava.

– Sim, senhor. Descreva o que você viu.

– Dava pra ouvir as balas ricocheteando nas paredes e atingindo tudo. Foram os tiros mais barulhentos que eu já ouvi e parecia que ele ia atirar pra sempre. Os dois só se contorciam e se debatiam, gritando sem parar. Eles estavam algemados, né.

– Sim, senhor. O que aconteceu com você?

– Como eu disse, nunca consegui passar do patamar. Acho que uma das balas ricocheteou na parede e me atingiu na perna. Eu estava tentando subir as escadas de volta quando senti minha perna queimar.

– E o que aconteceu com a sua perna?

– Cortaram fora – respondeu Looney com naturalidade, como se uma amputação fosse algo que acontecesse o tempo todo. – Bem abaixo do joelho.

– Você viu bem quem era o homem com a arma?

– Sim, senhor.

– Você pode identificá-lo para o júri?

– Sim, senhor. Era o Sr. Hailey, o homem sentado ali.

Aquela resposta teria sido o momento mais lógico para que o testemunho de Looney fosse encerrado. Ele foi breve, direto ao ponto, simpático e afirmativo quanto à identificação. O júri tinha ouvido cada palavra até aquele instante. Mas Buckley e Musgrove trouxeram novamente os grandes painéis e os colocaram diante do júri para que Looney pudesse mancar na frente deles por um tempo. Sob a direção de Buckley, ele refez os movimentos exatos de todos os momentos antes dos assassinatos.

Jake esfregou a testa e beliscou a parte de cima do nariz. Noose limpou e tornou a limpar os óculos. Os jurados ficaram inquietos.

– Alguma pergunta, Dr. Brigance? – indagou Noose por fim.

– Só algumas – disse Jake enquanto Musgrove retirava os destroços do tribunal.

– Policial Looney, pra quem Carl Lee estava olhando enquanto atirava?

– Pros criminosos, até onde eu sei.

– Ele alguma vez olhou para você?

– Bom, eu não passei muito tempo tentando fazer contato visual com ele. Na verdade, eu estava indo na outra direção.

– Então ele não mirou em você?

– Ah, não, senhor. Ele só mirou nos dois. Acertou eles também.
– O que ele fez quando estava atirando?
– Ele só gritava e ria. Foi a coisa mais estranha que já ouvi, como se ele fosse um doido ou alguma coisa assim. E sabe de uma coisa, o que eu sempre vou lembrar é que com todo o barulho, a arma disparando, as balas assobiando, os dois caras gritando ao serem atingidos, eu conseguia ouvir aquela gargalhada maluca dele, apesar de todo o barulho.

A resposta foi tão perfeita que Jake teve que se esforçar para não dar um sorriso. Ele e Looney haviam trabalhado nela centenas de vezes e era absolutamente linda. Cada palavra tinha sido perfeita. Jake folheou seu bloco de anotações e olhou para os jurados. Todos eles olhavam para Looney, encantados com sua resposta. Jake rabiscou algo, qualquer coisa, nada, apenas para matar mais alguns segundos antes das perguntas mais importantes do julgamento.

– Agora, Sr. Looney, Carl Lee Hailey atirou em você na perna.
– Sim, senhor, atirou.
– Você acha que foi intencional?
– Ah, não, senhor. Foi um acidente.
– Você quer que ele seja punido por atirar em você?
– Não, senhor. Não tenho nenhum sentimento ruim por esse homem. Ele fez o que eu teria feito.

Buckley largou a caneta e se afundou na cadeira. Ele olhou desolado para sua principal testemunha.

– O que você quer dizer com isso?
– Quero dizer que não culpo ele pelo que fez. Aqueles dois estupraram a filha dele. Eu tenho uma garotinha. O homem que estuprasse ela seria um homem morto. Eu acabaria com ele, assim como Carl Lee fez. Nós devíamos dar a ele um troféu.

– Você quer que o júri condene Carl Lee?

Buckley deu um pulo e rugiu:

– Protesto, Excelência! Protesto! Essa pergunta é imprópria!
– Não! – disparou Looney. – Eu não quero que ele seja condenado. Ele é um herói. Ele...
– Não responda, Sr. Looney! – disse Noose em voz alta. – Não responda!
– Protesto! Protesto! – continuou Buckley já na ponta dos pés.
– Ele é um herói! Tem que ser solto! – gritou Looney para Buckley.

– Ordem! Ordem! – Noose bateu com o martelo.

Buckley ficou em silêncio. Looney ficou em silêncio. Jake foi até sua cadeira e disse:

– Retiro a pergunta.

– Por favor, desconsiderem – instruiu Noose ao júri.

Looney sorriu para o júri e saiu mancando do tribunal.

– Chame sua próxima testemunha – disse Noose, tirando os óculos.

Buckley se levantou lentamente e, com um grande esforço dramático, disse:

– Excelência, o Ministério Público não tem mais testemunhas.

– Ótimo – respondeu Noose, olhando para Jake. – Presumo que tenha alguns pedidos a fazer, Dr. Brigance.

– Sim, Excelência.

– Muito bem, vamos falar sobre isso no gabinete.

Noose dispensou o júri com as mesmas instruções de sempre e suspendeu a sessão até as nove da manhã de sexta-feira.

37

Jake acordou no escuro com uma leve ressaca, uma dor de cabeça por causa do cansaço e da cerveja, e o som distante mas inconfundível da campainha tocando sem parar como se um polegar grande e determinado estivesse grudado nela. Ele abriu a porta em seu camisolão e tentou focalizar as duas figuras de pé na varanda. Ozzie e Nesbit, ele entendeu por fim.

– Posso ajudar? – perguntou ele ao abrir a porta.

Eles o seguiram até a sala.

– Eles vão te matar hoje – disse Ozzie.

Jake se sentou no sofá e massageou as têmporas.

– Talvez eles consigam.

– Jake, é sério. Eles estão planejando te matar.

– Quem?

– A Klan.

– Mickey Mouse?

– Sim. Ele ligou ontem e disse que eles estavam planejando uma coisa. Ele ligou de volta duas horas atrás e disse que você é o homem da vez. Hoje é o grande dia. É hora de emoção. Enterraram o Stump Sisson hoje de manhã em Loydsville, e chegou a hora do "olho por olho, dente por dente".

– Por que eu? Por que eles não matam o Buckley ou o Noose ou alguém que mereça mais?

– Não tivemos a chance de falar sobre isso.

– E como eles planejam me matar? – perguntou Jake, de repente se sentindo estranho sentado ali em seu camisolão.

– Ele não disse.

– Ele sabe?

– Ele não é muito de detalhes. Só disse que eles iam tentar fazer isso hoje em algum momento.

– E eu faço o quê? Me entrego?

– Que horas você vai pro escritório?

– Que horas são?

– Quase cinco.

– Vou só tomar banho e me vestir.

– A gente espera.

Às cinco e meia, eles o levaram às pressas para o escritório e trancaram a porta. Às oito, um pelotão de soldados se reuniu na calçada sob a varanda e ficou aguardando o alvo. Harry Rex e Ellen assistiam do segundo andar do fórum. Jake se espremeu entre Ozzie e Nesbit, e os três se agacharam no centro da formação. Eles atravessaram a Washington Street em direção ao tribunal. Os abutres farejaram algo e cercaram a comitiva.

A FÁBRICA DE ração abandonada ficava perto dos trilhos da ferrovia abandonada, a meia altura da colina mais alta de Clanton, dois quarteirões ao norte e a leste da praça. Ao lado dela, havia uma rua de asfalto e cascalho totalmente negligenciada que descia a colina e cruzava a Cedar Street, depois da qual se tornava muito mais lisa e larga, e continuava descendo até que enfim terminava e se fundia com a Quincy Street, o limite leste da praça de Clanton.

De sua posição dentro de um silo abandonado, o atirador tinha uma visão clara mas distante dos fundos do tribunal. Ele se agachou na escuridão e mirou por uma pequena abertura, confiante de que ninguém no mundo poderia vê-lo. O uísque ajudava na confiança e na pontaria, que ele praticou mil vezes, das sete e meia às oito, quando notou uma movimentação no escritório do advogado do negro. Um camarada aguardava em uma picape escondida em um armazém destruído próximo ao silo. O motor estava ligado e o motorista fumava Lucky Strikes, esperando ansiosamente para ouvir os sons do rifle de caça.

Quando a massa blindada cruzou a Washington Street, o atirador entrou em pânico. Pela mira, ele mal conseguia ver a cabeça do advogado do negro enquanto ela sacudia e serpenteava desajeitadamente em meio ao mar de soldados, cercado e perseguido por uma dúzia de repórteres. Vá em frente, dizia o uísque, traga alguma emoção. Ele cronometrou da melhor maneira que pôde as sacudidas que o alvo dava e puxou o gatilho assim que se aproximou da porta dos fundos do fórum.

O tiro do rifle foi nítido e inconfundível.

Metade dos soldados foi ao chão rolando e a outra metade agarrou Jake e o jogou violentamente para baixo da varanda. Um soldado gritou em agonia. Os repórteres e as equipes de TV se agacharam e saíram tropeçando até o chão, mas valentemente mantiveram as câmeras gravando para registrar a carnificina. O soldado apertou a garganta e gritou de novo. Outro tiro. Depois outro.

– Ele foi atingido! – gritou alguém.

Os soldados engatinharam da calçada até o homem. Jake escapou pelas portas em segurança para o tribunal. Ele caiu no chão e enterrou a cabeça entre as mãos. Ozzie estava ao lado dele, observando os soldados pela porta.

O atirador desceu do silo, jogou a arma no banco de trás da picape e desapareceu com seu camarada pelo campo. Eles tinham um funeral para ir no sul do Mississippi.

– Ele foi atingido na garganta! – gritou alguém enquanto seus amigos afastavam os repórteres. Eles o levantaram e o arrastaram para um jipe.

– Quem foi atingido? – perguntou Jake sem tirar o rosto das mãos.

– Um dos soldados – disse Ozzie. – Você tá bem?

– Acho que sim – respondeu ele enquanto colocava as mãos atrás da cabeça e olhava para o chão. – Cadê a minha maleta?

– Tá lá fora, na entrada. Vamos pegar já, já.

Ozzie tirou o rádio da cintura e gritou ordens para o operador, algo sobre todos os homens se encaminharem para o tribunal.

Quando ficou claro que o tiroteio tinha acabado, Ozzie se juntou à massa de soldados do lado de fora. Nesbit ficou ao lado de Jake.

– Você tá bem? – perguntou ele.

O coronel dobrou a esquina, gritando e praguejando.

– Que merda é essa? – inquiriu ele. – Eu ouvi tiros.

– O Mackenvale foi atingido.

– Cadê ele? – perguntou o coronel.

— A caminho do hospital — respondeu um sargento, apontando para um jipe voando ao longe.

— Ele tá muito mal?

— Parecia. Foi atingido na garganta.

— Na garganta! Por que moveram ele?

Ninguém respondeu.

— Alguém viu alguma coisa? — perguntou o coronel.

— Pelo som, parece que veio do alto da colina — disse Ozzie, olhando para além da Cedar Street. — Por que você não manda um jipe lá pra dar uma olhada?

— Boa ideia.

O coronel se dirigiu a seus homens ansiosos com uma série de ordens concisas, enfatizadas por uma série de obscenidades.

Os soldados se espalharam em todas as direções, com as armas em punho e prontos para o combate, em busca de um assassino que não tinham como identificar, que no fim das contas já estava no condado vizinho no momento em que a patrulha começou a esquadrinhar a fábrica de ração abandonada.

Ozzie colocou a maleta no chão ao lado de Jake.

— O Jake tá bem? — sussurrou ele para Nesbit.

Harry Rex e Ellen estavam na escada onde Cobb e Willard haviam caído.

— Não sei. Faz dez minutos que ele não se mexe — respondeu Nesbit.

— Jake, você tá bem? — perguntou o xerife.

— Sim — disse ele lentamente, sem abrir os olhos.

Aquele soldado estava no ombro esquerdo de Jake. "Isso é meio bobo, né?", ele tinha acabado de dizer a Jake quando uma bala atravessou sua garganta. Ele caiu sobre Jake, agarrando o pescoço, borbulhando sangue e gritando. Jake caiu e foi posto em segurança.

— Ele tá morto, não tá? — perguntou Jake suavemente.

— Ainda não sabemos — respondeu Ozzie. — Ele tá no hospital.

— Ele tá morto. Eu sei que ele tá morto. Eu ouvi o pescoço dele estourar.

Ozzie olhou para Nesbit, depois para Harry Rex. Quatro ou cinco gotas de sangue do tamanho de moedas tinham espirrado no terno cinza-claro de Jake. Ele não tinha notado ainda, mas as manchas estavam evidentes para todos os outros.

— Jake, tem sangue no seu terno — disse Ozzie por fim. — Vamos voltar pro escritório pra você trocar de roupa.

— Que importância tem isso? — resmungou Jake olhando para o chão.

Eles se encararam.

Dell e os demais do Coffee Shop ficaram na calçada observando enquanto conduziam Jake do tribunal para seu escritório, ignorando os absurdos lançados pelos repórteres. Harry Rex trancou a porta da frente, deixando os guarda-costas na calçada. Jake subiu as escadas e tirou o paletó.

– Row Ark, por que você não faz algumas margaritas? – sugeriu Harry Rex. – Eu vou subir e ficar com ele.

– EXCELÊNCIA, AS COISAS estão um pouco agitadas hoje – explicou Ozzie enquanto Noose pegava as coisas de sua pasta e tirava o casaco.

– O que houve? – perguntou Buckley.

– Tentaram matar o Jake agora de manhã.

– O quê?!

– Quando? – perguntou Buckley.

– Há uma hora mais ou menos, alguém atirou no Jake quando ele estava entrando no tribunal. Foi um rifle, de longa distância. Não temos ideia de quem tenha sido. Eles erraram o Jake e acertaram um soldado. Ele tá sendo operado agora.

– Cadê o Jake? – perguntou Sua Excelência.

– No escritório dele. Ele tá muito abalado.

– Eu também estaria – disse Noose, solidário.

– O Jake queria que você ligasse pra ele quando chegasse aqui.

– Claro.

Ozzie discou o número e entregou o telefone ao juiz.

– É o Noose – disse Harry Rex, passando o telefone para Jake.

– Alô.

– Jake, você tá bem?

– Na verdade não. Eu não vou ao tribunal hoje.

Noose não soube o que responder.

– Como?

– Eu disse que não vou ao tribunal hoje. Eu não tenho condições.

– Bom, é, Jake, e o que a gente faz?

– Eu não me importo, mesmo – respondeu Jake, tomando um gole de sua segunda margarita.

– Perdão?

– Eu disse que não me importo, Excelência. Não importa o que faça, eu não vou estar aí.

Noose balançou a cabeça e olhou para o fone.

– Você se feriu? – perguntou ele com sinceridade.

– Já levou um tiro, Excelência?

– Não, Jake.

– Já viu um homem levar um tiro, ouviu ele gritar?

– Não, Jake.

– O sangue de alguém já espirrou no seu terno?

– Não, Jake.

– Eu não vou praí.

Noose fez uma pausa e pensou por um momento.

– Vem pra cá, Jake, a gente conversa sobre isso.

– Não. Eu não vou sair do meu escritório. É perigoso lá fora.

– Vamos supor que a gente fique em recesso até uma da tarde. Você vai se sentir melhor até lá?

– Até lá eu vou estar bêbado.

– O quê?!

– Eu disse que até lá eu vou estar bêbado.

Harry Rex cobriu os olhos. Ellen foi para a cozinha.

– Quando você acha que deve estar sóbrio? – perguntou Noose severamente.

Ozzie e Buckley se entreolharam.

– Segunda-feira.

– E amanhã?

– Amanhã é sábado.

– Sim, eu sei, eu planejava ter sessão amanhã. Temos um júri isolado, lembra?

– Tá bem, vou estar pronto de manhã.

– É bom ouvir isso. O que eu digo ao júri agora? Eles estão sentados na sala esperando por nós. A sala de audiências tá lotada. O seu cliente tá sentado sozinho esperando por você. O que eu digo a essas pessoas?

– Você vai saber o que dizer, Excelência. Tenho plena confiança. – Jake desligou.

Noose ouviu, incrédulo, até que ficou evidente que, de fato, o advogado havia desligado na cara dele. Ele devolveu o fone para Ozzie.

Sua Excelência olhou pela janela e tirou os óculos.

– Ele disse que não vem hoje.

Estranhamente, Buckley permaneceu em silêncio. Ozzie estava na defensiva.

– Isso afetou ele mesmo, Excelência.

– Ele tem bebido?

– Não, o Jake não – respondeu Ozzie. – Ele só tá muito mal por aquele garoto ter levado um tiro daquele jeito. O soldado estava bem do lado do Jake e tomou a bala que tinha sido apontada pra ele. Isso deixaria qualquer pessoa mal, Excelência.

– Ele quer que a gente fique em recesso até amanhã de manhã – disse Noose a Buckley, que deu de ombros e novamente não disse nada.

CONFORME A NOTÍCIA se espalhou, começou uma algazarra na calçada em frente ao escritório de Jake. A imprensa montou acampamento e ficou bisbilhotando pela janela da frente na esperança de ver alguém ou algo interessante lá dentro. Amigos passaram para saber como Jake estava, mas foram informados por vários repórteres de que ele estava trancado lá dentro e não queria sair. Sim, ele tinha saído ileso.

O Dr. Bass havia sido escalado para depor na sexta-feira de manhã. Ele e Lucien entraram no escritório pela porta dos fundos poucos minutos depois das dez, e Harry Rex saiu para ir até a loja de bebidas.

Com direito a muitas lágrimas, a conversa com Carla tinha sido difícil. Ele ligou depois de três drinques, e as coisas não correram bem. Ele conversou com o pai dela, disse-lhe que estava bem, ileso, e que metade da Guarda Nacional do Mississippi havia sido designada para protegê-lo. Pediu que ele a acalmasse e disse que ligaria de volta mais tarde.

Lucien estava furioso. Ele havia travado uma batalha com Bass para mantê-lo sóbrio na noite de quinta-feira a fim de que pudesse depor na sexta. Agora que ele só se apresentaria no sábado, seria impossível mantê-lo sóbrio por dois dias seguidos. Pensou em toda a bebedeira que eles desperdiçaram na quinta-feira e perdeu a cabeça.

Harry Rex voltou com cinco garrafas de bebida. Ele e Ellen misturavam os ingredientes e discutiam sobre as receitas. Ela lavou o bule, encheu-o com uma mistura para Bloody Mary e uma quantidade desproporcional de vodca.

Harry Rex adicionou uma generosa dose de Tabasco. Ele deu a volta na sala de reuniões e encheu todas as canecas com a deliciosa mistura.

O Dr. Bass virou tudo em goles longos e pediu mais. Lucien e Harry Rex debatiam a provável identidade do atirador. Ellen silenciosamente observava Jake, que ficou sentado em um canto olhando para as estantes.

O telefone tocou. Harry Rex o agarrou e ouviu atentamente. Ele desligou e disse:

– Era o Ozzie. O soldado saiu da cirurgia. A bala tá alojada na coluna. Eles acham que ele vai ficar tetraplégico.

Todos beberam juntos e não disseram nada. Eles fizeram um grande esforço para ignorar Jake enquanto ele esfregava a testa com uma das mãos e virava a bebida com a outra. O som fraco de alguém batendo na porta dos fundos interrompeu o breve memorial.

– Vai ver quem é – pediu Lucien a Ellen.

– É o Lester Hailey – avisou ela.

– Deixa ele entrar – murmurou Jake, quase incoerentemente.

Lester foi apresentado e lhe ofereceram um Bloody Mary. Ele recusou e pediu alguma coisa com uísque.

– Boa ideia – disse Lucien. – Estou cansado de bebida fraca. Vamos pegar um pouco de Jack Daniel's.

– Por mim tudo bem – acrescentou Bass enquanto virava o que restava em sua caneca.

Jake esboçou um leve sorriso para Lester, depois voltou a olhar para as estantes. Lucien jogou uma nota de cem dólares na mesa e Harry Rex foi até a loja de bebidas.

QUANDO ELLEN ACORDOU, horas depois, ainda estava no sofá da sala de Jake. O cômodo estava escuro e deserto, com um cheiro acre e inebriante. Ela se moveu com cuidado. Encontrou seu chefe roncando pacificamente na sala de guerra, no chão, quase todo debaixo da mesa. Não havia luzes para apagar, então ela desceu as escadas com cuidado. A sala de reuniões estava cheia de garrafas vazias, latas de cerveja, copos plásticos e caixas de frango frito. Eram nove e meia da noite. Ela havia dormido cinco horas.

Ela poderia ficar na casa de Lucien, mas precisava trocar de roupa. Seu amigo Nesbit a levaria até Oxford, mas ela estava sóbria. Além disso, Jake precisava de toda a proteção que pudesse obter. Ela trancou a porta da frente e foi até o carro.

Ellen estava quase chegando a Oxford quando viu as luzes azuis atrás dela. Como de costume, ela dirigia a 120 quilômetros por hora. Parou no acostamento, desceu e foi andando até a traseira do carro, onde parou e revirou a bolsa à espera do policial.

Dois homens à paisana vieram da direção das luzes azuis.

– A senhora está bêbada? – perguntou um deles, cuspindo tabaco.

– Não, senhor. Estou tentando encontrar minha carteira de motorista.

Ela se agachou diante das lanternas traseiras e procurou o documento. De repente, foi jogada no chão. Uma colcha pesada foi atirada sobre ela e os dois homens a seguraram. Uma corda foi enrolada em seu peito e em sua cintura. Ela chutou e xingou, mas não conseguiu oferecer muita resistência. A colcha cobria sua cabeça e prendia seus braços por baixo. Eles puxaram a corda com força.

– Fica quieta, vagabunda! Fica quieta!

Um deles tirou as chaves da ignição e abriu o porta-malas. Eles a jogaram lá dentro e fecharam. As luzes azuis foram desligadas no velho Lincoln e o carro se afastou fazendo barulho, seguido pelo BMW. Eles entraram numa estrada de cascalho e seguiram para o interior da floresta. Viraram em uma estrada de terra que levava a um pequeno pasto onde uma grande cruz estava sendo queimada por membros da Klan.

Os dois agressores rapidamente colocaram suas vestes e capuzes e a retiraram do porta-malas. Ela foi jogada no chão e a colcha removida. Eles a amordaçaram e a arrastaram para um grande mastro a poucos metros da cruz, onde ela foi amarrada, de costas para eles, o rosto virado para o mastro.

Ela viu as vestes brancas e os chapéus pontudos, e tentou desesperadamente cuspir o trapo de algodão oleoso enfiado em sua boca, mas tudo o que conseguiu foi engasgar e tossir.

A cruz em chamas iluminava o pequeno pasto, despejando uma onda brilhante de calor que começou a assá-la enquanto ela lutava com o mastro e emitia ruídos guturais e estranhos.

Uma figura encapuzada deixou os outros e se aproximou de Ellen. Ela podia ouvi-lo caminhando e respirando.

– Vagabunda defensora de negros – disse ele com um nítido sotaque do Meio-Oeste. O sujeito agarrou a parte de trás do colarinho dela e rasgou sua blusa de seda branca até que ficasse em farrapos em volta do pescoço e dos ombros. Suas mãos estavam firmemente amarradas ao redor do mastro. Ele tirou uma faca de baixo do manto e começou a cortar o resto da blusa do corpo dela.

– Vagabunda defensora de negros. Vagabunda defensora de negros.

Ellen xingou ele, mas suas palavras saíram como gemidos abafados.

Ele abriu o zíper do lado direito da saia de linho azul-marinho dela. Ela tentou chutar, mas a corda pesada em seus tornozelos segurava seus pés contra o mastro. Ele colocou a ponta da faca na parte inferior do zíper e cortou até a bainha. Ele agarrou o tecido pela cintura e o puxou como se fosse um mágico. Os homens encapuzados deram um passo à frente.

– Que beleza, excelente – disse ele dando um tapa na bunda dela.

Ele deu um passo para trás para admirar sua obra. Ellen grunhiu e se contorceu, mas não conseguia resistir. A combinação caiu até o meio da coxa. Com grande cerimônia, ele cortou as tiras e depois as cortou cuidadosamente nas costas. Ele a arrancou e jogou aos pés da cruz em chamas. Ele cortou as alças do sutiã e o removeu. Ela estremeceu e os gemidos ficaram mais altos. O semicírculo silencioso avançou aos poucos e parou a três metros de distância.

O fogo estava quente agora. Suas costas e pernas nuas estavam cobertas de suor. O cabelo ruivo-claro estava encharcado em volta do pescoço e dos ombros. Ele enfiou a mão sob o manto novamente e tirou um chicote. Bateu com força perto dela, e ela se encolheu. Ele marchou para trás, medindo com cuidado a distância até o poste.

Ele engatilhou o chicote e mirou nas costas nuas de Ellen. O homem mais alto deu um passo à frente de costas para ela. Ele balançou a cabeça. Nada foi dito, mas o chicote desapareceu. Ele caminhou até ela e agarrou sua cabeça. Com a faca, cortou o cabelo dela. Ele agarrou punhados e os cortou até que seu couro cabeludo ficasse exposto e machucado. Empilhou os fios suavemente ao lado dos pés dela. Ela gemeu e não se mexeu.

Eles se dirigiram para seus carros. Um galão de gasolina foi espirrado dentro do BMW com placas de Massachusetts e alguém jogou um fósforo aceso.

Quando teve certeza de que eles tinham ido embora, Mickey Mouse surgiu dos arbustos. Ele a desamarrou e a carregou até uma pequena clareira longe do pasto. Juntou os restos de suas roupas e tentou cobri-la. Quando o carro dela parou de queimar ao lado da estrada de terra, ele foi embora, deixando-a lá. Dirigiu até Oxford, foi a um telefone público e ligou para o xerife do condado de Lafayette.

38

A realização de audiências aos sábados era algo incomum, mas não inédito, sobretudo em casos de homicídio nos quais o júri estava isolado. Os participantes não se importavam porque o sábado os deixava um dia mais perto do fim.

Os moradores também não se importavam. Era dia de folga e para a maioria dos locais aquela era a única chance de assistir ao julgamento, e, se não conseguissem lugar lá dentro, pelo menos ficariam pela praça sabendo de tudo em primeira mão. Poderia até haver mais tiroteios, quem sabe.

Às sete, os cafés do Centro estavam a todo vapor atendendo os clientes não habituais. Para cada pessoa que conseguia um assento, duas eram mandadas embora e iam perambular pela praça e pelo fórum à espera de um lugar para assistir à sessão. A maioria delas parava por um momento na frente do escritório do advogado, na esperança de ter um vislumbre daquele que haviam tentado matar. Alguns fanfarrões se orgulhavam de serem clientes daquele homem famoso.

Alguns metros acima, o alvo estava sentado em sua mesa e bebia um gole de uma mistura avermelhada que havia sobrado da festa do dia anterior. Ele fumava um charuto, tomava remédios para dor de cabeça e tentava reativar seu cérebro. Esqueça o soldado, disse a si mesmo pelas últimas três horas. Deixe tudo isso pra lá, a Klan, as ameaças, tudo menos o julgamento e, especificamente, o Dr. W. T. Bass. Ele fez uma breve oração, algo sobre Bass estar sóbrio no banco das testemunhas. Lucien e o perito passaram a tarde bebendo e discutindo, acusando um ao outro de ser alcoólatra e de ter recebido uma dispensa desonrosa de suas respectivas profissões. Eles se desentenderam quando estavam indo embora, em frente à mesa de Ethel, e houve alguma violência. Nesbit interveio e os acompanhou até a viatura para voltarem para casa. Os repórteres arderam de curiosidade quando os dois bêbados foram levados do escritório de Jake pelo policial e colocados no carro, onde continuaram irritados um com o outro e se xingando, Lucien no banco de trás, Bass na frente.

Ele revisou a obra-prima de Ellen sobre a alegação de insanidade. Seu esboço de perguntas para Bass precisava apenas de pequenas alterações. Ele estudou o currículo do perito e, embora inexpressivo, seria o suficiente para o condado de Ford. O psiquiatra mais próximo ficava a quase 130 quilômetros de distância.

O JUIZ NOOSE deu uma olhadela para o promotor e depois olhou com compaixão para Jake, que se sentou ao lado da porta e observou o retrato desbotado de um juiz já falecido pendurado acima do ombro de Buckley.

– Como está se sentindo hoje, Jake? – perguntou Noose calorosamente.
– Estou bem.
– Como tá o soldado? – perguntou Buckley.
– Tetraplégico.

Noose, Buckley, Musgrove e o Sr. Pate olharam para o mesmo ponto no tapete e balançaram a cabeça severamente, em um momento silencioso de respeito.

– Cadê sua assistente? – perguntou Noose, olhando para o relógio na parede.

Jake olhou para o relógio.
– Não sei. Já era pra ter chegado.
– Vocês estão prontos?
– Sim.
– A sala de audiências está pronta, Sr. Pate?
– Sim, Excelência.
– Muito bem. Vamos começar.

Noose se sentou na tribuna e, durante dez minutos, ofereceu um pedido de desculpas aos jurados pelo atraso do dia anterior. Eles eram as únicas catorze pessoas no condado que não sabiam o que havia acontecido na manhã de sexta-feira, e podia ser prejudicial que soubessem. Noose discursou monotonamente sobre emergências e como às vezes, durante julgamentos, as coisas conspiram para causar atrasos. Quando ele enfim terminou, os jurados estavam completamente confusos e rezando para que alguém chamasse logo uma testemunha.

– Pode chamar sua primeira testemunha – disse Noose na direção de Jake.
– Dr. W. T. Bass – anunciou Jake enquanto se encaminhava para o púlpito.
Buckley e Musgrove trocaram piscadelas e sorrisos idiotas.

Bass estava sentado ao lado de Lucien na segunda fileira, no meio da família. Ele se levantou ruidosamente e foi até o corredor central, tropeçando nos próprios pés e esbarrando nas pessoas com sua pasta de couro vazia e pesada. Jake ouviu a comoção atrás dele e continuou sorrindo para o júri.

– Sim, sim, eu juro – disse Bass apressado para Jean Gillespie durante seu juramento.

O Sr. Pate o conduziu ao banco das testemunhas e deu as orientações-padrão para que ele falasse alto e utilizasse o microfone. Embora morrendo de vergonha e de ressaca, o perito parecia notavelmente sóbrio e arrogante. Usava um terno de lã cinza-escuro costurado à mão, o mais caro que tinha, uma camisa branca perfeitamente engomada e uma gravata-borboleta vermelha estampada que o fazia parecer bastante intelectual. Parecia mesmo um especialista em alguma coisa. Apesar das objeções de Jake, usava também um par de botas de caubói de couro de avestruz cinza-claro que havia lhe custado mais de mil dólares e que ele tinha usado menos de dez vezes. Lucien insistira nas botas onze anos antes, no primeiro caso de insanidade. Bass as usou, e o réu, completamente são, foi para Parchman. Ele as usou no segundo julgamento de insanidade, mais uma vez por ordem de Lucien; novamente, Parchman. Lucien as considerava o amuleto da sorte de Bass.

Jake não aprovava as malditas botas. Mas o júri poderia se identificar com elas, argumentou Lucien. Pele de avestruz barata, rebateu Jake. Eles são burros demais para saber a diferença, respondeu Lucien. Jake não estava convencido. Os caipiras vão confiar em alguém de botas, explicou Lucien. Tudo bem, disse Jake, então fala para ele usar aquelas botas camufladas de caçar esquilos sujas de lama nas solas, umas botas com as quais eles se identifiquem de verdade. Essas não combinam com o terno, acrescentou Bass.

Ele cruzou as pernas, colocando a bota direita sobre o joelho esquerdo, exibindo-a. Abriu um sorriso ao fazê-lo, depois sorriu para o júri. O avestruz ficaria orgulhoso.

Jake tirou os olhos de suas anotações para se dirigir ao púlpito e fitou a bota, que estava claramente visível acima da grade do banco das testemunhas. Bass a admirava, os jurados estavam tentando entender. Ele engoliu em seco e voltou às suas anotações.

– Diga o seu nome, por favor.
– Dr. W. T. Bass – respondeu ele, sua atenção de repente desviada da bota. Ele olhou severamente para Jake, com um ar de importante.
– Qual é o seu endereço?
– West Canterbury Street, número 908, Jackson, Mississippi.
– Qual a sua profissão?
– Eu sou médico.
– O senhor tem licença para exercer medicina no Mississippi?
– Sim.
– Quando obteve a sua licença?
– Em 8 de fevereiro de 1963.
– O senhor tem licença para exercer medicina em algum outro estado?
– Sim.
– Onde?
– No Texas.
– Quando obteve essa licença?
– Em 3 de novembro de 1962.
– Em qual faculdade o senhor estudou?
– Concluí o bacharelado no Millsaps College em 1956 e recebi meu título de doutor em medicina pela Universidade do Centro de Ciências Médicas do Texas, em Dallas, Texas, em 1960.
– Essa é uma escola de medicina credenciada?
– Sim.
– Por quem?
– Pelo Conselho de Educação Médica e de Hospitais da Associação Americana de Medicina, a agência de credenciamento reconhecida da nossa profissão, e pela autoridade educacional do estado do Texas.

Bass relaxou um pouco, descruzou e recruzou as pernas, exibindo a bota esquerda. Ele se balançava com suavidade e virava a confortável cadeira giratória parcialmente em direção ao júri.

– Onde o senhor estagiou e por quanto tempo?

– Depois de me formar no curso de medicina, passei um ano como estagiário no Centro Médico Rocky Mountain, em Denver.

– Qual a sua especialidade?

– Psiquiatria.

– Explique por favor o que isso significa.

– A psiquiatria é o ramo da medicina que se preocupa com o tratamento dos distúrbios da mente. Geralmente, mas nem sempre, lida com o mau funcionamento mental, cuja base orgânica é desconhecida.

Jake respirou pela primeira vez desde que Bass se sentou. Ele estava indo bem.

– Agora, doutor – disse ele enquanto se aproximava casualmente a menos de trinta centímetros da bancada do júri –, descreva aos jurados o treinamento especializado que o senhor recebeu no campo da psiquiatria.

– Meu treinamento em psiquiatria consistiu em dois anos como residente em psiquiatria no Hospital Psiquiátrico do Texas, um centro de treinamento aprovado. Eu me dediquei ao trabalho clínico com pacientes neuróticos e psicóticos. Estudei psicologia, psicopatologia, psicoterapia e terapias fisiológicas. Esse treinamento, supervisionado por professores psiquiatras competentes, incluiu instrução nos aspectos psiquiátricos da medicina geral, os aspectos comportamentais de crianças, adolescentes e adultos.

Nem uma única pessoa no tribunal devia ter compreendido qualquer coisa do que Bass acabara de dizer, mas aquilo vinha da boca de um homem que de repente parecia um gênio, um especialista, pois ele só podia ser um homem de grande sabedoria e inteligência para pronunciar aquelas palavras. Com a gravata-borboleta e o vocabulário, e apesar das botas, Bass ganhava credibilidade a cada resposta.

– O senhor é membro do Conselho Americano de Psiquiatria?

– Claro – respondeu com confiança.

– Em qual divisão o senhor é certificado?

– Em psiquiatria.

– E quando foi certificado?

– Abril de 1967.

– O que é preciso para ser certificado pelo Conselho Americano de Psiquiatria?

– O candidato deve ser aprovado em exames orais e práticos, além de passar por um teste escrito sob orientação do Conselho.

Jake olhou para suas anotações e notou Musgrove piscando para Buckley.

– Doutor, o senhor pertence a alguma associação profissional?
– Sim.
– Pode nos dizer quais, por gentileza?
– Sou membro da Associação Americana de Medicina, da Associação Americana de Psiquiatria e da Associação de Medicina do Mississippi.
– Há quanto tempo se dedica à prática da psiquiatria?
– Vinte e dois anos.

Jake deu três passos na direção da tribuna e olhou para Noose, que o observava com atenção.

– Excelência, diante das qualificações listadas, a defesa apresenta o Dr. Bass como perito na área de psiquiatria.
– Muito bem – respondeu Noose. – Deseja interrogar a testemunha, Dr. Buckley?

O promotor se levantou com seu bloco de anotações.

– Sim, Excelência, apenas algumas perguntas.

Surpreso, mas não preocupado, Jake se sentou ao lado de Carl Lee. Ellen ainda não havia chegado ao tribunal.

– Dr. Bass, na sua opinião, o senhor é um perito na área de psiquiatria? – perguntou Buckley.
– Sim.
– O senhor já deu aulas de psiquiatria?
– Não.
– Já publicou algum artigo sobre psiquiatria?
– Não.
– Já publicou algum livro sobre psiquiatria?
– Não.
– Agora, de acordo com o seu depoimento, o senhor é membro da Associação Americana de Medicina, da Associação Americana de Psiquiatria e da Associação de Medicina do Mississippi?
– Sim.
– O senhor já fez parte do conselho de alguma dessas organizações?
– Não.

– Quais cargos em hospital o senhor ocupa atualmente?
– Nenhum.
– A sua experiência em psiquiatria inclui algum trabalho para o governo federal ou qualquer governo estadual?
– Não.

A arrogância estava começando a desaparecer de seu rosto, e a confiança, de sua voz. Ele lançou um olhar para Jake, que vasculhava uma pasta.

– Dr. Bass, o senhor atualmente está envolvido na prática da psiquiatria em tempo integral?

O médico hesitou e olhou de relance para Lucien na segunda fileira.

– Eu vejo pacientes regularmente.
– Quantos pacientes e com que frequência? – indagou Buckley com um enorme ar de confiança.
– Eu atendo de cinco a dez pacientes por semana.
– Um ou dois por dia?
– Mais ou menos isso.
– E o senhor considera isso uma prática em tempo integral?
– Estou ocupado na medida que desejo.

Buckley jogou seu bloco sobre a mesa e olhou para Noose.

– Excelência, o Ministério Público se opõe a que este homem testemunhe como perito no campo da psiquiatria. É óbvio que ele não está qualificado.

Jake estava de pé, já de boca aberta.

– Negado, Dr. Buckley. Pode prosseguir, Dr. Brigance.

Jake juntou suas anotações e voltou ao púlpito, bastante ciente da suspeita que o promotor tinha habilmente acabado de depositar em sua principal testemunha. Bass descruzou e recruzou as pernas.

– Dr. Bass, o senhor examinou o réu, Carl Lee Hailey?
– Sim.
– Quantas vezes?
– Três.
– Quando foi o primeiro exame?
– Dia 10 de junho.
– Qual era o propósito desse exame?
– Eu o examinei para determinar sua condição psíquica atual, bem como sua condição em 20 de maio, quando ele supostamente atirou no Sr. Cobb e no Sr. Willard.

– Onde esse exame foi realizado?
– No presídio do condado de Ford.
– O senhor conduziu esse exame sozinho?
– Sim. Apenas o Sr. Hailey e eu.
– Quanto tempo durou o exame?
– Três horas.
– O senhor repassou o histórico médico dele?
– Indiretamente, poderia dizer. Conversamos longamente sobre seu passado.
– O que o senhor descobriu?
– Nada extraordinário, exceto o Vietnã.
– O que tem o Vietnã?

Bass cruzou as mãos sobre a barriga ligeiramente saliente e franziu a testa com um ar intelectual para o advogado de defesa.

– Bom, Dr. Brigance, como muitos veteranos com quem eu trabalhei, o Sr. Hailey passou por algumas experiências terríveis no Vietnã.

"A guerra é um inferno", pensou Carl Lee. Ele ouviu atentamente. Bom, ir para o Vietnã tinha sido horrível. Ele foi baleado. Perdeu amigos. Matou pessoas, muitas pessoas e crianças, crianças vietnamitas carregando armas e granadas. Foi muito ruim. Se pudesse escolher, preferia nunca ter ido para lá. Ele sonhava com aquilo tudo, tinha flashbacks e pesadelos. Mas não se sentia perturbado ou louco por causa daquilo. Não se sentia perturbado ou louco por causa de Cobb e Willard. Na verdade, se sentia bastante satisfeito por eles estarem mortos. Exatamente como no Vietnã. Ele havia explicado tudo isso a Bass uma vez na prisão, e Bass não pareceu nem um pouco impressionado. E eles tinham conversado apenas duas vezes, e nunca por mais de uma hora.

Carl Lee olhou para o júri e ouviu, bastante desconfiado, o perito, que falou longamente sobre as experiências terríveis de Carl Lee na guerra. O vocabulário de Bass pareceu ainda mais complexo enquanto ele explicava aos leigos, em termos não leigos, os efeitos que o Vietnã teve em Carl Lee. Aquilo soou bem. Carl Lee tinha tido pesadelos ao longo dos anos, sonhos com os quais nunca havia se preocupado muito, mas, ao ouvir a explicação do Dr. Bass, eram de fato eventos de extrema importância.

– Ele falou espontaneamente sobre o Vietnã?
– Na verdade, não – respondeu Bass, explicando em detalhes a árdua tarefa

que havia sido arrancar a guerra daquela mente complexa, sobrecarregada e provavelmente instável.

Não era a maneira como Carl Lee se lembrava. Mas ele obedientemente ouviu com uma expressão de sofrimento, cogitando, pela primeira vez na vida, que talvez pudesse estar um pouco desestabilizado.

Depois de uma hora, a guerra havia sido revivida e seus efeitos, totalmente destrinchados. Jake decidiu seguir em frente.

– Agora, Dr. Bass – disse ele, coçando a cabeça –, além do Vietnã, que outros eventos significativos o senhor observou em relação ao histórico psicológico dele?

– Nenhum, exceto o estupro da filha.

– O senhor discutiu o estupro com Carl Lee?

– Longamente, durante cada um dos três exames.

– Explique ao júri o que o estupro provocou em Carl Lee Hailey.

Bass coçou o queixo e pareceu confuso.

– Sinceramente, Dr. Brigance, demoraria muito para explicar o que o estupro provocou no Sr. Hailey.

Jake pensou por um momento e pareceu analisar em profundidade essa última declaração.

– Bem, o senhor poderia resumir para o júri?

Bass assentiu em um tom sério.

– Vou tentar.

Lucien se cansou de ouvir Bass e se virou para o júri na esperança de fazer contato visual com Clyde Sisco, que também havia perdido o interesse, mas parecia estar admirando as botas. Lucien observou atentamente pelo canto do olho, esperando que Sisco olhasse ao redor da sala de audiências.

Por fim, enquanto Bass divagava, Sisco deixou o depoimento de lado e olhou para Carl Lee, depois para Buckley e depois para um dos repórteres na primeira fileira. Então seu olhar se fixou firmemente em um velho barbudo e de olhos arregalados que certa vez lhe dera 80 mil em dinheiro por cumprir seu dever cívico e lhe dar em troca um veredito justo. Eles focaram inequivocamente um no outro, e ambos deram um leve sorriso. "Quanto?", foi a expressão nos olhos de Lucien. Sisco voltou ao depoimento, mas segundos depois estava novamente olhando para Lucien. "Quanto?", disse Lucien, seus lábios se movendo, mas sem emitir som.

Sisco desviou o olhar e o voltou para Bass, pensando em um preço justo.

Ele olhou na direção de Lucien, coçou a barba e, de repente, sem tirar os olhos de Bass, passou cinco dedos pelo rosto e tossiu. Depois tossiu novamente, ainda atento ao perito.

"Quinhentos ou 5 mil?", se perguntou Lucien. Conhecendo Sisco, eram 5 mil, talvez 50 mil. Não fazia diferença. Lucien pagaria. Ele valia um milhão.

Por volta das dez e meia, Noose havia limpado os óculos cem vezes e tomado mais de dez xícaras de café. Sua bexiga estava perto de estourar.

– É hora do recesso da manhã. Vamos suspender até as onze. – Ele bateu o martelo e desapareceu.

– Estou indo bem? – perguntou Bass, nervoso. Ele seguiu Jake e Lucien até a biblioteca jurídica no terceiro andar.

– Bem, bem – disse Jake. – Só esconde essas botas.

– As botas são essenciais – protestou Lucien.

– Eu preciso beber alguma coisa – disse Bass, desesperado.

– Nem pensar – respondeu Jake.

– Eu também – acrescentou Lucien. – Vamos dar um pulinho no seu escritório, bem rápido.

– Boa ideia! – concordou Bass.

– Nem pensar! – repetiu Jake. – Você tá sóbrio e tá indo muito bem.

– A gente tem meia hora – disse Bass enquanto ele e Lucien saíam da biblioteca e se dirigiam para as escadas.

– Não! Não faz isso, Lucien! – exigiu Jake.

– Só um – respondeu Lucien, apontando o dedo para Jake. – Só um.

– Você nunca toma só um.

– Vem com a gente, Jake. Isso vai te acalmar.

– Só um! – gritou Bass enquanto desaparecia escada abaixo.

ÀS ONZE, BASS se sentou no banco das testemunhas e fitou o júri com olhos vidrados. Ele sorriu e quase deu uma risadinha. Estava ciente dos desenhistas na primeira fileira, então fazia o possível para manter o ar de perito. Ele realmente estava mais calmo.

– Dr. Bass, o senhor está familiarizado com a análise de imputabilidade penal relativa às regras de M'Naghten? – perguntou Jake.

– Com certeza! – respondeu Bass com um repentino ar de superioridade.

– Poderia explicar essas regras para o júri?

– Claro. As regras de M'Naghten são o critério legal na análise da imputabilidade penal no estado do Mississippi, assim como em outros quinze estados. Ela remonta à Inglaterra, no ano de 1843, quando um homem chamado Daniel M'Naghten tentou assassinar o primeiro-ministro, Sir Robert Peel. Ele por engano atirou e matou o secretário do primeiro-ministro, Edward Drummond. Durante o julgamento, as provas mostraram claramente que M'Naghten sofria do que chamamos de esquizofrenia paranoide. O júri o considerou inocente, por motivo de insanidade. A partir disso, foram estabelecidas as regras de M'Naghten. Elas ainda são seguidas na Inglaterra e em dezesseis estados.

– E o que significam as regras de M'Naghten?

– É bastante simples. Todo homem é presumidamente são, e para estabelecer uma defesa com base na insanidade deve-se provar com clareza que, no momento em que o réu fez o que fez, ele estava sofrendo de um desvio de razão, de uma doença mental, que não sabia a natureza e a qualidade do ato que estava praticando, ou, se sabia o que estava fazendo, não sabia que era errado.

– O senhor poderia simplificar isso?

– Sim. Se o réu não consegue distinguir o certo do errado, ele legalmente é insano.

– Defina insanidade, por favor.

– Não existe um significado médico. É um critério estritamente legal para o estado ou a condição psíquica de uma pessoa.

Jake respirou fundo e avançou.

– Agora, doutor, com base no seu exame de Carl Lee Hailey, o senhor tem um parecer sobre a condição psíquica do réu no dia 20 de maio deste ano, na ocasião do crime?

– Sim, eu tenho.

– E qual seria?

– O meu parecer – disse Bass sem pressa – é de que o réu se descolou totalmente da realidade quando a filha foi estuprada. Ao vê-la logo após o estupro, ele não a reconheceu, e quando alguém disse para ele que ela havia sido violentada por dois homens, espancada e quase enforcada, uma chave simplesmente virou na mente de Carl Lee. Essa é uma maneira muito elementar de colocar as coisas, mas foi o que aconteceu. Uma chave virou. Ele se descolou da realidade. Eles tinham que morrer. Ele me disse uma vez que, quando os viu pela primeira vez no tribunal, não conseguia entender por que os policiais os protegiam. Ele ficou esperando que um dos policiais puxasse uma arma e explodisse a cabeça deles. Alguns dias se passaram e ninguém os matou, então Carl Lee percebeu que dependia dele. Ele tinha a sensação de que alguém no sistema iria executar os dois por terem estuprado a filha dele. O que eu quero dizer, Dr. Brigance, é que, mentalmente, ele não estava aqui. Ele estava em outro mundo. Estava sofrendo de delírios. Ele pifou.

Bass sabia que estava se saindo bem. Ele agora falava com o júri, não com o advogado.

– No dia seguinte ao estupro, ele esteve com a filha no hospital. Ela mal conseguia falar, estava com a mandíbula quebrada e tudo, mas disse que o viu na floresta correndo para salvá-la e perguntou por que ele desapareceu. Agora, você consegue imaginar o que isso faria a um pai? Em um outro momento, ela disse para ele que implorou por seu papai, e os dois homens riram dela e disseram que ela não tinha pai.

Jake deixou que aquelas palavras fossem assimiladas. Olhou para a lista preparada por Ellen e viu apenas mais duas perguntas.

– Agora, Dr. Bass, com base nas suas observações de Carl Lee Hailey, e no seu diagnóstico da condição psíquica do réu no momento do crime, o senhor poderia dizer, com um grau razoável de certeza médica, se Carl Lee Hailey era capaz de saber a diferença entre certo e errado quando atirou naqueles homens?

– Sim.

– E qual é o seu parecer?

– Por sua condição psíquica, ele era totalmente incapaz de distinguir o certo do errado.

– Com base nos mesmos fatores, o senhor consegue nos dizer se Carl Lee Hailey era capaz de avaliar e compreender a natureza e a qualidade de suas atitudes?

– Sim.

– E qual é o seu parecer?

– Na minha opinião, como perito na área de psiquiatria, o Sr. Hailey era totalmente incapaz de compreender e apreciar a natureza e a qualidade do que estava fazendo.

– Obrigado, doutor. A defesa encerra aqui.

Jake pegou seu bloco de anotações e voltou confiante para seu lugar. Ele olhou para Lucien, que sorria e balançava a cabeça. Ele olhou para o júri. Os jurados observavam Bass e pensavam em seu testemunho. Wanda Womack, uma jovem com uma aura solidária, olhou para Jake e sorriu de leve. Era o primeiro sinal positivo que recebia do júri desde o início do julgamento.

– Até agora, tudo bem – sussurrou Carl Lee.

Jake sorriu para seu cliente.

– Você é um verdadeiro psicopata, meu amigo.

– Alguma pergunta? – indagou Noose a Buckley.

– Só algumas – respondeu o promotor enquanto subia ao púlpito.

Jake não conseguia imaginar Buckley discutindo psiquiatria com um perito, mesmo que fosse W. T. Bass.

Mas Buckley não tinha planos de discutir psiquiatria.

– Dr. Bass, qual é o seu nome completo?

Jake congelou. A pergunta tinha um tom ameaçador. Buckley tinha criado um forte ar de suspeita ao fazê-la.

– William Tyler Bass.

– Como o senhor se apresenta?

– W. T. Bass.

– O senhor já foi conhecido como Tyler Bass?

O médico hesitou.

– Não – respondeu humildemente.

Uma imensa sensação de ansiedade atingiu Jake como uma lança quente rasgando sua barriga. A pergunta só poderia significar problemas.

– O senhor tem certeza? – perguntou Buckley com as sobrancelhas levantadas e uma enorme desconfiança na voz.

Bass deu de ombros.

– Talvez quando eu era mais jovem.

– Entendo. Agora, de acordo com o seu depoimento, o senhor estudou medicina no Centro de Ciências Médicas da Universidade do Texas?

– Isso mesmo.

– E onde fica isso?

– Em Dallas.

– E quando o senhor estudou lá?

– De 1956 a 1960.

– E com que nome foi registrado?

– William T. Bass.

Jake estava paralisado de medo. Buckley tinha algo, um segredo obscuro do passado conhecido apenas por Bass e ele.

– O senhor já usou o nome Tyler Bass quando era estudante de medicina?

– Não.

– Tem certeza?

– Absoluta.

– Qual o seu número de identificação pessoal?

– 410-96-8585.

Buckley fez um X ao lado de algo em seu bloco de anotações.

– E qual a sua data de nascimento? – perguntou ele cuidadosamente.

– Catorze de setembro de 1934.

– E qual era o nome da sua mãe?

– Jonnie Elizabeth Bass.

– E o nome de solteira dela?

– Skidmore.

Outro X. Bass olhou nervosamente para Jake.

– E o seu local de nascimento?

– Carbondale, Illinois.

Outro X.

Uma objeção à relevância daquelas perguntas era adequada e aceitável, mas as pernas de Jake estavam bambas e de repente seu estômago se revirou. Ele temia passar vergonha caso se levantasse e tentasse falar.

Buckley analisou os X e esperou alguns segundos. Todos os ouvidos no tribunal aguardavam a pergunta seguinte, sabendo que seria brutal. Bass observava o promotor como um prisioneiro diante do pelotão de fuzilamento, esperando e rezando para que as armas de alguma forma falhassem.

Por fim, Buckley sorriu para o médico.

– Dr. Bass, o senhor já foi condenado por algum crime?

A pergunta ecoou no silêncio, veio de todas as direções e pousou nos ombros trêmulos de Tyler Bass. Mesmo um olhar superficial em seu rosto revelava a resposta.

Carl Lee semicerrou os olhos e olhou para seu advogado.

– Claro que não! – respondeu Bass em voz alta, desesperado.

Buckley apenas balançou a cabeça e caminhou lentamente até a mesa, onde Musgrove, com muita cerimônia, lhe entregou alguns papéis que pareciam importantes.

– Tem certeza? – disparou Buckley.

– Claro que tenho certeza – jurou Bass enquanto prestava atenção aos papéis.

Jake sabia que precisava se levantar e dizer ou fazer algo para impedir a carnificina que estava prestes a acontecer, mas sua mente estava paralisada.

– Tem mesmo certeza? – perguntou Buckley.

– Sim – respondeu Bass entredentes.

– O senhor nunca foi condenado por nenhum crime?

– Claro que não.

– O senhor está tão certo disso quanto do restante do seu testemunho perante este júri?

Aquela era a armadilha, o golpe final, a questão mais fatal de todas; uma que Jake havia usado diversas vezes e, quando a ouviu, soube que Bass estava acabado. E Carl Lee também.

– É claro – respondeu Bass com uma fingida arrogância.

Buckley avançou para o golpe final.

– O senhor está dizendo a este júri que em 17 de outubro de 1956, em Dallas, no Texas, não foi condenado por um crime sob o nome Tyler Bass?

Buckley fez a pergunta enquanto olhava para o júri e lia os documentos que pareciam importantes.

– Isso é mentira – disse Bass baixinho, e num tom nada convincente.

– Tem certeza que é mentira? – perguntou Buckley.

– Uma mentira deslavada.

– O senhor sabe diferenciar uma mentira de uma verdade, Dr. Bass?

– Claro que sim.

Noose colocou os óculos na ponta do nariz e se inclinou para a frente. Os jurados pararam de se balançar. Os repórteres pararam de anotar. Os policiais alinhados na parede dos fundos ficaram de pé ouvindo.

Buckley pegou um dos documentos e o analisou.

– O senhor está dizendo a este júri que, em 17 de outubro de 1956, não foi condenado por estupro de vulnerável?

Jake sabia que era importante, em meio a qualquer grande crise durante uma audiência, mesmo aquela, manter uma expressão séria e impassível. Era importante para os jurados, que não deixavam nada escapar, ver o advogado do réu com um olhar positivo em relação a ele. Jake havia praticado aquele olhar positivo, de que tudo está indo muito bem, o olhar de "eu estou no controle", durante muitas audiências e diante de muitas surpresas, mas com o "estupro de vulnerável", o olhar positivo, confiante e seguro foi logo substituído por uma expressão apática, pálida e de dor que foi sendo detalhadamente examinada por pelo menos metade dos jurados.

A outra metade fez uma cara feia para a testemunha no banco.

– O senhor foi condenado por estupro de vulnerável, doutor? – perguntou Buckley novamente após um longo silêncio.

Não houve resposta.

Noose se desenrolou e se inclinou na direção da testemunha.

– Por favor, responda à pergunta, Dr. Bass.

Bass ignorou Sua Excelência e olhou para o promotor.

– Você pegou o homem errado – disse ele.

Buckley bufou e foi até Musgrove, que segurava alguns papéis de aparência ainda mais importante. Ele abriu um grande envelope branco e tirou algo que parecia uma fotografia 20 por 25 centímetros.

– Bom, Dr. Bass, eu tenho algumas fotos suas tiradas pelo Departamento de Polícia de Dallas em 11 de setembro de 1956. O senhor gostaria de vê-las?

Não houve resposta.

Buckley as entregou à testemunha.

– O senhor gostaria de ver isso, Dr. Bass? Talvez elas possam refrescar sua memória.

Bass balançou a cabeça devagar, depois a abaixou e olhou fixamente para as botas.

– Meritíssimo, o Ministério Público gostaria de apresentar como prova as cópias autenticadas da decisão e da sentença no caso denominado Estado do Texas contra Tyler Bass, obtidas junto aos funcionários competentes em Dallas, Texas, que mostram que em 17 de outubro de 1956 um tal Tyler Bass confessou ser culpado da acusação de estupro de vulnerável, um crime sob as leis do estado do Texas. Podemos provar que Tyler Bass e a testemunha, o Dr. W. T. Bass, são a mesma pessoa.

Musgrove educadamente entregou a Jake uma cópia de tudo o que Buckley estava alegando.

– Alguma objeção a essa nova evidência? – perguntou Noose na direção de Jake.

Um discurso era necessário. Uma explicação brilhante e sentimental que tocaria o coração dos jurados e os faria chorar de pena de Bass e seu paciente. Mas as regras do processo penal não permitiam que ele fizesse isso naquele ponto. Claro que a evidência era admissível. Incapaz de se levantar, Jake acenou negativamente. Sem objeções.

– Sem mais perguntas – anunciou Buckley.

– Réplica, Dr. Brigance? – perguntou Noose.

Naquela fração de segundo, Jake não foi capaz de pensar em uma única coisa que pudesse perguntar a Bass para melhorar a situação. O júri já tinha ouvido o suficiente do perito da defesa.

– Não – respondeu Jake calmamente.

– Muito bem, Dr. Bass, o senhor está dispensado.

Bass saiu às pressas pelo pequeno portão de vaivém, passou pelo corredor central e deixou a sala de audiências. Jake observou sua partida atentamente, transmitindo o máximo de ódio possível. Era importante para o júri ver quão chocados o réu e seu advogado ficaram. O júri tinha que acreditar que um criminoso condenado não havia sido intencionalmente levado ao banco de testemunhas.

Quando a porta se fechou e Bass saiu, Jake examinou a sala na esperança de encontrar um rosto encorajador. Não havia nenhum. Lucien coçava a barba e olhava para o chão. Lester estava sentado com os braços cruzados e uma expressão de nojo no rosto. Gwen estava chorando.

– Pode chamar sua próxima testemunha – disse Noose.

Jake continuou procurando. Na terceira fileira, entre o reverendo Ollie Agee e o reverendo Luther Roosevelt, estava sentado Norman Reinfeld. Quando seus olhos encontraram os de Jake, ele franziu a testa e balançou a cabeça como se dissesse "Eu te avisei". Do outro lado da sala de audiências, a maioria dos brancos parecia tranquila e alguns até sorriam para Jake.

– Dr. Brigance, pode chamar sua próxima testemunha.

Relutante, Jake tentou se levantar. Suas pernas bambearam e ele se inclinou para a frente com as palmas das mãos apoiadas na mesa.

– Excelência – disse ele em uma voz estridente, aguda, derrotada –, podemos fazer um recesso até uma hora?

– Mas, Dr. Brigance, são apenas onze e meia.

Uma mentira pareceu apropriada.

– Sim, Excelência, mas nossa próxima testemunha não está aqui e não vai chegar antes da uma hora.

– Muito bem. Estaremos em recesso até a uma. Preciso falar com os doutores em particular.

Ao lado do gabinete ficava uma sala onde era servido café e os advogados sempre passavam o tempo, perambulando e fofocando, e ao lado havia um pequeno banheiro. Jake se trancou no banheiro e tirou o paletó, jogando-o no chão. Ele se ajoelhou ao lado do vaso sanitário, esperou um pouco e depois vomitou.

Ozzie estava de pé ao lado do juiz e tentava falar amenidades enquanto Musgrove e o promotor sorriam um para o outro. Eles aguardavam Jake. Por fim, ele entrou no gabinete e pediu desculpas.

– Jake, tenho más notícias – disse Ozzie.

– Deixa eu me sentar.

– Há uma hora eu recebi um telefonema do xerife do condado de Lafayette. Sua assistente, Ellen Roark, está no hospital.

– O que aconteceu?!

– A Klan pegou ela ontem à noite. Em algum lugar entre aqui e Oxford. Eles amarraram ela numa árvore e bateram nela.

– Como ela tá? – perguntou Jake.

– Estável, mas o quadro é grave.

– O que aconteceu? – perguntou Buckley.

– Não temos certeza. Eles deram um jeito de parar o carro dela e levaram ela pra floresta. Cortaram as roupas e o cabelo dela. Ela tinha uma concussão e cortes na cabeça, então presumem que ela tenha sido espancada.

Jake precisava vomitar de novo. Ele não conseguia falar. Massageou as têmporas e pensou em como seria bom amarrar Bass a uma árvore e bater nele.

Noose analisou o advogado de defesa com compaixão.

– Dr. Brigance, você está bem?

Não houve resposta.

– Vamos manter o recesso até as duas. Acho que todos nós precisamos desse intervalo – recomendou Noose.

JAKE SUBIU LENTAMENTE os degraus com uma garrafa vazia de cerveja na mão e por um momento pensou a sério em esmagá-la na cabeça de Lucien. Ele se deu conta de que o outro não sentiria nada.

Lucien sacudia seus cubos de gelo e olhava ao longe, na direção da praça, que há muito estava deserta, exceto pelos soldados e a multidão de adolescentes que sempre se aglomerava junto ao cinema para a sessão dupla de sábado à noite.

Nenhum dos dois disse nada. Lucien desviou o olhar. Jake olhou para ele com a garrafa vazia. Bass estava a centenas de quilômetros de distância.

Depois de mais ou menos um minuto, Jake perguntou:

– Cadê o Bass?

– Foi embora.

– Pra onde?

– Pra casa.

– Onde fica a casa dele?

– Por que você quer saber?

– Eu gostaria de ver a casa dele. Eu gostaria de ir até a casa dele. Eu gostaria de espancar ele até a morte com um taco de beisebol na casa dele.

Lucien sacudiu os cubos um pouco mais.

– Não te culpo.

– Você sabia?

– Sabia do quê?

– Da condenação.

– De jeito nenhum. Ninguém sabia. O processo foi anulado.

– Não entendi.

– O Bass me disse que o processo foi anulado três anos depois.

Jake colocou a garrafa de cerveja na varanda ao lado de sua cadeira. Pegou um copo sujo, soprou nele e o encheu com cubos de gelo e Jack Daniel's.

– Você se importa em explicar melhor, Lucien?

– De acordo com Bass, a garota tinha 17 anos e era filha de um juiz importante de Dallas. As coisas esquentaram, e o juiz pegou eles transando no sofá. Ele apresentou queixa e o Bass não teve chance. Acabou se confessando culpado de estupro de vulnerável. Mas a garota estava apaixonada. Eles continuaram se vendo e ela ficou grávida. O Bass se casou com ela e deu ao juiz um menino perfeito como seu primeiro neto. O velho mudou de ideia e o processo foi anulado.

Lucien bebeu e observou as luzes da praça.

– O que aconteceu com a garota?

– De acordo com Bass, uma semana antes de terminar a faculdade de medicina, a esposa dele, que estava grávida de novo, e o menino morreram em um acidente de trem em Fort Worth. Foi quando ele começou a beber e desistiu de viver.

– E ele nunca tinha te contado isso?

– Não vem me interrogar. Eu já disse que não sabia nada sobre isso. Eu mesmo coloquei ele no banco das testemunhas duas vezes, lembra? Se eu soubesse, nunca teria feito isso.

– Por que ele nunca te contou?

– Acho que porque ele achava que o registro tinha sido eliminado. Sei lá. Tecnicamente, ele tem razão. Não existe registro depois da anulação. Mas ele foi condenado.

Jake deu um longo e amargo gole no uísque. Foi desagradável. Eles ficaram sentados em silêncio por dez minutos. Estava escuro e os grilos cantavam em coro. Sallie foi até a porta de tela e perguntou a Jake se ele queria jantar. Ele disse que não e agradeceu.

– O que aconteceu hoje à tarde? – perguntou Lucien.

– O Carl Lee testemunhou e encerramos às quatro. O psiquiatra do Buckley não estava pronto. Ele vai depor na segunda-feira.

– Como ele se saiu?

– Mais ou menos. Ele seguiu o depoimento do Bass, e dava pra sentir o ódio dos jurados. Ele estava meio duro e parecia ensaiado. Não acho que ele marcou muitos pontos.

– E o Buckley?

– Foi à loucura. Gritou com o Carl Lee por uma hora. O Carl Lee não parava de ser grosseiro com ele, e eles se cutucaram o tempo todo. Acho que os dois se saíram mal. Na minha vez, dei apoio a ele e ele passou uma imagem lamentável e compadecida. Quase chorou no final.

– Isso é bom.

– Sim, muito bom. Mas eles vão condenar ele, né?

– Imagino que sim.

– Depois que a sessão foi encerrada, ele tentou me demitir. Disse que eu tinha perdido o caso e que queria um novo advogado.

Lucien caminhou até a beira da varanda e abriu o zíper da calça. Ele se apoiou em uma coluna e regou os arbustos. Estava descalço e parecia uma vítima de enchente. Sallie lhe trouxe outro drinque.

– Como a Row Ark tá? – perguntou ele.

– Estável, parece. Liguei pro quarto dela e uma enfermeira disse que ela não conseguia falar. Eu vou passar lá amanhã.

– Espero que ela esteja bem. É uma garota legal.

– Ela é uma cretina radical, mas muito inteligente. Estou me sentindo culpado, Lucien.

– Não é culpa sua. O mundo é muito doido, Jake. Cheio de gente doida. Nesse momento, acho que metade dessas pessoas está no condado de Ford.

– Duas semanas atrás, eles plantaram dinamite do lado de fora da janela do meu quarto. Espancaram até a morte o marido da minha secretária. Ontem atiraram em mim e atingiram um soldado. Agora pegaram a minha assistente, amarraram ela num poste, arrancaram as roupas e cortaram o cabelo dela, e ela tá no hospital com uma concussão. Eu fico me perguntando o que tá por vir.

– Eu acho que você deveria se render.

– Eu faria isso. Eu iria até o tribunal agora mesmo e entregaria minha pasta, entregaria minhas armas, desistiria. Mas ia me entregar pra quem? O inimigo é invisível.

– Você não pode desistir, Jake. O seu cliente precisa de você.

– Dane-se o meu cliente. Ele tentou me demitir hoje.

– Ele precisa de você. Só acaba quando termina.

METADE DA CABEÇA de Nesbit pendia para fora da janela e a saliva escorria pelo lado esquerdo de seu queixo, descendo pela porta, formando uma pequena poça sobre o "O" de Ford na insígnia com o nome do condado na lateral da viatura. Uma lata de cerveja vazia umedecia sua virilha. Depois de duas semanas como guarda-costas, ele se acostumou a dormir com os mosquitos em sua viatura enquanto protegia o advogado do negro.

Momentos depois que o sábado se transformou em domingo, o rádio rompeu o silêncio. Ele agarrou o microfone enquanto enxugava o queixo com a manga esquerda.

– S.O. 8 – respondeu ele.

– Qual é a sua localização?

– A mesma de duas horas atrás.

– A casa do Wilbanks?

– Positivo.

– O Brigance ainda tá aí?

– Positivo.

– Pega ele e leva pra casa dele na Adams Street. É uma emergência.

Nesbit passou pelas garrafas vazias na varanda, pela porta destrancada, onde encontrou Jake esparramado no sofá da sala.

– Acorda, Jake! Você tem que ir para casa! É uma emergência!

Jake deu um pulo e seguiu Nesbit. Eles pararam na escada da frente da casa de Wilbanks e olharam para além da cúpula do fórum. À distância, um funil fervente de fumaça negra se erguia acima de um brilho laranja e flutuava pacificamente em direção à meia-lua.

A Adams Street estava bloqueada por inúmeros veículos, a maioria picapes. Cada um tinha uma variedade de luzes de emergência vermelhas e amarelas, umas mil ao todo. Eles giravam, brilhavam e cruzavam a escuridão em um coro silencioso, iluminando a rua.

Os caminhões do corpo de bombeiros estavam estacionados de qualquer jeito na frente da casa. Bombeiros e voluntários trabalhavam num ritmo frenético conectando mangueiras e se organizando, de vez em quando respondendo aos comandos do sargento. Ozzie, Prather e Hastings estavam perto de um dos carros. Alguns soldados fingiam fazer alguma coisa perto de um jipe.

O fogo brilhava. As chamas rugiam de todas as janelas da frente da casa, escada acima e abaixo. A garagem estava completamente tomada. O Cutlass de Carla queimava por dentro e por fora – os quatro pneus emitindo um brilho próprio, mais escuro. Curiosamente, outro carro menor, não o Saab, queimava ao lado do Cutlass.

O estrondo e o crepitar do fogo, mais o ronco dos caminhões do corpo de bombeiros, mais as vozes altas, atraíram vizinhos de muitos quarteirões de distância. Eles haviam se amontoado nos jardins do outro lado da rua e assistiam.

Jake e Nesbit seguiram em disparada pela rua. O sargento os avistou e veio correndo.

– Jake! Tem alguém na casa?

– Não!

– Ótimo. Foi o que eu pensei.

– Só minha cadela de estimação.

– Sua cadelinha!

Jake fez que sim com a cabeça e observou a casa.

– Sinto muito – disse o sargento.

Eles se reuniram ao lado da viatura de Ozzie em frente à casa da Sra. Pickle. Jake respondeu às perguntas.

– Aquele carro ali embaixo não é o seu Volkswagen, né, Jake?

Jake olhou em silêncio, atordoado, para o monumento histórico de Carla. E balançou a cabeça.

– Imaginei. Parece que foi lá que tudo começou.

– Não entendi – disse Jake.

– Se não é o seu carro, então alguém estacionou ele ali, certo? Tá vendo como o piso da garagem tá queimando? Concreto normalmente não pega fogo. É gasolina. Alguém encheu o carro de gasolina, estacionou e fugiu. Provavelmente tinha algum tipo de dispositivo que disparou a coisa.

Prather e dois voluntários concordaram.

– Há quanto tempo tá pegando fogo? – perguntou Jake.

– Tem dez minutos que a gente chegou – disse o sargento –, e o fogo já tinha se espalhado. Eu diria que há uma meia hora. É um baita incêndio. Alguém sabia o que estava fazendo.

– Imagino que a gente não consiga tirar nada de lá, né? – perguntou Jake, já sabendo a resposta.

– De jeito nenhum, Jake. O fogo tá completamente espalhado. Meus homens não poderiam entrar lá nem se tivesse alguém preso. É um incêndio dos grandes.

– Por que você tá dizendo isso?

– Bom, olha lá. A casa tá queimando de maneira uniforme. Você consegue ver as chamas em todas as janelas. Embaixo e em cima. Isso é muito incomum. Em menos de um minuto, o telhado vai pegar fogo.

Dois esquadrões avançaram com as mangueiras, atirando água na direção das janelas da varanda da frente. Uma mangueira menor foi direcionada para uma janela no andar superior. Depois de observar por um ou dois minutos enquanto a água desaparecia nas chamas sem nenhum efeito perceptível, o sargento cuspiu no chão e disse:

– Vai queimar tudo.

Depois, ele desapareceu em torno de um dos caminhões e começou a dar ordens.

Jake olhou para Nesbit.

– Você poderia me fazer um favor?

– Claro, Jake.

– Vai até a casa do Harry Rex e traz ele pra cá. Eu ia odiar que ele perdesse isso.

– Claro.

Por duas horas, Jake, Ozzie, Harry Rex e Nesbit ficaram sentados na viatura assistindo ao incêndio cumprir a previsão do sargento. De vez em quando, um vizinho passava por ali expressando suas condolências e perguntando sobre a família. A Sra. Pickle, a doce velhinha da casa ao lado, chorou muito ao ser informada por Jake de que Max havia morrido no incêndio.

Às três, os policiais e outros curiosos tinham desaparecido, e às quatro a pitoresca casa vitoriana havia sido reduzida a escombros fumegantes. O último dos bombeiros sufocou qualquer sinal de fumaça das ruínas. Apenas a chaminé e as estruturas queimadas de dois carros permaneceram de pé acima dos restos enquanto as pesadas botas de borracha chutavam e aravam os resíduos em busca de faíscas ou chamas ocultas que pudessem de alguma forma retornar dos mortos e queimar o resto dos destroços.

Eles estavam enrolando a última mangueira quando o sol começou a aparecer. Jake agradeceu quando eles saíram. Ele e Harry Rex caminharam pelo quintal e examinaram os danos.

– Bom – disse Harry Rex –, é só uma casa.

– Você pode ligar pra Carla e contar pra ela?

– Não. Acho que você deveria fazer isso.

– Acho que vou esperar.

Harry Rex olhou o relógio.

– Tá na hora do café da manhã, né?

– É domingo de manhã, Harry Rex. Não tem nada aberto.

– Ah, Jake, você é um amador e eu sou um profissional. Posso encontrar comida fresca a qualquer hora do dia.

– A parada de caminhões?

– A parada de caminhões!

– Tá bem. E quando a gente terminar, vamos a Oxford pra ver como a Row Ark tá.

– Ótimo. Mal posso esperar pra ver o novo corte de cabelo dela.

SALLIE PEGOU O telefone e o atirou em Lucien, que se atrapalhou até conseguir colocá-lo devidamente na orelha.
– Sim, quem é? – perguntou ele, olhando pela janela para a escuridão.
– Lucien Wilbanks?
– Sim, quem é?
– Você conhece o Clyde Sisco?
– Sim.
– São 50 mil.
– Me liga de novo amanhã de manhã.

39

Sheldon Roark estava sentado à janela com os pés apoiados no encosto de uma cadeira, lendo a matéria sobre o julgamento de Hailey no *Memphis Sunday*. No final da primeira página havia uma foto de sua filha e a história sobre seu encontro com a Klan. Ela descansava confortavelmente na cama a alguns metros de distância. O lado esquerdo de sua cabeça havia sido raspado e coberto com uma bandagem grossa. A orelha esquerda foi costurada com 28 pontos. A concussão severa tinha sido reduzida a uma concussão leve, e os médicos prometeram que ela poderia ir embora na quarta-feira.

Ela não tinha sido estuprada nem chicoteada. Os médicos não sabiam muitos detalhes quando ligaram para ele em Boston. Sheldon havia passado sete horas num avião sem saber o que tinha acontecido com ela, mas esperava o pior. No fim da noite de sábado, os médicos fizeram mais raios X e lhe disseram para ficar tranquilo. As cicatrizes desapareceriam e o cabelo voltaria a crescer. Ela tinha sido espancada e o susto foi grande, mas poderia ter sido muito pior.

Houve uma agitação no corredor. Alguém estava discutindo com uma enfermeira. Ele colocou o jornal em cima da cama e abriu a porta.

Uma enfermeira havia pegado Jake e Harry Rex se esgueirando pelo corredor. Ela explicou que o horário de visitas começava às duas da tarde e que ainda faltavam seis horas; que apenas membros da família eram permitidos; e que ela chamaria a segurança se eles não fossem embora. Harry Rex explicou que não dava a mínima para o horário de visitas ou qualquer outra regra idiota do hospital; que ela era sua noiva e que ele a veria uma última vez antes de ela morrer; e que, se a enfermeira não calasse a boca, ele iria processá-la por assédio moral, porque ele era advogado e não processava ninguém já havia uma semana e estava ficando ansioso.

– O que tá acontecendo aqui? – interveio Sheldon.

Jake olhou para o homenzinho de cabelo vermelho e olhos verdes e disse:

– Você deve ser Sheldon Roark.

– Sim, sou eu.

– Eu sou Jake Brigance. O advogado...

– Sim, eu tenho lido sobre você. Tá tudo bem, eles estão comigo.

– Isso – disse Harry Rex. – Tá tudo bem. Estamos com ele. Agora, por favor, deixa a gente em paz antes que você tenha que me indenizar por isso.

Ela jurou chamar a segurança e desceu abruptamente o corredor.

– Meu nome é Harry Rex Vonner – disse ele, apertando a mão de Sheldon Roark.

– Entrem – disse Sheldon.

Eles o seguiram até o pequeno quarto e olharam para Ellen. Ela ainda estava dormindo.

– Como ela tá? – perguntou Jake.

– Com uma concussão leve. Vinte e oito pontos na orelha e onze na cabeça. Ela vai ficar bem. O médico disse que pode ser que ela seja liberada na quarta-feira. Estava acordada ontem à noite e a gente conversou por um bom tempo.

– O cabelo dela tá horrível – mencionou Harry Rex.

– Segundo ela, eles puxaram pra trás e cortaram com uma faca cega. Eles também cortaram as roupas dela e ameaçaram chicoteá-la. Os ferimentos na cabeça foram autoinfligidos. Ela achou que eles iriam matá-la ou estuprá-la, ou as duas coisas. Então ela bateu a cabeça contra o poste onde amarraram ela. Isso deve ter assustado eles.

– Quer dizer que eles não bateram nela?

– Não. Eles não machucaram ela. Só deram um baita susto.

– O que ela viu?

– Não muita coisa. Uma cruz pegando fogo, mantos brancos, cerca de uns dez homens. O xerife disse que era um pasto dezessete quilômetros a leste daqui. Propriedade de alguma empresa de papel.

– Quem encontrou ela? – perguntou Harry Rex.

– O xerife recebeu um telefonema anônimo de um sujeito chamado Mickey Mouse.

– Ah, sim. Meu velho amigo.

Ellen gemeu baixinho e se espreguiçou.

– Vamos lá pra fora – disse Sheldon.

– Tem alguma lanchonete aqui? – perguntou Harry Rex. – Eu sinto fome quando chego perto de hospitais.

– Claro. Vamos tomar um café.

A lanchonete do primeiro andar estava vazia. Jake e o Sr. Roark tomaram café puro. Harry Rex começou com três pãezinhos doces e um copo grande de leite.

– De acordo com o jornal, as coisas não estão indo muito bem – disse Sheldon.

– O jornal está sendo muito gentil – disse Harry Rex com a boca cheia. – O Jake tá levando uma surra dentro do tribunal. E a vida do lado de fora também não tá indo nada bem. Quando não estão atirando nele ou sequestrando sua assistente, estão incendiando a casa dele.

– Botaram fogo na sua casa!

Jake fez que sim com a cabeça.

– Ontem à noite. Ainda tá queimando.

– Eu achei que tinha sentido cheiro de fumaça.

– A gente ficou lá até o fogo levar tudo ao chão. Demorou quatro horas.

– Sinto muito. Eles já me ameaçaram assim antes, mas o pior que me aconteceu foi ter os pneus cortados. Também nunca levei um tiro.

– Já tentaram atirar em mim algumas vezes.

– Tem Klan em Boston? – perguntou Harry Rex.

– Não que eu saiba.

– É uma pena. Essas pessoas dão uma nova dimensão à prática jurídica.

– Tô vendo. A gente assistiu na televisão às reportagens sobre o motim em torno do fórum na semana passada. Eu passei a ficar bem atento desde que a Ellen se envolveu. É um caso famoso. Até lá pras nossas bandas. Adoraria ter pegado esse caso.

– É todo seu – disse Jake. – Acho que o meu cliente tá procurando um advogado novo.

– Quantos psiquiatras o Ministério Público vai convocar?

– Só um. Ele vai depor de manhã e depois vamos pras alegações finais. O júri deve decidir no final da tarde de amanhã.

– Que ódio que a Ellen vai perder isso. Ela me ligava todo dia falando sobre o caso.

– Onde o Jake errou? – perguntou Harry Rex.

– Não fala com a boca cheia – disse Jake.

– Acho que o Jake fez um bom trabalho. Os fatos são desfavoráveis por si sós. O Hailey cometeu os crimes, planejou os assassinatos meticulosamente e tá contando com a alegação de insanidade, que é um argumento fraco. Os júris de Boston não seriam muito compassivos.

– Nem os do condado de Ford – acrescentou Harry Rex.

– Espero que você tenha um discurso comovente na manga pra amanhã – disse Sheldon.

– Ele não tem mangas – disse Harry Rex. – Todas pegaram fogo. Junto com as calças e as cuecas.

– Por que você não vai lá amanhã assistir? – perguntou Jake. – Eu te apresento ao juiz e peço autorização pra você acompanhar a gente no gabinete.

Ele não faria isso por mim – disse Harry Rex.

– Eu imagino por quê – disse Sheldon com um sorriso. – Talvez eu faça isso mesmo. Eu tinha planejado ficar até terça-feira de qualquer maneira. É seguro lá?

– Na verdade, não.

A ESPOSA DE WOODY Mackenvale estava sentada em um banco de plástico localizado no corredor próximo ao quarto dele e chorava baixinho enquanto tentava ser corajosa pelos dois filhos pequenos sentados ao lado dela. Cada um dos meninos estava agarrado a um chumaço bastante usado de lenços de papel, e vez ou outra enxugava o rosto e assoava o nariz. Jake se ajoelhou diante dela e ouviu atentamente enquanto ela descrevia o que os médicos haviam dito. A bala tinha se alojado na coluna – a paralisia era severa e permanente. Ele era supervisor em uma fábrica em Booneville. Emprego bom. Vida boa. Ela não trabalhava, pelo menos até aquele momento. Eles dariam um jeito, mas ela não sabia bem como. Ele era treinador do time dos filhos na liga infantil. Era um homem muito ativo.

Ela chorou mais alto e os meninos enxugaram as bochechas.

– Ele salvou a minha vida – disse Jake a ela, e depois olhou para os meninos.

Ela fechou os olhos e concordou com a cabeça.

– Ele tava fazendo o trabalho dele. A gente vai sair dessa.

Jake pegou um lenço de papel da caixa em cima do banco e secou os olhos. Um grupo de parentes estava perto deles, assistindo. Nervoso, Harry Rex andava de um lado para outro no final do corredor.

Jake a abraçou e fez um carinho na cabeça dos meninos. Deu a ela seu número de telefone – do escritório, claro – e disse para que ligasse caso ele pudesse fazer qualquer coisa para ajudar. Ele prometeu visitar Woody quando o julgamento terminasse.

NO DOMINGO AS LOJAS de bebida abriam ao meio-dia, como se o horário fosse pensado para o pessoal das igrejas, que na volta do culto parava para comprar dois packs de seis latas, depois ia para a casa da avó almoçar e aproveitar a tarde. Estranhamente, elas fechavam de novo às seis da tarde, como se as mesmas pessoas precisassem ter o acesso a cerveja negado ao retornarem à igreja para o culto da noite. Nos outros seis dias, a bebida era vendida das seis da manhã até a meia-noite. Mas, no domingo, a venda era reduzida em homenagem ao Todo-Poderoso.

Jake comprou um pack na mercearia Bates e orientou seu motorista em direção ao lago. O antigo Bronco de Harry Rex tinha quase dez centímetros de lama seca nas portas e nos para-lamas. Era impossível ver os pneus. O para-brisa estava rachado e era perigoso, com milhares de insetos esmagados espalhados nas bordas. A última revisão do carro tinha quatro anos e mal dava para ver o adesivo da concessionária pelo lado de fora. Havia dezenas de latas de cerveja vazias e garrafas quebradas espalhadas pelo chão. O ar--condicionado não funcionava havia seis anos. Jake tinha sugerido que eles fossem no Saab. Harry Rex o xingou por tamanha estupidez. O Saab vermelho era um alvo fácil para os atiradores. Ninguém suspeitaria do Bronco.

Dirigiram lentamente na direção do lago, para nenhum lugar em particular. A voz de Willie Nelson saindo da fita cassete parecia um lamento. Harry Rex batia no volante e cantava junto. Sua voz normal era rouca e comum. Cantando, era abominável. Jake tomou um gole de cerveja e procurou a luz do dia pelo para-brisa.

A onda de calor estava prestes a ser quebrada. Nuvens escuras pairavam ameaçadoramente a sudoeste e, quando eles passaram pelo Huey's Lounge, a chuva caiu e banhou a terra seca. Lavou e removeu a vegetação que ladeava as pistas e pendia como barba-de-velho nas árvores. Resfriou o asfalto esturricado, criando uma névoa pegajosa que se ergueu um metro acima da rodovia. As valas de barro vermelho ressecadas absorveram a água e, quando ficaram cheias, começaram a criar pequenos riachos em direção aos drenos maiores e aos escoadouros da estrada. As chuvas encharcaram o algodão e a soja, e castigaram a colheita formando pequenas poças entre os caules.

Notavelmente, os limpadores de para-brisa funcionavam. Eles batiam furiosamente de um lado para outro e removiam a lama e a coleção de insetos. A tempestade ficou mais forte. Harry Rex aumentou o volume do som.

Os negros com suas varas de cana e seus chapéus de palha acamparam sob as pontes e esperaram a tempestade passar. Abaixo deles, os riachos imóveis ganharam vida. A água lamacenta dos campos e das valas descia e agitava os pequenos córregos e riachos. A água subia e avançava. Os negros comiam mortadela e biscoitos e contavam histórias de pescador. Harry Rex estava com fome. Ele parou na mercearia Treadway's, que ficava próxima ao lago, e comprou mais cerveja, duas porções de bagre e um enorme saco de torresmos picantes ao estilo Cajun. Ele atirou tudo em Jake.

Eles cruzaram a barragem sob uma chuva torrencial. Harry Rex estacionou próximo a um pequeno pavilhão em uma área para piquenique. Eles se sentaram na mesa de concreto e viram a chuva golpear o lago Chatulla. Jake tomava cerveja enquanto Harry Rex comia as duas porções de bagre.

– Quando você vai contar pra Carla? – perguntou ele, virando a cerveja.

O telhado de zinco rugiu acima dele.

– Contar o quê?

– Da casa.

– Eu não vou contar. Acho que consigo reconstruir a casa antes de ela voltar.

– Você quer dizer no final dessa semana?

– Sim.

– Você tá ficando maluco, Jake. Tá bebendo demais e tá perdendo a cabeça.

– Eu mereço. Eu fiz por merecer. Tô a duas semanas da falência. Tô prestes a perder o maior caso da minha carreira, pelo qual recebi novecentos dólares. Minha casa maravilhosa, que todo mundo fotografava e as senhorinhas do Garden Club tentavam publicar na *Southern Living*, foi reduzida a escombros. Minha esposa foi embora, e quando ela souber da casa vai pedir o divórcio, não tenho a menor dúvida. Aí eu vou perder a minha esposa. E quando a minha filha descobrir que a cadelinha dela morreu no incêndio, vai me odiar para sempre. Minha cabeça tá a prêmio. Tem homens da Klan atrás de mim. Atiradores na minha cola. Tem um soldado no hospital com a minha bala na coluna. Ele vai viver feito um vegetal e eu vou pensar nele a cada segundo de cada dia, pelo resto da vida. O marido da minha secretária foi morto por minha causa. Minha última funcionária tá no hospital com um corte de cabelo bizarro e uma concussão só porque trabalhava pra mim. O júri acha que eu sou um vigarista mentiroso por causa do meu perito. O meu cliente quer me demitir. Quando ele for condenado, todo mundo vai me culpar. Ele vai contratar outro advogado pro recurso, um daqueles tipos da ACLU, e eles vão me processar alegando que eu sou um incompetente. E eles têm razão. Vou ser processado por negligência. Não vou ter esposa, nem filha, nem casa, nem consultório, clientes, dinheiro, nada.

– Você precisa de ajuda psiquiátrica, Jake. Você deveria marcar uma consulta com o Dr. Bass. Aqui, toma uma cerveja.

– Acho que vou morar com o Lucien e passar o dia todo sentado na varanda.

– Posso ficar com o seu escritório?

– Você acha que ela vai pedir o divórcio?

– Provavelmente. Eu me divorciei quatro vezes, e qualquer motivo pra elas é separação.

– A Carla, não. Eu sou capaz de lamber o chão que ela pisa, e ela sabe disso.

– Ela vai estar é dormindo no chão quando voltar pra Clanton.

– Não, a gente vai comprar um trailer pequeno e aconchegante. Vai ser o suficiente até que a gente saia da falência. Depois a gente encontra outra casa velha e recomeça.

– Você provavelmente vai encontrar outra esposa e recomeçar. Por que ela deixaria um casarão chique na praia e voltaria pra um trailer em Clanton?

– Porque eu vou estar no trailer.

– Isso não é suficiente, Jake. Você vai ser um advogado bêbado, falido e sem licença, morando num trailer. Você vai ser desonrado publicamente. Todos os seus amigos, exceto eu e o Lucien, vão se esquecer de você. Ela nunca mais vai voltar. Acabou, Jake. Como seu amigo e seu advogado, aconselho você a dar entrada no processo primeiro. Faz isso agora, amanhã, pra ela nem entender o que aconteceu.

– Por que eu pediria o divórcio?

– Porque ela vai pedir. A gente dá entrada primeiro e alega que ela abandonou você num momento de necessidade.

– Isso é motivo pra divórcio?

– Não. Mas a gente também vai alegar que você tá maluco, uma insanidade temporária. Deixa eu cuidar disso. As regras de M'Naghten. Eu sou um advogado de família tosco, lembra disso.

– Como eu poderia esquecer?

Jake virou a cerveja quente de sua garrafa abandonada e abriu outra. A chuva e as nuvens tinham diminuído. Um vento frio soprava do lago.

– Eles vão condenar ele, né, Harry Rex? – perguntou, olhando para o lago ao longe.

Ele parou de mastigar e limpou a boca. Colocou o prato de papel sobre a mesa e tomou um longo gole de cerveja. O vento jogou pequenas gotas de água em seu rosto. Ele as enxugou com uma manga.

– Sim, Jake. O seu cliente tá prestes a ser mandado pra cadeia. Dá pra ver nos olhos deles. Aquela palhaçada de insanidade simplesmente não funcionou. Eles já de cara não queriam acreditar no Bass e depois que o Buckley deixou ele de calça arriada, já era. O Carl Lee também não se ajudou em nada. Ele parecia ensaiado e sincero demais. Como se estivesse implorando por compaixão. O depoimento foi péssimo. Eu fiquei de olho no júri enquanto ele tava lá. Não vi apoio nenhum pra ele. Ele vai ser condenado, Jake. E o veredito vai sair rápido.

– Obrigado pela franqueza.

– Eu sou seu amigo e acho que você deve começar a se preparar pra uma condenação e um longo recurso.

– Sabe, Harry Rex, eu queria nunca ter ouvido falar de Carl Lee Hailey.

– Acho que é tarde demais, Jake.

SALLIE ATENDEU A porta e disse a Jake que sentia muito pela casa. Lucien estava em seu escritório no segundo andar, sóbrio e trabalhando. Ele apontou para uma cadeira e instruiu Jake a se sentar. A mesa estava tomada de blocos de papel.

– Passei a tarde toda trabalhando nas alegações finais – disse ele, apontando para a bagunça à sua frente. – A sua única esperança de salvar o Hailey é com um desempenho fascinante nas alegações. Quer dizer, estamos falando do melhor argumento de defesa da história da jurisprudência. É disso que você precisa.

– E suponho que você tenha elaborado essa obra-prima.

– Na verdade, sim. É muito melhor do que qualquer coisa que você possa imaginar. E presumi, corretamente, que você passaria a tarde de domingo lamentando a perda da sua casa e afogando as mágoas com cerveja. Eu sabia que você não ia ter nada na mão. Então, fiz isso por você.

– Eu queria conseguir estar tão sóbrio quanto você, Lucien.

– Eu era melhor advogado bêbado do que você sóbrio.

– Pelo menos eu sou advogado.

Lucien jogou um bloco de papel em cima de Jake.

– Tá aí. Uma compilação das minhas melhores alegações finais. Lucien Wilbanks no seu melhor, tudo pra você e pro seu cliente. Eu sugiro que você memorize e cite palavra por palavra. É bom nesse nível. Não tenta mudar nada nem improvisar. Você só vai estragar tudo.

– Vou pensar. Não é a primeira vez que eu faço isso, lembra?

– Você que sabe.

– Porra, Lucien! Me deixa em paz!

– Calma, Jake. Vamos tomar alguma coisa. Sallie! Sallie!

Jake jogou a obra-prima no sofá e foi até a janela com vista para o quintal. Sallie subiu correndo as escadas. Lucien pediu uísque e cerveja.

– Você passou a noite toda acordado? – perguntou Lucien.

– Não. Dormi de onze à meia-noite.

– Você tá com uma cara péssima. Precisa de uma boa noite de descanso.

– Eu tô me sentindo péssimo e dormir não vai ajudar. Nada vai ajudar, exceto o fim desse julgamento. Eu não entendo, Lucien. Eu não entendo como tudo deu errado desse jeito. A gente sem dúvida tinha direito a alguma sorte, por menor que fosse. O caso não devia sequer ser julgado em Clanton. Nós recebemos o pior júri possível, um júri que foi manipulado. Mas eu não posso provar. Nossa principal testemunha foi completamente destruída. O réu prestou um péssimo depoimento. E o júri não confia em mim. Não sei o que mais poderia dar errado.

– Você ainda pode ganhar o caso, Jake. Vai exigir um milagre, mas essas coisas acontecem às vezes. Eu arranquei a vitória das garras da derrota muitas vezes com uma alegação final eficaz. Se concentra em um ou dois jurados. Joga com eles. Fala com eles. Não se esquece de que basta um pra criar um impasse no júri.

– Você acha que eu devia fazer eles chorarem?

– Se você conseguir. Não é tão fácil. Mas acredito nas lágrimas na bancada do júri. É um recurso muito eficaz.

Sallie chegou com as bebidas, e eles a seguiram escada abaixo até a varanda. Depois que escureceu, ela lhes serviu sanduíches e batatas fritas. Às dez, Jake pediu licença e foi para seu quarto. Ele ligou para Carla e conversou com ela por uma hora. Não mencionou a casa. Seu estômago revirou ao ouvir a voz dela e perceber que um dia, muito em breve, ele seria forçado a dizer a ela que a casa, a casa dela, não existia mais. Ele desligou e rezou para que ela não tivesse lido sobre aquilo no jornal.

40

Clanton voltou ao normal na segunda-feira de manhã, quando as barricadas foram colocadas ao redor da praça e aumentaram as fileiras de soldados para manter a ordem pública. Caminhavam um atrás do outro, mantendo uma distância desigual entre si, observando enquanto os membros da Klan se dirigiam à área que lhes fora designada de um lado e os manifestantes negros, à outra. O dia de descanso trouxe energia renovada para ambos os grupos, e por volta das oito e meia eles estavam a plenos pulmões. O colapso do Dr. Bass havia sido a grande notícia e os homens da Klan pressentiam a vitória. Além disso, tinham acertado em cheio na Adams Street. Eles pareciam estar gritando ainda mais alto que o normal.

Às nove, Noose convocou os advogados ao seu gabinete.

– Só queria ter certeza que você estava vivo e bem – disse ele, sorrindo para Jake.

– Vai à merda, Excelência – disse Jake baixinho, mas alto o suficiente para ser ouvido. Os promotores congelaram. O Sr. Pate deu um pigarro.

Noose inclinou a cabeça para o lado como se tivesse dificuldade para ouvir.

– O que você disse, Dr. Brigance?

– Eu disse "Vamos começar, Excelência".

– É, foi o que eu pensei. Como está sua assistente, a Srta. Roark?

– Ela vai ficar bem.

– Foi a Klan?

– Sim, Excelência. A mesma Klan que tentou me matar. A mesma Klan que iluminou o condado com cruzes e fez sabe-se lá o que mais com a nossa comissão de jurados. A mesma Klan que provavelmente intimidou a maioria dos que estão lá sentados na bancada. Sim, Excelência, a mesma Klan.

Noose arrancou os óculos.

– Você tem como provar isso?

– Está perguntando se eu tenho confissões escritas, assinadas e autenticadas dos membros da Klan? Não, Excelência. Eles não colaboram muito.

– Se você não pode provar, Dr. Brigance, então não insista.

– Sim, Excelência.

Jake saiu do gabinete e bateu a porta. Segundos depois, o Sr. Pate pediu ordem na sala de audiências e todos se levantaram. Noose deu as boas-vindas ao júri e prometeu que a provação estava quase no fim. Ninguém sorriu para ele. Tinha sido um fim de semana solitário no Temple Inn.

– O Ministério Público tem alguma refutação a fazer? – perguntou o juiz a Buckley.

– Uma testemunha, Excelência.

O Dr. Rodeheaver foi trazido da sala ao lado. Ele se acomodou no banco com cuidado e calorosamente acenou para o júri com a cabeça. Parecia um psiquiatra. Terno escuro, nada de botas.

Buckley assumiu o púlpito e sorriu para o júri.

– O senhor é o Dr. Wilbert Rodeheaver? – trovejou ele, olhando para o júri como se dissesse "Agora vocês vão ver o que é um psiquiatra de verdade".

– Sim, senhor.

Buckley fez perguntas, um milhão delas, sobre sua formação educacional e profissional. Rodeheaver estava confiante, relaxado, preparado e habituado ao banco das testemunhas. Ele falou por um bom tempo sobre sua ampla vida acadêmica, sua vasta experiência como médico e, mais recentemente, a imensa magnitude de seu trabalho como chefe de equipe no hospital psiquiátrico estadual. Buckley perguntou se ele havia escrito algum artigo em sua área. Ele disse que sim, e por meia hora eles discutiram as pesquisas realizadas por aquele homem tão erudito. Ele havia recebido bolsas de pesquisa do governo federal e de vários estados. Era membro de todas as organizações às quais Bass pertencia e ainda de algumas outras. Tinha sido certificado por todas as associações que tratavam minimamente do estudo da mente humana. Ele era polido e estava sóbrio.

Após as qualificações, Buckley solicitou a nomeação do médico como perito da acusação, e Jake não tinha perguntas nem nenhuma contestação a esse respeito.

– Dr. Rodeheaver – prosseguiu o promotor –, quando o senhor examinou Carl Lee Hailey pela primeira vez?

O médico verificou suas anotações.

– Dia 19 de junho.

– Onde o exame foi realizado?

– No meu consultório, em Whitfield.

– Por quanto tempo o senhor o examinou?

– Por algumas horas.

– Qual era o propósito desse exame?

– Tentar determinar a condição psíquica do réu naquele momento e também no momento em que ele matou o Sr. Cobb e o Sr. Willard.

– O senhor teve acesso ao histórico médico dele?

– A maior parte das informações foi obtida por um funcionário do hospital. Eu revisei o conteúdo com o Sr. Hailey.

– O que o histórico revelou?

– Nada em especial. Ele falou muito sobre o Vietnã, mas nada notável.

– Ele falou espontaneamente sobre o Vietnã?

– Ah, sim. Ele queria falar sobre esse assunto. Era quase como se alguém tivesse dito pra falar sobre isso o máximo que pudesse.

– O que mais vocês discutiram nesse primeiro exame?

– Cobrimos uma grande variedade de tópicos. Infância, família, educação, vários empregos, quase tudo.

– Ele falou sobre o estupro da filha?

– Sim, em detalhes. Foi doloroso pra ele falar sobre isso, da mesma forma que teria sido pra mim se fosse minha filha.

– Ele discutiu com o senhor os acontecimentos que culminaram nos homicídios de Cobb e Willard?

– Sim, falamos um bom tempo sobre o assunto. Tentei averiguar o grau de conhecimento e compreensão que ele tinha em relação a isso.

– O que ele disse?

– A princípio, não muito. Mas, com o tempo, ele se abriu e explicou como inspecionou o tribunal três dias antes e escolheu um bom lugar para agir.

– E sobre os assassinatos?

– Ele não me disse muito sobre os assassinatos de fato. Disse que não lembrava muita coisa, mas eu suspeito do contrário.

Jake ficou de pé.

– Protesto! A testemunha só pode testemunhar sobre o que realmente sabe. Não pode haver especulação.

– Aceito. Prossiga, Dr. Buckley.

– O que mais o senhor observou em relação ao humor, ao comportamento e à maneira de falar dele?

Rodeheaver cruzou as pernas e balançou a cadeira suavemente para trás. Baixou as sobrancelhas como se estivesse mergulhado em seus pensamentos.

– No começo, ele desconfiava de mim e tinha dificuldade em me olhar nos olhos. Ele deu respostas curtas às minhas perguntas. Ficou muito ressentido com o fato de ser vigiado e de às vezes ter que ficar algemado enquanto estava em nossas instalações. Questionou as paredes acolchoadas. Mas, depois de um tempo, ele se abriu e falou sem reservas sobre quase tudo. Ele se recusou terminantemente a responder a algumas perguntas, mas, fora isso, eu diria que ele colaborou bastante.

– Quando e onde o senhor o examinou de novo?

– No dia seguinte, no mesmo lugar.

– Como estava o humor e o comportamento dele?

– Quase igual ao do dia anterior. Indiferente, no início, mas com o tempo se abriu. Ele falou basicamente sobre os mesmos tópicos do dia anterior.

– Quanto tempo durou esse exame?

– Cerca de quatro horas.

Buckley revisou algo em um bloco de anotações e cochichou para Musgrove.

– Agora, Dr. Rodeheaver, como resultado dos exames que o senhor realizou no Sr. Hailey nos dias 19 e 20 de junho, foi possível chegar a um diagnóstico médico da condição psiquiátrica do réu nessas datas?

– Sim, senhor.

– E que diagnóstico foi esse?

– Nos dias 19 e 20 de junho o Sr. Hailey parecia estar muito bem. Perfeitamente são, eu diria.

– Obrigado. Com base em seus exames, o senhor conseguiu chegar a um diagnóstico da condição psíquica do Sr. Hailey no dia em que ele atirou em Billy Ray Cobb e Pete Willard?

– Sim.

– E que diagnóstico foi esse?
– Na ocasião, a condição psíquica dele era boa, sem prejuízos de qualquer natureza.
– Em que fatores o senhor baseia isso?
Rodeheaver se virou para o júri e assumiu um ar professoral.
– É necessário observar o grau de premeditação envolvido no crime. Motivo é um elemento de premeditação. Ele certamente tinha um motivo para fazer o que fez, e sua condição psíquica na época não o impediu de levar em consideração a necessidade de premeditação. Sendo bem franco, o Sr. Hailey planejou cuidadosamente o que ia fazer.
– Doutor, o senhor está familiarizado com as regras de M'Naghten enquanto critério de análise de imputabilidade penal?
– Sem dúvida.
– E o senhor está ciente de que outro psiquiatra, o Dr. W. T. Bass, disse a este júri que o Sr. Hailey era incapaz de saber a diferença entre o certo e o errado e, além disso, que ele era incapaz de compreender e apreciar a natureza e a qualidade de suas atitudes?
– Sim, estou ciente.
– O senhor concorda com esse parecer?
– Não. Acho isso um disparate, e pessoalmente me sinto ofendido. O próprio Sr. Hailey disse em depoimento que planejou os assassinatos. Ele admitiu, de fato, que sua condição mental na época não o impediu de ter a habilidade de planejar. Em todos os manuais jurídicos e médicos isso é chamado de premeditação. Nunca ouvi falar de alguém planejando um assassinato, admitindo que o planejou e depois alegando que não sabia o que estava fazendo. É um absurdo.

Naquele momento, Jake também sentiu que era um absurdo e, ao ecoar pela sala do tribunal, parecia um imenso absurdo. Rodeheaver parecia bom e infinitamente confiável. Jake pensou em Bass e ficou com ódio de si mesmo.

Lucien estava sentado ao lado dos negros e concordou com cada palavra do depoimento de Rodeheaver. Comparado a Bass, o perito do Ministério Público era absolutamente plausível. Lucien ignorava a bancada do júri. De vez em quando, ele movia os olhos sem mexer a cabeça e pegava Clyde Sisco olhando para ele direta e descaradamente. Mas Lucien não permitiria que seus olhos se encontrassem. O mensageiro não havia ligado na segunda de manhã conforme as instruções. Um aceno afirmativo com a cabeça ou uma piscadela de Lucien consumaria o acordo, e o pagamento seria acertado mais tarde, após o veredito. Sisco conhecia as regras e esperava uma resposta. Não houve nenhuma. Lucien queria discutir o assunto com Jake.

– Agora, doutor, com base nesses fatores e em seu diagnóstico da condição psíquica do réu em 20 de maio, o senhor poderia afirmar, com um grau razoável de certeza médica, se Carl Lee Hailey era capaz de saber a diferença entre certo e errado quando atirou em Billy Ray Cobb, Pete Willard e no policial DeWayne Looney?

– Sim.

– E qual é o seu parecer?

– O réu estava em pleno gozo de suas faculdades mentais e era absolutamente capaz de distinguir o certo do errado.

– Com base nos mesmos fatores, o senhor consegue nos dizer se Carl Lee Hailey era capaz de avaliar e compreender a natureza e a qualidade de suas atitudes?

– Sim.

– E qual é o seu parecer?

– Que ele sabia muito bem o que estava fazendo.

Buckley agarrou seu bloco de anotações e se curvou educadamente.

– Obrigado, doutor. Sem mais perguntas.

– Alguma pergunta, Dr. Brigance? – perguntou Noose.

– Tenho algumas.

– Imaginei. Vamos fazer um recesso de quinze minutos.

Jake ignorou Carl Lee e saiu às pressas da sala de audiências, subiu as escadas e entrou na biblioteca jurídica no terceiro andar. Harry Rex o aguardava com um sorriso.

– Relaxa, Jake. Liguei pra todos os jornais da Carolina do Norte e não tem nenhuma notícia sobre a sua casa. Não tem nada sobre a Row Ark. O jornal matutino de Raleigh publicou uma matéria sobre o julgamento, mas abordava o assunto de modo mais geral. Nada além disso. A Carla não sabe de nada, Jake. Até onde ela sabe, sua linda casinha ainda tá de pé. Não é ótimo?

– Excelente. Excelente mesmo. Obrigado, Harry Rex.

– Imagina. Olha, Jake, eu meio que odeio ter que te falar isso...

– O que é?

– Você sabe que eu odeio o Buckley. Odeio ele mais do que você. Mas eu e o Musgrove nos damos bem. Eu posso falar com o Musgrove. Eu tava

pensando ontem à noite que pode ser uma boa ideia falar com eles, na verdade eu falar com o Musgrove, e explorar as possibilidades de um acordo.
– Não!
– Me escuta, Jake. Que mal vai fazer? Nenhum! Se você tiver a opção de ele se declarar culpado e não ir pra câmara de gás, você vai salvar a vida dele.
– Não!
– Olha, Jake. O seu cliente tá a cerca de 48 horas da condenação à pena de morte. Se você não acredita nisso, então você é cego, Jake. Cego, meu amigo.
– Por que o Buckley faria um acordo? Ele acabou com a gente.
– Talvez ele não faça. Mas deixa pelo menos eu descobrir.
– Não, Harry Rex. Esquece.

RODEHEAVER VOLTOU AO seu assento após o recesso e Jake olhou para ele por trás do púlpito. Em sua breve carreira jurídica, ele jamais havia vencido uma discussão com um perito, fosse no tribunal ou fora dele. E, do jeito que andava sua sorte, ele decidiu não discutir com aquele.
– Dr. Rodeheaver, a psiquiatria é o estudo da mente humana, correto?
– Isso mesmo.
– E é, na melhor das hipóteses, uma ciência inexata, correto?
– Correto.
– É possível examinar uma pessoa e chegar a um diagnóstico, e outro psiquiatra chegar a um diagnóstico completamente diferente?
– Isso é possível, sim.
– Na verdade, é possível que dez psiquiatras examinem um paciente e tenham dez opiniões diferentes sobre o que há de errado com ele.
– É pouco provável.
– Mas pode acontecer, não é, doutor?
– Sim, poderia. Assim como com os pareceres legais, eu imagino.
– Mas nesse caso nós não estamos tratando de pareceres jurídicos, estamos, doutor?
– Não.
– A verdade, doutor, é que em muitos casos a psiquiatria não pode nos dizer o que há de errado com a mente de uma pessoa, não é mesmo?
– É verdade.
– E os psiquiatras discordam o tempo todo, não é, doutor?

– Claro.
– Bem, e para quem o senhor trabalha, doutor?
– Para o estado do Mississippi.
– E há quanto tempo?
– Onze anos.
– E quem está processando o Sr. Hailey?
– O estado do Mississippi.
– Durante a sua carreira de onze anos trabalhando junto ao estado, quantas vezes o senhor foi testemunha em julgamentos em que a defesa apresentou a alegação de insanidade?

Rodeheaver refletiu por um momento.

– Acho que esse é o meu 43º julgamento.

Jake verificou algo em uma pasta e olhou para o médico com um sorrisinho malicioso.

– Tem certeza que não é o 46º?
– Pode ser, sim. Não tenho certeza.

A sala do tribunal estava em silêncio. Buckley e Musgrove passavam as folhas de seus blocos de anotações, mas continuaram atentos à testemunha.

– O senhor foi testemunha da acusação em 46 julgamentos em que houve alegação de insanidade?
– Se você diz.
– E 46 vezes o senhor afirmou em juízo que o réu não era inimputável. Correto, doutor?
– Não tenho certeza.
– Bem, então eu vou simplificar. O senhor testemunhou 46 vezes e, na sua opinião, 46 vezes o réu estava em pleno gozo de suas faculdades mentais. Correto?

Rodeheaver se contorceu um pouco na cadeira e deixou transparecer um pequeno desconforto.

– Não tenho certeza.
– O senhor nunca viu um réu que no momento do crime estivesse louco, não é, doutor?
– Claro que já.
– Ótimo. O senhor poderia então, por favor, nos dizer o nome desse réu e onde ele foi julgado?

Buckley levantou-se e abotoou o paletó.

– Protesto, Excelência. O Ministério Público se opõe a essas perguntas. O Dr. Rodeheaver não pode ser obrigado a lembrar os nomes dos réus nem os locais dos julgamentos dos quais ele participou.

– Negado. Sente-se. Responda à pergunta, doutor.

Rodeheaver respirou fundo e encarou o teto. Jake olhou de relance para os jurados. Eles estavam atentos e esperando uma resposta.

– Não me lembro – disse ele por fim.

Jake levantou uma pilha grossa de papéis e a sacudiu para a testemunha.

– Será, doutor, que o motivo de o senhor não se lembrar é que, em onze anos, ao longo de 46 julgamentos, o senhor nunca testemunhou a favor do réu?

– Eu sinceramente não estou me lembrando.

– O senhor pode nos dizer, sinceramente, um julgamento em que tenha considerado o réu inimputável?

– Tenho certeza que tem alguns.

– Sim ou não, doutor. Um julgamento só!

O perito desviou o olhar brevemente em direção ao promotor.

– Não. Minha memória me falha. Nesse momento eu não lembro.

Jake caminhou lentamente até a mesa e pegou uma pasta pesada.

– Dr. Rodeheaver, o senhor se lembra de testemunhar no julgamento de um homem chamado Danny Booker no condado de McMurphy, em dezembro de 1975? Um homicídio duplo extremamente violento?

– Sim, eu me lembro desse julgamento.

– E o senhor declarou que ele não estava louco na ocasião do crime, não é?

– Isso mesmo.

– O senhor lembra quantos psiquiatras testemunharam a favor dele?

– Não exatamente. Havia vários.

– Os nomes Noel McClacky, O. G. McGuire e Lou Watson lhe dizem alguma coisa?

– Sim.

– São todos psiquiatras, correto?

– Sim.

– São todos qualificados, não são?

– Sim.

– E todos eles examinaram o Sr. Booker e testemunharam a favor do réu no julgamento, afirmando que, de acordo com a opinião deles, o coitado legalmente era insano?

– Correto.
– E o senhor afirmou que ele não era?
– Isso mesmo.
– Quantos outros médicos corroboraram a sua opinião?
– Nenhum, que eu me lembre.
– Então foram três contra um?
– Sim, mas ainda estou convencido de que estava certo.
– Entendo. O que o júri fez, doutor?
– Ele, é... Ele foi considerado inocente por insanidade.
– Obrigado. Agora, Dr. Rodeheaver, o senhor é o médico-chefe de Whitfield, não é?
– Sim, por assim dizer.
– O senhor é direta ou indiretamente responsável pelo tratamento de todos os pacientes em Whitfield?
– Eu sou o responsável direto, Dr. Brigance. Posso não atender pessoalmente todos os pacientes, mas os médicos do hospital atuam sob minha supervisão.
– Obrigado. Doutor, onde está Danny Booker atualmente?

Rodeheaver lançou um olhar desesperado para Buckley e o disfarçou depressa com um sorrisinho caloroso e tranquilo para o júri. Ele hesitou por alguns segundos, então hesitou um pouco mais.

– Ele está em Whitfield, não está? – perguntou Jake em um tom de voz que informou a todos que a resposta era sim.
– Acredito que sim – respondeu Rodeheaver.
– Isso significa que ele está diretamente sob seus cuidados, doutor?
– Sim, consequentemente.
– E qual é o diagnóstico dele, doutor?
– Eu não sei mesmo. Tenho muitos pacientes e...
– Esquizofrenia paranoide?
– É possível, sim.

Jake deu alguns passos para trás e se sentou na grade que os separava do público. Ele subiu o tom de voz.

– Agora, doutor, quero deixar isso bem claro para o júri. Em 1975, o senhor afirmou que Danny Booker era legalmente são e entendia muito bem o que estava fazendo quando cometeu o crime, e o júri discordou do senhor e considerou o réu inocente, e desde então ele é um paciente do seu hospital, está sob sua supervisão e é tratado lá por conta de uma esquizofrenia paranoide. Correto?

O sorriso enviesado no rosto de Rodeheaver informou ao júri que o advogado estava certo.

Jake pegou outro pedaço de papel e passou os olhos nele.

– O senhor se lembra de testemunhar no julgamento de um homem chamado Adam Couch no condado de Dupree em maio de 1977?

– Eu me lembro desse caso.

– Foi um caso de estupro, não foi?

– Sim.

– E o senhor testemunhou em nome do estado contra o Sr. Couch?

– Correto.

– E o senhor disse ao júri que ele não era inimputável?

– Esse foi o meu parecer.

– O senhor lembra quantos médicos testemunharam em seu favor e disseram ao júri que ele era um homem muito doente, legalmente louco?

– Vários.

– O senhor já ouviu falar dos seguintes médicos: Felix Perry, Gene Shumate e Hobny Wicker?

– Sim.

– Todos eles são psiquiatras qualificados?

– Sim.

– E todos testemunharam a favor do Sr. Couch, não foi?

– Sim.

– E todos eles disseram que ele não estava em pleno gozo de suas faculdades mentais, não foi?

– Sim.

– E o senhor foi o único médico no julgamento que disse que ele não era inimputável?

– Pelo que me lembro, sim.

– E o que o júri fez, doutor?

– Ele foi considerado inocente.

– Por insanidade?

– Sim.

– E onde está o Sr. Couch atualmente, doutor?

– Acho que ele está em Whitfield.

– E há quanto tempo ele está lá?

– Desde o julgamento, eu acho.

– Entendi. O senhor costuma admitir pacientes e os mantém internados por vários anos, se eles estiverem perfeitamente sãos?

Rodeheaver mudou de posição e começou a arder lentamente de raiva. Ele olhou para o promotor, o defensor da sociedade, como se dissesse que estava cansado e exigisse que Buckley fizesse alguma coisa para acabar com aquilo.

Jake pegou mais papéis.

– Doutor, o senhor se lembra do julgamento de um homem chamado Buddy Wooddall, no condado de Cleburne, em maio de 1979?

– Sim, com certeza.

– Homicídio, não foi?

– Sim.

– E o senhor testemunhou como perito na área da psiquiatria e disse ao júri que o Sr. Wooddall não estava louco?

– Isso mesmo.

– O senhor lembra quantos psiquiatras testemunharam a favor do réu e disseram ao júri que o coitado era inimputável?

– Acredito que eram cinco, Dr. Brigance.

– Isso mesmo, doutor. Cinco contra um. O senhor lembra o que o júri fez?

A raiva e a frustração cresciam no banco das testemunhas. O sábio avô/professor com todas as respostas certas começava a ficar abalado.

– Sim, eu me lembro. Ele foi considerado inocente por insanidade.

– Como o senhor explica isso, Dr. Rodeheaver? Cinco contra um, e os jurados decidem contra o senhor?

– Jurados não são confiáveis – ele deixou escapar, depois se conteve. Ele se remexeu de novo e sorriu sem jeito em direção à bancada do júri.

Jake olhou para ele com um sorriso ardiloso, então olhou para o júri sem acreditar. Ele cruzou os braços e permitiu que aquelas últimas palavras fossem assimiladas. Ele esperou, olhando e sorrindo para a testemunha.

– Prossiga, Dr. Brigance – disse Noose por fim.

Movendo-se lentamente e com grande entusiasmo, Jake reuniu suas pastas e anotações enquanto olhava para Rodeheaver.

– Acho que já ouvimos o suficiente dessa testemunha, Excelência.

– Réplica, Dr. Buckley?

– Não, Excelência. O Ministério Público está satisfeito.

Noose dirigiu-se ao júri.

– Senhoras e senhores, o julgamento está quase no fim. Não haverá mais testemunhas. Agora irei me reunir com os advogados para tratar de algumas questões técnicas, depois eles poderão apresentar suas alegações finais a vocês. O procedimento terá início às duas da tarde e cada um terá uma hora. Vocês ao final irão avaliar o caso, por volta das quatro, e poderão deliberar até as seis. Se vocês não chegarem a um veredito hoje, serão levados de volta para seus quartos até amanhã. Já são quase onze e teremos um recesso até as duas. Doutores, ao gabinete.

Carl Lee se inclinou e falou com seu advogado pela primeira vez desde o encerramento de sábado.

– Você acabou com ele, Jake.

– Espera até ouvir as alegações finais.

JAKE EVITOU HARRY Rex e foi de carro até Karaway. O lar de sua infância era um velho casarão no centro da cidade, cercado por antigos carvalhos, bordos e ulmeiros que o mantinham fresco apesar do calor do verão. Na parte de trás, além das árvores, havia um imenso campo aberto que se estendia por duzentos metros e desaparecia em uma pequena colina. Uma cerca de arame estava coberta de ervas daninhas em um canto. Ali, Jake tinha dado seus primeiros passos, montado sua primeira bicicleta, jogado futebol e beisebol pela primeira vez. Sob um carvalho ao lado do campo, ele enterrou três cães, um guaxinim, um coelho e alguns patos. Um pneu de um Buick 54 balançava não muito longe do pequeno cemitério.

A casa estava trancada e abandonada havia dois meses. Um garoto da vizinhança cortava a grama e cuidava do gramado. Jake ia lá uma vez por semana. Seus pais estavam em um acampamento em algum lugar do Canadá – o ritual de verão. Ele pensou em quanto gostaria de estar com eles.

Destrancou a porta e subiu as escadas até o seu quarto. Aquilo nunca mudaria. As paredes estavam cobertas com fotos de times, troféus, bonés, pôsteres de Pete Rose, Archie Manning e Hank Aaron. Uma fileira de luvas de beisebol estava pendurada acima da porta do armário. Uma foto dele de boné e camisa de beisebol estava sobre a cômoda. Sua mãe ainda a limpava semanalmente. Certa vez, ela disse que ia com frequência ao quarto dele na esperança de encontrá-lo fazendo o dever de casa ou separando figurinhas de beisebol. Ela folheava seus álbuns de recortes e ficava com os olhos marejados.

Ele pensou no quarto de Hanna, com os bichinhos de pelúcia e o papel de parede da Mamãe Gansa. Sentiu um nó gigantesco se formar em sua garganta.

Olhou pela janela, além das árvores, e se viu balançando no pneu perto das três cruzes brancas onde havia enterrado seus cães. Ele se lembrava de cada funeral e das promessas de seu pai de lhe dar outro cachorro. Pensou em Hanna e em sua cadelinha, e seus olhos se encheram d'água.

A cama era muito menor agora. Ele tirou os sapatos e se deitou. Um capacete de futebol americano estava pendurado no teto. Oitava série, Mustangs Karaway. Ele marcou sete *touchdowns* em cinco jogos. Estava tudo filmado, as fitas guardadas lá embaixo, sob as prateleiras de livros. Seu estômago revirava freneticamente.

Com cuidado colocou suas anotações – suas anotações, não as de Lucien – em cima da cômoda e se analisou no espelho.

JAKE SE DIRIGIU ao júri. Começou enfrentando seu maior problema, o Dr. W. T. Bass. Ele se desculpou. Um advogado entra em um tribunal, enfrenta um júri formado por pessoas que ele não conhece e não tem nada a oferecer além de sua credibilidade. E se ele faz alguma coisa que afete a sua credibilidade, ele prejudica a sua defesa, o seu cliente. Ele pediu que acreditassem que nunca arrolaria um criminoso condenado como perito em nenhum julgamento. Não tinha conhecimento da condenação, levantou a mão e jurou. O mundo está cheio de psiquiatras e ele poderia facilmente ter encontrado outro se soubesse que Bass tinha um problema, mas simplesmente não sabia. E estava arrependido.

Mas e quanto ao depoimento de Bass? Trinta anos antes, ele tivera relações sexuais com uma garota menor de idade, no Texas. Isso significa que ele estava mentindo agora, naquele julgamento? Que era impossível confiar na opinião profissional dele? Por favor, sejam justos com Bass, o psiquiatra, e esqueçam Bass como pessoa. Por favor, sejam justos com o paciente, Carl Lee Hailey. Ele desconhecia por completo o passado do médico.

Havia algo sobre Bass que eles iam querer saber. Algo que não foi mencionado pelo Dr. Buckley quando ele estava acabando com o médico. A garota com quem ele teve relações tinha 17 anos. Mais tarde, ela se tornou esposa dele, lhe deu um filho e estava grávida quando ela e o menino morreram em um acidente de...

— Protesto! — gritou Buckley. — Protesto, Excelência. Essa evidência não consta dos autos.

— Aceito. Dr. Brigance, o senhor não deve se referir a fatos que não estejam comprovados nos autos. O júri irá desconsiderar as últimas declarações do Dr. Brigance.

Jake ignorou Noose e Buckley e olhou dolorosamente para o júri.

Quando a gritaria acalmou, ele prosseguiu. E quanto a Rodeheaver? Ele se perguntava se o perito do estado já havia tido relações sexuais com uma garota com menos de 18 anos. Parecia bobagem pensar nessas coisas, não é? Bass e Rodeheaver em seus dias de juventude — parecia tão sem importância naquele momento, naquele tribunal, quase trinta anos depois.

O perito do estado é um homem claramente parcial. Um especialista altamente treinado que trata milhares de pessoas com todos os tipos de doenças mentais, mas quando há crimes envolvidos ele não consegue reconhecer a insanidade de ninguém. Seu depoimento deve ser avaliado com cautela.

Eles o observavam, ouviam cada palavra. Ele não soava como um pregador, feito seu oponente. Ele era tranquilo, sincero. Parecia cansado, quase magoado.

Lucien estava sóbrio e sentado de braços cruzados, observando os jurados, todos exceto Sisco. Não eram as suas alegações finais, mas estava bom. Estava vindo do coração.

Jake se desculpou por sua inexperiência. Ele não havia participado de muitos julgamentos, nem de perto tantos quanto o Dr. Buckley. E se ele parecia um pouco novato ou se houvesse cometido erros, por favor, que eles não usassem isso contra Carl Lee. Não era culpa dele. Ele era apenas um principiante tentando o seu melhor contra um adversário experiente que atuava em casos de homicídio todo mês. Ele cometera um erro com Bass, cometera outros erros e pediu perdão ao júri.

Ele tinha uma filha, a única que teria. Ela tinha 4 anos, quase 5, e seu mundo girava em torno dela. Ela era especial; era uma garotinha e cabia a ele protegê-la. Havia um vínculo ali, algo que ele não conseguia explicar. Ele falou sobre filhas.

Carl Lee tinha uma filha. Seu nome era Tonya. Ele apontou para ela na primeira fileira, ao lado de sua mãe e de seus irmãos. Ela é uma linda garotinha de 10 anos. E ela nunca poderia ter filhos. Ela nunca poderia ter uma filha porque...

– Protesto – disse Buckley sem gritar.

– Aceito – devolveu Noose.

Jake ignorou a comoção. Ele falou sobre estupro por um tempo e explicou como um estupro é muito pior do que um homicídio. Em um homicídio, a vítima desaparece e não é forçada a lidar com o que aconteceu com ela. A família precisa lidar, mas não a vítima. Mas o estupro é muito pior. A vítima tem uma vida inteira para tentar superar, entender, fazer perguntas e, a pior parte, saber que o estuprador ainda está vivo e pode um dia escapar ou ser solto. A cada hora de cada dia, a vítima pensa no estupro e se faz mil perguntas. Ela revive, passo a passo, minuto a minuto, e aquilo continua machucando da mesma forma.

Talvez o crime mais terrível de todos seja o estupro violento de uma criança. Uma mulher estuprada consegue ter uma mínima ideia do motivo. Algum animal estava tomado de ódio, raiva e violência. Mas e uma criança? Uma criança de 10 anos? Suponha que você seja pai ou mãe. Imagine-se tentando explicar à sua filha por que ela foi estuprada. Imagine-se tentando explicar por que ela não pode ter filhos.

– Protesto.

– Aceito. Por favor, desconsiderem essa última declaração, senhoras e senhores.

Jake nunca perdia o ritmo.

– Suponha – retornou ele – que sua filha de 10 anos seja estuprada, e você seja um veterano do Vietnã, muito familiarizado com um fuzil M-16, e coloque suas mãos em um enquanto sua filha está deitada no hospital lutando pela própria vida. Suponha que o estuprador seja pego e seis dias depois você consiga dar um jeito de ficar a menos de um metro e meio dele quando ele sai do tribunal. E você tem o M-16. O que você faria?

Jake faz uma breve pausa, sem tirar os olhos do júri.

– O Dr. Buckley disse a vocês o que faria. Ele choraria pela filha, daria a outra face e confiaria no sistema judiciário. Ele torceria para que o estuprador recebesse justiça, fosse enviado ao Parchman e, com sorte, jamais fosse colocado em liberdade condicional. Isso é o que ele faria, e ele deveria ser admirado por ser uma alma tão boa, compassiva e capaz de perdoar. Mas o que um pai sensato faria?

O que Jake faria? Se ele tivesse o M-16? Iria explodir a cabeça do desgraçado! Era simples. Era justiça.

Jake fez outra pausa para beber água, depois mudou de postura. O olhar triste e humilde foi substituído por um ar de indignação.

– Vamos falar sobre Cobb e Willard. Eles começaram essa confusão. É pela vida deles que o Ministério Público tenta fazer justiça. Quem sentiria falta deles, exceto suas mães? Estupradores de crianças. Traficantes de drogas. A sociedade sentiria falta de cidadãos assim tão produtivos? O condado de Ford não está mais seguro sem eles? As outras crianças do condado não estão em melhor situação agora que dois estupradores e traficantes foram eliminados? Todos os pais deveriam se sentir mais seguros. Carl Lee merece uma medalha, ou pelo menos uma salva de palmas. Ele é um herói. Isso foi o que Looney disse. Deem um troféu a esse homem. Mandem ele para casa, de volta para sua família.

Jake falou sobre Looney. Ele tinha uma filha. Ele também tinha só uma perna, graças a Carl Lee Hailey. Se alguém tinha o direito de estar com raiva, de querer ver sangue, esse alguém era DeWayne Looney. E ele disse que Carl Lee deveria ser mandado para casa, para sua família.

Jake os incentivou a perdoar, como Looney havia perdoado. Pediu a eles que respeitassem o desejo de Looney.

Ele falou um pouco mais baixo e disse que estava quase acabando. Queria deixá-los com um pensamento.

– Imaginem isso se puderem. Quando ela estava deitada lá, espancada, ensanguentada, as pernas abertas e amarradas às árvores, ela olhou para a floresta ao seu redor. Semiconsciente e alucinando, ela viu alguém correndo em sua direção. Era seu pai, correndo desesperadamente para salvá-la. Em seus sonhos, ela o viu quando mais precisava dele. Ela gritou por ele e ele desapareceu. Ele foi levado embora. Ela precisa dele agora, tanto quanto precisava naquele momento. Por favor, não o levem embora. Ela está na primeira fileira, esperando por seu pai. Deixem ele voltar para sua família.

A sala de audiências ficou em silêncio enquanto Jake se sentava ao lado de seu cliente. Ele olhou para o júri e viu Wanda Womack enxugar uma lágrima com o dedo. Pela primeira vez em dois dias, ele sentiu um lampejo de esperança.

ÀS QUATRO, NOOSE se despediu do júri. Pediu a eles que elegessem um porta-voz, se organizassem e se ocupassem. Disse que eles poderiam deliberar até as seis, talvez sete, e se não chegassem a um veredito, ele suspenderia a sessão até as nove da manhã de terça-feira. Eles se levantaram e saíram lentamente. Uma vez que estavam fora de vista, Noose determinou recesso até as seis e instruiu os advogados a permanecerem próximos ao tribunal ou deixarem um número com a escrivã.

Os espectadores guardavam seus lugares e conversavam baixinho. Carl Lee foi autorizado a se sentar na primeira fileira com sua família. Buckley e Musgrove aguardavam no gabinete com Noose. Harry Rex, Lucien e Jake se dirigiram ao escritório para um jantar líquido. Ninguém esperava um veredito rápido.

O oficial de justiça os trancou na sala do júri e instruiu os dois suplentes a se sentarem no estreito corredor. Lá dentro, Barry Acker foi eleito porta-voz. Ele colocou as instruções e as provas apresentadas ao júri sobre uma pequena mesa em um canto. Ansiosos, eles se sentaram em torno de duas mesas dobráveis encostadas uma na outra.

– Sugiro que a gente faça uma votação informal – propôs ele. – Só pra ver em que pé estamos. Alguma objeção?

Não houve nenhuma. Ele tinha uma lista com doze nomes.

– Votem culpado, inocente ou indeciso. Podem também passar, por enquanto. Reba Betts.

– Indecisa.

– Bernice Toole.

– Culpado.

– Carol Corman.

– Culpado.

– Donna Lou Peck.

– Indecisa.

– Sue Williams.

– Passo.

– Jo Ann Gates.

– Culpado.

– Rita Mae Plunk.

– Culpado.

– Frances McGowan.

– Culpado.

– Wanda Womack.

– Indecisa.

– Eula Dell Yates.

– Indecisa, por enquanto. Eu quero discutir o assunto.

– Vamos fazer isso. Clyde Sisco.

– Indeciso.

– São onze. Meu nome é Barry Acker e eu voto inocente. – Ele levou alguns segundos fazendo as contas e disse: – Cinco votos em culpado, um em inocente, cinco indecisos e uma passou. Parece que vai ser um trabalho difícil.

Eles analisaram as provas, fotografias, impressões digitais e relatórios de balística. Às seis, informaram ao juiz que não haviam chegado a um veredito. Estavam com fome e queriam ir embora. Ele fez um recesso até terça de manhã.

41

Eles passaram horas sentados na varanda, falando pouco, observando enquanto a escuridão cercava a cidade lá embaixo e trazia os mosquitos. A onda de calor havia retornado. O ar úmido grudava na pele e umedecia suas camisas. Os sons de uma noite quente de verão ecoavam suavemente pelo jardim. Sallie tinha se oferecido para cozinhar. Lucien recusou e pediu um uísque. Jake não tinha apetite por comida, mas as cervejas o abasteciam e satisfaziam qualquer pontada de fome que surgisse lá dentro. Quando já estava escuro, Nesbit saiu do carro, cruzou a varanda, passou pela porta de tela da frente e entrou na casa. Um tempo depois, ele bateu a porta, passou por eles com uma cerveja gelada e desapareceu na direção da viatura. Não disse uma única palavra.

Sallie enfiou a cabeça pela porta e lhes ofereceu comida pela última vez. Ambos recusaram.

– Jake, eu recebi uma ligação hoje à tarde. Clyde Sisco quer 25 mil pra criar um impasse no júri, 50 mil pela absolvição.

Jake começou a balançar a cabeça.

– Antes de dizer não, me escuta. Ele sabe que não pode garantir a absolvição, mas pode criar um impasse. Só precisa de um. São 25 mil. Eu sei que é muito dinheiro, mas você sabe que eu tenho. Eu pago e você me devolve ao longo dos anos. Quando puder; eu não me importo. Se você nunca pagar, não me importo também. Você sabe que eu tenho muito dinheiro guardado e que isso não significa nada pra mim. Se eu fosse você, aceitaria sem pensar duas vezes.

– Você tá maluco, Lucien.

– Claro que tô. Você também não tem agido tão bem. Esse caso tá deixando você maluco. Basta dar uma olhada no que esse julgamento fez com você. Não dorme, não come, não tem rotina, não tem casa. Mas bebe muito.

– Mas eu ainda tenho ética.

– E eu não tenho nenhuma. Não tenho ética, nem moral, nem consciência. Mas eu ganhei, meu amigo. Eu ganhei mais do que qualquer um por aqui, e você sabe disso.

– Isso é desonesto, Lucien.

– E imagino que você acredite que o Buckley não é desonesto. Ele mentiria, trapacearia, subornaria e roubaria pra ganhar esse caso. Ele não tá preocupado com ética, regras e opiniões sofisticadas. Ele não tá preocupado com a moralidade. Ele só tá preocupado com uma coisa: vencer! E você tem uma chance de ouro de vencer pelas próprias regras dele. Eu faria isso, Jake.

– Esquece, Lucien. Por favor, esquece isso.

Uma hora se passou sem que dissessem uma palavra. As luzes da cidade abaixo deles desapareceram lentamente. O ronco de Nesbit era audível na escuridão. Sallie levou uma última bebida e lhes deu boa-noite.

– Essa é a parte mais difícil – disse Lucien. – Esperar enquanto doze pessoas quaisquer, comuns, encontram um sentido em tudo isso.

– É um sistema bem doido, né?

– Sim, é. Mas geralmente funciona. Os júris acertam em noventa por cento das vezes.

– Eu simplesmente não me sinto com sorte. Estou à espera de um milagre.

– Jake, meu garoto, amanhã vai acontecer um milagre.

– Amanhã?

– Sim. Amanhã cedo.

– Você se importaria de explicar melhor?

– Amanhã ao meio-dia, Jake, 10 mil negros furiosos vão estar aglomerados ao redor do tribunal do condado de Ford feito uma colônia de formigas. Talvez mais.

– Dez mil! Pra quê?

– Pra gritar e berrar e entoar "Libertem Carl Lee, Libertem Carl Lee". Pra transformar aquilo lá num inferno, pra assustar todo mundo, pra intimidar o júri. Pra deixar a porra toda um caos. Vão ser tantos negros que os brancos irão correr pra se proteger. O governador vai ter que enviar mais tropas.

– E como você sabe de tudo isso?
– Porque fui eu que planejei, Jake.
– Você?
– Escuta aqui, Jake, quando eu estava no auge eu conhecia todos os pastores negros de quinze condados. Frequentava as igrejas. Eu rezei com eles, marchei com eles, cantei com eles. Eles me arrumaram clientes e eu mandei dinheiro pra eles. Eu era o único advogado radical branco da NAACP no norte do Mississippi. Eu abri mais processos por discriminação racial do que dez escritórios em Washington juntos. Eles são o meu povo. Acabei de fazer umas ligações. Eles vão começar a chegar de manhã e ao meio-dia ninguém vai ser capaz de mexer com nenhum negro no centro de Clanton.
– De onde eles estão vindo?
– De toda parte. Você sabe como os negros adoram marchar e protestar. Isso vai ser ótimo pra eles. Eles estão ansiosos por isso.
– Você é maluco, Lucien. Meu amigo maluco.
– Ganhei, garotão.

NO QUARTO 163, Barry Acker e Clyde Sisco terminaram sua última partida de *gin rummy* e começaram a se preparar para dormir. Acker juntou algumas moedas e anunciou que queria um refrigerante. Sisco disse que não estava com sede.

Acker passou na ponta dos pés por um guarda que cochilava no corredor. A máquina estava fora de serviço, então ele abriu a porta de saída silenciosamente e subiu as escadas para o segundo andar, onde encontrou outra máquina ao lado de uma máquina de gelo. Ele inseriu as moedas. A máquina retribuiu com uma Coca Diet. Ele se abaixou para pegá-la.

Duas figuras surgiram da escuridão. Jogaram ele no chão, lhe deram chutes e o encurralaram em um canto escuro ao lado da máquina de gelo, próximo a uma porta com corrente e cadeado. O maior deles agarrou o colarinho de Acker e o jogou contra a parede de blocos de concreto. O menor ficou ao lado da máquina de refrigerante e observou o corredor escuro.

– Você é Barry Acker! – disse o maior entredentes.
– Sim! Me solta!

Acker tentou se livrar, mas seu agressor o ergueu pelo pescoço e o segurou contra a parede com uma das mãos. Com a outra, desembainhou uma faca de caça brilhante e a colocou ao lado do nariz de Acker. Ele parou de se sacudir.

– Me escuta – exigiu o sujeito em um sussurro alto –, e me escuta bem. A gente sabe que você é casado e mora no número 1.161 da Forrest Drive. A gente sabe que você tem três filhos e sabe onde eles brincam e onde eles estudam. A sua esposa trabalha no banco.

Acker ficou sem forças.

– Se aquele negro sair de lá inocente, você vai se arrepender. A sua família vai se arrepender. Pode levar anos, mas você vai se arrepender amargamente. – Ele o largou no chão e agarrou seu cabelo. – Se você disser uma palavra sobre isso pra qualquer um, você perde uma das crianças. Entendeu?

Eles desapareceram. Acker respirou fundo, tentando recuperar o fôlego. Esfregou a garganta e a nuca. Sentou-se ali, na escuridão, assustado demais para sair do lugar.

42

Em centenas de pequenas igrejas negras no norte do Mississippi, os fiéis se reuniram antes do amanhecer e encheram ônibus e vans com cestas de piquenique, coolers, cadeiras dobráveis e garrafões de água. Eles cumprimentavam os amigos e, nervosos, conversavam sobre o julgamento. Durante semanas, haviam lido e falado sobre Carl Lee Hailey; agora, estavam prestes a ir ajudá-lo. Muitos eram idosos e aposentados, mas havia famílias inteiras com crianças e seus cercadinhos. Quando os ônibus lotaram, eles entraram nos carros e seguiram seus pastores. Eles cantavam e rezavam. Os pastores se encontraram com outros pastores em pequenas cidades e sedes de condados e partiram juntos pelas estradas escuras. Quando o dia amanheceu, as rodovias e estradas que levavam ao condado de Ford estavam cheias de caravanas de peregrinos.

Eles congestionaram as ruas de inúmeros quarteirões ao redor da praça. Estacionaram onde conseguiram e descarregaram os veículos.

O coronel tinha acabado de tomar o café da manhã e estava no coreto observando tudo com atenção. Ônibus e carros, muitos com buzinas tocando, vinham de todos os lados em direção à praça. As barricadas se mantiveram firmes. Ele esbravejou comandos e os soldados entraram em ação. Mais emoção. Às sete e meia, o coronel ligou para Ozzie e lhe informou sobre a invasão. Ozzie chegou o mais rápido que pôde e encontrou Agee, que lhe garantiu que se tratava de uma marcha pacífica. Mais ou menos como uma ocupação. "Quantos estavam vindo?", perguntou Ozzie. Milhares, disse Agee. Milhares.

Eles montaram acampamento sob os imponentes carvalhos e perambularam pelo gramado inspecionando o local. Organizaram mesas, cadeiras e cercadinhos. Estavam realmente pacíficos, até que um grupo deu início ao familiar grito de "Libertem Carl Lee!". Os demais pigarrearam e se juntaram a eles. Ainda não eram oito da manhã.

Uma estação de rádio negra em Memphis inundou as ondas do ar na manhã de terça-feira com um pedido de ajuda. Corpos negros eram necessários para marchar e se manifestar em Clanton, no Mississippi, a uma hora de distância. Centenas de carros se encontraram em um shopping e seguiram para o sul. Todos os políticos negros e ativistas de direitos civis da cidade foram para lá.

Agee estava possesso. Ele usava um megafone para gritar ordens aqui e ali. Conduziu os recém-chegados aos seus lugares. Organizou os pastores negros. Garantiu a Ozzie e ao coronel que estava tudo bem.

E tudo estava indo bem até que alguns membros da Klan chegaram, como de rotina. A visão das vestes brancas era nova para muitos dos negros, e eles reagiram ruidosamente. Avançaram, gritando e xingando. As tropas cercaram os mantos e os protegeram. Os homens encapuzados ficaram atônitos e assustados, e não gritaram de volta.

Às oito e meia, as ruas de Clanton estavam paradas. Havia carros, vans e ônibus abandonados e espalhados aleatoriamente por estacionamentos e ao longo das ruas residenciais tranquilas. Um fluxo constante de negros caminhava em direção à praça vindo de todas as direções. O tráfego não andava. As calçadas foram bloqueadas. Os comerciantes estacionavam a quarteirões de distância de suas lojas. O prefeito foi até o coreto, retorcendo as mãos e implorando a Ozzie que fizesse alguma coisa. Ao redor dele, milhares de negros se aglomeravam e gritavam em uníssono. Ozzie perguntou ao prefeito se ele queria que eles começassem a prender todo mundo que estivesse no gramado em frente ao tribunal.

Noose estacionou em um posto de gasolina quase um quilômetro ao sul do presídio e caminhou junto com um grupo de negros até o fórum. Eles o observaram com curiosidade, mas nada disseram. Ninguém suspeitaria de que ele era uma autoridade. Buckley e Musgrove estacionaram em uma entrada de garagem na Adams Street. Eles praguejaram e caminharam em direção à praça. Notaram a pilha de escombros que um dia fora a casa de Jake, mas não comentaram nada. Estavam ocupados demais xingando. Com a polícia estadual à frente, o ônibus vindo de Temple chegou à praça às nove e vinte. Pelas janelas escuras, os catorze passageiros olharam incrédulos para a algazarra em torno do tribunal.

O Sr. Pate pediu ordem na sala de audiências lotada e Noose deu as boas-vindas ao júri. Ele se desculpou pela confusão do lado de fora, mas não havia nada que pudesse fazer. Se não houvesse nenhuma questão a ser relatada, eles poderiam prosseguir com as deliberações.

– Muito bem, vocês podem se retirar para a sala do júri e começar a trabalhar. Nos encontraremos novamente antes do almoço.

Os jurados saíram e foram para a sala do júri. As crianças Haileys se sentaram com o pai na mesa da defesa. Os espectadores, agora predominantemente negros, permaneceram sentados e começaram a conversar. Jake voltou para seu escritório.

O porta-voz, Acker, se sentou na cabeceira da mesa comprida e empoeirada e pensou nas centenas, talvez milhares, de habitantes de Ford que estiveram naquela sala e se sentaram ao redor daquela mesa discutindo justiça ao longo do século. Qualquer orgulho que ele pudesse ter sentido por servir no júri do caso mais famoso da história do condado havia sido absolutamente ofuscado pelo que acontecera na noite anterior. Ele se perguntou quantos de seus antecessores haviam sido ameaçados de morte. Provavelmente alguns, concluiu.

Os outros se serviram de café e lentamente se sentaram ao redor das mesas. A sala trouxe de volta boas lembranças para Clyde Sisco. O trabalho anterior com o júri provara ser lucrativo para ele, e ele adorava a ideia de outra bela recompensa por outro veredito justo e verdadeiro. Seu mensageiro não o havia contatado.

– Como vocês gostariam de prosseguir? – perguntou o porta-voz.

Rita Mae Plunk tinha uma aparência especialmente dura e implacável. Era uma mulher ignorante que morava em um trailer, não tinha marido, e seus dois filhos eram bandidos; os dois já haviam expressado seu ódio por Carl Lee Hailey. Ela tinha algumas coisas que queria tirar do peito.

– Eu queria dizer algumas coisas – informou ela a Acker.

– Tudo bem. Por que não começamos com você, Srta. Plunk, e contornamos a mesa?

– Votei culpado ontem na primeira votação, e vou votar culpado na próxima vez. Não consigo entender como alguém pode votar inocente, e quero que um de vocês me explique como vocês conseguem votar a favor desse neguinho!

– Não repita essa palavra! – gritou Wanda Womack.

– Eu vou dizer quantas vezes eu quiser e não tem nada que você possa fazer – devolveu Rita Mae.

– Por favor, não use essa palavra – disse Frances McGowan.

– Acho pessoalmente ofensivo – pediu Wanda Womack.

– Neguinho, neguinho, neguinho, neguinho, neguinho, neguinho! – berrou Rita Mae do outro lado da mesa.

– Por favor – disse Clyde Sisco.

– Minha nossa – disse o porta-voz. – Olha, Srta. Plunk, vamos ser francos, tudo bem? A maioria de nós usa essa palavra de vez em quando. Tenho certeza que alguns de nós usam mais do que outros. Mas ela é ofensiva pra muitas pessoas e acho que seria uma boa ideia não usá-la durante nossas deliberações. Já temos o suficiente com que nos preocupar. Podemos todos concordar em não usar essa palavra?

Todos concordaram, menos Rita Mae.

Sue Williams decidiu responder. Ela tinha 40 anos, era uma mulher atraente e andava muito bem-vestida. Trabalhava para o departamento da Previdência Social do condado.

– Eu não votei ontem. Eu passei. Mas tendo a simpatizar com o Sr. Hailey. Tenho uma filha e, se ela fosse estuprada, isso afetaria muito minha estabilidade mental. Consigo entender como um pai pode acabar enlouquecendo nessa situação, e acho que é injusto que o Sr. Hailey seja julgado como se tivesse que ser capaz de agir de maneira completamente racional.

– Você acha que ele estava louco? – perguntou Reba Betts, uma das indecisas.

– Não tenho certeza. Mas sei que ele não estava estável. Não poderia estar.

– Então você acredita naquele médico maluco que testemunhou a favor dele? – perguntou Rita Mae.

– Sim. Era tão possível acreditar nele quanto no médico da acusação.

– Eu gostei das botas dele – brincou Clyde Sisco. Ninguém riu.

– Mas ele já foi condenado – disse Rita Mae. – Ele mentiu e tentou encobrir. Não dá pra acreditar em uma palavra do que ele disse.

– Ele fez sexo com uma garota com menos de 18 anos – lembrou Clyde.

– Se isso é um crime, então um bando de nós deveria ter sido indiciado.

Novamente, ninguém gostou da tentativa de fazer piada. Clyde decidiu ficar quieto por um tempo.

– Um tempo depois, ele se casou com a garota – disse Donna Lou Peck, outra indecisa.

Eles deram a volta na mesa, um de cada vez, expressando opiniões e respondendo às perguntas. A palavra "neguinho" foi cuidadosamente evitada por aqueles que queriam a condenação. Os posicionamentos foram se consolidando. Ao que parecia, a maior parte dos indecisos tendia a considerá-lo culpado. O meticuloso planejamento de Carl Lee, que sabia os movimentos exatos dos estupradores, o M-16 – tudo parecia bastante premeditado. Se ele os tivesse pegado em flagrante e matado na hora, não seria responsabilizado. Mas sua capacidade de planejar tudo com tamanho cuidado ao longo de seis dias não era indício de uma mente insana.

Wanda Womack, Sue Williams e Clyde Sisco inclinavam-se para a absolvição – o restante para a condenação. Barry Acker estava visivelmente hesitante.

AGEE DESENROLOU UMA longa faixa azul e branca escrito LIBERTEM CARL LEE. Quinze pastores se reuniram lado a lado atrás da faixa e esperaram que o desfile se formasse atrás deles. Eles ficaram parados no meio da Jackson Street, em frente ao tribunal, enquanto Agee dava instruções aos berros para as massas. Milhares de negros se amontoaram e começaram a marchar. Desceram a Jackson e viraram à esquerda na Caffey Street, subindo pelo lado oeste da praça. Agee liderava os manifestantes em seu então familiar grito de guerra de "Libertem Carl Lee! Libertem Carl Lee!". Eles gritavam como um refrão interminável, repetitivo e entorpecedor. Conforme a multidão se movia ao redor da praça, crescia em número e volume.

Pressentindo confusão, os comerciantes fecharam as portas e se dirigiram para a segurança de seus lares. Verificaram suas apólices de seguro para ver se tinham cobertura contra depredação de patrimônio. Os soldados ficaram perdidos no mar de pessoas negras. O coronel, suado e nervoso, ordenou que suas tropas se posicionassem ao redor do fórum e se mantivessem firmes. Enquanto Agee e os manifestantes entravam na Washington Street, Ozzie se encontrava com alguns membros da Klan. De forma franca e diplomática, ele os convenceu de que as coisas poderiam sair do controle e que ele não conseguiria garantir a segurança deles. O xerife reconheceu o direito deles de se reunir, disse que já tinham deixado clara a opinião deles, e pediu que saíssem da praça antes que houvesse confusão. Eles rapidamente se reagruparam e desapareceram.

Quando a faixa passou sob a sala do júri, foi possível ver na janela rostos boquiabertos. O canto incessante sacudia as vidraças. O megafone soava como um alto-falante pendurado no teto. Os jurados olharam incrédulos para a turba, a turba negra que enchia a rua e contornava a esquina da Caffey Street. Inúmeros e variados cartazes feitos à mão eram sacudidos acima da multidão e exigiam que o homem fosse liberto.

– Eu não sabia que tinha tantos negros no condado de Ford – disse Rita Mae Plunk. Naquele momento, os outros onze tiveram o mesmo pensamento.

BUCKLEY ESTAVA FURIOSO. Ele e Musgrove assistiam de uma janela do terceiro andar da biblioteca. O rugido abaixo deles interrompeu a conversa tranquila.

– Eu não sabia que tinha tantos negros no condado de Ford – comentou Musgrove.

– Não tem. Alguém trouxe esses negros pra cá. Eu me pergunto quem fez isso.

– O Brigance, provavelmente.

– Sim, provavelmente. É conveniente demais que eles comecem toda essa confusão quando o júri está deliberando. Deve ter uns 5 mil negros lá embaixo.

– No mínimo.

NOOSE E O Sr. Pate assistiam e ouviam de uma janela do gabinete no segundo andar. Sua Excelência não estava nada feliz. Ele estava preocupado com o júri.

– Não consigo imaginar como eles vão conseguir se concentrar com tudo isso acontecendo.

– Excelente timing, não é, Excelência? – disse o Sr. Pate.

– Com certeza.

– Eu não sabia que tinha tantos negros no condado.

O SR. PATE E Jean Gillespie demoraram vinte minutos para encontrar os advogados e conseguir colocar ordem na sala de audiências. Quando se fez silêncio, os jurados ocuparam seus lugares. Não houve sorrisos.

Noose deu um pigarro.

– Senhoras e senhores, é hora do almoço. Imagino que vocês não tenham nada a relatar.

Barry Acker negou com a cabeça.

– Foi o que eu imaginei. Vamos fazer uma pausa para o almoço, até uma e meia. Sei que vocês não podem sair do fórum, mas quero que comam, sem trabalhar no caso. Peço desculpas pela confusão lá fora, mas, sinceramente, não posso fazer nada a respeito. Ficaremos em recesso até uma e meia.

No gabinete, Buckley perdeu a cabeça:

– Isso é uma loucura, Excelência! É impossível o júri se concentrar no caso com todo esse barulho. Isso é uma tentativa deliberada de intimidar os jurados.

– Não estou gostando disso – confessou Noose.

– Foi planejado, Excelência! É intencional! – gritou Buckley.

– Não parece bom – acrescentou Noose.

– Tô pressentindo um pedido de anulação do julgamento!

– Eu não vou conceder. O que você acha, Jake?

Jake deu um sorrisinho e disse:

– Libertem Carl Lee.

– Muito engraçado – vociferou Buckley. – Você provavelmente planejou tudo isso.

– Não. Se você se lembra, Dr. Buckley, eu tentei evitar que isso acontecesse. Eu solicitei inúmeras vezes o desaforamento. Eu disse várias vezes que o julgamento não deveria ser realizado aqui. Você queria que fosse aqui, Dr. Buckley, e você manteve o caso aqui, Excelência. Agora estão aí fazendo esse papel ridículo, reclamando.

Jake ficou impressionado com a própria arrogância. Buckley resmungou e olhou pela janela.

– Olha pra eles. Negros selvagens. Deve ter uns 10 mil lá fora.

Durante o almoço, os 10 mil viraram 15 mil. Havia carros vindos de centenas de quilômetros de distância – alguns com placas do Tennessee – estacionados nos acostamentos das rodovias fora dos limites da cidade. As pessoas caminhavam por quase cinco quilômetros sob um sol escaldante para se juntar às festividades ao redor do tribunal. Agee fez uma pausa para o almoço e a praça se aquietou.

Os negros estavam tranquilos. Eles abriram seus coolers e suas cestas de piquenique e compartilharam entre si. Reuniram-se na sombra, mas não havia árvores suficientes para todo mundo. Lotaram o tribunal em busca de água gelada e banheiros. Caminharam pelas calçadas e olhavam as vitrines das lojas fechadas. Temendo problemas com a horda, o Coffee Shop e o Tea Shoppe fecharam durante o almoço. Do lado de fora do Claude's, eles se enfileiraram na calçada ao longo de um quarteirão e meio.

Jake, Harry Rex e Lucien relaxavam na varanda e curtiam o circo lá embaixo. Uma jarra de margaritas cheias de gelo estava sobre a mesa e lentamente desapareceu. Às vezes, eles participavam do comício gritando "Libertem Carl Lee" ou cantarolando "We Shall Overcome". Ninguém conhecia a letra, exceto Lucien. Ele a aprendera durante os gloriosos dias dos direitos civis nos anos 1960, e ainda se declarava o único branco no condado de Ford que sabia todas as palavras de cada estrofe. Ele até entrou para uma igreja negra naquela época, segundo explicou entre os drinques, depois que sua igreja votou pela exclusão dos membros negros. Desistiu depois que um sermão de três horas lhe causou uma hérnia. Ele concluiu que os brancos não eram feitos para aquele tipo de culto. Mas, mesmo assim, continuou a contribuir. Vez ou outra, uma equipe de TV se aproximava do escritório de Jake e fazia uma pergunta. Jake fingia não ouvir e por fim gritava "Libertem Carl Lee".

Precisamente à uma e meia, Agee pegou seu megafone, desfraldou sua faixa, alinhou os pastores e reuniu seus manifestantes. Ele começou com o hino, cantado diretamente no megafone, e a marcha se arrastou pela Jackson Street, depois pela Caffey, e deu a volta na praça. Cada volta atraía mais pessoas e fazia mais barulho.

A SALA DO JÚRI ficou em silêncio por quinze minutos depois que Reba Betts foi convertida de indecisa a inocente. Se um homem a estuprasse, ela seria capaz de estourar sua cabeça se tivesse a oportunidade. Eram cinco contra cinco, com dois indecisos, e um acordo parecia impossível. O porta-voz continuou em cima do muro. A pobre Eula Dell Yates pendeu para um lado, depois para o outro, e todo mundo entendeu que ela acabaria indo com a maioria. Ela começou a chorar na janela e foi conduzida ao seu lugar por Clyde Sisco. Ela queria ir para casa. Disse que se sentia uma prisioneira.

A gritaria e a marcha haviam feito um estrago. Quando o megafone passava por perto, o grau de ansiedade na pequena sala atingia um pico frenético. Acker pedia silêncio e eles esperavam impacientes até que o barulho na frente do tribunal desaparecesse. Nunca desaparecia por completo. Carol Corman foi a primeira a questionar a segurança dos jurados. Pela primeira vez em uma semana, o silencioso hotel parecia terrivelmente atraente. Três horas de cânticos ininterruptos haviam acabado com a pouca energia que lhes restava. O porta-voz sugeriu que conversassem sobre suas famílias e esperassem até que Noose mandasse chamá-los às cinco.

Bernice Toole, que havia votado em culpado mas sem muita convicção, sugeriu algo em que todos pensaram, mas ninguém mencionou:

– Por que simplesmente não dizemos ao juiz que estamos num beco sem saída?

– Ele declararia anulação do julgamento, não é? – perguntou Jo Ann Gates.

– Sim – respondeu o porta-voz. – E ele seria julgado novamente em alguns meses. Por que não encerramos o dia e tentamos novamente amanhã?

Eles concordaram. Não estavam prontos para desistir. Eula Dell chorou baixinho.

ÀS QUATRO, CARL LEE e as crianças se aproximaram de uma das janelas altas que se estendiam de cada lado da sala de audiências. Ele notou uma pequena maçaneta. Ele a girou e as janelas se abriram para uma pequena varanda que pendia sobre o lado do gramado. Carl Lee acenou com a cabeça para um policial e saiu. Pegou Tonya no colo e observou a multidão.

Eles o viram. Gritaram seu nome e correram até o edifício abaixo dele. Agee conduziu os manifestantes da rua até lá, atravessando o gramado. Uma onda de pessoas negras se reuniu sob a pequena varanda e avançou para olhar mais de perto seu herói.

– Libertem Carl Lee!

– Libertem Carl Lee!

– Libertem Carl Lee!

Ele acenou para os fãs lá embaixo. Beijou sua filha e abraçou seus filhos. Acenou mais uma vez e disse às crianças para fazerem o mesmo.

Jake e seus companheiros usaram a distração para cambalear pela rua até o fórum. Jean Gillespie ligou. Noose queria falar com os advogados em seu gabinete. Ele estava transtornado. Buckley estava furioso.

– Eu exijo que esse julgamento seja anulado! Eu exijo! – gritou o promotor com Noose no segundo em que Jake entrou.

– Você solicita a anulação do julgamento, governador. Você não exige – disse Jake, com os olhos vidrados.

– Vai pro inferno, Brigance! Você planejou isso tudo. Você planejou essa insurreição. Aqueles negros lá fora são coisa sua.

– Cadê a taquígrafa? – perguntou Jake. – Eu quero isso nos autos.

– Doutores, doutores – disse Noose. – Vamos ser profissionais.

– Excelência, o Ministério Público requer a anulação do julgamento – disse Buckley, tentando manter um ar profissional.

– Indeferido.

– Então tá. O Ministério Público solicita autorização para que o júri possa deliberar em outro lugar que não seja o tribunal.

– Essa é uma ideia interessante – afirmou Noose.

– Não vejo motivo pra que eles não possam deliberar no hotel. É silencioso e poucas pessoas sabem onde fica – assegurou Buckley.

– Jake? – perguntou Noose.

– Não, não vai funcionar. Não existe nenhuma previsão legal que lhe permita autorizar deliberações fora do tribunal. – Jake enfiou a mão no bolso e encontrou vários papéis dobrados. Ele os jogou em cima da mesa. – Estado versus Dubose, um caso de 1963 do condado de Linwood. O ar-condicionado do tribunal do condado de Linwood parou de funcionar em meio a uma onda de calor. O juiz federal permitiu que o júri deliberasse em uma biblioteca local. A defesa se opôs. O júri condenou o réu. Na apelação, a Suprema Corte considerou que a decisão do juiz foi imprópria e que houve abuso de poder. No fim da sessão, ficou decidido que as deliberações do júri devem ocorrer na sala do júri dentro do tribunal onde o réu está sendo julgado. O senhor não pode tirar eles daqui.

Noose analisou o caso e o entregou a Musgrove.

– Prepare o tribunal – solicitou ao Sr. Pate.

Com exceção dos repórteres, a sala do tribunal era totalmente negra. Os jurados pareciam abatidos e tensos.

– Presumo que vocês não tenham um veredito – disse Noose.

– Não, senhor – respondeu o porta-voz.

– Deixe-me fazer uma pergunta. Sem mencionar a quantidade de votos, vocês chegaram a um ponto em que não conseguem avançar?

– Nós falamos sobre isso, Excelência. E gostaríamos de ir embora, ter uma boa noite de descanso e tentar novamente amanhã. Não estamos prontos pra desistir.

– É bom ouvir isso. Peço desculpas pelas distrações, mas, novamente, não há nada que eu possa fazer. Eu sinto muito. Vocês só precisam fazer o seu melhor. Mais alguma coisa?

– Não, senhor.

– Muito bem. Estaremos de recesso até as nove da manhã.

Carl Lee puxou o ombro de Jake.

– O que isso significa?

– Que eles estão num impasse. Pode ser seis a seis, ou onze a um contra você, ou onze a um a favor. Então, não se anime por enquanto.

Barry Acker encurralou o oficial de justiça e lhe entregou uma folha de papel dobrada onde se lia:

Luann,
Arrume as malas, pegue as crianças e vá para a casa da sua mãe. Não fale para ninguém. Fique lá até tudo isso acabar. Faça o que estou te falando. Estamos em perigo.
Barry

– Você pode entregar isso pra minha esposa ainda hoje? Nosso número é 881-0774.

– Claro – disse o oficial de justiça.

TIM NUNLEY, MECÂNICO da loja da Chevrolet, ex-cliente de Jake Brigance e frequentador do Coffee Shop, estava sentado em um sofá no chalé no meio da floresta tomando uma cerveja. Ouvia seus irmãos da Klan enquanto eles ficavam bêbados e xingavam os negros. Às vezes, ele os xingava também. Tinha notado alguns cochichos nas últimas duas noites e sentia que alguma coisa estava acontecendo. Ele ouvia com atenção.

Nunley se levantou para pegar outra cerveja. De repente, eles pularam nele. Três de seus camaradas o imobilizaram contra a parede e o atingiram com chutes e socos. Ele foi espancado violentamente, depois amordaçado, amarrado e arrastado para o lado de fora, pela estrada de cascalho e até a clareira onde havia sido iniciado. Uma cruz foi acesa quando ele foi amarrado a um poste e despido. Um chicote o açoitou até que seus ombros, costas e pernas ficassem de um vermelho sólido.

Mais de vinte de seus ex-irmãos assistiram horrorizados e em silêncio enquanto o poste e o corpo flácido eram encharcados de querosene. O líder, o que segurava o chicote, ficou ao lado dele por uma eternidade. Ele pronunciou a sentença de morte e jogou um fósforo aceso.

Mickey Mouse havia sido silenciado.

Eles empacotaram suas vestes e seus pertences e foram para casa. A maioria nunca mais voltaria ao condado de Ford.

43

Quarta-feira. Pela primeira vez em semanas, Jake dormiu mais de oito horas. Ele havia adormecido no sofá de seu escritório e acordou às cinco com o som dos militares se preparando para o pior. Estava descansado, mas sua cabeça voltou a latejar de nervoso diante do pensamento de que aquele provavelmente seria o grande dia. Tomou banho, fez a barba no andar de baixo e abriu um novo pacote de cuecas que comprara na farmácia. Vestiu um terno azul-marinho, o melhor que Stan Atcavage tinha, alguns centímetros mais curto e um pouco largo para ele, mas nada mau naquelas circunstâncias. Pensou nos escombros na Adams Street, depois em Carla, e o nó em seu estômago começou a surgir. Correu para os jornais.

Nas primeiras páginas dos jornais de Memphis, Jackson e Tupelo havia fotos idênticas de Carl Lee em pé na pequena varanda acima da multidão, com a filha no colo e acenando para seu povo. Não havia nada sobre a casa de Jake. Ele ficou aliviado e de repente sentiu fome.

Dell o abraçou como uma criança que havia sido encontrada. Ela tirou o avental e se sentou ao lado dele em uma mesa de canto. Quando os frequentadores chegaram e o viram, pararam e deram tapinhas nas costas dele. Era bom revê-lo. Tinham sentido a falta dele e o apoiavam. Jake parecia abatido, disse ela, então ele pediu a maior parte do cardápio.

– Conta pra gente, Jake, aqueles negros todos vão voltar pra cá? – perguntou Bert West.

– Provavelmente – respondeu ele enquanto espetava um pedaço de panqueca.

– Ouvi dizer que eles planejam trazer mais gente hoje de manhã – disse Andy Rennick.

– Todas as rádios negras do norte do Mississippi estão chamando as pessoas pra virem pra Clanton.

Ótimo, pensou Jake. Ele colocou Tabasco nos ovos mexidos.

– O júri consegue ouvir toda essa gritaria? – perguntou Bert.

– Claro que sim – respondeu Jake. – É por isso que eles estão fazendo isso. Eles não são surdos.

– Devem estar assustados.

Jake sem dúvida esperava que sim.

– Como tá sua família? – perguntou Dell baixinho.

– Bem, eu acho. Eu ligo pra Carla todo dia à noite.

– Ela tá com medo?

– Apavorada.

– Eles fizeram mais alguma coisa com você?

– Não. Nada desde domingo de manhã.

– A Carla sabe?

Jake mastigou e negou com a cabeça.

– Eu imaginei. Coitado de você, Jake.

– Eu vou ficar bem. O que tem rolado por aqui?

– A gente fechou na hora do almoço ontem. Tinha muita gente lá fora e ficamos com medo de um motim. Vamos ficar de olho agora de manhã e talvez a gente feche de novo. Jake, e se ele for condenado?

– A coisa pode ficar feia.

Ele ficou lá por uma hora e respondeu às perguntas dos frequentadores. Desconhecidos chegaram e Jake se retirou.

Não havia nada a fazer a não ser esperar. Ele se sentou na varanda, tomou café, fumou um charuto e observou os soldados. Pensou nos clientes que teve um dia; em seu escritório de advocacia no Sul do país, com uma secretária e clientes aguardando para falar com ele; nos telefonemas e nas visitas ao presídio. Em coisas normais, como ter uma família, um lar, e ir à igreja nas manhãs de domingo. Ele não tinha nascido para ficar sob os holofotes.

O primeiro ônibus da igreja chegou às sete e meia e foi parado pelos soldados. As portas se abriram e um fluxo interminável de pessoas negras com cadeiras dobráveis e cestas cheias de comida se dirigiu para o gramado em frente ao fórum. Por uma hora, Jake soprou fumaça no ar carregado e assistiu com imensa satisfação à medida que a praça se enchia, para além de sua capacidade, de manifestantes barulhentos, embora pacíficos. Os pastores vinham com força total, dirigindo seu povo e garantindo a Ozzie e ao coronel que não eram pessoas violentas. Ozzie estava convencido. O coronel estava nervoso. Às nove, as ruas estavam tomadas de manifestantes. Alguém avistou o ônibus dos jurados. "Lá vêm eles!", gritou Agee no alto--falante. A multidão avançou até a esquina da Jackson com a Quincy, onde soldados, agentes da polícia estadual e assistentes do xerife formavam uma barricada móvel ao redor do ônibus e o auxiliaram a cruzar a aglomeração até os fundos do tribunal.

Eula Dell Yates chorava copiosamente. Clyde Sisco estava sentado ao lado da janela e segurou sua mão. Os outros olharam com medo enquanto o ônibus rodeava lentamente a praça. Um corredor muito bem armado foi feito do ônibus até o tribunal, e Ozzie foi até lá. A situação estava sob controle, ele assegurou aos jurados em meio ao estrondo. Bastava segui-lo e caminhar o mais rápido possível.

O OFICIAL DE justiça trancou a porta enquanto eles se reuniam em torno da cafeteira. Eula Dell sentou-se sozinha em um canto, chorando baixinho e se encolhendo a cada "Libertem Carl Lee!" que ecoava lá de baixo.

– Eu não me importo com a decisão que a gente vai tomar – confessou ela. – Eu realmente não me importo, mas eu simplesmente não aguento mais isso. Não vejo minha família há oito dias, e agora essa loucura. Não dormi nada ontem à noite. – Ela chorou ainda mais alto. – Acho que estou perto de um colapso nervoso. Vamos só dar o fora daqui.

Clyde entregou a ela um lenço de papel e esfregou seu ombro. Jo Ann Gates era uma das que haviam votado "culpado" sem muita convicção e estava prestes a entrar em pânico.

– Eu também não dormi ontem à noite. Não aguento outro dia como ontem. Quero ir pra casa ficar com os meus filhos.

Barry Acker parou perto da janela e pensou no motim que se seguiria a um veredito de culpado. Não sobraria um edifício no centro da cidade, incluindo o tribunal. Ele duvidava que alguém seria capaz de proteger os jurados após um veredito equivocado. Eles provavelmente não conseguiriam voltar para o ônibus. Por sorte, sua esposa e seus filhos haviam fugido para um local seguro no Arkansas.

– Eu me sinto uma refém – reclamou Bernice Toole, uma das que estava convicta da culpa do réu. – Essa multidão vai invadir o tribunal em uma fração de segundo se a gente condenar ele. Eu me sinto intimidada.

Clyde entregou a ela uma caixa de lenços de papel.

– Não me importa o que a gente vai fazer – choramingou Eula Dell em desespero. – Vamos só sair daqui. Eu francamente não ligo se a gente vai condenar ou soltar ele, vamos só fazer alguma coisa. Eu não vou aguentar.

Wanda Womack estava na cabeceira da mesa e pigarreava com nervosismo. Ela pediu atenção.

– Eu tenho uma proposta – disse ela lentamente – que talvez resolva isso.

O choro parou e Barry Acker voltou ao seu lugar. Ela tinha a atenção completa dos jurados.

– Ontem à noite eu perdi o sono e fiquei pensando numa coisa. Queria que vocês me ouvissem. Pode ser doloroso. Pode fazer com que vocês examinem os seus corações e precisem olhar profundamente pra vocês mesmos. Mas vou pedir que vocês façam isso mesmo assim. E se cada um de vocês for sincero consigo mesmo, acho que podemos encerrar isso antes do meio-dia.

Os únicos ruídos vinham da rua lá embaixo.

– No momento, nós estamos igualmente divididos, mais ou menos por um voto. A gente poderia dizer ao juiz Noose que estamos num beco sem saída. Ele declararia anulação do julgamento e a gente iria pra casa. Daí, daqui a alguns meses, todo esse espetáculo se repetiria. O Sr. Hailey seria julgado de novo nesse mesmo tribunal, com o mesmo juiz, mas com um júri diferente, um júri escolhido nesse condado, um júri com nossos amigos, maridos, esposas e pais. O mesmo tipo de gente que tá agora aqui nesta sala. Esse júri será confrontado com as mesmas questões que estão diante de nós agora, e essas pessoas não serão mais inteligentes do que nós. A hora de decidir esse caso é agora. Seria moralmente errado fugir de nossas responsabilidades e passar a responsabilidade pro próximo júri. Todos concordam com isso?

Todos assentiram silenciosamente.

– Ótimo. O que eu quero que vocês façam é o seguinte: quero que finjam comigo por um momento. Eu quero que usem a imaginação. Quero que fechem os olhos e não ouçam nada além da minha voz.

Todos obedientemente fecharam os olhos. Valia a pena tentar qualquer coisa.

JAKE SE DEITOU no sofá de seu escritório e ficou ouvindo Lucien contar histórias sobre seu prestigioso pai e seu prestigioso avô, e seu prestigioso escritório de advocacia, e todas as pessoas de quem eles tomaram dinheiro e terras.

– Minha herança foi construída por meus ancestrais promíscuos! – gritou ele. – Eles ferraram com todos que eles conseguiram!

Harry Rex ria incontrolavelmente. Jake já tinha ouvido aquelas histórias, mas elas sempre eram engraçadas e diferentes.

– E o filho retardado da Ethel? – perguntou Jake.

– Não fala assim do meu irmão – protestou Lucien. – Ele é o mais brilhante da família. Claro que ele é meu irmão. Papai contratou ela quando ela tinha 17 anos e, acredite ou não, ela era bonita naquela época. Ethel Twitty era a mulher mais atraente do condado de Ford. Meu pai não conseguia tirar as mãos dela. É meio estranho pensar nisso agora, mas é verdade.

– É terrível pensar nisso – disse Jake.

– Ela tinha uma casa cheia de filhos, e dois deles se pareciam comigo, principalmente o burro. Era muito constrangedor naquela época.

– E a sua mãe? – perguntou Harry Rex.

– Ela era uma daquelas mulheres respeitáveis do Sul, cuja principal preocupação era quem tinha sangue azul e quem não tinha. Não tem muito sangue azul por aqui, então ela passou a maior parte do tempo em Memphis tentando causar uma boa impressão e ser aceita pelas famílias produtoras de algodão. Passei boa parte da minha infância no Peabody Hotel todo engomado com uma gravata-borboleta vermelha, tentando parecer sofisticado perto dos garotos ricos de Memphis. Eu odiava e também não me importava muito com a minha mãe. Ela sabia sobre a Ethel, mas aceitava. Ela dizia pro velho ser discreto e não envergonhar a família. Ele foi discreto, e acabei com um meio-irmão retardado.

– Quando ela morreu?

– Seis meses antes de o meu pai morrer no acidente de avião.

– Como ela morreu? – perguntou Harry Rex.

– Gonorreia. Pegou do jardineiro.

– Lucien! Sério?

– Câncer. Lutou por três anos, mas se manteve forte até o fim.

– Onde você errou? – perguntou Jake.

– Acho que tudo começou na primeira série. Meu tio era dono de uma enorme fazenda ao sul da cidade e de várias famílias negras. Isso foi na Crise de 1929, né? Passei a maior parte da minha infância lá porque meu pai tava muito ocupado aqui nesse escritório e a minha mãe com os salões de chá dela. Todos os meus amigos eram negros. Eu fui criado por empregados negros. Meu melhor amigo era Willie Ray Wilbanks. Sem brincadeira. Meu bisavô comprou o bisavô dele. E quando os escravos foram libertados, a maioria deles manteve o nome da família. O que eles podiam fazer? É por isso que tem tantos Wilbanks negros por aqui. Nós éramos donos de todos os escravos do condado de Ford, e a maioria deles se tornou um Wilbanks.

– Você provavelmente é parente de alguns – disse Jake.

– Dadas as inclinações de meus antepassados, provavelmente sou parente de todos eles.

O telefone tocou. Todos congelaram e olharam para ele. Jake se sentou e prendeu a respiração. Harry Rex pegou o fone e desligou.

– Era engano – anunciou.

Eles se entreolharam e depois sorriram.

– Enfim, de volta à primeira série – disse Jake.

– Tá. Quando chegou a hora de ir pra escola, Willie Ray e o restante dos meus amigos pegaram o ônibus em direção à escola de pessoas negras. Eu pulei no ônibus também, e o motorista com muito cuidado pegou minha mão e me fez descer. Eu chorei e gritei, e meu tio me levou pra casa e disse pra minha mãe: "O Lucien entrou no ônibus dos negros." Ela ficou horrorizada e me deu uma surra. O velho também me bateu, mas anos depois admitiu que tinha sido engraçado. Então fui pra escola dos brancos, onde sempre fui o garotinho rico. Todo mundo odiava o garotinho rico, ainda mais em uma cidade pobre como Clanton. Não que eu fosse uma pessoa agradável, mas todo mundo se divertia me odiando só porque a gente tinha dinheiro. É por isso que nunca liguei muito pra dinheiro. Foi aí que a incompatibilidade começou. Na primeira série. Decidi não ser como a minha mãe porque ela franzia a testa o tempo todo e desprezava o mundo. E meu velho sempre estava ocupado demais pra se divertir. Eu disse "foda-se isso". Vou me divertir um pouco.

Jake se espreguiçou e fechou os olhos.

– Nervoso? – perguntou Lucien.

– Eu só quero que isso acabe.

O telefone tocou novamente e Lucien atendeu. Ele ouviu e desligou.

– Quem é? – inquiriu Harry Rex.

Jake se sentou e olhou para Lucien. O momento havia chegado.

– Jean Gillespie. O júri tá pronto.

– Meu Deus – disse Jake enquanto esfregava as têmporas.

– Me escuta, Jake – falou Lucien. – Milhões de pessoas vão assistir ao que está prestes a acontecer. Fica calmo. Cuidado com o que você diz.

– E eu? – gemeu Harry Rex. – Eu preciso vomitar.

– Esse é um conselho estranho vindo de você, Lucien – comentou Jake enquanto abotoava o paletó de Stan.

– Eu aprendi muito. Mostre sua classe. Se você vencer, cuidado com o que vai dizer à imprensa. Lembra de agradecer ao júri. Se você perder...

– Se você perder – disse Harry Rex –, corre feito um louco, porque aqueles negros vão invadir o tribunal.

– Eu tô me sentindo fraco – admitiu Jake.

AGEE SUBIU A ESCADA em frente ao fórum e lá de cima anunciou que o júri estava pronto. Ele pediu silêncio, e na mesma hora a multidão parou. Eles se moveram em direção às colunas do edifício. Agee lhes pediu que se pusessem de joelhos e orassem. Eles se ajoelharam obedientemente e rezaram com fervor. Cada homem, mulher e criança no gramado se curvou diante de Deus e implorou que Ele deixasse seu companheiro ir embora.

Os soldados ficaram um ao lado do outro e também oraram pela absolvição.

Ozzie e Moss Junior se sentaram na sala de audiências e enfileiraram os policiais e os suplentes ao longo das paredes e do corredor. Jake veio da sala de espera e olhou para Carl Lee na mesa da defesa. Depois olhou para os espectadores. Muitos estavam rezando. Muitos roíam as unhas. Gwen estava enxugando as lágrimas. Lester olhava assustado para Jake. As crianças estavam confusas e com medo.

Noose assumiu a tribuna e um silêncio eletrizante envolveu a sala. Não havia som do lado de fora. Vinte mil negros estavam ajoelhados no chão como se fossem muçulmanos. Silêncio absoluto dentro e fora do tribunal.

– Fui informado de que o júri chegou a um veredito, correto, senhor oficial de justiça? Muito bem. Em breve teremos aqui os jurados, mas antes disso tenho algumas instruções. Não vou tolerar nenhuma explosão ou demonstração de emoção. Vou instruir o xerife a remover qualquer pessoa que crie confusão. Se necessário, vou esvaziar a sala. Senhor oficial de justiça, pode chamar o júri.

A porta se abriu e a sensação foi de que uma hora havia se passado até o momento em que Eula Dell Yates apareceu na frente com lágrimas nos olhos. Jake abaixou a cabeça. Carl Lee encarava corajosamente o retrato de Robert E. Lee acima de Noose. Eles preencheram desajeitadamente a bancada do júri. Pareciam nervosos, tensos, assustados. A maioria estava chorando. Jake se sentiu mal. Barry Acker segurava um pedaço de papel que atraiu a atenção de todos.

– Senhoras e senhores, vocês chegaram a um veredito?

– Sim, senhor – respondeu Acker com uma voz aguda e nervosa.

– Passe-o para a escrivã, por favor.

Jean Gillespie pegou o papel e entregou a Sua Excelência, que o analisou por uma eternidade.

– Tecnicamente está tudo em ordem – disse ele por fim.

Eula Dell estava em prantos, e suas fungadas eram os únicos sons no tribunal. Jo Ann Gates e Bernice Toole secavam os olhos com lenços. O choro só poderia significar uma coisa. Jake jurou ignorar o júri antes que o veredito fosse lido, mas era impossível. Em seu primeiro julgamento criminal, os jurados sorriram ao tomarem seus lugares. Naquele momento, Jake ficou confiante de que o réu seria absolvido. Segundos depois, ele soube que os sorrisos eram porque um criminoso estava prestes a ser removido das ruas. Desde aquele julgamento, havia jurado nunca mais olhar para os jurados. Mas ele sempre olhava. Seria bom ver uma piscadela ou um polegar apontando para cima, mas isso nunca aconteceu.

Noose olhou para Carl Lee.

– O réu, por favor, pode se levantar.

Jake sabia que provavelmente havia pedidos mais terríveis a se fazer a alguém, mas para um advogado criminalista, aquele pedido naquele momento específico tinha implicações terríveis. Seu cliente levantou sem jeito, miserável. Jake fechou os olhos e prendeu a respiração. Suas mãos tremiam e seu estômago doía. Noose devolveu o papel a Jean Gillespie.

– Por favor, leia, senhora escrivã.

Ela o desdobrou e encarou o réu.

– Em relação a ambas as acusações, nós, o júri, consideramos o réu inocente por motivo de insanidade.

Carl Lee se virou e disparou em direção à grade. Tonya e os meninos pularam do banco da frente e o agarraram. A sala de audiências explodiu em um verdadeiro pandemônio. Gwen gritou e começou a chorar. Ela enterrou a cabeça nos braços de Lester. Os reverendos se levantaram, olharam para cima e gritaram "Aleluia!" e "Cristo seja louvado!" e "Meu Deus! Meu Deus! Meu Deus!".

A advertência de Noose não significou nada. Ele bateu o martelo sem entusiasmo e disse:

– Ordem, ordem, ordem no tribunal. – Era impossível ouvi-lo em meio ao alvoroço, e ele parecia contente em permitir uma pequena celebração.

Jake estava entorpecido, sem vida, paralisado. Seu único movimento foi um sorriso fraco na direção da bancada do júri. Seus olhos lacrimejaram e seus lábios tremeram, e ele decidiu não fazer uma cena ali. Acenou com a cabeça para Jean Gillespie, que chorava, e apenas se sentou à mesa da defesa balançando a cabeça e tentando sorrir, incapaz de fazer mais que isso. Do canto do olho, ele podia ver Musgrove e Buckley recolhendo pastas, blocos de anotações e papéis de aparência importante, e jogando tudo em suas maletas. Seja gentil, disse a si mesmo.

Um adolescente disparou entre dois policiais, passou pela porta e correu pelo saguão gritando "Inocente! Inocente!". Ele correu para uma pequena varanda sobre a escadaria e gritou para a massa lá embaixo "Inocente! Inocente!". O alvoroço começou.

– Ordem, ordem no tribunal – dizia Noose no momento em que a reação retardada do lado de fora trovejou pelas janelas. – Ordem, ordem no tribunal.

Ele tolerou a excitação por mais um minuto, então pediu ao xerife que restaurasse a ordem. Ozzie ergueu as mãos e falou. As palmas, os abraços e agradecimentos a Deus morreram rapidamente. Carl Lee soltou seus filhos e voltou para a mesa da defesa. Ele se sentou perto de seu advogado e colocou o braço ao redor dele, sorrindo e chorando ao mesmo tempo.

Noose sorriu para o réu.

– Sr. Hailey, o senhor foi julgado por um júri popular e foi considerado inocente. Eu não me lembro de nenhum perito ter afirmado aqui que o senhor é perigoso agora ou que necessite de tratamento psiquiátrico. O senhor é um homem livre.

Sua Excelência olhou para os advogados.

– Se não houver mais nada a ser dito, este tribunal ficará encerrado até o dia 15 de agosto.

Carl Lee foi sufocado por sua família e por seus amigos. Eles o abraçaram, se abraçaram, abraçaram Jake. Eles choraram sem nenhum constrangimento e louvaram ao Senhor. Eles disseram a Jake que o amavam.

Os repórteres se espremeram contra a grade e começaram a disparar perguntas contra Jake. Ele ergueu as mãos e disse que não faria comentários. Mas haveria uma coletiva de imprensa completa em seu escritório às duas da tarde.

Buckley e Musgrove saíram por uma porta lateral. Os jurados foram trancados na sala do júri para aguardar a última viagem de ônibus até o hotel. Barry Acker pediu para falar com o xerife. Ozzie o encontrou no corredor, ouviu com atenção e prometeu acompanhá-lo até sua casa e fornecer proteção 24 horas por dia.

Os repórteres foram para cima de Carl Lee.

– Eu só quero ir pra casa – dizia ele sem parar. – Eu só quero ir pra casa.

A comemoração prosseguiu a pleno vapor do lado de fora. Eles cantavam, dançavam, choravam, davam tapinhas nas costas, se abraçavam, agradeciam, se felicitavam, riam, aplaudiam, entoavam hinos, se cumprimentavam e apertavam as mãos. Louvavam aos céus em uma celebração gloriosa, tumultuada e irreverente. Eles se juntaram em frente ao tribunal e aguardaram impacientemente que seu herói emergisse e se deleitasse com sua merecida adulação.

A paciência deles começou a diminuir. Depois de meia hora gritando "Queremos Carl Lee! Queremos Carl Lee!", ele apareceu na porta. Um rugido ensurdecedor e de sacudir a terra o saudou. Ele avançou lentamente pela massa com seu advogado e sua família, e parou no degrau mais alto sob os suportes que sustentavam a plataforma de madeira onde havia inúmeros microfones. Os gritos e assovios de 20 mil pessoas eram ensurdecedores. Ele abraçou seu advogado e eles acenaram para o mar de rostos berrando.

A gritaria do exército de repórteres era completamente inaudível. De vez em quando, Jake parava de acenar e gritava algo sobre a entrevista coletiva em seu escritório às duas. Carl Lee abraçou sua esposa e seus filhos, e eles acenaram.

A multidão rugiu em aprovação. Jake saiu de fininho para o tribunal, onde encontrou Lucien e Harry Rex esperando em um canto, longe da massa de espectadores.

– Vamos sair daqui! – gritou Jake.

Eles passaram pela multidão, pelo corredor e pela porta dos fundos. Jake avistou um enxame de repórteres na calçada do lado de fora de seu escritório.

– Onde você estacionou? – perguntou a Lucien.

Ele apontou para uma rua lateral e eles desapareceram atrás do Coffee Shop.

SALLIE FRITOU COSTELETAS de porco e tomates verdes e os serviu na varanda. Lucien pegou uma garrafa de champanhe caro e jurou que a havia guardado especialmente para aquela ocasião. Harry Rex comia com as mãos, roendo os ossos como se não visse comida há um mês. Jake revirava sua comida e tomava o champanhe gelado. Depois de duas taças, ele sorriu olhando para o nada. Saboreava o momento.

– Você parece um bobo – disse Harry Rex com a boca cheia de carne de porco.

– Cala a boca, Harry Rex – advertiu Lucien. – Deixa ele aproveitar.

– Ele tá aproveitando. Olha esse sorrisinho.

– O que eu falo pra imprensa? – perguntou Jake.

– Fala pra eles que você precisa de clientes – disse Harry Rex.

– Isso não vai ser problema – tranquilizou Lucien. – Eles vão fazer fila do lado de fora pra marcar uma hora com ele.

– Por que você não falou com os repórteres no tribunal? Estavam lá com as câmeras e tudo mais. Cheguei a fazer alguns comentários – disse Harry Rex.

– Tenho certeza que foram uma pérola – alfinetou Lucien.

– Eles tão na minha mão – disse Jake. – Não vão a lugar nenhum. A gente podia vender ingressos pra essa coletiva e fazer uma grana.

– Posso assistir, por favor, Jake, por favor? – pediu Harry Rex.

44

Eles debateram se deveriam pegar o antigo Bronco ou o Porsche detonado. Jake disse que não iria dirigir. Harry Rex ganhou no grito, e eles entraram no Bronco. Lucien encontrou um espaço no banco de trás. Jake foi na frente e deu algumas instruções. Eles pegaram as ruas transversais e fugiram da maior parte do trânsito ao redor da praça. A rodovia estava lotada e Jake orientou seu motorista por uma miríade de estradas de cascalho. Eles chegaram ao asfalto e Harry Rex acelerou na direção do lago.

– Eu tenho uma pergunta, Lucien – disse Jake.
– O quê?
– E eu quero uma resposta franca.
– O quê?
– Você fechou o acordo com o Sisco?
– Não, meu garoto, você venceu sozinho.
– Você jura?
– Juro por Deus. Em uma pilha de bíblias.

Jake queria acreditar nele, então deixou para lá. Eles passearam em silêncio, no calor sufocante, e ouviram Harry Rex cantando junto com o aparelho de som. De repente, Jake apontou e gritou. Harry Rex pisou fundo no freio, fez uma curva violenta à esquerda e acelerou por outra estrada de cascalho.

– Onde a gente tá indo? – questionou Lucien.
– Espera um pouco – disse Jake enquanto olhava para uma fileira de casas que se aproximavam à direita. Ele apontou para a segunda delas. Harry Rex

subiu na entrada da garagem e estacionou sob a sombra de uma árvore. Jake saiu, olhou ao redor do jardim e caminhou até a varanda. Ele bateu na porta de tela.

Um homem apareceu. Um desconhecido.

– Sim, o que você quer?

– Meu nome é Jake Brigance e...

A porta se abriu e o homem correu para a varanda e agarrou a mão de Jake.

– Prazer em te conhecer, Jake. Eu sou Mack Loyd Crowell. Eu estava no grande júri que por pouco não denunciou o Carl Lee. Você fez um excelente trabalho. Tô orgulhoso de você.

Jake apertou a mão dele e repetiu seu nome. Então ele se lembrou. Mack Loyd Crowell, o homem que disse a Buckley para calar a boca e se sentar.

– Sim, Mack Loyd, agora eu me lembro. Obrigado.

Jake olhou sem jeito pela porta.

– Você tá procurando a Wanda? – perguntou Crowell.

– Bem, sim. Eu tava passando e me lembrei do endereço dela de quando fiz a pesquisa sobre o júri.

– Você veio ao lugar certo. Ela mora aqui e eu também, na maior parte do tempo. Não somos casados nem nada, mas vivemos juntos. Ela tá deitada tirando um cochilo. Ela tá muito cansada.

– Não acorda ela – disse Jake.

– Ela me contou o que aconteceu. Ela ganhou o caso pra você.

– Como assim? O que aconteceu?

– Ela mandou todo mundo fechar os olhos e ouvir o que ela tinha pra dizer. Falou pra eles fingirem que a menina tinha cabelos louros e olhos azuis, que os dois estupradores eram negros, que amarraram seu pé direito a uma árvore e o esquerdo ao poste de uma cerca, que a estupraram várias vezes e a xingaram por ela ser branca. Falou pra eles imaginarem a garotinha deitada lá, implorando pelo pai, enquanto eles chutavam ela na boca e arrancavam os dentes dela, quebravam a mandíbula dela dos dois lados e também o nariz. Falou pra eles imaginarem dois negros bêbados despejando cerveja nela e urinando no rosto dela e rindo feito uns idiotas. Então ela falou pra eles imaginarem que a menina era deles, a filha deles. Falou pra que eles fossem sinceros com eles mesmos e escrevessem num pedaço de papel se matariam ou não aqueles negros desgraçados se tivessem a oportunidade. E eles votaram, por voto secreto. Todos os doze disseram que sim. O porta-voz contou os votos. Doze a zero. Wanda disse que ficaria sentada naquela sala até o Natal se fosse o caso, antes de votar pela condenação, e que se eles fossem sinceros consigo mesmos, deveriam se sentir da mesma forma. Dez deles concordaram com ela, e uma senhora resistiu. Todos eles começaram a chorar e a xingar tanto que ela no fim cedeu. O negócio pegou fogo lá dentro, Jake.

Jake ouviu cada palavra sem respirar. Então escutou um barulho. Wanda Womack chegou até a porta de tela. Ela sorriu para ele e começou a chorar. Ele a encarou pela tela, mas não conseguiu dizer nada. Ele mordiscou o lábio e acenou com a cabeça.

– Obrigado – ele conseguiu dizer numa voz fraca.

Ela enxugou os olhos e assentiu.

NA CRAFT ROAD, cem automóveis se alinhavam nos dois lados, a leste e a oeste da entrada de carros na residência dos Haileys. O comprido jardim da frente estava lotado de veículos, crianças brincando e pais sentados à sombra das árvores e no capô dos carros. Harry Rex estacionou em uma vala perto da caixa de correio. Uma multidão correu para cumprimentar o advogado de Carl Lee. Lester o agarrou e disse:

– Você conseguiu, mais uma vez, você conseguiu!

Eles apertaram as mãos e se deram tapinhas nas costas enquanto iam do jardim até a varanda. Agee o abraçou e louvou a Deus. Carl Lee se levantou do balanço e desceu as escadas, seguido por sua família e seus admiradores. Eles se reuniram ao redor de Jake à medida que aqueles dois homens incríveis ficaram cara a cara. Apertaram as mãos e sorriram um para o outro, ambos em busca de palavras. Eles se abraçaram. A multidão bateu palmas e gritou.

– Obrigado, Jake – disse Carl Lee baixinho.

O advogado e o cliente se sentaram no balanço e responderam a perguntas sobre o julgamento. Lucien e Harry Rex se juntaram a Lester e alguns de seus amigos sob a sombra de uma árvore para tomar alguma coisa. Tonya corria e pulava pelo jardim com uma centena de outras crianças.

ÀS DUAS E MEIA, Jake se sentou à sua mesa e conversou com Carla. Harry Rex e Lucien bebiam o resto das margaritas e rapidamente ficaram bêbados. Jake tomava café e disse à esposa que deixaria Memphis em três horas e estaria na Carolina do Norte às dez. Sim, estava tudo bem, disse ele. Tudo estava bem e tinha chegado ao fim. Havia dezenas de repórteres amontoados em sua sala de reuniões, então ela precisava assistir ao noticiário da noite. Ele falaria com eles brevemente e depois iria de carro para Memphis. Ele disse que a amava, que sentia falta de seu corpo e que estaria lá em breve. E desligou.

No dia seguinte, ligaria para Ellen.

– Por que você tá indo embora hoje?! – indagou Lucien.

– Você é muito burro, Jake, muito burro. Tem milhares de repórteres atrás de você e você vai sair da cidade. Burro, muito burro! – gritou Harry Rex.

Jake se levantou.

– Como estou, amigos?

– Feito um idiota que vai sair da cidade – disse Harry Rex.

– Fica aqui mais alguns dias – implorou Lucien. – Essa é uma oportunidade que você nunca mais vai ter. Por favor, Jake.

– Relaxa, gente. Eu vou falar com eles agora, vou deixar eles tirarem uma foto minha, vou responder a algumas das perguntas idiotas deles, depois vou embora da cidade.

– Você tá maluco, Jake – disse Harry Rex.

– Eu concordo – declarou Lucien.

Jake se olhou no espelho, ajustou a gravata de Stan e sorriu para os dois.

– Eu agradeço, amigos. De verdade. Recebi novecentos dólares por esse julgamento e pretendo compartilhar esse dinheiro com todos vocês.

Eles se serviram do resto das margaritas, viraram os copos e seguiram Jake Brigance escada abaixo para enfrentar os repórteres.

NOTA DO AUTOR

Como tenho a tendência de iniciar projetos que jamais chegam ao fim, meu objetivo quando comecei a escrever este livro era apenas concluí-lo. Eu conseguia imaginar uma pilha perfeitamente organizada de folhas de papel datilografadas em um canto do meu escritório, para a qual um dia seria capaz de apontar com certo orgulho e explicar para clientes e amigos que se tratava de um romance que eu havia escrito. Sem dúvida, em algum lugar nos recônditos da minha mente, eu sonhava em publicá-lo, mas, sinceramente, não consigo me lembrar de tais pensamentos, pelo menos não quando comecei a escrever. Seria minha primeira grande investida na ficção.

Comecei a escrever no outono de 1984, apenas três anos depois de concluir a faculdade de Direito e ainda bastante inexperiente. Nesse início da minha carreira jurídica, passei muitas horas em tribunais, vendo bons advogados defendendo seus casos. Sempre fui fascinado por tribunais – ainda sou. Durante audiências abertas ao público, as pessoas debatem assuntos que não ousariam mencionar fora de casa. Os maiores dramas não ocorrem nas telas ou nos palcos, mas diariamente em inúmeros tribunais espalhados pelo país.

Um dia deparei com um julgamento terrível, em que uma jovem testemunhava contra o homem que a havia estuprado brutalmente. Foi uma experiência angustiante para mim, e eu era apenas um espectador. Em determinado instante, ela era corajosa, no seguinte, lamentavelmente frágil. Fiquei fascinado. Não era capaz de imaginar o pesadelo pelo qual ela e sua família tinham passado. Perguntei a mim mesmo o que faria se ela fosse minha filha. Ao acompanhar o sofrimento da jovem diante do júri, desejei eu mesmo dar um tiro no estuprador. Por um breve mas interminável momento, quis ser o pai dela. Eu queria justiça. Havia uma história ali.

Eu não conseguia parar de pensar no que aconteceria com um pai em busca de vingança. O que um júri de pessoas comuns e medianas faria a um pai como esse? Naturalmente, muitos simpatizariam com a causa, mas isso seria suficiente para que chegassem a uma absolvição? A ideia para este romance surgiu ao longo de um período de três meses, durante o qual não pensei em quase nada além disso.

Escrevi o primeiro capítulo à mão em um bloco pautado e pedi a Renée, minha esposa, que o lesse. Ela ficou impressionada e disse que gostaria de ler o segundo capítulo. Um mês depois, dei a ela os capítulos dois e três, e ela disse que estava viciada. Renée lê cinco ou seis romances por semana – de mistério, suspense, espionagem, todo o tipo de ficção – e não tem muita paciência com histórias que não funcionam.

Lidei com o processo de escrita deste livro como um hobby, uma hora aqui, outra ali, esforçando-me, com um tanto de disciplina, para escrever pelo menos uma página por dia. Nunca o abandonei. Lembro-me de um período de quatro semanas em que não escrevi nem uma linha. Às vezes eu pulava um dia, mas na maior parte do tempo seguia em frente com uma dedicação fervorosa. Eu achava aquela história maravilhosa, mas não estava muito seguro quanto ao texto. Como Renée gostou, fui em frente. Depois de um ano, fiquei surpreso com a rapidez com que as páginas se acumularam sobre a mesa, e percebi que o livro já tinha chegado à metade. Deixei meu objetivo original para trás e me peguei pensando em contratos de publicação e percentuais de direitos autorais, bem como almoços com agentes literários e editores em restaurantes sofisticados – o sonho de todo escritor não publicado.

Três anos depois de eu ter começado, Renée leu o último capítulo, e enviamos o livro para Nova York. O título provisório era *Deathknell* (Prenúncio de morte, em tradução literal), uma ideia ruim que foi descartada assim que o original foi parar no escritório do meu novo agente, Jay Garon. Ele tinha lido os três primeiros capítulos e me ofereceu um contrato de representação. Dezesseis outros agentes haviam rejeitado o original, bem como mais de uma dezena de editores. Jay não só o aceitou, como me disse para começar a escrever um novo livro. Eu segui o conselho dele.

Um ano se passou e nada aconteceu. Eu estava profundamente envolvido na escrita de *A firma* quando Jay ligou, em abril de 1988, com a incrível notícia de que este livro seria enfim publicado. Bill Thompson, da Wynwood Press, havia lido o original e comprado os direitos. Sob orientação dele, fiz diversas revisões e cheguei a um novo título, *Tempo de matar* (*A Time to Kill*). Acho que essa foi a minha sexta ou sétima sugestão. Não sou bom com títulos.

A Wynwood imprimiu 5 mil cópias e publicou o livro em junho de 1989. Vendeu bem num raio de 150 quilômetros, mas foi negligenciado pelo restante do mundo. Não havia nenhuma previsão para uma segunda edição, nenhum acordo fechado para publicação em outro país. Mas era um romance de estreia, e muitos deles são ignorados. Coisas melhores estavam por vir.

Terminei de escrever *A firma* em 1989 e enviei para Jay. A Doubleday/Dell o comprou e, quando saiu a primeira tiragem, em março de 1991, minha carreira de escritor deu uma guinada drástica. O sucesso de *A firma* despertou um interesse renovado por *Tempo de matar*.

Há muitos aspectos autobiográficos neste livro. Não exerço mais a advocacia, mas durante dez anos atuei como advogado de uma maneira muito semelhante a Jake Brigance. Representei pessoas, nunca bancos, seguradoras nem grandes corporações. Eu era um advogado do povo. Jake e eu temos a mesma idade. Joguei como *quarterback* no ensino médio, embora não muito bem. Muito do que ele diz e faz é o que eu acredito que diria e faria nas mesmas circunstâncias. O carro dele é o mesmo que o meu, um Saab. Ambos já sentimos a pressão insuportável dos julgamentos de homicídios, algo que tentei deixar vívido na história. Nós dois já perdemos o sono pelos nossos clientes e já vomitamos em banheiros de tribunais.

Este aqui veio do coração. É um romance de estreia, e às vezes o texto divaga um pouco, mas eu não mudaria uma única palavra dele mesmo se pudesse.

Oxford, Mississippi,
30 de janeiro de 1992.

CONHEÇA OS LIVROS DE JOHN GRISHAM

Justiça a qualquer preço

O homem inocente

A firma

Cartada final

O Dossiê Pelicano

Acerto de contas

Tempo de matar

Para saber mais sobre os títulos e autores da Editora Arqueiro,
visite o nosso site e siga as nossas redes sociais.
Além de informações sobre os próximos lançamentos,
você terá acesso a conteúdos exclusivos
e poderá participar de promoções e sorteios.

editoraarqueiro.com.br